紅樓夢公開課

歐麗娟 著

第一冊

全景大觀卷

目錄

第二章 鐘鳴鼎食之家，詩禮簪纓之族

第三章 畸零石與絳珠草——紅樓夢的神話操演

第四章 曹雪芹的塔羅牌

第六章 大觀園的園址與闢建

第七章 大觀園空間巡禮

第八章 大觀園屋舍小講

簡序

這套書的出版，真是始料未及的浩大工程。原來從逐字稿到書面文章，等於是脫胎換骨，重新煉造。

自最初於二〇一九年春天開始動工，迄今已達五年，僅完成了前四部，共約一百六十萬字。期間的工序耗時費力，首先是兆泳幫忙錄音的轉檔，接著是北京大學出版社的工讀生進行初步梳理，再有責編吳敏女士大致調整結構，刪冗去複之處並添加小標，以利於讀者分節把握要點，說來簡單，其實是付出兩三倍於其他書種的編輯精力；最主要是我的逐句定稿，四冊便總計投入二千多個小時，終而在付梓前由編審做最後巡禮，挑出若干漏網之魚。唯到了正體字的排版稿，我又全部修訂一次，耗時近月，至此，才算是符合理想的樣貌，說是字斟句酌，實不為過。

此外，必須特別致謝的還有聯經出版公司，副總編逸華先生慨允支付部分的助理費，第三卷、第四卷始得以聘請菁菁同學幫忙將初稿書面化，讓我的定稿可以省下一半的時間心力，否則我的總工時勢必再暴增七百多個鐘點，超過三千之數，那更是不堪設想。為了呈現出最佳品質，兩岸出版社的同仁多方贊助，至所銘感，唯其大大延宕了我個人的研究規畫，讓身心負擔雪上加霜，這也是後續的工程難以為繼的原因。倘若已完成的書稿能夠有所貢獻，也差堪告慰。

一路行來，百感交集。人生被時間推進，回首僅餘雪泥鴻爪，現代科技重新定義了存在的形態，固然有擬真再現的臨場感，但就文明的承載而言，影音傳輸終究不比文字刻記。定稿工作漫長而辛苦，過程中卻也重溫一直以來的知識關懷，偶爾進行若干修補，更正了兩三個說法，表示自己仍在繼續成長，尤其是從字裡行間再度瞥見當年授課時的靈光乍現，那絕非學術論著所能產生，也不是一般討論所能激發。課堂確實是一個獨特的空間，不僅讓講者進入百分之百的專注狀態，同時又可以靈動地揮灑延伸，從而出現創造性的聯結，包括融入人生的體悟，因之既有純粹的知識性，並且煥發心智的活力，別具一格。

這應該也是此一系列套書還值得面世的價值所在。學術未必生澀，尤是以探索人文現象為主的文學領域更是引人入勝，何況學者做研究的目的本來就是對知識的追求，而知識乃是心智提升、社會進步的指標，則將象牙塔中的學術進展推廣到社會上，使一般文學愛好者得以在淺層的個人感悟之外看到學問的重要乃至必要，更是當今世俗化當道之下的一大課題。誠如《紅樓夢》中最好的一段話，即曹雪芹借薛寶釵之口所言：「學問中便是正事。此刻於小事上用學問一提，那小事越發作高一層了。不拿學問提着，便都流入市俗去了。」確實，曹雪芹遠不只是在書寫一般的青春與愛情，他洞視人情事理的複雜糾葛、人性的深沉奧妙，往往已經達到現代最前沿的專業等級，所以經得起哲學、心理學、人類學、社會學、文學批評等各種理論的檢驗，這才是他在令人驚嘆的傳統文化集大成之外，真正超時代的地方。

若問曹雪芹的創作宗旨，答案非關政治意圖，更絕未反對構成其人生精華與存在核心的貴族禮教，而是如錢穆先生以六朝為例所指引的，實乃刻畫出「當時門第中人之生活實況，及其內心想像」，那正體現出一個民族經過兩三千年的文化努力所締造出來的大傳統（great tradition），精緻而優雅，截然不同於一般讀者所置身的小傳統（little tradition），日常而世俗。重新了解《紅樓夢》，為的是讓眼界作高一層，窺見曹雪芹筆下的美麗與深沉，也開啟另一種存在樣式的可能，原來天外有天，一個人的視野可以如此宏大遼闊，通過學問而發現到世界是那等深不可測。

歐麗娟　二〇二三年十一月

第一章

如何讀紅樓夢

一切諸經，皆不過是敲門磚

《紅樓夢》是大家耳熟能詳的一部中國傳統小說，縱使沒看過的人大概也都能很輕易地琅琅上口，並對裡面的若干人物情節發表意見，這是非常獨特的閱讀現象，同時，它也是一部具有獨特影響力的文學作品。但我們在閱讀時，總會有一些來自於個人的特殊性格，以及時代的某一種特殊風氣所形成的盲點，無形中主導了我們如何去讀這部小說，以及如何對這些人物和情節進行詮釋，以至於這些詮釋和感受，是在一個預設的前提之下就已經被決定了，而不能切合這部小說真正的內涵。

一般人在閱讀過程中很容易出現兩個現象，其一即有許多細節被所有的研究者與讀者在討論時一致忽略了。然而這些細節非常重要，如果它們是被遺失的拼圖，就得把它們重新找回來，進行重組，如此一來，我們所想當然耳的人物圖像將因而發生變動，包括若干大家耳熟能詳的經典場面，或者是所謂的重要情節，在這些被想當然耳之處如果能停頓下來重新思考：它屬於什麼樣的處境？這是一個什麼樣的情景？人性在這個情景之下為什麼會做出這樣的反應，而這樣的反應背後所預設的價值觀、思維模式又是什麼？再把那些遺失的細節的拼圖重新召回，就會發現：《紅樓夢》並非我們習以為常、一般認知的樣貌。經過這般不斷的尋幽探勝與再次發現之後的柳暗花明，便會體認到對《紅樓夢》真的要重新閱讀。重新閱讀的喜悅，在於總是有更多的發現、看到不同的文本風景，《紅樓夢》也提供給我們與過去不一樣的思考空間。

《紅樓夢》的人物實在太多了，這部小說簡直如同一部百科全書似的，把各式各樣人物的特殊處境、他們的特殊心理反應與特殊人格特質都做了非常典型的造像，而在這般複雜的情況下，對《紅樓夢》並不熟悉的讀者就容易眼花繚亂，進而對人物的言語或行動有了錯誤的判讀。

例如《紅樓夢》裡賈府分為兩支：一方是寧國公所派生下來的寧國府；另外一方是我們最熟悉、也是整部故事的主要舞臺，即榮國公這一支的榮國府。寧國公那一支的寧國府，因位在東邊，所以又稱為東府；榮國府位於西邊，所以又叫作西府，如此之東府、西府的安排便體現出非常重要的倫理秩序。

在中國傳統的倫理秩序裡，其核心是長幼有序。《紅樓夢》第二十回有一句話講得非常清楚，賈家這種簪纓世家中「凡作兄弟的，都怕哥哥」，這就是整個大家族運作時的基本原則之一。哥哥寧國公的府宅被排在東邊，是因為從先秦以來，中國文化在方位的隱喻關係上就是以東為尊，這個原則貫徹於他們的日常生活中。

賈府是一個大家族，大家族的運作是靠很多的丫鬟、奴僕在幫忙的，這些人物全部加進來，都屬於賈府。《紅樓夢》裡有兩個地方提到賈府到底有多少人，第六回一開始便說賈府「人口雖不多，從上至下也有三四百丁」，這還只是涉及男丁而已，加上其他性別、年齡的，翻倍來算也不止，果然到了第五十二回，麝月責罵不知禮的老嬤嬤時，提到「家裏上千的人，你也跑來，我也跑來，我們認人問姓，還認不清呢！」這就告訴我們賈府有上千人。上千人在這樣特定的空間中，日日夜夜二十四小時生活在一起，有著緊密的人際關係，也必然隱含著若干本質：第一，一定要有嚴謹的秩序，否則勢必會混亂不堪，根本難以生活，所以切莫抨擊禮教，禮教實際上有其必要性；第二，他們日夜生活在一起，「作假」比我們現在要困難得多，當今社會講究開放，充滿了流動性，人與人的接觸短暫而匆忙，事實上要作假、造謠、陷害別人反而容易。

寧國公名為「賈演（或賈法）」，榮國公叫作「賈源」，他們屬於「水」字輩，這種共用一個偏旁或單一用字作為同一輩的標識，古文中叫作「祧名」，大家族最常採用這種取名方法。國公爺的第一代，便是「水」字輩，而且在眾多水字旁的文字裡，曹雪芹所選的其實完全配合賈府的世代演化的需要，「源」意指源頭，賈家正是由榮國公、寧國公打下基礎的，接下來的百年富貴完全都是由他們一手創造出來的，用河流的生命來比喻的話，他們確為源頭。至於賈演（或賈法），「演」字即有演化的意味，從源頭開始，一代又一代地演化下來；而「法」字則有樹立家法的含義，正體現所謂的祖宗家法。接下來是「代」字輩，再來則是「攵」字輩，這種世家大族十分注重父教，曹雪芹讓當前負責教育子孫的一代以「攵」作為名字的偏旁，是因為「攵」等於「攴」，具有父權執教的含義。再往下即大家最熟悉的「玉」字輩，最後到了「草」字輩，看起來是否有點每況愈下的意味？總而言之，在中國傳統的天命觀、家族生命史的概念裡，「百年」幾乎就是一個家族生命的宿命盡頭，所以整個故事基本上乃是在末世所開展的一個悲劇的回眸，眷戀過去的繁華，又對即將失去或必然失去而無限感傷，這是《紅樓夢》引人入勝的地方。

還有幾個狀況值得說明。首先，東府的重要人物非常少，這部小說有很明顯的輕重之別，整副筆墨主要是聚焦在榮國府這一邊。關於榮國府，要注意幾個地方，第一，榮國府的第三代區分大房和二房，都出自早寡的賈母，賈母本姓史，所以有另外一個稱呼叫「史太君」，她生了兩個兒子，女兒則有好幾位，最重要的一個是賈敏，正是林黛玉的母親。大房是賈赦，他是大兒子，因此世襲了爵位，但賈家真正的掌權者卻是二房賈政，乍看之下不免奇怪，而且連他們住的地方的安排都有一點違反長幼有序、嫡長子繼承的原則，這是書中很多需要重新解讀的地方之一，等到專題再說。

二房是賈政，他的正配夫人即王夫人，還有一個重要的妾叫作趙姨娘，事實上他的妾不止一個，另外還有一名周姨娘，周姨娘安分守己，從不惹是生非，和趙姨娘形成鮮明的對比。賈政和王夫人生了三個孩子（賈元春、賈珠、賈寶玉），和趙姨娘又生了兩個孩子（賈探春、賈環），在人物關係表上都安排在西邊。再者，由東、西府長幼次第的安排，就能清楚反映出《紅樓夢》的基本理念，它所刻畫的人倫複雜性其實都隱含於這個方位上。

《紅樓夢》架構在禮教文化最為成熟的中華帝制晚期，呈現出來的是現代人可能都不瞭解，甚至在不瞭解之前便會先加以反對的傳統文化內涵，這一點如果不能夠好好地掌握的話，勢必會對《紅樓夢》產生很多的誤解。而那些誤解就某個意義來說，只是在投射我們這個時代所信奉的價值觀。這個時代主張什麼價值觀，我們就投射什麼價值觀，誰符合這個價值觀，我們就去讚美他、闡揚他，而不顧那到底是不是這個人物真正的內涵。因此，透過東府和西府的安排即是要提醒大家注意這一點，中華文化非常博大精深，它的倫理秩序和各式各樣的文化制度是現代人幾乎難以望其涯岸的，假設我們不能夠時時留意到這個部分，就會導致有很多地方無法正確地理解。

關於人物關係表，必須注意世系的演化情況，與東府、西府的人際關係，以及所派生出來的子孫分布，由此方可以對賈府有起碼的認識。

更重要的是，在閱讀《紅樓夢》之前，首先要有很大的思想、心理上的調整，千萬不可用現代的價值觀去看待。而我們現在到底有哪些價值觀？這一點恐怕都是「百姓日用而不知」（《周易．繫辭上》），人們活在時代空氣之下，卻並不知道構成這時代空氣的具體因素，以及它的色彩是什麼，只是想當然耳地運用這一套價值觀和思維模式去投射給所面對的一切！

日本的一位山本玄峰禪師[1]，他在龍澤寺講經的時候，有一段話十分發人深省，說的是：

一切諸經，皆不過是敲門磚，是要敲開門，喚出其中的人來，此人即是你自己。

確實，一切經典都不過是敲門磚，讓讀者藉之敲開大門，而敲開門扉的目的，倒不只是看到《紅樓夢》裡各式各樣、多彩多姿的寶藏，其實更重要的是要召喚出其中的人，也就是你自己！

這段話發人深省的意義在於：你是什麼樣的人，就會讀出什麼樣的《紅樓夢》；你是什麼樣的人，就會怎麼解釋林黛玉，怎麼解釋薛寶釵。很有意思的是，從某個意義來說，那些解釋都是我們由自己的人格特質形成的有色眼鏡之下所產生的，所以閱讀經典的意義便是拿出我們自己，然後和經典之間發生激盪、進行召喚，所召喚出來的其實是內在的自我。當我們意識到這一點之後，就要小心反省：你為什麼會如此解釋這個世界？自己是悲觀主義者，還是樂觀主義者？為什麼覺得林黛玉就是寄人籬下，楚楚可憐、仰人鼻息？是不是忽略很多的東西，並且你自己對於人的理解只停留在某個層次？而那就是你真正的自己，是你可能沒有意識到的自己。

既然如此，在這樣的關係之中，第二個可以注意到的現象即是：讀者的角色其實和經典一樣重要。經典是封閉的，是靜止的，已經是具體存在那裡的固定樣態，但是固定的樣態要如何讓它鮮活過來，如何重新回復到它活生生的有機體的生命運作模式和精神風貌，便是讀者的責任。林黛玉到底是怎樣的存在？她有沒有歷經人生中許多的變化，生命中有沒有許多的困惑？賈寶玉也一樣，寶玉有沒有因為價值上的矛盾而造成內心中巨大的痛苦，而我們卻一無所知？諸如此類的問題，都要靠讀者把它們挖掘出來。

當讀者是一個單面向的、很簡化地思考的、自我投射型的人，則所召喚出來的賈寶玉和林黛玉必然也是非常扁平化、非常單一的形象；而越是能夠豐富地、多面地且深刻地闡述這些人物之內在的讀者，在某個意義來說，已經提升到和經典一樣高的地位，足見什麼樣的讀者就會讀出什麼樣的《紅樓夢》。

這一點很需要我們深深地自我期許，也要深深地自我警惕，作為一個讀者必須盡量客觀中肯，而且一定要認真做學問，沒有努力研究過就不要妄下斷言。很多的看法是捕風捉影、想當然耳所導致，那都太過輕率，對於所批評的對象也太不公平，既然我們連它都不真正瞭解，憑什麼對它下判斷？這是我們在待人處事、在讀書分析的時候，都應該很深切並隨時意識到的自我警惕。所以作為讀者，你其實一樣重要，一定要好好地自我期許。

做一個好的讀者

那麼，到底要做怎樣的讀者才配得起這一部非常偉大的經典？《紅樓夢》的內涵是那麼廣袤豐富、深不可測，我們又該達到何等程度的要求，才能夠將其中的深不可測和廣袤豐富展現出來？作

1 山本玄峰（一八六六—一九六一），日本高僧，他在九十五歲時說：「我想拉下帷幕，結束這場人世的喜劇。」隨即禁食三天，直到去世。

為讀者應該要如何自我鍛鍊？下面整理出幾項重點以供參考，平常可以用來訓練自己。

首先，亨利・詹姆斯（Henry James, 1843-1916）是一位創作經驗豐富的小說家，同時又是具有高度批判思維的小說批評家，身為非常著名的英國作家，在西方的思想訓練之下，對於小說的體認非常深刻。以下有兩段話真的發人深省，他在《小說的藝術》（*The Art of Fiction*）中說：「要說某些情節在本質上要比別的情節重要得多，這話聽上去幾乎顯得幼稚。」可惜很多讀者非常粗心大意，把很多重要的細節視為枝末而不予重視，輕易地放過，殊不知「魔鬼就藏在細節裡」，那些細節其實是一樣重要的，為什麼讀者會如此輕率地判斷它們並不重要？試想，一個偉大的作家為什麼要把不重要的內容寫進他的小說裡？這豈不是一個很荒謬的邏輯嗎？所以我們必須調整心態。偉大的作家創造出一部偉大的經典，這部小說既然偉大，就表示構成它的每一個部分都同等重要，他沒有必要灌水，更沒有必要浪費筆墨在不重要的瑣事上。一百年前，走在小說藝術前沿的詹姆斯就已經提醒我們，而我們的讀者卻落後了一百年。

實際上，常常可以看到很多讀者或學者的討論中，出現了「說某些情節在本質上要比別的情節重要得多」的幼稚表現，總以為書中最重要的就是黛玉葬花、晴雯補裘、抄檢大觀園，並且將那幾段描寫孤立地凸顯出來，並開始做各式各樣的發揮，然而這是真正公正、客觀全面的嗎？我們怎麼可以忽略比所謂經典場面更多的細節而不顧，只專注在一個特定的焦點上？而當該焦點失去完整的支援體系時，恐怕就會被架空、被任意地詮釋，而這正是一般讀者思想上的盲點。必須說，任何細節都一樣重要，無論是讀者還是研究者，對於文本內容都應該有很周延的相關掌握，而具備了足夠的「資料庫」（database），才有資格召喚出一個全面的整體。

於是，詹姆斯接著提醒我們，為什麼任何情節都一樣重要，因為：

一部小說是一個有生命的東西，像任何一個別的有機體一樣，它是一個整體，並且連續不斷，而且我認為，它越富於生命的話，你就越會發現，在它的每一個部分裡都包含著每一個別的部分裡的某些東西。

意思是說：就好比我們身上的細胞，絕不能夠說手指裡的細胞比不上腦細胞重要，實際上同樣都是細胞，都屬於同一個有機體的一部分。手指裡的細胞所包含的DNA和腦細胞應該一樣多，而其基因密碼的深奧和微妙也是同等的，所以林黛玉怎麼可能只有在葬花那一幕才充分表現她自己？人的生活與生命的展現是連續的，並且在連續的過程中還有很多的層次和變化，如何可以只聚焦在某一個片段，又斷定那就是它的全部？這很明顯是以偏概全、削足適履。我們為什麼要做一個粗糙的讀者，去做那樣輕率的工作？事實上讀者非常重要，必須付出和作者一樣巨大的努力，要很辛苦地爬梳，要盡量把作品讀熟，更要常常停下來思考各種現象所反映的人性，才能夠真正達到和作者類似的高度。

西方的文學評論家會把讀者的個人成見盡量地摒除、盡量地抽離，為的就是要清楚、完整且深刻地理解對象。而我們讀書不正是為了這個目的嗎？不正是為了看到原來所不知道的世界嗎？由此才能夠構成個人的成長啊！所以令人感慨的是，原來很多人讀書竟然只是為了印證他在讀書之前就已經知道的東西！以致在讀完《紅樓夢》之後，林黛玉還是某個樣子，薛寶釵還是某個樣子，和讀小說之前沒有多大差別。如此一來，讀書的意義到底在哪裡？讀書事實上是要打破舊的自我，然後開啟新的自我的可能性，所以讀者才會和經典一樣的重要！

接下來再看一位年輕早逝的俄國文學評論家維薩里昂・別林斯基（Vissarion Belinsky, 1811-1848）所說的一段話：

> 在論斷中必須避免各種極端。每一個極端是真實的，但僅僅是從事物中抽出的一個方面而已。只有包括事物各個方面的思想才是完整的真理。這種思想能夠掌握住自己，不讓自己專門沉溺於某一個方面，但是能從它們具體的統一中看到它們全體。

別林斯基提醒我們，在下論斷的時候——請注意這個論斷不只是在進行研究，也不是在撰寫閱讀心得的表達，而是包含在平常生活中的待人處事上，對不夠了解的事物都要謹慎，不可妄下斷言，更應該注意避免各種極端。「極端」當然會比較強而有力、比較醒目，但這是一個危險的誘惑，會讓我們誤入歧途，所以一旦要做好的讀者、好的批評者，就必須避免各種極端，固然每一個極端當然也可以是真實的，沒有對錯，事實上也無關錯與沒錯的問題，因為人文領域並非科學範疇，其中的任何可能性都可以是對的！

但問題是：並不是抓到一個可能性就表示它是最全面的，種種的極端僅僅是從事物中所抽出的一個方面而已，而一個完整的生命體都有很多層面，所以只有包括事物的各個方面的思想才會是完整的真理，而這種思想的優點在於它能夠掌握住自己，不讓自己專門沉溺於某一個方面，例如不會專門沉溺於林黛玉就是多愁善感，就是性靈脫俗的看法，讀者陷在那種感受裡本身沒有錯，但它確實是以偏概全。所以我們應該努力做的，是要從具體的統一中看到全體，林黛玉真的只有這樣嗎？賈寶玉真的只是那樣嗎？薛寶釵也真的僅止於如此嗎？這都是我們在論斷的時候，必須常常要很自覺地提醒自己的原則。

再看另外一位知名的歐洲小說家米蘭・昆德拉（Milan Kundera, 1929-2023），他的作品中最為大家所熟悉的是《生命中不能承受之輕》。昆德拉自己對小說也有非常透切的省思，歐洲人在他們的人格和文化素養的養成過程中，都深深受到哲學思想的訓練，所以他們不讓自己感覺模糊或思考粗糙，想當然耳，昆德拉的《生命中不能承受之輕》裡就有很多哲學概念的論證，包括「非如此不可」還有「永劫回歸」，可見他很清楚地知道，他是在回應歐洲人幾千年來所思考的一些問題。作為一名小說家，昆德拉也把他的思想訓練反映於對小說藝術本質的認識上。

在他的《小說的藝術》這本書中提到一個說法：「我小說中的人物是自己沒有意識到的諸種可能性。正因為如此，我對他們都一樣地喜愛，他們也都同樣地讓我感到驚訝。」這段話之所以特別值得參考，原因在於讀者有極為常見的一個盲點或誤區，即很多人總認為《紅樓夢》裡一定有作者的價值褒貶，我們要做的事情就是找到曹雪芹到底比較喜歡誰？曹雪芹支持的價值觀到底是什麼？而只要是我們判斷為曹雪芹的價值觀所在，就被認為是對的、是好的，是這部小說要張揚的價值。一般讀者好像都是如此看待文本，並認為曹雪芹很顯然比較喜歡林黛玉，比較不喜歡薛寶釵，所以林黛玉的個性及其個性所可能擁有的文化內涵，即成為《紅樓夢》極力要彰顯、褒揚的正面價值。

但是，我們必須探討幾個問題：一個作者是否真的是全以自己的價值觀來主導其寫作？這是第一個問題。第二個問題：即使他是用自覺的個人價值觀在主導創作，難道沒有其他非自覺的潛意識會滲透到他的筆端，而影響到他的寫作嗎？一百多年前，佛洛伊德（Sigmund Freud, 1856-1939）早已指出，我們每個人都有潛意識，在這種情況之下，作者也都有佛洛伊德所謂的潛意識層次的某種力量干擾，並在他的寫作中發生影響。則憑什麼我們堅決認為只有一個作者自覺的價值觀在引導？換句話說，連作者本身可能都不知道有某些東西已經加入他的具體寫作裡，如此一來，又怎麼可能有所謂作者的單一價值觀在擔任指引？

第三個問題：假設作者這麼做，即以其自覺的價值觀來引導寫作內容，那會是一個好的做法嗎？一個作者用自己的價值觀善惡二分，依據他所認為對的標準作為全書主軸去引導故事的發展，這樣會寫出一部好的小說嗎？一部好的小說不是更應該很廣袤地、多元地開展人性的各種可能，更豐富地展現世界的複雜性嗎？如此一來，一旦有一個很明顯的、占優勢的意見在進行最高亢的獨白，讀者真的會覺得這是一部好的作品，它會深深吸引人嗎？也許會，但對於訓練有素的讀者而言，就恐怕不會。

接下來是第四個問題：作者在創作的時候，除了潛意識之外，還有沒有別的影響？直到今天為止，我們都還無法破解創作的奧妙呢！何謂創作的奧妙？在此可以舉幾個各式各樣的藝術形態上創作者都有的共同經驗為例。

日本的漫畫之神手塚治虫，有一個他自己津津樂道的親身經驗。手塚治虫說，事實上他在創作「怪醫黑傑克」（Black Jack）的時候，有一個非常明確的目標，就是要塑造出一個大壞蛋，醫術很高超，可是人品很低劣，常常趁火打劫，在病患生命垂危之際趁機高價勒索。他就是要創造出這樣的一個大壞蛋，但是連作者自己都很意外，等到這個故事刊出後，所引發的回響完全超出原來的預期，大家都好喜歡這個角色，覺得越是瞭解他，就越會喜歡他，原來他背後有這麼多陰暗的、痛苦的層次，於是乎由恨而生憐，更由憐而生愛，他就變成一個廣受歡迎的人物。可見作者所寫出來的角色，讀者的反應和他的期望可能發生分歧，這種例子也再現於很多其他創作者的經驗中。

另外一位小說家羅伯特·路易斯·史蒂文森（Robert Louis Stevenson, 1850-1894）也提到，小說家「創造的人物在小說裡往往自己活動起來，而變成他所不能控制的存在。這句話倒是切實的經驗之談，因為小說裡人物的個性一經建立，有他的情感與意志，作者不得不隨他自己發展。因此小說裡人物個性的活動，他很自然要牽動作者預想的情節與布局。」換言之，小說人物有著自身的情感、意志和命運。於是小說家反而退居為一個只不過是把這個生命呈現出來的媒介而已，這個生命有他自己的力量，他自己會成長、會變化，會有他自己的道路。

創作是如此微妙，於是很多的思想家甚至還有科學家，他們想要理解「創作」時一個人到底是在什麼樣的狀態？作家的腦波如何？為什麼會有那些神妙的體驗表現出動人的效果？然而到目前為止，沒有任何研究可以真正解答這些問題。創作是連作家本身都不能參透的奧妙，彷彿是上帝的選民被指派來從事一項複雜到連他自己都不能完全體會的工作。就此而言，如果要問小說家的價值觀是什麼？他到底想要表達的是什麼意思？這個問題是不是全部問錯了？

何況我們還必須進一步注意接下來的第五個問題：縱然作者真的有很明確的意見，他也如實地表達了，可是不要忘記：一部作品的生命是由讀者所賦予的，讀者不去閱讀、不去詮釋，這部作品便是被封面蓋住的、死的東西，只有讀者的閱讀才能夠讓它重新鮮活過來。所以讀者的閱讀，就是賦予這部小說生命的一股魔幻力量，你的指尖接上了上帝的指尖，生命在突然之間都產生了！

既然讀者怎麼讀是那麼重要的關鍵，為什麼我們要去管作者在想什麼？正如羅蘭．巴特（Roland Barthes, 1915-1980）的名言：「作者已死」，意指一部作品被完成以後就獨自在人間流傳，它的生命與內涵是由各式各樣的讀者去賦予，因而作者喪失他的發言權。這些文學理論都告訴我們，其實不要追問曹雪芹在想什麼，不要用所謂曹雪芹的價值觀，作為對那些人物和情節的論斷標準，這根本是無聊又沒有意義的問題。

事實上，人們所以為的曹雪芹的想法，不也是讀者在解讀過程中形成的嗎？畢竟沒有人能夠得到曹雪芹的親口表述。所以說讀者和經典一樣重要，好的讀者會嚴格地自我控制，避免被成見所主宰，不要讓情緒介入而干擾，不受自身所屬時代的阻礙，好好地瞭解《紅樓夢》到底在講什麼。昆德拉透過他個人的創作經驗說：「我小說中的人物是我自己沒有意識到的諸種可能性。」所以毋須去問昆德拉為什麼創造出薩賓娜、為什麼創造出特麗莎，說不定他自己都沒有意識到，原來特麗莎事實上是這個樣子，他只不過是初步給她一個雛形，沒想到她自己會如此豐富。作為一個創作者就好像是賦予這些人物生命的上帝，他對於自己筆下賦予生命的那些角色，便有如上帝般對他們都一樣地喜愛，那都是他所認識到的人性的各種可能，而在摸索、探索和塑造角色的過程中，作家彷彿也在經歷人性之旅，也不斷對人性有新的發現，所以昆德拉才會說，小說人物讓他明白自己並沒有意識到的各種可能性，因而「我對他們都一樣地喜愛，他們也都同樣的讓我感到驚訝」。

由此，誠然不要再問曹雪芹比較喜歡誰，甚至可以非常明確地斷言：曹雪芹沒有特別喜歡林黛玉，也沒有特別討厭薛寶釵，他對她們都一樣地喜愛。讀者要盡量客觀，不要再用褒貶、是非、善惡這一種很簡化的二分法作為閱讀的指導。

下面這一段引文，是昆德拉在一九八五年領取耶路撒冷文學獎時的致辭，內容非常精彩，他說：

> 小說不是人類的自白，而是對人類生活——生活在已經成為網羅的世界——裡的一個總體考察。

換言之，一個創作者不止對他筆下人物有一樣的喜愛，甚至還認為整部小說根本上就不應該有任何單一價值觀的主導。所以小說並不是人類的自白，更不是個人的自白，它是對人類生活的一個總體考察，因此作家並不偏好誰，也不把自我的好惡寫成小說來公諸於世。事實上，寫小說是為了考察整個人類生活的面貌。而什麼叫作「人類生活」？生活已經成為羅網了，牽一髮而動全身，那般複雜糾葛，不可能只有單一絕對的價值觀被凸顯出來，所以他要發現的是人類生活的豐富奧妙、複雜糾葛和無可奈何。

這就是所謂的「小說家不是任何觀念的代言人」。可惜華人的閱讀常出現的一大毛病，即習慣於「臉譜式」的解讀：這個是好人，那個是壞人，好像不確定這一點便無法安心地讀下去。這大概是人性使然，更應該是我們文化的某些性格所造成的影響。但是如果要做一個好的讀者，就應該調整心態，瞭解到「小說家不是任何觀念的代言人，嚴格說來他甚至不應該為自己的信念說話」，因為他理應很客觀、多元、豐富地呈現這個世界，他的自我只不過是非常渺小的人類個體而已，沒有任何一個人類個體應該凸顯或淩駕於其他人之上。因此，昆德拉又引用法國小說家古斯塔夫·福樓拜（Gustave Flaubert, 1821-1880）之言：「小說家的任務，就是力求從作品後面消失。」讓作品自己說話，由讀者闡發作品的生命力。同樣地，我們作為閱讀者，更不應該找一個特定的觀念作為代言，所以無須再有什麼擁林派、擁薛派，也切莫再主張什麼反封建、反禮教，這其實都是非常幼稚或粗淺的閱讀心態。一旦讀者讓自己也消失後，就可以看到原先看不到的東西，只有取消「我」的有限性，作品的無限性才會展開。

而既然如昆德拉所言，小說人物是連他自己都沒有意識到的可能性的一種體現，那麼它到底是怎麼產生的？這個小說人物是如何被寫出來的？這也是紅學裡常惹爭議的一個問題。有人認為林黛玉、薛寶釵、史湘雲實有其人，都是曹雪芹家族中本來就有的原型人物，可以直接取材，把她們再現出來。

但是從敘事學的觀念來看，恐怕這個說法會讓小說家的創造力、觀察力、綜合力受到貶低，因為如果只能先有一個很具體的典型人物再去加以模仿、借鏡，則小說家其實就只不過是一個複製者而已。對此，昆德拉給了我們一個很好的解答，他說：

小說人物不是對活生生的生命體進行模擬，小說人物是一個想像的生命，一個實驗性的自我。

因為小說家也在瞭解人性，而人性是那麼深不可測，於是在寫小說的過程中也逐漸發現自我、發現人性，因此對人物產生更多的瞭解，而給予更大的開拓或改造，這就不會受限於現實界的真實人物。

我也是在探索的過程中才赫然感到確實如此。

也因此，小說家對其筆下的每個人物都一樣地喜愛，所以好的小說作品就猶如俄國偉大的文學評論家米哈伊爾．巴赫金（Mikhail Bakhtin, 1895-1975）所說的，是一部「複調小說」（roman polyphonique）。

「複調小說」《紅樓夢》

「複調小說」是巴赫金所創造出來的名詞，用來和「單一價值觀的獨白型小說」作為區隔。何謂「單一價值觀的獨白型小說」？意指小說家用他自己的某一理念，以文字作為傳聲筒，以致小說作品也變成該特定理念的代言人，即用他個人的好惡來主導。巴赫金認為這樣的小說其實是比較低層次的，而好的小說則是「複調」的。

什麼叫「複調」？這是來自於古典音樂的一個概念，它和我們一般熟悉的樂曲大不相同。一般來說，平常無論是合唱曲或流行音樂，它的主旋律基本上只有一條，其他的聲部都只是為了襯托它而存在，因此本身常常沒有旋律可言，唱過第二聲部、第三聲部的人最能體會這一點。但「複調音樂」的概念完全不一樣，它有好幾條主旋律同時俱存、同時並進，無論哪一個聲部，都可以聽取一條很優美的、自成完整體系的旋律線；一旦去聽另一個聲部，它又是另外一條旋律線，也都一樣的好聽、一樣的重要，最有趣的是，這幾個主調同時存在，而且彼此又互相和諧，不會互相衝突。巴赫金就藉音樂的這個概念來解釋偉大的小說應該是「複調小說」，裡面有很多個價值觀，它們客觀地同時存在，而且具有同等的價值，彼此相輔相成。

如果從「複調小說」來理解，就會發現昆德拉講得非常有道理，為什麼他對筆下的每個人物都一樣的喜愛？因為他們都是同樣美妙動聽的主旋律，林黛玉有林黛玉旋律的豐富內涵，薛寶釵也有薛寶釵旋律的動聽韻味，她們同時並存，具有同等的價值，也一樣的引人入勝。在這樣的理解之下，昆德拉闡述道：

> 音樂的複調，是同時發展兩個聲部（兩條旋律的線），儘管它們完美地聯結著，但卻又保有它們相對的獨立。……事實上，所有主張複調曲式的偉大音樂家，都有一個基本原則，那就是聲部之間的平等。

小說人物也一樣，每一個角色都是獨立自足，但是又和別人同時並存且達到同等價值的一種豐富的體現。而所有主張「複調曲式」的偉大音樂家都有一個基本原則，即聲部之間的平等，偉大的小說家亦然。

藉由此一概念會令人調整心態，不要再做褒貶取捨，而是應該好好練習尊重每一個生命——他是那麼認真、那麼努力，甚至是那麼辛酸地踏上他的人生之旅，寶釵有寶釵的委屈、黛玉有黛玉的可憐、寶玉有寶玉的苦難，都是我們應該去悲憫、去同情、去認識的。聲部之間是平等的，人物之間是等價的，我們不應該再用好惡褒貶作為閱讀的指導，如此一來，就會看到很多原來看不到的內涵，那些細節都會從遺失的角落又回到眼前的視野裡，成為所注目的對象，同時那些對象也會產生質變，開展出不一樣的人性，而那個人性就會讓人深深感到驚訝！

此即可以作為閱讀《紅樓夢》的一個指導原則，事實上我們讀任何小說，乃至於平常待人處事，都應該用這樣的一種態度來要求自己。如果把這些原則落實在《紅樓夢》的個案上，我們又會看到什麼樣的內涵？我舉兩個美國漢學家分析《紅樓夢》的例子，大家會發現和東方的讀者非常不一樣。

二元補襯

第一位是普林斯頓大學的浦安迪（Andrew Plaks, 1945-）教授，他在《中國敘事學》裡的說法，完全是剛剛我們所提原則的實踐：「曹雪芹將『真假』概念插入情節——透過刻畫甄、賈二氏及『真假』寶玉，透過整個寫實的姿態——而擴大讀者的視野，使其看到真與假是人生經驗中互相補充並非辯證對抗的兩個方面。『太虛幻境』的坊聯『假作真時真亦假，無為有處有還無』，毋寧說是含蘊著這一意思的；而《好了歌注解》中『你方唱罷我登場』一句，更可以說暗示著二元取代的關係。這樣解釋，似乎才符合賴以精心結撰全書的補襯手法。」

他認為曹雪芹把「真」、「假」的概念插入情節中，其方式就是刻畫甄、賈二氏及甄寶玉、賈寶玉，透過整部小說的整個寫實的姿態，目的是為了擴大讀者的視野，如果認為「真」就是好，「假」就是不好，而薛寶釵屬於「假」，即為不好的，林黛玉屬於「真」，即為好的，這種思路才是曹雪芹所要貶低的。如果讀者用這種邏輯去看待人物的話，一開始便注定要誤入歧途，終致歧路亡羊，永遠掌握不到真正的內涵。

事實上，「假」和「真」可以一樣好，「真」也可以和「假」一樣不好，這並不是在玩文字遊戲，然而想要體認這個道理，需要更多的文本資料，更需要更多對人性世態的洞察，才能了解「真」和「假」是一樣重要，甚至彼此之間並沒有本質的差異，這個道理非常複雜，絕非一般的感性閱讀所能掌握。透過「真假」的辯證關係來擴大讀者的視野，也讓讀者看到「真」和「假」是人生經驗中互相補充，而不是對抗的兩個方面，它們事實上是一體的，甚至可以互相轉化，一息之間就會產生莫大的翻轉。太虛幻境門口有一副對聯：「假作真時真亦假，無為有處有還無」，對於其中的「假作真時真亦假」，浦安迪有一個很獨特的解釋，他認為其中就含蘊著「二元補襯」的關係，二元絕不是對立互斥而是一體的概念，如果把它對應到小說中其他的部分，便可以看到彼此的一致性，好比〈好了歌〉的注解，這是第一回很重要的哲理。

長久以來，我們將一僧一道囫圇視為一體，但事實上，當他們穿梭到人間來度脫對象時，是有著性別分工的，專門度化男性的是道士，負責度化女性的是和尚。〈好了歌〉是遊方道士所唱，甄士隱一聽便瞬間如同醍醐灌頂而豁然開悟，然後唱了一段注解：「陋室空堂，當年笏滿床，衰草枯楊，曾為歌舞場。」一切都是這麼興衰無常，道士聽了就大叫說「解得切，解得切」，於是兩個人飄然遠去，脫離了世俗的糾纏。

浦安迪特別注意到〈好了歌〉注解的「亂烘烘你方唱罷我登場」這一句，非常具有慧眼洞見。對於「你方唱罷我登場」，我們通常只以為是泛泛地描述人生本來就是起起落落、有生有死，死亡即是從這個世界舞臺退位，換別人登場，新的一個世代到來。我們只會用這等世俗而表層的方式去理解，不過浦安迪卻把它提升到哲理的層次，他認為「你方唱罷我登場」不只是在指世代的輪替，更是在闡述這樣的一個人生道理：沒有人是這個世界唯一的主角，即便不是用死亡退位，由新世代來替換，而是在同一個時空裡，也沒有任何一個人可以永遠霸占舞臺，拿著唯一的麥克風，別人只能聽命。

浦安迪認為這句話的意思是要告訴我們，這個世界沒有一個優越且絕對性的價值，大家都是同等的聲部，彼此都在演唱著自己的生命之歌，有的時候聚光燈剛好照到你，你就有了一個發光的機會；可是你不可能永遠是聚光燈的焦點，這個時候又有別人因為他的努力，因為偶然的機遇，開始粉墨登場展演他的風華，每一個人都有機會去開展他的生命姿態。如果把「你方唱罷我登場」和「真假」對應起來，就會發現，「真」和「假」沒有哪一個是絕對唯一的價值，它們都可以各自很有意思地自我展演。總而言之，「你方唱罷我登場」這一句更可以說是暗示著二元取代的關係。浦安迪在另外一篇文章中把二元取代的關係概括為一個名詞：「二元補襯」，即二者互相是補充的，你補充我、我凸顯你，這才是一個整體，二者互相襯托對方，彼此同樣重要，而「你方唱罷我登場」便是這樣一種二元補襯關係的體現。

浦安迪透過哲理的思考來重新理解小說中的幾個重要語彙，他認為這樣的解釋才符合曹雪芹賴以精心結撰全書的手法，這就與前述的多聲部複調小說可以互參。

不只是一部愛情小說

現在再來看大家最熟悉的《紅樓夢》人物。一般人最早留下深刻印象的，都是薛寶釵、林黛玉與賈寶玉的三角關係，這三者之間的婚戀糾葛大概是一般讀者最感興趣的地方，然而就在這最感興趣的地方，又開始好惡分明了，又非得有一個絕對的「好」來作為依循的參照，否則便不能放心，大家總覺得要有一個非常明確的價值依據，才能夠進行接下去的閱讀工作，於是就造成很多的問題。

就此，我們可以參考另一部重要的文學批評論著，即夏志清的《中國古典小說史論》，這是一九五〇年代把中國文言小說介紹到美國漢學界的重要作品。在數十年前，夏志清已經很深切地體會到一般讀者的盲點，諄諄提示道：「由於讀者一般都是同情失敗者，傳統的中國文學批評也一概將黛玉、晴雯的高尚，以及薛寶釵、襲人的所謂的虛偽、圓滑、精於世故作為對照，尤其對黛玉充滿讚美和同情。……（寶釵、襲人）她們真正的罪行還是因為奪走了黛玉的婚姻幸福以及生命。」這確實一語道中讀者的刻板印象，而刻板印象一直不斷地複製，就變成一個舉世皆然的成見了，以致讀者一般都對黛玉充滿讚美和同情，而寶釵和襲人則飽受批評與厭惡。

但夏志清進一步提醒我們：「這種帶有偏見的批評反映了中國人在對待《紅樓夢》問題上長期形成的習慣做法，他們把《紅樓夢》看作是一部愛情小說，並且是一部本來應該有一個大團圓結局的愛情小說。」因此，當這個大團圓結局沒有按照期望落實的時候，就開始找罪魁禍首，將所有的缺憾與不滿全部投射到寶釵她們身上，而這是非常不公平的做法，可嘆小說人物不能夠跑出書頁來展開辯論，也不能到法院提告毀謗，讀者濫用他們的詮釋權，這都是不夠格的讀者放縱自己的結果。難怪夏志清很感慨：「除了少數有眼力的人之外，無論是傳統的評論家或是當代的評論家都將寶釵和黛玉放在一起進行不利於前者的比較。」確實，凡是比較林黛玉與薛寶釵的時候，目的都只是為了證明薛寶釵很不好，但這種比較是毫無意義的，而且會出現很多邏輯上的謬誤，最常見的便是雙重標準，以偏概全。

因此夏志清又說：「這種稀奇古怪的主觀反應就如前面所指出的那樣，部分是由一種本能的對於感覺而非對於理智的偏愛，如果人們仔細檢查一下所有被引用來證明寶釵虛偽狡猾的章節，便會發現其中任何一段都有意地被加以錯誤地詮釋。」我自己在歷經多年的研究閱讀以後也完全贊成此言，很多讀者極端不公平，而且非常不要求自己理性客觀，這實在是應該避免的現象。

前述山本玄峰禪師即曾提醒我們，讀者的角色和經典一樣重要，但這並不是說讀者擁有任意解釋權，愛怎麼解讀都可以；相反地，就是因為讀者和經典一樣重要，因此必須盡量讓自己達到作者的高度。而值得深思的道理：當讀者被感覺所主宰而不用理智思考時，講出來的那些話語，只是個人的「意見」，根本談不上客觀的「知識」；只有訴諸理智，經過艱苦的、客觀的、嚴謹的鍛鍊，我們所得到的看法才會是知識。一般的讀者並沒有受過這些訓練，更必須意識到，到底人類應該要怎樣提升自己的智性，而使得自己的努力是真正能夠讓頭腦更加精進。

「意見」與「知識」的區分，是來自於源遠流長的希臘文，對西方人而言，他們將兩者分得非常清楚：人類在進行判斷、描述時所講出來的話，有兩個層次的不同：一個叫作意見（doxa），一個叫作知識（episteme）。doxa 意味著 common believe，或者是 popular opinion，也就是大家都這麼說的、普遍都這麼以為的想法，即所謂的人云亦云的成見。但是 episteme 不一樣，它要求達到 knowledge 或 science 的層次，而 knowledge 或 science 是必須經過反覆多次的檢驗、實驗、印證、推敲，而嚴謹到沒有例外的時候，才能稱為一個真正客觀的知識。

一般人在讀書、想事情、做判斷的時候，大都只是在 doxa 的層次，很少好好要求自己「不知為不知」，不願意承認很多東西根本還不知道，就急著表達自己的想法，而那只是一種帶有情緒快感的自我宣洩。其實最重要的是訴諸理性，對於《紅樓夢》的理解才可以到達 episteme 的地步。當然 episteme 並不只有一種，但每一種解釋要成為知識，都必須經過非常嚴格的過程以及自己的反覆思考，最終才能確立下來；然而因為一般的《紅樓夢》讀者往往都只是訴諸感覺、訴諸 doxa，以至於在對小說人物進行道德推論的時候，常常出現一些謬誤，也就是往往由經驗語句的前提，便推導出價值判斷的結論。明明小說中描寫的都是經驗的內涵，包括他說了什麼話、做了什麼事、人和人之間發生了什麼互動，小說的世界根本是一種經驗的描述，可是讀者卻常常在這些經驗的描述中輕易地做出一些價值判斷，比如寶釵、襲人就是虛假、就是不好。而這樣的論斷不僅不是客觀事實，並且對於我們更深入地瞭解人性、達到更大的自我成長也毫無幫助。

當我們只訴諸感覺的時候，便很容易在推論上發生這種謬誤而不自覺，因此必須很努力地要求自己，常常提醒自己：剛剛提出的論斷是不是有這些問題？其實，將自己超越出來，把先前想到的當作一個課題重新思考，通常都會發現其中還有一些盲點。經由這樣的反覆訓練之後，我們的論斷才終於可以到達 episteme 的地步。

我將講述哪些主題

關於《紅樓夢》，首先要講述的第一專題是神話部分，《紅樓夢》第一頁的一開始就是神話，所以非得從神話入手不可。神話不但是為賈寶玉、林黛玉的先天性格做出設定，事實上神話根本上就是整部小說的基本架構，從某個意義來說，整部小說的敘事過程和它的某些內在要求，都因這神話而得到一個很清楚的基礎。

接下來是《紅樓夢》中的「讖語式表達」。所謂「讖語式表達」不只是歌謠中某一些命運的預告，這在第五回最是明顯，整部小說還用了各種方式來對個人、對賈府的命運進行事前的暗示，相關手法一方面既吸收了兩千多年來中國文化裡「讖」的傳統；一方面又推陳出新，自己創造出前所未見的「讖」的暗示，包括諸般的層次和多種手法，其中有一種是吸收明、清戲曲常用的「小物關聯」手法，《紅樓夢》裡一共用了十六次，而十六次中又分成三類，第三類便是曹雪芹獨創的「物讖」手法。其實，不只是小說家對筆下所寫出的東西感到驚訝，我以研究者的角度去看，也驚訝於曹雪芹原來抱持的是傳統的婚姻命定觀，他根本上是接受婚姻乃由父母之命、媒妁之言所定，以至於書中凡出於私情的親事最終都走向失敗，而合乎禮教的男女雙方才能順利步入禮堂。

緊接著大觀園的設計是另一個很大的專題，我們至少會從十個角度討論大觀園的整體構造，以及其中所隱含的象徵意義。由於大觀園是《紅樓夢》最重要的樂園或舞臺，它也牽動整部小說對於這個世界的看法，包括對於人性、對於個人成長所必須面臨的很多問題，所以，給予大觀園全面而重新的理解是必要的，切莫再把大觀園當成一個無憂無慮、自由浪漫的樂園。

然後再進入人物論的專題。

由於《紅樓夢》的內容真是太豐富了，即使只講到三個範疇，其實每一個專題都包括很多不同的部分。因此大家要盡量閱讀《紅樓夢》，而讀書應該是一件很快樂的事情，喜歡的地方就盡量多讀幾遍，倘若有讀不懂的地方、不喜歡的地方又該怎麼辦呢？比如說，讀到冷子興演說榮國府的那一大段，涉及「天地生人」、「正氣」、「邪氣」的長篇大論，萬一讀不懂的時候就跳過去吧！不要過分勉強而浪費力氣，最重要的是盡量把前八十回讀完，不出於曹雪芹之手的後四十回則盡量不要讀，因為先入為主的觀念很難磨滅，讀了之後會干擾到對前八十回的認識，那會得不償失。

《紅樓夢》參考書單

關於《紅樓夢》的參考書單，首先是《紅樓夢》的版本方面，有幾部值得推薦，一是馮其庸等校注的《紅樓夢》。不要以為《紅樓夢》是白話文學，便以為其中的意思都看得懂，其實《紅樓夢》使用很多的駢文，也有很多的文言敘述，更不要說其中還夾雜不少的詩詞韻文，所以一定要有注解的幫助。此書除了「注」之外，還有「校」，因為《紅樓夢》是一部非常獨特的小說，堪稱一部未完成的交響曲，曹雪芹死前在親友圈中即已經存在好幾個版本，有的時候他寫完這幾回，同好們（都是他的親友）就借去傳閱，過了一年半載，他又多寫了一些，同時也把前面寫過的部分做一些修改，於是又有一個版本出來，繼續流傳，這麼一來，《紅樓夢》前八十回便有好幾個版本。「校」就會提供一些版本學上的比對，讓我們知道原來所謂的定本是經歷這樣的過程而來的，這是馮其庸等校注版的第一個優點。

事實上最重要的一個優點，在於它是用「庚辰本」做底本，屬於一般所謂的「脂本」，或者稱為「脂評本」。這一類版本的特點，首先是有脂硯齋的批語；其次，它一定是手抄本，也因為都是在少數親友之間彼此傳閱，再加上評點所形成的本子，所以它一定是殘本，根本沒有寫完，這些是

「脂評本」的共同特色。《紅樓夢》的脂本有好幾個不同的版本，其中最早的一部是「甲戌本」，對此包括以下所說的帶有年分的各種版本，都不是當年度寫下來的版本，所謂的「甲戌本」並非甲戌那一年撰寫的小說版本，而是根據甲戌年那一年的版本再抄錄的，叫作「過錄本」。

原則上說來，只要抄寫的人很小心、很謹慎，則即便是「過錄本」，也應該會和原來的版本一模一樣，由於原始的手抄本已經不見了，所以我們接下來講到的都屬於「過錄本」。「甲戌本」是胡適發現的，臺灣的中研院曾出版套色的影印本，它當然也非常可靠，但是很可惜只有十六回，無以窺其全豹，因此除了學術研究之外，一般的閱讀應該是用不到的。至於「庚辰本」則全備得多，同樣是曹雪芹生前就在親友圈流傳的版本，所以十分可靠，而最大的優點在於有八十回，只缺第六十四回和第六十七回，但瑕不掩瑜，最符合曹雪芹生前的創作全貌，所以閱讀這個版本比較能夠真切掌握到曹雪芹的原意。

《紅樓夢》的版本當然不止這些，還有「己卯本」、「靖藏本」、「蒙府本」（蒙古王府本），以及「列藏本」（列寧格勒圖書館的藏本），這些版本在考證比較和參校時非常重要。

至於現代人所整編的《紅樓夢》版本，除馮其庸等校注的《紅樓夢》之外，還有一部由臺北里仁書局所推出的《紅樓夢新注》，也是以庚辰本做底本，而最大的優點是注釋更多，提供各種名物的真正出處和正確解釋；另外，還同步以夾注的形式收錄脂批，雖然可能會使行文不夠流暢，但卻可以讓讀者適時得到恰當的指引。

八十回仍然是未完成的殘本，對於讀者來說勢必是若有憾焉，因為總有許多心念懸宕在那裡而不能過癮。同理，當高鶚與書局老闆程偉元認定這部小說具有市場價值時，便把後面的四十回補完，使之變成一個完整的面貌，統稱「程高本」系統，它有兩個版本，早先的一個稱「程甲本」，後來的一個稱「程乙本」，二者相隔半年多，而果然《紅樓夢》也是透過他們才達到高度普及。

乾隆末期，《紅樓夢》開始慢慢傳開，書商程偉元很有眼光，覺得這部書很有暢銷的價值，因為它實在太有魅力、太吸引人了，可惜只有前八十回！很多的讀者難以接受這種未完成的狀態，為了市場考慮，他就和高鶚合作，把後面的情節補完，這便是我們今天所看到的一百二十回本，它的特質剛好可以和脂評本做一個對照。

「程高本」的第一個特點是沒有批語，因為一百二十回本大概有八十多萬字，若再加上批語，簡直卷帙浩繁，不利於市場流通，所以他們把所有的脂批全部刪掉，只有白文。第二，它當然是排印本，排印才能夠讓每一頁容納更多的文字，而且更易清楚辨認；第三，它當然是全本，也就是一百二十回本。而它事實上也不是只有一個版本，第一次推出的版本叫作「程甲本」，於乾隆五十七年推出，等到第二年春天，相隔不到半年，他們又不滿意，重新做了一些更動，然後推出第二個版本，即「程乙本」。

問題是程偉元、高鶚並不滿足於只把後四十回補完，還去改前面八十回以便符合自己的想法，並且和後四十回更一致，「程乙本」比「程甲本」變本加厲，改了兩萬多字，如此一來，當然會扭曲很多內涵，所以讀者如果只看程偉元、高鶚的版本，恐怕就有很多地方會被誤導。試想：一個書中人物，只要增減幾句話，多一點描寫，依據他的些微表情和動作，讀者對這個人的感覺是否就會不一樣？而程偉元、高鶚把《紅樓夢》改寫那麼多，改成他們喜歡的樣貌，從某個意義來說，當然會很嚴重地干擾曹雪芹想要表達的意涵。「庚辰本」最可靠的地方，在於它已經最貼近曹雪芹的原意，而前八十回又非常完整，這個版本最大的價值便在這裡。

以上是《紅樓夢》的版本問題，接著再來看有關《紅樓夢》的批評和詮釋。最早的一批評點者當然就是脂硯齋那一群親友，脂批既然這麼重要，何處能夠很方便地找到脂硯齋所提供的資料？俞平伯曾經做過相關匯集，後來陳慶浩也進行輯校，比俞平伯的匯集更完善，也吸收一些當時所能夠看到的最新成果，其《新編石頭記脂硯齋評語輯校（增訂本）》由聯經出版公司出版。

在脂硯齋之後，《紅樓夢》得到越來越多人尤其是旗人的喜愛，他們直接從中看到很多旗人文化，有他們的共同經驗，後來《紅樓夢》也流傳到漢人圈，直到民國初年，越來越多有關《紅樓夢》的批語和評論。「一粟」，是兩個人的合稱筆名，其中一位叫作朱南銑，另外一位是周紹良，兩個人合作的《紅樓夢資料匯編》由北京的中華書局出版，裡面的蒐羅非常完整，可謂勞苦功高，嘉惠後人，因為有很多關於《紅樓夢》的評語是不容易見到的，而他們從各種刻本、一些冷僻的資料裡，一條一條蒐集出來。一編在手，幾乎九成以上的《紅樓夢》評論（一直到民國初年），大概都可以找得到，這部《紅樓夢資料匯編》對於研究《紅樓夢》也是不可或缺的參考文獻。

關於傳統評注，知名的紅學家馮其庸也領銜整理有《八家評批紅樓夢》，那些評點批語雖然有不少已經收入一粟所編的《紅樓夢資料匯編》，但此書更加完備，所謂八家都是比較重要的《紅樓夢》評點家，包括王希廉、張新之。既然是《八家評批紅樓夢》，它的做法是用一百二十回全本，把八家的評語依序在各回的相關之處，包括回前、回末或是夾行、頁眉直接收入，所以可以直接對照文本，這是它的優點。

推薦兩本書

此外有兩本書，其實是一般性的理論，並非特別針對《紅樓夢》。但《紅樓夢》畢竟是一部小說，如果從小說領域專業的、學術的研究入徑，具有這方面的訓練再去讀《紅樓夢》，就會讀到一般讀者看不到的內涵，而沒有被訓練過的眼睛，便分辨不出那些細微卻十分重要的差異。

其一是《小說面面觀》，作者愛德華．摩根．福斯特（Edward Morgan Forster, 1879-1970）本身就是一個非常優秀的小說家，筆下的名著有《印度之旅》，他講述有關小說的專業知識的演講稿被匯集為《小說面面觀》。這本書深入淺出、精簡扼要地表達出對小說一些重要的、基本的認識，令人獲益良多，它深刻地有助於理解《紅樓夢》的整體架構，以及相關人物若干很深層的、不容易被察覺的面向，若是對小說有興趣，這本書也是一本必讀書。福斯特把小說的構成分成七個面向，包括人物、故事、情節等，對於了解《紅樓夢》會很有幫助。

首先，小說即是由散文所寫成的虛構故事，所以作品中一定是講故事，如果故事講得不好，當然就是一部失敗的作品。可是故事和情節又有什麼不同？一般都會覺得故事和情節差不多，因此通常是混淆一通，覺得互相可以替代。福斯特則分析得很清楚，他說故事就是按照一個時間的序列——即使採用倒敘也是一個時間的序列——把一件事情交代清楚，這是對於「故事」的基本定義。而「情節」固然也是在講故事，但是卻比故事多了一個要素，即那些順著時間序列所發生的事件之間、人物的行動之間必須有因果關係。福斯特舉的例子也非常淺顯，他說如果有一段敘述是「國王死了，然後王后也死了」，這樣的描述是在講故事，它只是照時間先後順序把那些事件表達出來；如果換一個說法：「國王死了，王后也傷心而死。」這就是在創造情節，其中即帶有更多的意味。

故事只要講得好聽就行，可以不合邏輯，甚至荒謬，福斯特用了一個短語來說明故事講得成功與否的一個判斷標準——讀者如果不斷在心裡，甚至形諸口舌地追問：然後呢？然後呢？那麼這個故事就成功了。一個故事講得好不好，訴諸的是讀者的好奇心，只要能夠挑起讀者的好奇心，讓他想知道下面會發生什麼事情，這個故事便達到成功的目的，但是這樣的故事本身能否在一個較深、較高的心靈層次或哲理層次，對讀者產生發人深省的啟示，恐怕就未必見得。故事的編寫可以天馬行空，只為滿足讀者的好奇心，讀者在閱讀時無暇追究事件之間是不是有矛盾衝突、是不是有邏輯跳躍的問題，等到事後再去回想，會發現裡面有很多的破綻，那麼這個故事就只是停留在故事的層次。

而當讀者事後回想整個故事的敘述，發現裡面隱含若干當時只是很想看完而無暇細想的東西，然後透過對人性的理解，經由一些其他的知識，再參照對人生的疑惑，慢慢挖掘到那個故事原來傳達出某一種人性很幽微的必然反映——也就是因果關係，這麼一來，所講的故事便已經上升到「情節」的層次。福斯特說：好的故事但凡能夠到達情節的這個要求，就必然是深刻掌握到人情事理的某些運作法則，當然其作者的功力即高得多，可是這麼一來，也需要讀者能夠從看故事滿足好奇心的層次而提升到掌握情節的層次，自己要能夠分析挖掘出因果關係，換句話說，讀者的重要性也相應提高。可是，一般的讀者就是很粗心，往往只想知道林黛玉和賈寶玉後來有沒有結婚，然後快快樂樂生活在一起，如果只是在滿足這個好奇心的話，那麼作者的苦心當然也就白費了。

福斯特語重心長地告訴讀者們，好的讀者必須具備兩個條件：第一是要有記憶力。一部上升到情節層次的小說，其內涵要訴諸讀者的記憶。換句話說，讀者對這部小說要很熟，如果很多細節都忽略了，僅憑某幾個段落便以偏概全，孤證引義，據之自由發揮，這勢必會破壞了小說本身所提供的因果關係。而要求良好的記憶對於閱讀《紅樓夢》是非常不容易的，因為《紅樓夢》裡的細節實在太多；第二是要有智慧，這似乎更難，人們真的要很辛苦努力才能夠得到智慧。

這兩者當然都很困難，記憶是要付出時間，至於智慧更得要有人生歷練，要受過一些打擊，要面臨重大的失落，要領略到人生許多的無可奈何，才看得出來原來小說中是有如此這般的意涵，而不是我們以前所以為的那樣。正因為如此，《紅樓夢》可以一讀再讀，中年時讀之會有不同於年輕階段的體會，晚年再讀依然有別樣的領悟，就是因為人生智慧一直也在與時俱進。總而言之，這是福斯特《小說面面觀》七個面向中的兩個面向。

一般讀《紅樓夢》，最開始都是從故事層次切入，但是一定要要求自己做一個有資格的讀者，好好地讀熟，不要放過細節。同時人生智慧並非一蹴可幾，因此我們也要把自己開放給小說作家，讓他來啟發我們的內心，將他所體認的豐富幽微的智慧灌注給我們，唯有抱著這般謙遜的心，我們才能夠真正讀到《紅樓夢》的深刻內涵，而不是自以為是地把成見套用在那些情節人物身上，那就毫無意義。

《小說面面觀》所言的第三個面向，對讀者而言應該是最有意思的。福斯特說故事一定要有人物，沒有人物根本不可能寫成小說。當然像《伊索寓言》裡並沒有人類，很多都是小動物，不過小動物其實也是人物，因為牠們已經被人格化了。福斯特所提供的最大的啟發，在於他發現人物有兩種：一種稱為「扁平人物」；一種稱為「圓形人物」。

如果用一個理念或者一個說法，即可以把一個人物所有的言語和行為都概括殆盡，那麼這種人物就叫「扁平人物」（flat character）。但是「圓形人物」（round character）便不一樣了，「圓形人物」是立體的，所以會有陰影，而且深不可測，他的生命是在自己的意念之間不斷地延伸，所以會有很多我們看不到的部分。在研究《紅樓夢》的歷程中，最深的感慨是，兩百多年來，讀者閱讀這部小說中眾多的精彩人物時，往往都給他們貼標籤，比如誰就是代表性靈、誰就是代表虛偽禮教，結果標籤化之後，人物變得扁平了，該人物的豐富層次也被嚴重掩蓋。

舉一個例子，「性靈說」是明末以來一直到清代，在詩歌或思想領域被高度張揚的一個新的人性觀，一般人認為《紅樓夢》中「性靈說」的最佳代言人是林黛玉、賈寶玉。可是我必須說，事實上遠遠不是如此，體現「性靈」是一回事，但是把性靈的觀念闡述得最清晰、最完整，而且甚至給予價值觀上的明確支持與肯定的，那個人是賈政！這實在太有趣了，豈不見紅學裡常常有一種說法，即賈政這個人為什麼叫賈政，是為了要諧音「假正經」，要藉由他來抨擊傳統迂腐的儒家禮教，這真的是陳腔濫調的一個常見說法。經過多年來不斷的重新分析，不斷停下來揣摩這個人物現在為什麼會講這段話，他講這段話背後的信念是什麼，然後再重新去翻找、去建構，結果發現賈政反而是《紅樓夢》裡性靈說的最佳代言人！由此可見，《紅樓夢》中的人物幾乎全屬「圓形人物」，他們都有很多層面，不能用單一的概念或單一形象進行概括。

一部小說的成功與否，直接決定於能不能塑造出好的「圓形人物」。而《紅樓夢》裡的人物大部分都是「圓形人物」，好比焦大，雖然他只出現過一次，只有幾行的戲份，卻也是立體化的，可見曹雪芹的高明。但如果一部小說中全部都是「圓形人物」，那麼事實上它還是失敗的。因為當每個人都在變化的時候，這部小說就沒有一個穩定的主軸，會落入非常混亂的局面，所以福斯特語重心長地說，一部好的小說一定要有「扁平人物」，因為有「扁平人物」作為一個穩定不變的參照系，即可以襯托「圓形人物」各式各樣的變化。就此而言，我們對於這兩種人物沒有絕對的褒貶，重點還在於小說家如何塑造，如何讓他們集體形成一個很完美的複調。

福斯特便舉了一個英國小說的例子，那本小說裡面的管家雖然出現過很多次，可是無論他說什麼或做什麼，不管是要幫人開門，還是給人吃閉門羹，或是他出來講什麼話，讀者推敲之後都會發現他所有的動機只有一個，就是要保護他的主人。如果用一個動機便可以破解他所有的言行，那麼他就是「扁平人物」。《紅樓夢》中當然也有「扁平人物」，而且還不少，例如出現在第八十回的恐怖女人夏金桂，殘忍又潑辣，好一個悍婦！另外有一個始終在《紅樓夢》裡面穿來穿去，到處放火，引爆很多災難的罪魁禍首，我很努力地加以推敲，卻怎麼樣都看不出有什麼優點，那個人就是趙姨娘，她也是典型的「扁平人物」。

另外，普林斯頓大學的傑出漢學家浦安迪，多年前曾經在北京大學做過一個系列講座，他的演講稿匯編成《中國敘事學》，有一章專門講《紅樓夢》，其中就把他多年來研究中國長篇小說包括明代四大奇書的心得，提綱挈領地呈現出來，《中國敘事學》是浦安迪的著作中一部比較容易閱讀的作品，能夠令人感受到他研究成果閃現出來的火花。

脂硯齋

《紅樓夢》的作者是曹雪芹，經過胡適以來的考證，這一點算是沒有問題，從而在紅學的內部已經形成所謂的「曹學」，也就是進行曹雪芹的家族考證，並作為《紅樓夢》的「本事」來源。所謂的「本事」，指的是作品內容原本所根據的真實事蹟，這種做法有利有弊，有利的地方在於讓我們更瞭解《紅樓夢》的創作背景，但是它的缺點是會讓小說淪為一份「傳記記錄」。「傳記記錄」和小說創作事實上還是很有距離的，如果過度強調曹家的歷史，那麼對於《紅樓夢》多少會有一些穿鑿附會的聯想和解讀，而曹雪芹家族的歷歷往事，並不等於《紅樓夢》的內部描述，二者的區別一定要區分清楚。

曹雪芹之所以創作《紅樓夢》，主要的意義乃是一種「自懺之言」，也就是自我懺悔，同時追憶往事，以致整部小說情境充滿悲悼氣氛。他的「著作權」其實也是到了民國以後才很公平地獲得的，這時候距他的離世已經近兩百年，對古人來說，小說創作真的不是可以傳之於世、藏諸名山的不朽大業，而《紅樓夢》的寫作堪稱是字字血淚，因為它並不是為了傳名，也更無利可圖，因此《紅樓夢》的深邃及其真誠才能夠如此打動讀者。我們對曹雪芹的所知非常有限，連他的生卒年到現在都沒有定論，經過各種考證，關於他的出生年，目前得到的大約範圍，是在一七一五年或一七二四年，其間有九年的差距；卒年大概是一七六三年，最多往後推一年，則是一七六四年，仍都莫衷一是。以此推算一下曹雪芹一生的壽命，倘若生年依據較早的一七一五年，他最多也不過才活了四十九歲，算是英年早逝；如果生年按照較晚的一七二四年來算，他更只活了四十歲而已。這樣的年紀要創作出如此博大精深的小說，非得有特異的稟賦，同時也有非常曲折離奇的經歷，由先天到後天各式各樣的複雜因素加進來，才得以創造出這麼一個小說史上的奇葩。

除了曹雪芹之外，還有和曹雪芹關係非常密切的人物，叫作脂硯齋。「脂硯齋」其實是一個籠統、廣義的稱呼，也就是說，我們將來會引述的「脂硯齋」這個名詞，首先指的是脂硯齋這個人。這不是tautology（同義反覆），脂硯齋確實是《紅樓夢》最初以手稿在少數親友之間流傳時，一個最主要的評點家，他在手抄本上面常常對某些情節有感而發，或者是要提點曹雪芹的寫作技巧，或者是提示出曹雪芹根據什麼樣的真人、真事作為這一段人物或故事的藍本，所以脂批對於研究《紅樓夢》提供很重要、很寶貴的資料。

但實際上並不是只有一個人在點評，因為曹雪芹的親友圈平常來往密切，包括有很深厚的血緣關係的親人，目前所能看到的《紅樓夢》稿本的評點者，還有一個有名有姓的人，叫作「畸笏叟」。從畸笏叟的「畸」字看，很明顯地，這又是懷才不遇，或人生的自我定位是失敗的、殘缺的一位人物，這樣的人最能夠瞭解《紅樓夢》的辛酸。另外，還有一些評點者。總之，脂硯齋是留下最多批語的一個，但他究竟是誰，我們到今天還沒有辦法考察出來，而前面所謂的「有名有姓」其實也是不精確的說法，因為「脂硯齋」和「畸笏叟」一樣，都只是外號或別稱，一般便把這些評點家統稱為「脂硯齋」。

有一個說法主張脂硯齋就是王熙鳳，還有一個說法認為脂硯齋是史湘雲，這些說法都忽略了，畢竟小說就是小說，小說人物不宜和現實人物畫上等號，因為二者屬於完全不同的範疇，一個是歷史的、現實世界的範疇，一個是虛構的、藝術創作的範疇。小說當然有可能取鑑於現實世界的種種真人、真事、真景，但是它畢竟經過種種虛構的手段，重新加以熔鑄而形成一部小說的有機整體。所以，當我們要瞭解小說的文本內緣的種種意涵時，根本不用理會其外在的對應者是哪些人。只不過外在的這些「脂硯齋」畢竟瞭解得比我們更多，他們最大的價值在於和曹雪芹的出身背景完全一樣，而曹雪芹的出身和我們卻根本不同，我們不能用一般人的常識反應來理解他所寫的《紅樓夢》。關於這一點，是兩百多年來讀者和研究者有意或無意所一直忽略的。

脂硯齋在出身背景上和曹雪芹完全一樣，所以從某個意義而言，他對小說人物的評價，其行為該褒還是該貶、該怎樣理解等等，背後的一整套意識形態和曹雪芹或者說和整部《紅樓夢》所要表達的、奠基的價值觀是一致的，則透過脂硯齋的批語，我們多少就比較接近曹雪芹的原意，這是脂批給我們最大的啟發，其最大的價值也在這裡。由於脂硯齋和曹雪芹有如此高度的相似性，甚至恐怕是出於同一個家族，所以在閱讀《紅樓夢》的時候往往比一般讀者更投入，他會感同身受，甚至會不忍卒睹、眼淚掉下來，或者是讓他想起多少年前的往事，產生不勝緬懷、無比慚愧之類的觸動，也因此脂硯齋作為一個評點者，和其他的一般讀者確實是不一樣的。

脂硯齋和曹雪芹的關係既然如此密切，目前可以推斷的是他恐怕即曹家人，很可能是曹雪芹的堂叔，輩分稍微高一點，因為在他的評點中有一些語氣是長輩對晚輩才有的。例如第十三回回前他對秦可卿的點評：「『秦可卿淫喪天香樓』，作者用史筆也。老朽因有魂托鳳姐賈家後事二件，豈是安富尊榮坐享人能想得到者，其事雖未漏，其言其意，令人悲切感服，姑赦之，因命芹溪刪去『遺簪』、『更衣』諸文。」秦可卿到底是怎麼死的，我們現在看到的版本有一點閃爍其詞，有一點曖昧不清，那是曹雪芹故意製造出來的，因為他原來要寫的秦可卿，根本就是在一個莫大的性醜聞中，也就是她和公公賈珍有亂倫問題，導致最後不得不以死謝罪，照理來說，這對一個女性而言是非常大的人生缺憾。但脂硯齋說，秦可卿在死前對王熙鳳托夢的內容是無比深謀遠慮，給這個家族提出一個可以重新開始、不怕任何毀滅的最佳良方，這位女性如此有智慧，對這個家族這麼熱愛，所以脂硯齋不喜歡原本曹雪芹安排的那些情節，不忍她背負這樣的惡名而終結一生，所以「命芹溪刪去」！

「芹溪」就是曹雪芹，曹雪芹也真的刪掉這一情節，可是故意刪得不乾不淨，我們會發現，賈珍那麼強烈的反應真的很奇怪，不像是公公對媳婦的死會有的反應。那就可想而知，脂硯齋的權力很大，他不但做一個讀者，甚至還作為創作的參與者進入寫作之中，對情節做了一些改變。就此而言，脂批真的是提供一些非常重要的資訊，當然關於這些資訊，我一再強調不是來自於脂硯齋深知曹雪芹創作上所依據的現實事蹟，而是他反映出和曹雪芹很接近的價值觀，也提供讓我們理解曹雪芹創作底蘊的比較真切的指引。

曹雪芹「書未成」就已經過世，留下來的是未完成的交響曲，這也是我們後代讀者莫大的遺憾。早在明朝的時候，就已經在知識圈流行「人生三恨」的警語：「一恨鰣魚多刺，二恨海棠無香。」至於第三恨，張愛玲把它改成了「三恨《紅樓夢》未完」，充分表達了紅迷們的共同遺憾。既然脂硯齋讀過八十回之後的部分，所以很可能曹雪芹其實是寫完的，然而因為若干不足為外人道也的隱衷，後三十回或者是後四十回並沒有保存下來。根據脂硯齋的說法，後面那些回是被朋友借去看，結果遺失了。既然脂硯齋是看過後面的，所以他在評前八十回的時候，偶爾會提到一些情節的對應，特別是前面的繁華，他看得心嚮往之，可是又想到後來的毀滅和淒涼，便產生很強烈的對比感，於是在批語裡提到後文會是怎樣的情況，對照之下讓人無限感傷。透過這種蛛絲馬跡，對於有些人物或情節的發展，我們多少就有一些把握與瞭解，雖然脂硯齋的指引所留下來的線索零零碎碎，不足以呈現後四十回（或後三十回）的全貌，但卻可以幫助我們對於現在的後四十回進行校正。

讀《紅樓夢》，即使只是粗略瀏覽，都能產生一種蒼涼之感，若能夠真正瞭解，更一定會湧出辛酸之淚，正如第一回脂硯齋所說：「能解者方有辛酸之淚，哭成此書。壬午除夕，書未成，芹為淚盡而逝。」這部作品根本就是眼淚寫成的，所以脂硯齋說曹雪芹是「哭成此書」，一字一字都是發自內心，沒有一個字是浪費的。對他而言，他的人生晚年只剩下窮愁潦倒，完全一無所有，他唯一擁有的就是過去曾經經歷的溫暖、繁華的美好歲月！

從這個角度而言，曹雪芹寫《紅樓夢》，總是讓我想到童話中《賣火柴的小女孩》的故事，他真的是一無所有，只好在一片黑暗裡，擦亮手中僅剩的火柴，在短暫的光亮和溫暖中，彷彿重新又活過一次，而曹雪芹唯一能夠燃燒的，就只有深深鐫刻在他腦海中的回憶，這些回憶的點點滴滴都是他即便失去所有的一切都不曾磨滅的。他的筆便是小女孩的火柴棒，一筆一筆擦亮了燦爛的回憶，所以不要再說《紅樓夢》中有些細節是不重要的，曹雪芹是一無所有的人，毋須把力氣浪費在沒有用的字句上。

脂硯齋提供了資料，告訴我們在壬午年的除夕這一天，「書未成，芹為淚盡而逝」，我從第一次讀到這段話一直到現在，無論看過多少次，心中都無比淒愴。除夕是家家戶戶團圓的時刻，親人圍爐重聚，共同迎接新的一年，但是就在眾人皆歡樂團圓、心中懷抱著希望的時候，曹雪芹卻拖著孤獨而沉重的病體，揮別他手邊僅存的書稿，淚盡而逝！曹雪芹去世的那一幕和林黛玉之死驚人的相似，只有眼角的淚珠和他嘔心瀝血寫出來的書稿作為唯一的陪葬品，真是無比淒涼的人生終點，他用血淚打造出《紅樓夢》這一部曠世巨作，恐怕也是老天對我們的一大撫慰了。

尼采曾說：「一切的文學作品，我只愛好用血和淚寫成的。」《紅樓夢》正是用血淚寫出來的，當它誕生之後，也只在非常少數的親友間流傳。根據龔鵬程考證後發現，最初對《紅樓夢》提出評點與意見的那些讀者局限於北京一地，而且是在旗人的圈子裡，如敦誠、敦敏，他們都姓愛新覺羅，而其他的那些朋友也都是旗人，所以曹雪芹的寫作在乾隆時期的文化圈中具有高度的孤立性。曹雪芹寫這一部作品既不為名，也不為利，他的名字要到民國以後才被確實考證出來，可想而知這是很真誠在面對此書寫作的一個人，每一個字都是發自靈魂深處，是他非寫不可的東西，這樣的作品也才會有價值。

《紅樓夢》的宗旨

在這樣的背景上，我要再做一個補充，到底該如何讀《紅樓夢》、該怎樣理解《紅樓夢》的創作宗旨？此書包羅萬象，讀者也是形形色色，所以《紅樓夢》會被讀出何種的內涵，簡直有讓人嘖嘖稱奇的各種角度，魯迅便說《紅樓夢》是中國許多人所知道或者至少是知道名目的書，單單是《紅樓夢》到底是為什麼而寫，就因為讀者的眼光而有種種的不同，例如經學家會看見「易」，道學家則看見「淫」，才子在裡面看到「纏綿」，革命家便看見「排滿」，認為有反清復明之意（所謂賈寶玉的玉即玉璽之類的，這有各式各樣索隱派的說法）；至於那些流言家只看見「宮闈祕事」，覺得《紅樓夢》洩露很多外界所不知道的宮廷中隱隱晦晦的一面。

《紅樓夢》如此受歡迎，正是因為它的內涵無窮無盡，可以開鑿出條條大路，可是每一條路都彼此迥異，而哪一條才最接近其本來的面貌呢？當然讀者本來就有自己的詮釋權，有自己讀書上的主觀偏好，但是我們應該拋棄個人的偏好，稍微貼近一下文學分析的角度。既然它是一部文學作品，我們就必須從文學的角度去看，不要去管它如何演繹「易」的無常的變易之道，毋須從道學家角度去看裡面的道德訓誡，切莫耽溺於男歡女愛的那些描寫，也不必理會歷史興替之間的嚴肅課題，當然更不要愛好八卦。如果完全從文學藝術的眼光來看，《紅樓夢》所呈現的最大宗旨，實如赫伯特．馬爾庫塞（Herbert Marcuse, 1898-1979）非常著名的一句話：「真正的烏托邦植根於對過去的記取中。」這段話也可以恰當地運用在馬塞爾．普魯斯特（Marcel Proust, 1871-1922）的《追憶似水年華》這部書上，順著記憶的線索，我們往過去的黃金歲月去溯源，一路上的風光就變成人心中最真實的寶藏，反而比當下所在的世界更真實、更美好。

《紅樓夢》是一部繁華事散後的追憶文學，曹雪芹在失去一切之後渴望重建他所擁有的過去，而重建過去只有透過虛構的寫作才能達到，所以他的寫作很微妙地交雜著繁華與荒涼、成功與失敗、是與非。就某個意義來說，《紅樓夢》是在對過去的記取中，以很獨特的方式重新創造一個人生或是世界的烏托邦，從這個角度來理解《紅樓夢》，會比較貼近曹雪芹的創作本質。也正因為如此，既然是對過去的追憶，對過去的繁華、人生中最完美卻又失落的人、事、物的追憶，由此還可以進一步區分，對於他所關切的重心再做更精細的說明。

雖然紅學真的是浩瀚汪洋，相關著作簡直是汗牛充棟，無法計量，但是真正用專書的規模對一個特定的課題或相關範疇作有系統的研究，其實反而不多，大都是零零星星地對自己有感覺的事情、對自己愛好的人物去發揮，通常是非常零散地進行單篇書寫。這裡我要引用梅新林的研究成果《紅樓夢哲學精神》，純粹從文學和思想的內域來對《紅樓夢》進行有系統的研究寫作，他做了三個區分。

《紅樓夢》的第一個層次是「青春生命的輓歌」。所謂的「輓歌」即是對已經逝去的人、事、物的追悼，就這個層次來說，大家都很容易有所共鳴，看到那些美麗的少女如此青春美好，在天真純潔的世界裡展演生命風華，最後卻免不了受到世俗的汙染和摧殘，這大概是《紅樓夢》中最容易被人體認到的悲劇。整部《紅樓夢》確實是對美好往昔的追尋，但是又必須面臨那悲涼幻滅的宿命，在幻滅的前提之下，曹雪芹奮力進行對美好過去的重建，他擦亮手中僅存的記憶火柴，讓它重新綻放光輝，此一光輝因為是根植於對過去的記取中，因而充滿烏托邦的色彩，甚至可能比他當時所真正體驗到的更加美好十倍，這是記憶所具有的一種特殊魅力。

梅新林提到《紅樓夢》的第二個層次是「貴族家庭的輓歌」。在中國文學的各種創作裡，《紅樓夢》是獨一無二的一個原因，就在於它所描寫聚焦的對象，是我們絕大多數人一輩子都不可能親眼目睹的貴族階層，如果以我們比較自由、人際關係比較單純，尤其是在個人主義發達之下追求自我的實踐或完成之類的平民價值觀來看待《紅樓夢》的話，往往會誤入歧途。舉例來說，脂硯齋在元春回來省親的相關情節中留下一段批語，說那一段情節畫出「內家風範」，「內家」就是皇室，是紫禁城裡，你連望都望不到的雲端！可見《紅樓夢》所觸及的，是我們一般人簡直無法想像的世界，所以脂批提醒我們說這是讀《石頭記》最難的地方，是「別書中摸不著」。

我們大多數人都故意忽略這些批語，只是把它當作一般的泛泛之說。類似地，一般平民小說家寫到貴族，常常是窮酸文人自己的幻想，所以常常寫出來的都是荒腔走板，都是想當然耳，所以脂硯齋說他最討厭的就是這種幻想出來的貴族生活，脂批裡常常用諷刺的筆調來批評那些荒唐的貴族想像，稱之為「庄農進京」，鄉下人到京城的浮誇不實。原來《紅樓夢》不但是沒有其他的作者寫得出來，甚至也不是讀者可能見識過的，也就是說，讀者所有的生活經驗恐怕都不足以支持對《紅樓夢》的理解，因為那超出我們的經驗之外。「別書中摸不著」這句話非常有趣，脂硯齋不只是說作者寫的東西完全與眾不同，他甚至間接告訴我們，如果只用自己普通的經驗去閱讀，絕對會錯識《紅樓夢》。

就這一點來說，我們可以進一步看到脂硯齋在許多的批語中屢屢提及，並且幾乎是大部分的研究者都忽略的，就是貴族家庭的真貌。曹雪芹在描述賈府各式各樣的人物和活動時，脂硯齋便常常點出幾個關鍵語詞來畫龍點睛，比如王熙鳳這樣子說話、那樣子做事，或者是賈寶玉如此地懼怕賈政，一聽到賈政叫他就頭上響了個焦雷，「便拉著賈母扭的好似扭股兒糖，殺死不敢去」（第二十三回），脂硯齋竟然說這些表現才叫作「大家規範」、「大族規矩」，反映出「大家風範」、「大家氣派」、「大家規模」。必須注意到，他一直反覆使用的都是「大家」、「大族」還有「世家」這一類語詞，指的便是世世代代都處於貴族階層的那種家族，和我們的生活真的是完全不一樣的。

賈府作為一個生活共同體，包括奴僕在內，一共有上千人，上千人如此密集地生活在一起，必須有一套很嚴謹的制度來調節，否則一定會混亂！這麼多人聚居在一起，除了要有秩序，當然還要有倫理，包括其他各式各樣不成文的風俗，「風俗」便是這種世家大族歷代累積下來的一種人情世故，不形諸強硬的家法規範，但大家在行事的時候都會遵守。由此可知，事實上，脂硯齋對這種大家、大族、世家的禮法規範是非常引以為傲的。但由於五四以來全面反傳統的主流思潮，覺得傳統的禮教就是吃人，我們應該要衝決禮教的網羅（譚嗣同語），以致凡是和禮教有關的，通常即被認為代表落後、迂腐，代表壓抑人性。因此，我們對《紅樓夢》的理解也不知不覺地受到這些偏差觀念的影響，總覺得曹雪芹寫這部小說是為了反封建、反禮教、抨擊貴族的虛偽腐朽，賈寶玉被拘束在封建家族世界裡掙脫不了，感到非常痛苦，最後就以出家的方式來表示反抗。

類似的說法俯拾即是，可是我要鄭重地澄清，這絕非事實，甚至毋寧說，曹雪芹或者賈寶玉是深深依賴著這樣的一個階層，同時也眷戀家族提供給他們的物質與精神上非常優渥的資源，例如當曹雪芹追蹤賈寶玉此一特殊人物的形成因素時，他甚至把「生於公侯富貴之家」這麼一個後天因素也放進來，認為如果沒有此等的公侯富貴之家，就不可能有賈寶玉！關於這一點，等以後講到「正邪兩賦」（第二回冷子興演說榮國府時，賈雨村所說的非常重要的那一段），再細細說來。

除了「正邪兩賦」之外，賈寶玉「情痴情種」的特性也同時取決於公侯富貴之家，則請問他如何可能反對塑造他的那個原因？沒有「公侯富貴之家」就不會有他這麼個「情痴情種」，所以說，反封建、反禮教是一個很不合邏輯的說法。更何況從小說的許多描述中，我們可以發現曹雪芹事實上是深深地眷戀他已經失去的貴族生活，那已經是他的生命中與生俱來的一部分，我們憑什麼要他反對？憑什麼要他不喜歡？這是一種違反人性的邏輯。

細讀《紅樓夢》就會發現，曹雪芹所刻畫的，是幾乎沒有其他的小說家所可能想像到的一個獨特的世界。縱觀中國文學作品的作者大多數都是「失意老男人」，當然曹雪芹也是，但那些寫才子佳人故事或其他文學作品的失意文人，幾乎沒有機會接近那一種庭院深深、侯門深似海的世界，這就是脂批不斷在強調這一點的原因：此處所寫的是你們都不知道的大家族的規矩，是「大家」的風範；然而，偏偏我們的氣質、我們的價值觀、我們對於別人該怎麼反應的恰當性理解，都和曹雪芹那個時代的那個階層大不相同，因此作為讀者應該要時時刻刻警惕這一點。現代讀者生在已經是後現代的社會，個人主義發達，再加上家庭組織、人際關係也都進入很劇烈的變動中，如今的生存環境誠為所謂的三房兩廳、四口之家的格局，人和人之間的關係比較單一，考慮的事情也比較單純，只要關起門來便有一個獨立的空間不為外人所侵擾，連父母要進孩子的房間也得敲門。

但是，《紅樓夢》的世界完全不是這樣，如果用現在想當然耳的一些想法去理解他們的做法，通常就是誤入歧途。必須說，《紅樓夢》不但不反對封建禮教，甚至它其實是告訴你，他們就是活在一個禮法井井的世界裡，其中當然會有人情所帶來的彈性處理，但是總體而言，會有一個森嚴的禮法在維繫著整個家族的運作，因此筆筆「寫盡大家」，這也是脂硯齋常說的話。《紅樓夢》寫的便是這種世家大族，不僅作為敘事主軸的賈寶玉，連作者曹雪芹也因此常常被脂硯齋讚賞為「非世代公子再想不到此」，意即如果沒有生活在延續百年、四五代以上的上流貴族階層，根本不可能想像得到那樣的情節。曹雪芹自己就是世代公子，他寫的賈寶玉也是同樣的出身背景，憑什麼他們要反對這樣的貴族家庭？這一點一定要特別注意。

因此，梅新林說《紅樓夢》哀惋悲悼的第二個層次是貴族家庭的輓歌，我對此深表贊同，曹雪芹事實上是在哀悼他所依賴、所根植，乃至創造他這個人的家庭的失落，因此充滿了悲惋之情。就此而言，他根本沒有反對自己的階級；相反地，他深深瞭解這個階級裡有哪些別人看不到的東西，他負責的就是擦亮火光，絲絲入扣地把它們召喚回來，不但自己重溫一遍，心中再度得到撫慰，同時也讓周圍那些擁有和他相同經歷的親友們共同參與這個往昔歲月的重建，這是《紅樓夢》最重要的一個地方。

那麼，貴族家庭與平民百姓家到底有怎樣的不同之處呢？必須要注意到，從生活形態到意識形態都迥然有別。很多人都把《紅樓夢》和《西廂記》、《牡丹亭》相提並論，甚至說曹雪芹深受這兩部戲曲還有〈鶯鶯傳〉之類小說的影響，張揚所謂的戀愛追求、婚姻自主等等，因追求失敗而感覺到種種悲哀，這樣的說法並非事實。請看諸聯這位清末民初的評點家，他在《紅樓評夢》中的一段評語觸及《紅樓夢》與才子佳人小說之間很重要的創作差異，指出：

> 自古言情者，無過《西廂》。然《西廂》只兩人事，組織歡愁，摛詞易工。若《石頭記》則人甚多，事甚雜，乃以家常之說話，抒各種之性情，俾雅俗共賞，較《西廂》為更勝。

何止是《西廂記》，還有《牡丹亭》這部被視為湯顯祖最重要的作品，它所宣揚的「至情說」主張要為情而生，為情而死，還要為情而復活，感動了無數的有情人們，但兩部戲曲都有同樣的問題。諸聯注意到《西廂記》這類小說戲曲和《紅樓夢》非常不一樣的地方，在於《西廂記》只寫到兩個人之間的事，男女主角一見鍾情，大膽超越禮教、待月西廂，開始靈肉合一，完全以男女二人為中心去組織他們的喜悅、恐懼、快樂與失落，整部小說只有這兩個人在上演故事情節，其他人好像都不存在似的。換句話說，他很犀利地洞察到《西廂記》、《牡丹亭》之類的故事中，男女主角以愛情為他們最重要的追求目標，並且似乎活在一個社會真空狀態，別人的存在通常只是為了要製造阻礙，發揮像調味劑一樣的作用而已，比如有個小人從中撥亂，如此一來，大家才看得比較痛快，如果一點也沒有曲折，讀起來便沒有快感。

但是，《西廂記》把男女之間的關係放在一個社會真空狀態之下，往往就會扭曲人性的真相，因為人性的展開、個人的實踐一定都是在複雜的人際網絡裡進行，不顧其他人而完全地實踐自我，這樣的事情實在很不可能發生。總而言之，諸聯的意思是說：《西廂記》描寫的人物很少，主要就兩個人，所以要描述得精彩比較容易，因為只要處理這兩個人就好；可是《石頭記》不一樣，它的人物眾多、關係複雜，根據統計，《紅樓夢》裡面有名有姓的角色，也就是讓人可以意識到他的存在的人，居然有四百多個！

這是很驚人的數據，賈府有一千個人，我們可以認識到其中的四百多個，確實非常不容易，曹雪芹要面對的是四百多種不同的個性，處理起來個個都能夠達到合情合理，需要對人性、對這個世界有多深刻的瞭解才能辦到？《石頭記》中人甚多、事甚雜，不同的個性就有不同的事情圍繞著，這麼一來，如果作家調度能力不足的話，整個敘事就會崩盤，令人完全無法抓到它的主軸，而《紅樓夢》竟然還能夠以家常的說話口吻來敘述，那麼親切、那麼逼真，書寫各種性情而雅俗共賞，諸聯覺得這比《西廂記》要難得多，所以它更傑出、更優秀，我完全同意這個說法。

總歸來說，《紅樓夢》與《西廂記》是完全不一樣的，因為《西廂記》僅僅聚焦於兩個人的故事，摒除周圍其他種種的社會性因素，讀者只要看這兩個人的內在活動就好，但是《紅樓夢》絕非如此，《紅樓夢》中的人物絕對不是想要怎麼樣就怎麼樣，整部小說裡人甚多、事甚雜，建立在所謂的「大家規範」、「大家氣派」、「大家規模」上，一定要知道他們是在這樣的一個環境之下展開諸般言語活動，進行各種選擇，才能夠正確判斷他們。

還有一點要特別提醒，因為賈府是大家族，主子輩有一個非常重要的家族使命，即讓這個家族繼續存續，個人只不過是依附在這個家族裡的成員之一，家族要綿延下去才能夠鞏固他們的祖宗根基，讓世世代代可以傳承，所以一個大家族成員所想的事情和我們現代人不一樣。對他們而言，繼承人是非常重要的，必須讓繼承人夠格完成延續家族生命的使命，這才是祖宗或者是每一代人所關心的最要緊之事，第五回便提到，「玉」字輩中被選為繼承人的人即是賈寶玉。

小說在第五回中預告許多重要女性的未來，但是寶玉之所以有機會去參與天機，是因為他神遊太虛幻境，而他又為什麼可以神遊太虛幻境？那是因為有寧、榮二公，也就是賈家的開創始祖囑託予警幻仙姑。寶玉神遊太虛幻境時，被其中的眾多女仙所唾棄，說他是臭男人，怎麼來汙染這個女兒清淨之地，寶玉也自覺汙穢不堪，警幻仙姑便趕緊為之辯解，她說：你們都不知道，我本來是要到榮國府去接絳珠（也就是林黛玉）的生魂，從寧國府經過的時候偶遇寧、榮二公之靈，他們囑託我說：「吾家自國朝定鼎以來，功名奕世，富貴傳流，雖歷百年，奈運終數盡，不可挽回者。故遺之子孫雖多，竟無可以繼業。其中惟嫡孫寶玉一人，稟性乖張，生情怪譎，雖聰明靈慧，略可望成，無奈吾家運數合終，恐無人規引入正。」他們說這個家族已經注定要毀滅，其中只有一個還算是一線希望，可以讓家族起死回生，寶玉就是這個被選定的繼承人，所以他們對寶玉有很多的期望，寄託很多的苦心，希望警幻仙姑幫幫忙。

所謂的「吾家運數合終」，意指我們賈家的運數應該要終止了，「合」是應該的意思。面臨到這樣一個存亡絕續之秋，關鍵時刻只有寶玉有望衝破命運的牢籠，扭轉家族命運，現在想要和命運抗爭，抗爭的籌碼就是押注在寶玉身上，故云「幸仙姑偶來，萬望先以情欲聲色等事警其痴頑，或能使彼跳出迷人圈子，然後入於正路，亦吾兄弟之幸矣」。當然寧、榮二公提出的方法很特別，「以情欲聲色等事警其痴頑」是中國傳統透過儒家與佛教思維所提出的一種「度脫」方式，等以後講到相關主題的時候再做補充。很明顯，這一段文字已經告訴我們，整個賈家的家族生命延續被寄託在寶玉身上，所以寶玉的成材是他責無旁貸的目標，也可以說是他人生最終極的任務所在；完成這個任務不只是個人的自我實踐的問題，還必須面對過去百年的祖先，這是一種非常沉重的壓力。

必須注意，《紅樓夢》的主旨絕對不是反對貴族、抗拒禮教，事實剛好相反，整部書是出於賈寶玉無法完成這樣的使命而自我懺悔的一種表述。第一回中說石頭渴望幻形入世，想要到富貴場、溫柔鄉去受享幾年，脂批就提醒「無材補天，幻形入世」這八個字「便是作者一生慚恨」，他既慚愧又痛恨自己為什麼沒有把這個任務完成，脂硯齋指出這才是《紅樓夢》真正的宗旨，和我們一般所認為的完全不同。至於「無材可去補蒼天，枉入紅塵若許年」這一句，則出自書中對於石頭一生故事的一首詩偈，他真心覺得他的人生不但愧對自己，也無顏面對過去的祖宗，「無材可去補蒼天」這句詩才是此書真正的本旨，而「枉入紅塵若許年」這一句則是「慚愧之言，嗚咽如聞」（脂硯齋語），他根本是哭著說出來的，這一生簡直無顏見祖宗，這輩子完全白費了，因為絲毫沒有盡到對家族存亡絕續的責任。脂硯齋更清楚地指出，《紅樓夢》這一部書「係自愧而成」，因此它真的是一闋貴族家庭的輓歌，而這份哀惋蘊含著深深的自愧，作者「哭成此書」，是哭著贖罪所寫成的一部懺悔錄，就此而言，我們才能夠真正體會《紅樓夢》的價值觀，以及它整體所鋪陳的基調。

最後，梅新林說《紅樓夢》的宗旨之三，即「塵世人生的輓歌」。這三個層次是層層遞進的，首先是青春生命的輓歌，青春是個體最美好的階段，但青春注定是一本太匆促的書，很快地終究會失落，這也是世道公平的地方。從個體的失落，再擴大到美好家族的失落，再來就是整個美好世界的失落，這個塵世也終究是要面臨毀滅的，如第一回所述，石頭想要幻形入世，到塵世間受享一番，一僧一道曾加以勸阻，他們齊聲憨笑，說：「那紅塵中有却有些樂事，但不能永遠依恃；況又有『美中不足，好事多磨』八個字緊相連屬，瞬息間則又樂極悲生，人非物換，究竟是到頭一夢，萬境歸空，倒不如不去的好。」脂硯齋於此提到，一僧一道所說的「樂極悲生，人非物換，究竟是到頭一夢，萬境歸空」這四句話，乃「一部之總綱」。

由此看來，脂批其實已經涉及這三個層面，指出作者不能為家族的生命存亡絕續，所以嗚咽而慚愧地寫成這部書，同時他又深感人生存在的無常本質，可見梅新林對此書宗旨的歸納非常準確，又面面俱到。因此，只有不偏不倚地體會《紅樓夢》所涉及的是這三個層次的追悼與哀惋，才能品味到其中深刻豐富而遼闊寬廣的視野，並看見它所探觸到的存在的本質。

第二章

鐘鳴鼎食之家，詩禮簪纓之族

讀者雖然都知道賈府是一個和皇族有關的貴族世家，但卻不明白它到底是怎樣的狀況，這便是為什麼常常會有「以今律古」或者「以今非古」的情況出現。因此在說大觀園之前，必須瞭解大觀園賴以建立的更宏大前提，也就是賈府的環境。

沒有富貴場，就沒有溫柔鄉

首先要說明的是：《紅樓夢》作者從來沒有反對他自己的階層，尤其最初那塊畸零的頑石對一僧一道苦求再三，請求幻形入世，目的就是要來到富貴場、溫柔鄉去受享，已表達得十分明確。請看第一回，當石頭在山腳自卑自嘆的時候，聽到一僧一道說到紅塵中的榮華富貴，「此石聽了，不覺打動凡心，也想要到人間去享一享這榮華富貴」，它對一僧一道一再說：「大師，弟子蠢物，不能見禮了。適聞二位談那人世間榮耀繁華，心切慕之。……如蒙發一點慈心，攜帶弟子得入紅塵，在那富貴場中、溫柔鄉裏受享幾年，自當永佩洪恩，萬劫不忘也。」榮華富貴還只是物質與地位，可是在富貴場中會派生出一個更重要的東西，是石頭終其一生所耽溺追求的目標，那就是「溫柔鄉」。請注意，沒有富貴場就不可能有溫柔鄉，富貴場是溫柔鄉的前提，而溫柔鄉是富貴場的派生物。

很多讀者都因為寶玉常常說讀書做官的人是「祿蠹」，便認為寶玉是反對富貴場而傾向溫柔鄉，但這個說法似是而非。玉石以及化身為人之後的賈寶玉，從來沒有反對過富貴場，從仙界的前身開始，他要的就是富貴場的受享，再加上溫柔鄉帶給他一種美的浸潤和昇華。嚴格來說，他反對的其實是維持富貴場的責任和義務，所以他反對讀書、反對追求功名。富貴場中那些當家者是很忙碌的，天天要在外面應酬，沒有一點私人時間，因此賈政經常不在家；王夫人負責閨闈之內的家務事，也忙到實在焦頭爛額，後來要請王熙鳳來協助理家，才能緩一口氣。換句話說，寶玉抗拒的其實是這樣的責任與義務，他吃的是茄鮝、蓮葉羹，穿的是「雀金呢」，他絕對不會想要去清寒之家、薄祚寒門投胎，從他前世那個凡心被打動的瞬間，就注定了他要到有榮華富貴的環境裡。

一僧一道順從它的心意，把它化成一塊美玉，因為只有美麗通靈的玉才有進入貴族階層的資格，何況世間的人都是用肉眼來判斷，因此要讓人家一眼就覺得這是一個很了不起的奇物，「然後攜你到那昌明隆盛之邦，詩禮簪纓之族，花柳繁華地，溫柔富貴鄉去安身樂業」。這些文字都很清楚地告訴讀者，富貴場便是寶玉的前身及寶玉本人所要追求的目標，果然他也得遂其志，樂享十九年的榮耀繁華。在「昌明隆盛之邦」一句旁邊，脂硯齋說這是「伏」（暗示對應）京城長安，因為京城是全國最繁華的地方；「詩禮簪纓之族」則是伏賈府；「花柳繁華地」是指大觀園；而「溫柔富貴鄉」指的是絳芸軒、怡紅院，即寶玉前後所住的地方，這四句其實都有很具體的對應，都指向富貴場域。

可見曹雪芹或賈寶玉何曾反對貴族階級？相反地，整部小說是對貴族世家的回眸與定格，作者緬懷這段他經歷過的、很少有人親身走進的特殊世界，頻頻回顧，將其定格在他嘔心瀝血所敘寫的小說文本中。《紅樓夢》所寫的就是這樣的世界，曹雪芹在敘事過程中不方便跳出來揭示的一些價值觀，便由脂硯齋透過評語來幫他點明。

庄農進京

脂硯齋對於他們的階級所洩露出來的，有以下的心態：第一，非常自豪驕傲，他覺得他們真的就是「大家」，是一般人完全比不上的；第二，他們對於所謂的「小家」，往往充滿了嘲諷，是帶有階級傲慢的。以我們今天的價值觀來說，這當然不見得可取，但它本即兩百多年前那個時代的產物，讀者要瞭解它，便應該先接受其價值觀，這樣才能進入他們的世界。

下面所引的幾段脂批讓我們看到，他們對於其他小說，甚至現實中的其他階級，常常是抱著這樣既自豪又鄙視的雙重心態。如賈母在「破陳腐舊套」的時候，批評才子佳人小說寫得那麼可笑，正是因為他們何嘗知道那世宦詩書之家的道理。一些窮酸文人透過想像寫出才子佳人故事，根本無知就胡亂杜撰，反正文字是最廉價、最方便的工具，因此佳人都是尚書或者宰相的女兒之類，卻又隨便地自由戀愛，賈母覺得這是荒謬絕頂。

對於種種現象，脂硯齋毫不掩飾地表示反感，所以「可笑」二字是他最常用的批語，一共寫了四次。例如第三回夾批云：「可笑近之小說中，不論何處，則曰商彝周鼎、綉幙珠簾、孔雀屏、芙蓉褥等樣字眼。」脂硯齋指出，一般人以為富貴世家都是到處金碧輝煌，根本就想錯了，那是叫「暴發戶」。真正的三代、四代以上的世家大族，並不會流於物質的炫耀，而是完全靠特殊的氣質勝出，在人群中一看便煥發出世族子弟的風範。

下面這一段脂硯齋的眉批很毒辣，但卻是他們真正的心態，脂硯齋在第三回眉批道：

近聞一俗笑語云：一庄農（家）人進京回家，眾人問曰：「你進京去可見些個世面否？」庄人曰：「連皇帝老爺都見了。」眾罕然問曰：「皇帝如何景況？」庄人曰：「皇帝左手拿一金元寶，右手拿一銀元寶，馬上稍著一口袋人參，行動人參不離口。一時要屙屎了，連擦屁股都用的是鵝黃緞子，所以京中掏茅廝（廁）的人都富貴無比。」試思凡稗官寫富貴字眼者，悉皆庄農進京之一流也。蓋此時彼實未身經目覩，所言皆在情理之外焉。又如人嘲作詩者亦往往愛說富麗話，故有「脛骨變成金玳瑁，眼睛嵌作碧璃琉」之誚。

這讓人想起北宋時期當過宰相的晏殊，他是晏幾道的父親，同樣非常受不了不懂富貴的人所寫的富貴景象，那都太過荒腔走板。所以晏殊諷刺「老覺腰金重，慵便枕玉涼」如此的炫富詩句，因為真正富貴的人家，不會在腰上面都掛滿黃金，枕頭也不會用玉去製作，這些都是窮酸文人的想像，或者是暴發戶的作風。所以晏殊說，不如「笙歌歸院落，燈火下樓臺」，這才是真正的富貴氣象，而賈府正是此等的世界。

對這般的世界身經目睹的曹雪芹與脂硯齋，他們細膩呈現的便是一個很少被外界所窺探的世界，所以脂硯齋常常按捺不住嘲笑那些人，他在第三十八回的批語說：「近之暴發專講理法，竟不知禮法，此似無禮，而禮法井井。所謂『整瓶不動半瓶搖』，又曰『習慣成自然』，真不謬也。」暴發戶不知道這種簪纓世族所說的禮法是什麼、講究的關鍵在哪裡，所說的「理法」都是小戶人家自己幻想出來的，其言行作為裝腔作勢，根本是「一何可笑」。

現代人大概只會從《甄嬛傳》、《步步驚心》、《延禧攻略》等影視作品，理解皇室或皇族的世界，其實那些常常是錯的，其中固然有一些元素上的挪用，但所呈現出來的人際關係和家庭關係，和真正的皇族世家是非常不一樣的。多年來，我認為自己在《紅樓夢》閱讀上最大的突破，以及對於《紅樓夢》世界的認識有一個真正飛躍式的改觀，即在於看到它是一個貴族大家。由於近一百多年來，封建階級觀念被徹底摧毀，導致現代人在閱讀《紅樓夢》的時候，往往被反傳統的價值觀所主導，如果不努力地和潛意識裡非常頑強的這種價值觀相對抗，就注定會讀反了。

說實在話，這是非常艱難的一步，但這個艱難的一步是非踏出不可的，雖然很少人能做到，然而如果不做的話，對《紅樓夢》的認識常常便會「以今律古」，甚至「以今非古」。為了輕鬆的讀法，甚至為了彰顯它的經典價值，我們總是在這部小說裡添加很多現在流行的價值觀，如此一來，就會曲解裡面很多的情節，例如從中找出一些情節來證明寶玉有自由平等的民主思想，有反對階級的觀念，他反對體制，甚至反對他的家庭等。《紅樓夢》內容如此豐富，要找到類似的小情節並不困難，但是這些小情節並不能以偏概全，變成這部小說敘寫的主軸。

「大家形景」

深知《紅樓夢》之獨特的脂硯齋便不厭其煩地處處提示，《紅樓夢》所展現的種種情節，都是建立於上層貴族的「大家規範」、「大族規矩」、「大家風範」、「大人家規矩禮法」、「大家勢派」、「大家氣派」、「大家規模」、「大家風俗」、「世家風調」、「侯門風俗」的「禮法井井」上，而以賈寶玉為敘事中心的《紅樓夢》乃筆筆「寫盡大家」，時時表現出「必有一個禮字還清」的「大家形景」。脂硯齋說《紅樓夢》每一筆寫的都是「大家」才會有的場景，處處表現出令他自豪的井井禮法，因此這種人家的小孩子再調皮，一家人再和樂融融，也必遵循一個「禮」字。

不只是小說中的世界寫盡「大家形景」，創作這部書的曹雪芹，也被脂硯齋讚賞為「作者不負大家後裔」，沒有辜負這個家族所帶給他的教養、見解與視野，絕對不是那種小家氣。脂硯齋又不斷讚美說《紅樓夢》這樣的內容，「非世代公子，再想不及此」、「非世家公子，斷寫不及此」。書中輕描淡寫的幾句話，如果不是這種出身的人，就看不出其中的奧妙，現在的讀者當然更看不出來，所以把它當作一般的家庭互動來認識，難怪常常掌握不到其中的精髓。

脂硯齋一再告訴讀者，他們是「大家」、「大族」、「世家」，可是什麼叫「大家」呢？首先要澄清的一點是，從文學藝術的本質來說，不應該把一部虛構創作的作品和現實的特定對象畫上等號，這就是自傳派與索隱派被反對的原因。自傳派主張賈府反映的就是曹家的故事，是曹雪芹的自傳，他們從曹雪芹的家世背景與其家族的各種人物事件來解釋《紅樓夢》的情節。這是不對的，固然曹雪芹可以就地取材，可是《紅樓夢》作為一部虛構的小說，作者一定調動了許多讓這部小說成為傑作的相關藝術技巧，還加入整體審美的想像，所有的情節都必須統一在這樣的視野下進行，他不可能完全按照現實的藍本來書寫。

索隱派則說《紅樓夢》寫的不是曹家，而是納蘭明珠（納蘭性德之父）家或某家的舊事，並在文本裡找證據，同樣地，閱讀《紅樓夢》不應該以任何現實中的單一家族作為小說所對應的直接對象。但是有一點很重要，《紅樓夢》確實是在一個非常特殊的階級與環境中產生的，特殊到幾乎很少人有那樣的體驗，所以不能用一般的世情常態去理解。根據這一點而言，我們發現《紅樓夢》確實反映了一些現實基礎，不過我們切勿針對個別的對象去附會，否則就會落入自傳派和索隱派的思路。

曹雪芹絕對不是在完全寫實，但他確實是根據那個時代的制度、風氣，還有他們所處階級的意識形態等，才建構出整部小說，因此可以透過相關的歷史研究來幫助我們認識《紅樓夢》，但這是一種「借助」，絕對不是畫上等號。我們所閱讀的對象誕生於一個特殊的環境、特殊的階級、特殊的時代，因此必須先瞭解那個階級和時代，打個比方，書中若寫的是一個酒店的故事，我們就應該先瞭解一下酒店是怎麼運作的，然後才能瞭解作者所寫的內容到底得不得當，以及精彩在哪裡。

清代的「閥閱門庭」

以下將引述一些歷史實錄，來幫助我們認識曹雪芹這位世家公子所寫的大家族風範究竟是什麼樣子。不但脂批中一直反覆用「大家」一詞，甚至《紅樓夢》裡的賈母等偶爾也會提到這個詞彙。所謂「大家」絕對不是指一般的大家族，並非當地的士紳或一方之霸就可以叫作「大家」，它是一個特定名詞，在清代乃是指王府世家和掌管宮廷事務的內務府，即「閥閱門庭」，其階級之顯貴優越，與皇室密切交涉。

所以「大家」這個階層非比尋常，其階級之顯貴，根本已經接近天潢貴胄。依照曹雪芹所寫的賈府，如果要與現實世界相對應，賈府便屬於「八旗世爵」，也確實反映了貴族世家的共通性。賈府當然和皇室密切交涉，比如元春封妃，在清朝，本身就是要非常尊貴的家族，其女兒才有資格封妃。可嘆很多文章寫起賈府來都充滿窮酸氣，例如說賈家是仰賴有一個女兒當上了皇妃，才能有這樣的榮華富貴，還有說賈家是靠著賈政的那份官銀官俸，才能夠勉強支撐。對於這些臆斷，脂硯齋一定會批上「庄農進京」四個字，這種家庭還要靠賈政當官的俸銀來過活，那真的是笑話了。

《紅樓夢》中的賈府很明顯具有特定的階級特徵，我們應該用那個階級的共通性去認識它。在談這個問題之前，首先來看「賈府」這個名稱其實是有很鮮明的歷史因素在裡面的。學者孫廣安指出，在帝制時代，對住所的稱呼是不能隨便的，根據《大清會典．工部》，凡親王、郡王、世子、貝勒、貝子、鎮國公、輔國公的住所，均稱為府。其中，親王和郡王的住宅要稱「王府」。換句話說，世子、貝勒、貝子、鎮國公、輔國公的住所只能叫「府」，不能稱「王府」。

此外，王府不僅品級高，而且建築規模大，王府中的正房稱為殿，殿頂覆蓋綠琉璃瓦，殿中設有屏風和寶座，外表看上去很像一個縮小的宮廷。「府」比起王府來，規模就小多了，「府」不僅不能用琉璃瓦覆蓋屋頂，而且正房也不能稱「殿」，當然屏風和寶座就更不能設置了。除此之外，對於房屋間數、油飾彩畫、臺基高低、門釘多少，王府和府也各自都有規定，不能逾制。至於那些不是鳳子龍孫的達官顯貴，儘管有封爵或有尚書、大學士、軍機大臣的頭銜，但他們的住所也不能稱「府」，只能稱「宅」或「第」。

這樣的王府和府的建築，在產權上都屬於皇產，因此它的種種管理都歸於內務府，萬一主人因過錯而被撤爵，他所住的府或王府的產權也就回到內務府，皇室將來要賞賜給誰，又是他們的權力。

賈府作為虛構小說中的家族背景，確實反映出特定階級的風貌。歷史學家賴惠敏的研究著作《天潢貴胄——清皇族的階層結構與經濟生活》可以幫助我們認識《紅樓夢》，其中指出，皇族和皇室並不相同，皇族散居於北京城內外，甚至有的移徙到盛京，而皇室則居住在紫禁城中。掌管皇族的機構稱為宗人府，掌管皇室的機構則是內務府。皇子從宮中分府以後，即屬宗人府管轄，轉為皇族的成員。清代皇族是指滿洲愛新覺羅氏，屬於努爾哈齊的父親——顯祖塔克世的直系子孫們，包括努爾哈齊兄弟這支的子孫，都稱為宗室。皇族和皇室並不相同，由於一代一代的傳承，總有一些住在紫禁城中的皇子是要出去的，出去的那些人就會從皇室變成皇族，他們住的宅第便稱為「王府」或「府」。另外，按《大清會典事例》所定宗室爵位封賜的四種方式：功封、恩封、襲封、考封，各有詳細規定，功封的宗室王公大多數是在清初之際。

據《大清會典．工部》、孫廣安所言，可將皇族階層整理如下：

皇產（內務府）		**私產**
王府	府	宅、第
親王、郡王	世子、貝勒、貝子、鎮國公、輔國公	達官顯貴（有封爵或有尚書、大學士、軍機大臣的頭銜）
鳳子龍孫		

《紅樓夢》裡的王府現象

以下提出一些證據，看看賈府如何反映出愛新覺羅子孫的王府中也會有的現象。

試看寧、榮二府開闢家業的兩位祖宗，他們受封的爵位是一等國公，是低於親王和郡王等級的，所以書中在秦可卿出殯時，很多的王公貴族和朝臣來祭奠，當時賈政和賈珍等看到郡王也都非常謙恭，執行國禮。而他們的住宅稱為「府」，還有皇帝的御筆。此外，《紅樓夢》裡寫到的很多物品都是皇宮用的等級，舉例來說，在第四十回劉姥姥逛大觀園的時候，賈母帶著一行人到了各處去坐坐，其中有一段情節描寫瀟湘館的窗紗已經舊了，賈母建議換一副，結果從庫房裡拿出來的軟烟羅，連王熙鳳都沒有見過，還說她們現在身上穿的都是皇家內造的，沒想到竟比不上以前這個官用的。

因此，脂硯齋在第十八回的批語中便提到，這部小說是「畫出內家風範，石頭記最難之處，別書中摸不著」，「內家」就是皇室、紫禁城裡的皇宮，別的書根本摸不到邊，堪稱是《紅樓夢》獨一無二的價值。第五十八回的批語則說：

> 週到細膩之至。真細之至，不獨寫侯府得理，亦且將皇宮赫赫，寫得令人不敢坐閱。

「侯府」當然是指賈府的等級，它介乎皇室和一般的貴族之間。他們自己清楚知道，在中國文學史中沒有一部作品和它一樣，就這點來說，我們要尊重它的獨特性，而切勿老是用「庄農進京」的見識去理解《紅樓夢》。

比如說，《紅樓夢》固然有一些地方表現出平等的意識，可是那絕對不是一種意識形態。寶玉的平等意識，實則來自於一種內心的博愛，並非政治思想上的一種信念，也不涉及社會制度的改變。而且在太虛幻境中，對於金釵們的劃分還是依照階級等差，神界不外乎人間階級結構的反映。

從《紅樓夢》的世界來說，第一講究的就是規矩，就是禮法，這是「大家風範」最重要的核心之一。第十八回脂硯齋有一段話說：「所謂詩書世家，守禮如此。偏是暴發，驕妄自大。」在這種對比之下，脂硯齋挑明說：「余最恨無調教之家，任其子侄肆行哺啜。」（第八回）「想近時之家，縱其兒女哭笑索飲，長者反以為樂，其禮不法何如是耶。」（第二十二回）然而，現在有很多家庭都是這樣，明明小孩子很沒規矩，在別人家的沙發上跳來跳去，家長還說好可愛、好活潑、體力真充沛。看在脂硯齋的眼中，這就是可笑的世俗小家：「若在世俗小家，……一何可笑。」（第三十八回）不知禮法，沒有教養，還自以為平等自由，然而《紅樓夢》所寫的乃是「大家風範」，講究禮節，要懂得自我節制，懂得尊重別人，最重要的是要守規矩。

為什麼脂硯齋會有這種反應呢？我們要回到皇族的生活來看。金寄水是末代睿親王的嫡子，如果清代沒有滅亡的話，他就是下一任睿親王。睿親王是世襲罔替的八大家鐵帽子王之一，他之所以姓金，是進入民國以後所改的，本姓為愛新覺羅。金寄水從小生長在親王府中，完全熟知王府的規矩，下面會引述他很多的說法。金寄水的《王府生活實錄》，真有如醍醐灌頂，令人恍然大悟，原來《紅樓夢》裡所寫的很多都是王府的規矩，只是我們原先都不知道。

首先，金寄水提到，循規蹈矩是王府生活中的核心，禮法才是他們家的準則，其他都是其次。寶玉從小便是呼吸這樣的空氣長大的，那根本就是他的一部分，他怎麼可能去反對禮法？甚至寶玉會成為「情痴情種」，也必須靠這樣的環境才能培養，這一點是第二回闡釋「正邪兩賦」的重點之一。但一般人用普通的痴情去理解情痴情種，按照這樣的邏輯，杜麗娘很痴情、怒沉百寶箱的杜十娘也很痴情，難道她們都屬於情痴情種？回到《紅樓夢》的思想脈絡，如果不是生在公侯富貴之家，是不會成長為情痴情種的，杜麗娘、杜十娘只能算是奇優名倡那一類。

在王府中，至高無上的禮法，上上下下都不得違背，尤其對小孩子更是格外嚴厲，因為小孩子將來是這個家族的繼承人，如果不嚴厲而養出不肖子，等於讓這個家族有機會遭遇滅頂之災。因此，金寄水特別提到，小王爺周圍其實有很多人時時刻刻在陪伴他，監督他、教導他的叫作「教引太監」，小王爺或小格格的行為稍有逾越，立刻就會受到厲聲的呵斥，可是比起討厭，他更覺得害怕，因為小王爺若是不遵守勸導，而被教引太監在「裡頭」奏上一本，輕者挨罵，重者挨打，毫無自主能力。

在《紅樓夢》裡也是這般，賈府的子弟們事實上常常挨打，讀者只知道寶玉被賈政笞撻那特定的一幕，乃是因為那一次打得特別重，才會引起那麼大的反應。但必須要注意，當時無論是被打的寶玉，或者是要勸阻賈政的賈母、王夫人，整個過程裡沒有人認為賈政是不對的，連寶玉都沒有抱怨父親，而賈母和王夫人只是很心疼，擔心打壞了。第五十六回賈母還說得很明白：

> 可知你我這樣人家的孩子們，憑他們有什麼刁鑽古怪的毛病兒，見了外人，必是要還出正經禮數來的。若他不還正經禮數，也斷不容他刁鑽去了。就是大人溺愛的，是他一則生的得人意，二則見人禮數竟比大人行出來的不錯，使人見了可愛可憐，背地裏所以才縱他一點子。

若一味他只管沒裏沒外，不與大人爭光，憑他生的怎樣，也是該打死的。

她這些話並不是隨便說說的，而是順口帶到賈府的常態。

在《紅樓夢》文本中，「教引」這個詞出現過一次，當然不是作者的重點，只是順筆帶到，可是也因此更反映出階級特徵。在第三回，林黛玉剛剛來到賈府的那一幕用了許多筆墨，包括她的轎子怎麼走、進到賈府之後怎樣的應答，都是這些世家大族才會有的規範，然後書中提到「外亦如迎春等例，每人除自幼乳母外，另有四個教引嬤嬤，除貼身掌管釵釧盥沐兩個丫鬟外，另有五六個灑掃房屋來往使役的小丫鬟」，「教引」這個詞出現了，賈母給黛玉安排了一堆伺候的丫鬟，又增加四個教引嬤嬤，所以真的不要忽略賈府絕對不是一般的大戶。

而有資格教訓小孩子的人，除了長輩之外，還包括下面那些有頭有臉的老媽媽們。《紅樓夢》裡就有這樣的情節，比如第七十三回迎春的乳母聚賭被揭發，賈母動怒申斥，迎春名義上的嫡母邢夫人感到很沒面子，便專程過來責罵她，說道：

「你這麼大了，你那奶媽子行此事，你也不說說他。如今別人都好好的，偏咱們的人做出這事來，什麼意思。」迎春低著頭弄衣帶，半晌答道：「我說他兩次，他不聽也無法。況且他是媽媽，只有他說我的，沒有我說他的。」邢夫人道：「胡說！你不好了他原該說，如今他犯了法，你就該拿出小姐的身分來。他敢不從，你就回我去才是。如今直等外人共知，是什麼意思。」

可見奶母就擁有管教小姐的權力，而身為主子的小姐也必須聽從。在賈府這種傳承數代的大家族中，會累積很多資深的僕人，比如服侍過長輩的奴僕或者陪房，他們和上一代的情感牽連在一起，無形中地位也會跟著抬高。陪房即跟著小姐嫁到夫家的那些僕婢，一位小姐初嫁到陌生人家，不免孤立無援，這些丫頭就形同自己的姊妹，經過數十年，媳婦熬成婆了，她們也跟著沾光，成為「有頭有臉」的人物。

接著，可以再補充賈府中所反映的與王府等級相關的其他跡證，例如金寄水提到：在王府裡有各式各樣的禮節，其中有關喪禮殯儀的部分就涉及一件事，即當王爺死了，他們私下叫「殯天」，只是不敢加上「龍馭」兩個字，對外便稱「薨逝」，而「薨」字本來即王爺等級所用的，然而他們私下會說一般只能用在皇帝身上的「殯天」。《紅樓夢》第六十三回提到，賈敬因為修煉神仙之術，燒製那些丹汞之藥，結果吃得自己中了毒，因此腹鼓如鐵，燒脹而歿，突然暴卒，有幾個人慌慌張張跑來說：「老爺賓天了。」由此可以發現，原來賈家裡遇到老爺的死，下人報喪的時候也稱「賓天」。一旦還不瞭解王府這些規矩的時候，讀《紅樓夢》便會覺得很奇怪，為什麼賈府要這樣用呢？通常便以為這是小說的虛構，作者愛怎麼寫都可以，可是從金寄水的口述，我們知道這正反映了當時王府的私下用法。

另外一個例證和整個賈府的建制有關。金寄水對他所熟悉的皇族世界，包括幾個親王府、郡王府的建築規模做了整體說明，這些王府的建制都是按照一定的形制規畫修造的，只有肅親王和慶親王兩府不是王府的形制，十二家王府多採用「大式」做法，應用高品質的建築材料和雕磚、雕木、彩畫、刻石等精細工程。王府的建造形制，中路一律相同。所有王府都採取固定的規格，但是以中路作為王府的中軸，這是合乎中國傳統建築禮制的常態。

相關歷史學者指出，中國的傳統建築有一定的原理，其中一個為「中軸對稱」，那當然是大家族才有可能講究的。「中路」作為縱貫全家的一條正式道路，當然會通到正殿，這個中軸一路貫穿，從大門進去之後，搭配若干的建築物，一進一進這樣地往深處延伸。「一進」就是指一層房屋，前面帶著一個庭院，共同形成一個單位，這層房屋的中間會有一個中堂，可以穿越，通到後面又會有一個庭院，再帶一層房屋，府宅的占地規模越大，進數就越多。中間的主軸作為整個建築規模的中心，貫穿整個腹地，沿著中軸旁邊會延伸出其他的建築物，包括廂房，這些建築物要兩邊對稱，除了體現中軸對稱之外，又呈現出「深進平遠」。《紅樓夢》裡的賈府，包括寧國府、榮國府，根據學者的統計，它們的建築構造大概是五進或六進，那是很大的規模。

依照「中軸對稱」和「深進平遠」原則所建構出來的這種大型建築群，它們的方位一定是坐北朝南，正門朝南，兩邊的小門叫作「角門」，而角門才是包括王府成員在內的各色人等出入的地方。金寄水說：「親王府門五間，郡王府門三間，又稱宮門（均係坐北朝南）。……府門東西各有角門一間，均叫阿司門，供人們出入。府門外有石獅、燈柱、拴馬樁和禾木（古人稱行馬）等設施。」府門外的石獅子是不能隨便擺放的，那是王府才能夠安設的。由第三回林黛玉來到賈府時的整段描述，可知寧國府的門口也有石獅子，當然，規模一樣的榮國府也是如此。黛玉先是在運河終點上了轎子，進入城中，「又行了半日，忽見街北蹲著兩個大石獅子，三間獸頭大門」，由此來看，大門的形制就是三間，這是郡王府等級的。「門前列坐著十來個華冠麗服之人。正門卻不開，只有東西兩角門有人出入。正門之上有一匾，匾上大書『敕造寧國府』五個大字」，黛玉首先看到的是寧國府，心想「這必是外祖之長房了」，「又往西行，不多遠，照樣也是三間大門，方是榮國府了。卻不進正門，只進了西邊角門」。在中國傳統的方位文化裡，以東為尊，而寧國公為兄長，所以寧國府居東，榮國府在西，這都有很嚴格的一套倫理制度在規範。寧府的那一對石獅子特別有名，因為柳湘蓮說過一番話，指稱：「你們東府裏除了那兩個石頭獅子乾淨，只怕連猫兒狗兒都不乾淨。」石獅子沒有生命，沒有生命才能夠免於情欲的汙染，所以他覺得尤三姐一定不乾淨。

金寄水還說，王府的府門是終年不開的，只有王府主要成員結婚的那一天，府門才必須大開，而只有知道王府禮制的人，才能夠透過府門大開而看出府裡是在辦喜事。因為王府的婚禮過程是非常安靜肅穆的，不是常人所以為的那樣鑼鼓喧天，像續書裡寶釵和寶玉結婚那一段，寫得那麼熱鬧，正是因為續書者對王府生活並不瞭解所導致的。就這一點來說，《紅樓夢》則與之有一點出入了，小說中，府門明顯的一次大開，是在第五十三回賈氏祭宗祠之時。除夕夜祭宗祠是全年中最大的一件盛事，所以從大門開始，各進之間所有中間的那道門都打開了，一路直通到底，這個例證和金寄水所說的不太一樣，可見關於清代歷史上這種特殊的階層還可以再深入考察。

總而言之，除了祭祀宗祠或者主要成員結婚之類的大事外，府門平日裡是不開的，因此第三回林黛玉剛剛來到賈府的時候，她便是從角門進入的，如果因此判斷小孤女林黛玉好可憐，人家給她這樣的待遇，那真是「庄農進京」的想法，其實賈家一點都沒有虧待她，因為王夫人等家長們出入時也都是走這裡。

賈府是什麼樣的家族

按理說，《紅樓夢》的賈府是國公等級的，可是非常奇怪的是，雖然它從現實中挪用很多的元素，卻又並不完全對應於某一個特定階層、特定身分，所以《紅樓夢》裡所反映的皇族等級，也常常會有一些出入，但是它確實展示出皇族這個階層的共通性。而《紅樓夢》和現實有所出入的地方，是在哪裡呢？

首先，是關於賈府的發跡史，倘若只用一般的王府或府來看待，恐怕不足以精確認識它。前文提過，第五回寶玉之神遊太虛幻境其實有非常嚴肅的目的，在這個目的背後隱含的是一個重大的家族使命。寧、榮二公對警幻仙姑的囑託中提到：「吾家自國朝定鼎以來，功名奕世，富貴傳流，雖歷百年，奈運終數盡，不可挽回者。」原來，賈家的擘建和肇基竟然是和開國同時的，即「國朝定鼎」之際，所以賈府的形成和這個朝代的創建是二而一的關係，是同步進行，甚至是一體兩面的。清人入關在一六四四年，曹雪芹大概生於一七一五年前後，到他寫《紅樓夢》的時候，也差不多將近一百年。由此看來，顯然賈府的建立和清初滿人入關的時空條件是一致的，我們不妨藉由一些當時的歷史情境，認識一下賈家到底是什麼樣的家族。

賴惠敏對於清代皇族作為天潢貴冑階層的研究中就提到，按照官方的《大清會典》，宗室爵位封賜的方式分為功封、恩封、襲封、考封四種。和《紅樓夢》有關的是功封，也就是依照軍功來封賞賜爵，但是這種方式大多數發生在清初需要打仗的時候。賈府的祖宗確實也是出生入死，在戰場上建立很大的功勞，然後才得到國公的爵位。第七回很有名的一段文字是焦大醉罵，「焦大」諧音為「驕大」，非常驕傲自大，他既忠心耿耿，但又恃寵而驕，展現出很複雜的人性，連出現不過那麼幾行的小人物，作者也都讓我們看到他的很多面，所以他也是一個圓形人物。尤氏和王熙鳳說起這個焦大是：

連老爺都不理他的，你珍大哥哥也不理他。只因他從小兒跟著太爺們出過三四回兵，從死人堆裏把太爺背了出來，得了命；自己挨著餓，却偷了東西來給主子吃；兩日沒得水，得了半碗水給主子喝，他自己喝馬溺。不過仗著這些功勞情分，有祖宗時都另眼相待，如今誰肯難為他去。他自己又老了，又不顧體面，一味吃酒，吃醉了，無人不罵。

從這些描述，包括焦大自己的自白，都很清楚地告訴我們，寧、榮二公是怎樣掙下家業的？正是透過九死一生的戰功，和清軍入關時那些腥風血雨、戰場上的廝殺，事實上非常吻合。在清朝的慣例中，一般的世襲爵位都是每一代要降一等承襲，這一代如果是親王，兒子在世襲的時候便會降一等變成郡王，下一代再降一等，降到最後就沒有爵位了。不過根據皇太極所定的「欽定功臣襲職例」，將士臨陣率先攻克城池功大者，世襲罔替。「罔」的意思等於「不」，它是一個否定詞；「替」也就是替代、改變，則「世襲罔替」意指不只封賞當時的建功者，其子孫還可以一代代世襲該爵位，不用降等，因此世世代代都保有最高的爵位等級，這是皇帝對功勞特別大的臣子的特別保障與特殊榮寵。

最初跟隨皇太極入關時，戰功最為顯赫、功勞最大的皇族宗室，在賜封以後可以隔代不降爵位的，共有以禮親王為首的八大家，包括六家親王府和兩家郡王府，後世稱為「八大家鐵帽子王」，都賜有大型府第。後來整個清朝一直還有加封，總共有十二家「世襲罔替」的「鐵帽子王」。

之所以要談清初參加開國戰爭的八家鐵帽子王，是因為賈府讓人有很多的疑惑之處，看起來曹雪芹是這邊的階級用一點，那邊的概念用一點，表現出來的便不是特定的國公類型，大部分是國公的等級，有時候又有一些親王的痕跡，反正他是把這些元素混合在一起。就因為如此，只能說我們要瞭解的是清朝皇族、貴族的階級通性，但是具體到究竟是哪一個特定層級，則不需要特意講究，畢竟它本質上是一部虛構小說。以下有幾則文本實例，足證賈府為真正的「大家」。

先看第三回，林黛玉的父親林如海推薦賈雨村去找賈政，以謀求仕宦上的出路，並把林黛玉順道帶到賈府，他告訴賈雨村：「若論舍親，與尊兄猶係同譜，乃榮公之孫：大內兄現襲一等將軍，名赦，字恩侯；二內兄名政，字存周，現任工部員外郎，其為人謙恭厚道，大有祖父遺風，非膏粱輕薄仕宦之流，故弟方致書煩托。」賈母生兩個兒子，一個賈赦，一個賈政，賈赦是老大，所以身為妹婿的林如海稱之為「大內兄」，現襲一等將軍。可是在第十三回又提到，為了讓秦可卿喪禮上好看，賈珍要給賈蓉捐一個比較好聽的官名，寫在喪禮上比較風光，於是賄賂內官，並寫了賈蓉的履歷：「江南江寧府江寧縣監生賈蓉，年二十歲。曾祖，原任京營節度使世襲一等神威將軍賈代化；祖，乙卯科進士賈敬；父，世襲三品爵威烈將軍賈珍。」曾祖賈代化是寧府的第二代，他襲的頭銜是一等神威將軍。相對照來看，榮國公的孫子賈赦已經是第三代了，他所襲的還是一等將軍；也就是說，第二代和第三代所襲的頭銜都是一等將軍，竟然沒有隔代降爵！當然寧府下一代襲爵的賈珍又變成世襲三品爵威烈將軍，似乎又降了品級，據此只能承認它是一部虛構小說，反映了一些現實的條件，但並不是直接的完全對應。

再看第十四回，秦可卿的喪禮過程中，賈家的排場及其整個背景就完完全全體現出來：「那時官客送殯的，有鎮國公牛清之孫現襲一等伯牛繼宗，理國公柳彪之孫現襲一等子柳芳，齊國公陳翼之孫世襲三品威鎮將軍陳瑞文，治國公馬魁之孫世襲三品威遠將軍馬尚，修國公侯曉明之孫世襲一等子侯孝康；繕國公誥命亡故，故其孫石光珠守孝不曾來得。」此外，參加送殯的還有東平郡王、南安郡王、西寧郡王、北靜郡王，這四王又以北靜郡王的地位特別高，所謂「及今子孫猶襲王爵」也就是世襲罔替。其次，書中說總共六家國公，與寧、榮二家當日並稱「八公」，如果發揮一點想像力的話，會讓人聯繫到「八分公」，當然他們並不是這一類的王公，因為在《紅樓夢》裡，賈府的等級連郡王都比不上。

北靜郡王也來參加喪禮，這對寧府來說是很大的榮耀，而且覺得承受不起，當賈珍一聽說北靜郡王水溶也來了，急命前面駐紮，因為國禮高於平常的私禮，他便和賈赦、賈政三個人連忙迎來，以國禮相見。水溶在轎內，看到對方以國禮相見，打千跪拜之類的，他只是在轎內含笑答禮，讀者就知道他的等級更高，只因水溶念舊，還是以世交來稱呼接待，而賈政一干人都是陪笑、恭聲答應，都顯示他們的等級較低。很明顯地，賈府的背景及相關人等反映出清初官爵現實運作的原則，當然作者會重新加以一些改寫，不過無論如何，這個跡象是非常清楚的。所以當我們要瞭解賈府的時候，首先便應該努力貼近它所屬的那個階級，不然真的會脫節太遠。

再者，第五十四回賈母「破陳腐舊套」時，她批評那些才子佳人小說寫的根本是窮措大的富貴想像：「編這樣書的，有一等妒人家富貴，或有求不遂心，所以編出來污穢人家。再一等，他自己看了這些書看魔了，他也想一個佳人，所以編了出來取樂。何嘗他知道那世宦讀書家的道理！別說他那書上那些世宦書禮大家，如今眼下真的，拿我們這中等人家說起，也沒有這樣的事，別說是那些大家子。可知是謅掉了下巴的話。」從中可以看到賈母將自己的家族定位為「中等人家」，這裡的「中等」是與親王、郡王等相比而言。

在第七十四回中，因為發生繡春囊事件，引發管理階層的嚴肅討論。王熙鳳便建議王夫人趁這個機會，裁革一些年紀大的、性格難纏的丫頭，這樣一來也可以節省家裡的支出，因為賈家真的已經十分艱難了，從經濟壓力、避免製造情色糾紛等角度來說，都是比較合宜的。沒想到竟然被王夫人否決，王夫人說道：

> 你說的何嘗不是，但從公細想，你這幾個姊妹也甚可憐了。也不用遠比，只說如今你林妹妹的母親，未出閣時，是何等的嬌生慣養，是何等的金尊玉貴，那才像個千金小姐的體統。如今這幾個姊妹，不過比人家的丫頭略強些罷了。通共每人只有兩三個丫頭像個人樣，餘者縱有四五個小丫頭子，竟是廟裏的小鬼。如今還要裁革了去，不但於我心不忍，只怕老太太未必就依。

可想而知，賈家在榮盛的時候，那是顯赫到無法想像，不能以現在看到的景象來推論，所以王夫人並非驕傲，她只是在陳述一個事實，他們那一代的賈家是如此這般。但在隨代降等的情況下，連後一代都未必知道過去是何等模樣，而我們作為兩百多年後出身平民階層的讀者，就更應該努力進入他們的世界中，才能比較正確地判斷他們言行舉止的意義所在。

《紅樓夢》所寫的是一個非常特殊的上層階級，他們不姓「愛新覺羅」，也不姓「曹」，當然也不姓「納蘭」，作者只是從他所認識的那個上層社會裡採擷各式各樣的特點，截長補短，或者根據藝術創作的需要，重新加以融合，才創作出賈府這樣的所在。所以，我們不需要把現實世界任何一個特定的家族對號入座，以上所介紹的親王府、郡王府，還有清初入關時功封的情況，甚至世襲罔替的觀念，只是要幫助大家認識到《紅樓夢》所寫的對象絕非等閒，對一般人來說，是非常神祕、難以一窺究竟的位於金字塔尖的特殊階層。

有一些索隱派的學者認為《紅樓夢》有反滿的意圖，例如反清復明等，事實上這個說法很彆扭，因為清代的旗人，尤其是皇室，事實上都很愛看《紅樓夢》這本書，慈禧太后也好讀《紅樓夢》，連紫禁城內廷西六院之一的長春宮內，於廊廡的四面牆壁上，即繪有取材自《紅樓夢》大觀園的一組大型壁畫，都和真人一樣高。其中，走廊盡頭有一面牆壁，上畫著一幅賈寶玉，我們看到的是背影，當我們在現實空間中已經快碰壁了，但是那個壁面上的賈寶玉走在前面，微微回頭看著你，彷彿在召喚你跟著他再往前走，便可以打破這個現實空間的界限。由此可見繪圖者的用心，也顯示皇室對《紅樓夢》的喜愛。以皇室的接受心理來說，他們認為《紅樓夢》是最能呈現皇家氣象，呈現滿人極盡榮華富貴的一部書。如果其中真有反滿的意圖，被反的人會看不出來嗎？那可是有過文字獄的朝代啊！為什麼現代人總覺得古人很笨呢？笨到連人家諷刺他都不知道！

烏進孝的迷思

《紅樓夢》所寫的是一個和皇室密切相關的貴族家庭，這個貴族的家庭有高度的自信，甚至自豪，創作者及最初的評批者也非常清楚地知道，這部書所描寫的內容，是以前從來沒有其他的文學作品，尤其是小說加以敘寫描繪過的，脂硯齋甚至創造出「庄農進京」這個術語，描述小老百姓對於賈府的錯誤認識。而在第五十三回，小說裡真的就安排一個鄉下人，體現出他們所不屑的，甚至實在很厭煩的那種心理。

當時已近年關除夕，這種國公等級的人家，除了朝廷的恩俸之外，還有來自關外、關內的莊田地租，那是他們很重要的經濟來源。王公貴族一般住在京城內，他們的莊田在關外比較遙遠的地方，而且占地又很廣大，所以必須有一些能幹可靠的人幫忙管理，這些人叫作莊頭，到了年終，就要把田產的各種收益進奉到府裡。

寧國府的莊頭叫烏進孝，他畢竟是一個幫貴族打工，謀取一點血汗錢的平民老百姓，他的反應果然如同脂硯齋所說「庄農進京」式的，對貴族有很多浮誇失真的理解。書中提到，賈珍對他送來的帳目並不滿意，所以便抱怨了一下，說收益太少，簡直別過年了，而榮國府那邊更慘，因為比寧府這邊負擔更大的開銷，沒想到烏進孝說：「那府裏如今雖添了事，有去有來，娘娘和萬歲爺豈不賞的！」在此，脂硯齋夾批道：「是庄頭口中語氣。」烏進孝所謂的「添了事」，就是指元春封妃後各式各樣的花費，包括建造大觀園，還有許多相關的開支，這對榮國府來說真的是非常致命的沉重打擊，遠遠超乎我們的想像。我們以為家裡出了一個皇妃，勢必更加錦上添花，可以呼風喚雨，實際上大錯特錯。老子說「禍兮福之所倚，福兮禍之所伏」，人生的得失真是在所難料，有的時候得到虛名，卻要承受很沉重的實質損失；有的時候是面子沒得到，可是贏了裡子，賈府真的是得了面子，但是賠了裡子，甚至造成一大致命傷。

烏進孝也認為家裡出了一個皇妃，她隨便賞一些，賈府不就財源廣進嗎？這同樣也是我們常人的想像。賈珍對於這樣的言論大概已經聽過很多次了，便笑著對賈蓉等人說：「你們聽，他這話可笑不可笑？」賈珍的意思是讓賈蓉去回答吧！他懶得和那些人解釋，因為實在煩透了。於是賈蓉連忙說：

> 你們山坳海沿子上的人，那裏知道這道理。娘娘難道把皇上的庫給了我們不成！他心裏縱有這心，他也不能作主。豈有不賞之理，按時到節不過是些彩緞古董頑意兒。縱賞銀子，不過一百兩金子，才值了一千兩銀子，夠一年的什麼？這二年那一年不多賠出幾千銀子來！頭一年省親連蓋花園子，你算算那一注共花了多少，就知道了。再兩年再一回省親，只怕就精窮了。

娘娘雖然貴為皇妃，可她只不過是皇帝眾多妃子中的一個，國家有國家的法規制度，作為後宮的女性，根本動用不到國庫的資產，她在現實的體制裡是不能作主的。皇妃賞賜的一千兩銀子，在那個時代固然已經是很龐大的金額，但對賈府的開銷來說，根本是杯水車薪。記得第三十九回劉姥姥二進榮國府的時候，看到一頓螃蟹宴，她算了一下，這頓飯值二十多兩銀子，夠莊稼人過一年的，所以二十多兩銀子對農戶而言是一筆很大的數字。可是一千兩銀子在賈府裡大概沒半個月就花光了,因為常常出現很多額外的開銷,每一筆開銷都很巨大,既然他們是「大家」,大家出手是不能小氣的。這麼一來,這邊一家,那邊一家,半個月添了幾件婚喪喜慶等等的事情,立刻就出現挖東牆補西牆的窘態。

所以賈府的財務生計是非常困難的,但是表面上看不出來,旁人還以為有一個皇妃女兒,這個家就可以飛黃騰達、財源廣進,其實大錯特錯,而且皇妃有皇妃的艱難,每一個人都有自己的地獄,她的痛苦是一般人想像不到的。以上是「庄農進京」非常典型的例子,請讀者切勿把自己變成庄農、鄉巴佬,只有如此才能真正進入《紅樓夢》的寶藏裡,得以一窺百官之富和廟堂之盛。

座位倫理學

下面要談的是賈府的宅邸是怎樣的建制,以及在這樣的一個空間裡,依照何等的常規來進行生活運作。

我們這個時代是盡量給每個人更多的自由,但是對貴族府宅絕非如此,上文提到寧、榮二府位於東、西的方位,即有尊卑的意涵,不僅如此,就連平常的座位都極為重要。一大家人在固定的空間裡,每天二十四小時生活在一起,便需要以身體姿勢,配合坐的地方來分出等級,從而維持他們的秩序,可以稱之為「座位倫理學」。

《紅樓夢》不斷地透過日常瑣碎又頻繁的生活細節,開展出它的敘事規模,而「座位倫理」簡直滲透在它的每一頁裡。藉由書中的座位倫理，讓讀者可以看到不同人物真正的個性及其當時的狀態，如果不瞭解某個人當時是怎麼坐的，就無法真正把握到他在想什麼，或者其處境如何，這實在是攸關對《紅樓夢》裡人物、事件的正確判斷，必須進行詳細考察。據此，我整理出九個實例，在這些例子中，有些透露人物的個性，有些體現出當時的特殊狀況，還有些則顯示這個家族內部和我們今天不同的特殊價值觀。

賈府中，在人們聚集的空間裡，座位分好幾個等級，由尊到卑依序來看，第一個就是「炕」或者是「榻」，賈母就都是坐在榻上。以「炕」來說，通常炕是臨窗而設，有的房間只有一面有窗，有的是兩面有窗，但炕一定是靠窗的，而且通常是在靠北面的那扇窗下，坐北朝南，而北方的冬天很冷，炕下面有供暖的設計。炕的中間會有一個炕桌，可以放茶杯或者一些小物件，於是又分出東座和西座，上面設有坐墊。王夫人在她的那一房裡，當然是坐炕，因為她是一家地位最高的女主人，但她是坐西邊的炕上，東邊的位置則屬於賈政，可見男尊女卑也體現在座位的方位上。

當然室內不是只有炕，一家子老老小小、上上下下，日日夜夜進進出出，尤其這種階級的人家進出的人員有親有疏、有尊有卑，因此在臨炕的地方又會有椅子，也就是我們現在坐的這一種。唐代以前，中國人都是席地而坐，椅子是到了宋代的時候，因為佛教的影響才引入日常生活中。椅子通常是靠炕邊而設，比炕低一個等級，而比椅子再低一個等級的，是「小杌」，也即是小板凳，再往下才是「腳踏」。

所謂「腳踏」，望文生義就是因為炕比較高，所以在下邊放了腳踏，坐在炕上的時候，雙腳便不會懸空，這樣比較舒適。腳踏是最低矮的，只比地面高一點，是最低一級的坐具。比腳踏再更低一個等級的便是站著，沒位置可以坐，這是最卑下的身體姿勢。就是在這樣的空間規範下，他們每天生活在一起，要晨昏定省，有各式各樣的回話，各種情況的群體聚會，所以座位倫理幾乎貫穿在《紅樓夢》的每一頁裡，字裡行間隱含很多的意涵和學問，如果不知道座位倫理學是看不出來的。

以黛玉為例

且先看第三回，林黛玉來到榮國府之後，第一件事情便是拜望各房的長輩，從賈母、邢夫人，一直到王夫人。這個非同等閒的環境有很多規矩，和在她家是不完全一樣的，只有融入這個環境，才能夠在此處安身立命，未來生活才得以安頓下來。

可以說，這段情節基本上就是黛玉的生命過渡儀式，她切換到不同的軌道，重新安排各種進退行止。黛玉一開始很懂得察言觀色，細心有禮、入境問俗，可見剛來榮國府時的林黛玉，絕對不是一般人以為的那個任性敏感又愛哭的姑娘。換句話說，如果不懂得規矩，能夠在賈府安頓下來嗎？會得到賈母的寵愛嗎？絕無可能。還記得第五十六回賈母所說的，他們家的孩子見到外人時，禮數要比大人來得更正經，所以背地裡才稍微放縱他一點，如果一味的沒裡沒外，憑他生得怎樣，也是要打死的。

作者在第三回花那麼多的篇幅，敘寫黛玉怎樣一房一房地去拜望，怎樣和長輩行禮如儀，講哪些應酬話，這都是非常重要的關卡。她拜望賈母之後，再到邢夫人那邊，因為賈赦是大房，然後再到二房賈政、王夫人這邊。請注意一些小細節：「老嬤嬤聽了，於是又引黛玉出來，到了東廊三間小正房內。正面炕上橫設一張炕桌，桌上磊著書籍茶具，靠東壁面西設著半舊的青緞靠背引枕。王夫人却坐在西邊下首，亦是半舊的青緞靠背坐褥。見黛玉來了，便往東讓。黛玉心中料定這是賈政之位。」東席空著，王夫人卻坐在西邊下首，可見女主人相比於男主人，她確實要低一等，這便是那個時代的常規。

王夫人讓黛玉坐東邊的炕位，如果不懂事的話就會傻傻地坐了，那卻是違背禮教的悖逆之舉，而黛玉明白這是賈政之位，所以她不敢坐，因見挨炕一溜三張椅子，她知道那是比較卑微的位子，就往椅子上坐了，直到「王夫人再四携他上炕，他方挨王夫人坐了」。在此顯示長輩的吩咐是非常重要的，金寄水在《王府生活實錄》裡便提到，王府中長幼尊卑的禮節是非常嚴格的，晚輩在長輩面前不可以隨便坐下，可是如果長輩發話要你坐的時候，也不可以再站著，一定要聽從。這時黛玉恭敬不如從命，但她還是不敢坐東邊的位子，所以她是挨著王夫人坐的，體現大家閨秀該有的禮儀觀念。

並且更要注意到，「挨著王夫人坐」代表的是林黛玉身分很高而且受到寵愛，才可以和長輩這樣貼身坐在一起。王夫人當然非常知道黛玉來到榮國府是出於賈母的寵愛，所以她直接讓黛玉坐在炕上，即顯示出對她青眼有加，絕非尋常。再看第三十回和第五十四回，黛玉此時在賈府已經生活很多年，從座位上可以很清楚地看到黛玉在賈家中地位崇高。

第三十回描述到寶、黛二人又慪氣，鳳姐直接把他們帶到賈母那裡，有賈母在便比較容易調停，小孩子也不敢再那樣拗。結果黛玉還在氣頭上，「只一言不發，挨著賈母坐下」。這幾句一般人一眼就看過去了，可是要知道，賈府的規矩是很嚴格的，而一個小孫女，面對賈家最高權威等級的祖母，一進去也不用打招呼，也不用多說什麼，便直接挨著她坐下，代表黛玉平常就是這樣子。可是小說中，能夠坐在賈母身邊，甚至坐在她懷裡的人，從頭到尾只看到一個人，即賈寶玉。寶玉是賈母的心肝肉，貼身的距離也表現出來自最高權威的榮寵，而黛玉是完全比照寶玉的，一進去連說個話、告個罪都不用，即一言不發地直接挨著賈母坐下，這真的是受到極度寵愛才可能有的舉動，我們設想探春敢不敢這樣？不可能，迎春、惜春更不可能，則其他人又怎能望其項背？

另外在第五十四回，元宵夜要放鞭炮慶祝，鞭炮的爆炸聲非常尖銳刺耳，「林黛玉稟氣柔弱，不禁畢駁之聲，賈母便摟他在懷中」，在現場上，當下也有好幾位都是千金之軀，需要特別嬌養呵護的，其中一個就是寶玉，他連看到廟裡猙獰的鬼神像都很害怕，何況是爆裂的聲音！但賈母的懷裡已經給了黛玉，所以是王夫人抱著他，這些豈不在在清楚顯示黛玉的受寵嗎？

其他家庭成員

在此進一步比照其他家族成員，更可以清楚看到家族中的尊卑差異，比如賈珍。賈珍是寧府這一支長房的嫡系長孫，而且是族長，每逢朔望之日帶領眾子侄到宗祠祭拜祖先的，就是他。值得注意的是，賈珍看望賈母時所坐的位子。第七十五回中秋夜，大家都來榮國府這邊團聚，賈珍進到賈母的房內，當時比他輩分高的賈政、賈赦都在房內坐著，賈璉、寶玉、賈環、賈蘭這些玉字輩和草字輩的都在地下侍立，賈珍一一見過之後，賈母便命坐，於是賈珍在近門的小杌子上告了坐，而且「警身側坐」。

就一個房間的核心位置來說，「近門」是房內最邊遠的地方，賈珍特別選一個最偏遠、當然也是最卑微的地方去坐，而且是坐在比椅子低一個等級的小杌子上，因為椅子這一級已經被賈政和賈赦坐了，賈母當然是坐在炕上，所以賈珍只能再往下一級坐，而且是「謦身側坐」，不能坐滿整個椅面。

賈珍「謦身側坐」的情況，便和金寄水所說的一模一樣，他進一步描述，當長輩讓你坐的時候，你就要坐，而且坐的規矩是只能側著身子，坐在椅子邊或者椅子角上，用腳和腿承受整個身體的重量。這種坐法便是用來表示對長輩的謙恭。而且在整個過程中，從頭到尾都要這麼坐，如果今天長輩談興很高，聊天聊了一個時辰，那會累死人的，可見這種人家，簡直每天都在受軍事訓練，各種規矩和軍中一樣森嚴，這就是他們每天的日常生活，不是偶爾一天。當然賈政或賈赦在場的時候，黛玉也不敢那樣貼著賈母坐，但是在日常的閨闈世界裡，黛玉是可以直接和賈母坐在一起的，這實在非比尋常。

第四個例子也非常重要。一般人都把《紅樓夢》當成一部愛情故事，希望寶、黛的愛情能夠大團圓，而當它不幸要悲劇收場的時候，就會很自然地找替罪羊，指控那些似乎是扼殺兩人幸福美滿的劊子手，尤其指責王夫人和其妹妹薛姨媽合謀，欺負可憐的林黛玉；加上王夫人抄檢大觀園，各種作為看在我們現代人眼中，都覺得是罪不可赦。王夫人又是賈政的正房，很多人想當然耳地認為，在嫡庶之爭裡，她要確保作為正室的權力，便排斥趙姨娘、打壓賈環，要把那一支盡量剷除。

然而王夫人這樣的小人形象，根本都是基於成見的刻意扭曲，現在舉一個很有趣的例子，正是從座位上呈現出來的。第二十五回趙姨娘買通馬道婆施展魔法，致使寶玉和鳳姐差點喪命，在此之前有一段情節，說「可巧王夫人見賈環下了學，便命他來抄個《金剛咒》唪誦唪誦」。對他們來說，念經誦經可以積福報，消災解厄，是很好的修習，王夫人特別命賈環來抄寫經咒，不就是對他的善意照顧嗎？

且再看書中描寫道：「那賈環正在王夫人炕上坐著，命人點燈，拿腔作勢的抄寫。一時又叫彩雲倒杯茶來，一時又叫玉釧兒來剪剪蠟花，一時又說金釧兒擋了燈影。」足證小人得勢之後，就會作威作福、耀武揚威，賈環便是指使丫鬟以顯示他的威風，所以大家都很討厭他。而賈環之所以會覺得自己很威風，其實是和他的座位有關的，他這時坐在炕上，無形中等於上了臺盤，他就是主子了，和王夫人一樣大。從這個現象來說，王夫人讓他坐在炕上自己的位置，正表示對賈環沒有任何排斥之意；相反地，她把賈環當作自己的孩子一樣看待，這和黛玉剛到賈府時，「王夫人再四攜他上炕」的意義，本質上是一樣的。

再看接下來的情節敘述：「寶玉也來了，進門見了王夫人，不過規規矩矩說了幾句，便命人除去抹額，脫了袍服，拉了靴子，便一頭滾在王夫人懷裏。王夫人便用手滿身滿臉摩挲撫弄他，寶玉也搬著王夫人的脖子說長道短的。」顯然王夫人就坐在炕上，寶玉滾進王夫人的懷裡，當然也在炕上。正因為這樣的地利之便，後面才發生賈環幹了一件黑心的壞事，他故意弄倒蠟燭，想讓滾燙的蠟油潑瞎寶玉的眼睛。由此清楚說明了這一切的事情之所以能夠發生，都是因為賈環坐在如此的位置上，而王夫人對賈環事實上並無他意，她是以嫡母的格局把他當作賈家的重要成員，一視同仁來對待。

下人們

賈家這種上千人的家族，其成員累及數代而盤根錯節，也因此造就他們錯綜複雜的人際關係，接下來還有幾個關於座位的例子，可以看到大家族成員之間互動的倫理尊卑，以及他們的性格、處境和特殊狀況。賈府裡使喚的傭人們，尤其是那些丫鬟、小廝，將來都會變成老嬤嬤或老僕，他們互相婚配之後，再生的小孩便叫作「家生子」，家生子其實也還是奴隸的身分，但都被寬厚的賈家視為必須照顧的家人。總而言之，只要這種大家族經過三四代，他們家的奴僕們也會有好幾代的親戚關係，而且彼此的關係非常複雜。

打個比方，王夫人這一房的某一個家生子，後來指配給另外一房的，他們生的小孩又被撥到怡紅院，而這個家生子還有兄弟姊妹，也分到各房，賈府之人際複雜性就在這裡，我這房和你那房的下人們夾纏不清，可能你的長輩，包括叔伯、阿姨，以及你的外甥女，和另外各房的人都有親戚關係。所以從第四十回左右開始，《紅樓夢》基本上已經不大寫寶、黛之間的愛情糾葛，甚至第五十回之後，整個筆墨所聚焦的都是家庭成員之間的各種紛擾，包括明爭暗鬥、成群結黨，簡單來說，《紅樓夢》的主要內容已經轉移到這個家族內部錯綜複雜的人際關係上。

賈府裡真正的主子輩只有一二十個，其他的一千人都是各式各樣侍候的下人，他們本身又分等級。首先，第一等是貼身侍候主子的「大丫頭」，原因很簡單，兩個字：「沾光」，說難聽點就是「狐假虎威」，她們因為貼身和主子一起生活，最瞭解主子，也最被主子所倚重。《紅樓夢》裡這種大丫頭有兩個外號，都是又羨慕又嫉妒的其他奴婢在背後給她們取的，一個是「副小姐」，由此可知，她們是比主子輩稍微低一點，可是基本上彼此可以分享權力的人；另一個叫作「二層主子」，可見主子再下來的半主子，就是她們了。

大丫頭之下，即所謂的「小丫頭」，小丫頭當然是比不上大丫頭的，她們的等級差別還反映在每個月的月銀（又叫月例、月錢）上。每個月，榮國府的官庫會給家裡上上下下所有的人一些零用錢，包括賈母及地位低下的嬤嬤們。按照等級，大丫頭的月銀是一兩。少爺、小姐這種還沒有婚嫁的主子，每個月是二兩，可見這些大丫頭每月所得的份例還真不少。小丫頭減半，大概是五百錢，她們的工作就是打雜，包含跑腿、洗衣服之類，有時候也要直接承受大丫頭的指使，甚至是打罵，她們其實是最辛苦、最可憐的。再下面則是所謂的「魚眼睛」，即老嬤嬤，她們因為比較粗笨，所以做的又更是一些粗活，例如抬轎子、掃雪、到處奔波跑腿，老嬤嬤每個月拿多少錢，便不知道了，因為《紅樓夢》沒有提到。總而言之，賈府裡使喚的傭人們主要是這三四個等級。

因為大丫頭每天侍候這些主子，所以書中所有的情節都少不了她們的身影，大丫頭們包括寶玉的襲人、黛玉的紫鵑，還有伺候賈母的鴛鴦，迎春那一房的是司棋，還有探春的待書、惜春的入畫，她們的月銀都是一兩。當然她們的才幹，有的時候不見得符合她們的身分地位，那就另當別論。至於鴛鴦，她不只是身為大丫頭，由於她服侍的是全家最高權威的賈母，所以地位會比這些大丫頭們更高。

此外，還有一個很特別的等級，她們的地位還高過於大丫頭，只是在《紅樓夢》中不太常出現，那就是「乳母」。她們雖然不是貼身侍候主子，可是在主子剛出生最脆弱的那個階段，是由她們來授乳的，尤其在古人看來，奶水是由血變成的，所以對他們來說，這是非常大的恩情。歷史學界對傳統大家族中的乳母做過研究，那些研究成果很有效地幫助我們理解《紅樓夢》。請得起乳母的一定都是大家族，這種乳母被稱為「婢之貴者」。婢女事實上都是賤民，但乳母又是賤民層裡地位最高的，所以她們有的時候也會利用和主子的特殊關係，為自己的家庭謀福利，第十六回賈璉的乳母趙嬤嬤來向鳳姐討差使，給自己的兩個兒子趙天梁、趙天棟，便是一個例證。相比於大丫頭，當然乳母的地位會更高，因為她更資深，可是乳母和通房丫頭、陪房等相比，又會出現一些不太一致的參差情況，需要就具體情況做具體分析，不能一概而論。

以下挑出兩個和座位有關的情節，可以看出乳母在賈家的特殊地位。第十六回中很快就要蓋造省親別墅了，一時賈璉的乳母趙嬤嬤走來，「賈璉鳳姐忙讓吃酒，令其上炕去」。因為她對賈璉有乳養之功，所以賈璉夫婦對她如同長輩一樣畢恭畢敬，雖然她實質的身分其實還是奴婢。但這裡用個「令」字，事實上又是主子的姿態，由此可見同一個人有好幾種身分，什麼時候該用哪一種倫理來對待，就考驗每個人當下的反應和智慧。由於炕是尊位，所以趙嬤嬤執意不肯，她也知道自己實質的身分是奴婢。大家都知道以她的身分是不能到炕上的，雖然人家用情分來尊榮你，但是你事實上不應該居功托大，還是要謹守分寸，趙嬤嬤便是如此。這時，「平兒等早於炕沿下設下一杌，又有一小腳踏，趙嬤嬤在腳踏上坐了」。當下人們已經在旁邊再設一個小杌，趙嬤嬤卻選擇腳踏，這是一種非常謙恭的姿態，即刻意把自己卑弱化。

對照一下，《紅樓夢》中還有比她更有名的乳母，即寶玉的乳母李奶娘，她在第十九回居功托大地說：「別說我吃了一碗牛奶，就是再比這個值錢的，也是應該的。難道待襲人比我還重？難道他不想想怎麼長大了？我的血變的奶，吃的長這麼大，如今我吃他一碗牛奶，他就生氣了？我偏吃了，看怎麼樣！」不只如此，她來到怡紅院，看到桌子上剩有好吃的，她連說都不說一聲，便擅自拿回家給孫子吃，類似的情況很多，這就非常過分，逾越分寸。在第八回，她又擅自喝了寶玉的楓露茶，寶玉即大發雷霆，他說：「不過是仗著我小時候吃過他幾日奶罷了。如今逞的他比祖宗還大了。如今我又吃不著奶了，白白的養著祖宗作什麼！攆了出去，大家乾淨！」這裡當然又顯示出寶玉也有紈袴的一面，無論如何，攆乳母都是大逆不道的做法。

再做一點補充，第十六回趙嬤嬤來到王熙鳳房裡，其實就是要推薦她的兒子，她說：「倒有一件正經事，奶奶好歹記在心裏，疼顧我些罷。我們這爺，只是嘴裏說的好，到了跟前就忘了我們。幸虧我從小兒奶了你這麼大。我也老了，有的是那兩個兒子，你就另眼照看他們些，別人也不敢呲牙兒的。」足見雖然這個乳母的行為舉止很謙遜合宜，有其很可敬的地方，但是並沒有放棄身為乳母可以為自身家族爭取利益的機會。

至於大丫頭鴛鴦和座位有關的情節，是在第七十二回。鴛鴦到王熙鳳這邊，問候一下王熙鳳，看看她身體如何，剛好賈璉也來了，想起有事要求她。因為這個家快撐不下去了，完全沒有辦法騰挪了，所以他想出一個法子，老實說實在有點冒險，他居然拜託鴛鴦偷一些賈母的東西出去典當應急。這件事情只有鴛鴦辦得到，因為鴛鴦是賈母最信任的人，賈母所有貴重的東西都由她保管，而鴛鴦這個人的人品又好，託她辦這件事情，她既不會中飽私囊，也不會拿住這個把柄來要挾，更不會洩漏機密。賈璉和鳳姐認定鴛鴦不但有這個權力，而且有這個膽識和人品，於是開口向她求助。

但這畢竟是一件很丟臉的事，因此賈璉作為一個爺，對鴛鴦竟然是如此之客氣，試看賈璉要鴛鴦再坐一坐，他立身說道：「好姐姐，再坐一坐，兄弟還有事相求。」說著便罵小丫頭：「怎麼不沏好茶來！快拿乾淨蓋碗，把昨兒進上的新茶沏一碗來。」「進上」的「上」就是指皇帝，看來賈家所用的東西和皇室是同等級的。他用這麼好的茶來招待鴛鴦，又故意罵小丫頭，其實都是做給鴛鴦看的，是在鋪墊一個態勢，盡量尊榮鴛鴦，正是因為有事相求。

賈璉對鴛鴦說：「這兩日因老太太的千秋，所有的幾千兩銀子都使了。幾處房租地稅通在九月才得，這會子竟接不上。明兒又要送南安府裏的禮，又要預備娘娘的重陽節禮，還有幾家紅白大禮，至少還得三二千兩銀子用，一時難去支借。俗語說，『求人不如求己』。說不得，姐姐擔個不是，暫且把老太太查不著的金銀傢伙偷著運出一箱子來，暫押千數兩銀子支騰過去。不上半年的光景，銀子來了，我就贖了交還，斷不能叫姐姐落不是。」大家切莫以為這種人家大富大貴，每天花錢如流水，只顧享樂，其實他們背後有很大的危機和風險，這是不在其位之人所看不到的。而鴛鴦也知道這確實是唯一能夠勉強應付的解決之道，後來也暗地幫助他們。

更重要的是在賈璉罵小丫鬟之前的一段描述，當時賈璉找到這個房間來，「至門前，忽見鴛鴦坐在炕上，便煞住腳，笑道：『鴛鴦姐姐，今兒貴腳踏賤地。』鴛鴦只坐著，笑道：『來請爺奶奶的安，偏又不在家的不在家，睡覺的睡覺。』」原來鴛鴦來到這裡以後，王熙鳳是請她坐在炕上，表示鳳姐把她當成賈母的分身來對待，結果她見到賈璉的時候，竟然動都不動，也不必行主僕之禮，連賈璉的用語都是「貴腳踏賤地」，如此之自貶，可想而知，鴛鴦在賈家真的是非比尋常的高貴。

在此特別選乳母趙嬤嬤和鴛鴦這兩個人物的特殊例子，是為了說明從座位的表現，也看得出來賈家真的是等級眾多，又加上禮制與人情，所以錯綜複雜，有的時候得從這些細節裡，才更能清楚地瞭解到其微妙性在哪裡。

大觀園裡的座位倫理

另外，「座位倫理學」也可以非常有效地幫助我們認識大觀園。一般人以為大觀園就是自由、平等、博愛的浪漫場所，好像在那裡並沒有禮教，沒有外在的父權或君權制度的控制，但一些細微之處如果不加以釐清，便很容易用自己的想像填補，填補出一個四不像的大觀園。

例如有幾段情節所呈現出來的座位倫理，意涵就不一樣了。第三十一回的一段是讀者非常熟悉的晴雯「撕扇子作千金一笑」，鬧了一場之後，寶玉出去吃了酒。當時是夏天，怡紅院的院子裡設了涼榻，可以讓寶玉在上面乘涼。寶玉一回來卻發現只有他能睡的涼榻上躺著個人，他還以為是襲人，於是一面在榻沿上坐下，一面推她，問道：「疼的好些了？」沒想到那個人翻身起來說「何苦來，又招我」，原來是晴雯。寶玉將她一拉，就拉在身旁坐下說：「你的性子越發慣嬌了。早起就是跌了扇子，我不過說了那兩句，你就說上那些話。說我也罷了，襲人好意來勸，你又括上他，你自己想想，該不該？」晴雯這個人是死不認錯的，她非常倔強高傲，所以便轉移話題說道：「怪熱的，拉拉扯扯作什麼！叫人來看見像什麼！」然後她突然又加了一句，說「我這身子也不配坐在這裏」，她確實不該坐寶玉的涼榻，於是寶玉便說：「你既知道不配，為什麼睡著呢？」換作一般人也許就承認錯誤了，但晴雯嗤的一聲又笑了，說：「你不來便使得，你來了就不配了。」這話真的是強詞奪理，而且全部都是歪理。

當然這是在怡紅院，實質上雖然還是有尊卑之分，只因為這個地方完全由寶玉主管，當他放任眾人的時候，單單在這個房裡，大家的平等就變得是可以的，可是一旦晴雯到別的房裡，包括到王夫人或賈母的上房，她也絕對不敢這樣。透過這種座位情況，可以看到晴雯真的是驕縱成性，連寶玉都說她性子越發慣嬌了，不過關於這一點寶玉自己是脫不了干係的，他是把晴雯慣壞的最重要助力。

在怡紅院亂坐座位的不只晴雯，在第三十五回「白玉釧親嘗蓮葉羹」的一段情節裡，也包括玉釧。當時寶玉挨打之後感到口渴，想要喝蓮葉湯，那是以非常繁瑣的程序做出來的，做出來之後便要送到怡紅院，本來是由玉釧負責。玉釧的姊姊就是和寶玉打情罵俏，以致被王夫人攆出去而羞愧自盡的金釧。因為端過去要走很長一段路，玉釧覺得太累，所以把湯碗等物放在一個捧盒裡，叫了一個婆子端了跟著，而她和寶釵的丫鬟鶯兒兩個就空著手走，這樣比較輕鬆，一直到了怡紅院門內，玉釧方才接了過來，同鶯兒進去寶玉房中，做出是她端來的樣子。

人多多少少會好逸惡勞，會運用自己的一點點權勢，占一點小便宜，這是人格上的灰色地帶，玉釧也沒有例外，有的時候小惡就不必太追究。重點是下面，襲人幾個見她倆來了，都忙起來，笑道：「你兩個怎麼來的這麼碰巧，一齊來了。」一面起來，一面就把那個湯接過去。請看這兩個人後續的作為，玉釧在一張杌子上坐下了，杌子比椅子低一等，椅子應該是襲人她們坐的，所以玉釧直接坐到杌子上。寶玉見了玉釧就想到她的姊姊金釧，他心懷愧疚，所以接下來一直在討好玉釧。

單看玉釧的動作當然不見特殊，但繼續往下看，相較之下和她一起端湯去的鶯兒，是寶釵一手調教出來的丫頭，她當然非常知禮守分，非常瞭解什麼樣的表現是有分寸的，因此鶯兒完全不敢坐，畢竟作為一個丫鬟，到了人家的房裡，應該守住丫鬟的分寸，人家沒有叫她坐，就不能坐。襲人便忙端了個腳踏來，腳踏比杌子更低一級，結果鶯兒還是不敢坐。透過兩人的對比，可知玉釧的表現非常高傲，已經逾越分際。不過此處也不完全能夠用以證明玉釧是一個不懂禮數的人，倒不如說她這樣的做法是要表達對寶玉的不滿，一股義憤支撐著她，對寶玉房裡的人才會擺出這樣的態勢，她的無禮是有非常特殊的原因，當然她也只敢在怡紅院這樣放肆。

和玉釧一樣，因為悲憤交加而違背禮儀的還有襲人。襲人按理說是薛寶釵的重像，這麼一個圓融顧大局的人，竟然也有一次完全是舉止大變，神色非常，而且也在座位上體現出來。第五十七回「慧紫鵑情辭試忙玉」一段，紫鵑誆騙寶玉說黛玉要回蘇州，寶玉一聽立刻就失了魂陷入昏聵，奶娘李嬤嬤「看了半日，問他幾句話也無回答，用手向他脈門摸了摸，嘴唇人中上邊著力掐了兩下，掐的指印如許來深，竟也不覺疼」，於是哭著說不中用了。大家一聽都急瘋了，當襲人知道這是和紫鵑一番對話後才發生的，她連忙去瀟湘館找罪魁禍首，見紫鵑正服侍黛玉吃藥，也顧不得什麼，便走上來問紫鵑道：「你才和我們寶玉說了些什麼？你瞧他去，你回老太太去，我也不管了！」

襲人連一切禮儀禮數都不管了，因為她的心現在非常恐懼慌張，甚至於悲憤，寶玉都快死了，還理這些幹什麼！因此襲人「說著，便坐在椅上」，這些都是襲人平常不會出現的舉止。其實她一路下來都在違背禮數，首先，來到小姐的房內，禮儀上應該先問候小姐，而不是直接和下面的丫頭說話，後來她還直接坐在椅子上，那也太大喇喇。於是黛玉也慌了，畢竟襲人從來不是這樣的人，一般是不可能丟掉那些禮數的，現在舉止大變，已經全部都不顧了，表明事態非常嚴重。

還有一個非常獨特的例子，是在第五十五回到第五十六回，當時探春剛剛承擔理家的任務，這是王夫人給她的機會。賈家這個大家族，尊卑主奴歷及數代，彼此之間的關係錯綜複雜，所以會導致所謂「打狗要看主人」的情況，做事情會遇到種種關礙，處處有很多的忌諱。這麼一來，大刀闊斧的改革就很困難，因為每個地方都會掣肘，要顧慮到這個人的臉面、那個人的立場，裁掉一個人的職位，背後會得罪一票人。而探春希望有非常的作為，要從哪邊開頭呢？古人有一句俗語：「射人先射馬，擒賊先擒王。」杜甫的詩早已提到過，改革一定要從最有權力的人那裡下手，如此一來，下面的人就沒有話說，後續也即推動了。

在榮府裡，掌權的是王熙鳳，所以探春一開始的做法便是先樹立一個箭靶，以她為主先下手，接下來便能夠殺一儆百，產生大家服從的效應。當然王熙鳳不會親自到場，而是由平兒作為她的分身來配合探春的改革，平兒做了幾件事情非常有趣。當探春正在進行多項改革的時候，用餐時間到了，所以要去傳飯，丫鬟們一聽，忙出門命媳婦們說：「寶姑娘如今在廳上一處吃，叫他們把飯送了這裏來。」探春聽說，便高聲說道：「你別混支使人！那都是辦大事的管家娘子們，你們支使他要飯要茶的，連個高低都不知道！平兒這裏站著，你叫叫去。」探春這番話聽起來很費解，如果那些媳婦們都不該降尊紆貴，去做那些很低下的要茶要飯的活，那麼平兒更不該去做，因為平兒的位階比這些大娘們更高。探春這麼做的用意，其實就是要拿最有權力的人開刀，如果她連平兒都能夠壓得下去，其他人統統都沒有話說。

平兒深知探春的苦心，所以她也配合去做了。等平兒辦完事回來進入廳中，這已經是到了第五十六回，探春、寶釵和李紈正議論一些家務，「見他來了，探春便命他腳踏上坐了」，接著說到很多支出重重疊疊，也就是浪費，所以要革掉幾項開支，問平兒同不同意。平兒當然都表示同意，而且她非常會說話，都說二奶奶平常也想這麼做，只是怕委屈了姑娘們，所以不好這麼處理，姑娘今天這樣想那就太好了。只有在讀了很多遍之後，才發現探春是叫平兒坐在腳踏上，而腳踏是坐具中最低階的，比站著好一點點而已。

可見在這整個過程中，探春一方面故意派平兒叫人把飯送來，這是用跑腿婆子的低賤工作來貶低她，用以間接鎮壓鳳姐。加上讓平兒坐腳踏這等的位子，都是同樣的做法，目的都是要透過對有體面的人開例作法子，以樹立威信。探春絕對不討厭平兒，甚至還很欣賞她，可是沒有辦法，一家子那麼多的事務，一定要從最關鍵的切入點來掌握，平兒和鳳姐便首當其衝。在開始改革的時候，先從最有權威的人入手，這樣才是真正的政治家的做法，探春有格局、有眼光，了解主從輕重，知道要從什麼地方著手才是根本，所以一直被認為是女中宰相。

旗人風俗

《紅樓夢》的座位真的非常重要，「座位倫理」時時刻刻在一個大家族內部運作著，怎麼坐、坐什麼坐具都可以呈現出各個人的性格、地位，乃至於人和人之間的某些關係，下面的情節在《紅樓夢》裡出現過好幾次。當賈母坐在炕或榻上，姊妹們坐在椅子上，或者吃飯的時候大家按位子坐，沒想到經常站著侍候她們的，一個是王熙鳳、一個是尤氏，還有李紈，甚至包括王夫人。這其實反映了清朝旗人的風俗。有一位清末民初的學者徐珂，他整理一部《清稗類鈔》，裡面有很多珍貴的紀錄，其中提到旗人風俗：

> 旗俗，家庭之間，禮節最繁重，而未字之小姑，其尊亞於姑，宴居會食，翁姑上坐，小姑側

坐，媳婦則侍立於旁，進盤匜、奉巾櫛惟謹，如僕媼焉。……小姑之在家庭，雖其父母兄嫂，亦皆尊稱之為姑奶奶。因此之故，而所謂姑奶奶者，頗得不規則之自由。

現代學者楊英杰在《清代滿族風俗史》裡也有相關描述，這是一種很特別的風俗。

關乎此，還有一段很特別的情節，出現在第四十三回中賈母帶領眾人商議湊份子來幫鳳姐慶生，當時全家所有等級的人都到了。坐在榻上的當然是賈母了，「只薛姨媽和賈母對坐，邢夫人王夫人只坐在房門前兩張椅子上，寶釵姊妹等五六個人坐在炕上，寶玉坐在賈母懷前，地下滿滿的站了一地」。其中身為長輩的邢夫人、王夫人是坐在門前兩張椅子上，而晚輩的寶釵等五六個姊妹卻坐在炕上，顯然座位更高一等，這也反映出小姑之尊的旗人風俗。

此外，書中接著說：「賈母忙命拿幾個小杌子來，給賴大母親等幾個高年有體面的媽媽坐了。賈府風俗，年高伏侍過父母的家人，比年輕的主子還有體面，所以尤氏鳳姐兒等只管地下站著，那賴大的母親等三四個老媽媽告個罪，都坐在小杌子上了。」所謂「高年有體面」，就是年深歲久服侍過長輩的奴僕，因此有了體面，也所以她們有比椅子低一級的小杌子可以坐，反倒尤氏、鳳姐兒等只管地下站著。可想而知，這種大家族既有森嚴的禮數，同時又有人情的調節，當以人情為重的時候，雖然是主子，卻對做奴僕的非常尊敬，如果只用今天每個人都平等的個人主義心態，或者單用階級壓迫之類的成見去理解，實在是謬以千里。

綜上所述，《紅樓夢》座位倫理學即「炕／榻—椅子—小杌—腳踏—站立」的等差序列，其相關情節的表現可以整理如下：

一、第三回：林黛玉入賈府後的拜望禮儀

二、第七十五回：中秋夜時，賈珍夫妻於晚間過榮國府來的謙謹坐法

三、第三十回、第五十四回：黛玉與賈母同坐的尊寵地位

四、第二十五回：王夫人對賈環的平等心態

五、第十六回、第七十二回：乳母如趙嬤嬤、大丫頭如鴛鴦的地位

六、第三十一回：晴雯驕縱成性與強詞奪理的人格特質

七、第三十五回、第五十七回：玉釧、襲人的悲憤違禮

八、第五十六回：探春的理家新政，以樹立威信

九、第四十三回：獨特的滿族旗俗，多層次的主僕關係

對於以上這一類的例子，如果我們觀察、感受得越多，便越能透過濡染累積而形成一種很微妙的直覺，更構成了正確的知識，從而更精準地進入《紅樓夢》的世界。

第三章

畸零石與絳珠草

——紅樓夢的神話操演

曹雪芹不只是用神話色彩或者神話元素來點染小說，還把整個神話的架構挪借過來，使之構成整部書的敘事根基。讓人驚訝的是，作者把傳統上被用到爛熟的神話，將其全部的有機構成因子精準又全面地融入自己的作品中，不單是運用，而且又再加以「深化」，給予更深的意涵。換句話說，整部《紅樓夢》吸收傳統的神話資源，但是又反過來豐富它、深化它。

士不遇與畸零石

這個單元要談的即《紅樓夢》的神話操演，以及其中的意涵。讀過前五回就可以很清楚地知道，《紅樓夢》的神話系統分為兩大支，分別為了重要角色的塑造所安排。第一支關於主角賈寶玉，他是整部小說的敘事中心，一般稱之為「石頭神話」。

然而，叫作「石頭神話」並不精確，因為它並不是一般的石頭，這塊石頭和它所牽連的其他神話元素是一個整體，也就是女媧補天的石頭神話。在源遠流長的文化傳統裡，女媧補天的神話從出現以後受歷代的運用，已經被添加很多的文化意涵，這些文化意涵同時被曹雪芹所吸收，而其間的脈絡到底如何？劉上生認為，《紅樓夢》裡作為賈寶玉前身的這塊石頭，不只是《紅樓夢》本身世界裡的運用而已，同時包含著自宋玉、司馬遷、董仲舒、東方朔以來所形成的「士不遇」題材，以及蘇軾、辛棄疾等以補天石被棄來自喻的歷史悲憤。所以，《紅樓夢》突破了自己的小世界，與過去的文化傳統相連接，進而擴大它的內蘊意涵。由此便足以顯示，《紅樓夢》不但如同一部《百科全書》，更有如一架顯微鏡，透過它可以看到很多我們所不瞭解的中國文化的深厚內涵。

只要上過中國文學史的課程，都知道宋玉為什麼會和「士不遇」題材發生關聯，宋玉在文學史上影響最大的作品之一，即〈九辯〉。

〈九辯〉開創了中國的「悲秋」傳統，對於秋天以「悲」這一負面情緒來加以感應，而這種負面情緒並不是人類與生俱來的，例如樂觀、幸福的人看到秋天，所想到的會是金黃色的景象，視之為收穫的季節，帶有飽滿的沉重，這是樂觀者正面的心態。但是從宋玉開始，對秋天的情緒反應走向負面，包括「士不遇」，也從此影響到後世的文人們，在四季流轉中給予類型化的感知模式，稱為「悲秋」。

〈九辯〉創造出「悲秋」的意涵，而為什麼構成「悲秋」的具體因素之一是「士不遇」？因為宋玉當時窮愁潦倒、孤獨無友。在古代的知識圈，寒窗不止十年，唯一的人生價值標準、自我實踐的準則就是做官，無論是個人的價值，還是俗世理想的價值，都只有唯一的一條路——仕宦，所以當「不遇」的時候，就是對整個人生的否定。「士不遇」在古人的書寫中向來是反應最強烈的主要題材，當宋玉開創這個題材後，歷代就有許多文人的呼應與延續，因為這是很多懷才不遇者的共同遭遇，包括司馬遷的〈悲士不遇賦〉、董仲舒的〈士不遇賦〉，以及陶淵明的〈感士不遇賦〉，都是宋玉的直接繼承者。總而言之，「士不遇」的悲哀幾乎穿透歷代所有讀書人的心靈，是他們共同的心聲，因此很容易發生共鳴。

但講到這裡，還只是一般性的層次，「士不遇」的題材和女媧補天到底又是怎樣連接在一起？關於這個問題，我們要先回顧女媧補天的神話：遠古時代天塌了、傾斜了，洪水泛濫，秩序混亂，於是大母神女媧便出來煉石補天，這是基本的神話內容。而神話被後人加以運用的時候，在抒情言志的需要之下，文人會根據自己的理念去變動神話敘事的相關情節，再賦予一些額外的象徵意涵，使之符合自己所要表達的意義，於是在蘇軾、辛棄疾的作品裡，便開始以「補天石被棄」聯結「士不遇」。原因在於：補天本來是一個神話，是對過去地球環境變遷的一種解釋，到了人文的世界裡，則用文化的需要賦予它象徵意義，而補天剛好可以和儒家的濟世事業連接在一起。因為「天」可以代表天下、代表整個世界，而儒家對於知識分子的最高期許即是胸懷天下，「經世濟民」，知識分子在這莊嚴偉大的、鞠躬盡瘁死而後已的使命下，往往以此作為自己人生價值的最高目標。所以，「補天」便被賦予儒家的人文價值和政治理想，也就是濟世理想的實踐，那是知識分子終其一生所能達到的最大自我體現。

能夠補天的那些石頭，實現了自我實踐，達到儒家的濟世目標，完成最高的存在價值，即沒有「不遇」的問題。後來讀書人在這個神話裡增加新的情節，於辛棄疾、蘇東坡等人的筆下，開始設想女媧補天時，也許並不是每塊石頭都派上用場，可能有一些沒有用上，因為這個世界已經改造完成，沒有用的東西便被丟到一邊，這些未能補天的石頭就被用來隱喻、雙關懷才不遇的文人的遭遇。

可是這些石頭，絕對不是路邊那種踢它一百遍也不會有反應、隨處都可以看到的石頭，它們是已經被煉造過、靈性已通的五色石。這塊寶玉前身的通靈石頭因未受採用而被棄在青埂峰下，它知道自己原來的價值在哪裡，因而自怨自嘆該價值不能實現，二者造成心理的巨大反差，這和懷才卻不遇的文人有命運相通的地方。文人可以說是最精華的一種心靈，他們可以抒情、可以言志、可以參透並洩露這個世界的奧妙，更是維繫國家的支柱，所以對他們來說，不能參與補天事業就是莫大的人生缺憾和失落，於是退而求其次地努力進行創作，即所謂「詩窮而後工」。懷才不遇的文人恰恰對應於靈性已通的石頭因「見眾石俱得補天，獨自己無材不堪入選」，以致「自怨自嘆，日夜悲號慚愧」。

曹雪芹在一開始為賈寶玉所設定的「畸零」處境，便借用了源遠流長的「士不遇」傳統，這是一種其來有自的歷史悲憤，而曹雪芹本身也是處在此一悲憤之中——他深深以自己一輩子窮愁潦倒，無法真正在政治上實現濟世的理想而慚愧。古代文人努力一輩子，就是為了展現自己的才華，因此倘若在宦途上受挫，幾乎構成了他們人生中最大的隱痛，我們如果不能體會這一點，就不能夠真正理解他們的焦慮以及最劇烈的疼痛點。所以，我們一定要非常清楚地知道他們有一個非常單一、徹底的價值觀，即補天的理想，一旦這個理想崩潰失落便等於人生徹底的自我否定。曹雪芹一開始用「補天石被棄」這一源遠流長的歷史悲憤加諸賈寶玉的前身，可想而知，《紅樓夢》真的是「自愧而成」的一部書。

五色石

如果追蹤神話來歷，我們可以看到在《淮南子・覽冥訓》和《列子・湯問》裡，都有女媧補天的原始神話，但是卻沒有上述的那些情節，包括煉石的數字、補天石用與不用的區別。然而必須注意，女媧為了補天所煉造出來的石頭，它們有什麼樣的外觀特徵？在《列子・湯問》中提到：「昔者女媧氏練五色以補其闕。」可見這塊石頭絕對不是一般的石頭，它是斑斕美麗的五色石。當第一次注意到這一點的時候，真的非常震驚，因為我們從小到大耳濡目染，以至於所想像的作為賈寶玉前身的那塊石頭，是被賦予天然率真的特性，該特性就成為幻形入世之後的賈寶玉的重要人格特徵。而林黛玉是賈寶玉的靈魂知己，所謂的「天然本真」便成為寶、黛二人最重要也是最主要的人格特質，甚至被抬高為整部小說所要彰顯的最高人性價值。而當它被視為崇高價值的同時，相對地也就容易貶低或排斥其他不一樣的人格特質，薛寶釵首當其衝，即被視為虛偽藏奸的偽君子，於是很多謾罵就投擲到她身上。

然而，這塊石頭是女媧煉造過的精品，已經不是處於很原始、很素樸的天然狀態。首先，它的內在層面是靈性已通；其次，就它的外形來說，也是石頭裡最美的一種，即所謂的「五色」，將兩個特質加在一起，這塊頑石簡直就和人文世界中一直被追求的珍貴玉石完全等同了。我赫然體會到，原來這塊被棄而不用的石頭，它已經受過鍛鍊，絕不天然，而且還會「悲號慚愧」。「悲號慚愧」是人文性靈的反應，《文心雕龍．原道》說：「心生而言立，言立而文明。」有心靈，才能夠說話，才會進行文學創作，透過種種的情志抒發以表達自我。因此，女媧的煉石補天根本上等於給了石頭一顆心，給它高度的文明，所以它是通靈的，有喜怒哀樂的感受、有情緒的波動、有理想的追求、有對這世界的種種靈敏反應，它怎麼會是原始天然的石頭？

何況它的外在形貌又是五色的，非常漂亮，而「美麗」在大自然界本身並不是價值，美麗的東西只有到人文的世界才會有價值，成為人們爭逐的對象。關於這一點，我很喜歡舉一個例子，臺大校園裡有很多黑冠麻鷺，同學們把牠叫「大笨鳥」，試想，在文學院的草地上，黑冠麻鷺會對一隻蚯蚓感興趣，還是會被翡翠耳環所吸引？對大自然裡的鳥類來說，蚯蚓肥美多汁，有如珍寶，牠們根本對翡翠耳環不屑一顧。簡單來說，賦予美麗的東西以價值，乃至於產生追逐競爭的，其實是人類世界才會有的現象。

總而言之，內在通靈而外在又有五色之美的石頭，等於就是「玉」。很多讀者認為，石頭是寶玉的前身，表示它天然本真，帶有脫俗的靈性；待他進入人世以後，受到欲望刺激，寶玉的「玉」就諧音為欲望的「欲」，染上世俗的塵埃。這個說法是王國維開啟的，後來影響很大，但是我有不一樣的想法：寶玉從前身到幻形入世的所有階段，根本上都是同一個東西，也即是「玉」，這個玉很特別，我為了要強調它的完整性，把它叫作「玉石」。「玉石」本身是可以通靈的，大家應該聽過很多玉的通靈傳說，例如它會保護主人，當發生車禍的時候，主人身上佩戴的玉斷掉或破碎了，可是人卻毫髮無傷等等。然而，「玉」本身的定義是「石之美者」，所以玉本身也是天然的東西，不是人造的產物，它不但完全不等於欲望，甚至超越世俗，是最神聖美麗的精品。

同一塊玉石，在神界無欲無求，因為自然界中萬物平等，都有同樣的價值，所以玉石在神界去灌溉絳珠仙草，充滿慈悲與平等的心胸。只不過它雖然逍遙自在，但卻覺得無聊，所以靜極思動，要來到人間受享榮華富貴。很不幸地，這塊玉石進入人間之後，面臨很多的是非、很多的爭奪，還有很多的無常，這些都和他自己本身的存在狀態無關。從神界到俗世，寶玉的本質並沒有改變，變化的是他所在的世界，因神、俗不同而引起的差異，也因此導致不同的遭遇和命運。換句話說，寶玉的前身今世始終是一貫的玉石，沒有所謂的從自然到文明、從本真到虛偽，或者是從無欲無求到欲望主宰的變化。

數字的玄機

值得注意的是，曹雪芹又賦予女媧補天這個神話一些新增的細節，而細節裡面有魔鬼，首先是曹雪芹給了女媧所煉之石以很具體的尺寸，「高經十二丈、方經二十四丈」，並且設定為總共煉造了三萬六千五百零一塊，這些具體的數字都有玄機。「高經十二丈」的「十二」從先秦以來就是一個非常重要的數字，它有很豐富的象徵意涵，在先秦時代的天文學與人文學中，「十二」被視為「天之大數」。古人觀察世界運行的種種現象，而天文運作都和時間的進展有關，至少區分出一年有十二個月，一天有十二個時辰，很多對這個世界運作法則的理解都是奠基在「十二」這個數字上。例如一年除了十二個月之外，還有二十四個節氣（這是十二的倍數），所以「十二」即代表「天之大數」，是能夠包攝最多內涵的數字，這是它的第一個含義。

至於第二個含義，據脂硯齋所說，《紅樓夢》裡凡是「十二」都是對應十二金釵，且看第一回的批語：「高經十二丈」是「總應十二釵」，「方經二十四丈」是「照應副十二釵」。果然，第五回太虛幻境的薄命司裡，關於金釵的簿冊分為正冊、副冊、又副冊，每一冊都是十二位女子的人生預告，而「方經二十四丈」的「二十四」則可以對應到二十四節氣，這當然也是十二金釵的「十二」的倍數，即副十二釵。所以「十二」這個數字所代表的，就是《紅樓夢》所描述的形形色色的女性，希望把她們各式各樣的美好及其不同的悲劇充分而完整地呈現出來。

此外，石頭「高經十二丈」，說明這塊石頭是日月運行之下的天地精華，要經過日夜流轉、一年又一年的鍛造，才能夠通靈；再者，補天石總共有三萬六千五百零一塊，故意有個「零一」是為了寶玉的畸零處境而專門設計的，刻意營造只有它一塊石頭沒用的剩餘感、廢棄感，以顯得更孤獨、更悲慘。如果被丟棄的石頭有十二塊，大家還可以互相取暖，個人的失敗也就沒有那麼明顯，而「零一」便是要把寶玉的處境極端化，好讓他的失敗感、慚愧感加深，讓他獨一無二地承擔這失敗的沉重命運。至於另外的三萬六千五百塊，這個數字立刻讓人聯想到三百六十五天，也就是一年，縱觀這幾個數字：十二個月、二十四節氣、三百六十五天，都和天文曆算有關。

《紅樓夢》研究的大家俞平伯對此也有類似的說法，可是我要做一個補充：三萬六千五百零一塊並不是三百六十五而已，它是三百六十五的一百倍；換句話說，三萬六千五百即「百年」的意思。而「百年」在《紅樓夢》這一部家族小說中是非常重要的數字，如寧、榮二公所說的：「雖歷百年，奈運終數盡。」表明賈家已傳承了一百年，無奈運數到了終止窮盡的時刻。為什麼是一百年的宿命呢？世間有許許多多的存在體，有的是朝代、有的是個人、有的是整個的歷史，中國傳統上認定每一個存在體都有生命的局限，有五百年一個斷限、有三十年一個斷限，也有百年的斷限，五百年的斷限是概稱歷史的大循環，三十年的斷限則是指一代，而百年的斷限就是指家族的壽命，所以「百年」基本上也呼應寶玉所處的是賈家末世的局面。

另外，「百年」除了是家族命運的極限，同時也是人壽的極限，人的壽命即往往用「百年」作為概稱，如「百年之後」便是委婉地代稱死去以後。總而言之，「三萬六千五百」這個數字不斷在隱喻的都是和終結有關，無論是家族還是個人，因此《紅樓夢》這部小說真的是末世的輓歌。

祖父曹寅與〈巫峽石歌〉

另外，《紅樓夢》對於女媧補天的神話運用，也不能忽略曹雪芹自身的家學淵源。現在大概都同意曹雪芹的祖父就是曹寅，而曹寅和康熙帝的關係非常密切，曹寅擔任江寧織造的時候，康熙的幾次南巡就是由他來接駕，所以曹家真的是有機會和皇帝接觸、親眼目睹內家風範的家族，其他一般的貴族卻不見得有這種機會，更不用說中下階層的潦倒文人。曹寅可以說是曹家登峰造極的一位先祖，他本人也有高度的文學素養，詩詞造詣很高，有《楝亭集》傳世；此外，曹寅在康熙的委託之下，和一批碩學鴻儒共同主持《全唐詩》的刊刻工作，這都足以證明曹寅的文化精英地位。

這部《全唐詩》蒐羅近五萬首的唐詩，是後世瞭解唐詩的重要資料庫，而刊刻工作是由曹寅以及相關學者們共同主持的，也許是互為因果，曹家收藏很多海內非常好的唐代詩集刻本。雍正五年，隋赫德查抄曹家後，很多物品都充公，但是查抄的清單裡並不包含這些書籍，所以學者們合理地推論，曹雪芹在很小的時候多少經歷過曹家最巔峰的繁華歲月，只是很快就幻滅了，後來在家徒四壁的情況下，他還保有不少珍貴的詩詞版本，尤其是唐詩作品，這一批書籍都是曹寅當初在主持《全唐詩》編纂刊刻時所用到的。曹寅自己非常博學而風雅，眼界也非常高，他所收藏的那些唐人詩集常常都是最好的版本，這些在無形中都變成曹雪芹寫作《紅樓夢》時文思之奧府，不斷參與他的創作，提升作品的意境。《紅樓夢》和別的小說不一樣，它的抒情性非常濃厚，其中有不少敘事的散文描述讓人感到如詩如畫，彷彿詩、畫般優美，都與他的家學淵源有關。

就在曹寅的詩歌裡，對女媧補天的神話運用也和《紅樓夢》有相似的地方。學者朱淡文就提到，曹寅的《楝亭集》中有好幾首詩和石頭有關，甚至和女媧所煉的石頭有關，例如《楝亭詩鈔》卷一裡有一首〈坐弘濟石壁下及暮而去〉，詩中云：

我有千里遊，愛此一片石。徘徊不能去，川原俄向夕。浮光自容與，天風鼓空碧。露坐聞遙鐘，冥心寄飛翮。

開篇便說「我有千里遊，愛此一片石。徘徊不能去」，他不辭勞苦展開千里的遊歷，為的就是尋求喜歡的石頭，當找到了那個心頭所愛，便對著這一片石頭流連忘返，一直坐看痴望，不覺時間流逝到夕陽西下，才不得不回家，由此可見，他真的是愛石成癖。不只曹寅對於石頭的愛好已經到了一種耽溺的癖性，親友們在回憶曹雪芹的時候，也提到他很喜歡收集怪石，可見祖孫兩人都有共同的愛好。

曹寅有關石頭的第二首詩題曰〈巫峽石歌〉，詩中提到：

巫峽石，黝且爛，周老囊中攜一片，狀如猛士剖餘肝。……媧皇采煉古所遺，廉角磨礲用不得。或疑白帝前、黃帝後，灘堆倒決玉壘傾。風煦日暴幾千載，旋渦聚沫之所成。胡乃不生口竅納靈氣，崚嶒骨相搖光晶。嗟哉石，頑而礦，礪刃不發硎，繫舂不舉踵。砑光何堪日一番，抱山泣亦徒潼潼。

可見曹寅的愛石不只是一般喜歡盆景、喜歡篆刻之類普通的文人愛好而已，他甚至在巫峽石中看出自己和他們的命運可以互相共鳴對應的地方。而此處對巫峽石的描寫真是讓人感到似曾相識，所謂的「巫峽石，黝且爛」，那斑爛的石頭不就是五色石嗎？而「媧皇采煉古所遺，廉角磨礲用不得」這兩句，又寫到煉石後卻成為不得用於女媧補天的一塊畸零廢棄物，同樣都是被棄的遭遇，「用不得」也和「士不遇」相聯結。

這塊被遺落的巫峽石在這裡好久了，因此「或疑白帝前、黃帝後，灩堆倒決玉壘傾」，其中的「灩堆」與「玉壘」都是四川巫峽附近的重要名勝，這句詩的意思是說，有人懷疑它是在白帝之前、黃帝之後，當這些山水都還不存在的時候，巫峽石就已經遺落於此處了，並且它也會永恆地存在到山崩地裂的終點。然後曹寅接著說「風煦日暴幾千載，旋渦聚沫之所成」，它受到幾千年以來日月精華的鍛造、波瀾水流的打磨，可惜「胡乃不生口竅納靈氣」，曹寅質疑它何以沒能生出口竅納入天地靈氣，但其「骨相搖光晶」，它的骨相是稜角剛硬，閃耀著晶亮的光芒，這和五色的外形是互相呼應的。

然而，問題在於它又是無用，「嗟哉石，頑而礦，礪刃不發硎，繫舂不舉踵」，這塊巫峽石冥頑而粗獷，不能用來磨刀，也不能用來舂米，所以它只能感傷自己的無用，「砑光何堪日一番，抱山泣亦徒潼潼」，巫峽石深深地自愧、自責，徒然在山邊哭泣，這更類似於寶玉前身的那塊畸零玉石的自怨自嘆、悲號慚愧。從這個角度來看，《紅樓夢》所採取的女媧煉石而丟棄一塊未用的故事，和曹寅幻設出來的「士不遇」圖景也可以互通款曲，彼此之間有著血脈相通的繼承關係。

女媧：大母神

到目前為止，我們看到女媧補天的神話基本上都是外緣材料，從遠古神話到曹寅的詩，雖然都和曹雪芹的創作有關，但卻不等於是曹雪芹的創作內容。如果要真正瞭解《紅樓夢》到底是如何運用女媧補天的神話，還是得要回歸到文本，從它的整體來著眼分析。石頭神話的意義到底是什麼？曹雪芹在運用過程中如何加以豐富化、深刻化，又給了它什麼樣的象徵意涵，以至於可以幫助我們對這些角色和情節進行更豐富、更深刻的理解？

「女媧補天」這四個字所描述的故事裡包含三個層次或要件。首先，誰去補天？是女媧。她做了什麼大事業？當然是補天。那麼女媧用什麼來補天？用石頭。這三個層次全都被曹雪芹天衣無縫地交織在他的敘事架構及人物性格中，這是令人讚嘆的超越性才能。其中，女媧是構成這個神話的力量施用者，由她來擔當重整宇宙秩序、恢復人間倫理的重責大任，所以她就是「大母神」。

「大母神」的含義，在西方神話學或宗教文化學乃至於心理學中都有闡述，約瑟夫．坎貝爾（Joseph Campbell, 1904-1987）等學者對於大母神的基本定義是：大母神提供創造、繁衍、溫暖及保護，這很有助於我們認識女媧的象徵意義。而大母神還有另外的別稱，一個叫作「太初之母」（primordial mother），一個叫作「大地之母」（earth mother），這兩個名詞都是對創造一切的大母神的最高禮讚，只是分別從時間、空間兩個不同的範疇去呈現她的偉大。一方面，時間演化的序幕最初都是由這位母神揭開，所有的生命都是在時間中展現，沒有時間範疇，生命是不可理解的，也根本不可能存在，所以「太初之母」也是對大母神的最神祕、最奧妙之創造力的一個概念式說法。

同時第二方面，生命的另一來源是大地，這麼一來，它又是在空間上負載一切、具有最偉大之承載力量的母神，所以稱為「大地之母」，地母（大地之母）更是在各個民族的神話傳說裡頻繁可見的一個類型，如古希臘神話中的蓋亞（Gaia），中國的則是女媧。

女媧之腸

女媧在中國傳統神話的早期是具有高度創造性的女神，在古典文獻中，有幾種重要的女媧造型，如在最原初的《山海經》裡，雖然女媧本身的造型並不鮮明，卻已經凸顯出大母神的創造力。《山海經》是非常原始的神話留存，女媧最早出現於此，在《山海經・大荒西經》內記載：

> 有神十人，名曰女媧之腸，化為神，處栗廣之野，橫道而處。

晉朝的郭璞注：「女媧，古神女而帝者，人面蛇身，一日中七十變，其腹化為此神。」此處間接點到女媧，主要的對象是和女媧相關而產生的十個神。我剛開始讀到的時候非常疑惑，為什麼這十個神名為「女媧之腸」，而不叫別的名字？而且用一個構成生命體的腸器官來命名，它究竟會和《紅樓夢》有什麼關聯？因為沒有看到神話學者提出相關說明，這些問題一直懸在心上，隨著不斷深入的研究，我發現或許可以進行以下的解讀。

那十個神為什麼統稱「女媧之腸」？原來大母神之所以有資格叫作「大母神」，是因為她不只創造人類萬物，同時也創造所有的神，她是天神與人類萬物等所有生命最初的來源，世間一切的生命都是來自這位大母神的給予，女媧是包括形而上的超現實存在或塵世中的人類都要敬畏、仰望的最高大神。而《山海經》這段關於女媧的間接文字，也隱隱然暗合於西方對於大母神的詮釋。

由此進一步探討這十個神為什麼叫作「女媧之腸」。晉朝郭璞在注《山海經》的時候，說女媧是「古神女而帝者」，這是來自非常早期的母系社會的神話產物，因為在母系社會時期中，初民對於兩性生殖還沒有概念，對他們而言，生命是直接從女性的肚腹裡誕生出來的，女性的創造力便建立於此。女媧這位遠古女神加上一個「帝」的頭銜，就可想而知，這種創造力讓她被先民們奉為最高的信仰，她是所謂的「首出御世」之神，一切都是從她所展開，整個世界是由她所統領。一個女性的概念可以和「帝」，也就是和最高的權力擁有者連上關係，這不會是父系社會的反映，所以女媧必然是非常早期的原始神祇。郭璞說，女媧這位「古神女而帝者」，她「人面蛇身，一日中七十變，其腹化為此神」，我們可以看到「其腹化為此神」這種說法與「女媧之腸」有一種邏輯推演的脈絡。腸這個器官就在腹部，而胎兒也是在腹中孕育，然後成形，最後誕生，所以生殖便如此這般地和腸發生關聯。

其實，郭璞所謂的「人面蛇身，一日中七十變，其腹化為此神」，每一句都證明女媧確實是一位大母神，具有偉大的生命創造力。一般最熟悉的，是自古以來傳說女媧摶土造人。先民們認為泥土本身即能夠創造出生命，就好比植物依賴著土而生，而沒有植物也不可能有其他的萬物，所以追本溯源，土本身便是生命的來源，因此有學者從神話學的原型觀念來探討，提出所謂的「土原型」。令人感到無比巧合的是，《聖經》裡說上帝造人也是用塵與土，所以當人死了以後，塵歸塵，土歸土，這應該反映了人類極其相近的深層思維。

時至漢代，女媧造人的神話被增補與改造，說女媧原本摶土造人，後來覺得速度太慢，便以繩索浸入泥水中，再拿出來一甩，甩出許多的泥水滴，每一滴等於一個人，人類的創造就增快了速度，數目也急速增加。這麼一來，早期手工揑製的人比較精緻，所以成為少數的貴族，而用泥水大量生產的則為平民，這顯然是後來階級觀產生以後的說法。但很明顯地，造人和造神還是不同的，造人用的是身軀形骸之外的土，而造神——和她具有同樣血緣而具有世系關係的相關對象時，女媧就用自己體內的某一個器官，如此便有如基因複製一般確保他們的神性。於是那「有神十人」從女媧之腹化出，又「名曰女媧之腸」，其實正意味著他們是來自女媧之腸的直屬後裔，這便是「其腹化為此神」的真正含義。

女媧不只是創造出神，再進一步來看，她還創造出萬物，這個祕密就在「一日中七十變」這句話裡。關於「一日中七十變」有兩種說法：一個是她一天變化七十種形態；另外一個說法是她一天中變化出七十種生物。以第二種說法比較好，因為第一種說法比較奇怪，女媧又不是要做表演的千面女郎，一天變化出七十種形態有何意義？而她一天中變化出七十種生物，很快地，大地上就會處處欣欣向榮，充滿萬物，這和大母神創造、繁衍的力量是完全吻合的。

人面蛇身

然而，這樣一個具有高度創造性、有繁衍能力的大母神，何以是「人面蛇身」的造型，這又大有可以探討之處。俄國偉大的文學批評家巴赫金曾經提到一種怪誕風格，它來自地下的考古發現，亦即羅馬壁畫上的奇特造型，後來衍生出歐洲藝術的一支派別，就叫作「怪誕派」。這種怪誕不只是指怪異而已，確切是指人類、動物、植物不同的肢體局部互相融合所形成的一種造型。對於這樣一個現象背後所隱含的思維方式，巴赫金做了很好的詮釋，他認為把人類、動物、植物的各種成分精巧地交織組合在一起，即大膽打破生命的界限，也打破我們很常見的靜止感。

原來生命不是一以貫之的單一個體，而是流動的、不斷變化的，當然也可以無限輪迴，所以死就不再是死，而是另外一個生命的開始，只是換不同的造型。於是，在這樣的怪誕風格中去看整個自然界，便充滿無窮無盡、綿延不息的生命力。從某個意義來說，它體現了存在的靈活性、無限性，這種存在不是一種現成的、固定的狀態，而是可以從一個形式不斷向另外一個形式轉化的這般快活的、隨心所欲的、異常的自由，生命可以自由地打破界限，甚至打破生死之隔。而既然人和動植物都可以透過這種融合來體現上述的思維方式，為什麼在我們的神話裡，女媧的造型固定為「人面蛇身」？其中還有別的深刻意涵，得要借助神話學中蛇的象徵意義來提供簡單的說明。

在先民眼中，蛇這種動物絕對不是如我們今天所以為的代表邪惡，恰恰相反。蛇有幾個重要的特點，使得牠主要被當作神聖的動物來崇拜，第一個特點就是牠會蛻皮，在先民們的眼中那彷彿死後復生。因為蛇在蛻皮時是不吃不動的，彷彿死了一般，當皮蛻掉之後，牠長大了，又更強壯了，彷彿更新一般，所以蛇蛻皮便帶有高度的重生意義。

和蛇一樣有再生象徵的是蟬，在先秦到漢代有一個很特別的墓葬風俗，即讓逝者含著玉質的蟬一起入殮。現在我們都知道，蟬在樹上產卵之後，孵化出來的幼蟬會順著樹幹向下爬，進入泥土裡面，開始若蟲的階段，古人當然不知道牠們在泥土中生活多年，對他們來說，這些過程是跳躍性的，只知道蟬入了土之後還能出來，而且變化出另外一個更成熟的新生命，所以覺得這種昆蟲具有重生的能力。蛇也一樣，看起來有重生的力量，於是便關聯到母神的創造力。

另外，蛇本身可以水陸兩棲，水的象徵意涵更是和生命息息相關，不僅科學已經證明地球的生物最早來自海洋，生命的來源和水結合在一起；類似地，母親子宮內的羊水讓小生命在裡面安靜地孕育，因此凡是與水有關的其他生命體，也在神話思維裡被賦予高度的生命孕育功能。這麼一來，蛇和大母神的創造力類似相關，「人面蛇身」便是在傳統的形象思維裡產生異類聯結之後的結果。

「人面蛇身」還有另外一個取義的來源，亦即蛇是一種多產的動物，而由於蛇和人類的生活比較接近，所以先民們可以直接就地觀察到蛇的生態習性，他們可以很容易地發現蛇的生殖力相當高，一窩一窩的蛇蛋可以多達數十個，這對古人而言當然是多產的象徵，於是蛇的多產也和大母神的功能連接在一起。最後，蛇之所以和女媧造型發生聯繫的可能原因，或許還在於蛇的樣子細細長長，和腸的造型非常接近，這又和「女媧之腸」的形象思維相通。

那麼，何以蛇和腸在形狀上的相似又會連動式地變成大母神的造型？關於這個問題，我們就要回到對「有神十人，名曰女媧之腸」背後的思維加以考察了。以下整理幾個要點，剛好可以把這個問題說清楚。

首先，因為胎兒是來自於腹部，而腹部裡面又有腸，於是胎兒的誕生處便會和腸聯繫在一起，這個想法非常合理，因為從女媧所創造的十個神就叫作「女媧之腸」，可以找到直接的內證及非常好的旁證，由此形成「腸—腹部—胎兒」的連動式推理，這是位置上的相關所形成的。第二，腸的形狀也是人體裡各個臟器中和蛇最接近的。前面所提到的各種形象的聯想，也強化了蛇的生殖象徵，回應蛇的再生的神話意涵。

但其實，腸不只是因為位置在腹部，而被等同於孕育胎兒的所在地，其實腸本身也被視為一個生殖器官，是生命的孕生之所，這個功能是來自於《黃帝內經》的旁證。《黃帝內經》裡對於人的各種臟器的功能及如何保養等，早就已經有了非常豐富的說明與認識，其中說大腸是「傳導之官，變化出焉」，古人發現腸本身可以把食物經過一些變化處理，然後形成另外一種東西，讓它排出體外，所以認為大腸具有「傳導」和「變化出焉」的功能；而小腸則是「受盛之官，化物出焉」，它接受食物之盛，加以消化吸收，同樣具有變化的功能。

總而言之，「變化」是腸這個臟器的功能，而「變化」本身不也正是生殖繁衍的奧妙嗎？最有趣的是，腸所具備的傳導運送和變化出物的現象，和生殖是完全一樣的，簡單地說，腸在功能上和女性的陰道類似，都有傳導運送和變化出物的作用，於是乎，女媧之腸和人面蛇身就在形象上、功能上與象徵意義上有了高度的重疊，從而一個作為神的來源，一個作為創造者的形象。

另外，我要提出關於腸作為生殖器官的一個直接內證。這樣一個古老的神話思維，在文明發達之後當然不被接受，但是依然活躍在民間話語裡，也出現在《紅樓夢》中。第六十回，賈環將他從芳官那裡要來的薔薇硝轉贈給彩雲，但被彩雲發現那其實是茉莉粉，不過彩雲也收下了，算是接受他的好意；可趙姨娘卻因為自卑，覺得被芳官瞧不起，便鼓動賈環去寶玉房裡鬧。但是一鬧就會發生事端，而他們自己是處於不利地位的人，到時候一定會深受其害，於是賈環聽了，不免又愧又急，又不敢去，只摔手說道：「你這麼會說，你又不敢去，支使了我去鬧。倘或往學裏告去捱了打，你敢自不疼呢？遭遭兒調唆了我鬧去，鬧出了事來，我捱了打罵，你一般也低了頭。這會子又調唆我和毛丫頭們去鬧。你不怕三姐姐，你敢去，我就伏你。」三姐姐是誰？是賈探春，賈環是她同胞所出的親弟弟。那時候的探春已經是當家的主管了，正在治理大觀園，如果賈環去鬧事，到時候探春是要出來做裁斷的，以她公正的性格絕對不會偏私，結果一定是他們自取其辱，所以他說「你不怕三姐姐，你敢去，我就伏你」，這些話便隱含著「你怕你自己的親生女兒」之意。這還得了，做母親的尊嚴不是蕩然無存嗎？所以就戳了趙姨娘的肺，趙姨娘立刻大喊說：「我腸子爬出來的，我再怕不成！這屋裏越發有的說了。」一面說，一面便飛也似往園中去，後續鬧得一塌糊塗，十分不堪。在這裡，趙姨娘說「我腸子爬出來的」，意思正是「我親生的」，很形象化地比喻她和探春之間血緣相承的直接關係，可見「腸子」非常明顯地被當作生殖器官。

其實，清朝時早已知道生殖器官和子宮有關，可見中國人早已擁有這方面的婦科知識。但是，曹雪芹透過趙姨娘這個小人物而遙遠地回應了過去的神話思維，使我們看到此一神話思維仍然潛伏在民間的遺跡，由此，那十個神為什麼叫作「女媧之腸」，就得到《紅樓夢》本身的一個直接的內證。

蛙女神

以上所述，是關於女媧「人面蛇身，一日中七十變，其腹化為此神」的象徵含義。另外，關於女媧的「媧」字，很可能也隱含相關的線索。

聲韻學家做了一些考證，其研究成果指出，女媧的「媧」和青蛙的「蛙」在上古音的發音其實並不完全同一，不過它們在聲韻上有若干近似之處，「女媧」讀起來很接近「女蛙」。藉由聲韻學的基礎，配合蛙和蛇都有「水」的共同根源，則蛇與蛙作為生殖的象徵，在功能上便有相通的地方。考古人類學也提供一個神話學的詮釋，例如美國非常著名的文化人類學家馬麗加．金芭塔絲（Marija Gimbutas, 1921-1994）在重新建構歐洲歷史發展的不同階段時，提出一種看法，即歐洲在進入古希臘羅馬時代之前，其實有一個女神統治的歷史階段。透過對羅馬尼亞多瑙河邊的地下出土文物的種種考察，她認定在那樣一個古老的時代，曾經存在由女神統治的母系社會。

她的看法當然會引起爭議，不過她從那些文物中所引申出來的母神詮釋，我們倒是可以作為參考。《活著的女神》這部書是金芭塔絲死後由女兒整理出來的，裡面蒐集一些在祭祀、崇拜之處所發現的地下考古文物，上面的紋飾就包括蛙女神造型，顯然蛙類動物和女神信仰密切相關。仔細推敲，「蛙」與「女神」關聯起來的崇拜，可以分析出三個原因：第一就是牠們的水棲環境，因為和羊水的孕育相似，這一點在前面已經有所說明；第二，牠們每年在春天出現，具有一種再生的想像，和蛇的性質很接近；第三，牠們不但本身的樣貌和胎兒長得很像，此外，也簡直有如婦女分娩的姿勢，古代的婦女分娩和現在不一樣，她們是蹲著的，下面鋪著草墊，所以胎兒出生叫作「落草」。總之，牠不只與人類胎兒極度相似，還和女性分娩的姿勢很相類。金芭塔絲認為，由蛙和胎兒乃至女性分娩姿勢的形象近似，也就形成主管生殖與再生的女神崇拜。所以，除了蛇與腸，還有蛙女神內涵的相通，這幾點可以一併作為參考，用來理解女媧所具有的大母神崇拜意涵。

亂倫母題

不過，當人類文明開始有禮教觀念介入之後，女媧神話的內涵又產生變異，也就是「亂倫母題」的導入。最晚到漢代，女媧的造型開始產生一些微妙的變化。原本女媧補天或造人屬於「首出御世」，她是所謂「孤雌純坤」的單一女性神，本身即完全掌控生育能力，生命的創造由她全部獨立擔當。但是到了漢代出現一個巨大的改變，現代的考古隊在全國各地，尤其是河南發現這樣的情況：在求子的神廟裡，人們所崇拜的神往往是伏羲與女媧的交尾圖，於畫像石、畫像磚上面也看得到。而這個造型代表什麼意義呢？

首先，交尾的象徵意義便是繁殖，而有這般的圖像出現，顯示人類的文明知識開始把兩性生殖的概念引入神話，於是女媧的生殖權力就被消減，讓渡一半出去，祂的大母神地位當然隨之降低。換句話說，當這樣的神話出現時，女媧便由大母神降格為所謂的配偶神，那表示祂已經喪失完全主導的能力，而這當然也是進入父系社會之後才會產生的變化。不止如此，這些漢代石刻畫像中常見的人面蛇身的女媧伏羲交尾圖，女媧不僅剩下一半的繁衍力，同時在空間方位上，祂其實更被降格為屈尊於男性之下的女性神：伏羲往往是居左捧日，女媧是居右捧月，而在方位的倫理意義上，左為尊，右為卑，而日的陽性屬性也當然凌駕於月的陰性屬性。到了這個情況，男尊女卑的性別觀念也使得女媧的母神地位大幅降低了。

其次，伏羲與女媧是兄妹婚，而兄妹婚也是神話裡很常見的一種主題，那些故事大部分這麼說：洪水來了，人類只剩下一對兄妹或姊弟，然後做弟弟或做哥哥的總是說為了大我要犧牲小我，為了人類繁衍的神聖使命，要求與他的妹妹或姊姊結為夫妻，於是就生下一代又一代無數的人類。很有意思的是，這些畫像石或畫像磚上的交尾圖，往往還會伴隨著「結草為扇」、「障面遮羞」的故事，因為那是亂倫關係，所以女媧遮起自己的面孔而無顏見人。

總而言之，女媧神話到了漢代發生變異，而這個變異產生的亂倫主題也同樣被《紅樓夢》所吸收。浦安迪認為和《金瓶梅》一樣，《紅樓夢》從開始到最後都籠罩在亂倫的陰影中，從而構成《紅樓夢》一個很重要的弔詭，其中蘊含著深刻的內涵，這一點留待後面再細說。

神俗二界的母神遞接

由女媧引申出來的母神崇拜，究竟在《紅樓夢》中又是怎樣被運用的呢？梅新林在《紅樓夢哲學精神》裡有一個很有意思的說明，他認為女媧作為一個「孤雌純坤」、「首出御世」的大母神角色，延伸到《紅樓夢》裡構成明顯的母神崇拜心理，此一母神崇拜心理貫透於神、俗二界，雖然分化出不同的兩支系統，但是彼此又互相結合，甚至形成一個首尾相接的循環結構。

在神界的母神崇拜投射為兩個重要的女神，第一位就是前面花了很多功夫在談的女媧，而女媧所扮演的母神角色在功能上和其他女神有一些區隔，祂屬於「救世之神」，主要的職能是挽救這個世界的傾頽，重新恢復秩序。當女媧的工作完成之後，世界恢復穩定的秩序，這個時候便由警幻仙姑來承接母神的功能。

警幻仙姑在第五回就出現了，她作為太虛幻境主要的掌理者，所司多達好幾種女性的命運，《紅樓夢》中的十二金釵包括正冊、副冊、又副冊，無論是黛玉、寶釵，還是襲人、晴雯等，都被歸類在太虛幻境中的「薄命司」，其他還有「痴情司」、「結怨司」、「朝啼司」、「夜哭司」、「春感司」、「秋悲司」等單位。換句話說，《紅樓夢》要刻畫的是眾多女性們各式各樣的悲劇命運，這一點我們一定要深深地印在腦海裡。曹雪芹並沒有要刻意塑造哪一個人物，只為了加以諷刺或反對、否定，他筆下的人物表現出各式各樣的悲劇，在那個社會之中注定都要淪落，那當然表示會喪失生而為人的一種幸福，所以都入了「薄命司」及其他類似單位。警幻仙姑作為一位母神，所掌管的就是眾多女兒的命運，所以被稱為「命運之神」，由此可見，警幻仙姑與女媧之間有一些不同功能的區隔。

既然眾多女性都要下世為人，則在她們所敷演的一段段悲喜故事裡，我們依然可以看到母神在其中擔當的身影。

首先，最重要的就是賈母。身為位於賈府的金字塔尖的最高權威，賈母之所以能夠在賈府中變成眾星拱月的權力來源，一方面是由於儒家社會所賦予母親的重要地位，而有了孝道的加持，本來在家庭中即地位崇高；另一方面，也是很重要的一點，在於她也是「孤雌純坤」，換句話說，她是一位喪夫的婦女。由於傳統社會中主張夫為妻綱，做妻子的必須臣服於丈夫的權威之下，當丈夫過世以後，妻子成為寡母，成為孝道集中的唯一對象，於是寡母便擁有更高的權威，這也是歷史上會出現慈禧太后的原因。同樣地，如果賈母的丈夫賈代善沒有先她而死，賈母就不會在賈府享受到這樣的地位，加上她的子嗣們又都非常孝順，在這種種的前提之下，賈母才能夠擁有那般至高無上的權威。因此「孤雌純坤」的設定，是縱貫於神界到俗界裡所有母神的一個必要前提。

「孤雌純坤」的賈母作為命運之神，庇護著在她羽翼之下的眾多孫子女，也是由她賦予這些孫子女在一般父權規範之下所享受不到的自由與幸福，而直接受到她那有如聖旨般的庇蔭的核心人物，就是男主角賈寶玉。寶玉因為賈母的寵愛，才可以在一個女兒的陰性世界裡享受無拘無束的自由，尤其在父子衝突達到高峰，即第三十三回「不肖種種大承笞撻」這一段中，他被父親重重鞭笞到體無完膚，但這空前的衝突卻同時讓賈母以至高無上的母權介入，抵擋父權對於寶玉的箝制，無形中讓寶玉獲得更大的放任。例如接下來到了第三十六回，一開始就講到賈母布達的命令：「以後倘有會人待客諸樣的事，你老爺要叫寶玉，你不用上來傳話，就回他說我說了：一則打重了，得著實將養幾個月才走得；二則他的星宿不利，祭了星不見外人，過了八月才許出二門。」結果寶玉得了令，便更加得意了，對所有一切的禮儀束縛完全可以置諸腦後，甚至連晨昏定省——這是大家族每天不可或缺的孝道踐行——也都隨他便了。由此可見，身為俗界母神的賈母給了寶玉一個不同的命運，這是非常明確的事實。

除此之外，還有一個大家以為楚楚可憐的孤女，事實上她和寶玉一樣受到賈母至高無上的權威庇護，而享有賈府中幾乎是一人之下、眾人之上的寵兒的待遇，那個人就是林黛玉。她和寶玉始終是相提並論的兩個寵兒，在賈母的寵愛之下，黛玉甚至在很多地方都具有和寶玉一樣如擋箭牌、擋土牆那般消災免厄的緩解功能，這一點後面再詳細說明。

作為命運之神的賈母，還有一項很重要的功能，在第二回冷子興演說榮國府的時候就已經清楚交代：「因史老夫人極愛孫女，都跟在祖母這邊一處讀書，聽得個個不錯。」因為賈母非常寵愛這些孫女兒，所以把迎春、探春、惜春都帶在身邊，元春固然已經入宮了，不過她入宮之前，從小也是隨同賈母長大的，所以元、迎、探、惜四春都跟著賈母而受到非常良好的薰陶。這三春各有各的原生家庭的煩難糾結，在各自的原生家庭中，她們會受到很多干擾、束縛，乃至於人性上的扭曲，幸而來到賈母身邊，她們才享受到一段清淨歲月，得到心靈的寧靜，乃至於生活上的平安與幸福。若非如此，她們根本無法如我們所看到的那般展現出各自的風采。由此可見，賈母所發揮的作用，是在這些孫輩兒女的成長中給予庇護，給予他們涵養健全人格所需要的成長環境。

只是賈母年事已高，終究要「退位」，依照前八十回很多的蛛絲馬跡，她是在賈府抄家前後過世。賈母過世之後，賈家群龍無首，面臨的是存亡危急、非常緊迫的狀況，而賈府最後一線的女兒命脈也就是巧姐兒，將會面臨很悲慘的命運，這時候會有另外一位母神般的人物出現，拯救她於危難之中，讓她脫離火坑，至少獲得一些平凡人可以擁有的幸福——那個人就是劉姥姥！

劉姥姥的角色設計絕對不是一個插科打諢的小丑，只是為了讓生活在封閉僵化、禮教森嚴中的賈府女眷們，在日復一日呆板無趣的情況下得到開心解頤的調味劑而已，她絕對不只具有這樣的丑角功能。從結構上來說，劉姥姥和賈母之間甚至形成一種母神遞接，而且是彼此互補的關係——命運之神賈母退位之後，出現後繼無人的狀況，而那時候的賈府也已經墜入末世崩解的混亂，巧姐被拐賣而淪落到烟花巷，及時現身的劉姥姥給予巧姐不同的命運，從某個意義來說，她就是拯救巧姐的大母神。所以，劉姥姥最後的出現已經屬於救世之神的姿態。

以下這個表格，是我把梅新林討論到的內容做了一個簡表：

神界			俗界	
女媧（救世之神）	→	（警幻仙姑）（命運之神）＝＝＊＝＝	賈母（命運之神）	→ 劉姥姥（救世之神）

從這個簡表，我們可以很清楚地看到，首先是救世之神女媧，然後由命運之神警幻仙姑接手，這位命運之神又直接過渡到俗界，由賈母擔任命運之神，敷演一段賈府數十年的繁華歲月。等到繁華煙消雲散，最後面臨末世的混亂，這時候救世之神再度出現，即劉姥姥，於是整個神、俗二界的母神乃形成一個循環式的遞接系統。梅新林的這說法非常好，剛巧可以解答為什麼《紅樓夢》以女媧補天來揭開序幕，其中的母神崇拜心理又是如何形成整部小說結構上、乃至人物關聯上的支撐。

當然，這個母神崇拜系統其實還可以再給予擴充，而更加完整，即把王夫人、元春也加入俗界的命運之神系列中。其實，王夫人是賈母的最佳接班人，發揮了高度的貴族精神，可惜一直飽受粗心讀者的誤解；而元春封妃以後，更躍升為高於寧、榮二公的頂層皇族，她下諭讓寶玉、寶釵等住進大觀園，正是疼惜、庇護眾女兒的溫暖母神，因此完全有資格列入這個母神系統裡。關於這一點的詳細解說，請看《大觀紅樓（母神卷）》，此處不贅。

末世背景

回到上文中所提到的，女媧補天神話演變到後世，當性別意識、倫理概念介入之後，我們也可以看到在女媧的造人行動中，所蘊含的是魯迅所謂「性意識的萌動」，《紅樓夢》把它吸收進來，亂倫的陰影於是滲入其中。從某個意義來說，「亂倫母題」也是作為詩書簪纓之族的賈府，其禮教搖搖欲墜乃至於崩潰到無法維繫時的一個象徵。大家都知道，「亂倫母題」在《紅樓夢》中被發揮得最典型、最淋漓盡致的情節，就是賈珍與秦可卿的「爬灰」事件，「爬灰」的意思即公公和媳婦通姦，這是所有亂倫裡最匪夷所思，也被認為最嚴重的一種。

「爬灰」事件出現在《紅樓夢》比較前期的敘事場景裡，讓賈府一開始便籠罩在很不祥的陰影下，它被視為末世的表徵之一，表示這個家族已經從內部的精神都開始墮落、開始腐化，才會發生那樣的醜事。從大家族必須依靠倫理道德作為精神根基的意義而言，這個家族真的是已經沒有辦法再持續了，因為其精神力量都已經耗弱至此。

女媧補天神話的基本前提，就是末世背景的設定，接下來便進入石頭神話的第二個最重要的層次。女媧之所以補天，是因為世界已經呈現出亂世的終末狀態，整個世界要面臨重新一輪的開始，可是在世界重新步入正軌之前，那種混亂非常令人憂心，甚至憂憤。

先看女媧補天提供的末世背景，並探討什麼是「末世」。「末世」是《紅樓夢》裡特定的用語，它其實不是泛泛之詞，而是來自於儒家、佛教、道教的一個專有術語。以宗教文化來說，道教從佛教那裡吸收了末世的概念，於魏晉時期由道教的「天師道」提出這個詞彙，但其實在此之前，中國已經有「末世」之詞，用來泛指世運的衰亂。而道教在使用這個詞彙的時候，同時會用到的是「末嗣」，二者都是用來表達終末的意思。由於道教比較晚出，常常吸收佛教的教義來充實它自己，所以我們會發現佛、道有些觀念是相通的，有些語詞是互用的，如「末世」、「末嗣」便暗合於佛教「劫」的觀念。

佛教講「劫」，是指這個世界運作到了一定的時限，便會陷入崩壞的階段，那時會有大風、大水、大火來毀滅這個世界，然後重新展開新的下一輪循環。這樣一個佛教「劫」的觀念和道教的「終末觀」複合在一起，就產生了「末世」這樣的一個語詞，指的是時間即將迫近毀滅，這個世界快要面臨最終的混亂，所以它雖然是一個「未來式的預言」，但是那個未來已經迫在眉睫。這有點像張愛玲的名言，她說她的小說事實上是出自「思想背景裡有這種惘惘的威脅」（《傳奇》二版序），她感覺到這個世界正在破壞之中，還有更大的破壞要來，顯然都隱含著末世的心理，一種世紀末的恐慌。

魏晉以後，「末世」、「末嗣」還有「劫數」、「劫運」等概念和語彙，已經變成道教各派的共同教義，廣泛涉及整個世界的終末，包括人倫、社會的失序，以及宇宙、天地的崩壞。《紅樓夢》也是在類似的末世背景之下產生，所以它是一個時間迫近的「未來式預言」，雖然當下表面上還是太平盛世，可實際上即將要面臨瓦解。對一個家族來說，「天地崩壞」就相當於整個家族的混亂和毀滅、一敗塗地，第五回的《紅樓夢曲．收尾．飛鳥各投林》已經給出一個蒼涼的預告：「好一似食盡鳥投林，落了片白茫茫大地真乾淨！」這正是末世最後所看到的「空無」的畫面。

那麼，「末世」在《紅樓夢》裡究竟是如何體現的？這非常重要。首先，「末世」一詞出現在第一回，作者以賈雨村這一人物作為末世的預演，間接預告賈家的未來：

這士隱正痴想，忽見隔壁葫蘆廟內寄居的一個窮儒——姓賈名化、字表時飛、別號雨村者走了出來。這賈雨村原係湖州人氏，也是詩書仕宦之族，因他生於末世，父母祖宗根基已盡，人口衰喪，只剩得他一身一口，在家鄉無益，因進京求取功名，再整基業。

賈雨村出場時，作者對他的家世背景做了一番交代，說賈雨村係湖州人氏，脂硯齋提示「湖州」其實是要諧音「胡謅」，呼應前言的「真事隱去」、「假語村言」，而賈雨村的本名賈化（假話）也是在暗示這一點。可見《紅樓夢》處處點醒讀者，千萬不要把它當作一本歷史實錄，絕對不要對號入座，這部小說就是一個藝術的虛構。《紅樓夢》作為一部小說，我們理應用藝術虛構的角度來看待，無論它用了多少作者現實經歷的實事來作為創作素材。再看賈雨村「也是詩書仕宦之族」，這裡的「也」字挺有意思的，《紅樓夢》所描繪的貴族並非普通貴族，而是尊貴到可以直接上達天聽的那一種貴族，相關人等絕對不是平民百姓，而是來自於名門大家，都屬於詩書仕宦之族，林黛玉的家族是這樣，薛家是如此，史家亦然，甚至妙玉家也是。總之，書中重要的人物或角色，除了僕婢之外，全部都是出於詩書仕宦之族，沒有這樣的家世背景，不可能真正養成一種平民或暴發戶所無法望其項背的貴族氣質，因為那是必須經過歷代的薰陶、修煉、累積，才能形成的人格風範。這麼一來，賈雨村「也是詩書仕宦之族」便顯示出和賈家的同類性，同時對應於《紅樓夢》中聚焦的那幾個重要家族。

更何況賈雨村也姓「賈」，和寧、榮二府的賈家事實上是同譜，血緣關係非常親近，只是分支之後各自有不同的盛衰發展，因此彼此越來越遙遠，到此時已形同陌路。請特別留意「因他生於末世」這一句，是用血緣關係暗示著他們作為同一族譜的親人，共有著同樣的命運：我們這一支先於你們這一支走到了末世，你們也即將要步上後塵，所以賈家的末世是一個所謂「時間迫近的未來式預言」，終究會踏上賈雨村這一支的後路。

至於一個家族走到了「末世」，到底存在著怎樣的判別標準？其實下文說得很清楚，第一即「父母祖宗根基已盡」，也就是祖宗世代累積到他父母這一代的家產，都已經蕩然無存，這一定是財務上的高度窘迫。除此以外，判定這個家族走到末世的另一個重要指標，便是「人口衰喪，只剩得他一身一口」，這個家族人口非常單薄，不比以前那樣的支脈繁盛。對古人來說，一個家族如果人丁眾多，便表示這個家族興旺，比較有足夠的人才儲備，甚至在家族敗落之後，有才能的後人還能夠頂天立地，讓整個家族東山再起；如果只剩一身一口的話，勢單力薄，要重新復興家族的機會即相對渺茫。以上是判定一個家族的末世的兩個條件，這一點非常重要，因為將來同樣會看到賈府的末世，脂批也不斷地以同樣的定義來呈現賈府「落了片白茫茫大地真乾淨」的慘況。

末世中力挽狂瀾的二釵

由此可見，作者在第一回便已經為「末世」做了一個很清楚的定義，只是大家沒有發現而已，那麼，賈府的末世有沒有在小說中得到很明確的呼應？答案是有的，而且出現得非常耐人尋味。顯然曹雪芹是一個嚴謹到各個細節面面俱到、沒有一筆浪費的偉大小說家，就在第五回賈寶玉神遊太虛幻境時，進入薄命司看到關於十二金釵的未來命運的預告，即「人物判詞」。人物判詞作為一種

「讖」的表達，是對金釵們悲劇命運的簡要刻畫，並不涉及人格特質，其中有兩位人物和末世完全結合在一起，顯然這兩個人所要擔任的救世功能是被特別凸顯出來的。試看其中關於賈探春的圖讖和判詞：

> 後面又畫著兩人放風箏，一片大海，一只大船，船中有一女子掩面泣涕之狀。也有四句寫云：
>
> 才自精明志自高，生於末世運偏消。清明涕送江邊望，千里東風一夢遙。

探春是何許人也？很多人對於探春的印象也許十分淡薄，畢竟一開始都被寶、黛的愛情所魅惑，只關心這一對小冤家的悲喜，關心他們的未來是不是幸福美滿，於是把眼界局限在林黛玉身上。但事實上，探春是《紅樓夢》後半部非常重要的一個支柱型人物，從第五十五回開始理家起，她甚至表現得比王熙鳳更有聲有色，這是一個非凡的人物！

回到這段判詞，作者幾乎是畫龍點睛般給予這個人物最精彩傳神的寫照：「才自精明志自高，生於末世運偏消。」其中「末世」一詞再度出現，下面兩句指的是她要遠嫁海外的命運，必須脫離她非常眷顧並憂心不已的家族，而充滿孤臣孽子無力回天的無可奈何。探春有才有志，才志兼備，但是上天卻不給她機會，因為她是一個女孩子，所以沒能像寶玉一樣留在賈家，把自己的才能貢獻於家族存亡絕續的重大使命上，這便是探春一生中最大的悲劇所在。

在賈家面臨崩潰的局面時，探春本來是有能力讓賈家起死回生的，只可惜探春的悲劇就在於她是女性，被褫奪讓這個家族綿延的責任乃至於機會。第二十二回脂硯齋曾經感嘆：「使此人不遠去，將來事敗，諸子孫不至流散也。悲哉傷哉。」其中，脂硯齋說賈家事敗之後「子孫流散」，正是前面所提過的，家族末世的第二個判定標準——人口凋零。如果探春在，她絕對有能力、有辦法發揮凝聚力，把那些土崩瓦解的眾多子孫重新團聚在一起，然後大家同心協力，整個家族就有可能東山再起，但她卻只能含悲遠嫁，所以脂硯齋對此真的是感慨萬千。

探春有才又有志，完全有能力擔負起寶玉所扛不了的責任和使命，但受限於女兒身，在古代男女不平等的社會結構裡，必定要透過婚姻被轉移到另外的家族，和自己的原生家庭幾乎是徹底地斷絕，因此在《金陵十二釵正冊》中，探春的判詞所搭配的圖畫就是風箏。而《紅樓夢》前八十回中，和探春聯結在一起的意象都是風箏，風箏最後的宿命便是斷線，飛往天涯海角渺不可見，正相應於女子的婚姻，如同《詩經》所感慨的「女子有行，遠兄弟父母」，「有行」即是出嫁。探春身為女性，也無法免於這樣的命運，於是如此一位巾幗不讓鬚眉的女性站在天涯海角，眼睜睜看著原來有機會再存續的家族就這樣一敗塗地，真的是痛徹心扉！

接著，我們在另外一名很有才幹的女性——王熙鳳——的判詞中，再度看到「末世」這個詞：

凡鳥偏從末世來，都知愛慕此生才。一從二令三人木，哭向金陵事更哀。

「凡鳥」使用的是拆字法，把一個字拆開成為兩個字，「鳳」字就變成「凡鳥」；反過來把這兩個字合在一起，即組成為鳳字，指的便是王熙鳳，可惜這位了不起的鳳凰是在末世才降臨到賈府，所以只能發揮一定程度的作用而已。關於王熙鳳的第三、四句判詞，在此暫且不要管它，因為那指的是王熙鳳被休的下場，不過後四十回已經不見了，而高鶚的續書也沒有回應這個暗示。

我們再仔細比對探春與熙鳳這兩位女性的前兩句判詞，可以發現她們的共同點有兩個，首先是都身處「末世」，其次是兩人都有很高的才華，而這等才華絕對不是林黛玉那種詩歌創作上的性靈詩才，指的乃是「治世的幹才」，是處理這個世界、安頓這個世界的實際才能。這兩位女性都在末世裡綻放光芒，是賈府在烏雲密布的情況之下所鑲上的金邊，她們的才能讓這個家族可以苟延殘喘，還能夠感受到一點生機。並且這兩位金釵的治家大權都是王夫人所給予的，一方面王夫人要陪著賈政應酬很多外面的禮尚往來，而上流階層的繁文縟節、賀弔往還是非常勞神又費時的，另一方面，王夫人本身確實也沒有理家的才幹，所以需要其他人才的輔助。在這種情況下，王熙鳳毋庸置疑是一個非常傑出的人選，確實也在她的努力之下，賈家還過了好幾年太平繁華的生活。同樣地，探春是繼鳳姐之後，王夫人所指派的接任者，兩位女性的才幹和末世的背景剛好是連帶的，只有在末世才有機會充分展現治世幹才，假如在一個很平穩運作的常態之中，即使有再大的才能，恐怕也沒有盡情發揮的空間。

到了第五十五回，當探春終於有了機會，讓她可以自我實踐、發揮才能，她的所作所為果然讓人眼睛一亮，在一番大刀闊斧之後，連王熙鳳都說：「好，好，好，好個三姑娘！」一連用四個「好」字來表達她的衷心讚嘆。接著王熙鳳和平兒討論到探春釜底抽薪、深謀遠慮的改革措施時，就斷定探春做得比她還要好，稱讚她：「雖是姑娘家，心裏卻事事明白，不過是言語謹慎。」探春這個人有為有守，不該出頭或者事不干己時，絕對不會越俎代庖，也不會強出頭，是一個非常懂得分際的女孩子。

王熙鳳也看出來，這位姑娘平常內心是極深厚而不輕易外露的，顯示出王熙鳳的判斷力與觀察力也是高人一等，同時在她的判斷標準裡，探春比她更強的另一個主要原因，就在於探春知書識字。這真是真知灼見！沒有讀過書的人，即使再優秀，也只不過就是在一般層次上表現出一種獨特的氣質，而很難有充分的昇華和高度的自我實踐，也不容易把自我提升到另外一個層次。

關於這個道理，曹雪芹藉由寶釵闡釋得精彩絕倫，也是我在《紅樓夢》裡最喜歡的段落之一，第五十六回中寶釵說：「學問中便是正事。此刻小事上用學問一提，那小事越發作高一層了。不拿學問提著，便都流入市俗去了。」而學問當然是從讀書來，不讀書絕對不可能有學問，沒有讀書的人也絕對不會領悟到「落花水面皆文章」（宋朝翁森〈四時讀書樂〉）。王熙鳳深刻瞭解到，讀書識字讓探春的才幹、眼光與種種措施都比自己更厲害一層，可想而知，探春的作為絕對不是挖東牆補西牆式的，也不是頭痛醫頭、腳痛醫腳式的，那是王熙鳳所採用的方法，探春是從根本上做調整、進行改革，當然影響會更加深遠。

探春與王熙鳳兩個人都有治世幹才，然而一個讀書識字，所以不會流入市俗，還更作高一層；另一個沒有學問的薰陶，所以眼光只能夠停留在表面，王熙鳳之所以忘了採納秦可卿臨死前托夢所授予的永保無虞之策，應該也是這個原因。除了以上所說的共同點之外，這兩位女性的前二句判詞中還有一個差異，和讀書也有一些連帶性的關係，即探春有「志」，而王熙鳳卻沒有。簡單地說，所謂的「志」代表一種理想性格，給人一種人格的高度，賦予一個高遠的視野與目標，使人不至於淪入一種短視近利之中，所以「志」其實就是一種宏大的心胸，可以讓人活得高貴，甚至活得悲壯，這是一個非常重要的心靈力量與心靈高度。而探春既有治世的幹才，又有高遠的理想，所以這位人物所彰顯出來的形象，真的得用一整個單元才能夠充分闡述，而讓人從她身上得到更多的啟發。

這麼說來，有沒有讀書誠然可以讓一個人的靈魂高度產生天壤之別，可以讓一個人眼光有如此大的深淺不同，則確實必須說，假如沒有讀書，便不可能有賈寶玉之類的「情痴情種」、不可能有林黛玉那種優美的性靈吟詠，當然也不可能有探春這樣如英雄般煥發出來的高度心胸。總而言之，鳳姐與探春的才華剛好與末世聯結，因為在末世，治世的幹才方能充分展現，同時說明學問真的很重要，可以讓一個人活得更美、更深、更高、更優雅。

談到這裡，我們可以注意到，清代評點家西園主人和一般閱讀《紅樓夢》而深深著迷於林黛玉的人不一樣，他挖掘出另外一個光芒萬丈的人物——探春。西園主人《紅樓夢論辨》深具慧眼洞見地指出：

> 探春者，《紅樓》書中與黛玉並列者也。《紅樓》一書，分情事、合家國而作。以情言，此書黛玉為重；以事言，此書探春最要。以一家言，此書專為黛玉；以家喻國言，此書首在探春。

西園主人認為《紅樓夢》絕對不是一部言情小說，它是分「情」與「事」、合「家」與「國」而作，他用兩個相對的語詞來說明不同的人事範疇：在這裡，「家」指的是個人的一身一口，「國」則對應到整個大家族。就「情」來說，當然這部書中林黛玉是最重要的，她的愛情悲劇貫穿始終，是引發讀者不勝唏噓的一個最重要的魅力來源，但是西園主人特別提醒我們，以「事」而言，探春則是最重要的。曹雪芹可不是在寫《西廂記》，只有兩人在組織歡愁，《紅樓夢》的背景是整個簪纓世家，涉及非常龐大且繁雜的家族運作，就這個層次來說，探春才是最重要的，而不是黛玉。畢竟黛玉不姓賈，她只是以一個外姓親屬的身分寄居在賈家；探春則名正言順，她才是真正在賈府的末世裡可以力挽狂瀾、形成中流砥柱的一位人物。

再看西園主人下面的引申非常精彩，他說：「此作書者於賈氏大廈將傾之時，而特書一旁觀歎息之庶孽，以見其徒喚奈何也。」「庶孽」這個說法，一方面指探春是庶出，另一方面也是孤臣孽子的意思，探春在末世裡，以非凡的才幹支撐賈家於不墜，這當然是孤臣孽子的一番苦心與憂心。

總歸來說，在《紅樓夢》中，與「末世」聯結一起的，首先是與賈府同譜的賈雨村，他的遭遇預告了賈府會步上他這支賈姓的後塵，賈寶玉將是賈雨村的翻版；其二，直接面臨末世，與賈府的傾覆聯結在一起的女性，則是王熙鳳與賈探春，她們兩人在末世中力挽狂瀾，各自彰顯不同的性情氣質，其重要性並不亞於林黛玉。只是因為受限於若干身處的客觀環境，探春在小說前半部並沒有太多發揮的餘地，以致被一般讀者忽略甚至錯判了，十分可惜。

「我們家赫赫揚揚，已將百載」

女媧補天是在末世的背景下展開，那麼賈家何以會走到窮途末路的地步？除了子孫不肖之外，其實也印證了中國傳統的世俗智慧——經過很長久的觀察並累積而成的智慧，也就是富不過三代的宿命，三代的時間幅度差不多即是百年，這是對於人性發展的一個幾乎八九不離十的精準判斷。

中國古老的文化從對有機生命體的精密觀察，發現其中存在著運數上的若干局限，例如司馬遷著《史記》是為了「究天人之際，通古今之變，成一家之言」，他把整個人類的歷史及整體生命發展的可能性，都做了全盤的考察，發現天運會有盛衰起伏生滅之變化，於〈天官書〉中說：「夫天運，三十歲一小變，百年中變，五百載大變。」很明顯地，「五百載大變」指的是朝代興亡，「三十歲一小變」指的是個體的生命，在古人的觀念裡，一個世代就是三十年，而介乎其間的「百年中變」指的便是家族的生命。

《紅樓夢》呼應「百年中變」的家族宿命觀，這一點可以見諸幾段文本證據。第一個證據是第一回女媧煉石補天時，煉造三萬六千五百零一塊玉石，所剩的一塊即形成賈寶玉的前身，「三萬六千五百」對應的就是「百年」此一時間限度。第二個證據，在第五回寧、榮二公的靈魂初次顯靈，他們關心家族的未來命運，很努力地想要讓家族起死回生，所以囑託警幻仙姑將寶玉「規引入正」。那段話裡提到：「吾家自國朝定鼎以來，功名奕世，富貴傳流，雖歷百年，奈運終數盡，不可挽回者。故遺之子孫雖多，竟無可以繼業。」這裡清楚用到了「百年」一詞。第三個證據是在第十三回，秦可卿死前托夢給王熙鳳，特別傳授給她一個非常深謀遠慮的做法，讓這個家族可以永保於不墜，甚至有東山再起的機會，其中特別提及：「如今我們家赫赫揚揚，已將百載。」於此「百年」這個詞再度出現。

第四個證據比較特殊，出現於第七十七回，作者並不是直接用數目來表達，而是透過物品的隱喻。當時王熙鳳生病，配製調經養榮丸要用到上等人參，書中敘述道：「王夫人取時，翻尋了半日，只向小匣內尋了幾枝簪挺粗細的。王夫人看了嫌不好，命再找去，又找了一大包鬚末出來。」但這些都派不上用場，於是王夫人派人去問邢夫人，邢夫人說：「因上次沒了，才往這裏來尋，早已用完了。」其實邢夫人就算有也不會給，她是一個非常吝嗇苛刻的人，去和她要東西，她一定是這樣回答。王夫人實在沒辦法了，只得親身過來詢問賈母，賈母是賈家的最高權威，這些上好的東西，她的庫房裡都會收藏很多，此時，「賈母忙命鴛鴦取出當日所餘的來，竟還有一大包，皆有手指頭粗細的，遂稱二兩與王夫人。」王夫人出來以後就交給周瑞家的。這裡「周瑞家的」是指周瑞的太太，古代是男主外、女主內，所謂「家的」指的就是家裡的太太。在賈府這種大家族裡，世世代代為奴的情況很多，所以往往一家人都是賈家的大小僕婢，做妻子的伺候內眷，做丈夫的就跑外面，包括田莊、收帳，以及服侍那些少爺、老爺出門等等。

回到文本內容來看，當周瑞家的拿出去叫小廝送到醫生那邊，接著又命將那幾包不能辨別的藥材也帶去，讓醫生認了並做記號。接著不久，周瑞家的又拿進來報告王夫人說道：

「這幾包都各包好記上名字了。但這一包人參固然是上好的，如今就連三十換也不能得這樣的了，但年代太陳了。這東西比別的不同，憑是怎樣好的，只過一百年後，便自己就成了灰了。如今這個雖未成灰，然已成了朽糟爛木，也無性力的了。請太太收了這個，倒不拘粗細，好歹再換些新的倒好。」王夫人聽了，低頭不語，半日才說：「這可沒法了，只好去買二兩來罷。」也無心看那些，只命：「都收了罷。」

「百年人參」其實就是賈家的一個象徵，從外表看都是上好的，以當時來說，有誰能夠和賈家這樣的威勢相比？第二回賈雨村不就說：「去歲我到金陵地界，因欲遊覽六朝遺迹，那日進了石頭城，從他老宅門前經過。街東是寧國府，街西是榮國府，二宅相連，竟將大半條街占了。大門前雖冷落無人，隔著圍牆一望，裏面廳殿樓閣，也還都崢嶸軒峻；就是後一帶花園子裏面樹木山石，也還都有蓊蔚洇潤之氣，那裏像個衰敗之家？」然而，整個賈家的內部已經是在「朽糟爛木」的狀態，快要成灰了，正所謂的外強中乾，等到連外表都維持不住的時候，這個家族就會土崩瓦解、灰飛煙滅。

賈母自嫁入賈府至今，已經五十多年了，第四十七回她說：「我進了這門子作重孫子媳婦起，到如今我也有了重孫子媳婦了，連頭帶尾五十四年。」可以說是賈府由盛而衰的一位持續的見證者和參與者，以她的房中搜尋出的「百年人參」來隱喻整個賈家的命運，便非常順理成章。這麼一來，賈母的死亡和賈家的終結應該差不多在同一時刻，也就是同步並行的共構情況。可想而知，寧、榮二公這般死不瞑目，極力想要謀求一個起死回生的辦法，便是因為現在真的是危急存亡之秋，而唯一可能力挽狂瀾的人選——賈寶玉顯然擔負不起此一重責大任，只能眼睜睜看著整個家族崩潰，所以在末世的背景之下隱含「無材補天」，即儒家濟世理想的落空。

假設探春不是因為女兒身而必須遠嫁的話，賈家事實上是真的有希望重振的，然而一線希望竟然因為「性別」這種超乎人力的理由就破滅了，可想而知，這個家族有很多無可奈何的嘆息，在字裡行間讓我們也深深感慨。

「全書係自悔而成」

就此而言，可以補充一個非常有趣的情節，該段情節出現於第十五回中，而大部分的讀者或者研究者對它的解讀和我是不同的。秦可卿的弟弟叫秦鐘，有很多的文章解釋說秦可卿是諧音「情可親」或「情可欽」，而秦鐘則是諧音「情種」，大加發揮地主張這對姊弟構成賈寶玉的性靈知己，體現反抗禮教的「愛的價值」。我以前常常讀到這樣的說法，但對之充滿疑惑，當自己重新做研究以後，才發現事實上剛好相反，秦可卿涉及嚴重的亂倫，這個名字應該是諧音「情可輕」；而秦鐘諧音「情種」本身並沒有錯，但是要怎麼理解秦鐘諧音「情種」的意義，就有很大的出入。

脂硯齋便認為他的名字諧音為「情種」，乃是全書的大諷刺處，諷刺這種人怎麼配稱「情種」！且看他在第七回的批語：

> 設云秦鐘。古詩云：「未嫁先名玉，來時本姓秦。」二語便是此書大綱目、大比托、大諷刺處。

可見這個名字根本是一個反諷，而我同意脂批的說法，原因在於脂硯齋的解讀完全相應於秦鐘的若干不當作為。

首先，和秦鐘發生雲雨情的智能兒是個小尼姑，試問：如果真的愛一個人，會不顧她的身分、處境，不顧做這種事情會對她帶來什麼樣的危險，就一味只想要滿足自己的欲望嗎？更何況秦鐘在強拉智能兒初試雲雨之前，在路上看到某個村姑，還不懷好意地暗暗拉著寶玉說：「此卿大有意趣。」這讓寶玉很不高興，其實他與秦鐘兩個人十分要好，可是一聽秦鐘這麼說，便立刻將他一把推開，義正詞嚴地對他說：「該死的！再胡說，我就打了。」而這些事件的整個背景，竟然都是在他姊姊秦可卿的喪禮途中！唯一的親姊姊死了，這是她人生的最後一里路，秦鐘卻在送葬的隊伍中一心獵取女色，追求情欲滿足，這樣的人真的配稱為「情種」嗎？

再看秦鐘死前所說的一段話，更證明作者對於秦氏姊弟的塑造，並非如今天一般讀者所以為的，是要用來彰顯情的超越力量、反對以禮教來衡量。第十六回秦鐘在臨死前，對寶玉叮囑一番和他往日所作所為完全背道而馳的遺言，說道：

> 以前你我見識自為高過世人，我今日才知自誤了。以後還該立志功名，以榮耀顯達為是。

乍看起來非常突兀又荒誕，一般讀者就以本能反應，認為那其實是反諷。但我對這段話有不一樣的看法，所謂「人之將死，其言也善」，這才是秦鐘最後真正的價值觀所在。何況如果我們把整體再做全盤考慮的話，秦鐘臨死前的這番遺言更明顯不是反諷，如果有反諷意味，應該是反諷他竟然叫作「秦鐘」，這才是真正的寓意所在。

由此，我對秦鐘的「鐘」給出一個不同的解釋，即這個「鐘」是暮鼓晨鐘的「鐘」，它提供發人深省的警示，是一種得要歷盡滄桑之後才能夠聽得懂的命運勸告，而秦鐘正是在臨死前給了寶玉這般的一個勸告。寧、榮二公希望寶玉「規引入正」，走的不也是同樣一條道路嗎？透過秦鐘名字的反諷，乃至於他臨終前「人之將死，其言也善」的轉折，其實也隱含著作者自己的悔恨之意，而這和全書的「嗚咽如聞」、「全書係自悔而成」等，又有高度的一致性。

脂硯齋又說，如果秦鐘臨終時沒有講這幾句話，他就不是玉兄的知己了，因此特別提醒我們：「讀此則知全是悔遲之恨。」

這個「恨」字還是在說明曹雪芹他們無力回天、不能夠承擔家族存亡絕續的使命，由此產生的一種莫大的自責和憾恨。而小說家為什麼在秦鐘死前給他這樣的一段遺言，以這個角度來說便一點都不突兀，他只不過是比寶玉更早悔悟到這一點。

在此要特別提醒，《紅樓夢》是一部帶有高度自傳性質的虛擬創作，這點毫無疑義，只不過把家族經歷過的各種大大小小事情寫進小說，這並不叫「自傳式」的寫作。很多文學批評家考察各式各樣的自傳式寫作，還有一些學者從學理上的角度來發揮，都清楚指出用自傳體寫作的衝動，包括《紅樓夢》在內，其實都是和一種「懺悔式」的迫切感有關；換句話說，寫自傳背後的動機往往就是「懺悔」。

余珍珠也同意這樣的說法，她在讀了《紅樓夢》篇首的作者自白之後，認為：「整部小說在一僧一道所干預下的佛道夢幻寓言裡又蒙上一層儒家思想的罪惡感。」確實，全書處處「嗚咽如聞」全是自恨的表達，都是出於同一個機杼，所以她又說：「自我懺悔構成寫作的原動力，寫作又成為自我救贖的契機。」因此，作者是透過寫作使那種悔恨得到宣洩和調整。浦安迪也持類似的看法，他說：「很多人基於《紅樓夢》的自傳性質，而誤以為賈寶玉只代表作者自身的本相，就是混淆了創作者跟主角之間的關係，殊不知自傳體的虛構作品也常常帶有作者內省自己往事的反諷意味。」

透過這些林林總總的說法，可以很清楚地看到《紅樓夢》是在這般「懺悔式」的情況之下，展開對前塵往事的追憶敘事，這個敘事行動是一種自我救贖，曹雪芹才會一筆一筆地把它們寫下來，那忘不了的都是他所刻骨銘心的，也因此沒有一個細節是浪費的。就此而言，在這樣的一個敘事行動中，隱含的意義究竟是他在與自己所在的那個世界相對抗，還是他因為不能維繫他所在的世界而深感悔恨？這兩個答案天差地別，是我們要仔細區別的大問題，我的理解是傾向於後者。總而言之，澄清這一點之後，對於那種把賈寶玉、林黛玉視為作者的代言人，當作他所要彰顯的一種個人主義的《紅樓夢》解讀角度，恐怕必須加以調整。

主人公為什麼叫寶玉

接下來我們再仔細看看寶玉的前身，也即女媧補天剩下的那塊石頭，它到底代表了什麼？是「人格價值」還是「人格特質」？人們常常說寶玉、黛玉這種人比較著重性靈、比較真率，而給予他們很高的人格評價，並往往會援引莊子的「真人說」作為這種人格價值的理論依據。

然而，「人格特質」與「人格價值」是兩種不同的概念，不幸的是，絕大多數的讀者往往混淆這兩個層次，對於某一種人格特質，只因自己比較喜歡，就給它貼上很好的價值標籤，然後努力地渲染它、張揚它。但真的是這樣嗎？我們來看看曹雪芹到底是怎樣塑造那塊石頭的。

首先，這塊頑石是三萬六千五百零一塊中偏偏只剩下的那麼一塊，很明顯地，作者要為這樣的特殊人格特質設定一個天賦，而給了他「畸零」的處境，將他這種「正邪兩賦」而無法歸類的獨特材質，給出一個神話式的解釋。就他「畸零」的處境而言，以中國文化的價值系統來看，這是非常符合道家觀念的，如《莊子．大宗師》裡說：「畸於人而侔於天。」意指違背於人情世道，可是卻會合乎天道，那麼就能恢復天性，不至於被人為所限，是為道家逍遙理想的落實。相較之下，那派上用場的三萬六千五百塊石頭，每一塊都發揮補天的功能，然而它們的生命也被定型，一顆一顆被釘死在天空中，我們遠遠望去可以看到滿天的星星，但每一顆閃爍的星星說不定都帶有一種「我必須恪遵職守」的重量。換言之，補天石固然發揮了才能，也對穩定世界有了巨大的貢獻，但是就個體來說，卻同時受到限制。

道家宣揚「無用之為大用」的道理，果然畸零石幻形入世之後，整天在賈府中、更在大觀園裡非常逍遙自在，從某個意義來看，「無用」對個體而言可以是一種「大用」，這個思路是道家提供出來的，為了讓人在現實世界中面對如此巨大的價值失落而無以自處時，給自己另外一條出路作為安頓之道。

不過，畢竟這只是一種解讀畸零處境的角度，從另外的角度以觀之，這樣的逍遙事實上也可以說是一種人才的浪費，是功能的停擺，難怪第一回中提到甄士隱的本名「甄費」，脂硯齋提示那是諧音「真廢」，暗指這位「稟性恬淡，不以功名為念，每日只以觀花修竹、酌酒吟詩為樂，倒是神仙一流人品」的鄉宦，對國家社會其實真是沒用啊！誠如林語堂有一句非常有名的話，他說：中國傳統文人往往在得意的時候是儒家，失意的時候就成了道家。懷才不遇真的是一種很高度的自我否定，當事者必須承受著心理上的莫大煎熬，因此人在不能肯定自己的時候，一定會想辦法找出安頓自己的辦法，道家便提供一個很好的思想體系。同時，《紅樓夢》裡也是在驗證不同的價值觀，有的時候道家占上風，有的時候又變成是負面的自我悔恨，絞合在一起非常複雜，不是可以絕對判分的。

石頭有另外一個重要的品性，就是堅硬執著。寶玉的頑強當然不用多說，他抗拒著先祖規引入正的規畫，可是終究也得面對家族的淪喪以及自我的無可安頓。單就石頭執著的特性，可以參考幾則傳統文獻的說明來給予佐證，例如《呂氏春秋．季冬紀．誠廉篇》提到：「石可破也，而不可奪堅；丹可磨也，而不可奪赤。」石頭可以被擊破，但無法奪走它的堅硬；「丹」是一種紅色的石頭，可以被磨到粉身碎骨，但是從中萃取出來的紅色顏料依然是那麼鮮豔，毫無褪色。這當然是帶有道德訓示的比喻，意指君子的德性即「造次必於是，顛沛必於是」，是人不可喪失的最根本的堅持，而它所借用的就是石頭的天賦品質。另外，《淮南子．說林訓》也提到「石生而堅」，可見堅硬執著便是這類品物最鮮明、最重要的特色。

但是切莫忽略，女媧用來補天的石頭已經不是單純的石頭，而是五色斑斕的，並且還通靈能言。我在《紅樓夢》的文本裡就找到一個非常有趣的證據，打破了學術界一般以為的石與玉的二分，即：石頭被視為自然、性靈和真我，而玉被視為文明、人為和假我。其實並非如此，「石」與「玉」根本不是二分，而是同一個東西，從第二十二回寶玉、黛玉之間的參禪對話便可以得到印證。黛玉說：

寶玉，我問你：至貴者是「寶」，至堅者是「玉」。爾有何貴？爾有何堅？

黛玉用寶玉的名字做文章，說「寶」和「玉」這兩個字各有它的特性，一個是「寶」字所對應的珍貴，一個是「玉」字所對應的堅硬，黛玉請問擁有這個名字的人，你到底能不能達到這個名字的符號象徵的要求？結果寶玉回答不出來。

其實，「寶玉」這個名字的象徵意義非常重要，在賈族（注意不只是寧、榮二府，還包括其他的旁支）「玉」字輩的這一代裡，除了寶玉以外，全數都是單名，比如賈璉、賈珍，寶玉早死的兄長賈珠，以及寶玉同父異母的庶出弟弟賈環，其他還有同族的賈琮、賈瓊、賈璸、賈珩、賈珖、賈琛、賈璘，全部都是單名。很奇怪的是，為什麼只有賈寶玉的名字是兩個字的複名？如此看來，它必定有很特殊的寓意。

一般主張「玉」是代表欲望與假我，寶玉的一生就是要否定世俗、否定禮教以回歸真我，這種說法實在過於簡化曹雪芹在命名上的深刻用心，如果是那樣的話，他叫「賈玉」就好了，為什麼要多一個「寶」字？顯然不能夠把「寶」與「玉」當成一個同義複詞來看待，「玉」和「寶」是有所區隔的。黛玉便很清楚地表示「至貴者是『寶』，至堅者是『玉』」，二者各有不同的性質，「貴」代表世俗的價值，是可以用金錢來定義的一種社會範疇。但只有在人為的世界裡才有所謂的「寶」與「貴」的存在，這根本不是大自然已然的常態，所以「寶」是世俗世界的產物；「玉」則不同，玉並不被視為假的、世俗的東西，更不是欲望的體現，它質性堅硬，這很明顯是回應石頭的基本性質。

由此看來，我們對於賈寶玉的「玉」要重新理解，原來他的「玉」具備了石頭的特性，即「質堅」，但是又因為它擁有五色的美好，來到人間之後，它又落入「寶」的那一種範疇，所以寶玉的矛盾掙扎就在這裡。

總之，寶玉這個人很特別，接下來的說法可能頗具顛覆性，我認為寶玉根本上不是莊學意義上被褒揚的「真人」、具有人格最高境界的「至人」，寶玉其實是一個瑕疵品，他是一個成長不完全，也因此找不到真正自我定位的矛盾體。我們可以在脂批及石頭神話的安排中，找到符合這個說法的很多設計，很難想像在儒家文化和入世思想如此具有主宰性、籠罩性的文化氛圍之內，有作家會寫一部關於所謂畸零者的「真人」的小說來進行反叛。當然他會尋求另外一種人生價值的出路，但儒家價值觀仍然是主要的進路，以這部小說來進行自我懺悔，而道家思想則是一種補充、一種平衡，屬於退而求其次。

就這一點來說，在對石頭神話進行反思時，可以很微妙地發現這個神話的內部結構實際上也符合此一思考角度，挖掘到作為一名儒家事業的落空者，他是怎樣深深地感到自我慚愧，即所謂的「悔遲之恨」。如果回到儒家的體系，還可以發現神話學提供另外一種解讀的角度，所以，我們特別分析出一個重點即「從補天石廢棄不用背後所隱含的神話思考」。它事實上可能指向一個我們過去沒有思考過的面向，就是這一塊被棄的補天石隱喻一個人在成長過程中的認同失敗，即在「脫母入父」的過程中發生重挫，陷入進退失據的困頓中。在這困頓之中，每一個存在者必然要努力尋求另外一條肯定自己的道路，而此時道家提出來的那套思維剛好就得到契合的餘地。

以神話學的隱喻來看，補天前的煉石所象徵的，便是要脫離自然世界，進入父系社會以及由父系社會所形成的象徵秩序中，承受責任、擔當義務，為世界的運作付出。但是一旦被棄之後，大家所走的正軌在它身上就突然之間斷喪了，它因此進入進退兩難的困境中，一方面，石頭被鍛鍊得通靈，被賦予靈性，已經擁有許多入世的知識與相關準備，不可能再退回到母親的懷抱，在子宮的羊水裡繼續享受那種混沌的自由，以及完全的無憂無慮；可是一方面，它又被摒棄於補天事業之外，所以也不能夠真正成為父系社會的一員。用這個神話學的隱喻來說，補天石的鍛造與目的本來是意味著「脫母入父」，由自然到文明的一個過程。

卡爾．榮格（Carl Jung, 1875-1961）的大弟子埃利希．諾伊曼（Erich Neumann, 1905-1960），

他那一部《大母神——原型分析》堪稱是神話學的權威之作，書中所論剛好對這個現象有非常高度的適用性，也有原理性的詮釋說明。他指出，所謂的「脫母入父」，其實就是逐漸放棄母性的原型世界，和父親的原型世界相妥協、相認同，慢慢變成在諸多規範之下世界運作中的一員。與此同時，其本人也會成為一個現存秩序的維護者，他不能夠太任性，不能夠按照自己的意想和方式為所欲為，這就是在文明世界裡大家都共同遵守的規範，而石頭的鍛造和它變化的方向剛好符合這個神話學的隱喻。曹雪芹接受中國傳統文化，在女媧補天神話的運用中轉化出一個新的形態，而這個新形態剛好又符合神話學的解讀，據此而言，這塊補天石作為賈寶玉的前身，它所展開的成長過程其實是橫遭中斷的，並沒有完成。

有瑕之玉

清代評點家二知道人於《紅樓夢說夢》中也提及：「女媧所棄之石，諒因其煉之未就也。」本來要用以補天的玉石為什麼會被拋棄不用？有沒有一種可能是因為它本身並沒有被百分之百地煉造完成？換句話說，它是個瑕疵品，所以才被丟棄、被排除在完整的作業程序之外？順著這個思路，我們逐漸發現曹雪芹在設計賈寶玉的前身即畸零石時，很多地方都暗示了瑕疵品的特質。

第一回在和絳珠仙草有關的另一個神話中，這塊玉石再次出現，絳珠仙草和一位神界的人物，即神瑛侍者，彼此之間建構出一份所謂的「木石因緣」。關於神瑛侍者和石頭的關係，學術界對這個問題有好幾種不同的說法，一般主張那是兩個不同的角色，而周汝昌則認為神瑛侍者應是甄寶玉。

但如果從全書的結構，尤其是寶、黛之間從前生到今世的因緣如此緊密相連的關係來看，絳珠仙草也就是林黛玉的還淚對象一定是賈寶玉，這麼一來，神瑛侍者必須就是那顆畸零玉石。再者，在超現實的世界裡，畸零玉石幻化為可以自由活動的神瑛侍者，這也並不違背情理。

神瑛侍者的住所叫作「赤瑕宮」，其中「赤」的意思毋庸置疑，這種顏色在《紅樓夢》裡是非常具有主導性的，也可以說是男主角最偏愛的一種顏色，並且對應於絳珠仙子的「絳」字。而赤瑕宮的「瑕」字是玉字旁的，正好神瑛侍者的「瑛」也是以玉為部首，都和「玉」有關，再度證明玉、石基本上是合而為一的，始終都是玉石。但這個以「玉」為偏旁的「瑕」字卻又代表玉的不完美，它是瑕疵，也就是玉上面的斑點，代表完美被破壞的一種缺憾。這塊玉那麼通靈又那麼美麗，是五色石，可是其住所的名稱卻有一個「瑕」字，旁邊還有脂硯齋的批語，說道：「□『瑕』字本注：『玉小赤也，又玉有病也。』」「玉有病」的詮釋就是脂硯齋所提供給我們的一個非常準確的線索，脂硯齋說神瑛侍者之所以住在「赤瑕宮」裡，為的是呼應寶玉前身的「玉」，而這塊五色石事實上是有病的，它是不健全的，這和用神話學的隱喻來解讀補天石被棄的處境剛好若合符契。

除了赤瑕宮的「瑕」字是代表「玉有病」之外，作者在書中還寓藏很多的苦心設計，尤其是第二回「冷子興演說榮國府」那一段，賈雨村以「氣論」這套理論來詮釋賈寶玉這一類人物的人格特質時，拋出所謂的「正邪兩賦」說。「正邪兩賦」不只是說這些人十分獨特秀異，不能用一般的規範來分類他們、限制他們，更主要的意義在於「正邪兩賦」所隱含的另外一層意思——他們其實是「病態人格」，即不很健全，在正氣中又雜有邪氣，但又不是百分之百的大惡之人。在沒有辦法歸類的情況下，作者用這樣一套「氣論」來作為解釋。

他們為什麼屬於病態人格？其實很簡單，因為他們事實上是沒有辦法歸類的，他們自己也無法找得到很合適的身分認同，如同當代哲學家查爾斯．泰勒（Charles Taylor, 1931-）所說的：「『認同』不是『自己是誰』的描述性問題，而是『自己是什麼樣的人』之敘事。這樣的敘事是關於個人如何陳述自己的『道德領域』的問題，藉此傳達出個人的意義和價值。」因此，「身分認同」關涉的其實並不是階級、職業、倫理角色等這些外在的歸屬，真正的問題在於自己到底是一個什麼樣的人？為什麼而活著？存在的使命究竟在哪裡？以及該怎樣實現自我？這些才是真正核心的問題。所謂的「身分認同」絕對不是指在這個社會上找一個安身立命的地方，然後扮演符合這個結構位置的一些角色，其實它是要不斷回到內心，去問自己究竟想要做一個什麼樣的人的問題。

如果以「身分認同」來理解寶玉的進退失據、「脫母入父」失敗以後的狀態，可想而知，這個人內心不矛盾是不可能的。他享受這樣一個富貴場以及其所帶給自己的溫柔鄉，得到非常高雅的一種炫耀式的品味，這已經變成他性格中的一部分，但除此之外，他不知道自己該繼續做什麼，以至於讀者會發現，寶玉在全書中往往流露一種不負責任之感，他常常說只要我活著一天，有姊妹陪我一天，管它以後不以後。然而，要繼續享有賈府的富貴場和溫柔鄉所帶來的性靈上的安頓，首先就該維持這個環境，就得做一些所謂的經濟仕途之事，而這又是寶玉不願意的。換句話說，寶玉抗拒的是他非做不可的事情，抗拒的是他現在賴以存在的那一種生活的前提。

作者除了用赤瑕宮的「瑕」來隱喻寶玉的不健全性格，另外還有一條文本作為呼應。第十九回襲人回家省親，寶玉想念襲人，便偷偷離開賈府，跑去她家探望，襲人也趁這個機會把寶玉的通靈寶玉拿下來，小心翼翼捧在手心讓家人傳閱，襲人在這段過程中講了幾句話：「什麼希罕物兒，也不過是這麼個東西。」意思是她每天都能看到，不覺得有什麼稀奇，這番話裡隱隱然有一種自得的優越感。但是除此之外還有別的隱喻，脂硯齋在此提供一個非常有趣的解釋，他說：

然余今窺其用意之旨，則是作者借此正為貶玉原非大觀者也。

這是要告訴我們，這塊玉真的沒有那麼了不起，不是大家都心嚮往之的理想人格，它根本達不到「大觀」的標準。

「大觀」在《紅樓夢》裡隱含著很重要的意義，浦安迪提供一個很好的說法，他認為「大觀」的意思就是非常豐富、包羅萬象，世界上最完備的一切都濃縮在這裡，但是寶、黛二人「以『自我』求全的角度來看，終難自安於宇宙之大。……正因把宇宙全體視為圓滿，個人生活才必然有缺，《紅樓夢》中大部分情節都被這種關閉式的悲劇所籠罩，而痛苦的寫照又是小說家之所長。不過《紅樓夢》作者卻再三表明，若將『自我』的世界誤以為宇宙整體，那便如十九世紀評注家王希廉所說，乃是管窺蠡測了」。當他們太局限在自我的世界中，而誤以為自我就可以含括整個世界，這當然就是一種反諷：住在大觀園內的那一塊玉，它事實上並非大觀。如果從這個角度來說，也許曹雪芹在告訴我們，一切的個人主義者都有一點水仙花般的自戀，誤以為自己就可以含括整個世界，而這麼一來，他反倒落入一種非常狹隘的自我中。

而我的研究成果則指出，「大觀」這個詞源出《易經》，自古以來都是用來讚美君王的美德所實施的王道，從而風調雨順、百姓安樂、邊疆部族近悅遠來，用我們今天的話來說便是實現了烏托邦。從元春的賜名大觀、為正殿所提的對聯，在在都證明這一點，詳細的論證就不在這裡多說。而寶玉被作者貶為「原非大觀者」，便表示他「於國於家無望」，第三回嘲諷寶玉的〈西江月〉二詞，並非一般人所以為的明貶暗褒，而是如實的客觀評價。

總之，「玉」其實並非大觀的一種價值體現，賈寶玉和林黛玉這兩個「玉」字輩，還有其他名字中帶玉的，通常都比較自我，例如妙玉，簡直是黛玉的極端化版本，這些「玉」字輩的人物，他們真的是自我比較鮮明，帶有濃厚的個人主義傾向。從這個角度來說，《紅樓夢》的作者恐怕不認為這樣的人叫作「真人」、「至人」，他們其實是另一種的自我迷失，是不能夠在群體中得到真正自由的自我限制者。這是我們對石頭神話所做的另一個角度的反思，當然，既然是反思，它提供的解答就會和一般所看到的很不一樣，讓大家知道原來經典其實真的可以有很多的角度進行理解，而且可以更深刻。

娥皇、女英神話

在《紅樓夢》中，關於林黛玉的神話有兩支：一是娥皇、女英神話，一是絳珠仙草，這兩支又以非常獨特的方式合而為一。首先是娥皇、女英的神話，此一神話原來是附屬於政治神話中的一個派生故事。娥皇、女英是堯的女兒，後來嫁給堯的接班人——舜，在儒家對於過去黃金歲月的造神運動之下，堯、舜、禹、湯已經變成聖王的典範，是完美政治的代表人物。娥皇、女英神話述說舜南征之後死於蒼梧之野，娥皇、女英追之不及，於是投水殉情來表達對愛情忠貞不移的堅持。

將這個神話記錄得最完整的，是南朝蕭梁任昉的《述異記》，此一文本比較晚出，敘事情節也比較周延：

> 昔舜南巡而葬於蒼梧之野。堯之二女娥皇、女英追之不及，相與慟哭，淚下沾竹，竹文上為之斑斑然。

傳說娥皇、女英面臨生離死別，絕望之下投湘江殉情而死，並成為湘水女神，死前所滴下的眼淚染在竹子上，斑斑淚痕隨著竹子世世代代的綿延而永存於天地之間，見證她們不死的愛情，此種竹後來就叫作「湘妃竹」。

這個故事乍看之下無比淒美動人，屬於最浪漫的愛情神話之一，但其實在堯、舜禪讓的政治美談中魅影幢幢，充滿不堪細究的若干陰暗面。首先，娥皇、女英雖共事一夫，但三人彼此之間感情非常深厚，可是為什麼舜去南巡的重大決策，她們卻毫無所知，一聽到消息之後才在後面追趕，結果形成一種天人永隔的憾恨？用這樣一個悲劇的方式收尾，很顯然背離常情。其次，舜的南巡是發生在晚年，而人到暮年，年老體衰，一般來說都不大會在這個人生的黃昏階段挑戰自己的體力——親征南方的蠻族，因為御駕親征是對體力的重大挑戰，而舜南巡的所在又是偏遠潮熱、充滿瘴癘之氣的蒼梧，更顯得不合常理。

我們可以注意一下蒼梧的地理位置，根據中唐白居易被貶到九江時所作的〈琵琶行〉中寫道：「我從去年辭帝京，謫居臥病潯陽城。潯陽地僻無音樂，終歲不聞絲竹聲。住近湓江地低濕，黃蘆苦竹繞宅生。」從這幾句詩就可以由九江的地理風土推知緯度相當的蒼梧所處的湖南地區。在舜的年代，這些地方更是荒涼，有哪一個帝王會不惜千金之軀涉險到南方，去征討一個不是那麼重要的「有苗」？再來看一則史錄，《禮記．檀弓上》云：「舜葬於蒼梧之野。」鄭玄注：「舜征有苗而死，因留葬焉。」這就更不合情理了，中國傳統的生死觀講究「落葉歸根」，即使客死異鄉，也要讓遺體回鄉落葬，更何況是擁有帝王身分的舜！因此，其中恐怕保留一個被儒家美化卻又最真實的政治密碼，也就是說，堯、舜、禹之間的王位傳承，並不是我們所豔羨的那一種「傳賢不傳子」的無私禪讓，而是血淋淋、赤裸裸的權力鬥爭。

而「成者為王，敗者為寇」，一旦權力鬥爭失敗，便會立刻被流放，哪裡還有準備的時間？果然舜的妻子們很晚才得到消息，所以非常惶恐，如果是一般的君王親征，妻子是不必惶恐到這種程度的。根據這樣的歷史密碼分析，再從這一段所描寫的全部行動，以及她們的心理反應，應該可以得到最合理的解釋。舜最後果然孤獨一人死在蒼梧，在九疑山屍骨無存，娥皇、女英才會那麼悲傷難過，因為她們連幫夫君歸返故鄉安葬的希望都達不到，最後只好用殉情的方式來陪葬。

在著名的詩作〈遠別離〉中，顯示李白也對這段歷史持有同一懷疑，此詩寫道：

遠別離，古有皇、英之二女，乃在洞庭之南，瀟湘之浦。海水直下萬里深，誰人不言此離苦？日慘慘兮雲冥冥，猩猩啼煙兮鬼嘯雨。我縱言之將何補？皇穹竊恐不照余之忠誠，雷憑憑兮欲吼怒。堯舜當之亦禪禹。君失臣兮龍為魚，權歸臣兮鼠變虎。或云：堯幽囚，舜野死。九疑聯綿皆相似，重瞳孤墳竟何是？帝子泣兮綠雲間，隨風波兮去無還。慟哭兮遠望，見蒼梧

> 之深山。蒼梧山崩湘水絕，竹上之淚乃可滅。

李白寫此詩的目的是進勸玄宗要以江山為重，不可大權旁落，堯、舜便是殷鑑不遠的史例，其中的「堯幽囚，舜野死」反映的正是殘酷的歷史真相。值得注意的是，《紅樓夢》裡所運用的皇英神話並沒有政治意涵，也不全然是愛情範疇，曹雪芹取用的是「灑淚成斑」的意象，而且他的用法並非來自於原始的神話故事，而是經過李白〈遠別離〉的加工之後所衍生出來的型態，所以必須把李白這首詩納入考慮，才能夠對《紅樓夢》中的皇英神話有更精確的把握。

那麼，李白又是如何加工的呢？請看〈遠別離〉的最後兩句「蒼梧山崩湘水絕，竹上之淚乃可滅」，李白採用娥皇、女英的原始神話，又非常巧妙地結合漢樂府詩的淒美想像，才將詩句與詩境打造得更為精緻感人。漢樂府〈上邪〉詩說道：

> 上邪！我欲與君相知，長命無絕衰。山無陵，江水為竭，冬雷震震，夏雨雪。天地合，乃敢與君絕。

這份直到世界末日的天長地久被李白吸收之後，使得娥皇、女英的眼淚和死亡結合在一起，成為曹雪芹詮釋林黛玉形象的一個關鍵所在，即林黛玉將「淚盡而亡」的宿命。

除此之外，李商隱〈無題〉詩的悲劇性格也表達出類似的感慨：「春蠶到死絲方盡，蠟炬成灰淚始乾。」其中，「春蠶到死」以及「蠟炬成灰」也呼應了形體的消亡。從這些詩例，可以發現李白「蒼梧山崩湘水絕，竹上之淚乃可滅」的思維，在李商隱那裡得到更鮮明的體現，其間確實有一脈相承的關係：

形軀的消亡——淚水的枯竭

蒼梧山崩湘水絕——竹上之淚乃可滅

春蠶到死，蠟炬成灰——絲（思）方盡，淚始乾

由這樣的對照，可以清楚看到「情」直接關聯於「眼淚」與「死亡」，成為一體三面的共同表述。

由此可見，林黛玉淚盡而亡的結局，是在神話階段的前身就已經透過「甘露灌溉、絳珠還淚」的緣法設定好的宿命，而黛玉的死在《紅樓夢》中也有一些跡象。例如第四十九回裡，各家的親戚都投奔到賈府，大觀園空前熱鬧，薛寶琴、李綺、李紋還有邢岫烟都來了，大家團聚一堂，很是歡喜，林黛玉也替她們高興，可同時又感傷自己的孤弱無依，書中寫道：

黛玉因又說起寶琴來，想起自己沒有姊妹，不免又哭了。寶玉忙勸道：「你又自尋煩惱了。你瞧瞧，今年比舊年越發瘦了，你還不保養。每天好好的，你必是自尋煩惱，哭一會子，才算完了這一天的事。」黛玉拭淚道：「近來我只覺心酸，眼淚卻像比舊年少了些的。心裏只管酸痛，眼淚卻不多。」寶玉道：「這是你哭慣了心裏疑的，豈有眼淚會少的！」

此時故事走到中途，黛玉的眼淚已經變少，快要乾枯，則越發接近「淚盡而亡」的宿命，作者在此暗示她的生命也已經處在風雨飄搖之中。

瀟湘妃子

除了娥皇、女英神話之外，關於林黛玉還有一支「絳珠仙草」的神話，作者設定林黛玉的前身叫作「絳珠仙子」，至於「絳珠」這個名號的來歷如何，也是學術界很熱衷的課題，它其實與皇英神話也有一些元素上的重疊。脂硯齋於第一回「有絳珠草一株」句夾批云：「點紅字。細思『絳珠』二字豈非血淚乎。」脂硯齋認為「絳珠」是在投射「流淚成血、化而為珠」的意象。清代評點家姚燮在《讀紅樓夢綱領》也說：「淚一日不還，黛玉尚在，淚既枯，黛玉亦物化矣。」意思是說，只要黛玉的眼淚還未還完，她便會繼續活著；當眼淚哭乾，黛玉也就走向死亡。換句話說，眼淚就是黛玉的生命線，直到淚水流到最後一滴，黛玉的生命氣息也才會完全抽離散盡。

《紅樓夢》是一部結構與其寓意象徵始終緊密呼應的偉大著作，在第四十九回時，故事已經走到一半，所以黛玉說：「近來我只覺心酸，眼淚卻像比舊年少了些的。心裏只管酸痛，眼淚卻不多。」這表示她的淚水已經逐漸枯竭，則黛玉大概的死亡時間，恐怕就不是後四十回高鶚續書所安排的那樣，於第九十八回「苦絳珠魂歸離恨天，病神瑛淚灑相思地」才發生，而是還要更早，且看下文的說明。

關於黛玉、淚水、湘妃竹、絳珠草之間的關係，我們先看第三十七回大觀園裡初結海棠詩社的情節。結詩社是一件很風雅的事情，黛玉說：「既然定要起詩社，咱們都是詩翁了，先把這些姊妹叔嫂的字樣改了才不俗。」大家一聽都欣然同意。就在各自或互相取名的過程中，黛玉因為學問好，頭腦又非常靈敏，口齒更是伶俐，一有機會就要嘲諷別人，當探春自稱「蕉下客」時便先被她調侃為一隻鹿，叫大家牽了去做成肉脯配酒吃，但探春並沒有生氣，反而笑道：

「你別忙中使巧話來罵人，我已替你想了個極當的美號了。」又向眾人道：「當日娥皇女英洒泪在竹上成斑，故今斑竹又名湘妃竹。如今他住的是瀟湘館，他又愛哭，將來他想林姐夫，那些竹子也是要變成斑竹的。以後都叫他作『瀟湘妃子』就完了。」大家聽說，都拍手叫妙。林黛玉低了頭方不言語。

請注意黛玉的反應，以我們對黛玉性格的瞭解來推測，如果她不喜歡這個外號，她應該會如何反應？她可能又要哭了，但結果是「林黛玉低了頭方不言語」，顯然她很接受這個別號。在《紅樓夢》中，凡是黛玉低著頭或不說話，通常都表示她喜歡，或認為還可以，並默許之。既然探春所援用的瀟湘妃子是女神，祂們的神話也是非常美麗浪漫的故事，所以黛玉沒有理由不喜歡。當然，探春不會算命，她這番話不是為了要預告黛玉的未來命運，可是探春背後自有一位作者以此對黛玉的命運做出暗示：「如今他住的是瀟湘館，他又愛哭，將來他想林姐夫，那些竹子也是要變成斑竹的。」這裡其實藏著一些隱微的線索，假如從全書背後那個胸有成竹的作者的全局視野來考察，這就暗示了黛玉將來會淚盡而逝、青春早夭的命運，肇因便是對寶玉的擔憂與思念。

探春口中的「林姐夫」一定是賈寶玉，不但作者是這樣規畫，書中各處也是很鮮明地在強化這一點，於是她想「林姐夫」，然後灑淚成斑，接下來病重而死。對於八十回以後的情節發展，學術界已經有一些很合理的推論，這些合理的推論是根據全書的情節布局而來，既然在第四十六回時，黛玉「說話之間，已咳嗽了兩三次」，緊接著第四十九回便寫到黛玉的眼淚變得少一些，可見病況日漸惡化，於是到了第七十九回是「一面說話，一面咳嗽起來」，則她應該於第八十回後很快就走到生命盡頭。

根據學者的推算，在第八十回之後沒有多久，賈府即被抄家。抄家的程序是男女要隔離審訊，男子們集中在一處，女眷又是在另外一區，在這般見不著面的情況下，勢必十分憂心懸念，而第四十九回時，黛玉的眼淚已經不多了，所以抄家時，她的眼淚大概所剩無幾，加上又非常擔心寶玉，更是加重病情。從第四十多回一直到第八十回，至少有三次提到林黛玉才講沒幾句話，就已經咳嗽好幾遍，其身體羸弱至此，完全無法負荷如此重大的精神壓力，已經病勢沉重的黛玉禁不住憂思掛心，終於溘然長逝。

等寶玉恢復自由回來以後，景物全非，他在早已人去樓空的瀟湘館前徘徊，眼前一片「落葉蕭蕭，寒烟漠漠」（第二十六回脂批），內心無限悲戚。後來寶玉是在清醒自覺的狀況之下，心平氣和地和寶釵進入婚姻的，當寶玉過了一段非常短暫的婚姻生活，更領略紅塵的種種喜怒哀樂，而終於大徹大悟，最後他才「懸崖撒手」。「懸崖撒手」是佛教用語，意思是求道之人有如在懸崖邊的危急狀態下，放掉對人世間的執著，在「不涉階梯，懸崖撒手」的當下，棄捨「我執」，就可以飄然到一個自由的天地。「懸崖撒手」是《紅樓夢》的評點者脂硯齋一再用到的語詞，這個詞彙在甄士隱出家的時候第一次出現，而甄士隱是全書中第一位出家的人，也預告將來寶玉會走上這樣一條出世的道路。

我們可以斷定，曹雪芹對寶玉與寶釵的聯姻設計也絕對不是高鶚所寫的那般。續書中一邊是熱熱鬧鬧的洞房，一邊是苦絳珠魂歸離恨天，就戲劇張力來說，確實在藝術上有很高超、很精彩的美學表現，但如果就《紅樓夢》前八十回的暗示和作者預先設定的布局而言，恐怕續書者的苦心是白費的。

絳珠仙草

回到林黛玉的神話，前面我們已經看到，除了「瀟湘妃子」也就是娥皇、女英神話之外，還有一個是絳珠仙草的神話。而絳珠仙草的神話來源不如女媧補天那樣明確，二十世紀六〇年代時，學者李祁考證認為絳珠仙草就是《山海經．中山經》所提到的「䔄草」，再加上《文選．別賦》李善注引宋玉〈高唐賦〉（這段文字可能是佚文，如今《高唐賦》裡並沒有這一段）所云：「我帝之季女，名曰瑤姬，未行而亡，封于巫山之臺，精神為草，寔曰靈芝。」其中所說的「未行而亡」意指沒有出嫁便去世了，而這也是林黛玉的命運，故而「絳珠仙草」被等同於「靈芝」。

這說法在學術界很普遍地獲得採信，但是我個人並不同意，原因在於這個推論的過程不太嚴謹，「絳珠」固然在隱喻上是指「血淚」，然而它到底是指紅色的果實，還是葉片上紅色的斑點？在這個前提都無法確定的情況之下，就從六朝到《山海經》跳躍式地得出結論，其間還缺少一些證據；

最重要的是，《山海經．中山經》裡的「䔄草」是一種特殊的藥草，功效是「服之媚于人」，服食之後可以「媚于人」，簡單說就是取悅別人、討人家的喜歡，而「媚於人」這個形象和黛玉簡直是背道而馳。

其實，絳珠仙草不必有什麼特別的神話來源，這只是曹雪芹用血淚的形象為林黛玉量身打造的一個神話，不一定要去比附過去的神話素材，甚至必須說，經過研究以後，我發現絳珠草上的血淚，恰恰相當於湘妃竹上的斑斑淚痕。換句話說，絳珠草就是湘妃竹的另一個投射，絳珠草等於是仙界的湘妃竹，而湘妃竹就是人間的絳珠草。

此外，我們可以進一步注意到這棵絳珠仙草所植根、生長乃至於夭亡的地點。根據第一回敘述，絳珠仙草長在「西方靈河岸上三生石畔」，三生石的「三生」表達的是超越生死、綿延不斷的追求與嚮往，重點在於「靈河」，我個人認為，「靈河」的意涵比較接近於佛教裡的「愛河」，在《楞嚴經》中有「愛河乾枯，令汝解脫」八個字，意指等到「愛河」乾涸之後，才真正能從這般陷溺纏縛的宿命中超越出來，這簡直和黛玉的「淚盡而逝」如出一轍；又《般若心經事觀解．序》云：「眾生迷心，受五蘊體。溺於愛河，中隨風浪，漂入苦海，不得解脫，徒悲傷也。」事實上，「情」及其衍生出來的許多欲望會使人陷溺，有如渡一條河，一個不懂得游泳的人只能掙扎不已，然後滅頂，好比心中渴望和誰永遠在一起，或特別想要得到什麼東西，一有這樣的貪愛之心，就會執著而不離，猶如水浸染於物，透入內裡，故而以「愛河」來加以比喻，「愛」是指七情六欲，「河」是指執著和陷溺。可河水只有流到海才會消失，那麼人也只有到死才能解脫，如此無明的一生，難怪會讓清醒的人感到悲傷了。

如果從「靈河」也即「愛河」的這一個理路來解釋，剛好可以配合黛玉的「淚盡而逝」。而這樣的想法原來脂硯齋早已提過，第三十五回回末有幾句總評：「愛河之深無底，何可氾濫，一溺其中，非死不止。」另外一位清末評點家華陽仙裔，在《金玉緣．序》中也有類似的說法：「絳珠幻影，黛玉前身，源竭愛河。」只有等到「愛河」的水源枯竭之後，林黛玉的陷溺才得以解脫，那正是她眼淚流乾、生命走向終點的時刻。

整體來看，為林黛玉所設計的皇英及絳珠仙草的神話，彼此之間有幾個有共通的元素：首先都有很強烈的「情」貫穿始終，可是這個「情」帶給她們的既不是生命的喜悅，也不是肯定一種存在之幸福的莫大溫暖；相反地，在皇英和絳珠仙草的故事中，「情」都使她們充滿著眼淚，最終也都導向死亡。由此形成了「情─眼淚─死亡」三位一體的共構，而這又和女性的身分、女性的存在處境密切相關。

眼淚作為一種勒索

表面上，《紅樓夢》是一部彰顯女性價值的小說，寶玉常常貶低男性，覺得男人汙穢骯髒，只有少女才會讓人覺得清爽，她們甚至是廓清因人類文明而被汙染的世界的一股清新力量，第二回說：「女兒是水作的骨肉，男人是泥作的骨肉。」作者不斷談到少女的鍾靈毓秀，總之，是要有別於被汙染的男性世界。

但是，我在考察這個神話的過程中注意到一些跡象，以致產生很大的疑惑，從而發現《紅樓夢》

的女性神話不自覺地折射出曹雪芹自己都沒有意識到的，也因此是根深柢固於男性作家內心深處的性別歧視，他事實上仍然覺得女性是接受者、被給予者，是為了愛而犧牲，甚至可以斷送生命的「第二性」！

我們可以看到，女兒的「情」延伸出來的都是眼淚和死亡，是苦難、是悲哀，然而男性的「情」卻並非如此，寶玉總是高高興興地付出，何嘗坐困愁城？可見曹雪芹在著作過程中有著不自覺的「性別歧視」，並非如一般人所認為的「反傳統、反禮教」。作者為林黛玉所量身打造的兩個神話系統——一個是娥皇、女英，一個是絳珠仙草——其實在結構或者構成要素上有完全重疊的地方；也就是說，女性的愛情和眼淚、死亡成為一體三面的共構表述，基本上構成這兩個神話系統非常一致的核心要素。不管這是曹雪芹自覺想要這樣塑造的，還是他不自覺地反映潛意識中對女性生命形態的某種感知，總之，這種女性之愛是不夠健全成熟的。

下面分兩個層次來談這個問題。首先是眼淚，眼淚代表了何種存在？哭泣過的人應該都深深知道眼淚被醞釀出來的心理狀態，然而卻不一定都知道眼淚所代表的意義，因為哭泣的原因形形色色。假設一個人經常用眼淚來作為情緒的表達，這個現象有沒有一些心理學上的解釋，可以讓我們理解其內心的一些幽微狀態？眼淚背後隱含的心理的狀況到底是什麼？這樣的人的心理需求是什麼？下面我提供西方學者的一些相關思考，他們對這個問題的思考遠遠超過我們。

史蒂夫．尼爾（Steve Neale, 1950-）在對劇情像催淚彈一樣曲折感人的通俗劇（melodrama）的研究中，注意劇中人物的眼淚不只是象徵著一種無力感。一般人以為眼淚就是弱勢者或不幸的人無可奈何、感到委屈的時候才宣洩出來的一種表現形態，但其實眼淚更向著一個會有反應的他者去流，本質上相當於用眼淚向對方「掛號」，顯示一種「水仙子自戀式的力量」。這裡有一個非常重要的限定描述詞就是「有所反應的人」，如果對方對你的眼淚沒有反應，你會很自動地（雖然不一定是刻意地）停止向他／她流眼淚。很有意思的是，一個很愛哭的人通常都是他／她一哭，周圍便會給予回應，比如給予有形或無形的撫慰，所以眼淚變成一種變相的情感需索。

在《紅樓夢》中，眼淚從春流到夏，從秋又流到冬，終其一生流淚的人就是林黛玉，而她的流淚對象基本上都是賈寶玉，只要她一哭，寶玉便立刻打疊起千百般的溫言款語，一萬聲的「好妹妹、好妹妹」，耐心地慢慢勸她回轉。

一般人沒有注意到一件事情，就是林黛玉在賈府中，其實是一個備受從上到下眾人愛寵的寵兒，也因此讓她發展出高度自戀的人格形態，這個寵兒基本上是有些隨心所欲的，她的眼淚則是這種隨心所欲的形式之一。有一段和妙玉有關的情節最足以說明這一點，身為黛玉之重像的妙玉，她的個性比黛玉有過之而無不及，在全書中，妙玉最不客氣的對象，除了賈寶玉，大概就是林黛玉，而在賈府裡只有妙玉敢當面對黛玉嗆聲批評，我也是讀了很多年、很多遍的《紅樓夢》之後才赫然發現這一點。

這段情節是第四十一回劉姥姥逛大觀園，在賈母的帶領之下，一行人來到櫳翠庵，妙玉與寶玉、黛玉等去喝梯己茶，也就是藏起來只給自己人喝的最好的茶。而之前招待賈母時，妙玉特意用舊年蠲的雨水泡茶，那已經是行家都很喜愛的上好珍品，於是黛玉很自然地順勢問她，現在這個茶是否也是舊年的雨水。沒想到妙玉冷笑道：

你這麼個人，竟是大俗人，連水也嘗不出來。這是五年前我在玄墓蟠香寺住著，收的梅花上的雪，共得了那一鬼臉青的花甕一甕，總捨不得吃，埋在地下，今年夏天才開了。我只吃過一回，這是第二回了。你怎麼嘗不出來？隔年蠲的雨水那有這樣輕浮，如何吃得。

這可是絕無僅有的奇景！關於寶、黛遭人白眼的情況，清末評點家姚燮已注意到，他在《讀紅樓夢綱領》中說道：「寶玉過梨香院，遭齡官白眼之看，黛玉過櫳翠庵，受妙玉俗人之誚，皆其平生所僅有者。」當全書內最敏感、最脆弱的林黛玉面對如此毫不客氣的奚落，令人覺得這恐怕要引起重大災難，試想：如果是寶玉這樣說話，肯定就是世界末日。但是，黛玉這裡的反應卻完全出乎讀者的意料之外，也和讀者所認識的林黛玉背道而馳，她竟然完全沒有生氣，也毫不計較：「黛玉知他天性怪僻，不好多話，亦不好多坐，吃完茶，便約著寶釵走了出來。」她默默退出現場，不把難堪放在心上，一場風波就這般無聲無息地無疾而終。這豈非很特殊的反應嗎？

再進一步想，當所有人都對多心的黛玉小心翼翼，生怕哪一句話讓黛玉聽到之後會引發激烈的情緒反應時，只有妙玉根本不在乎她，用最直接、最激烈的語言當面加以貶低，這種完全天壤之別的對待方式，實在很啟人反思。更發人深省的是，當人家對黛玉小心翼翼地呵護時，她偏偏最放縱自己的個性、最放任自己的情緒，眼淚特別多；然而當有一個人完全不理會、不體貼她的時候，她突然之間變得很獨立、很成熟，眼淚也因此消失得無影無蹤。

簡單來說，這樣的眼淚來自於一種「水仙子自戀式的力量」，故而眼淚常常和自我中心是結合在一起的。有些愛哭的人，其實是因為太把眼光聚焦於自我身上，須臾不離自己的得失及喜怒哀樂的感受，所以才會用眼淚的方式很快地表達自己小小的一些感應，我們在現實生活中常常可以看到愛哭的人比較自我中心，通常也比較自憐與自戀。

奧地利心理學家阿爾弗雷德·阿德勒（Alfred Adler, 1870-1937），雖然年紀只比佛洛伊德小幾歲，但算是他的學生，後來並不滿意佛洛伊德把所有人的性格問題以及各式各樣的心理障礙，都歸諸「力比多」（libido，即性力，泛指一切身體器官的快感）的不滿足，他認為大多數人在人格成長上所遇到的問題，其實主要都是來自童年的經驗。阿德勒最重要、當然也最令人印象深刻的理論貢獻，是他對於「自卑感」的分析，「自卑感」到底是怎麼來的？「自卑感」又要如何加以超越、如何轉化為對成長進步的正面力量？阿德勒有一本書《自卑與超越》（*What Life Should Mean to You*），裡面提到自卑者，尤其是受寵的孩子，在受到一些挫敗的時候，往往會用兩種方式來表達，即「眼淚」與「抱怨」，阿德勒把它們稱為「水性的力量」（water power）。用「水性」來作修飾詞，就表示此種力量不是那麼剛烈，不是那麼直接，不是立刻可以強烈感覺到的，但那是透過一種比較柔軟，甚至潛在的方式向別人發出指控。眼淚是一種無聲的抱怨，而抱怨可稱為「眼淚的言語化」，這兩種「水性的力量」在人與人的交往互動中出現時，就是破壞合作並將他人貶入奴僕地位的有效武器。

因此從心理學的角度來說，眼淚不只是對有反應的人才會釋放出來，當它釋放出來的時候，也不只是流淚者在尋求心理撫慰，其實更是一種讓自我凌駕於他人之上的方式。瞭解這一點以後，將來當我們開始要掉眼淚，心裡覺得這個世界如何不公的時候，真的要提醒自己一句話：「世界並沒有虧欠我。」此時心裡立刻就會舒緩很多，可以平和坦然。

在《紅樓夢》中，林黛玉確實是最為「孤高自許、目無下塵」的，「孤高自許」還沒有什麼大問題，因為要怎麼看待自己是每個人的權利，但是如果因此而「目無下塵」，眼中根本沒有別人的存在，那就不僅是「高傲」，而是一種「傲慢」，並不足取。這樣的性格設定，和黛玉以眼淚相始終的神話設計也有內在相通的地方。

人類中心主義

不止如此，關於眼淚有時候所反映的，乃是人格上還不夠健全成熟的本質，我們還要特別把眼淚與黛玉的情感形態結合在一起加以說明。就此，需要先對絳珠仙草神話再進行一個額外的分析，才能夠接續到為什麼在這兩個神話裡，女性的生命都被設定為和眼淚、死亡緊緊相連成為一個共構模式。

絳珠仙草的神話裡，其實隱含了好幾個層次的歧視意識。首先，絳珠仙草神話源遠流長，屬於先民時期的植物崇拜，在當時的「萬物有靈論」之下，先民覺得動植物都有非常超越的性質，絳珠仙草中有個「仙」字，即說明它是一株超越凡俗的植物，尤其在魏晉之後的傳統仙話中，仙草與玉石往往並出且互相依存，玉石旁通常就長有仙草，另外可能還有醴泉，它們都具有長生不死的功效。

而小說中，與神瑛侍者合而為一的這塊玉石作為仙境中的通靈存在，與名號中有個「仙」字的絳珠仙草，都是神聖空間中超凡脫俗的產物，而且它們並存的模式和傳統的仙話是很接近的，不過曹雪芹在吸收傳統仙話的表達方式之後，做了一些頗具顛覆性的轉化和改造，神瑛侍者依然很活躍，同時擁有甘露可以來灌溉仙草。參照另一部古典長篇章回體小說《西遊記》，書中提到「甘露」是觀世音菩薩所有，裝在她手中的淨水瓶裡；人參果樹是神聖偉大的植物，它的果實也可以讓人長生不老，而觀世音菩薩的甘露竟能讓人參果樹起死回生，足見其強大非凡，同樣的情況，神瑛侍者也用甘露來灌溉仙草，讓奄奄一息的絳珠草獲得延續生命的能量。

然而，這樣的情節安排中其實隱藏了一個非常不平等的性別結構。照理來說，絳珠仙草本來就應該是長生不死，可是在曹雪芹的筆下，它和凡俗生命一樣也會死亡；神瑛侍者則依然擁有神仙特權，可見二者在仙話世界中本來平等的地位已經產生傾斜。作為女性前身的絳珠仙草不但被褫奪長生不死的能力，更重要的是，它成為一個柔弱的接受者，必須接受外力的幫助才能生存，由此呈現出性別差異，而且「施」與「受」的關係也完全符合一般所認知的性別常態。原來曹雪芹在運用「仙話模式」的時候，已經將玉石與仙草之間的平等結構，改造為一種「施」與「受」的不平等關係，這也完全符合它們幻形入世之後男女不同的心理、氣質及性別地位。

第二，絳珠仙草神話裡也充滿一種「人類自我中心主義」或者「大人類主義」。作者說這絳珠草得到神瑛侍者慷慨的灌溉，「始得久延歲月。後來既受天地精華，復得雨露滋養，遂得脫却草胎木質，得換人形，僅修成個女體」，初讀《紅樓夢》時，這幾句話就隱隱然讓我感到不安，後來經過仔細研究，發現其中確實大有問題，問題有二。首先，試看絳珠草脫卻草胎木質而得以換成人形，此一轉變向度暗含一種「以人為尊」，把人類的生命形式當作萬物最高級形態的傲慢思維，似乎在形形色色的生命體中，只有人類才是最高級的、有靈慧的特殊生命，所以草木才得向人類的形式轉化。就這樣，仙草原先的神聖性也被褫奪了，它被視為不如人類的一種比較原始的、次等的生命形態。

然而，在神話中有一種怪誕思維，即認為生命體和生命體之間其實並沒有判然二分的界限，彼此之間可以互相轉化，這樣的「變形邏輯」最哲理式的呈現便是「莊周夢蝶」。莊子在提到此一蘊含著「齊物」觀點的夢境經驗時，說他和蝴蝶是平等的，沒有地位的高下之分，他甚至快意於自己能夠突破人類沒有翅膀的笨重身體而變身為蝴蝶，享受到栩栩然的逍遙自由，在莊子身上，明顯有一種萬物平等的齊物思想。

但除了莊子以外，人類的這種自我中心就在所難免，它滲透於中國常見的小說中，其變形向度有著高度的傾向性。根據日本漢學家中野美代子的觀察，可以發現中國志怪小說中的「變形邏輯」，是從人類以外的其他生命形態變為人，其他物種努力地修煉進化，以人類生命形態為最高目標。中野美代子把這種變化模式叫作「向心型的變形邏輯」，它以人類為中心。相比之下，歐洲神話裡的「變形邏輯」則是「離心型」的，脫離人類本位向動物變形，例如宙斯變成天鵝、達芙妮變成月桂樹以擺脫宙斯的追求，皆然。

根本地說，中國文化很早期就奠定「人本主義」傳統，「以人為尊」的思考模式已經是根深柢固，《紅樓夢》也承襲這個文化特徵。以「向心型」的變形邏輯來說，林黛玉的前身其實是一種次於人類的低等生物，如果將第二十八回林黛玉的抱怨和神話設計結合在一起，讀者就更可以理解其中的意思。這一回寫元妃在端午節賞賜禮物給大家，結果只有寶釵和寶玉是同一個等級，黛玉則和探春、迎春、惜春等姊妹輩是一樣的待遇，寶玉便懷疑是不是送錯了，他問道：「怎麼林姑娘的倒不同我的一樣，倒是寶姐姐的同我一樣！別是傳錯了罷？」襲人回答說：「昨兒拿出來，都是一份一份的寫著簽子，怎麼就錯了！」這裡當然表達出元妃對於寶二奶奶人選的一種暗示，雖然是暗示卻也很明顯，又加上「金玉良姻」預言透過薛姨媽的轉述已變成人所共知，於是黛玉心裡很委屈，藉這個預言表達說：「我沒這麼大福禁受，比不得寶姑娘，什麼金什麼玉的，我們不過是草木之人！」

「草木之人」是在回應她的前世，那一株絳珠仙草，然而林黛玉並不知道自己是由仙草變來的，所以是作者安排讓她說出「我們不過是草木之人」。在小說的陳述脈絡下，「草木」非常明顯就是一個低於金玉、比較次等的物種，這與神界的那棵絳珠仙草被褫奪長生的權利，在變形邏輯中被降格為低人一等人的生命，其實都是互相呼應的。當然這一點並不構成大問題，畢竟小說的創作者和讀者都是人類。

第二性

第二個讓我非常不安的地方，在於「幻化人形」之後還加了一句「僅修成個女體」。絳珠仙草努力修成人形，然而作者用了「僅」字，這個字代表一種有所不足、帶著缺憾的意思，如此一來，「僅修成個女體」這句話便意味著原來女性生命體是修煉不夠完善時的劣等產物。由此進一步揭示女性屬於次等人類，也就是西蒙・波娃（Simone de Beauvoir, 1908-1986）所說的「第二性」，而這樣的性別價值觀事實上不但符合儒家的思想，同時也吸收佛教的「轉身」信仰。「轉身」概念在佛教經典中非常普遍，在佛教看來，女體比男體少修五百年，並且帶有更深的業障，因此有「男身具七寶，女身有五漏」之說，女性注定難以超脫苦海，遑論成佛。

再進一步閱讀，我發現自己的不安在持續擴大中。在前五回的敘事裡，有幾名女兒構成了她們父親生命中最大的缺憾，比如第一回中，甄士隱出身自蘇州當地的望族，屬於我們都夢寐以求的社會位階，甄士隱的性格也非常完美，他「稟性恬淡，不以功名為念，每日只以觀花修竹、酌酒吟詩為樂，倒是神仙一流人品。只是一件不足：如今年已半百，膝下無兒，只有一女，乳名喚作英蓮，年方三歲」。大家注意到了吧！甄士隱的神仙生活中唯一的缺憾，即在於他唯一的下一代是個女兒，其中的邏輯，我們都非常熟悉，我們便是在這樣的一個文化圈長大的。

還不止如此，在林黛玉身上也再現了這樣的性別差異觀。第二回提到，黛玉的父親林如海為進士出身，林如海之祖還襲過列侯，所以林家也是鐘鼎之家、書香之族，但「今只有嫡妻賈氏，生得一女，乳名黛玉，年方五歲，夫妻無子，故愛如珍寶，且又見他聰明清秀，便也欲使他讀書識得幾個字，不過假充養子之意，聊解膝下荒涼之嘆」。這一段敘述和關於甄士隱的那番話完全一樣，女兒只不過是退而求其次的替代品而已！如果把這些觀念全部整合在一起來看，我們真的還能相信《紅樓夢》只有標榜女性價值的單一性別觀嗎？我們真的要這樣簡化小說中的複雜嗎？

更值得深思的是，情感對女性而言，往往是構成危機的重大來源，甚至會毀滅她的整個生命，不比對於男性來說，往往是讓他們體會到幸福、感受到生命泉源的一種美妙體驗，這就是為什麼「情」和女性相結合的時候，往往會和眼淚、死亡共構的一個最根源的緣由或意識形態。法國存在主義作家西蒙．波娃在她的經典作品《第二性》中，對女性的各個方面具有非常犀利的洞察，也做了大膽直接的剖析，她指出「愛情」這個詞對男女兩性有完全不同的含義。男人的愛情是與他的生命不同的東西，對男人而言，愛情和生命是可以分開的，當他失去愛情的時候，生命還是可以好好地存在，如果有些男人在愛情中也產生想要拋棄一切的念頭，他們準保不是男人。照西蒙．波娃的這個解釋，有一些失戀的男人去自殺，就表示他心理上比較傾向於女人。而女性常把愛情當作生命中最重要或最高的目標，在愛情中透過沉迷於另外一個人而達到自己的最高生存意義，因此為了愛可以犧牲很多東西，導致大多數女人在婚姻中變成某某人的太太、某某人的媽媽，從此之後她的自我就不見了，變成一個附屬品。

波娃說，希望有一天這一切都會改變，女人能以強者而非弱者的態度體驗愛情，也就是說，她在愛情中不是為了逃避自我，而是為了要面對自我；不是要貶低自我，而是要確定自我，認識自己究竟是誰？究竟想做什麼樣的自己？叩問自我存在的使命乃至意義在哪裡？這都是女性自己應該獨立面對的問題，而不是透過愛情解決這一切。她希望有那麼一天，愛情對於女人就會如同對於男人一般，都變成生命的泉源，而非生命的危機。波娃也語重心長地表達她的憂慮：在這一天來臨之前，愛情根本上是女性生命的禍根，這個禍根用一種最動人的形式來表現，沉重地束縛著女性，而女人則是不健全的，她對自己無能為力。由此可見，包括眼淚、愛情對於女性的意義、愛情給女性帶來危機，甚至導致死亡，這些背後其實都有一種對女性的刻板印象，以及對她們生命形態的限制。

波娃的說法可以很好地用來解釋林黛玉的人格特質，黛玉整個人很偏執地投入於某一種自戀或自溺中不思解脫，反倒是在與妙玉的相處中，讀者才看到黛玉的豁達、坦然與成熟，這真的是一個很值得思考的現象。我引述西蒙·波娃的話，除了是用以闡述林黛玉的性格特質，其實更是要藉機說明：每一個人都應該獨立面對自己人生的問題，不要把自己變成人生追求的附屬品，而應該成為人生追求的主人。

少女崇拜意識

進一步來看，曹雪芹可能不自覺地反映其潛意識裡根深柢固的性別歧視，還不只上述所言。此外，第二回冷子興演說榮國府一段，提到賈寶玉時所說：「雖然淘氣異常，但其聰明乖覺處，百個不及他一個。說起孩子話來也奇怪，他說：『女兒是水作的骨肉，男人是泥作的骨肉。我見了女兒，我便清爽；見了男子，便覺濁臭逼人。』」寶玉的這番孩子話，讀者都已經耳熟能詳，甚至成為《紅樓夢》中女性至高無上之價值觀一種標語式的經典表達。一般總認為這話彰顯出賈寶玉——當然背後代表曹雪芹——的少女崇拜意識，想以女性的那種清新、美好來驅散男性在競爭中所創造出來的汙穢、濁臭，但該段說法裡其實有一個邏輯謬誤，稍微有一點邏輯訓練的人就會知道它的問題在哪裡。

讓我們仔細琢磨，「女兒」在傳統漢語中有兩個意思：一個指家中的女性後代；另外一個就是未出嫁的少女，很明顯地，在《紅樓夢》裡說到女兒時大都是少女之義。可是在寶玉的這段話中，「女兒」的比較對象不是同樣未婚的十幾歲青春少年，而是成熟生命形態的男子，是具有獨立的責任、權利、義務等的社會成員，要憂心家族甚至家國的種種問題，根本不可能那麼天真無邪地保有原初來自天然的清新。如果依照嚴謹的邏輯，對等的比較應該是「男人」和「女人」相比、「女兒」和「少年」相比，而寶玉卻將成人階段的男人與未出嫁的女兒作不對等的比較，便注定其結果完全不能夠凸顯女性的價值，反而更證明女兒只是一個受限於特別的客觀環境之下的某種生命形態而已。

因為未出嫁的女子生活在原生家庭裡，人際關係非常單純，不需要多少功利思考，其心理樣態當然可以非常清新，可是切莫忘記，當她出嫁之後，就變成人家的太太、人家的媳婦，而且正常的話，一年之後就會變成人家的母親。女性婚後進入陌生的大家庭中，便得面對很複雜的人際關係，其壓力之大不是一個單純的少女可以想像的。隨著婚姻的到來，女性的心靈狀態也會產生重大的質變，對寶玉而言，她的價值便逐漸走向淪落，所以寶玉這段話讚揚的是女兒，而不是女性，這是貫穿《紅樓夢》的一種偏執的性別價值觀。

尚未進入婚姻的年少女兒，因為沒有經過現實生活的煩擾而保有心靈上的單純，這就是寶玉所追求的所謂「女性價值」。《紅樓夢》裡所彰顯的女性價值很明確都是少女崇拜，參照另外一段寶玉的名言，這一點就會更加清楚，第五十九回怡紅院的小丫頭春燕轉述寶玉的話說道：

> 女孩兒未出嫁，是顆無價之寶珠；出了嫁，不知怎麼就變出許多的不好的毛病來，雖是顆珠子，卻沒有光彩寶色，是顆死珠了；再老了，更變的不是珠子，竟是魚眼睛了。分明一個人，怎麼變出三樣來？

在賈寶玉看來，那些婆子、嬷嬷不但又老又醜還發出臭味，這些人進入怡紅院就會把屋子熏臭了。可見他不但有年齡歧視，鄙夷年老的女性，還有一種很特別的心態，即認為同一個女性，「分明一個人，怎麼變出三樣來」，這話固然是渾話，大家倒也覺得沒大差錯，因為在古代的社會結構裡，一旦女性的生命進入不同的階段，確實很容易導致心靈素質的某一些損害，會使她逐漸劣化，即從無價寶珠到死珠，最後變成魚眼睛，這個變化過程可以簡稱為「女性價值毀滅三部曲」，而女性價值毀滅的關鍵就在於婚姻。寶玉的少女崇拜便是如此產生的。

綜觀《紅樓夢》整部小說，其中處處流露出濃厚的少女崇拜意識，例如在第七十七回抄檢大觀園之後，司棋因不正當的私情被攆出去，寶玉在路上偶遇，和她依依不捨地話別，但周瑞家的很不耐煩，不由分說就把司棋給拉出去了。寶玉雖然生氣，卻又恐怕她們去告舌，恨得只瞪著她們，看人已經去遠，方指著恨道：

「奇怪，奇怪，怎麼這些人只一嫁了漢子，染了男人的氣味，就這樣混賬起來，比男人更可殺了！」守園門的婆子聽了，也不禁好笑起來，因問道：「這樣說，凡女兒個個是好的了，女人個個是壞的了？」寶玉點頭道：「不錯，不錯！」

在寶玉看來，女兒和女人有本質上的重大區隔，雖然她們的生理性別都是女性，然而在寶玉的價值觀裡，女兒就是具有至高無上的價值，而女人的可怕更大過於男人，「比男人更可殺了」。

從女性主義的角度來看，它其實隱含著一種價值觀，亦即女性的完美形態是一種「嬰兒女神」（baby goddess）的樣態：青春的少女有著美麗的外表，而內在的性靈及各種能力都還不夠充分健全，所以最不會自我爭取，也不懂得競爭，這樣的女性最是可愛又乖巧。女性主義三大經典作家之一的凱特．米利特（Kate Millett, 1934-2017）即批判說：對男性而言，「完美女人必須是個可愛的青春前期的姑娘」，並嘲諷地稱之為「嬰兒女神」。

據此而言，《紅樓夢》中處處洋溢的這種少女崇拜意識背後，恐怕還是有曹雪芹作為一個男性作家不自覺的性別歧視，如果用賈寶玉的那一套價值觀來衡量，勢必會說王熙鳳是被汙染的、探春也是被汙染的，不論是史湘雲或者薛寶釵，只要勸寶玉做一些經濟仕途的事，他便認為她們都被汙染了。但是，為什麼這樣就是「被汙染」？為什麼女性就必須對世界一無所知，乃至於一無所求，那才屬於清新的、完美的？從平等的角度來說，女性也應該有各式各樣成長的機會，可以像男人一樣成長為各式各樣的姿態，可以和男人一樣充分發展潛能，而不需要受限在一個無知、天真、可愛的青春少女形象中。所以說，寶玉的價值觀根本不算是推崇女性，更談不上以「女尊男卑」來挑戰或顛覆傳統的男權中心思想，甚至必須說，寶玉的價值觀其實更鞏固傳統的性別意識。

以上這些論述，是我對林黛玉的神話所提供的一個新思維，當然不是唯一的解答，畢竟一部偉大的經典本來就不可能「一言以蔽之」，更不會只有單一主旋律。但是，這個新思考所發現到的潛在意義，卻是一般人所忽略的，它們可以讓曹雪芹創作中的複雜性更呈現出來，也讓我們對這部小說有更完整的認識。

第四章

曹雪芹的塔羅牌

讖語式寫作

在《紅樓夢》的創作中，「讖語式」的表達策略非常重要，原因在於《紅樓夢》是從追悼前塵往事的角度，將作者經歷過的一切以及他所認識的世界整合在一起而「胸有成竹」式的寫作。既然是建立在幻滅的前提下，又站在回顧過去、表達眷戀與哀悼的立場上，因此即便小說家敘寫的事件正在發生或正在進行，他都已經很清楚地預知未來必然面臨的結果，而這些結果幾乎都是悲劇性的，所以他在寫作的過程中往往透過「讖」，也即一種預告的方式留下線索，以作為一種暗示。

這樣的寫法若是操作過度就會非常失敗，因為會讓整部小說像是占卜書，幸而曹雪芹運用得很巧妙，不至於過度，因此為小說平添不少趣味。很多讀者意識到這一點，在閱讀《紅樓夢》的時候，便好像在運算一個大型命盤，把《紅樓夢》當作塔羅牌或者紫微斗數，到處尋找一些蛛絲馬跡作為證據，然後在文字線索裡研究這些人物到底被暗示什麼下場。很多讀者的興趣都在這裡，因為人性就是很喜歡算命。

如果把小說視為一整個命盤來看待，似乎也帶來一種閱讀的樂趣，讀者會好奇後面發生什麼事情，於是在書中尋找蛛絲馬跡去對號入座，進行種種猜測，這當然是很吸引人的一種讀法，然而那會讓我們誤入歧途。《紅樓夢》作者的關心點不是要讓人去算命，他自己也不是為了算命或達到獵奇好異的心態，才運用「讖語式」的表達方式進行寫作。毋寧說，曹雪芹採用這種做法是要加強悲劇的宿命氛圍和幻滅的無可奈何，但並不希望我們過度穿鑿附會，這一點是我們首先應該要先釐清的。

然而要怎樣才不會穿鑿附會？答案是，只有認清曹雪芹運用「讖」的表達手法，我們才不會混淆其間的分際，以至於做出錯誤的解讀，這是本書設計這個單元的原因所在。此外，在做相關研究的過程中，我獲得在研究之前意料不到的一個發現，即「讖」的製作背後竟然還隱藏曹雪芹的一些價值觀，「讖」已經不完全只是寫作方式上一種有趣的手法而已。

之所以專闢一章說「讖」，是因為讀者往往在類型混淆中，對於小說文字做出很多錯誤的解釋，而「避免錯誤」只是一種消極目的。除此之外，我們應該更積極地從小說中找到作者想要傳達，而表面上看不到的更深刻、更幽微之處，這是我的雙重目的。脂硯齋早已說過，《紅樓夢》這部書的創作手法非常複雜，它吸收傳統各式各樣的文化資源，所謂：「書中之祕法，亦不復少。」又說：「而其中隱語，驚人教人，不一而足。作者之用心，誠佛菩薩之用心，讀者不可因其淺近而渺忽之。」

不止脂硯齋有這樣的提示，後來的評點家周春也發現第五回寶玉神遊太虛幻境時，所看到的判詞中有很多「隱語」，他在《閱紅樓夢隨筆》中說：「十二釵冊多作隱語，有象形，有會意，有假借，而指事絕少，是在靈敏能猜也。」他不但認可《紅樓夢》裡有很多「隱語」，並提點出隱語的幾種製作方式，包括象形、會意、假借，而絕少指事，這些詞彙借用的是中國的六書，也就是六種造字法則，不過他不是在說造字，而是藉以說明那些隱語的設計方式。

所謂的「隱語」是一種修辭法，之所以特別稱為「隱語」，原因在於它的表達是用隱約閃爍的話來暗示本意，而本意是不直接說出來的，因此周春說「指事絕少」，隱語當然不會用直接指出事況的方式來表達。

「隱語」的類型有很多種，《紅樓夢》裡的隱語比較偏向於「讖」這一類，再看第二十二回的回目「製燈謎賈政悲讖語」，以及第七十五回的回目「賞中秋新詞得佳讖」，都明確標有「讖」字。脂硯齋在第四十二回中也提到，劉姥姥為巧姐命名，作者的用意其實也是在「作讖語以影射後文」，暗示後面會發生的事件。可見「讖」雖然屬於「隱語」的一種，但「讖」所指涉的，是集中於對禍福吉凶的「預言」功能，即預告將來會發生什麼狀況，「預言」和「寓言」同音，但是不同性質，它們的意義事實上是完全不同。關於「讖」的特殊之處，就在於「讖語」偏重於文字符號的多種解讀的可能性，參考周春所說的象形、假借、會意等方法，具體來說，則包括「拆字法」、「諧音法」、「別名法」等等。

總而言之，「隱語」是作者常用的一種祕法，而更具體來說，這個祕法是偏向於「讖」這個形態。

至於「讖」的運用，自古以來最有名的即《推背圖》，這類預言是關於歷代變革之事的圖讖，從宋代開始大量出現，風行於中下階層。在第五回「寶玉看正冊」一段，脂硯齋批云：「世之好事者爭傳『推背圖』之說，想前人斷不肯煽惑愚迷，即有此說，亦非常人供談之物。此回悉借其法，為兒女子數運之機，無可以供茶酒之物，亦無干涉政事，真奇想奇筆。」脂硯齋引用了「世之好事者爭傳《推背圖》之說」作為類比，明示曹雪芹使用「讖」並不是為了「煽惑愚迷」，而是借用《推背圖》之法「為兒女子數運之機」提供一些很特殊、很巧妙的猜解趣味。

至於曹雪芹為什麼要製作這麼多的讖語，《文心雕龍》提出的一些說法可以代曹雪芹解釋。首先，劉勰在《文心雕龍．正緯》裡說，「讖」是要來表達一種「天命」、「神道」的觀念，帶有很強烈的宿命意味，然而又不止如此，「讖」的寫法是「無益經典而有助文章，是以後來辭人，採摭英華」。換句話說，把「讖」的手法引進文學作品中，想要增加的是一種文學的趣味，目的還是為了文學作品的藝術性，我們應該要清楚地認識這一點，而不要把小說裡的那些「讖」以一種推演命盤的方式去閱讀，否則就是買櫝還珠。當然「讖」所隱含的天命神道觀也被《紅樓夢》吸收了，所以這些女子們注定有各式各樣的悲劇，曹雪芹事實上是接受天命神道觀的，他不認為個人可以突破自己的命運，也不認為可以自主選擇婚姻，而脫離乃至於挑戰、違背當時的社會文化體系。

在進入《紅樓夢》裡的「讖」之前，我們先看古典文獻中對「讖」的定義：

《釋名》：「讖，纖也，其義纖微而有效驗也。」

《後漢書．張衡傳》：「立言於前，有徵於後。故智者貴焉，謂之讖書。」

《四庫全書總目提要》：「（讖）詭為隱語，預決吉凶。」

從讖謠到讖緯

中國文化從古到今堪稱是源遠流長，而且非常龐大複雜，那麼「讖」到底有哪些具體的運用方式？從時間上來說，最早出現的「讖」的形態叫作「讖謠」，因為它是歌謠，也往往是童謠，可想而知，它一定是韻文形式。當我們考察先秦那些各式各樣用以預決吉凶的韻文，會發現它同時配合著圖畫，文字旁邊用一些圖來作為輔助，於是這樣的形態便叫作「圖讖」。「圖讖」的圖和審美無關，它只是透過一個具體的形象，發揮和文字完全一樣的暗示功能，所以基本上還是屬於這套符號系統裡的一環。《紅樓夢》中的「圖讖」運用得最明顯的，就在第五回，賈寶玉看到的那些人物判詞旁邊都有圖畫，那些圖畫都是輔助性的，以提供更多的資訊，使閱讀者做出更正確的判斷。

一般說來，這種「讖謠」有兩個很重要的基本構成條件：一是它所用的語言包括圖畫，同樣都發揮文字符號的功能；二是一定出現在先前，而應驗的事情則是在後來才發生，「言」和「事」之間是一種順向落實的關係，因此它所進行的是一種預言式的先見之明。有一些學者在運用「讖」來解釋的時候反用了這一原則，就是很明顯的曲解，於是得出來的結論便是錯誤的。

「讖謠」從先秦產生以後，後世都會使用，舉例來看，《三國演義》第八十回有一段情節說道：許芝上奏漢獻帝，勸他在曹魏的權力中心許昌禪位，即引了讖語：「『鬼在邊，委相連；當代漢，無可言。言在東，午在西；兩日並光上下移。』以此論之，陛下可早禪位。鬼在邊，委相連，是魏字也；言在東，午在西，乃許字也；兩日並光上下移，乃昌字也：此是魏在許昌應受漢禪也。」其中所運用的，就是很典型的「拆字法」。

兩漢時代曾發展出另外一個讖的類型，叫作「讖緯」。「讖緯」完全都是朝代興滅的政治預言，和改朝換代有關，由於曹家是曾經被抄家的，以《紅樓夢》作者懼怕文字獄的心態來說，他當然避之唯恐不及，這一種讖絕不會在小說中出現。

歷史上的詩讖

第三種讖出現的時間最晚，稱為「詩讖」，在《紅樓夢》裡有一些運用。不過很多讀者把《紅樓夢》中的詩都當成「讖謠」來用，其實是混淆了「讖謠」和「詩讖」這兩種本質上完全不同的「讖」。

從「詩讖」形成的基本結構來看，就可以知道「詩讖」和「讖謠」是絕對不同的預言形式，二者的認證與解析方式也完全不同，大家一定要分清楚。

就我眼界所及，紅學界在討論「詩讖」的問題時，由於沒有準確掌握到「詩讖」的形成及其性質，以致往往出現錯誤的運用。嚴格說來，「詩讖」在一開始被建立的時候，便已經規定本質上是抒情詩的一種文學藝術表現，它和「讖」的聯結只能夠是「言」和「事」之間一種逆向追驗的關係。也就是說，詩作為一種文字表達，亦即所謂的「言」，當作者在寫詩的時候，對於以後會發生什麼事情，其實是完全沒有預料到的，詩人根本不是為了預言才去寫這首詩，詩之所以和後來的事件發生關聯，是後人發現有這樣的事情發生，再去詩人曾經作過的詩句裡尋找相關的跡證，所以基本上是一種穿鑿附會的「後事之明」。換句話說，詩歌本身並不能拿來作為「讖謠」式的解讀對象。

現在來說明一下「詩讖」到底是怎麼形成的。我自己所考察到的最早的「詩讖」，是出自潘岳。潘岳，字安仁，他更有名的別稱就叫「潘安」，是中國非常知名的美男子，而他的死法很有意思，形成中國歷代「隱讖」的類型之一。根據《晉書．潘岳傳》的記載，潘岳品行上有虧，諂事賈謐，甚至不惜貶抑自己的尊嚴，等候賈謐出門時在大門外望塵而拜；他也曾經因為厭惡孫秀的為人，當面很直接地羞辱對方，當然人家嫌恨在心，等到有機會的時候就報仇雪恨。果然在司馬倫自立為帝時，孫秀受寵而擔任中書令，得勢之後遂羅織罪名，誣陷潘岳和石崇要謀反，將其夷滅三族。

石崇先一步被送往刑場，潘岳後至，兩個臨死的人乍見故交舊友竟然踏上同一條道路，不禁有感而發，石崇對潘岳說：「安仁，卿亦復爾邪？」你也遇到這樣的狀況呀？潘岳回答道：「可謂『白首同所歸。』」意思是說，想不到過去寫的詩真是一語成讖，我們曾經在金谷園多麼快樂地喝酒享樂，沒想到當時所寫的詩句竟然以這麼奇特的方式來應驗，那一句詩是「白首同所歸」。在原先的

〈金谷詩〉裡，這句的意思當然是指「我們的歡樂歲月要持續到終老，白首相知，一起結伴回家」，沒想到當他們以後事之明來重新理解過去所寫的詩，該「歸」字就有了不同的意思，指人回到生命的歸宿，死亡即為「大歸」。

從此之後，這種「詩讖」越來越多，再如南朝時期，侯景叛亂，已經逼近臺城，梁朝幾乎要滅亡，在如此一個存亡危急之秋，人們想到過去梁簡文帝曾經寫過一首〈寒夕詩〉，裡面有「雪花無有蒂，冰鏡不安臺」之句，原本是非常純粹的寫景詩，「雪花無有蒂」其實只是在對歌詠的對象做一個非常巧妙的比喻。雪本身並不是花，但是它又像花一樣美，所以叫作雪花，而如果是真花，就應該有花蒂，不是真花的雪花當然沒有花蒂，所以說「雪花無有蒂」；同樣地，冰鏡指的是月亮，月亮很像冰做成的明鏡，當然它並沒有鏡臺來托住，所以說「冰鏡不安臺」。

簡文帝又有一首〈詠月詩〉提到「飛輪了無轍，明鏡不安臺」，與「冰鏡不安臺」很接近，其中的「飛輪」還是指月亮，月亮由東到西巡迴天空一次，就如同飛輪奔馳過天際，但是卻沒有留下任何車軌的痕跡，這都是巧妙的比喻。簡文帝所寫的「明鏡不安臺」與「冰鏡不安臺」類似，當他在寫詩的時候，純粹只是對景物的模擬、雙關，是一種巧妙的聯想，完全沒有要預言的用意。直到侯景叛亂，後人重新理解那些詩，卻開始穿鑿附會，認為這就是「讖」。

原本「無有蒂」的「蒂」明明只是下面的花托，但因為諧音的關係，「無有蒂」（無有帝）就表示皇帝都要消失了，這個國家要亡了。至於「臺城」是金陵的中央政府所在，「不安臺」的字面可以雙關於臺城不安，即表示國家動盪。而「輪無轍」這三個字更被發揮，以邵陵王蕭綸名字上的「綸」來諧音「輪」，喻指邵陵王不願意好好認真地勤王，空有赴援之名而沒有實質的行動，「輪無轍」被曲解為邵陵王的車輪只是空轉，並沒有留下車轍，所以導致國家滅亡。從上述的例子可以看到，這些解讀都是所謂的後事之明，是穿鑿附會的解讀，並不是作者在創作的當下所設想、預知到的。

應該說，每個人都有他的個性，「詩讖」在形成之初，基本上所表現出來的就是詩人的個性，而我們現在有一個非常有名的推演，即「性格決定命運」，性格和命運當然有關係，而詩歌用來抒情言志，由此反映出詩人的性格，這才是詩歌和命運的關聯所在。換句話說，「詩讖」並不是「讖謠」，絕非用命盤式的操作去做文字上的預告，毋寧說，這些詩歌本身只是單純的抒情言志，但由於創作者後來遇到一些狀況，好事之輩就大做文章，附會到先前的詩作上，於是形成所謂的「詩讖」。故而宋代王楙《野客叢書》便提醒道：「詩讖之說，不可謂無之，但不可謂詩詩皆有讖也，其應也，往往出於一時之作。事之與言，適然相會，豈可以為常哉？」清楚說明解讀詩歌時必須非常謹慎，不可以濫用。

勿把詩句當讖謠

整體言之，《紅樓夢》裡的韻文有「讖謠」，也有「詩讖」，我們一定要清楚區分，否則混為一談的結果，就是對其中的抒情詩給予過度詮釋，乃至於穿鑿附會。

在《紅樓夢》中，和傳統的「讖謠」最接近的，即第五回的人物判詞和第二十二回的燈謎詩。這種「讖謠」根本不是抒情詩，完全是為了要透過文字符號去做命運的預告，不但沒有抒情言志的性質，也沒有文字藝術上審美的講究，所以根本是一種非常粗淺，甚至是不登大雅之堂的文句，有點像打油詩。

《紅樓夢》中大多數的韻文都是抒情詩，例如賈寶玉的〈四時即事詩〉，還有詩社活動中大家所作的幾篇〈白海棠詩〉、十二首〈菊花詩〉、數闋〈柳絮詞〉，尤其是林黛玉自己獨處時所寫的那些詩詞，如〈葬花吟〉、〈秋窗風雨夕〉、〈桃花行〉等，都是非常標準的抒情詩。

對於這些抒情詩就不能用「讖謠」的方式來解讀，否則會發生很多的問題，導致錯誤的理解。舉一個很典型的誤讀來看，林黛玉的〈葬花吟〉裡有兩句說「一年三百六十日，風刀霜劍嚴相逼」，這首詩既然是歌詠落花，林黛玉便把自己天生的感傷性格投射到花朵身上，去感受它飄零無依的命運。花朵是非常美麗的，它是詩人所認可的天地萬物中的精粹，那麼優美，那麼引人憐愛，然而最特別的一點，是它的生命週期極為短暫，如此美麗而脆弱的生命最能夠引發詩人的感慨，尤其黛玉又是一個詩人中的詩人，她非常多愁善感，容易在周遭殘缺的事物裡投射自我，產生一種物我合一的共鳴，於是化身為落花去感應落花所遭受的命運。詩人本來就是在點染萬物，抒發情志，而情志可以非常靈動，不必嚴守客觀事實，甚至可以做一些誇張，連李白都會說「白髮三千丈」，若把詩歌內容都當作客觀寫實的作品來推論，那當然不行。

同理，黛玉說「一年三百六十日，風刀霜劍嚴相逼」，只不過是一個詩人主觀的感慨，只是私下在某種情緒下誇張的感懷，因此加以擬人化的渲染。然而，有不少讀者卻把這兩句詩獨立出來，用「讖謠式」的解讀去證明林黛玉作為一個孤女，寄人籬下、楚楚可憐，因此一年三百六十日，每一天都承受著賈府上下對她的折磨和壓迫！竟然把「風刀霜劍嚴相逼」等同為所謂「賈府的惡勢力」，再據此指控他們無情地殘害柔弱的少女，所以林黛玉只好發出這般淒楚的哀吟。

如此的解釋實在大謬不然，因為這兩句絕非對個人命運的寫真，而只是一個詩人感受到存在本身的美好，又面臨無常的脆弱所發出的生命感慨，並不能當作客觀的事實，也不等於詩人處境的寫照。我已經一再提醒，黛玉在賈府事實上是可以和賈寶玉並肩的寵兒，因此該類詩句只不過是一個詩人對於自己或者是其所投射對象的一種主觀的認知，而不是客觀的反映。一個人可以其實很幸福，但在主觀認定上還是覺得這世界對自己不好，形成一種偏執的角度，所以主觀認知當然不能夠當作客觀事實，更何況這樣的主觀認知是透過落花經由抒情的寫作而呈現出來，更不能夠直接對應到具體的現實，因此這兩句詩和「讖謠」是完全不一樣的。毋寧說，「一年三百六十日，風刀霜劍嚴相逼」反映的是黛玉的性格，而不是她的處境，這種感傷的、偏執的性格才是她悲劇命運的導因。

此外，還有一句更有名的詩，是在第七十六回中秋夜大觀園聯句中出現的，當湘雲和黛玉的聯句已經到了創作的高峰，湘雲作出「寒潭渡鶴影」這一脫化自杜甫的佳句，讓黛玉絞盡腦汁，把所有的才力都傾注到一句詩裡面，才能和湘雲的出句相抗衡，然後就無以為繼，一邊旁聽的妙玉便出面打斷她們，接著一行人到了櫳翠庵，由妙玉把後面的詩續完。黛玉用以匹敵的那一句「冷月葬花魂」當然是全詩最為聳拔、最為動人，當然也最為警策的一句，以黛玉這麼高的創作才華，為了想出這句詩都已經把所有的腦力都用光了，乃至腸思枯竭，以至於後繼無力。

有的版本上這一句作「冷月葬詩魂」，那是錯誤的，這和詩歌的對偶原則有關，假設沒有詩學方面的知識，可能就沒有辦法正確判斷。從詩學專業來說，上句是「渡鶴影」，下句當然是「葬花魂」才工整，試看「寒潭」、「冷月」都是形容自然界的景觀物象，下面的「渡」和「葬」都是動詞，而句末的「影」和「魂」都屬於人類的抽象化形態，非常工整，至於中間的「鶴」是自然界的動物，則對上自然界的植物「花」才算工對；反觀「詩」與大自然的景物無關，和「鶴」並不構成精緻的對仗，所以是「葬花魂」才切當。

尤其「花魂」這個詞在《紅樓夢》的其他地方又出現過三次，幾乎成為一個專有名詞，用以表達對女兒的哀悼，所以絕對不是「詩魂」。還有更荒謬的說法，有人把這句抒情詩當作「讖謠」來解讀，說「冷月葬花魂」暗示林黛玉以後會在大觀園中投水自盡，這都是過度穿鑿附會、想當然耳的說法。

讓我們注意一下：「冷月葬花魂」和前面湘雲所對的那一句「寒潭渡鶴影」，兩句都在描寫池塘的景象，有鶴飛渡而過，在寒冷的水潭上留下一抹暗影；冷月投映在水面上，彷彿有一個花魂被葬送在水池中，這真的是非常「詩鬼」式的想像，處處魅影幢幢。如果把它當作「讖謠」來解讀，認為花魂是女性的象徵，意指林黛玉會投水自盡，就太狹隘、太附會了。

前述兩個例子至為發人深省，希望大家一定要注意《紅樓夢》所吸收的「讖」有好幾個類型，對這些類型要先明確區隔其所屬，才不會混淆，乃至對抒情詩作過度的穿鑿附會。全書中主要的詩句其實大部分是抒情詩，對於那些詩篇，應該直接感受詩人的特殊性格及其生命情調，比如林黛玉就是感傷的、脆弱的、主觀的，薛寶釵則比較沉著、穩健、溫柔敦厚，而對於那些詩句本身便不能做符號式的拆解，否則就會有很多的過度詮釋之虞。

拆字法

再回來看「讖謠」的部分，對於喜歡猜謎的人性來說，確實有趣多了。關於「讖謠」的製作手法，大略包括拆字法、雙關法（一詞多義，一語雙關）、諧音法、別名法、關係法（社會關係或家庭關係）、特徵法、五行法、生肖法、對象隱喻法、時間隱喻法、地點隱喻法、過程隱喻法、直言法、綜合法等。前面列舉的那幾項其實都可以叫作「關係法」或者「雙關法」，因為它們也是透過各式各樣的雙關讓人去找線索，然後得到相關的暗示。

上述的製作手法並非都被《紅樓夢》所吸收，曹雪芹主要是運用其中的幾種，先看「拆字法」。第五回中寶玉神遊太虛幻境時，在薄命司看到女兒們的命運預告，薄命司裡的廚冊是分門別類的，分正冊、副冊、又副冊，從脂硯齋所留下來的訊息可知，這些簿冊應該一共有五本，每一本有十二個人物，共涉及六十位女子的命運預告，但書中唯一完整提到十二個人物的只有正冊，在此之前是由下而上，從又副冊、副冊慢慢引入到最重要的人物。寶玉先翻開又副冊，之後再去開了副冊的廚門，拿起一本冊簿來揭開一看，看到的是香菱的圖讖：「只見畫著一株桂花，下面有一池沼，其中水涸泥乾，蓮枯藕敗，後面書云：根並荷花一莖香，平生遭際實堪傷。自從兩地生孤木，致使香魂返故鄉。」在這一段判詞之後，作者說「寶玉看了仍不解。便又擲了，再去取『正冊』看」，由此進入正冊的部分。

正冊一共有十二位女性。第一幅畫是兩個人的合圖，不是單獨繪製的，「可嘆停機德，堪憐詠絮才」說的分別是寶釵與黛玉；其後的「二十年來辨是非」則是元春的判詞；接下來是探春，還有史湘雲；而「一塊美玉，落在泥垢之中」是妙玉的圖識；「惡狼追撲一美女」的美女是迎春；再來是一所古廟，有一個美人在裡面看經獨坐，這位是惜春；後面的冰山和雌鳳，畫的是王熙鳳；然後「荒村野店，有一美人在那裏紡績」，這是巧姐兒的未來命運，可見高鶚的續書完全不符合此處的安排。接著「一盆茂蘭，旁有一位鳳冠霞帔的美人」，這個美人是李紈，「茂蘭」則暗指她的兒子賈蘭。最後一圖畫著「高樓大廈，有一美人懸梁自縊」，此人就是秦可卿。值得注意的是，其中還包括巧姐，但她在《紅樓夢》裡根本沒什麼戲份，一直是個小娃娃，為什麼也放在十二金釵的正冊內？假如以全書中的重要性來說，照理應該寧可把晴雯和襲人放進正冊，但是作者並沒有這樣做。

很明顯，金陵正十二釵的身分有著一個共同性，即她們都是貴族千金、世家小姐，可見入選正冊的女性，都必須是上層社會的大家閨秀。只有秦可卿比較例外，但她既然被朝廷官員所收養，又嫁入寧國府，當然就是世家媳婦，身分地位也屬於貴族等級，屬於很少見的階級向上流動。此外，寶玉所看到的第一個女性判詞是晴雯的，然後是襲人的判詞，這兩名重要的人物被歸類在金陵十二釵又副冊，她們的共同性在於都是丫鬟，而副冊中，作者只讓我們看到香菱一位，這就是非常值得推敲的地方。很顯然，這些女子分類的標準並不是人物的性格，也不是該人物在書中的重要性，更不是採寶玉本身的主觀好惡來做判斷，而是依據封建的等級制，所以在又副冊中的都是身分非常低賤的丫鬟。丫鬟在那個時代完全沒有人身自由，也沒有法律地位，根本如同一件物品，可以買賣；而正冊中全部都是貴族小姐、大家閨秀，屬於所謂的上層階級。

五四以來，大家一直都以為曹雪芹創作的這部小說非常有革命性，是反對他所處的上層階級，那已經畸形了幾千年的封建禮教社會，但這個說法是錯誤的。我在研究的過程中越來越發現，《紅樓夢》所反映、支持的就是所謂的「封建禮教」，在很多地方，曹雪芹是按照那一套封建禮教觀念安排書中的人物和情節，無論是階級觀還是價值觀，分冊的標準也清楚證明這一點。

至於香菱被列入副冊，屬於一種很特殊的情況。香菱的原始出身也是上層社會，甄士隱家是地方上推為望族的鄉紳家庭，所以論出身背景，她本來是有資格到正冊的，然而她命運多舛，才五歲就被拐子給拐走了，從此不幸地淪落賤籍，失去戶口，也失去法律上的保障，任由人口販子買賣。香菱是《紅樓夢》中最可憐的一個女孩子，由菁英階級淪落到很低賤的丫鬟或侍妾身分，變得很難歸屬於哪個等級，作者把她放在介乎正冊和又副冊之間的副冊，可能是出於這樣的原因。

回到「讖」的手法來看，可以香菱為例，瞭解一下「讖謠」是怎樣運用「拆字法」。前兩句「根並荷花一莖香，平生遭際實堪傷」只是一般描述，真正用到拆字法的地方是在後面的「自從兩地生孤木」，「兩地」即兩個土，再加上一個孤木，合起來就是「桂」字。這第三句在暗示著，自從夏金桂被娶進薛家之後，可憐的香菱就要「香魂返故鄉」，「返故鄉」也即死亡的意思，香菱一輩子所受的苦完全沒有意義，這是讓人覺得最慘烈的所在。

當受苦可以讓我們進一步昇華理想，讓我們的存在更深刻，讓人類文明或者是讓我們的家族、國家能夠更進步，這些犧牲都會很有價值，因而煥發出一種壯烈感。香菱的一生最讓人感慨的是，她是白白被犧牲、白白被浪費的一個人，她的命運實在是太悲慘了，無論怎麼努力、無論有再好的資質，來到人生這一遭卻只是為了受苦。相較之下，黛玉的現實生活並不可憐，甚至如在天堂，當她自憐之時，將那份情緒轉化成為詩情畫意的詩詞，所以她也在完成某一種自我，那個自我是她想要的一種藝術化的自我，所以還是確乎有一個價值在支持著她的生命。而像平兒還有其他悲劇下場的人，即使遭遇不幸，讀者多少都可以感覺到她們散發出來的某一種價值的光芒，不管這個價值最終有沒有真正落實。只有香菱，她的性情最好，美麗又有才華，明明各方面都非常完美，然而她的存在就是莫名其妙為了受苦，在她身上，我深刻領受到一種命運的荒謬感。

「正冊」的第一張圖讖是林黛玉和薛寶釵的合圖：「只見頭一頁上便畫著兩株枯木，木上懸著一圍玉帶；又有一堆雪，雪下一股金簪。也有四句言詞，道是：可嘆停機德，堪憐詠絮才。玉帶林中掛，金簪雪裏埋。」其中，兩株枯木合起來就是「林」，「一圍玉帶」的「玉帶」，顛倒過來念即是「黛玉」，這也是用拆字法來暗示林黛玉。

此外，用到「拆字法」的還有王熙鳳的判詞，「凡鳥偏從末世來」的「凡鳥」，合在一起便是王熙鳳的「鳳」，不止如此，再看第三句「一從二令三人木」，「人木」合成一個「休」字，預告王熙鳳最後是會被休棄的。

從王熙鳳的被休，可以做一點延伸。在上一章曾經提到，第五十九回說老嬤嬤們越老會把錢看得越重要，也就是越來越吝嗇貪財。確實，一般女人結婚以後容易喪失光芒，整個人的性情變得比較不可愛，但是回到過去的社會形態來看，其實傳統女性活在一個非常不公平的社會裡，人活在那樣的社會制度中，久而久之、不知不覺就會從寶珠變成魚眼睛！

尤其在明清時期，有一種價值觀叫作「女子無才便是德」，女子們除非有很特殊的家庭背景，否則幾乎都沒有受過正規教育，而一個人未受教育以開發心智，就不用太期望她會有鍾靈毓秀的表現，再加上如果她們所受到的待遇很不堪的話，人性中比較不好的那一面更會被強化出來。做人家的媳婦，公公、婆婆的話必須什麼都聽從，要百依百順；妻子要以夫君為天，丈夫的「夫」字，被古人從訓詁上附加性別的不平等概念，說「夫」字就是天字上面凸出來一點，所以夫便是妻子的天；女性還要做人家的母親，養孩子很辛苦，除了柴米油鹽醬醋茶之外，還要餵奶、包尿布……簡直不可開交。所以女孩子一旦進入婚姻中，幾乎是沒有自我的，面對的是各種與自己的性靈涵泳、知識增長、人格提升完全沒有關係的瑣碎雜事，久而久之，性靈勢必更加耗損，本來作為一名天真少女所擁有的那種自然清新，當然即喪失殆盡。然而，如果只是這樣的話，她也許還不會變成魚眼睛，她之所以會變成魚眼睛，還有一個很重要的原因，在於婚姻對她並未提供合理的保障，「七出之條」便是夫家用來休妻的尚方寶劍。

古時女性的婚姻堪稱為「片面最惠國待遇」的「不平等條約」，所謂的「七出之條」，即是在合法的婚姻中，有七個可以名正言順把妻子休掉的理由，合乎法令、輿論的限度，只要有這七種情況，女性就可以被趕出家門，夫家的做法完全合法，而且社會輿論也支持。像七出之條這樣的休妻運作，在先秦社會中早已出現，到了漢代的一些棄婦詩，例如：「上山採蘼蕪，下山逢故夫。長跪問故夫，新人復何如？」便應該是出於無子的緣故；至於南北朝的〈孔雀東南飛〉，更是很經典的愛情婚姻倫理家庭大悲劇。七出之條已經越來越普遍，形成一個主流，至於形諸文字變成法條，則是在唐代，可見唐代並沒有一般人以為的那麼開放，反而是七出明文化的時代！

七出的第一條是「無子」，而生女兒並不算數，因為女兒是要嫁出去的，不屬於本家，不能繼承香火。若無子，就得看夫家有沒有情義，有情義的可以保留妻子作為嫡妻的身分，另外再納妾；而如果夫家沒有情義的便可以休妻，因為這是一條不成文的、後來也成文的規例！

七出的第二條是「淫佚」。關於這一條可不要單從字面去看，因為其標準是非常含混的，連女性寫詩填詞，在某些時候都會被視為不貞的行為。宋代有一位與李清照齊名的女詩人朱淑真，一般人比較少知道，但是她對女性問題的思考其實比李清照要深刻得多，她說：「女子弄文誠可罪，那堪詠月更吟風。」古人有一個很奇怪的觀念——不只是中國的古人，西方人亦然——他們覺得女人如果受太多的教育，反而會影響她做一名賢妻良母。在傳統的文人眼中，一位女性如果太愛好創作詩詞，喜歡這類風花雪月的東西，這個人就是紅杏出牆機率最高的！七出的第三條是「妒嫉」。第四條是「竊盜」，包含藏私房錢。第五條是「口舌」，除了搬弄是非之外，口才太好也是罪過，宋元時期有一篇〈快嘴李翠蓮〉的故事便反映這一點。第六條是「不事舅姑」。七出的最後一條是「惡疾」，如果妻子得了嚴重的疾病，也可以被休。仔細地看，每一條都屬於「工具價值」，不把女子當作一個獨立自主的人，似乎女性完全是為了服務男性而存在。

在這樣的情況下，七出之條有如尚方寶劍，古代的女人活在一個充滿不安全感的不平等處境裡，她最後可以依靠的只有生兒子，可兒子不一定生得出來，也不一定靠得住，除此之外，她還能依靠什麼？當然就是錢。那些魚眼睛老婦人年紀越大把錢看得越重，一方面是人性使然，孔子便說過：「及其老也，血氣既衰，戒之在得。」（《論語・季氏》）人到夕陽黃昏的階段，本來就會有不安全感，於是更容易特別依賴物質的保障，更何況女人又處在這種沒有保障的婚姻境況裡，所以她的貪婪也有性別不平等的深層原因。

回到王熙鳳的被休，那簡直是對女強人的懲罰，因為她太能幹、太突出，於是動輒得咎，七出全犯！她的「無子」是因為過於操勞，於是流產，失去男胎。「淫佚」則是處理家務時，必須與其他男人頻繁互動，第二十一回賈璉不就忿忿地說：「他不論小叔子侄兒，大的小的，說說笑笑，就不怕我吃醋了。以後我也不許他見人！」端看丈夫、婆婆計不計較。至於第三條「妒嫉」，鳳姐的醋勁之大被稱為醋缸、醋甕，要用這個理由去休她，簡直輕而易舉。關於第四條「竊盜」，鳳姐的放帳收利錢雖然是為了填補賈家的入不敷出，可是未嘗不可以當作一條罪狀。而第五條「口舌」方面，鳳姐的伶牙俐齒根本連十個男人都說她不過。再看第六條「不事舅姑」，鳳姐因為賈母、王夫人的委任而理家，於是就近住在賈政這一邊，本房婆婆邢夫人早已心懷不滿。最後，鞠躬盡瘁的鳳姐罹患嚴重的婦女病，也算是第七條的「惡疾」。如此一來，豈非七出全犯嗎？

所以說，王熙鳳展現出獨一無二的女性悲劇，讓我們看到巾幗英雄的傑出，以及身為女性的悲哀，令人感慨萬千。

別名法

接下來再看一下別名法。「別名法」即在文字或圖像所發揮的符號指涉上，不用對象的常見名稱，而採取另外的別名來代替它，讀者要懂得以這個方式迂迴前進。寶玉在薄命司看到的第一幅圖冊，大家都已經知道是屬於晴雯的：

只見這首頁上畫著一幅畫，又非人物，也無山水，不過是水墨滃染的滿紙烏雲濁霧而已。後有幾行字，寫的是：

霽月難逢，彩雲易散。心比天高，身為下賤。風流靈巧招人怨。壽夭多因毀謗生，多情公子空牽念。

在這幅圖讖中，主要便用了別名法。晴雯的「晴」字指天空放晴，而「霽月」也是要我們聯想到「晴」這個字，因為「霽」的本義即是雨和雪停了，讓日月的光輝綻發出來，所以它其實就是「晴」的別名。而晴雯的「雯」字是雨字頭，指的是自然現象中水汽變化的形態，在圖畫和文字兩方面都對應到「雯」字：圖畫部分「水墨滃染的滿紙烏雲濁霧」的雲、霧，文字部分「彩雲易散」的雲，都對應了「雯」。在此要額外提醒的是「心比天高，身為下賤」這兩句，「下賤」意指她的身分是非常低賤的、完全沒有法律地位的丫鬟，而「心比天高」，很多人都解釋為晴雯有高潔的心性，不屑於和別人爭奪。不過根據我對她進一步的推敲與理解，以及一直都被忽略的文本證據所隱含的訊息，「心比天高」並不是指心性的高潔、高傲，而是指她自視甚高，關於這一點，下文中會再詳述。

第二個使用別名法的例子，出現於林黛玉和薛寶釵的合圖，她們的判詞說「玉帶林中掛，金簪雪裏埋」，其中的「金簪」即「寶釵」的別名，「金」當然是一種珍寶，而「簪」和「釵」都是女性插在頭髮上的一種裝飾品，所以它們屬於同義詞，根本上就是別名。於是「金簪雪裏埋」便是寶釵的圖讖，而且這暗示著她將來會青春守寡，等於也是一種被活埋。

第三個可以補充的例子是香菱。香菱的圖讖畫的是「水涸泥乾，蓮枯藕敗」，而判詞第一句就是「根並荷花一莖香」，圖畫和文字說的都是水生植物蓮或荷。香菱本名是英蓮（諧音「應憐」），香菱的「菱」與蓮或荷一樣，都是水生植物，故脂硯齋在第七回有一句批語：「二字仍從蓮上起來，蓋英蓮者應憐也，香菱者亦相憐之意。此是改名之英蓮也。」他說香菱的命名也是來自於蓮或荷，可見基本上也是別名法。

諧音法

到目前為止，我們可以看到「讖謠」的製作手法在第五回得到最集中的反映，也可以說，第五回根本上就是「讖」的精神籠罩之下的產物，其中用得最多的不是拆字法、別名法，而是諧音法。

諧音法的用例太多了，「一床破席」的「席」與襲人的「襲」諧音，另外黛玉的「玉帶林中掛」，把「玉帶林」顛倒過來就是「林黛玉」；而「金簪雪裏埋」的「雪」字，很明顯也是諧音薛寶釵的「薛」。至於元春的圖冊上「只見畫著一張弓，弓上掛著香橼」，其中用到兩個諧音，「弓」諧音宮廷的「宮」，暗示這個圖主是和宮廷有關的女性，當時元春通過選秀女，早就進宮了，而香橼的「橼」即諧音元春的「元」。

還有一個小地方也用到諧音法，即李紈的判詞，第一句「桃李春風結子完」的「完」字諧音李紈的「紈」，尤其這句裡還出現一個「李」字，合起來就是「李紈」，加上李紈的圖上有一盆茂蘭，指向她的兒子賈蘭，這是運用了關係法——兩人的母子關係，讓讀者聯想到圖主的身分。

接下來的這位女性，以書中所占的篇幅和寶玉的立場而言，其重要性比晴雯有過之而無不及，那就是襲人，她的圖讖是：

畫著一簇鮮花，一床破席，也有幾句言詞，寫道是：

枉自溫柔和順，空云似桂如蘭；堪羨優伶有福，誰知公子無緣。

有一簇鮮花，正對應襲人的本姓「花」。她伺候賈母的時候叫作珍珠，而賈母身邊的丫頭名字都很俗，到了寶玉這邊時名字就取得很雅致，寶玉根據宋詩裡陸游的「花氣襲人知晝（原作「驟」）暖」，把她改名為襲人，「一床破席」當然也是用諧音法，以「席」同音暗示「襲」。然而，這一句歷來遭受到非常普遍而嚴重的曲解，這真是對襲人的人格踐踏，於此必須多說一點加以澄清。

從知名的紅學家到普通的讀者，也包括一些正在學習怎樣做研究的研究生，他們在遇到這頁圖冊的時候，都非常一致地把它指向負面的解釋，其中之尤者是清末的一個評點家。先看朱淡文的說法，她說圖冊裡有一簇鮮花，說明襲人性格中有非常芬芳美好的部分，可是作者也不掩蓋對她的批判，那一床破席就表示這個人有很卑劣之處，「如破席般汙穢卑陋」，這種意見很具代表性。而比她更早的清末評點家洪秋蕃，更給予襲人一種嚴於斧鉞的貶摘，其《紅樓夢抉隱》說：「席而破，與敝帷蓋同。然席雖微，一人眠之不破，多人眠之則破。」對襲人的再嫁冷嘲熱諷，極盡刻薄之能事。評點者如此放任自己的好惡，不僅曲解事實，還過度地加以羞辱，這實在是一種人格謀殺，毫不可取。

我要以客觀的立場說明幾點情況。首先，這個「破」字可以拿來當作人格批判的形容詞嗎？在那十幾位女性的圖冊裡，包括作者的旁白描述，幾乎九成以上用到的都是負面形容詞。晴雯的圖冊裡，更用了「水墨滃染的滿紙烏雲濁霧」來形容，字面上比破席更強烈得多，但讀者通常不認為那是在形容晴雯人格卑劣汙濁，很明顯，讀者兩百多年來都很偏心地站在晴雯這一邊，所以出現雙重標準。

我們可以看看薄命司裡所有的圖冊，其製作手法有沒有大體上的一致性？比如晴雯的「又非人物，也無山水」，用的都是否定詞，「不過是水墨滃染的滿紙烏雲濁霧而已」更不是正面的描述。參照襲人的「一床破席」，香菱的圖上畫著「水涸泥乾，蓮枯藕敗」，再繼續往下看林黛玉和薛寶釵的合圖，黛玉是「兩株枯木」，以下就不用再一一舉例了。總而言之，這些判詞在指涉圖主的時候，使用的幾乎都是負面的形容詞，形容詞後面才加上別名或者由諧音等所指涉的對象。就前述的這些例子來看，從晴雯、香菱到黛玉，各種負面形容詞都不被用來指涉她們的人格特質，卻只有針對襲人，讀者特別以一種斷章取義的方式進行負面的人格解釋。其實正確地說，那些形容詞都不是「人格表述」，而是「命運表述」，說明她們都有著悲慘的命運，呼應寶玉是在「薄命司」看到金釵們的薄命。

再看襲人的判詞：「枉自溫柔和順，空云似桂如蘭；堪羨優伶有福，誰知公子無緣。」所謂的「枉自」和「空云」完全不是對她「溫柔和順」、「似桂如蘭」的否定，而是就寶玉的立場來說，這一位美好的女子與自己沒有結果，反倒讓優伶撿到便宜，該名優伶就是蔣玉菡。作者在此其實是感到一種無奈和失落，並沒有批判襲人的意思，反而是很大的讚美。

所以必須說，襲人的「一床破席」是以「席」字諧音暗示襲人，而「破」字則是和其他人物的形容詞一樣，包括烏、濁、涸、乾、枯、敗等，用以哀嘆襲人的命運，雖然她的下場算是眾金釵裡最好的，但仍是免不了事與願違的缺憾。

隱喻法

關於讖的製作手法，最精緻的是「金簪雪裏埋」這一句，只有五個字，卻用了三種讖謠的製作手法：「金簪」是別名法，「雪」是諧音法，而「金簪雪裏埋」整體上又是用一個景觀現象作為類比，說明薛寶釵人生的處境和狀態，可稱之為「狀態隱喻法」。

李紈判詞中的「桃李春風結子完」也可以說是一種「過程隱喻法」，同時暗示李紈的人生由幸到不幸的變化過程，用的是大自然的現象——桃李乃春天盛開，秋天結果實。在先秦時代，趙簡子曾說：「夫樹桃李者，夏得休息，秋得實焉。」（劉向《說苑》卷六）種下桃李，在春天可以看到美麗的花，賞心悅目；夏天滿樹的濃陰，可以讓人乘涼休息，到了秋天就結出果實，供大家享用，因此它們的德性比起梅花、竹子也不遑多讓。以判詞來說，桃李春天開花時非常春光洋溢，可以對應於一個女子風華最盛的美好青春，以及她婚姻美滿的階段。《詩經》早就建立這般的雙重指涉：「桃之夭夭，灼灼其華。之子于歸，宜其室家。」如此的青春美麗，和那種出嫁的婚姻幸福結合在一起。

可惜這種幸福在李紈身上並不長久。植物的生命若以一個年度作為衡量的話，在「秋得實焉」之後，它的生命就走到盡頭，所以經過春花、夏蔭、秋實，到了冬天，桃李和其他的落葉樹木一樣，都進入表面上的死亡狀態，前面的風華美麗也消失得無影無蹤。曹雪芹便利用桃李的這種生物特性進行雙關：李紈在出嫁之後擁有短暫的婚姻幸福，但生了兒子以後，她人生中最完美的階段就終結了，而一個女子之所以會在生子之後，其婚姻幸福即面臨終結，只有一個可能，就是她的丈夫早死。對古代女性來說，成為寡婦真的是人生大不幸，因為寡婦完全喪失依靠，一生無所依託，猶如無根的浮萍，端看這個家族裡公公、婆婆願不願意體恤她、特別照顧她，於是幸福便完全操諸他人之手，所以這裡的「桃李春風結子完」其實正是在隱喻李紈的人生過程。

還有一個例子，勉強可以歸類為「過程隱喻法」以雙關圖主之不幸的，即元春的判詞最後一句「虎兕相逢大夢歸」。這一句在某些版本裡寫成「虎兔相逢大夢歸」，應該是錯的，雖然用「虎兔」也不乏有其讖謠製作手法的對應，屬於所謂的「生肖法」。根據這種生肖法，元春是死於虎年與兔年相交之時，所以她是死在冬天的盡頭。但「虎兔」應是「虎兕」之誤，從學術的角度考察，「虎兕」從先秦時代開始已經形成一個連詞，頻繁出現在諸子散文以及類似的古典文獻中，「虎兕」是當時很常見的一個詞語，虎與兕都是猛獸，二者相逢時互不相讓，當然就是拚個你死我活，都屬於非常激烈的鬥爭，生死攸關，很能形象化戰國時代的政治紛擾。「虎兕相逢」應該也是一種雙關，暗示元春是死於宮廷鬥爭，而宮廷鬥爭是非常慘烈的，敗者不但為寇，恐怕還要抄家滅族。元春的死究竟怎樣和賈府的抄家相關，由於沒有後四十回，我們也無法檢證。

十里街、仁清巷、葫蘆廟

當然諧音在《紅樓夢》裡的運用非常多，我們現在要稍微擴大，說一說曹雪芹的頑皮，他在書中不斷地運用各式各樣的諧音，讓讀者感到非常有趣。不過我們要先特別提醒一下，由於漢字中同音字很多，音近字更多，如果穿鑿附會，全書都可以做各式各樣的聯想，以致歧路亡羊，所以我們不能泛濫而要有所節制，脂批是最重要也最直接的依據，如果沒有證據，就要非常小心謹慎。

先舉一例子，第一回那一塊無材補天的頑石被棄在青埂峰下，青埂便是「情根」的諧音。以情為根，說明主人公脫離或者是被排斥在經世濟民的家國事業之外，走上一條無可奈何的出路，即回到個人性靈及對情感的追求，以自我安頓，這是「情痴情種」的某一種獨特模式。

另外一個非常有趣的地方，涉及《紅樓夢》很複雜的思想辯證。我們總以為《紅樓夢》裡有一個單一價值觀，即「以真為貴，以假為非」，認為曹雪芹是要透過賈寶玉來彰顯情的真實與珍貴，而貶低人為的虛矯。不過這個說法其實很幼稚，因為「真」本身是無法被定義的、內容有很多變化的一個語詞。什麼叫作「真」，什麼叫作「假」，其中又有非常模糊的空間，以曹雪芹的思想深度，不可能會採取如此簡單的二分法。

我找到一個非常有意思的證據，似乎沒有其他學者注意到這個現象。第一回中，當故事從神話進入現實世界，即立足於江南，「當日地陷東南，這東南一隅有處曰姑蘇，有城曰閶門者，最是紅塵中一二等富貴風流之地」。姑蘇就是蘇州，《紅樓夢》明顯有很強烈的「蘇州情結」和「金陵情結」，這兩座城市是《紅樓夢》裡非常重要的地理空間，都有著特殊意涵，而「這閶門外有個十里街，街內有個仁清巷，巷內有個古廟，因地方窄狹，人皆呼作葫蘆廟」，甄士隱家正在葫蘆廟旁，這是寓有深意的特殊安排，不是一個偶然的設計。

不過首先看葫蘆廟的坐落：十里街與仁清巷，兩個名稱都大有象徵意義，根據脂硯齋的提示，「十里街」的「十里」和「仁清巷」的「仁清」分別諧音「勢利」和「人情」，這就讓我們深深感到一種完全不同於「真假二元對立」的思考方式。請看當甄士隱要回家的時候，他得先通過「勢利」，然後才能轉進「人情」，而人情就是他家之所在。外面是勢利的世界，回到家裡讓人覺得安心溫暖，這很合乎人間常態，可是曹雪芹只有這樣的意思嗎？我認為它還有另外一層的含義：一個人想要達到對人情的深刻體認，便必須先透過對勢利的認識與歷練，甚至必須說，當一個人不懂得勢利，沒有對勢利的高度覺察並洞視它的複雜，也就不足以領悟到什麼叫作真正的人情。因為對世界一無所知的人，他也不會瞭解到真或情有多麼可貴，這是一個非常辯證複雜的道理，所以赤子絕不可能瞭解最珍貴的真理，因為他其實一無所知。在某些學者的眼中，一無所知當然可以具有某種價值，然而這種價值絕對不是一種人文的價值。

西方學者多年前就已經提出，華人的讀者最常陷入一種「臉譜式」的解讀法，他們發現中國的戲曲中，在臺上演戲的那些角色，每個人的臉上都畫著臉譜，直接告訴臺下觀眾這是一位好人或壞人。西方人對此不能理解，這些戲曲故事怎麼會把人性化約到如此簡單的地步？臉譜式的二分法當然就是我們應該要破除的解讀方式，曹雪芹絕對不可能在這麼低的層次書寫《紅樓夢》。前面在第一章中便介紹過，在浦安迪看來，《紅樓夢》是二元補襯的世界，包括黑白、是非、善惡等，它們是互相補充的，是對方的一部分，而且彼此是在轉化中，沒有對方，這一方也無法存在。「勢利」、「人情」的道理也是如此，甄士隱住所的安排，也在細節處微妙地呼應全書的複雜思考。

再者，甄士隱是住在葫蘆廟旁，其中當然寓有含義。首先，從漢魏時期道教開始發展起，「葫蘆」就因為開口小、腹裡大的特質，被用以象徵別有天地，這裡則是被曹雪芹借來代指紅塵世間，而甄士隱住在廟旁，賈雨村住在廟內，剛好對應他們的某些性格，這真是巧妙無比的安排。書中描述：

> 這甄士隱稟性恬淡，不以功名為念，每日只以觀花修竹、酌酒吟詩為樂，倒是神仙一流人品。……隔壁葫蘆廟內寄居的一個窮儒——姓賈名化、字表時飛、別號雨村者走了出來。

很明顯地，住在葫蘆廟旁的甄士隱比較脫俗、比較有神性取向，果然他也是《紅樓夢》中第一個出家的人。脂硯齋評點甄士隱的出家時便用到「懸崖撒手」這四個字，後來還預告將來賈寶玉也會走上這一條路。至於住在葫蘆廟內的賈雨村，這個人很懂得為官之道，逢迎巴結，甚至不惜陷害無辜之輩，手段殘酷、忘恩負義，只為了要讓自己飛黃騰達，所有對於那些小人儒（相對於君子儒）可以派上的負面語詞都可以套用在他身上！

賈雨村剛好和甄士隱形成鮮明對比，而這個對比恰恰對應於兩人的住所空間上，讓人感覺到葫蘆廟可不是一座普通的廟，它就是俗世的縮影，代表紛紛擾擾、庸俗膚淺的人間世。於是，住在葫蘆廟內的賈雨村深陷其中，雙腳沾滿世俗的泥濘也不想自拔，後來果然也差一點滅頂；至於住在廟旁的甄士隱則近乎一個世俗的旁觀者，俗語說「旁觀者清」，他很快便洞察這個世界的虛幻、不實及爭逐的無謂，顯示《紅樓夢》作者在此處的設計是饒富含義的。

只不過，偉大的心靈所看到的世界總是沒有那麼簡單。請注意甄士隱姓甄，名費，合起來就是脂批所說的「真廢」，真沒用！這不是太有趣了嗎？如果你認為，甄士隱就是要彰顯所謂的「真」的價值，就是人性值得肯定的代表，而賈雨村就是一個很差勁的人，值得批判，這樣的說法沒有大錯，但是如果只停留在這裡，便忽略這部作品的豐富性。

甄士隱這種人，其實對這個世界並沒有什麼積極的、直接的、改革的貢獻，他致力於建構心性的寧靜、生活的穩定，但說起來對現實世界並沒有什麼作用。至於賈雨村，也絕對沒有送上一句「壞人」那麼簡單，因為他不但能領略智通寺這座破廟兩邊對聯「身後有餘忘縮手，眼前無路想回頭」的深刻含義，又能代替曹雪芹抒發深奧的「正邪兩賦」論，豈是一個簡單的負面人物？參考後四十回續書裡，最後一回的最後一頁有一個人在迷津中沉睡，又恍然大悟地醒過來，展現出一個覺醒者的姿態，那個人就是賈雨村。這處情節安排應該不太超出曹雪芹的計畫之外，而告訴讀者，即便是幾乎無可救藥的一個人，他終究還是有一絲良心未泯，終究還是有覺醒的可能。所以《紅樓夢》真的是「二元補襯」的結構，讀者不要總是用黑白二分的方式來看待小說人物，否則一定會嚴重地削足適履！

葫蘆廟坐落在十里街的仁清巷，此一安排當然也是饒富深意，它讓我們知道勢利與人情其實是辯證的，而不是二分的，彼此如同街與巷一般，糾纏著不可分離，這就是我們人世間的真相。例如，父母對子女的愛必然是完全無私嗎？未必，可是這並不影響父母有那麼深的愛。我們總是很素樸地執迷在一些不可能的、也沒有意義的、甚至是很幼稚的完美中，總覺得要純粹到完全沒有一粒灰塵，才叫真正的可貴。然而，可貴的東西可以有各式各樣的形態，真正的偉大也可以有各式各樣的內涵，當陶淵明受不了官場，他就掛冠求去歸園田居，這固然也是一種偉大，可是不辭官回鄉的人，依然在官場中努力以一種和光同塵的方式生存下去，難道就不夠偉大嗎？陶淵明不也曾經被批評為不負責任嗎？所以說，切莫只拿一個標準去衡量世間萬物，尤其那個標準根本是來自於自己的好惡。

因為曾經發生過「葫蘆僧亂判葫蘆案」的故事，即第四回中賈雨村為了他的仕途，便接受門子葫蘆僧的建議，把人命關天的那一件冤案給草草打發了，所以「葫蘆」在此即取了「糊塗」的諧音。人世間有很多真理是不彰的，是非也是被蒙混的，這當然也是很常見的現象，不過馮淵的事件頗可做一些進一步的探討。馮淵的名字諧音於「逢冤」，這不僅是指遇到薛蟠帶來的厄運，也包括他死後的冤屈，真正在追究這個案子的其實是馮淵的遠房親友，但是親友們真正的目的非常清楚，不過想要藉此多拿到一些錢，且看第四回寫道：「薛家有的是錢，老爺斷一千也可，五百也可，與馮家作燒埋之費。那馮家也無甚要緊的人，不過為的是錢，見有了這個銀子，想來也就無話了。」由此可見，賈雨村當然不公道，可是伸張正義的人，同樣也不是出於公道。

賈雨村原名賈化，是要諧音「假話」，這也是在呼應甄士隱的「真事隱」，作者告訴我們，他不是在寫傳記，不是在寫歷史紀錄，而是在寫一部小說，所以書裡面其實都是「假話」。再看賈雨村是湖州人氏，湖州其實也是諧音「胡謅」，以對應他的名字賈化（假話），這些都是作者的一再暗示，不要把這部小說去做索隱、去對號入座。此外，賈雨村表字時飛，諧音「實非」，有「實在不對」之意，這個小人當然有很多的缺點，可是我們在抨擊賈雨村的同時，亦切莫忘記，作者認為甄士隱也是「真沒用」。所以必須一再提醒大家，讀《紅樓夢》時不要把自己的好惡評價放進去，最應該優先做的事情是客觀而深刻地認識它。

甄英蓮案

第四回「葫蘆僧亂判葫蘆案」的情節裡，涉及好幾個諧音。那一段人命官司的來龍去脈是這樣的：

這個被打之死鬼，乃是本地一個小鄉紳之子，名喚馮淵，自幼父母早亡，又無兄弟，只他一個人守著些薄產過日子。長到十八九歲上，酷愛男風，最厭女子。這也是前生冤孽，可巧遇見這拐子賣丫頭，他便一眼看上了這丫頭，立意買來作妾，立誓再不交結男子，也不再娶第二個了，所以鄭重其事，必待三日後方過門。誰曉這拐子又偷賣與薛家，他意欲捲了兩家的銀子，再逃往他省。誰知又不曾走脫，兩家拿住，打了個臭死，都不肯收銀，只要領人。那薛家公子豈是讓人的，便喝著手下人一打，將馮公子打了個稀爛，抬回家去三日死了。

這個被拐賣的丫頭就是英蓮，亦即後來的香菱，但為什麼馮淵是買來做妾，而不是把她娶為妻子？因為英蓮雖然出身良好清白，但是她五歲就被拐走了，一直養到現在大概是十二、三歲，所以她已經淪入黑戶，屬於賤民階層。而馮淵，他是鄉紳之子，鄉紳在地方上已經屬於上層社會，所以此處非常寫實地反映了整個中國長久以來實施的「身分內婚制」。所謂身分內婚制，即在同一種身分、同一個階級的情況下聯姻，該制度之下有三種禁忌：士庶不婚、官民不婚和良賤不婚。相比於前兩種禁忌，良賤不婚在歷代得到嚴格遵守，若有違反，通常會受到很嚴厲的懲罰。以甄英蓮現在的身分而言，她根本上是無名無姓、沒有戶口的，要和她締結婚姻關係，只能是透過納妾這種不被法律承認的方式。至於馮淵立誓再不結交男子，整個人完全轉性，可想而知英蓮的魅力何等強大，並且他約定的方式是三日之後才過門，這其實等同於明媒正娶的婚儀，因為通常納妾是一手交錢、一手交貨，當天晚上就可以直接帶回家的，足見馮淵是真心愛她，所以才如此地鄭重其事。

這個故事讓我感慨萬千，同時對全書中其他數十個相關的例子進行通盤考慮，而發現一個有別於以往的視野，即曹雪芹事實上是不贊成一見鍾情的。「一見鍾情」帶有非常大的風險性，甚至很大的致命性。馮淵如此鍾愛英蓮，以至於徹底改性，其情感強烈到已經失去某一些現實邏輯，失去個人的某一些理性原則，所以他付出那麼大的代價，難怪脂硯齋在此評道：

諺云：「人若改常，非病即亡。」信有之乎？

如果他沒有那麼鍾愛英蓮，便不會等上三天，以妻子之道待之，也就不會節外生枝，給拐子機會重賣給薛蟠，而薛蟠也只要人不要錢，所以兩方一爭，馮淵就被打死了。這實在是很微妙，就因為愛得太深，導致他產生這種執著，結果賠上生命。全書中有其他很多的證據都提示我們，凡是一見鍾情、人為去努力的男女關係幾乎都以失敗收場。

另外一個表面上好像也是一見鍾情的例子，最後卻有皆大歡喜的結局，那是在第一回，這一組男女關係也和諧音有關。當時賈雨村和甄士隱在書房裡聊天，期間甄士隱出去接待另一個朋友，單留賈雨村在書房裡，「這裏雨村且翻弄書籍解悶。忽聽得窗外有女子嗽聲，雨村遂起身往窗外一看，原來是一個丫鬟，在那裏擷花，生得儀容不俗，眉目清明，雖無十分姿色，卻亦有動人之處。雨村不覺看的呆了。那甄家丫鬟擷了花，方欲走時，猛抬頭見窗內有人，敝巾舊服，雖是貧窘，然生得腰圓背厚，面闊口方，更兼劍眉星眼，直鼻權腮。這丫鬟忙轉身迴避，心下乃想：『這人生的這樣雄壯，卻又這樣襤褸，想他定是我家主人常說的什麼賈雨村了，每有意幫助周濟，只是沒甚機會。我家並無這樣貧窘親友，想定是此人無疑了。怪道又說他必非久困之人。』如此想來，不免又回頭兩次。雨村見他回了頭，便自為這女子心中有意於他，便狂喜不盡，自為此女子必是個巨眼英雄，風塵中之知己也」。

到了第二回，賈雨村做了縣太爺以後，立刻去甄士隱的岳父家找這名丫鬟，把她討來做妾：「又寄一封密書與封肅，轉托問甄家娘子要那嬌杏作二房。封肅喜的屁滾尿流，巴不得去奉承，便在女兒前一力攛掇成了，乘夜只用一乘小轎，便把嬌杏送進去了。」曹雪芹在此非常俏皮，但是極為傳神，從來沒有人用「屁滾尿流」來形容高興的程度，可知其中有弦外之音，說明封肅這個人很不堪，巴不得去奉承權貴，哪管這個丫頭的死活。

而世事多麼難料，「却說嬌杏這丫鬟，便是那年回顧雨村者。因偶然一顧，便弄出這段事來，亦是自己意料不到之奇緣。誰想他命運兩濟，不承望自到雨村身邊，只一年便生了一子；又半載，雨村嫡妻忽染疾下世，雨村便將他扶側作正室夫人了」。整個過程發生一連串的巧合，再加上幸運，嬌杏居然成了縣太爺夫人，但這一切是當事人自覺之下的有所為而為嗎？至少嬌杏從來沒有想過這個問題，她完全是無意的，從沒有去爭取，未曾要鑽營，只不過是回頭看了第二眼，結果反而得到一個大好的結果，飛上枝頭做鳳凰！對賈雨村來說是一見鍾情，不過卻是基於誤會，顯然一見鍾情的風險很大。尤其是這裡也違反良賤不婚的原則，可見作者為了要傳達某一種弔詭或是反諷，他索性不顧現實原則。嬌杏的諧音即「僥倖」，原來所謂的一見鍾情所達到的幸福快樂的結局，完全是基於僥倖，是命運所給予的特殊優惠，所以作者恐怕不是在推崇婚姻自主、戀愛自由。

另外，回頭看「喜的屁滾尿流」的那一位封肅，他也是後來甄士隱出家的一隻推手。甄士隱不幸遇到火災，整個家被葫蘆廟的一把火燒光了，只得變賣田產來投靠岳父，沒想到封肅把女婿的錢半哄半賺地侵占之後，便急著想把他掃地出門。甄士隱此時年老又貧窮，沒有翻身的餘地，整個人已經露出下世的光景，在這種情況之下，他出門散心，遇到道士來度化他，於是飄然遠去。這樣一個岳父，如此勢利又現實，他的諧音就是「風俗」，當然這個風俗指的是世風日下、人心不古的意思。

甄士隱的獨生女兒也就是後來的香菱，她本名甄英蓮，諧音即「真應憐」，脂硯齋說香菱的「菱」字也是來自蓮與荷，而蓮諧音為「憐」，「香菱」實為「相憐」之意，這也是有諧音的設計。因為對英蓮一見鍾情，情感強烈到飛蛾撲火，整個人都化為灰燼的馮淵，其名字的諧音即「逢冤」，遭逢到天大的冤屈，那個門子便是用前世冤孽來加以解釋，一份突如其來的激情，結果就把這個人燒毀了。

還有一例，在元宵佳節把小英蓮弄丟的那個很粗心大意、不負責任的甄家僕人，他的名字叫作霍啓，諧音「禍起」。我們可以注意到，第一回出現三次月圓，包括元宵節和中秋節，都是月亮最圓滿的時候，尤其元宵節更具有特殊的節慶意涵，也是最被明清的世情小說如《金瓶梅》善加運用的一個節日，因為元宵節特別具有冷熱對比的特性，能夠傳達作者所要表達的人事的炎涼無常。在這個煙火燦爛、最熱鬧喧囂的元宵節，霍啓抱了英蓮去看社火花燈，人那麼多，充滿閒雜人等，他竟然把一個小女孩隨意放在路邊，自己跑去上廁所，回來當然找不到人了，可憐英蓮的命運就這樣莫名其妙地完全改變，而霍啓的諧音「禍起」，即災禍從此而起的意思。

接著再做一些補充，脂硯齋提醒我們，元春、迎春、探春、惜春四個名字合起來，就是「原應嘆息」，也是一種諧音法。又第五回賈寶玉在太虛幻境裡受到警幻仙姑的招待，警幻提供給他茶、酒、香這三樣精品，它們都有特殊的名字，香料叫作「羣芳髓」，「髓」字諧音為「碎」，茶和酒分別稱為「千紅一窟（哭）」和「萬艷同悲（杯）」。無論是「羣芳」、「千紅」，還是「萬艷」，這三個語詞其實都代表所有女性的意思，「芳」、「紅」、「艷」本來即為女性的代名詞，加上「羣」、「千」、「萬」的數量詞就表示所有的女性，下面接續的都是悲劇性的、負面的動詞，可想而知，基本上警幻便是在暗示著，這些金釵所演繹的是一闋女性集體悲劇命運交響曲，所有的女性都要葬送到悲劇中，呼應那些金釵的簿冊會放在薄命司的原因。

其他的「頑皮」諧音

賈府有三位清客，其姓名也都採用諧音。清客依靠自己的學養依附於他人，以謀求衣食，算是讀書人的一種降格以求，曹雪芹對他們好像不大有好感，所以那幾位清客分別叫作詹光（沾光）、單聘仁（善騙人）、卜固修（不顧羞）。不過我覺得曹雪芹對他們略失嚴苛，讀完前八十回，對於這些清客們出現的場合給予推敲，其實這些清客所說的話和所做的事未必都是不顧羞，未必都在騙人，有些還是很公道的。

還有一處人名的諧音，後來發現清代解盦居士也持同一看法。在第三十五回中，有人來回話說：「傅二爺家的兩個嬤嬤來請安，來見二爺。」寶玉一聽說，就知道是通判傅試家的嬤嬤來了。大家都知道寶玉是很討厭嬤嬤這種魚眼睛的，沒想到他這次竟叫人趕快把她們請進來，不要怠慢人家。傅試是賈政的門生，歷來都是附驥尾於賈家，也是沾光之輩，「歷年來都賴賈家的名勢得意，賈政也著實看待，故與別個門生不同」，那邊當然也常常找人來走動。原來寶玉之所以會趕緊令兩個婆子過來，便是因為他聽說傅試有個妹子名叫傅秋芳，「也是個瓊閨秀玉，常聞人傳說才貌俱全，雖自未親睹，然遐思遙愛之心十分誠敬，不命他們進來，恐薄了傅秋芳，因此連忙命讓進來」。下面說道：「那傅試原是暴發的，因傅秋芳有幾分姿色，聰明過人，那傅試安心仗著妹妹要與豪門貴族結姻，不肯輕意許人，所以耽誤到如今。目今傅秋芳年已二十三歲，尚未許人。爭奈那些豪門貴族又嫌他窮酸，根基淺薄，不肯求配。那傅試與賈家親密，也自有一段心事。」可想而知，傅試在打什麼主意！由此看來，用諧音來理解「傅試」的命意，即諧音於趨炎附勢的「附勢」，完全可以相通。而解盦居士《石頭臆說》也認為：「傅試者，附勢也。」

另外，第二十四回中的卜世仁諧音「不是人」，曹雪芹對這個人的評價一點都不算苛刻。原來卜世仁是賈芸的舅舅，賈芸很小的時候父親就過世了，孤兒寡母的家產便託給舅舅來照管，誰知等賈芸長大以後，才發現錢都被舅舅照管得不見了，顯然是做舅舅的監守自盜、中飽私囊。沒想到卜世仁得了便宜還賣乖，竟然反倒責罵過來借錢的賈芸不長進，說：「你但凡立的起來，到你大房裏，就是他們爺兒們見不著，便下個氣，和他們的管家或者管事的人們嬉和嬉和，也弄個事兒管管。」賈芸一聽便賭氣離了母舅家門，正在氣頭上沒有看清楚，一頭撞上醉金剛倪二這個專放高利貸的潑皮。不料倪二其實是一位血性的漢子，聽清楚賈芸的情況之後，二話不說就借錢給賈芸，而且一個利錢不要。這段情節也是意味深長，一個放高利貸的人可以在勢利中有人情，但作為舅舅的卜世仁，明明是至親的親人，卻在血緣人情中充滿勢利。曹雪芹對人性之複雜真是洞若燭火，這種辯證甚至矛盾才是《紅樓夢》最偉大的地方，用黑白二分的簡單邏輯去讀這部小說，實在是買櫝還珠了。

冰山一角式的引詩法

介紹過讖謠所常用的各種技巧，下面要談另一種很獨特的以詩為讖。但雖然不妨籠統地稱之為

「詩讖」，其實它和一般的抒情詩又完全不同，抒情詩是詩人性格的流露，展現出一種性情風度及生命情趣，所以不能夠就其字句去做穿鑿附會的解讀。相較於抒情詩式的詩讖，《紅樓夢》在傳統隱讖的基礎上又有一個新的突破，那是以前完全沒有出現的一種設計手法，我稱之為「冰山一角式的引詩法」，這個比喻和西方著名的小說家厄尼斯特．海明威（Ernest Hemingway, 1899-1961）所言不謀而合，他對他自己的創作手法也用了同一個專有名詞，它應該可以變成一個文藝批評的術語。

海明威的寫作手法非常簡約，在他看來，一個寫作者如果能夠不寫的文字就盡量刪，當然不能刪到讀者看不懂，而是刪掉之後還有許多餘韻，讓讀者透過人情、事理的邏輯以及他們的文化底蘊，去聯想其中的內涵。海明威對於自己這樣的創作手法給出「夫子自道」，在《午後之死》一書中說：「冰山之所以雄偉壯闊，就是因為它只有八分之一浮在水面，八分之七沉在水底。」因此，「冰山理論」已經變成海明威的小說創作手法上非常知名的專門術語。以文學創作的角度及閱讀效果來說，小說創作者確實不應該太囉嗦地把所有的東西都說出來，應該要信賴讀者，讓讀者自己去聯想、推敲，去創造、引申，小說家只要負責把八分之一的東西寫出來就好，下面深不可測的部分潛藏在文字的背後，讀者自然能領略紘外之音。

「冰山理論」與《紅樓夢》「讖」的製作手法是有相契合之處的，例如第六十三回掣花籤的情節中，那些花籤詩當然完全是為一干金釵所量身打造。這是一種閨中遊戲，花籤是用象牙雕刻，上面鐫著一句唐、宋詩，詩句旁會比配某一種知名的花卉。而花卉的生物特性、盛開季節或者是它的花形等，各方面的特點都可以被善於利用，和花籤詩作對應；此外，同時還有一句四個字的概述。如此一來，根據每個人所抽到的花籤，就可以從中領略到一種隱然的命運聯繫。

表面上看來，這是一個閨中的娛樂遊戲，高雅又有趣，在無聊的生活中玩一些不同的花樣，但是作者非常善於利用這樣的遊戲形態，藉由花籤詩來傳達每一位抽到花籤的金釵將來的命運。就此而言，花籤上的詩句，正是浮在水面上的八分之一，但實際上真正用來暗示該位籤主之命運的，是在其整首詩另外的八分之七，沒有引用到的另外七句或三句才是作者要暗示她未來際遇的地方。既然隱藏在下面的部分才是真正的暗示所在，則所用的那首詩就不能太生僻，所以曹雪芹選擇的基本上都是名詩；因為是名詩，大家便有共同的知識基礎，如此一來，看到花籤上的那一句詩，就知道沒有引述的部分是什麼，內在的知識支援系統就會幫助瞭解，海平面之下的八分之七真正的意義在哪裡。

對於《紅樓夢》的「冰山一角式引詩法」，有學者稱之為「歇前隱後」，即將一首詩的前後部分，有的隱藏，有的停歇，只露出引述的那一句。「歇前隱後」是一個傳統的術語，而我們今天進行文學批評，除了使用傳統術語之外，進一步借用海明威的「冰山理論」也未嘗不可。

寶釵：任是無情也動人

接下來便具體說明曹雪芹對於「詩讖」推陳出新的手法，其手法非常空前，恐怕也是絕後，即掣花名籤。據第六十三回的描寫，抽花籤的順序是依照常見的擲骰子，擲出幾點算一算輪到誰，誰就去抽，然而既然是小說家的刻意安排，其間的順序便不是純任偶然，多少還是與這些金釵的重要性，以及其在整個敘事情節中所發揮的功能有關。

第一位抽到花籤的是薛寶釵，花籤上四個字的題字為「艷冠羣芳」，既然是「艷冠羣芳」，她當然是第一個抽到花籤的，這支籤所對應的就是牡丹花，正是所謂的「花中之王」。宋代以來，文人們或者是因為雅趣，或者是因為無聊，便把各式各樣的花品進行排序，位於前幾名的總是那幾種，反映出文人集體的審美趣味，在歷代的《群芳譜》上，第一名往往都是牡丹。何況牡丹是唐人最欣賞乃至舉國轟動的一種名花，被稱為國色天香，在盛唐的時候，牡丹還和歷史上傾國傾城的楊貴妃「花面交相映」，李白就是在這種情況之下被唐玄宗召進宮，對著眼前的名花、美人寫了旖旎動人的〈清平調詞三首〉，歌詠著「名花傾國兩相歡」。

牡丹作為花中之王，又是唐代后妃等級的名花，所以「艷冠羣芳」的「冠」字，其意義不只是在最大的集體審美公約數上作為第一名，還代表舉國上下、貴賤一致的欣賞。以唐、宋文化來比較，在唐代那一個壯麗雄渾、積極向上的偉大時代，唐人會欣賞的花是搶眼奪目的、一眼就可以看到其美麗的牡丹；宋代文化則不一樣，宋人重文輕武，比較內斂簡約，所以更欣賞「濯清漣而不妖」、「可遠觀而不可褻玩」的蓮花，蓮花不是以富麗堂皇的外形來吸引眼光，而是以一種幽獨的姿態來讓人涵養、玩味。另外，還有梅花、菊花等，都是被宋代文人們所彰顯，因而帶有道德意涵的花卉。曹雪芹在崇尚牡丹花的時代尋找材料，他選的是晚唐羅隱的〈牡丹花〉，中晚唐時期牡丹花讓全國為之瘋狂，簡直是非常不可思議的現象，而這首詩用了和時代風潮背道而馳的一個非常罕見的例子來做文章，曹雪芹便善用這首詩，對書中的重要角色薛寶釵進行相契的雙關。薛寶釵的花籤上浮現出來的冰山一角是「任是無情也動人」，而詩句中的「無情」二字一直都被單獨摘錄出來，做斷章取義的發揮，甚至說「無情」就是寶釵在「情榜」上的評價，這都是很簡化的、帶著成見的想當然耳。

脂硯齋好幾次提到，《紅樓夢》模仿《水滸傳》一百零八條好漢的「英雄榜」之類，全書最後對金釵們設置了一個排行榜，叫作「情榜」，但是已經殘零不全。脂批留下一個線索，說賈寶玉是「情榜之首」，為什麼寶玉是「情榜之首」？在第七十七回中，寶玉抒發過一段「萬物有靈論」，他說：「不但草木，凡天下之物，皆是有情有理的，也和人一樣，得了知己，便極有靈驗的。」因為寶玉性格中有一種寬廣的博愛慈悲，於是贏得曹雪芹的一個評論，即「情不情」。第一個「情」字是動詞，指「用情來對待」，第二個「不情」是名詞，指人類以外的無情之物，包括植物等等，所謂「草木無情」，寶玉這個人的心胸之寬厚，簡直到了齊物的境界，他對一般的無情之物都能夠以情相待，所以第三十五回說他「看見燕子，就和燕子說話；河裏看見了魚，就和魚說話；見了星星月亮，不是長吁短嘆，就是咕咕噥噥的」。

相對地，林黛玉在情榜上的按語是「情情」，同樣地，第一個情字是動詞，第二個情字是名詞。相比於寶玉，黛玉的情感範圍確實比較狹隘，往往只對於能回應自己的有情對象才能夠以情相待，其他則冷漠無感。黛玉的心靈首先聚焦在自我身上，然後聚焦在身邊的少數幾個對象，從寶玉、賈母，後來慢慢擴大到薛氏母女，但還是在很有限的親友圈裡面。就此而言，黛玉在情榜上只能排第二。

按照合理的猜測，第三名一定是薛寶釵，依據脂硯齋的提示，他們三個人是《紅樓夢》的「鼎足而三」，若缺一角，整部小說的整體敘事架構以及所要表達的「二元補襯」的道理，便會出現很重大的缺陷。問題在於情榜上寶釵的按語是什麼，脂硯齋對此並沒有留下任何蛛絲馬跡，這樣一來，也很難為寶釵下一個定論。但是，很多讀者非常有信心，一看到花籤詩有「無情」兩個字，便認定情榜上第三名的薛寶釵，她的按語就是「無情」！不但直接用「無情」來作為寶釵的按語，並且把這個「無情」片面地解釋為冷漠自私、冷酷無情。然而，這根本是一種想當然耳的任意推論。

我追蹤過「無情」這個詞彙在歷代的使用情況，清楚看到其意涵絕非如此簡單。例如莊子早就說聖人無情，到了魏晉時期，更形成一個重大的文化課題，即有關聖人「有情」、「無情」的問題，所謂的「無情」本身和冷漠或冷酷是全然無關的，這個「情」字是在說偏私、情私，而聖人的境界高於我們凡人，能夠超越個人的私心私情，也不受欲望的束縛，因此他是「無情」的，是「大愛無情」的表現。至於宋朝理學更說聖人廓然大公，以致無情，在在都是人格極高的境界。可見「無情」的歷史意涵絕不是今天所以為的這等淺薄單一。何況此處的「無情」出自於羅隱的詩「任是無情也動人」，這一句根本沒有說牡丹花無情，所以絕對不可以斷章取義，更不應該把「無情」兩個字單獨抽離出來，作為寶釵之人格的負面定調。

從修辭學、語法學等方面來理解，「任是無情也動人」只是一個「虛擬式的讓步句」，其中所虛擬假設的現象是不存在的，它並不是事實，所以叫作「虛擬式的讓步句」，這個讓步只是姑且退後一步承認有這個情況，為的是要證明即便到這種情況還是很動人，但實際上並沒有這樣的情況。

羅隱的原詩是一首非常典型的七言律詩，受過文學史或是詩選課基本訓練的人都該知道，律詩的基本法則是中間兩聯必須對仗，而對仗有幾個精細的要求，包括詞性要一樣：名詞要對名詞、動詞對動詞，不止如此，在格律上還必須「平仄相反」，這是因為聲律本身追求抑揚頓挫所造成的結果。另外，還有一個很重要的，即上下兩句的語法必須互相平行，上一句用什麼句法，下一句就得用同一句法。而「任是無情也動人」位於第二聯，也就是「頷聯」，「頷聯」是必須對仗的，所以要理解「任是無情也動人」這句話真正的意思，便必須上下兩句一起合看。

它的上句是「若教解語應傾國」，這種「若教……應……」的語法即所謂的「條件分句」，它是複合句的一種形式。同樣地，「任是無情也動人」也是如此，由「任是……也……」的條件分句所構成。它並非一般用以敘述一個狀況的語法，比如「外面正在下雨」；也不是描寫句或判斷句，比如「花很美麗」或「這把傘壞了」，所以不能把「無情」當作一種認定，因為它既不是描寫，也不是敘述，更不是判斷，當然不可以將「無情」一詞直接拿出來，孤立地當作對薛寶釵的性格描述。

總而言之，「若教解語應傾國，任是無情也動人」這兩句是「虛擬式的讓步句」，意思是說，如果牡丹花懂得說話，應該就會傾國傾城了；即便它很無情，也還是很動人。就語法平行的角度來看，牡丹既不解語，所以也不無情，這些都只是退讓到極致而做出的「虛擬式的讓步」，為了更強烈地傳達後分句所要表達的狀況，也就是「傾國、動人」。好比說「即使你眼瞎耳聾，我都依然愛你」，眼瞎、耳聾、身殘是目前沒有發生的狀況，重點在於強調不受這些影響的愛情，所以牡丹花的解語與無情也不應該被當作一個事實來認知。然而，有太多的文章把「無情」孤立出來，斷為薛寶釵的情榜按語，這是不合理的。

再者，如果這句詩可以直接把「無情」抽離出來解釋的話，現場的眾人怎麼可能異口同聲說「巧的很，你也原配牡丹花」！何況薛寶釵的這一支籤上又注云：「在席共賀一杯。」試問有誰會共賀一個人無情呢？而且既然花籤是閨中的遊戲，它必須迎合人們喜歡祥瑞的心理，倘若「任是無情也動人」是在說抽到籤的人無情，這實在太過違背籤詩的設計原理。因此，我們可以非常確定這句詩毫無「無情」的意思，即使單獨抽離來看，所謂的「無情」也應該偏向於聖人無所偏私的「大愛」。

現在再回到「冰山一角式的引詩法」，它和一般的「詩讖」不一樣，作者特別藉詩中描述的情況來雙關籤主的命運發展。且完整地看晚唐羅隱的這首詩：

> 似共東風別有因，絳羅高卷不勝春。若教解語應傾國，任是無情也動人。
> 芍藥與君為近侍，芙蓉何處避芳塵。可憐韓令功成後，辜負穠華過此身。

前兩句描寫牡丹花的雍容華貴，「絳羅」是指它的紅色花瓣層層疊疊，有如綾羅綢緞堆在一起，很是富麗濃豔；又似乎不勝春光的爛漫，呈現出一種慵懶的氣息，這麼美的花朵雖然並不解語，但還是傾城傾國，哪怕無情也會很動人。接著重點在「芍藥與君為近侍，芙蓉何處避芳塵」，這個「君」是詩人對牡丹的尊稱，他現在自我抽離出來，與牡丹形成對話。在《群芳譜》裡，牡丹的一個強大敵手，往往和牡丹爭第一的就是芍藥。「芍藥與君為近侍」意指芍藥與牡丹最能夠符合主流權威的審美觀，或者也可以解釋為：連芍藥都作為牡丹您的貼身侍女，這樣的解釋同樣凸顯出牡丹的絕世地位。無論哪一種解釋，這兩種花都屬於被捧在掌心上，被追捧、被嬌寵、被爭奪的對象，是世俗評價上的佼佼者。如此一來，「芙蓉何處避芳塵」，芙蓉在牡丹與芍藥的赫赫光芒之下簡直退無可退，要退避到何處，才能夠免除你們光芒的威逼？

然而即便如此，牡丹終究還是要遭遇悲劇的命運。且看最後的兩句「可憐韓令功成後，辜負穠華過此身」，羅隱用了唐代一個很有名的故事：在中唐的時候，唐憲宗元和年間有一位名叫韓弘的官員，他是一個非常虔誠的修道之人，致力於追求出世的價值。他游宦在外很久，到了晚年，有一天回到長安永崇里的私宅，卻發現他家的院子裡裡外外種了許多牡丹，他極為生氣，下令把那些牡丹全部鏟除，自己也不住在家裡，而是一個人在附近的一個小茅屋修道，完全不問世事，不和世俗相混，獨守空閨的妻子便形同守寡。羅隱透過這個典故，嘆息國色天香的牡丹也依然不能免除這樣一個淪落的命運，對於修道成功的韓令，牡丹再美、再傾國傾城，在他的眼中也一樣是棄如糞土，依然被白白辜負一生，此之謂「辜負穠華過此身」。

以《紅樓夢》的敘事內容來說，「可憐韓令功成後」這一句很明顯對應的是賈寶玉，當最後寶玉領略世間的空幻而大徹大悟，選擇懸崖撒手而出家，寶釵才二十年華就要一輩子守活寡，豈不是白白辜負她的青春，整個人生的幸福就被浪擲了。可見這些籤詩表面上摘取了最美好的那一句作為浮現出海面的一角冰山，但是金釵們的悲劇則隱含在海面下的冰山底層。

探春：日邊紅杏倚雲栽

第二個抽籤的人是探春，她「伸手掣了一根出來，自己一瞧，便擲在地下，紅了臉，笑道：『這東西不好，不該行這令。這原是外頭男人們行的令，許多混話在上頭。』眾人不解，襲人等忙拾了起來，眾人看上面是一枝杏花，那紅字寫著『瑤池仙品』四字。」必須注意「瑤池」二字，這是西王母的所在地，所以這枝杏花是仙境的奇品名花。籤上寫著：「日邊紅杏倚雲栽。」注云：「得此籤者，必得貴婿，大家恭賀一杯，共同飲一杯。」在這段描述中，對於探春的反應，我們要特別加以說明，《紅樓夢》所寫的是真正的大家閨秀，她們要謹守的分寸就是不能涉及非禮的男女關係，因此雖然「貴婿」只是未來婚姻的一個暗示，但全書中只要涉及婚戀，對於未出閣的、清白的年輕小姐來說，便是必須避之唯恐不及的。所以探春一看到「必得貴婿」就紅了臉，婚姻是父母之命、媒妁之言，自己怎麼可以涉及相關的想像甚至主動追求！接著眾人笑道：「我說是什麼呢。這籤原是閨閣中取戲的，除了這兩三根有這話的，並無雜話，這有何妨。我們家已有了個王妃，難道你也是王妃不成。大喜，大喜。」於是大家要向探春敬酒，「探春那裏肯飲，卻被史湘雲、香菱、李紈等三四個人強死強活灌了下去。」曹雪芹描寫得太生動了，很有畫面感，令人在腦海裡浮現出那個景象，而強灌探春的眾人中還包括香菱，顯然她們日常在這種私下的場合裡還挺平等的。

至於探春的花籤詩「日邊紅杏倚雲栽」，出自晚唐高蟾的〈下第後上永崇高侍郎〉，全詩如下：

> 天上碧桃和露種，日邊紅杏倚雲栽。芙蓉生在秋江上，不向東風怨未開。

「天上」和「日邊」就和「瑤池仙品」的「瑤池」一樣，都是用仙境來代指皇室，詩中的碧桃和紅杏與人間凡種不同，它們的植根之處不是我們腳下所踏的土壤，而是天上的雲層，象徵地位的崇高。由「貴婿」二字，讀者便知道探春的婚嫁對象必定身分非凡，加上又有「王妃」的暗示，看來探春日後確實是要嫁入皇家的。

只不過雖然探春嫁了貴婿，地位崇高，就一般人來說應該是一個很美滿的姻緣，然而對於有志於挽回家族命運又如此才志兼備的女性而言，卻藏著一個必然的悲劇命運，即她必須從娘家也就是她的母胎所在被連根拔起，如《詩經》所說的「女子有行，遠父母兄弟」。在《紅樓夢》的眾多金敘裡，作者唯獨在探春身上不斷強調遠嫁是其悲劇的核心，可見她的悲劇類型和別人都不一樣，她的苦痛在於明明有才有志，可以為自己的家族做出力挽狂瀾、存亡絕續的貢獻，偏偏身為一個女兒就得被迫飄然遠去，在天涯海角眼睜睜地看著家族崩潰淪落，這份痛徹心扉將跟著她一輩子，成為終身的遺憾，這是探春非常獨特的悲劇形態。誠如第二十二回脂硯齋所說：「使此人不遠去，將來事敗，諸子孫不至流散也。悲哉傷哉。」所以高蟾這首詩的第三、四句「芙蓉生在秋江上，不向東風怨未開」，表面上是說芙蓉在春風吹拂之下才能夠綻放，然而它錯時而生，注定含苞而不能開花，便隱喻探春作為一個女性，白白地喪失以她的實力所能完成的功業。

《紅樓夢》最了不起的地方就在於：把女性所面對的各式各樣的困境、痛苦以及悲哀，透過不同的角色將之典型化地呈現出來，讓每一種悲劇都有它特定的形態，並得到非常鮮明的展現。在探春身上，我們看到婚姻即出嫁對女性所造成的巨大創傷與價值落空，而這個類型的悲劇在別人身上便沒有刻意被凸顯。例如黛玉很早就已經寄住在親戚家，並且是公認的寶二奶奶，所以對於出嫁似乎沒有這種恐懼、沒有這種劇烈的剝奪感，至於迎春、惜春、湘雲等姑娘，小說家也從來沒有觸及這個問題。

李紈：竹籬茅舍自甘心

探春之後抽花籤的是李紈，籤上「畫著一枝老梅，是寫著『霜曉寒姿』四字，那一面舊詩是：『竹籬茅舍自甘心。』」其中處處都充滿道德寓意，和她身為寡婦那守貞自適的德性息息相關，「竹籬茅舍自甘心」意指即便在這樣一種恬淡寡欲的寡居處境下，完全被剝除現實中種種聲光色的絢爛，她依然都能夠自得其樂。對古代女性來說，丈夫死了以後，她的生命幸福便注定要斷絕，不應該對存在還充滿好奇和興趣，更不應該追求存在的快樂，否則就是不守婦道，也會被人所非議，寡婦最好總是一副槁木死灰的模樣。

「槁木死灰」一詞出現在第四回，當時的李紈其實差不多也才二十出頭，但由於她從小接受「女子無才便是德」的教育，只不過讀了《女四書》、《列女傳》、《賢媛集》等三四種書，認得幾個字，「因此這李紈雖青春喪偶，居家處於膏粱錦繡之中，竟如槁木死灰一般，一概無見無聞，惟知侍親養子，外則陪侍小姑等針黹誦讀而已」。很明顯地，透過「因此」這兩個字，作者挑明了這個人物的性格和她所受的教育之間的直接因果關係。「因此」一詞的意義所在是我推敲很久才發現的，後來我更注意到《紅樓夢》非常強調讀書和後天教育對一個人的塑造力量，而不是完全由先天基因所決定，這也正解釋了李紈為何能做到「竹籬茅舍自甘心」的境界。

籤詩旁邊注云：「自飲一杯，下家擲骰。」且看李紈此刻的反應，李紈笑道：「真有趣，你們擲去罷。我只自吃一杯，不問你們的廢與興。」這是用某一種道德所劃的界限，欣然和周遭的世界兩不相干，但不要忘記，李紈居處於錦衣玉食的賈家，眼前充滿各種生活情趣，她必須透過精神力量營造出簡約素樸的身心環境，因此只能過一種獨立的、孤島般的生活。沒想到李紈卻甘之如飴，徹底內化到「不問你們的廢與興」這般的程度，該句意指我已經是世外的獨行之人，你們那個世界的興衰榮枯與我無關，我只在我的世界裡自得其樂。

李紈的花籤詩來自宋代王淇的〈梅花詩〉：

不受塵埃半點侵，竹籬茅舍自甘心。只因誤識林和靖，惹得詩人說到今。

第一句的「不受塵埃半點侵」正呼應寡婦波瀾不興的心境，而最後的兩句應該不是李紈命運的暗示，畢竟寡婦的生涯幾乎是一以貫之，大概終身如此，顯然這首籤詩比較特別，我揣摩了很久，在此試圖解釋一下。「只因誤識林和靖，惹得詩人說到今」，出自林和靖「梅妻鶴子」的典故，他以梅花做妻子，以白鶴為兒子，整個人逍遙於世俗之外，林和靖也因此寫了非常有名的〈山園小梅〉，其中的名句「疏影橫斜水清淺，暗香浮動月黃昏」歷來傳誦人口。但也因為梅花名聲在外，反而不能夠安然地享受孤立於世俗之外的清幽寧靜。照這樣說來，似乎曹雪芹有一點點用這首詩來自我解嘲的意味，曹雪芹就等於林和靖，而老梅般的李紈不幸認識了曹雪芹，結果被寫在小說裡，害得她成為被我們研究的對象，袒露在眾人面前，反而喪失她應有的獨立清淨。

下面這支籤詩是史湘雲抽到的，「湘雲笑著，揎拳擄袖的伸手掣了一根出來。大家看時，一面畫著一枝海棠，題著『香夢沉酣』四字，那面詩道是：『只恐夜深花睡去。』」史湘雲的花籤詩引自蘇軾的〈海棠〉：

東風裊裊泛崇光，香霧空濛月轉廊。只恐夜深花睡去，故燒高燭照紅妝。

必須說，這整首詩與「冰山一角的引詩法」沒有對應關係，其中看不出具體的命運預告。從黛玉道：「『夜深』兩個字，改『石涼』兩個字。」以打趣白天時湘雲醉臥的事，再配合「香夢沉酣」的題字，這支花籤似乎著重於傳達籤主的性格特徵，因此選用「只恐夜深花睡去」的鮮明形象，而削弱了命運訊息。這一點和黛玉的情況很類似。

麝月：開到荼蘼花事了

下面是麝月所抽的花籤「開到荼蘼花事了」，春天百花盛放，初春、仲春、暮春都有花卉陸續開放，而通常開到荼蘼花的時候，便表示春天馬上要結束了，如此繁華美好的一場花事就要終結，即將進入「綠葉成蔭子滿枝」的夏天，這帶有一點點不大吉利的味道，所以寶玉愁眉，忙將籤藏了，他不喜歡落花春去的悲劇意味。但表面上它其實還是很美好的一個描述，所以籤上題的四個字是「韶華勝極」，這是籤詩應該有的性質。只是畢竟花事已了，所以注云：「在席各飲三杯送春。」再深入地看，那四個題字「韶華勝極」也隱含著老子所說盛極而衰的原理。

至於為什麼抽到荼蘼花的是麝月，其中有很重要的安排，可惜因為前八十回來不及寫到賈家被抄沒之後的慘況，麝月擔任「花事了」的角色便來不及彰顯，而必須透過脂批才能夠理解。當百花都已經消歇，春天結束之後，荼蘼花的作用是什麼？這得看麝月這支花籤詩的完整描寫，「開到荼蘼花事了」也是來自於宋代王淇的詩，即〈春暮遊小園〉：

一從梅粉褪殘妝，塗抹新紅上海棠。開到荼蘼花事了，絲絲天棘出莓牆。

春天面臨結束時的時機和景觀，當然可以之隱喻人生乃至家族的命運。第二十回的脂批指出：「襲人出嫁之後，寶玉寶釵身邊還有一人，雖不及襲人週到，亦可免微嫌小敝等患，方不負寶釵之為人也。故襲人出嫁後云『好歹留著麝月』一語，寶玉便依從此話。可見襲人雖去實未去也。」可見將來賈家被抄之後，襲人也在一種不得已的情況下被拍賣，幸而被蔣玉菡娶去，並且襲人在出嫁前苦口婆心，要求寶玉一定要留下麝月來照顧他，否則她不能放心離開。換句話說，襲人是薛寶釵的分身，而麝月又是襲人的分身，這點更可以從第二十回寶玉心想麝月「公然又是一個襲人」得到證明。原來當百花流散，連襲人都不得不被迫離開寶玉，最後留下來一直在寶玉身邊守候的，也是寶玉的最後一朵花，就是麝月。

至於最後一句「絲絲天棘出莓牆」，天棘是一種細於絲杉的藤蔓，故又稱蔓青絲，杜甫〈巳上人茅齋〉即用過此一植物的典故（「天棘蔓青絲」），這種植物出自佛書，寺院庭檻中多植之，便帶有佛教出家的意涵。如此說來，該籤詩即暗示麝月會一直留在寶玉身邊，直到寶玉出家後，繼續守著寶釵，主僕兩個人相依為命，這一方面延續襲人的苦心，一方面也不辜負寶釵，寶釵這麼好的一個人在守活寡的悲慘命運中，還有人可以陪伴在身邊，這是出於作者的憐憫，而讓麝月將來負擔的角色功能。

香菱：連理枝頭花正開

接下來輪到香菱，「香菱便掣了一根並蒂花，題著『聯春繞瑞』，那面寫著一句詩，道是：『連理枝頭花正開。』注云：『共賀掣者三杯，大家陪飲一杯』。」這明顯是有關夫妻恩愛、非常完滿的詩句，然而香菱的命運當然不只冰山的這一角，而是隱含在海面下的那些部分。「連理枝頭花正開」出自朱淑真的〈惜春〉，朱淑真和李清照一樣，是很重要的宋代女性文學家，曹雪芹引用的這一句是非常經典的「冰山一角式的引詩法」的實踐，全詩說道：

> 連理枝頭花正開，妒花風雨便相催。願教青帝常為主，莫遣紛紛點翠苔。

在中國傳統的語言象徵裡，「連理枝」都是用來表示夫妻恩愛的比喻，白居易〈長恨歌〉中也說「在天願做比翼鳥，在地願為連理枝」，所以「連理枝頭花正開」是最美好、最燦爛、最幸福的時刻！

但是，香菱有過「連理枝頭花正開」的時刻嗎？這是一個大問題，作為一個現代人，我們如何才能夠真正理解香菱到底在想什麼，以及她的生命經歷什麼樣的變化，產生怎麼樣的思考？相信絕大多數的現代讀者都不認為香菱是愛著薛蟠的，然而《紅樓夢》的文本證據卻告訴我們相反的答案：香菱很愛薛蟠！第四十七回有一個很重要的證據，當時薛蟠對柳湘蓮調情，結果被毒打一頓，「薛姨媽與寶釵見香菱哭得眼睛腫了」，作者只有這麼一句話，可是必須注意到，香菱對於薛蟠受傷的反應是「哭得眼睛腫了」，那得要傷心到極點，哭得非常慘烈，並且要痛哭很久才會導致眼睛都腫了。《紅樓夢》裡還有一個女孩子，也是因為心愛的人被毒打而哭到眼睛腫得和核桃一樣，即寶玉挨打以後的林黛玉。由黛玉的這個例子，可以獲得一個很有力的旁證，確定香菱顯然是真正愛薛蟠的，否則她不會哭到這種程度。

證明這一點之後，我們便要繼續推論：香菱為什麼會愛上薛蟠這樣一個不學無文又好色的大老粗？這正是我們必須打破的一個迷障。試想：薛蟠有沒有優點可以讓別人喜歡他？清代有一位很有名的《紅樓夢》評點家涂瀛，他對薛蟠的贊語真的很精彩，不被一般的成見所限，而能實事求是地挖掘薛蟠的優點，於《紅樓夢論贊．薛蟠贊》中說：「薛蟠粗枝大葉，風流自喜，而實花柳之門外漢，風月之假斯文，真堪絕倒也。然天真爛漫，純任自然，倫類中復時時有可歌可泣之處，血性中人也。脫亦世之所希者與！晉其爵曰王，假之威曰霸，美之謚曰獃。譏之乎？予之也。」此說確實十分公允而中肯，令人大開眼界。

《紅樓夢》的文本確實是這樣描述薛蟠的，第四十七回他被柳湘蓮毒打後的反應很值得注意，他說：「原是兩家情願，你不依，只好說，為什麼哄出我來打我？」他很痛恨柳湘蓮用詐術來騙他，因為他自己始終是一個誠實坦蕩的人，從未欺騙誘拐。總而言之，涂瀛所說的「天真爛漫，純任自然」這八個字，薛蟠完全擔當得起，更必須說，在《紅樓夢》的所有人物裡，論哪位最率真、最代表真性的絕對無偽，真的是薛蟠排名第一，薛蟠完全不做任何的修飾與包裝，他連最不堪也最「不足為外人道也」的那種底層欲望，也都直接表現出來，真的是裡外如一到完全透明的程度。

嚴格說來，書中真正純任自然的人其實是薛蟠，所以他會有一些可歌可泣之處，會有一些血性的行為，試看柳湘蓮因為尤三姐的自刎事件而出家，當時哭得最傷心，還滿城去找柳湘蓮的，就是薛蟠！從仇人化為親人，其中的關鍵便是薛蟠在販貨過程中遭遇打劫，差一點沒命，幸好柳湘蓮出面救了他，結果兩個人盡棄前嫌，還結拜為兄弟。可想而知，薛蟠這個人其實是非常愛朋友的，並且是兩肋插刀的那一種。故而涂瀛說「血性中人也，脫亦世之所希者」，如此一來，我們終於找到薛蟠讓人喜愛的優點了。

另外，再揣摩一下香菱是在怎樣的處境之下遇到薛蟠的？最初馮淵來買她，她很高興並感嘆說「我今日罪孽可滿了」，顯然和拐子生活在一起叫作「罪孽」，相當於活在地獄裡，她被毒打到怕了，整個過去的幼年記憶完全喪失。她那時候當然不認識馮淵，只知道有人要買她，那就可以脫離拐子的魔掌，可見她的處境堪稱水深火熱，任何買她的人都是救命恩人。沒想到等待的三天中節外生枝，被轉賣給薛蟠，害得馮淵也送掉一條命。可是無論如何，對於這兩個買她的人，香菱都不認識，不管是誰買她，終究真實的是被買去之後的生活。當薛蟠買了她之後，剛開始確實是很疼愛她的，而且他是苦求薛姨媽，才非常正式地擺酒請客，把香菱收為妾，這樣的鄭重其事和馮淵並不相上下。只是後來第十六回透過鳳姐之口，我們知道他「過了沒半月，也看的馬棚風一般了」，意思是薛蟠又開始心有旁騖，沒有專情於她，卻並沒有因此不疼她，甚至虐待她。

試想：一個女孩子經歷了七八年的災難，每天活在暴力威脅之下，除了恐懼還是恐懼，突然有一天有人要買自己，終於可以脫離苦海，又來到薛家這種富貴人家，直接感受到的就是一個完全不同的物質環境，加上又受到寵愛，很快地被正式納為妾，被視為一家人。香菱從孤苦無依的一個人，沒有朋友、沒有親人、沒有任何依靠、沒有任何希望，而突然之間有了親人、有丈夫、有婆婆、有小姑，不再挨餓受凍，也不再有人拳腳相加，這一家人都對她那麼好，而這一切是誰給她的？是薛蟠。中國人說「恩情」，「恩」和「情」本來是連結在一起的，何況薛蟠確實有很可愛的地方，也從來沒有打過香菱，只有到第八十回的時候，因為娶進來的夏金桂挑撥離間和教唆陷害，薛蟠才打了香菱一兩下。因此，「連理枝頭花正開」也證明香菱確實有過夫妻恩愛的幸福。

這再度告訴我們，對於《紅樓夢》中的人物，盡量不要在積非成是已久的成見中理解，一定要回歸到文本內部，才能夠對人物做出比較真實而準確的認識。

然而很不幸的是，香菱的人生並沒有停留在這裡，她很快會墜落到另外一個悲劇的深淵，即「妒花風雨便相催」，很明顯「妒花風雨」是指夏金桂。可憐的香菱，只能夠一心希望有人可以為她作主，抵擋風雨的摧殘侵襲，這就是第三句的「願教青帝常為主」，其中「青帝」即「春神」，這句詩原來的意思是說，希望春天永遠不要離開，不要讓她美麗的花瓣紛紛飄零，落在青苔上化為塵土，此即第四句的「莫遺紛紛點翠苔」。

這整首詩非常精巧地雙關到籤主的命運，香菱唯一的庇護者當然是薛蟠，他相當於香菱的「青帝」，於是香菱期望薛蟠能為她作主，為她張開庇護之傘，讓連理花不要飄零。但顯然願望是落空的，沒想到薛蟠實在是個沒用的男人，反而被夏金桂轄制到雄風盡失，所以香菱終究還是要被活活折磨致死，應驗了「自從兩地生孤木，致使香魂返故鄉」的讖語。

黛玉：莫怨東風當自嗟

繼香菱之後抽花籤的人，是黛玉。在《紅樓夢》裡，牡丹的籤主是薛寶釵，芍藥則並不是誰的代表花，而芙蓉很明確是林黛玉的代表花，黛玉抽到的花籤就是芙蓉。另外，還有黛玉的重像——用傳統評點的用語，即所謂的影子或影身——晴雯，其代表花也是芙蓉。晴雯去世後，賈寶玉為她寫了一篇〈芙蓉女兒誄〉，便足以證明其代表花乃芙蓉，這也正是為什麼在第六十三回中，襲人乃至麝月都抽了花籤，晴雯卻沒有參加，原因很簡單，芙蓉的花籤只有一支，當然必須安排給黛玉。而寶釵那句籤詩所隱含的「芙蓉何處避芳塵」一句，對應到現實思維，以社會的主流價值來說，黛玉是無法和寶釵相比的，包括她們的家庭狀況、健康情形、性情涵養，以古人的標準而言，黛玉確實不占優勢。

不過，黛玉的悲劇並不在這裡，因為賈母的疼愛，她始終是個寵兒，也是「準寶二奶奶」，那麼真正的關鍵就是她自己的性格了，因此那支籤上畫著一枝芙蓉，題著「風露清愁」四字，所關聯的一句詩則是「莫怨東風當自嗟」，清楚顯示黛玉的感傷性格才是她悲劇的根源，並不是外在的因素使然。而黛玉看了籤詩之後的反應是「也自笑了」，可見黛玉自己也意識到這一點。據此，黛玉的這支籤並沒有太多身世上的隱喻，基本上是對她特殊人格特質的一種呈現。

襲人：桃紅又是一年春

最後一位掣花籤的是襲人，抽到的是一支桃花，題著「武陵別景」四個字，引的是和桃花有關的舊詩「桃紅又是一年春」，來自於謝枋得的七言絕句〈慶全庵桃花〉，屬於一首詠物詩，而「武陵別景」用的是陶淵明〈桃花源記〉之典故，大家耳熟能詳，並且用個「別」字，很明顯它是「別有天地非人間」（語出李白〈山中答問〉），是和現實世界的殘破、悲哀、痛苦不一樣的美好仙境之所在。由此可見，從籤詩到題字都和桃花有關，同時呈現出和陶淵明的原始典故密切相關的意義。

那麼，襲人抽到桃花，其寓意何在？很多讀者在自己的成見的引導之下，選擇性的取材都是不利於襲人的相關文獻。其實，對於桃花的解釋，傳統以來詩詞所累積的意涵是非常豐富、多面的，但是成見會使人削足適履，只刻意選擇對桃花比較負面的描寫進行解讀。例如，杜甫〈絕句漫興九首〉這一組詩歌詠春天的景色，其中第五首有兩句「顛狂柳絮隨風去，輕薄桃花逐水流」，春天的生機突破了宇宙的秩序，要去迸發，要去瀰散，要去做各式各樣的延伸、擴張。杜甫從這一點切入，歌詠春天的常見風物，用非常佻達的語氣來呈現那活潑盎然又有一點張揚脫序的春日景觀，所以他把柳絮隨風飛舞用「顛狂」來形容，以「輕薄」描寫桃花的隨波飄流。然而，這只是一個很特殊的角度，並且是杜甫在某一種很特殊的心境裡所做的特別詮釋，因此很罕見，並不能代表桃花所有的、主要的意涵，在杜甫詩中也是絕無僅有，但偏偏有學者就舉這樣的詩句，以證明曹雪芹是在諷刺襲人輕薄，不能從一而終，並沒有為寶玉守貞。很明顯地，這是一個選擇性的取樣和惡意的詮釋。

既然表現在文學創作中的桃花意涵那麼多，我們就必須回歸到文本脈絡裡，因為文本本身會做出限定，可以作為正確的指引，在這樣的指引之下，我們對桃花意象的判斷才會比較公允。而文本講得很清楚，「武陵別景」以及「桃紅又是一年春」的原詩，都繼承陶淵明的〈桃花源記〉，用以歌詠桃花「得其所哉」的一種慶幸。〈慶全庵桃花〉全詩云：

> 尋得桃源好避秦，桃紅又見一年春。花飛莫遣隨流水，怕有漁郎來問津。

這和襲人的整個生平曲折是非常吻合的，同時也對她未來的命運做出指示。「尋得桃源好避秦」一句，明確是在〈桃花源記〉的樂園模式之下運用的；而「桃紅又見一年春」曹雪芹寫成「桃紅又是一年春」，這是一字之誤，曹雪芹在引述舊詩詞的時候常常會有一字之差，但對詞意的理解並沒有影響。從「又」是再一次的意思，很多人就認為「桃紅又見一年春」指的是襲人再嫁蔣玉菡。

早在兩三千年前的《詩經》，便書寫了「桃之夭夭，灼灼其華，之子于歸，宜其室家」之句，桃花很明顯隱含了女子婚嫁的意涵，所以此處的「又見一年春」可以影射襲人會有二度的婚姻。只單單就這一句而言，確實也對應到我們所知的襲人的人生變化，這樣的說法表面沒有問題，可是一旦回到謝枋得這首詩的整體脈絡，便會發現有一點出入。假設說「桃紅又見一年春」指的是再嫁蔣玉菡，則下面的兩句就會很奇怪了，所謂「花飛莫遣隨流水，怕有漁郎來問津」，可以很清楚地感受到第三句和第四句用的是未來式，意謂將來花落以後會隨水流去，那是飄零或淪落的悲劇命運。所以他用「莫遣」，表示悲劇命運是可以扭轉的，只要有一個力量中途承接下來，這朵花就不會面臨「隨流水」的厄運，而這個轉機就是「有漁郎來問津」，伸出雙手捧住這一朵飛花，珍而惜之視為掌上明珠，讓這一朵落花有所依歸，她的整個人生便有了很大的改變。如果把整首詩的脈絡給予通盤考慮的話，顯然「又見一年春」恐怕不是再嫁蔣玉菡，否則下面這兩句就會很奇怪，怎麼又「怕有漁郎來問津」，難道她會再嫁給別人嗎？這顯然很不合理。

在我看來，「又見一年春」應該解釋為襲人來到賈家，這是她人生中的第二個春天，這個春天不一定是指婚姻，因為第一句「尋得桃源好避秦」中的「避秦」告訴我們，在「桃紅又見一年春」之前，襲人身處如同秦末之亂的艱苦處境中，找到桃源之後，這朵桃花才可以再度盛開，迎接她生命中美好的春天。據此說來，這裡的「又見一年春」指的是賈府提供給她的安定生活，而「避秦」指的是解決家庭的困境，第十九回很早就告訴我們，襲人在來到賈府之前，本家是非常艱難的，幾乎是全家要一起餓死的慘況，襲人才會被賣到賈家做丫鬟。賈府中那些丫鬟、奴僕的來源主要有兩種：一種叫作家生子，即家裡原來的奴僕彼此婚配之後再生下來的小孩，奴僕的孩子當然還是賈家的財產；另外一種是由外面買進來的，而通常人家會賣兒鬻女，讓自己的兒女為人奴僕，當然都是父母貧困到無以為繼，只好出此下策，襲人就是屬於後一種。

可是當襲人在家聽說母兄要贖她回去時，她竟然死都不願意，寧可在賈家為人奴僕，也不肯以一個自由人的身分回家，這不是非常奇怪嗎？所以在讀《紅樓夢》的時候不要放過這些奇怪之處，只有這些奇怪之處才會指引我們，真正瞭解賈府到底是一個什麼樣的地方。原文中，襲人是這樣說的：

「當日原是你們沒飯吃，就剩我還值幾兩銀子，若不叫你們賣，沒有個看著老子娘餓死的理。如今幸而賣到這個地方，吃穿和主子一樣，又不朝打暮罵。況且如今爹雖沒了，你們却又整理的家成業就，復了元氣。若果然還艱難，把我贖出來，再多掏澄幾個錢，也還罷了，其實又不難了。這會子又贖我作什麼？權當我死了，再不必起贖我的念頭！」因此哭鬧了一陣。他母兄見他這般堅執，自然必不出來的了。況且原是賣倒的死契，明仗著賈宅是慈善寬厚之家，不過求一求，只怕身價銀一併賞了這是有的事呢。二則，賈府中從不曾作踐下人，只有恩多威少的。且凡老少房中所有親侍的女孩子們，更比待家下眾人不同，平常寒薄人家的小姐，也不能那樣尊重的。因此，他母子兩個也就死心不贖了。

大家要知道，賈府中親侍主子的女孩子又叫大丫頭、副小姐、二層主子，襲人之所以如此眷戀賈府的生活，除了與寶玉有很深的感情之外，和現實環境所能提供給她的有如桃花源般的樂園生活，也是有關聯的，連晴雯都是如此，第三十一回寶玉要攆她出去時，晴雯便說「我一頭碰死了也不出這門兒」，可見人同此心。所以「避秦」指的應該就是花家當年幾乎要餓死的艱困處境，「桃源」則是指賈府，到了賈府之後以為終生得所。

但是天有不測風雲，人世無常，沒想到賈府會被抄家，恰恰對應於謝枋得的第三句詩「花飛莫遣隨流水」，原來即便在桃花源中，終究還是有可能會遇到鋪天蓋地而來摧毀樂園的重大災難。當災難來臨的時候，這一朵桃花就要隨水流去，從此葬送在汙濁泥濘的現實世界，然後過著悲苦的生活，但如果萬幸的話，或許還是會有別的轉機，第四句「怕有漁郎來問津」便是一個轉機。如果從襲人生平的曲折轉變而言，我認為「漁郎」才是對蔣玉菡的影射，他中途把這一朵飛花接到手裡，捧在掌心，果然襲人的下場基本上算是比較好的。

不少學者和讀者嚴厲批判襲人在賈府被抄家後再嫁，這是很不公允的，畢竟襲人是「妾身未明」，身分上仍是丫鬟，賈府抄家後只能是被買賣的物品，她自己完全沒有決定權。何況即便是妻子，成為寡婦後不再別嫁，就一定是「貞潔」嗎？這其實都是現代人拿著自己所反對的禮教觀點去做的不公批判而已。在此要特別補充一點：大家對襲人、寶釵有著各種好惡，然而以儒家思想而言，「禮不下庶人，刑不上大夫」，其中同時包括對知識分子的要求與優待，相對之下，對平民百姓「禮」的要求則較寬鬆，遑論奴僕、丫鬟階級。因此，傳統禮教是不要求侍妾守節的，可現代人卻反而要不必守節的人得守節，以致給予嚴厲的批評，這不是比封建更封建、比禮教更禮教嗎？現代人所主張的「反封建、反禮教」又到哪裡去了？怎麼如此雙重標準、自我矛盾呢？

再注意脂硯齋的一段話，他說第十九回的這段情節是：「補出襲人幼時艱辛苦狀，與前文之香菱、後文之晴雯大同小異，自是又副十二釵中之冠，故不得不補傳之。」這就留下了線索，原來「又副冊」中的第一名是襲人，而「桃紅又是一年春」便是我們所看到的最後一句花籤詩。

總而言之，第六十三回的花籤詩總共有八句，我們詳細說了六句，至於史湘雲與林黛玉的兩句則偏向於性格呈現，而不是命運寫照。如果進行整體觀察的話，會發現這些花籤詩中有六句是出自於宋詩，另外兩句是出自晚唐，而晚唐在詩歌寫作的手法上、內容的傾向上，和宋詩是一脈相承的。所以嚴格說來，《紅樓夢》中的八句花籤詩所呈現的，全部都屬於宋詩的寫作特徵，曹雪芹之所以不用盛唐詩，反而偏好宋詩，實在和宋詩的寫作特徵有關，但是因為說來話長，在此不要節外生枝，就暫時交代到這裡。

第一次戲讖：寧府排家宴

曹雪芹的創新還不止「冰山一角式的引詩法」，更包括一種前所未見的「戲讖」手法，他從「戲曲」的範圍取材，主要是採用劇名及劇目，亦即戲曲或劇碼的名稱直接望文生義，並透過有順序的組合來呈現對賈府集體命運的預告。

第三種「戲讖」的表達方式，也是曹雪芹首創的，而「戲讖」必須被安排在一個符合現實邏輯的背景之下，讓它很自然地出現，並藉由作者別有心裁的安排，與全書中「讖」的氛圍吻合無間。

至於什麼樣的現實原則可以讓戲目劇碼呈現得渾然天成呢？那就是節慶之類的場合，如慶生、賀壽或者是拜神。以賈家此種貴族世家而言，遇到這一類的場合，他們理所當然要請戲班子，尤其是自己家裡蓄養的戲子，隨時可以在現場粉墨登場，進行各種娛樂表演，這是貴族世家才會擁有的財力，因為要養這樣一大批的人，必須有雄厚的資本才能夠支撐。賈家也蓄養一批女戲子，其中還有一些被賦予重要的戲份，如齡官、芳官、藕官等。

就在這些慶生、賀壽、拜神之類的喜慶場合中，作者常常設計以三齣為主的戲碼依序演出，注意一定要依序，因為排列組合的順序基本上是分別對應賈家集體命運的不同階段，亦即賈家的命運是以順著直線型的時間而有了變化。所謂的直線型時間，是由過去、現在和未來這三個時態所構成，而賈家的命運也一樣，在這樣一個順時單向的進展過程中，賈府出現肇基、榮盛及衰亡的運勢變化，或者用佛教的語詞來說，即「成」→「住」→「壞空」三個階段，曹雪芹便以三齣為主的戲碼對賈府的集體命運進行暗示。而這個預定的命運，就是整個家族走向衰亡的悲劇發展。

對此，我做了一個系統的整理，在整理的過程中，真是不禁讚歎曹雪芹的才高八斗，小說中主要有四處用了這樣一種「戲讖」的手法。

第一次出現在第十一回的寧國府。賈府的故事背景包括寧、榮二府，二者是一體共命，是命運共同體，所以兩府之間存在著必然的連帶關係，「戲讖」也同樣都對應到兩府的相關情節。這一回的回目是「慶壽辰寧府排家宴，見熙鳳賈瑞起淫心」，既是「寧府排家宴」，地點當然是在寧府，而這次的家宴是安排在花園裡。寧國府的花園名為「會芳園」，以後談大觀園專題的時候會說明這個花園非常重要，攸關大觀園的先天宿命。會芳園的「會」是會集、匯聚的意思，「芳」當然和花有關，表示花園內有許許多多的花卉，自然也有一些亭臺樓閣。

書中描述王熙鳳擺脫賈瑞之後，便來到排家宴的地方，和那些下人們有一番對話，「說話之間，已來到了天香樓的後門，見寶玉和一羣丫頭們在那裏玩呢」。由此可見，會芳園裡有一座天香樓，女眷們就是在此處看戲。而天香樓是什麼地方？那是秦可卿和她的公公賈珍通姦的場所，之後可卿也是在天香樓上吊自盡，以死贖罪，因此作者原本想要安排的第十三回回目乃是「秦可卿淫喪天香樓」。然而，脂硯齋介入曹雪芹的創作，他認為秦可卿在死前給王熙鳳托夢的那一番話深謀遠慮、充滿智慧，不忍心她死得那麼難堪，因此「命芹溪刪去」，刪掉之後變得隱隱約約，其實很多地方還是透露消息的。

可見天香樓隱藏著不可告人的祕密，偏偏女眷們看戲所在的地方就是天香樓，鳳姐「款步提衣上了樓」，邢夫人、王夫人便命鳳姐再點兩齣好的，「鳳姐兒立起身來答應了一聲，方接過戲單，從頭一看，點了一齣〈還魂〉，一齣〈彈詞〉，遞過戲單去說：『現在唱的這《雙官誥》，唱完了，再唱這兩齣，也就是時候了。』」

敏感一點的人便領悟得到，「也就是時候了」這一句話在情節中具體指涉的是什麼，而象徵的寓意又是什麼？以當場的具體情境來說，指的是天色晚了，今天也玩夠了，慶生活動差不多可以結束了，大家可以散場回家；如果從整部小說「讖」的寓意而言，它指的就是家族的壽命也差不多到終結的時候。從戲碼劇目上演的順序來看，第一齣是正在唱的《雙官誥》，鳳姐接下來點的是〈還魂〉和〈彈詞〉。這個順序組合大有深意：首先是《雙官誥》，「誥」指皇帝的封誥，「雙官」對應到賈府的話，指的是榮、寧二公（賈源、賈演），就賈府的生命演化而言，《雙官誥》明顯對應於寧國公賈演與榮國公賈源的創建賈府。第五回寧、榮二公之魂囑託警幻仙姑的時候，提到「吾家自國朝定鼎以來」，二公當初以軍事上的戰功彪炳獲得勳爵，也符合清初封賞爵位的歷史實況，可見賈府的創建、而後富貴傳流的百年基業，和整個朝代的肇建與發展是同時進行的。而榮、寧二公一個叫賈源，一個叫賈演，隱喻發源和演化的意味，這便是《雙官誥》所對應的賈府生命的第一個階段。

「創建」永遠是最令人炫目，也是最精彩的部分，因為它從無到有，簡直像宇宙創造一樣壯麗，然而壯麗之後總是要回歸平凡，好比女媧補天之後，整個宇宙便依照既有的秩序日復一日地按常軌去運行，不容易有可歌可泣的重大事蹟出現。寧、榮二公奠下基業之後，這個家族開始將近百年的發展，在祖先的庇蔭之下，他們的勳爵可以代代世襲，再依照隨代降等的原則，賈赦世襲的是一等將軍（見第三回），賈珍代父親賈敬世襲了三品爵威烈將軍（見第十三回），這就是〈還魂〉的含義。雖然〈還魂〉這齣戲實際上演的是杜麗娘還魂，屬於愛情故事，但是，曹雪芹在進行「戲讖」預告的時候，主要是用「名目」來望文生義，而不是和戲劇的內容直接相關。所以，〈還魂〉指的是寧、榮二公之魂的庇蔭乃至對家族命運的關切。

也確實在整部《紅樓夢》裡，寧、榮二公有過兩次還魂。第一次出現在第五回，他們拜託警幻仙姑帶領第四代繼承人賈寶玉「規引入正」，因為寶玉是唯一的希望，但是他現在一副頑劣不堪的模樣，所以兩位祖先的心靈非常不安，忍不住從墳墓裡爬出來，為這個家族的未來操心，真的是死不瞑目。第二次還魂是在第七十五回，又發生在寧國府，當時賈敬過世，子孫們必須哀戚守喪，根本不應該有任何娛樂，可是賈珍這個不肖的紈袴子弟，竟然偷偷摸摸地笙歌達旦，和妻妾徹夜玩樂：「原來賈珍近因居喪，每不得游頑曠蕩，又不得觀優聞樂作遣。無聊之極，便生了個破悶之法。日間以習射為由，請了各世家弟兄及諸富貴親友來較射。」其中的「習射」是旗人的風俗，他們的貴族子弟是被要求能騎馬打仗的，必須有武士的訓練，不過到了乾隆時期已經有點鬆弛，而賈珍太奸巧，找了一個符合他們文化要求的很好聽的藉口，其實是招大家聚賭玩樂，「因此在天香樓下箭道內立了鵠子。皆約定每日早飯後來射鵠子」。值得注意的是，「天香樓」這個地點又出現了，可卿的淫喪、紈袴子弟不守禮法的浪蕩作為，都發生在這裡，這是作者費心的設計。

賈珍除了白天聚賭外，到了半夜還在繼續玩樂不休，結果「那天將有三更時分，賈珍酒已八分。大家正添衣飲茶，換盞更酌之際，忽聽那邊墻下有人長嘆之聲。大家明明聽見，都悚然疑畏起來」。以今天的鐘點來對應的話，三更是深夜十一點到凌晨一點，對日入而息的古人來說，已經是深夜了。接著「賈珍忙厲聲叱咤，問：『誰在那裏？』連問幾聲，沒有人答應。尤氏道：『必是墻外邊家裏人也未可知。』賈珍道：『胡說。這墻四面皆無下人的房子，況且那邊又緊靠著祠堂，焉得有人。』」所謂的「家裏人」，就是指家裡奴僕輩的人。賈珍說「這墻四面皆無下人的房子」，這句話對應的是建造大觀園的往事，本來花園外面有一些下人們的群房，而為了建造大觀園已經整個拆掉，並打通會芳園和榮國府的東大院，然後才整合成大觀園的基地。至於賈氏祠堂的位置，在此必須做一個簡單的補充：古人以東為尊，寧國公是哥哥，所以寧國府一定在東邊，而榮國府在西邊。賈氏宗族現任族長是寧國府的賈珍，這當然和寧國公是兄長有密切關係，所以祠堂也比較靠近寧國府。

回到文本敘述，當時賈珍「一語未了，只聽得一陣風聲，竟過墻去了。恍惚聞得祠堂內槅扇開闔之聲。只覺得風氣森森，比先更覺涼颯起來；月色慘淡，也不似先明朗。眾人都覺毛髮倒豎。賈珍酒已嚇醒了一半，只比別人撐持得住些，心下也十分疑畏，便大沒興頭起來。勉強又坐了一會子，就歸房安歇去了。次日一早起來，乃是十五日，帶領眾子侄開祠堂行朔望之禮，細察祠內，都仍是照舊好好的，並無怪異之跡」。次日乃是十五日，對這種貴族家庭來說，初一、十五是非常重要的家祭節日，賈珍作為族長，必須帶領眾子侄開祠堂行朔望之禮。於是賈珍趁這個機會仔細檢查，發現祠堂內都是好好的，並無怪異之處，他以為是自己「醉後自怪」，凌晨的靈異事件就這樣打發了。

但那真的是自己妄想的幻覺而已嗎？不是的，他們是真的見到鬼，也就是祖宗的靈魂。這一次寧、榮二公是在祠堂外面還魂，看著這些不肖子孫顯然已經無藥可救，賈珍身為一族之長竟然如此之不堪，二祖眼看著自己費盡心血所創建出來的百年基業即將毀於一旦，可想而知內心中多麼慘痛，可這是無法避免的宿命，只能夠哀聲長嘆，祂們一路回到祠堂裡面，還發出開門、關門的聲音。

如果進一步把第七十五回和第五回做比較的話，可見寧、榮二公之魂在第五回時還把一線希望寄託在寶玉身上，但是到了第七十五回已經連話都不說了，只能化成一聲長嘆，顯然已經是到了絕望的地步。這兩次還魂之間隔了七十回，先是希冀猶存，終而絕望無言，兩位先祖逐漸走向悲劇的認知，這個家族的傾滅也就勢成必然，這便是第三齣戲叫作〈彈詞〉的原因。

〈彈詞〉的含義還是得要回到戲劇的內容，才會比較容易理解，它說的是安史之亂爆發以後，唐玄宗曾經非常寵幸的一個歌手李龜年的故事。李龜年晚年流落到江南，還曾經在此和杜甫相遇，二人都是經歷過開元、天寶盛世的才藝人士，再度相逢時卻已國破身老，於是不勝唏噓，杜甫為此寫了一首非常有名的〈江南逢李龜年〉：「岐王宅裏尋常見，崔九堂前幾度聞。正是江南好風景，落花時節又逢君。」杜甫的遣詞造句非常含蓄，可是耐人尋味：春天衰退了，我們的青春也遠去了，國家也幾乎面臨滅亡了，一切都在「落花時節」裡不言而喻，他是如此溫柔敦厚地表達此一無限的哀痛。

杜甫這時所看到的李龜年，和在長安炙手可熱時的意興風發完全不能相比，畢竟人都要面臨老去的命運，從開元年間到天寶十五年，已經過了四十幾年，期間人也老了，那時曾經的青春華茂和飛揚跋扈早已蕩然無存。只不過李龜年更是可憐，他隨著國破也喪失一切曾經擁有的榮華富貴，流落到江南以後，又窮又老又潦倒，只能靠著天賦的才藝賣唱為生，比如誰家有娶親、宴會等場合，需要歌手來演唱助興的，就把他請過來演出，國破家亡前後的兩種生活簡直是天差地別。而白頭老翁的蒼涼歌聲，更是令人不忍卒聽。

〈彈詞〉這一齣目預言賈府的淪落，不過賈府淪落時首當其衝也最具體而微的代表人物，就是賈寶玉，所謂〈彈詞〉是藉唐玄宗寵幸的李龜年，從宮廷帝王嬖佞而權傾一時，卻在安史之亂後變成在民間席間賣唱的歌者，以對應寶玉最終淪落到幫更為生的發展。有一個說法認為寶玉落魄到以幫更為生，「幫更」只是約僱人員，連正式的更夫都談不上，這份工作完全沒有生計保障，收入也非常微薄。脂硯齋就用十個字描述賈家抄家之後，寶玉過的日子是「寒冬噎酸虀，雪夜圍破毡」，寒冷刺骨的冬天，他吃的不是以前在大觀園享受到的茄鯗、蓮葉羹，而是已經發酸發臭的剩菜；外面在下雪，零下的溫度裡，他只有破破爛爛的一條毯子勉強保暖，那種透骨的冷真會讓人終夜難以入睡，這便是寶玉在賈家抄沒之後所過的貧困生活。

總歸來說，透過寶玉這般的個案具體而微地輻射出賈家的敗落，鳳姐所謂的「也就是時候了」便一語雙關，說明當天的慶典來到收場的尾聲，同時也是賈府的運勢即將走到終點的暗示。因此，鳳姐所點三齣戲按次第是：《雙官誥》（創建）→〈還魂〉（庇蔭）→〈彈詞〉（衰亡），正對應賈府的由盛而衰。這是小說中第一次的戲讖。

第四次戲讖：清虛觀打醮

接著我們跳過順序，先來看全書的第四次戲讖，出現在第二十九回賈母領隊去清虛觀打醮祈福的場合。這一次的戲讖實在太明顯了，且看這回的敘述：

這裏賈母與眾人上了樓，在正面樓上歸坐。鳳姐等占了東樓。眾丫頭等在西樓，輪流伺候。賈珍一時來回：「神前拈了戲，頭一本《白蛇記》。」賈母問「《白蛇記》是什麼故事？」賈珍道：「是漢高祖斬蛇方起首的故事。第二本是《滿床笏》。」賈母笑道：「這倒是第二本上？也罷了。神佛要這樣，也只得罷了。」又問第三本，賈珍道：「第三本是《南柯夢》。」賈母聽了便不言語。

中國的宗教常常有現實交換的意味，人們向神靈祈福，就要賄賂神明，包括用演戲來酬神，以贏得神的歡心。在神前拈戲是用抽籤的方式，其中即有神意的表達。頭一本是《白蛇記》，一般人看到白蛇，會聯想到的是白娘子、雷峰塔，作者也很怕讀者誤會，所以讓賈母來代替我們發問，賈珍回答說那是「漢高祖斬蛇方起首」的故事。據《史記》記載，漢高祖劉邦還沒有發跡之前，只是地方上的一個亭長，有一天走在鄉間，遇到一條大白蛇盤踞在路上，他就抽出劍來把白蛇斬殺了。後來有一個老嫗在斬蛇的地方哭得很傷心，有人問她為什麼哭，她回答說：「吾子，白帝子也，化為蛇，當道，今為赤帝子斬之，故哭。」原來白蛇是她的孩子，也是白帝子的化身，對應於當道的秦朝；而白帝在陰陽五行相生相剋的循環中，注定要被赤帝子所取代，劉邦正是赤帝子化身，所以他才可以斬白蛇、取代秦朝，這其實就是朝代興革的隱喻說法，應該是劉邦為自己的政權建立的「君權神授」的神話解釋，所以我們可以推測，這個故事的流傳是在劉邦即位之後。這個故事非常有名，因為它說的是一個平民當了帝王的發跡故事，民間很喜歡看這類劇碼，而「漢高祖斬蛇方起首」正好對應到賈家家業的創建。

第二本《滿床笏》，讀者望文生義，都可以看出是一個大吉大利的故事，典出唐代崔神慶父子的榮華富貴，不過一般在戲場上演的主角不是崔神慶，而是位極人臣的郭子儀。故事敘述郭子儀每一次家聚時，七子八婿把身為高官所持的笏板拿出來放在床上，排得滿滿一床，這裡的「床」不是睡覺的床，而是「桌案」的意思。這便表示一個大家族非常發達、興旺，家族成員個個都是功名富貴，賈母當然一聽就知道在說什麼故事，笑說：「神佛要這樣，也只得罷了。」這種語氣帶有卻之不恭的意味，其實心裡非常高興。但是，沒想到賈珍說第三本是《南柯夢》。神佛先給了《滿床笏》，接下來就告訴你，這不過是一場夢，終究會化為泡影，賈母大概也隱約感覺到不祥的意味，所以便沒有言語了。我們可以很清楚地看到，至少這兩次的戲讖非常明顯都是單線進展，是對賈府從創建→興盛→滅亡的命運預告。

第二次戲讖：元妃省親

關於《紅樓夢》中的戲讖，以上是兩個很明顯的具體例子，而另外一個例子要多花一點功夫來說明，即第十八回元春回來省親時所點的四齣戲。

脂硯齋和曹雪芹有著一樣的成長背景，包括一樣的思想價值觀，同時他對於曹雪芹寫作的許多奧妙處也都別有會心，所以他提供的很多批語對我們的幫助很大。然而，就元春點戲的這個部分來說，我們有一點不同的意見。元妃點了四齣戲，依照順序是〈豪宴〉、〈乞巧〉、〈仙緣〉、〈離魂〉，脂硯齋在批語裡分別提到各齣所對應的象徵，說道：第一齣〈豪宴〉是「一捧雪中伏賈家之敗」，第二齣〈乞巧〉是「長生殿中伏元妃之死」，第三齣〈仙緣〉是「邯鄲夢中伏甄寶玉送玉」，第四齣〈離魂〉是「牡丹亭中伏黛玉死」，「所點之戲劇伏四事，乃通部書之大過節、大關鍵」。

脂硯齋的意見當然是非常值得參考的，然而在對這組戲的理解上，依照全書「以戲為讖」的整體定位，也根據戲曲專家的研究，我願意採用不同的說法。徐扶明發現〈豪宴〉和〈仙緣〉，也就是第一齣和第三齣戲，都是由崑曲老生來扮演主角，老生蓄著長長的鬍子，有年齡和人生的資歷。在古代戲曲裡，這一種男人通常不是在家裡享受含飴弄孫之樂，而是官場上的政治要角，所以老生的戲一般都是和政治有關，和朝代興亡變幻有關，涉及大歷史的敘事。至於同屬崑曲的第二齣〈乞巧〉和第四齣〈離魂〉則又不一樣，〈乞巧〉演的是楊貴妃和唐玄宗的愛情故事，所謂「七月七日長生殿，夜半無人私語時」，而和〈乞巧〉一樣，〈離魂〉演繹的也是愛情故事，所以其主角當然是小旦。

從〈豪宴〉、〈乞巧〉、〈仙緣〉到〈離魂〉，其實是兩組戲交錯交織而成的，這個交織絕對有其特殊意義。換言之，政治和個人在此巧妙地聯結為一，甚至互為因果。〈豪宴〉應該是指家族鼎盛的「滿床笏」的局面，但是最後到了〈仙緣〉的階段，也就是寶玉喪失世俗的榮華富貴，飄然遠去，前後形成極端的反差，可是中間又夾纏著一位女主角在愛情中由受寵到最後死亡的故事，所以我們非常合理地推測，這基本上是把賈家的由盛而衰，和元妃個人在宮廷中由受寵到薨逝的兩個層次結合在一起，而且二者之間互有連帶關係。

換句話說，元妃的受寵和賈家的鼎盛是同時並進的，也是彼此烘托、相互幫襯的，而元妃的死亡也和賈家的衰落、抄家結合為一。這樣的解釋一方面符合曹雪芹隱微的苦心，也符合《紅樓夢》中「以戲為讖」來暗示賈家集體命運的手法。

元妃在宮中的際遇究竟如何和賈府的命運互相牽連，甚至彼此成為命運共同體，相關的細節如今當然已經無法得知。不過，就在第七十二回的時候，王熙鳳非常操心家計已經入不敷出，以致日有所思、夜有所夢，當家者對於家計窘況的擔心乃變形到她潛意識裡，成為晚上做夢的題材。她夢見有宮中的太監來和她要一百匹錦，那可是一大筆天價的財富，王熙鳳便問他說，你是哪一位娘娘派來的？那個太監又不肯說，所以不像是他們家的元妃要的，王熙鳳當然不肯給，沒想到太監竟然強行搶奪，就在這樣的爭奪之中，噩夢便醒過來了。

由此看來，在這個夢境之前與之後，作者其實已經開始把筆觸延伸到宮中，尤其是聚焦在太監的勒索上。巧合的是，鳳姐才剛剛說完這個夢境，立刻就有人回報「夏太府打發了一個小內監來說話」，賈璉只好迴避，因為他如果不迴避的話即首當其衝，很難婉拒，而由一個婦道人家來推託或做一點轉圜，反倒比較容易圓滿解決，王熙鳳便在當場派人把昂貴的首飾拿去典當，再撥一部分錢打發太監。這件事暫時落幕之後，賈璉感慨說道：「這一起外祟何日是了！」「昨兒周太監來，張口一千兩。我略應慢了些，他就不自在。將來得罪人之處不少。這會子再發個三二百萬的財就好了。」可想而知，賈家此時已經是油盡燈枯，但是外面的勒索又變本加厲，固結在王熙鳳的潛意識裡化成噩夢，真的是日夜糾纏的煩憂，也免不了「將來得罪人之處」。

由此可見，家有皇妃固然是「烈火烹油，鮮花著錦」，讓賈家得到皇親國戚這種榮耀光輝的地位，可是世間的道理總是禍福相倚，隨著此一榮耀而來的，是很多吸血鬼攀附著這樣的機緣，幾乎是名正言順地到賈家的財庫裡挖牆腳，就在第七十二回中，我們清楚看到宮中太監的魔爪是如何伸進來的。太監是被閹割的、很羞恥的殘缺者，但他們竟然可以對王妃的家族進行這種堂而皇之的勒索！由此看來，擁有權力、地位並不意味著可以為所欲為，恰恰相反，有了權力、地位，同時也必須負擔其他的義務，甚至還得負擔原來所想像不到的為難，這就是人間世情的奧妙之處。

連太監都可以做出這樣的勒索行為，而賈家卻沒有辦法拒絕，因為這幫人不能得罪。當然賈家不是不可以回絕那些太監，當然也可以得罪他們，可是他們心裡的不悅與憎恨，很可能就會轉嫁到元妃身上。有人認為元春身為貴妃，是皇帝寵愛賞識的對象，身分低下的太監哪裡敢對她怎麼樣！這種想法顯然非常不瞭解宮廷中的政治生態，也非常不瞭解人際關係的矛盾複雜。那些表面上沒有權力的人，有時卻很微妙地擁有隱含在角落裡的其他權力，好比太監固然是卑微低下的小人物，但是竟然擁有另外一些無形的權力，因為比起貴妃，太監們與皇帝的接觸更密切、更頻繁，如果太監挾怨報復，在皇帝耳邊三言兩語，貴妃的地位就很有可能不保，所以他們反而變成別人忌憚、諂媚的對象。由此可見，原來宮廷中的那些是非、權力糾葛還不止是政變這一種明顯的事例，事實上還有很多我們想像不到的為難。

關於元妃的命運和賈家的命運結合在一起，透過太監的例子，只是輕描淡寫地點到而已，可是背後的影響非常深遠，可想而知，元春與賈家是二而一的命運共同體。從這個角度來說，這一組戲中老生和小旦的主戲互相交織，也可以納入暗示賈府命運的「戲讖」系統裡。因此，元妃點戲之次第：〈豪宴〉→〈乞巧〉→〈仙緣〉→〈離魂〉，其間的複雜情況可以表列如下，呈現出它們之間所組成的微妙之處，它們的寓意就會更加清楚：

〈豪宴〉（鼎盛）→〈仙緣〉（衰亡）：崑曲老生：政治——賈府由盛而衰

〈乞巧〉（受寵）→〈離魂〉（薨逝）：崑曲小旦：愛情——元妃由受寵而薨逝

第二次戲讖：寶釵慶生

第二組戲讖不屬於典型的戲讖，不過還是列在這裡給大家參考。在第二十二回薛寶釵慶生時點的戲，其順序分別是《西遊記》、《劉二當衣》，還有《魯智深醉鬧五臺山》，主要是其中的一支〈寄生草〉對寶玉的重大啟發，勉強說來，這三齣戲還是可以被放在賈府集體命運的暗示上。《西遊記》之所以被放在第一齣，是因為它具有一種成長小說的特質，孫悟空原先是一個完全沒有教養的野孩子，大鬧天宮，完全不服管束，後來被如來佛的掌心收服，受罰隨著唐僧遠道取經，一路上經過非常艱苦的取經之路，最後脫胎換骨。不過作者只提到說寶釵點的是其中的一折，也不確定點的是哪一折，若從喜歡熱鬧的賈母的反應來看，寶釵點的這一折戲應該還是對應賈府如日中天的情況。

接下來是王熙鳳所點的《劉二當衣》，這齣戲本身是充滿詼笑科諢的熱鬧戲，其實也是投賈母之所好。故事大約是說，有一個已經沒落的劉二官人，他到當鋪當衣服，在戲劇家的巧思下，整個過程南腔北調，詼諧滑稽，有點類似京劇的《十八扯》，從頭扯到尾。總之，裡面就是插科打諢，盡量製造笑料，像大雜燴那樣任意穿插各種戲曲段子，令人目不暇給，賈母聽了這折戲「果真更又喜歡」。

在我看來，這齣戲當然是延續著賈府的熱鬧，可是不要忽略它的劇名是「劉二當衣」，實際上正對應賈家雖然表面上仍舊非常榮盛，可是早已在典當度日了，王熙鳳已經數次或典當或變賣貴重物品，以勉強支撐賈家的架子。第六回中，把第一次來到榮國府的劉姥姥嚇一大跳的「金自鳴鐘」，絕對是西洋傳來的高檔洋貨，當時只有貴族上層人家才可能擁有，可到第七十二回，透過王熙鳳的描述，我們得知它已經被賣了五百六十兩銀子，其他的例子就不贅述了。

《劉二當衣》的戲名和劇情，正好可以對應於賈府歷經百年之後，現在已經到了外強中乾這一種實質上很勉強的狀態。作者在第二回便已經很明確地告訴我們，「如今外面的架子雖未甚倒，內囊卻也盡上來了」，連藏在最內層的錢袋都不得不掏出來，果然後面甚至還必須偷老太太的東西去典當，才能暫時解決眼前青黃不接的難關，真是山窮水盡。可想而知，這齣戲如果放在戲讖的典型系統裡來看，作者應該是要用反面的手法以暗示賈府在繁盛掩蓋之下的真相，熱鬧中其實包覆著已經在勉強支撐的辛酸，所以《劉二當衣》實在很符合「戲讖」的手法。

第三齣戲就是《魯智深醉鬧五臺山》的〈寄生草〉，內容是寫魯智深出家去也：

漫揾英雄淚，相離處士家。謝慈悲剃度在蓮臺下。沒緣法轉眼分離乍。赤條條來去無牽掛。
那裏討烟蓑雨笠捲單行？一任俺芒鞋破鉢隨緣化！

這支〈寄生草〉非常重要，可以說是寶玉在成長過程中第一次得到的思想啟蒙，讓他知道，原來在富貴場之外還有一種「落了片白茫茫大地真乾淨」的選擇和可能性。像寶玉這樣從小到大沒有過匱乏生活的人，是不可能會想要出家的，而〈寄生草〉透過文字所展現出來的人生志趣，第一次觸及寶玉以前從未被觸碰的深層內心，這是他很重要的第一次思想啟蒙。從「寶玉聽了，喜的拍膝畫圈，稱賞不已」的反應，可想而知，寶玉是由衷被深深觸動並產生巨大的心靈共鳴，他從這闋詞感受到一種非常強烈的震撼，使得他的內在都為之激動不已，所以形諸肢體語言，這真的是他靈魂深處第一次莫大的啟蒙經驗。

從「戲讖」的三段式演進模式而言，寶釵生日宴上以〈寄生草〉收尾，和前面的〈彈詞〉、《南柯夢》一樣，都預示著虛幻的、短暫的、窮愁潦倒的歸趨。這一組戲放在戲讖主題下來談，應該還是說得通的，只是也許沒有那麼典型而已。

後四十回中的戲讖

從第二十九回之後，一直到第八十回，戲劇基本上就不被用來作「戲讖」這般精緻的運用，它又變成點綴式的、草草帶過去的一種素材而已。比如第五十三回到第五十四回，賈府過新年，這是一年中最重要的節日，當然要熱熱鬧鬧，家班也出來搬演各式戲劇，戲目涉及《西樓記·樓會》，還有《八義》中的〈觀燈〉八齣，以及《惠明下書》，還有《牡丹亭》的〈尋夢〉，看起來頗為雜亂；第七十一回賈母的八十壽慶更是草草說點了幾齣吉慶戲文，就一筆帶過去了。所以很微妙的是，自從第二十九回之後，作者便不再極力運用戲讖的手法。

續書者其實注意到這樣的「戲讖」手法，但是在續書中運用得不太一致。如第八十五回黛玉過生日，而凡是小姐、太太的生日都是重要的節日，一定有戲曲的搬演，所以生日當天，黛玉打扮得如同嫦娥下凡一般，含羞帶笑地被大家簇擁著到宴席上，最後點戲的時候，首先是點了兩齣吉慶戲文，續書者繼續描述當時的情況：

> 乃至第三齣，只見金童玉女，旗幡寶幢，引著一個霓裳羽衣的小旦，頭上披著一條黑帕，唱了一回兒進去了。眾皆不識，聽見外面人說：「這是新打的《蕊珠記》裏的〈冥升〉。小旦扮的是嫦娥，前因墮落人寰，幾乎給人為配，幸虧觀音點化，他就未嫁而逝，此時升引月宮。不聽見曲裏頭唱的『人間只道風情好，那知道秋月春花容易拋，幾乎不把廣寒宮忘却了！』」第四齣是〈吃糠〉，第五齣是達摩帶著徒弟過江回去，正扮出些海市蜃樓，好不熱鬧。

其中，《蕊珠記》裡的〈冥升〉演的是嫦娥下凡成為蕊珠，和男主角談戀愛，結果樂不思蜀，不想回到天庭，可是神仙一旦結婚，即喪失仙籍。神仙最重要的特權就是不老不死，蕊珠來到人間玩耍一遭還不夠愜意、還不滿足，竟然想天長地久留在人間，那便會和凡人一樣，注定要老死，則前面漫長的修煉不都盡付東流了嗎？於是這時候觀世音及時出面來點化蕊珠，提醒仙女「人間只道風情好」，來到人間被男女風情所惑而陷溺，「那知道秋月春花容易拋」，秋月春花這般美好的歲月其實容易飛逝，留戀的結果只是一場空。

古典文獻裡說到「風情」，通常指的都是男歡女愛，觀世音點化她說：你來到人間自以為正在享受戀愛的歡愉，希望幸福長長久久，可是你哪裡知道，不但青春是一本太匆促的書，幸福也是會慢慢改變的，更何況生命短暫而必然趨向死亡，現在這個美好的片刻不可能是永恆的。但是你被迷惑了，誤以為只要留在人間和心愛的人結婚，就可以永遠擁有幸福，這根本是一種迷妄，是一種想當然耳的錯覺，也是人心的貪婪所致。觀世音對蕊珠的點化便是讓她未嫁而逝，此之謂「冥升」，讓她死後升天，當然前提是必須「未嫁」，因為一旦結婚即確確實實落入肉體凡軀，再也沒有回頭的可能。蕊珠就在千鈞一髮之際沒有進入婚姻，跟隨著觀世音回返仙班。

這個故事很像女主角林黛玉的生平，黛玉不也是注定要未嫁而逝？何況黛玉來參加生日宴的時候，續書者說她的打扮宛如嫦娥下凡，而蕊珠又是嫦娥下凡的，可知雙方的對應非常直接而明顯，簡直是百分之百的一致。

第四齣是《琵琶記》的〈吃糠〉，說的是一名吃糠自饜的嫻淑妻子，這種故事在古代很多，大約的模式都是丈夫因為打仗或追求功名而長久在外，妻子守著寒窯非常困苦，用糟糠一類的粗糲食物為生，又盡心盡力地孝養婆婆，等待這個良人回來。這和薛寶釵很近似，寶釵不正是注定在寶玉出家之後守活寡，面臨類似的女性處境嗎？

至於第五齣「達摩帶著徒弟過江回去」，簡稱「達摩渡江」，來自於明代張鳳翼《祝髮記》第二十四齣，「祝髮」的意思就是斷髮，即剪掉頭髮，在後來中國的文化語境裡指的便是出家。而達摩之所以折葦渡江，為的是點化主角徐孝克，這裡很明顯又是量身打造以對應賈寶玉。

據此而言，顯示續書者也領略到前八十回「以戲為讖」的用心，並且也做了若即若離的模仿，但他把這些戲的寓意限定在個別人物上，而不是作為集體家族命運的暗示，便顯示出原著和續書之間的不同。

「千里搭長棚，沒有不散的筵席」

原作者曹雪芹對於大家族由盛轉衰的刻骨銘心，直接透過戲目劇碼的排列來呈現。此外還可以注意到，全書中有三個俗諺被反覆使用，這是一個很罕見的現象。因為曹雪芹對於文字的巧妙、語言的精密、人性的豐富、世界的千姿百態，其掌握的程度超越我們凡人不知凡幾，達到我們幾乎不可想像的境界，但是竟然有三個諺語是反覆被用到的，可見絕非江郎才盡，而是另有情衷，以致在在流露出對大家族由盛轉衰的痛徹心扉。

第一個是「千里搭長棚，沒有不散的筵席」，分別出現在第二十六回（紅玉）、第七十二回（司棋），我們直到今天都還在使用這個歇後語，因為世事無常、生死榮枯，本都是人們必須能坦然面對的存在真相。《紅樓夢》是述說一個家族興亡的故事，百年的繁華彈指即逝，令人不堪回首，當然更是感慨萬千。

另外一個是「胳膊折了往袖子裏藏」或「胳膊只折在袖子裏」、「胳膊折在袖內」，分別出現在第七回（焦大）、第六十八回（賈蓉）、第七十四回（王熙鳳）。這種大戶人家存在很多有苦說不出的狀況，有諸多的禮教禁忌，以及我們所不知道的壓力，所以常常必須打落牙齒和血吞，例如第七十四回抄檢大觀園一段，傻大姐拾得十錦春意香袋之後，王熙鳳首先採取的策略是「暗暗訪察」，不要宣揚，以免外人知道，此即「胳膊折在袖內」。對於豪門貴族，我們往往只看到光鮮亮麗，但其實庭院深深，有太多陰暗的角落是一般人不能想像的。我之所以讀到「胳膊折在袖內」時都會感慨萬千，是因為隱隱然感到曹雪芹歷練過那樣的生活，他們需要練習自我壓抑與忍耐約束。曹雪芹不惜浪費筆墨引述三次，因為那真的是來自他生命經驗裡非常痛楚的自然流露，他們受了很多的委屈，即便是辛酸的血淚，也不能隨意表達出來的。西方有一句話說得很好，就是「每個人都有他的地獄」，你有你的地獄，我有我的地獄，每個人都有他生命中的難關，真的是有苦說不出的那種為難，所以我們要盡量地瞭解、寬容，才能夠善體人意。

第三個被重複使用的俗諺乃是「百足之蟲，死而不僵」，同樣屬於貴族世家才會呈現的狀態。他們有很深厚的底子，有很宏大的架子，所以耐力比較強，但是實質上恐怕已經是外強中乾，這也是以該等的家族為寫作對象時，小說家感慨最深的重點之一。第二回當冷子興演說榮國府的時候，第一次出現「百足之蟲，死而不僵」的說法，可見外人也深深瞭解這種家族有其獨特的韌性，可是這個獨特的韌性不足以讓他們真正具有存活的能力，只不過是在勉強支撐，所以才會有「末世」情境出現。其次，於第七十四回抄檢大觀園時，探春道：「這是古人曾說的『百足之蟲，死而不僵』，必須先從家裏自殺自滅起來，才能一敗塗地！」探春悲憤到在引述這個俗語之後，便掉下淚來，可見她的痛心疾首。由此可知，貴族大家庭有超越我們一般人所瞭解的痛苦和壓力，這是讀者應該要好好體認的。

傳情小物件

所謂「物識」，即針對男女之間的婚姻關係，利用一個小物件進行彼此的關聯暗示。

整體來說，以一個小物品來締結男女關係，可以有三種範疇，包括「聯姻」、「關情」和「涉淫」。「關情」，指情人之間以一種信物表達彼此的情意，甚至是用來定情的。而「涉淫」，則是男女在淫欲關係下互相回饋的禮物。另外一種是「聯姻」，在三種男女關係裡，帶有「識」的意義的其實只有「聯姻」，因為貴族階層的婚姻必須靠父母之命、媒妁之言，當事人是沒有自主權，甚或不被允許有自覺意識的，在這種狀況下，「識」才有發揮的空間。既然「識」一定是當事人所不知道的一種預告，如果事先就知道，「識」即失去意義，所以只有「聯姻」類才能運用到「物識」。

一般來說，在小說、戲曲裡，使用和故事情節或者主題有關的道具，並不是《紅樓夢》的首創，其實在明代便出現了，可這些道具基本上是中性而空洞的戲劇符碼，沒有太大的結構功能，常常只是作為非戲劇性的因素被運用，它們的重要性不是內在的，而是外加的，從而也是非必要的。可是在《紅樓夢》裡，這些小道具就成為戲劇行為的本身，而且也受到戲劇行為的影響，和人物的行為絲絲入扣地結合在一起，甚至互為表裡。

先看小物如何被曹雪芹繼承，並使之成為「關情」和「涉淫」的戲劇行為，具有連結兩性的功能。原來這種做法已經有很長久的歷史，甚至有很高度的民間普遍性，所以也被小說中的人物自覺地去理解、去應用，例如在第二十一回，因為女兒生病，王熙鳳和賈璉要分房，才隔房了幾天，賈璉就不安分，出現各式各樣的不正當行為。等到賈璉搬回來，「平兒收拾賈璉在外的衣服鋪蓋，不承望枕套中抖出一綹青絲來」，這一束頭髮便是女方送給他的定情物，被平兒當作把柄，和賈璉之間有一番精彩的對話，沒想到賈璉卻趁機把它搶回去了。

平兒是一個很公平、很公道的女孩子，從不趁人之危，也絕對不會用這個把柄來要挾賈璉，所以並沒有向王熙鳳報告，反倒是王熙鳳對丈夫瞭若指掌，所謂「知夫莫若妻」，她問平兒：「可少什麼沒有？」平兒道：「我也怕丟下一兩件，細細的查了查，也不少。」鳳姐道：「不少就好，只是別多出來罷？」平兒的回答很有趣，她說：「不丟萬幸，誰還添出來呢？」鳳姐便冷笑道：「這半個月難保乾淨，或者有相厚的丟下的東西：戒指、汗巾、香袋兒，再至於頭髮、指甲，都是東西。」平兒正要回答，賈璉趕緊在旁邊做了一個殺雞抹脖子的動作，意思是：千萬不要說出來，否則我會被殺掉，我會死！這真是一個很傳神的表達。

王熙鳳非常瞭解她的丈夫，而且她知道這種行為不會讓東西減少，而是會增加——增加的是貼身使用的東西，甚至就是身體的角質化部分。頭髮和指甲沒有生命，把它剪下來不會痛，可是它又代表人的分身，是身體的一部分，於是常常被用來代表自身，就和戒指、汗巾、香袋兒這類貼身的物品一樣。這是王熙鳳的理解，她的理解並沒有錯，只不過王熙鳳雖然也是大家閨秀，卻不曾接受詩書教養，因此她所想到的東西都充滿下層俗文化的民間氣息，都是一般很常見的物件，和受過詩書教育的女性會用來傳情、定情的東西便不大一樣。

再看另外一位女孩子，即第三十二回的林黛玉。這一回情節中，寶玉在清虛觀裡得了一個赤金點翠的麒麟，他別的都不要，只因史湘雲也有一個類似的麒麟，他就喜歡上這個麒麟，放在身邊帶著。黛玉看到了，心裡感到不安，因為他們偷偷讀過禁書，都知道才子佳人小說中是小物串成男女的私情，所以她心下忖度著：

> 近日寶玉弄來的外傳野史，多半才子佳人都因小巧玩物上撮合，或有鴛鴦，或有鳳凰，或玉環金珮，或鮫帕鸞絲，皆由小物而遂終身。今忽見寶玉亦有麒麟，便恐借此生隙，同史湘雲也做出那些風流佳事來。因而悄悄走來，見機行事，以察二人之意。

黛玉所思、所想的物件不是下層俗文化的反映，而是富貴人家具有高度典藏價值的珍玩貴器，同時還有才子佳人小說所帶來的引人模仿的行為套式。在第二十一回和第三十二回，無論是幾乎目不識丁的王熙鳳，還是飽讀詩書的林黛玉，她們從生活經驗或是閱讀經驗中都清楚地知道，身邊的小巧玩物或來自身體一部分的小東西，都可以促進男女之間的親密關聯。於此當然不是婚戀，而是「戀」，這個「戀」包括肉體的、愛情的，其中都具有很自覺的連結關係。在這樣的背景下，王熙鳳和林黛玉所言的，以小巧玩物遂終身和關係撮合的這類經驗，《紅樓夢》裡一共用了八個例子來回應，可是並不屬於「識」，因為都帶有當事人的自覺。

關情一：寶玉的家常舊手巾

先說「關情」類，指沒有涉及形而下的肉欲層次，只以內在真情彼此確立與互相聯結的部分，總共有四個案例。第一個例子是很多人所疑惑的：為什麼黛玉收到晴雯帶來寶玉所給她的一條舊手帕，她整個人會忽然那麼激動，臉上的顏色賽若桃花之類，導致疾病由此萌生，還寫了三首題帕詩？半新不舊的手帕這段情節，正屬於「關情」類的案例。

在第三十四回中，挨打受傷的寶玉很掛心黛玉，便派晴雯去看望她。晴雯很瞭解黛玉的個性，回答說就這樣沒頭沒腦、莫名其妙地逛到那裡，人家問起來不知道要怎麼回答，不是顯得很奇怪嗎？所以或者是送個東西，或者是拿個東西，才比較自然。寶玉想了一想，伸手拿了兩條手帕子撂與晴雯，笑道：「也罷，就說我叫你送這個給他去了。」晴雯道：「這又奇了。他要這半新不舊的兩條手帕子？他又要惱了，說你打趣他。」晴雯深知黛玉的個性很敏感、很自卑，這半新不舊的手帕子給了她，會覺得是看她不起，所以才把用舊的東西給她用。寶玉明明也很瞭解黛玉，可是卻非常有自信地說：「你放心，他自然知道。」晴雯聽了，只得拿了帕子往瀟湘館去，先是看到瀟湘館的小丫頭春纖正在欄杆上晾手帕。

附帶一提，林黛玉所使喚的丫鬟們的名字都有一個共同特色：美麗與哀愁、脆弱而短暫。首先，與她情同姊妹的貼身大丫鬟叫作「紫鵑」，紫鵑在賈母那邊當差的時候稱「鸚哥」，到了林黛玉這裡改名為紫鵑，文雅得多，也哀感纏綿得多；另外一個是黛玉從自己的故鄉蘇州帶來的丫頭，叫作「雪雁」，在冰雪裡飛翔的雁，令人想到奧斯卡・王爾德（Oscar Wilde, 1854-1900）的《快樂王子》

中被凍死的燕子。這一回裡又出現了一個丫頭名喚「春纖」，春天是很美好的，可是加上「纖」字，就表示春天很脆弱，宛如搖搖欲墜、一息尚存、即將熄滅的燈火一般。可見林黛玉的審美情趣都偏向於美麗與哀愁，集中在非常脆弱而短暫的美麗事物上。

回到文本，當春纖讓晴雯進門時，黛玉已睡在床上，問是誰來了，晴雯連忙回答說是晴雯。人家小姐都已經入睡了，這個時候如果不是大丫鬟的話，就會被請回去了。接著黛玉問道：

「做什麼？」晴雯道：「二爺送手帕子來給姑娘。」黛玉聽了，心中發悶：「做什麼送手帕子來給我？」因問：「這帕子是誰送他的？必是上好的，叫他留著送別人罷，我這會子不用這個。」晴雯笑道：「不是新的，就是家常舊的。」林黛玉聽見，越發悶住，著實細心搜求，思忖一時，方大悟過來，連忙說：「放下，去罷。」晴雯聽了，只得放下，抽身回去，一路盤算，不解何意。

此處必須特別注意，晴雯在送帕的過程裡始終搞不清楚狀況，這樣的情節設計非常重要，因為《紅樓夢》致力於推翻才子佳人小說中很多不合情理的安排，抨擊該類小說充滿不合禮教的追求，使得真正的情操墮落了、混淆了。而才子佳人故事中很常見的套式之一，就是必定有個在男女之間穿針引線的角色，即小姐的貼身丫鬟，也只有貼身丫鬟才能與小姐那麼親密地生活在一起，變成她的分身，深入閨閣內部去促成非禮教的關係。這種丫鬟在才子佳人故事中有各式各樣的名字，其中最有名也因此成為代表的名字，便是「紅娘」。

紅娘是一個很積極主動的促進者，並且她絕非只是促進男女的單純戀情而已，從唐朝的〈鶯鶯傳〉開始，這一類的丫頭們穿針引線所促進的，其實都是非禮教的男女肉體關係。而《紅樓夢》已經很具體地指出，大家閨秀發生那種事情，就是身敗名裂，只有一條死路可走，這也是為何秦可卿必得上吊自盡。對上層階級來說，貞潔是閨秀最重要的一件事，發生那樣的事情真的是死路一條，所以才子佳人故事的不合情理便在這裡。偏偏那一類的故事在說書人的設定中，女主角都是尚書或宰相的女兒，因此賈母在第五十四回即一條一條、從各個角度來批判才子佳人敘事上的不合情理，是謂「破陳腐舊套」，這是曹雪芹想要批判、改造，甚至加以推翻的一大重點。表面上，《紅樓夢》也設計才子佳人和丫鬟的三角關係，有人便以為晴雯擔任傳情大使，然而晴雯這個當事人其實是毫不自覺的，她根本不知道自己的行動意義，只以為是送個東西，以致暗暗疑惑這一趟不曉得在幹什麼，而覺得莫名其妙，這和紅娘不但瞭若指掌並且積極促進的做法完全不同。如此一來，便洗淨了那一種情色的色彩，這是《紅樓夢》一個非常重要的設計。

確切來說，晴雯根本就不是紅娘，她完全不擔任這一種非禮教的，也可以說是不正當的行為，只不過寶玉確實有這樣的一個意圖，所以「黛玉體貼出手帕子的意思來，不覺神魂馳蕩」。大部分的讀者，包括研究者都只停在這裡，然後開始發揮林黛玉是怎樣的情根深植，那個「情」怎樣構成她內心中最重要的如同生命一般的核心，後來甚至變成她致命的一個關鍵因素。然而，單單只有這樣嗎？倘若好好地把每一個句子都看進去，就會發現林黛玉的感受真是五味雜陳、七上八下，心理非常複雜，其中涉及很多的考慮，包括可喜、可悲、可笑、可懼、可愧。

首先，她的第一個反應是：「寶玉這番苦心，能領會我這番苦意，又令我可喜。」心中喜歡的人表示他也喜歡自己，當然可喜！可見這條手帕確實是一個定情物。但值得注意的是，林黛玉思考了半天，然後才體會出手帕的意思，意味著這個理解的前提是她讀過才子佳人之類的故事，所以才能夠領略這個意思。也因為他們兩人有共同的閱讀基礎，以至於寶玉很有信心黛玉是可以理解的。

然後，黛玉心裡又想：「我這番苦意，不知將來如何，又令我可悲。」為什麼她會覺得可悲？請注意她現在到底在想什麼問題，這一點是我們必須回到古代的禮教社會，才能夠理解的：大家閨秀的婚姻必須要「父母之命、媒妁之言」，可是林黛玉的父母安在哉？所以她的未來是無法作主的，沒有家長能夠幫她訂下這門親事，第三十二回便挑明她在內心中的獨白：「父母早逝，雖有銘心刻骨之言，無人為我主張。」正因為黛玉自己「不知將來如何」，所以又覺得很悲哀，寶玉的這番情意恐怕不能夠直接聯結到婚姻，這當然是一個莫大的遺憾，其可悲之處就在這裡。

接著，黛玉內心又繼續思忖：「忽然好好的送兩塊舊帕子來，若不是領我深意，單看了這帕子，又令我可笑。」為什麼可笑？顯然她擔心自己會錯意，自作多情，把對方想成對自己有情意，這個女生就太丟臉了，所以覺得很可笑。

以上固然都沒有問題，然而只有這樣而已嗎？曹雪芹並不是在寫一般的才子佳人故事，不是只就兩個人來組織歡愁，黛玉活在一個上千人的家族裡，在非常講究身分、名節的上層貴族社會，一個少女私下接受這樣的私情饋贈，其實是非常嚴重的悖德行為。因此，最重要的是下面這個心理反應：「再想令人私相傳遞與我，又可懼」，這才是一個非常標準的、也是大家閨秀必有的反應，因為她們從小就在吸收、內化這一套價值觀，結果今天遇到的狀況卻悖離她的價值觀，所以她當然覺得很可懼。大家必須注意到，這樣的反應才真正反映出黛玉作為一個貴族小姐應有的教養。

顯然黛玉和我們不一樣，和才子佳人的故事更不一樣，哪有那麼簡單，以為只要有了愛，人們就自然可以隨心所欲！所以黛玉現在覺得很害怕，萬一被人家發現怎麼辦？黛玉在這個手帕傳情的事件裡，內心中其實有一塊角落是感覺到恐懼的，這手帕要是被人家發現的話，真的是身敗名裂。換句話說，林黛玉若不害怕，反而像崔鶯鶯般地勇於追求，那就太奇怪了！因此，注意到黛玉的這個心理反應，才能真正瞭解《紅樓夢》裡上層社會的整體價值觀和他們的思考重點。

我必須再次強調，《紅樓夢》絕對不是在寫一般的才子佳人小說，然而手帕還是具有傳情的意義，這是他們從才子佳人小說裡學來的。對於充滿不安全感，總是對寶玉百般試探的黛玉而言，手帕當然意義非凡，這讓她有如吃了定心丸一樣，從此之後確認寶玉對她的感情，也就不再每天都活在一種不確定的狀況之下。由此可知，她的敏感多疑，甚至那種尖銳刻薄，很多是來自這般的不安全感，所以說每個人都有他自己的地獄！

總之，手帕對寶、黛二人而言，只有「關情」的層面，他們一直到最後都沒有涉及任何非禮教的接觸，這是一定要放在腦海裡的。

關情二：紅玉的羅帕

第二個「關情」的例子即紅玉（紅玉）和賈芸，他們的傳情之物一樣是手帕。大家可以發現手帕是很好用的，因為手帕是古代人們隨身帶著的必備小東西，最容易就地取材，又帶上主人的氣息，形同分身。關於紅玉和賈芸的「關情」，老實說，這對男女是各有盤算，其實在「情」中是帶著勢利算計的。紅玉掉了手帕，當然不是故意的，但是這條手帕被賈芸撿到，賈芸推測這一定是某個女孩子的，因為大觀園裡住的只有女孩子，所以賈芸懷了鬼胎，也有了一些非分之想。後來在因緣際會之下得知是紅玉遺失的，他就心生一計，想出狸貓換太子的計策以便和紅玉接觸，方法是找一個小丫頭，讓她做穿針引線的工作。首先，他拿出自己的手帕交給小丫頭，要她拿去問問紅玉姑娘，這是不是她的？而這個小丫頭的名字很重要，她叫墜兒。且看第二十六回的描述：

原來上月賈芸進來種樹之時，便揀了一塊羅帕，便知是所在園內的人失落的，但不知是那一個人的，故不敢造次。今聽見紅玉問墜兒，便知是紅玉的，心內不勝喜幸。又見墜兒追索，心中早得了主意，便向袖內將自己的一塊取了出來，向墜兒笑道：「我給是給你，你若得了他的謝禮，不許瞞著我。」

墜兒便把那條實際上是賈芸的手帕拿去給紅玉，而紅玉看到以後的反應是什麼？真是令人大吃一驚，試看第二十七回墜兒和紅玉的對話，墜兒說：「你瞧瞧這手帕子，果然是你丟的那塊，你就拿著；要不是，就還芸二爺去。」接著紅玉說：「可不是我那塊！拿來給我罷。」墜兒又道：「你拿什麼謝我呢？難道白尋了來不成。」這真是大有蹊蹺，紅玉對自己每天使用的手帕會認不出來嗎？當然認得出來，可是她看到這條明明是賈芸的手帕，卻一口斷言是她失落的那一塊，豈不也是暗藏心機嗎？

在傳統上層社會，男女之間交換信物其實就是非禮教的行為，而在非禮教的行為上，這一組男女又各懷鬼胎、各有算計：紅玉想要藉機攀高，雖然賈芸算不上龍鳳，可是他好歹是個良民，更是賈家的旁系子孫，如果她能夠有這麼一個出路，即可以脫離丫頭的賤籍身分；而十八歲的賈芸已經到了適婚年齡，有些關於求偶的考慮也是很正常的。所以，這一對男女都不是那麼簡單，都是很精明、很懂得算計的人物，也算般配。

最堪玩味的，是這個穿針引線的人名叫墜兒。表面上，「墜兒」的名字是取義於項鍊的墜子，《紅樓夢》裡很多丫頭的取名也和首飾有關，然而墜兒的這個「墜」字事實上是雙關，把「墜」字單獨來看待，就有墮落的意思，第五十二回脂硯齋有一段批語便指出這一點：「墜兒原不情，也不過一愚人耳，可以傳姦，即可以為盜。」脂硯齋直接說她這是「傳姦」的行為，而既然可以「傳姦」，那麼也就能偷盜，果然後來她暗中偷了平兒的蝦鬚鐲，東窗事發後便被攆了出去。由此可以注意到，墜兒這個小角色在小說中的主要兩段情節，都是不正當的行為，都是非法的悖德之舉，一次是幫人家穿針引線，撮合不正當的男女關係，還開口要討謝禮；另一次是乾脆自己偷盜，成了竊賊，所以這個「墜」字事實上隱含道德墮落的意思。也正因為如此，曹雪芹嘲諷似地，讓平民身分的賈芸和賤民等級的紅玉，作為《紅樓夢》裡真正模仿才子佳人模式的男女，而在其間有如紅娘般穿針引線的人，就是「傳姦為盜」的墜兒。可見這一類紅娘的角色，已經很接近所謂的「淫媒」。

在《紅樓夢》中，唯一模仿紅娘這類「淫媒」角色的人物並不是晴雯，剛剛已經看到晴雯是非常清白的，她在二玉之間的關係裡始終都完全不涉及悖德、非禮教的行為；有這樣的行為、也有這樣的意圖的人是墜兒，她正扮演紅娘的角色，而給她一個「墜」的名字，顯然作者的諷刺就在其中。據此而言，《紅樓夢》事實上是極為正統的，是站在傳統的儒家倫理價值觀上的，這和我們一般所以為的很有革命性是恰恰相反。再說，這一對男女在最初的二十幾回中實在是不怎麼讓人欣賞，尤其紅玉更是很精明、很勢利、很會算計，她最先想下手的人是寶玉，那段話實在太精彩了，很值得看一下，因為這很可以呼應小說中想要傳達的所謂「二元補襯」的道理。

一開始，第二十四回出現紅玉這個人物的時候，作者便做了一番介紹：

> 原來這小紅本姓林，小名紅玉，只因為「玉」字犯了林黛玉、寶玉，便都把這個字隱起來，便都叫他「小紅」。……這紅玉年方十六歲，因分人在大觀園的時節，把他便分在怡紅院中，倒也清幽雅靜。……這紅玉雖然是個不諳事的丫頭，卻因他原有三分容貌，心內著實妄想痴心的向上攀高，每每的要在寶玉面前現弄現弄。只是寶玉身邊一干人，都是伶牙俐爪的，那裏插的下手去。

原來寶玉身邊的那些人占據大丫鬟的地位，都覺得寶玉是她們的「禁臠」，彼此組成聯合陣線，有如銅牆鐵壁，外面的人如果想要打進這個核心圈子，就會被她們聯手排擠。第二十四回、第二十七回便清楚告訴我們，這些組成聯合陣線的人主要是晴雯、秋紋、碧痕、綺霰等，主要是第二十七回：

> 晴雯一見了紅玉，便說道：「你只是瘋罷！院子裏花兒也不澆，雀兒也不餵，茶爐子也不爖，就在外頭逛。」紅玉道：「昨兒二爺說了，今兒不用澆花，過一日澆一回罷。我餵雀兒的時候，姐姐還睡覺呢。」碧痕道：「茶爐子呢？」紅玉道：「今兒不該我爖的班兒，有茶沒茶別問

我。」綺霰道：「你聽聽他的嘴！你們別說了，讓他逛去罷。」紅玉道：「你們再問問我逛了沒有。二奶奶使喚我說話取東西的。」說著將荷包舉給他們看，方沒言語了，大家分路走開。晴雯冷笑道：「怪道呢！原來爬上高枝兒去了，把我們不放在眼裏。不知說了一句話半句話，名兒姓兒知道了不曾呢，就把他興的這樣！這一遭半遭兒的算不得什麼，過了後兒還得聽呵！有本事從今兒出了這園子，長長遠遠的在高枝兒上才算得。」一面說著去了。

所以，紅玉事實上是被晴雯、秋紋、碧痕、綺霰等努力阻擋，一直不讓她接近寶玉的，尤其是晴雯，大家一直以為晴雯是個高潔的孤立分子，被襲人黨給排擠、陷害，這真是一個完全顛倒的說法。只要我們認真、仔細地看這段情節，就可以發現她們事實上是同一陣線，是姊妹淘，是所謂的「利益共同體」，晴雯還是最排擠、打壓小紅的一個。

除了這件事情之外，我們也要注意一下，紅玉為什麼被叫作「小紅」或「紅兒」？曹雪芹說是因為她的「玉」字犯了諱，但這只是一個表面的理由，試想賈府中還有個丫鬟的名字也是帶「玉」的，卻沒有這個問題，那便是「玉釧兒」，為什麼玉釧兒就不用忌諱？可見這裡所謂的避諱，真正的理由其實是因為小紅這個人太勢利、太精明、太世故，她不適合擁有「玉」這個字。

大致而言，《紅樓夢》中名字有「玉」的人通常比較個人主義，比較自我取向，也比較不同流俗，包括林黛玉、賈寶玉、甄寶玉、妙玉，還有茗玉。茗玉是第四十回劉姥姥杜撰出來的一位早死的、美麗的姑娘，另外還有一個十分溫柔體貼，在舞臺戲場上是反串小旦的優伶——蔣玉菡。還有玉釧，她也很有個性，面對寶玉時根本就一副不討好權貴的樣子，和她的姊姊金釧兒完全不同。

所以，有「玉」這個名字的人通常是比較精神性、比較有個性的一類，雖然個人主義不一定值得讚美。請注意，我們在此並沒有涉及價值判斷，只說它的表現特質，而紅玉當然不是這類人，所以她不應該有「玉」這個名號，而作者用「避諱」這樣一個很正統的理由把「玉」字隱去，其實便是暗指她不適合「玉」這個字。同樣地，賈芸這個人也很會巴結賄賂，所以贏得在花園中種樹管工的機會，就在這樣的人格特質之下，很微妙地，這兩個人的感情其實都充滿勢利的算計。

然而最有趣的是，這兩個人在前八十回的戲份很少，形象也不是很正面，但作者給了他們如許的篇幅，目的並不是要加以批評，反而是為了在賈家被抄沒之後賦予他們很重要的任務，讓我們更瞭解人性的複雜。好比第二十四回中，賈芸很意外地受到醉金剛倪二的青睞，主動免息借錢給他，而一般說來，我們對於放高利貸的人總會以為他們視錢如命，沒想到倪二卻是一位義俠，仗義助人！正是所謂「人情中有勢利，勢利中有人情」，可見世間、人性真的是很難用二分法去單一論斷。

脂硯齋針對第二十四回醉金剛的這一段文字給了暗示：「伏芸哥仗義探菴。」又說：「此人後來榮府事敗，必有一番作為。」預告將來賈芸會仗義探監，為賈家付出很大的努力。想想看，人性都是「雪中送炭者少，錦上添花者多」，雖然這也毋須感慨，畢竟每個人都必須自保，只要不去害人，我們都可以瞭解和接受，也毋須太過感慨世態的炎涼。但也正因為如此，當一個大家族傾倒崩塌，只剩一片瓦礫的狀況下，能夠雪中送炭的賈芸、紅玉夫婦，豈不是更令人肅然起敬嗎？

雪中送炭是非常難能可貴的義舉，這種人品真是非常的高貴，值得我們讚賞。然而弔詭的是，此一高貴之舉竟然是由之前又勢利、又鑽營的賈芸夫婦來擔當，便十分發人深省。賈芸那時候已經娶了紅玉，其中的過程勢必更為曲折，究竟一個爺兒們該如何打破「良賤不婚」的原則，竟然可以娶一個丫鬟？這個情況牽涉到各種複雜的機緣，在賈家徹底敗滅的過程中，恐怕是很難安排的，或許可以參考臺灣華視版《紅樓夢》連續劇，那段真的非常精彩，把紅玉之所以能夠嫁給賈芸的理由鋪陳得非常合情合理，而且讓我們看到王熙鳳的地位與她處事的某些艱難。

總而言之，當賈家敗滅之後，賈芸和紅玉能夠「仗義探庵」就極為難得了，他們冒著風險，只不過是想要回報賈家、主要是王熙鳳給過他們的恩惠。那份人生很難得的點滴之恩，讓人沒齒不忘，一有機會便圖報回饋，這當然是非常難能可貴的一種人格高度，而此等人格高度竟然出現在我們覺得很勢利、很精明、很會算計的人身上，這確實是曹雪芹所要警示讀者的地方。

前面我們已經看到，甄士隱的宅第和賈雨村所住的葫蘆廟，是要通過勢利街、人情巷才能抵達，所以勢利和人情本來就不是可以用一眼、用一時、用一件事來論斷的。想當初，劉姥姥受到王熙鳳幫助的時候，王熙鳳何曾想過劉姥姥會給她回報？或王熙鳳何曾存心想要他們回報？但是人生太難預料，在賈家一敗塗地之後，伸出援手仗義相助的人，一個是劉姥姥，一個是賈芸和紅玉這對夫妻，還有一個是因為不得不把楓露茶給李嬤嬤吃，而被寶玉攆走的茜雪！

茜雪被攆這件事，在前面的第十九回只有一句話帶到，幸而脂批留下一些線索，讓我們看到原來人性是那麼的耐人尋味！第二十回畸笏叟夾批云：

> 茜雪至「獄神廟」方呈正文。襲人正文標昌（目曰）：「花襲人有始有終。」余只見有一次謄清時，與獄神廟慰寶玉等五六稿被借閱者迷失，嘆嘆！

其中，「茜雪至『獄神廟』方呈正文」一句，說明她真正的故事其實是在後四十回，可惜稿件已經迷失不見。透過這段批語，我們知道在賈家敗落之後，茜雪也是仗義前來相助的人，這實在太感人了，茜雪並沒有挾怨報復，沒有因為當初為了一碗茶就把她攆走而懷恨在心，反倒把賈府以前給過她的恩惠放在心上。曹雪芹真的是感慨很深，告訴我們，看一個人千萬不要只看一件事、只看一時，人性真的太複雜、太幽微，不是那麼簡單就可以看透的。

當賈家被抄的時候，男方得接受審問，女方也要另外監禁，「獄神廟」大概是監禁這些人物的地方，另外賈芸和紅玉「仗義探菴」的「菴」也應該是他們被監禁的所在。從「獄神廟慰寶玉等五六稿被借閱者迷失」可知，此稿不是在曹雪芹死後才不見的，可能在傳抄過程中就已經遺失了，令無數的紅迷們扼腕不已。

還有在第二十七回中，當紅玉對鳳姐表示：「只是跟著奶奶，我們也學些眉眼高低，出入上下，大小的事也得見識見識。」這一段脂批又提到：「且係本心本意，『獄神廟』回內方見。」他說這真的是紅玉的本心本意，並非趨炎附勢，而這個本心本意學到的東西將來會回饋給賈家，要到獄神廟那一回才能夠看到。所以「獄神廟」在脂批中出現三次，這是賈家事敗之後，一個很重要的關鍵地方，而關鍵人物就是賈芸和小紅、茜雪及劉姥姥。

脂硯齋在第二十七回回末總評裡，更進一步提到：「鳳姐用小紅，可知晴雯等理（埋）沒其人久矣，無怪有私心私情。且紅玉後有寶玉大得力處，此於千里外伏線也。」由此可知，原來小紅在怡紅院是一直被晴雯等人給埋沒了，前面不是已經說明她們組織成銅牆鐵壁，把寶玉當作她們的「禁臠」，不容別人染指嗎？因為寶玉是人中龍鳳，越靠近他就越有更多的特權和好處，所以每個人都想要分一杯羹，既得利益者當然會盡量排擠，以確保獨占和壟斷。

小紅是很有才能的人，被人家這樣埋沒當然心有不甘，所以「無怪有私心私情」，這份「私心私情」就是和賈芸的那一段，表示她要另謀出路。從脂硯齋的角度來說，小紅被我們所鄙夷的那一種非禮教、不道德的行為，甚至太多盤算、權謀的部分，他覺得還是情有可原的，因為每個人都有自己的地獄，只有走進他的地獄才會知道他受到何等的煎熬，而他所做的種種事情或許也就不是那麼罪大惡極。

何況紅玉日後有寶玉的大得力處，此即千里之外的伏線，預告將來她真的會仗義探庵、探監，在那風聲鶴唳的時刻發揮非常重要的作用，真的是一片赤膽忠心，這個人實在難得。想想看，如果沒有脂批留下這段話，我們對小紅的印象勢必非常負面，可見要認識一個人真的很困難，所以千萬不要斷章取義，切勿孤證引義！

有趣的是，脂批不是只有一個人的評語，各個評點者因不同的閱讀進度也出現評論上的落差，第二十七回有一段批語提及，脂硯齋非常討厭紅玉，如同我們一般讀者看到的，於是罵她是「姦邪婢」，他說：「姦邪婢豈是怡紅應答者，故即逐之。前良兒，後篆（墜）兒，便是却（確）證。」這位點評者認為紅玉不配在怡紅院當差，沒有資格做寶玉的手下，所以要把她逐出去，連同之前的良兒、後來的墜兒，這些人都不配待在這裡。但是接著畸笏叟便反駁：「此係未見『抄沒』、『獄神廟』諸事，故有是批。」他說做此論者會這樣評論，是因為沒有看到後面抄沒時獄神廟的故事，所以才會對紅玉留下負面的印象；如果看完整部小說，對紅玉就會有一番別開生面、全新的認識。

這些批語非常有趣，顯示評者之間還在互相辨駁、對話，但也由此可見，原來世事難料，人性也幽微到很難用三言兩語來斷定，因而對一個並不是很瞭解，也沒有下功夫去認識的人，就不應該妄下斷言，尤其不要隨便批評，那只是在洩露自己的無知和自以為是，紅玉便是一個很好的例證。確實，多給別人餘地是對的，這倒也不是期待我們給人家餘地之後，對方將來就會回報我們，而是說原來人真的都有他的地獄，他困在這個地獄中可能過分憤激，或可能做出一些也許不是那麼公道的表現，但有的時候可恨之人確實有其可憐之處，此一不為人所知的「可憐之處」便值得悲憫。所以我們給人家餘地、多寬容別人是好的方向，當然這不是要人們做「鄉愿」、濫好人，而是因為深知我們瞭解得太少，所以應該謙虛地自覺所知道的真的不夠多，因此不妄下斷言、不輕易批評。

關情三：妙玉的綠玉斗

再來看「關情」類的第三組，這一組是大家很熟悉的段落，發生在妙玉和寶玉之間。第四十一回劉姥姥逛大觀園，到了櫳翠庵這一站，妙玉拿出她所典藏的茶杯給黛玉和寶釵用，一只是「𤫩瓟斝」，上面寫著「晉王愷珍玩」，王愷是和石崇鬥富的權貴，他的杯子由晉代傳到清代簡直價值連城；杯上又有「宋元豐五年四月眉山蘇軾見於秘府」的一行小字，連蘇東坡都在寶庫裡見過，可見其身價非凡。這只杯子是給寶釵，另外一只叫作「點犀䀉」，則是給黛玉，妙玉接著「將前番自己常日吃茶的那只綠玉斗來斟與寶玉」。

此舉之奧妙值得注意，男生一般比較大而化之，女孩子的心態則比較在意這種細節，女同學們會隨便把自己用的杯子給其他男同學用嗎？應該很少吧！何況妙玉是那麼的潔癖，根本是極端版的林黛玉，而她竟然願意讓寶玉共享自己日常的茶杯，便表明必有芳心暗許。可寶玉這時有點遲鈍，他竟然說：「常言『世法平等』，他兩個就用那樣古玩奇珍，我就是個俗器了。」

他忘了妙玉是不能這樣刺激的，更可能是他根本不知道這只茶杯是妙玉自己使用的，果然妙玉立刻說了很辛辣的尖銳話：「這是俗器？不是我說狂話，只怕你家裏未必找的出這麼一個俗器來呢。」連賈家都未必有，更顯示妙玉也是公侯富貴之家的出身，這一點毫無疑問。寶玉這個人果然伶俐乖覺，立刻知道要見風轉舵，他趕緊說：「俗說『隨鄉入鄉』，到了你這裏，自然把那金玉珠寶一概貶為俗器了。」妙玉聽如此說，十分歡喜，顯然妙玉是喜歡寶玉的。

再看第六十三回寶玉生日的時候，大家又玩耍、又喝酒，結果都醉倒了，一覺黑甜不知所之，等到醒來的時候，發現硯臺下壓著一張粉色的信箋，一看原來是妙玉送來的生日賀卡，妙玉竟然記得寶玉的生日，而且不忘給他一個祝賀！大家都知道，妙玉是不把別人放在心眼中的，她瞧不起所有的人，根本對所有的人都不假辭色，卻單單只對寶玉另眼相看，當然女兒家的心思可想而知。尤其妙玉用的箋子是粉色，雖然這應該是紙張原本的顏色，但小說家在別的地方從來沒提到，卻對妙玉的這張紙加以標示，非常微妙的情思就更洩露出來！

而妙玉的最後下場是什麼？在《紅樓夢》的手抄本裡有一個版本叫「靖藏本」，脂硯齋於第四十一回留下了一段很錯亂的眉批：「他日瓜州渡口勸懲不哀哉屈從紅顏固能不枯骨□□□。」周汝昌重新做了校讀：「他日瓜州渡口，各示勸懲，紅顏固不能不屈從枯骨，豈不哀哉！」

這段話到底是什麼意思？意指將來賈家被抄沒，大家都要流散，真是所謂的「樹倒猢猻散」，連襲人都被拍賣，那些寄住在賈家大廈的人當然也都失去庇護，然後才知道賈家所給予的是「風雨不動安如山」的保障。一旦失去這棵大樹，面臨天崩地裂的局面，財富足以自我安頓的妙玉，連能不能帶著財產離開都很難說，顯然賈府真的是給了她發展極端化個人主義的溫床。

於是，當妙玉失去賈家的庇護之後，便流落到瓜州渡口，一個前途茫茫、不知所之的歧路迷津，脂硯齋說，在這裡，老天爺就要體現公道了，該懲罰的即懲罰，該補償的即補償，所以劉姥姥得到了補償，巧姐得到了救贖；可是妙玉如此的個人主義、如此的極端自我，那就去品嘗一下沒有自我是什麼滋味。天下不是為了某一個人而打造的，所以人需要有一點節制、有一點平衡是對的，謙遜一點、收斂一點、束縛自我一點是好的，「各示勸懲」很明顯是對妙玉這個人的懲罰，因此紅顏必須屈從枯骨。

那麼，「紅顏屈從枯骨」是什麼意思？「枯骨」只能解釋為老人。出於傳統對人體「骨」的概念，這早在漢代就已經有了，尤其在六朝前後，包括道教、中醫等更是明確，他們認為骨骼中的津液會隨著身體的健康狀況，以及年齡的盛衰而有盈枯之差異，年紀越大，骨骼中的津液即會越枯竭。所謂的「枯骨」表示他骨中的津液已經乾枯，這便是老人的意思。「紅顏屈從枯骨」意指委身給一個老人，這個老人大概是有點官職或者身分地位的人，年齡大到這種程度，妙玉恐怕只能做妾這一種。

但妙玉原是那麼潔癖，簡直到了匪夷所思的地步，連劉姥姥喝過的茶杯都嫌髒，寧可把它砸碎，現在卻要「紅顏屈從枯骨」，該是何等的不堪！可嘆當一個人流落到沒有辦法生存的時候，以前最厭惡的骯髒都覺得是一種依靠了。

關情四：晴雯的指甲與貼身小衣

在第七十七回，晴雯被攆出去了，然後寶玉偷偷去看她，這真是李商隱所說的「人世死前惟有別」（〈離亭賦得折楊柳〉），而這個「別」不只是生離，也注定是死別，根本是臨終前最後的一次見面，所以晴雯幾乎是沒有顧忌。

俗諺說：「人之將死，其言也善。」但同時也是「其言也真」，因為沒什麼好隱藏的，反正已經要死了，一切都沒有了，再也沒有什麼好忌諱的，所以此刻晴雯所說的都是她的真心話。希望大家仔細推敲他們的每一句話、每一個心念的轉折，雙方到底在想什麼？為什麼是在這樣的片刻中浮現這個想法？揣摩之後會發現都很有意義，值得我們仔細分析一下。

晴雯和寶玉透過指甲及貼身衣物作為情感的表達，構成了「關情」類的第四項。這一段情節有非常豐富且多層次的意涵，一般人都把它當作兩人之間親密難捨的訣別，因此為之深深動容、感慨萬千，當然這些感受都非常正確。然而，我自己在閱讀與思考過程中發現一些不同層次的意義，證明人性真的有很多層次，每一個層次可能也會有不同的面向，畢竟「人」本來就是複雜的存在個體。

第七十七回是兩人最後的一次見面，他們彼此也心知肚明，以致這一次的見面充滿尖銳的痛苦，乃至深沉的無奈。對於這一段情節中，兩個人的哽咽難言，緊緊握住手捨不得放開，卻又注定要結束的那一種悲痛，讀者都可以盡量體會。然而我所要說的，對於不少讀者而言很可能是非常顛覆性的，我多年來常常停下來思考，將認識到的人性、自己及很多人的生命體驗反饋在閱讀過程上，發現確實有一些東西是單純在關心感覺的時候會被忽略的。

試看當寶玉、晴雯從乍見面的哽咽——一種既震驚又非常悲痛的感受中走出來，慢慢恢復一點現實感，重獲語言的能力，彼此之間再進行對話，這個過程當然是驚心動魄，曹雪芹把此一過程感受處理得非常好，讓人感到蕩氣迴腸，許多讀者也就停留在這裡，烙燙出牢不可破的刻板印象。然而，像曹雪芹這樣反映人性、反映世界運作之種種複雜性的偉大創作者，往往在細節中呈現人性的幽微，建構他的敘事的豐富度。所以細節極其重要，如果不仔細閱讀，這些構件就會被忽略，很多重要訊息便掌握不到。是故，讓我們認真察看作者所描寫的細節，思考一個問題：當開始恢復語言能力之後，他們的第一句話以及首先關心的是什麼？大大出乎一般的預料，答案並不是對於過去曾經有過的美好記憶的沉思或者品味，不是對於未來失去對方，人生將有巨大空缺的恐懼。

晴雯首先恢復語言能力，她哽咽了半日，方說出「我只當不得見你了」這半句話來，接著的第一句整話是要「喝茶」。原來在生離死別的極端時刻，對當事人而言，更直接迫切的感受與需要，其實還是生理性的。請看當時的場景，晴雯道：「阿彌陀佛，你來的好，且把那茶倒半碗我喝。渴了這半日，叫半個人也叫不著。」寶玉聽說，忙拭淚問：「茶在那裏？」晴雯道：「那爐臺上就是。」

寶玉說得很清楚，晴雯自幼上來是嬌生慣養，從來沒有受過委屈，這在當時的丫鬟裡是非常罕見的待遇，顯然寶玉和她的相處總是小心翼翼，努力地迎合她。何況寶玉的天性本就是做小伏低、言語纏綿，很懂得設身處地替別人設想，尤其是為了讓少女開心，他簡直可以把自己低到塵土裡去開出花朵，所以聽到晴雯說要喝茶，他很自然地立刻去找茶。但是，「寶玉看時，雖有個黑沙吊子，卻不像個茶壺。只得桌上去拿了一個碗，也甚大甚粗，不像個茶碗，未到手內，先就聞得油羶之氣」。

這類茶碗在怡紅院是看不到的，寶玉覺得晴雯本來是嬌生慣養到金枝玉葉的程度，便猶豫這只茶碗是不是可以拿給她喝，這是寶玉作為護花使者首先會體貼到、顧慮到的問題。但看到現場只有這樣的碗，「寶玉只得拿了來，先拿些水洗了兩次，復又用水汕過，方提起沙壺斟了半碗。看時，絳紅的，也太不成茶」。當寶玉還在做這種細緻步驟的時候，晴雯已經忍耐不住了，扶枕道：「快給我喝一口罷！這就是茶了。那裏比得咱們的茶！」晴雯非常乾渴難忍，只想趕快喝一口水，水的品質在所不計，完全不再像過去那般計較。寶玉還是捨不得，自己就先嘗了一嘗，發現也沒清香也無茶味，還一味苦澀，這個茶能喝嗎？不要忘記他們是出自公侯富貴之家，這種東西平常連看都看不到，怎麼可能會喝過。

寶玉嘗畢之後才遞給晴雯，而「晴雯如得了甘露一般，一氣都灌下去了」！寶玉注意到晴雯前後判若二人，這個落差太大，此刻心中便發出感慨或省思，作者把他內心的獨白都顯發出來，寶玉心下暗道：「往常那樣好茶，他尚有不如意之處；今日這樣。看來，可知古人說的『飽飫烹宰，飢饜糟糠』，又道是『飯飽弄粥』，可見都不錯了。」飢餓的時候連糟糠都很好吃，飯吃撐了就想吃粥，這正是常人的庸俗人性，也呼應了第六十一回大觀園專屬廚娘柳家的所言：「細米白飯，每日肥鷄大鴨子，……吃膩了膈，天天又鬧起故事來了。鷄蛋、豆腐，又是什麼麪筋、醬蘿蔔炸兒，敢自倒換口味。」如此「飢饜糟糠」的人性，此刻即活生生地體現於晴雯身上，寶玉看在眼裡，成為古人智慧的印證。

從晴雯臨終前的表現來看，更顯示晴雯也只是個普通人，當她的生活非常順遂時，便和一般人一樣養成驕縱的習氣，對於食、衣、住、行有了特別的挑剔，但是一旦失去客觀環境的支持時，她也和一般人一樣，只要能活下去就好，再劣等的粗茶也可以喝了。而真正的高潔君子並非如此，他們會有著一種高度的自我提升與心志訓練，如孔子所說的「君子固窮，小人窮斯濫矣」。

寶玉省思到的這番道理是很常見的人性，不過對於這段情節，我其實最關切的是另外一種經驗，也就是在即將失去一個自己非常珍愛，甚至是失去不起的對象時，當面臨這樣重大失落的時刻，一般人會有怎樣的心理反應？眼前這個人即將要從你的掌心流失，再也回不來，他／她的生命在倒數計時中，你感受到幻滅正分分秒秒地逼近，即將有一顆炸彈要猛烈爆發，把你的世界炸得粉碎。失去摯愛的感受，一是至大的悲痛，一是至大的恐懼。「至大」的「至」字是一個極端的程度副詞，在這種處境中，人會被那兩種非常強大的感受籠罩，整個的心等於是架空的，純然被強烈的痛苦、悲哀、恐懼所淹沒吞噬。在此等狀況下，人們事實上沒有餘力，也不可能有一丁點剩餘的心思，去體會或者反思到人性的本質問題。

所以，寶玉當時的反應實在是很特別，他竟然在這種絕大的悲痛與恐懼之中，還有餘力省思晴雯所表現出來的一般人性，這正是最發人深思的地方。雖然說得過度明確就會把一些幽微心思過分誇大，然而我一定要用實在的語言把其中的道理解釋清楚。在我看來，寶玉對晴雯的感情還沒有到多麼深刻的地步，如果感情夠深，對方是一個你失去不起的珍愛的人，在即將要失去這個人的時候，事實上根本沒有心靈空間可以抽離自己，把對象當成是一個觀照的客體，然後省思她身上所反映出來的一般人性，並對一般人性的膚淺平庸發出感慨。就像一位母親在和兒女訣別的時候，不會想到他們有哪些性格缺點；一個情人在和愛侶分手的當下，不可能去觀察他／她的人性弱點，道理相通。

寶玉接下來一面想，一面流淚問晴雯：「你有什麼說的，趁著沒人告訴我。」那就是要問她的遺言了。在這種椎心泣血的時刻，還能有足夠的意志力去詢問對方的遺言，老實說，那絕對不是悲痛至極，處於動盪翻攪到失去控制能力的心理狀態，而是還在一個可以接受事實的理性之下。晴雯嗚咽道：「有什麼可說的！不過挨一刻是一刻，挨一日是一日。我已知橫豎不過三五日的光景，就好回去了。」如果有過類似的經驗者就會知道，在死別之前還可以有這樣的對話，可見這兩人並不是處於被悲痛與恐懼所徹底淹沒而心神渙散的境界。我們以前純粹只感受到他們之間的深情難捨，然而這一幕確實可以讓我們稍微做一點斟酌。

接下來晴雯又說：「只是一件，我死也不甘心的：我雖生的比別人略好些，並沒有私情密意勾引你怎樣，如何一口死咬定了我是個狐狸精！我太不服。」一般讀者只注意到這幾句話，便開始為晴雯抱不平，和她站在同一陣線，又因為她的不服是以死亡作為前提，所以讀者特別為她感到憤怒，對造成她這等局面的直接、間接甚至不相干的因素展開抨擊，而王夫人就挨罵最多。但是，我希望大家不要只停留在這裡，請再往下看晴雯所說的話：「今日既已擔了虛名，而且臨死，不是我說一句後悔的話，早知如此，我當日也另有個道理。不料痴心傻意，只說大家橫豎是在一處。不想平空裏生出這一節話來，有冤無處訴。」其中，「擔了虛名」指的是什麼，我們等一下再分析。

再接著看，「晴雯拭淚，就伸手取了剪刀，將左手上兩根葱管一般的指甲齊根鉸下」。一個服侍主人的丫鬟，指甲竟能夠長到像葱管一般，長達二三寸，可見不是一般的丫鬟。連我們這種不做丫鬟的人都養不起這樣的指甲，因為長指甲讓人處處做事很不方便，何況一個丫鬟得要打理主人的食、衣、住、行各方面的瑣事，把指甲養得這麼長，在做事的時候不弄斷，幾乎是不可能的。可想而知，晴雯真的像嬌貴的金枝玉葉一般，幾乎就是過著千金小姐般養尊處優的生活，「兩根葱管一般的指甲」便是一個很重要的證據。

然後，晴雯「又伸手向被內將貼身穿著的一件舊紅綾襖脫下，並指甲都與寶玉道：『這個你收了，以後就如見我一般。快把你的襖兒脫下來我穿。我將來在棺材內獨自躺著，也就像還在怡紅院的一樣了。』」這段情節也很感人，令無數的讀者深受觸動，為之一掬悲傷的眼淚。晴雯在此將一件舊紅綾襖贈與寶玉，和寶玉送給黛玉的定情物一定要是半新不舊的手帕，其道理是相通的。因為用過或穿過的衣物帶有個人的印記和氣味，以及使用後所留下來的痕跡，也就等於是他／她的延伸，這才真正具有個性化的意義，成為某個人的化身。

當然，從道理上來說，主僕之間有這種傳情的行為，其實是違反禮法的，因此晴雯說「論理不該如此，只是擔了虛名，我可也是無可如何了」。而寶玉聽說如此，也立刻寬衣換了衣服，藏了指甲。晴雯又哭道：「回去他們看見了要問，不必撒謊，就說是我的。既擔了虛名，越性如此，也不過這樣了。」

整體可見，「擔了虛名」這一句在短短的一段話裡重複了三次，連張愛玲都很喜歡，於是寫進她的〈傾城之戀〉。回到《紅樓夢》的文本脈絡裡，足見唯一讓晴雯臨終前覺得死不瞑目的事情，就是「擔了虛名」，她並沒有誘惑寶玉，沒有做任何不應該做的事情，卻背負莫須有的罪名，並且為了這個罪名而死，這絕對是讀者同情晴雯的原因所在。可是請特別留意，晴雯所說的這句話：

> 不是我說一句後悔的話，早知如此，我當日也另有個道理。

假若時光倒流，一切可以重新開始而結局不變的話，晴雯會怎麼做？從其話語的上下脈絡來看，她不甘心的很明顯是「擔了虛名」，而如果是擔了「實名」，她便不會那麼不甘心了。於是，晴雯認為既然「擔了虛名」，那麼就化虛為實，交換貼身的內衣，做出男女私情的表達，也就不會那麼冤枉。她還告訴寶玉說不用隱瞞，「回去他們看見了要問，不必撒謊，就說是我的。既擔了虛名，越性如此，也不過這樣了」。可見她關心的不是禮法的問題，禮法是君子在關心的，一般人並不在意這個問題，對晴雯來說，她關心的是自己是不是「名符其實」，而不是所做的事情對不對，如果為了自己做過的事情而得到這樣的下場，她便不會那麼委屈不甘，至於所做的事情到底對不對，她並不在乎。所以她才會說「當日也另有個道理」，而那個道理應該和紅玉的做法相差不遠，即以「私情密意勾引」寶玉。

如此一來，我們接下來要追問一個問題是：當日晴雯沒有實際去「私情密意勾引」寶玉，是因為她潔身自愛而真的不想做，還是事實上她根本不必做？這裡有一句話很重要，透露出當初晴雯並沒有那麼做的原因，其實是「不料痴心傻意，只說大家橫豎是在一處。不想平空裏生出這一節話來，有冤無處訴」，顯然晴雯認定兩人永遠會在一起，那當然就不必做任何勾引的舉動，誰知道她竟然要為沒有做過的事付出這樣的代價！早知如此，當時就會另外有不同的做法。換句話說，晴雯所擔的虛名是「不必做」，而非「不願做」。

只有回到文本本身和當時的歷史背景，才能理解晴雯的「大家橫豎是在一處」這句話到底代表什麼意思。經過對整部《紅樓夢》的全面考察後，可以發現所有的丫鬟任憑再怎麼嬌慣、再怎樣受到主子的信賴和寵愛而不可或缺，終究都是一定要嫁出去的，通常是配給小廝，二人婚後生的小孩即「家生子」。最好的例子是鴛鴦，鴛鴦是賈母晚年生活裡最信靠、最依賴、最不可或缺的助手，所以賈赦要娶鴛鴦的時候，便引發賈母空前的震怒，而在第七十回中清楚提到，賈府每過一段時間便會整理一下家裡的人口簿冊，看看哪些人的年齡到了，就是該得發配的時候，這一次鴛鴦也在發配的名單上。只因為之前賈赦鬧過一樁強娶的事件，鴛鴦誓死不嫁，所以暫且不處理她的發配問題。可想而知，任憑再如何得力的助手，丫鬟就是丫鬟，至多到十七、八歲就得要進入發配的名單，這根本是賈府運作的一條鐵律，沒有人不知道。

此外，因為賈家是寬厚人家，所以還有另外一種做法，即開恩讓丫鬟回自己的家，讓父母去自行聘嫁，這是很多小丫鬟所寄望的。第六十回春燕便轉述寶玉常說的話：「將來這屋裏的人，無論家裏外頭的，一應我們這些人，他都要回太太全放出去，與本人父母自便呢。」連犯了嚴重風化罪的司棋，都是「賞了他娘配人」（第七十七回），足為其證。

然而最奇怪的是，晴雯竟然會覺得「大家橫豎是在一起」，這很明顯只有一個可能，就是當上寶玉的妾。只要納為妾室，當然兩個人即橫豎在一起了。足見在晴雯的認知裡，將來她肯定是寶玉的妾，這句話很明確地表露出她有一種「準姨娘」的自覺，而這個自覺使得她不必再做任何私情密意勾引的舉動，因為這地位本來就該她所有，所以何必再多此一舉，用一些不好的手段去爭取。

至於晴雯之所以會有「準姨娘」的自覺，當然也不是她自己在憑空妄想，事實上確實有這個跡象，書中也有隱微的暗示。當初晴雯是賈母指派給寶玉的，這個做法就已經隱隱帶有儲備姨娘的意味，同樣是賈母賞給寶玉使喚的襲人，也是如此，最明顯的證據在第七十八回，當王夫人把晴雯攆走之後，她向賈母回報：「寶玉屋裏有個晴雯，那個丫頭也大了，而且一年之間，病不離身；我常見他比別人分外淘氣，也懶；前日又病倒了十幾天，叫大夫瞧，說是女兒癆，所以我就趕著叫他下去了。」賈母聽了以後，是這樣說的：「晴雯那丫頭我看他甚好，怎麼就這樣起來。我的意思這些丫頭的模樣爽利言談針線多不及他，將來只他還可以給寶玉使喚得。誰知變了。」

首先要注意，王夫人作主攆出晴雯，但還得要向賈母報備，由此便可想而知，因為晴雯是賈母給的，照理來說，最後的去留決定權應該在賈母，因而王夫人自作主張做了這個決定之後，必須和賈母說明原委，以免僭越，這就是他們家的禮數。與此同時，讀者也可以瞭解到晴雯是賈府最高權威賈母指派給寶玉的，因沾光而特別有一種寵遇的地位。當然，賈母既然退位了，即很尊重當家者王夫人的理事權力，所以支持王夫人的決策，這是賈母的智慧。

另外，還要注意一下賈母所說的「將來只他還可以給寶玉使喚得」這句話，但寶玉一直不就在使喚晴雯嗎？為什麼還要加上「將來」？可見這裡的「使喚」其實就是做妾的意思。畢竟妾的地位和丫頭確實也差不多，在第六十回中，趙姨娘和芳官一群人吵起來，那一場紛爭轟轟烈烈，尤其芳官說了很難聽的話，用上一個歇後語：「梅香拜把子——都是奴幾。」「梅香」這個名字聽起來就很像小丫頭，「拜把子」是結為兄弟姊妹的意思，既然是丫頭們結拜，所以答案即它的下半句「都是奴幾」，大家一樣都是奴才。芳官用這個歇後語，意思是你趙姨娘和我其實差不多，你也不要在我面前逞威風，不必擺什麼姨娘的架子，所以趙姨娘氣死了，才會吵得一場糊塗。

賈母用「使喚」二字，便是把姨娘或妾的真實地位表現出來，而很明顯，賈母是有意讓晴雯將來給寶玉做妾的，賈母的這番話提供了很明確的證據。多數讀者不喜歡襲人的主要原因，在於她是全書中唯一與寶玉發生肉體關係的，大家都認為她不擇手段、出賣身體而大肆抨擊。然而，第六回明白敘述：「寶玉亦素喜襲人柔媚嬌俏，遂強襲人同領警幻所訓雲雨之事。」文中的「強」字證明襲人是被迫的，在古代社會中，主子「強」的行為是合法的，丫鬟根本沒有反抗的權利，彼時法律規定，丫鬟不過是「物品」，生殺皆可予奪，何況是名節。再者，更值得注意的是，「襲人素知賈母已將自己與了寶玉的，今便如此，亦不為越禮」。因此，就這一點而言，襲人和寶玉的初試雲雨根本是合情、合理又合法，讀者不應該以自己的成見和現代的價值觀橫加抨擊。

和襲人的情況一樣，晴雯「橫豎在一起」的認知不是自我感覺良好的主觀意願，而是客觀上確實有一定程度的保證，所以晴雯也並沒有過分的作為。然而，她用「痴心傻意」來形容自己，那是回顧過去卻發現事與願違的後悔之言，其實當日的認知有憑有據，並不痴傻。理解這個情況之後，我們就可以明白，晴雯之所以沒有私情密意勾引寶玉，無論其客觀與主觀原因是什麼，都不能夠忽略晴雯「痴心傻意」的「心意」，在於已經有了賈母的保證，寶玉又那麼寵愛她，因此對於寶玉身邊的姨娘位置有一點勢在必得的心態。

就此而言，一個人的品行是不是高潔、是不是真正有一種「造次必於是，顛沛必於是」的原則堅持，必須回到他／她的環境來觀察。大體來看，晴雯始終有那麼一種光明磊落之姿，固然是非常好的，讀者之所以那麼喜歡她，是完全有道理的。只不過事情並沒有如此簡單，單就人格評價而言，是否足以給晴雯那麼高的評價？這是一個很大的問題。晴雯事實上並沒有足夠的人格高度和意志強度，只不過是面對這般的一個虛名，她就極度不甘願，以致在臨死之前用盡她奄奄一息的微小力氣，只是為了把虛名化為實際的行動，做出「私情密意勾引」的非禮之舉，這一點也談不上具有「造次必於是，顛沛必於是」的人格高度。

總之，晴雯是很可愛的人，她真的是丫鬟中最漂亮的一個，如果大觀園進行選美比賽的話，她一定會贏得后冠，其他的精巧手藝也都兼具，所以才能深獲賈母的喜愛，然而是不是真的足以給她那麼高的一個人格位置，恐怕還得再仔細思考。這是我們在閱讀中可以停下來，然後根據知識和人生體驗再多做思考的地方。

綜觀上述「關情」類的小物整理如下：

一、紅玉、賈芸——羅帕（第二十四回）

二、寶玉、黛玉——家常舊手帕（第三十四回）

三、寶玉、妙玉——綠玉斗（第四十一回）

四、寶玉、晴雯——指甲、貼身小衣（第七十七回）

多姑娘的青絲

所謂的「涉淫」類其實也不是「讖」的使用，因為這都是當事人在自覺情況下的意志表現，當然並不屬於「讖」所涵蓋的範圍。不過既然要把這個系統做一個完整的說明，就還是把這個部分略述一下。

「涉淫」類總共也有四個案例，第一組比較簡單，即賈璉和多姑娘幽會時的一綹青絲。多姑娘名字中的「多」字是來自她所嫁的丈夫「多渾蟲」，第二十一回寫道：「榮國府內有一個極不成器破爛酒頭廚子，名喚多官，人見他懦弱無能，都喚他作『多渾蟲』。」多渾蟲恰好是晴雯的姑舅哥哥，來到賈府以後，「一朝身安泰，就忘卻當年流落時，任意吃死酒，家小也不顧。偏又娶了個多情美色之妻，見他不顧身命，不知風月，一味死吃酒，便不免有蒹葭倚玉之嘆，紅顏寂寞之悲。又見他器量寬宏，並無嫉衾妒枕之意，這媳婦遂恣情縱慾，滿宅內便延攬英雄，收納材俊，上上下下竟有一半是他考試過的」（第七十七回）。

前面第二十一回說她是「多姑娘」，到了第七十七回卻改了名字，變成「燈姑娘」，書中說：「若問他夫妻姓甚名誰，便是上回賈璉所接見的多渾蟲燈姑娘兒的便是了。」很明顯地，在寫作上出現了前後不一的錯歧情況，但作者應該不是偶然出錯而是刻意為之，曹雪芹絕對不是寫到快第八十回，實在太累了照顧不來，以至於寫錯了。現在限於篇幅不夠，其中的深意暫且不表。

秦可卿的髮簪

第二組涉及前八十回已經被刪掉的一段重大文字，即秦可卿和賈珍之間「爬灰」的關係。這些內容在目前的小說裡已經大部分找不到了，不過由於脂硯齋點名透露，大多數的讀者都知道實有其事，所以納入「涉淫」這個系統裡來看。

秦可卿和賈珍之間用來傳情的小物是「髮簪」。脂評系統的「靖藏本」在第十三回前面有一段總批，提到第十三回「秦可卿死封龍禁尉」的回目，原來作「秦可卿淫喪天香樓」。至於這段情節為什麼被刪，評者說明道：「老朽因有魂托鳳姐賈家後事二件，豈是安富尊榮坐享人能想得到者，其言其意，令人悲切感服，姑赦之。因命芹溪刪去『遺簪』、『更衣』諸文，是以此回只十頁，刪去天香樓一節，少去四、五頁也。」秦可卿能夠在死前為賈家的命運那般操心，提供一個長治久安之道，可見這個人是有智慧的，而且是真正愛賈家的。假如王熙鳳採納了可卿托夢所給的建議的話，賈家不至於一敗塗地，可惜王熙鳳因為沒有讀書，不明白這件事情是如此攸關深遠，而還是依照既有的運作方式。賈家後來遭遇到沒有人能夠預想得到的重大變故，突然之間就徹底崩塌，但畸笏叟是深知其間的一切過程的，因此對秦可卿充滿感佩，也不想讓可卿以這般難堪的罪行與罪名退場，為了保有秦可卿的人格尊嚴，所以命曹雪芹刪去。

曹雪芹刪掉的內容包括「遺簪」與「更衣」兩段，天香樓那一節也少去四、五頁，因此這一回就只剩下十頁。目前所見的第十三回是出於這樣的原因而刪改之後的產物。不過現在看起來，曹雪芹刪得不甘不願，故意留下一些線索，讓讀者隱約覺得其中必有蹊蹺。

也因為畸笏叟的介入，作者一改秦可卿的猝死暴斃，讓她好像是在病榻中緩慢步向死亡。首先是讓可卿生病，表面上看起來是婦科方面的問題，是喜、是禍尚不確定，很多醫生來看都搞不清楚狀況，後來找到一個高明的太醫張友士，張太醫說話非常含蓄，其實意思是到了春天人就不行了。如此一來，賈家人心知肚明，大概都有心理準備，何況第十一回王熙鳳去探望這位閨中好姊妹，出來後向秦可卿的婆婆尤氏說「你也該將一應的後事用的東西給他料理料理」，尤氏回答道：「我也叫人暗暗的預備了。就是那件東西不得好木頭。」所謂「那件東西」就是棺木。這時，鳳姐看到的秦可卿「雖未甚添病，但是那臉上身上的肉全瘦乾了」，無論是生什麼病，一旦瘦到皮包骨一般，可是看起來精神還好，則並不是好事，因為這叫作「惡體質」。

「惡體質」是醫學上的專有名詞，當人體基本沒有辦法吸收營養，以致內部的機能運作能量都來自於燃燒肌肉，肌肉一直被消耗，直到最後，人就撐不住了。這種「惡體質」來自於漫長的消耗戰，是任何一個生命體都承受不了的，不過這個過程時間夠長，身邊的親友也都有相關的知識和心理準備，會意識到這個病人其實是沒有救了，因此對於秦可卿的死，賈家上下已經在信念上、感性上、事實上都可以接受了，最後果然敲起喪鐘。賈家這種鐘鳴鼎食之家，人口眾多，吃飯時要敲鐘，才能讓大家聽到訊息，同樣地，他們要傳遞喪音，是用雲板敲四下，第十三回寫道：「二門上傳事雲板連叩四下，將鳳姐驚醒。人回：『東府蓉大奶奶沒了。』鳳姐聞聽，嚇了一身冷汗。」這裡連叩四下的「四」即諧音「死」，所以是喪鐘。

照理來說，秦可卿是在一個漫長的生病過程中消耗殆盡，大家也都有了心理準備，後面的描寫應該順著人情之常去發揮，不過曹雪芹大概有點抗拒心理，有些地方故意不刪，留下啟人疑竇的地方。例如下一段裡寫道：「彼時合家皆知，無不納罕，都有些疑心。」可是，既然一個人都病了那麼久，大家已經說要準備「那件東西」，對於做好準備的事情又怎麼會產生疑心？所以在我看來，這些矛盾的地方都是曹雪芹故意未刪乾淨的，其中也隱含著某些訊息。

「納罕」和「疑心」是眾人對一個突如其來、超乎意料之外的情況的反應，所以秦可卿應該是「淫喪天香樓」，當天晚上她到天香樓上吊自盡，原因當然是爬灰之事所致。在這種詩禮簪纓之族裡，貞潔就和生命一樣重要，而與公公私通簡直是只能以死贖罪的罪大惡極。所以大觀園裡出現繡春囊，也真的是天大的災難，王夫人會那麼緊張，手段那麼激烈，不是沒有原因的，這一定要回到賈家的家族背景裡來理解。

秦可卿一死，全族的人都來了，賈珍是當家的，也是族長，居然「哭的淚人一般」。兒媳婦死了，做公公的哭得淚人一般，這不是太違反人性之常嗎？別人看在眼裡，大概也覺得不成禮，逾越了一定的分際。接下來，人家問他到底要怎樣料理後事，賈珍竟然拍手道：「如何料理，不過盡我所有罷了！」為了一個兒媳婦的死，竟要傾家蕩產，實在成何體統！人是有遠近親疏等級之差的，尤其在喪禮上，那也是做給人家看的時候，就得按照一般人可以理解的倫理等差去行事，然而他竟然說要「盡我所有」，無論是情感的反應上，還是喪事的規模上，都已經遠遠超過應有的分際。甚至連買棺材，賈珍都是不惜重本，用了連一千兩銀子都買不到的「檣木」，那可是薛家鋪子裡才有、王爺等級使用的棺木，賈珍卻非要不可。賈政勸他說：「此物恐非常人可享者，殮以上等杉木也就是了。」但「此時賈珍恨不能代秦氏之死，這話如何肯聽」，而這顯然也是情人之間才會有的反應。

作者在第十三回留下一些啟人疑竇的地方，點點滴滴還不止如此。再看後面的一段情節。秦可卿的喪事需要人來打理，但因為寧國府寬鬆已久，下人非常怠惰，整個家裡像亂麻一般完全沒有秩序，所以非得有一個人來整頓不可。寶玉問賈珍說那些事情都已經安妥了嗎？「賈珍見問，便將裏面無人的話說了出來」，寶玉便笑道：「這有何難，我薦一個人與你權理這一個月的事，管必妥當。」接著向賈珍推薦王熙鳳，賈珍一聽大喜，立刻去邀請。可見賈珍自己一開始也沒有想到這個人選，反而是寶玉，表面上一副完全不操心什麼應酬事務的富貴閒人，一心只想在溫柔鄉裡享受少女們的美麗和清新，可是他看人的眼力之準，不單單將周遭的人完全看在眼裡，而且有非常正確的判斷，從薦舉鳳姐的這一件事，便證明寶玉比賈珍的看人派任更加切當，可以讓每一個人的才能各安其位，得到最好的發揮。由此看來，《紅樓夢》裡的人物都不是很簡單的單面向，如果讀者不願意把他們當作活生生的人來看待，就一定會削足適履。

賈珍得到寶貴的人選，立刻跑來榮國府請託，「賈珍此時也有些病症在身，二則過於悲痛了，因拄個拐踱了進來」。如此悲痛到要拄著拐杖，羸弱到無法自持的程度，堪稱是「哀毀過禮」，這個詞通常是指盡孝到最高境界才會有的一種情況，在魏晉時期有一個標準的例子，當阮籍的母親死訊傳來，他悲極吐血，是為「哀毀過禮」。因而賈珍的這些反應，在在證明他與秦可卿之間絕非一般的公媳關係，而是有著其他深切交關的情感。

對於可卿之死，還有一個更有趣的地方，第十六回當賈璉遠道回來以後，王熙鳳向他報告這一段時間處理家務的情況，提到可卿的喪事，她說：「況且我年紀輕，頭等不壓眾，怨不得不放我在眼裏。更可笑那府裏忽然蓉兒媳婦死了，珍大哥又再三再四的在太太跟前跪著討情。」她對於秦可卿的死用了「忽然」來形容，可見是措手不及，這也顯示秦可卿的死並不是壽終正寢。

以曹雪芹的功力，他不可能在做一個情節的更動之餘，沒有照顧到其他的細節而讓它們合理化。所以令人懷疑對於畸笏叟的介入，曹雪芹大概有一點小小的抗議，以致他把主情節刪了，但是其他的細節就留著給讀者們自己領會，讓他們疑惑其中也許還有被掩蓋的真相，而被掩蓋的真相便是公媳之間確實有不倫的關係。這個不倫的關係涉及「遺簪」和「更衣」的情節，如今已經看不到了，「遺簪」大致是男女在互通款曲的時候，有意或無意地遺落一支髮簪讓對方撿到，而成為一種定情的表示，所以我把髮簪當作他們「涉淫」關係的小物。

然而，所謂「涉淫」當然也是過分簡單化的說法，讓我們認真思考一個問題：秦可卿和賈珍之間到底是怎麼發生這樣一種關係的，其中有沒有情感的基礎？

目前一般讀者、研究者常見的反應，是主張作者絕對站在秦可卿這一邊，而把她塑造成一個很有才華、很美麗又純潔的女性，否則她怎麼能夠躋身於十二金釵之列！但是，秦可卿當然還是得「淫喪天香樓」，就此則可以做一些文章，比如她是被迫的，尤其她的出身很卑微，是從孤兒院領回來的棄嬰，後來竟然能夠和賈家這樣一個簪纓詩書之家聯姻，於是有很多人便推論，賈珍應該就是運用他的權力來壓迫秦可卿就範，弱勢的秦可卿沒有辦法抗拒，才被迫與之有不倫的行為，東窗事發之後只好一死了之。這種說法是很常見的，是站在維護秦可卿的一片好意上所做的推論。在不違反秦可卿必須「淫喪天香樓」的情況下，很多人願意採用這樣的理路，我覺得是很可以理解的，但並不表示這就是正確的。

對此，我有不同的想法。現在讀者面臨到的最大難題，便是我們與《紅樓夢》中人根本不活在同一個階層上，而採用我們習以為常的那一套生活觀作為詮釋的基礎，以致往往就會出錯。因此我們必須回到事件現場，理解他們的整體環境，才能做出比較正確的判斷。例如主張這兩個人之間，一方來壓迫另一方，而彼方只好就範，這是現代人在充滿個人主義的情況下所設想的「架空式的真空狀態」才有可能發生。所謂「架空式的真空狀態」，就如之前引述過的《西廂記》故事，只針對兩人組織歡愁，四周沒有別人的存在，但賈府的整個生活運作完全是不同的狀況，賈珍對可卿的片面逼迫根本不大可能發生。

因為這種貴宦世家的任何一位太太、小姐，每天二十四小時身邊至少都圍繞著一二十個人以上，還包括貼身的，因為要喝茶，就需要有人倒水；要換衣服，也得有人幫忙，而且她一天必須換很多次，晨昏定省時要換、用餐吃飯也要換、有客人來了要換、醫生來看病也要換，所以周圍隨時有很多人在服侍這些瑣雜的小事。不僅如此，門外還有人守候，比如在晚上睡覺的時候，怡紅院門口階梯外即有人在坐更，也就是守夜，裡面的人在說話，外面聽得清清楚楚。第五十一回便寫到，寶玉和丫鬟們聊得很晚，外面的嬤嬤就咳嗽示意，說時間晚了，「姑娘們睡罷，明兒再說罷」。可見裡裡外外是相通的，隨時都有各種大丫頭、二等丫頭、三等丫頭，還有老嬤嬤們魚眼睛之輩，那麼多的人隨時環繞在身邊，周圍幾十雙眼睛在看著，要逼姦談何容易！

在這種情況下，不倫之戀要發生，唯一的可能必定是「和姦」，雙方合意。果然第五回太虛幻境中可卿的判詞說「情既相逢必主淫」，便清楚證明這一點，也是在這樣的前提下，才有可能在如此頻繁的人際互動中找到縫隙，而且還需要有別人的配合才能成事，這些人就是貼身丫鬟，貼身丫鬟時時刻刻和主子在一起，所以必須有她們的配合。再看秦可卿死的時候，兩名貼身丫鬟的反應非常奇怪，一個叫瑞珠的丫鬟觸柱而亡，讓親族讚歎不已，但主僕之情會強烈到主子死了，丫鬟也跟著死，這是幾乎沒有的事。就連後四十回續書裡寫到黛玉死後，情同姊妹的紫鵑很傷心，她把黛玉的喪事料理完畢，自己便選擇出家，頂多如此，相較之下，瑞珠的做法過於極端，極端到違反人性。至於寶珠的反應也很不尋常，她自願擔任義女，「誓任摔喪駕靈之任」，將來也是要為秦可卿守墓的，果然第十五回送葬之後，寶珠留在鐵檻寺中執意不肯回家，一個年輕的小姑娘，她的終身可能就葬送了。會有人因為主僕情深而願意葬送一生，乃至葬送生命嗎？不能說絕對沒有，但顯然極為罕見，所以我的推測是：這兩個人作為秦可卿的貼身丫頭，應該都參與了賈珍公媳之間的不倫事件。秦可卿自盡後，這個世間還留有見證者，這兩名丫頭大概也擔心賈珍不會善罷甘休，所以她們做了這麼極端的選擇，徹底脫離是非圈。

前面提到他們雙方之間是情投意合，這又有一個問題出現了，即賈珍到底有何魅力可以吸引秦可卿？雖然在現實世界中，愛情的發生有時候是不問理由的，甚至沒有理由的才是真正的愛情，不過我們現在是要理解人家的愛情，只好從外在去找一些理由或條件。首先，賈珍一定長得很好看，他的兒子賈蓉不就是相貌很俊美嗎？用常理來思考，這種綿延百年的富貴人家，他們婚娶的對象不但門當戶對，而且還可以進行選擇，透過他們的財富、地位便可以進行基因改良，所以通常這種人家的後代都是男的英俊、女的美麗。如第七十九回寫薛蟠娶親，香菱描述道：「前兒一到他家，夏奶奶又是沒兒子的，一見了你哥哥出落的這樣，又是哭，又是笑，竟比見了兒子的還勝。」「我們奶奶原也是見過這姑娘的，且又門當戶對，也就依了。」此處不但說明富貴人家擇偶的門當戶對，也說明薛蟠俊美的外表，賈珍亦是如此。

另外一點是，請不要一想到公媳通姦，就聯想到六、七十歲雞皮鶴髮的老頭子，那可差得太遠了。回到文本世界的真相，其實賈珍這個時候才三十出頭，證據在第七十六回，當時賈府一家人在中秋夜團圓，到了半夜，賈母讓尤氏早點回去休息，尤氏笑道：「我今日不回去了，定要和老祖宗吃一夜。」賈母這時候有點老不正經，居然對尤氏說：「使不得，使不得。你們小夫妻家，今夜不要團圓團圓，如何為我躭擱了。」尤氏聽了臉就紅了，笑道：「老祖宗說的我們太不堪了。我們雖然年輕，已經是十來年的夫妻，也奔四十歲的人了。況且孝服未滿，陪著老太太頑一夜還罷了，豈有自去團圓的理。」《紅樓夢》的敘事基本上是按照時間進展的，第七十六回時「奔四十歲」，大概就是三十七、八歲，而秦可卿之死發生在第十三回，應該還更早個幾年。這麼說來，賈珍和他的兒媳婦之間發生愛戀時，賈珍才三十出頭，秦可卿的年歲則在二十左右。她和王熙鳳很要好，王熙鳳也是二十來歲（第六回劉姥姥曾說她大不過二十歲）。所以女方二十歲，男方三十幾歲，既年輕又俊美，而且莫忘他是一家之主，同時也是個風月場中慣了的人，很懂得調情，很懂得女人的心。

如果回到文本裡來考察，設身處地為賈珍想一下，只要把他看兒媳婦的倫理眼光轉化一下，改用男人看女人的眼光來審視秦可卿，一個男人發現到秦可卿很有魅力，其實是很自然的事。

他們這段戀情的開端，應該是賈珍突然之間發現自己的兒媳婦很美，這個時候色字頭上一把刀，於是展開熱烈追求。而秦可卿之所以沒有拒絕，除了外在的原因，應該還有內在的原因，該內在原因當然不是我們現在要說的，以後再談。

回到第五回，其中判詞的第十一組即最後一組，是關於秦可卿的，開頭兩句說「情天情海幻情身，情既相逢必主淫」，所謂「情既相逢必主淫」正是一個最明確的證據，而且一連用了四個「情」字也證明秦可卿和賈珍之間是以情感為基礎的。

因此把髮簪放在「涉淫」類，其實有一點為難，原因在於他們之間是有情感基礎的，但是畢竟二人逾越了「情」的純潔性，以致可卿必須付出生命來償還罪孽，所以我還是把它歸諸這一類。

尤二姐的檳榔

另外還有一個「涉淫」的例子，即第六十四回的賈璉和尤二姐，兩人之間打情罵俏、欲迎還拒的表現都非常精彩，也許可以提供一個很好的參照，讓我們具體地聯想賈珍和秦可卿之間所發生的情事。試看賈璉想要調情，一步又一步的技巧真的是風流成性的男人才能夠掌握的，而尤二姐的行為顯然也是風月女性才會有的，她之前把嚼了一嘴渣子的砂仁吐在賈蓉的臉上，換作我們，當下的反應應該是趕快把它擦掉，但賈蓉不是，他居然用舌頭都舔著吃了。這樣的場景，恰恰正是李後主

〈一斛珠〉所說的「爛嚼紅茸，笑向檀郎唾」，尤二姐確實是一名洋溢風情的女性。

這名風情女性，也確實頗有風塵行徑。第六十九回中有一段敘述，當尤二姐死前，在大觀園裡飽受折磨的時候，尤三姐托夢讓她用劍斬了王熙鳳，所用的理由就是：「自古『天網恢恢，疏而不漏』，天道好還。你雖悔過自新，然已將人父子兄弟致於麀聚之亂，天怎容你安生。」所謂「麀聚」，用文言文解釋比較文雅一點，也即「兩牡共乘一牝」，「牡」是指雄性動物，「牝」是「牝雞司晨」的「牝」，指雌性。由此看來，賈珍、賈蓉父子和她們恐怕都有關係，所以尤二姐、尤三姐確實在德行上不是沒有可以非議的地方，絕對不是一般讀者所以為，純粹只是被男性玩弄、欺凌的可憐女性。

再看賈璉對尤二姐的挑逗，如以下的這段描寫：

此時伺候的丫鬟因倒茶去，無人在跟前，賈璉不住的拿眼瞟著二姐。二姐低了頭，只含笑不理。賈璉又不敢造次動手動腳，因見二姐手中拿著一條拴著荷包的絹子擺弄，便搭訕著往腰裏摸了摸，說道：「檳榔荷包也忘記了帶了來，妹妹有檳榔，賞我一口吃。」二姐道：「檳榔倒有，就只是我的檳榔從來不給人吃。」賈璉便笑著欲近身來拿。二姐怕人看見不雅，便連忙一笑，撂了過來。賈璉接在手中，都倒了出來，揀了半塊吃剩下的撂在口中吃了，又將剩下的都揣了起來。

讀到「檳榔」二字，腦海裡絕對不要出現以前在臺灣看得到的血盆大口畫面，之所以會出現這麼可怕的景象，是因為在檳榔裡加了石灰，嚼一嚼便會變成很可怕的紅色，吐出來才造成那樣一種怵目驚心的景象。《紅樓夢》裡的檳榔純粹就是檳榔，大概是他們這種階級也會帶著的小玩意兒，它之所以構成這一對男女之間傳情的媒介，用個不很精確的類比，檳榔有一點像是他們的口香糖，是閒暇無聊時一個吃不飽的零食，放在嘴裡可以打發時間。何況檳榔有清香的味道，可以聞香淨口，再查閱過《本草綱目》和相關的古典草藥文獻，發現檳榔事實上是有很多功效的，也可以作為一種養生的用途，所以他們會隨身帶著檳榔荷包。

在這裡，檳榔變成半強迫、半推半就的定情物，賈璉「揀了半塊吃剩下的撂在口中吃了」，這豈不正是間接接吻的意味嗎？說得直接一點，都涉及體液交換的行為。賈璉收下檳榔荷包之後，也偷偷把腰帶上的九龍玉珮丟給尤二姐，尤二姐暗暗收下了，這也形成一個交換，而交換行為是很重要的。賈璉和尤二姐交換的小物件很明顯是涉淫類，不用多說。

第四個和「涉淫」有關的，是司棋和潘又安的繡春囊，可以說，把蛇帶進伊甸園的罪魁禍首就是司棋。美國漢學家夏志清便曾經說過，繡春囊好比潛入伊甸園的蛇，正是讓樂園崩潰的一個主要原因。繡春囊後來被暴露，果然導致王夫人下令抄檢大觀園，當然也同時造成司棋、芳官、四兒還有晴雯被攆出去，這是大觀園的第一次重大打擊，也造成一個小規模的離散，而離散將越來越變本加厲，最終導致樂園完全崩潰。

不過必須澄清一下，司棋與潘又安之間還是有情感基礎的，只不過他們確實是涉及形而下的肉欲層次，所以我還是把他們歸在「涉淫」一類，不比「關情」類就純粹限於情感的交流而已。

至此，綜觀「涉淫」類的小物，可以整理如下：

一、賈珍、秦可卿——髮簪（第十三回）
二、賈璉、多姑娘——頭髮（第二十一回）
三、賈璉、尤二姐——九龍玉珮、檳榔（第六十四回）
四、司棋、潘又安——繡春囊（第七十三回至第七十四回）

物識．．金玉良姻

前述的「關情」和「涉淫」這兩類，是當事人帶有自覺意志所進行的活動，並不能稱為「識」。只有當事人不知不覺，或受到超越的力量所主宰，才屬於真正的「識」，我們在本節真正進入所謂的「物識」，即「聯姻小物」。

婚姻是一個很神聖的、有關繼承家業與宗族綿延的重大事件，究竟作者對此是怎樣安排的，其後果又如何？經過整理以後發現，作者在「聯姻」類特別用了「讖」的手法進行他的敘事策略。有別於「關情」和「涉淫」都是當事人自覺，甚至刻意去經營出來的男女關係，「聯姻」則大為不同，它並非我們現代人所推崇的那樣，由當事人自主，這是我們得要坦然面對和客觀思考的問題。曹雪芹畢竟活在兩百多年前，是在他的階級、他的文化背景裡看待婚姻的價值，以及婚姻應該被要求的內涵，沒有必要或義務來配合我們現代人的觀念。

我一共梳理出聯姻小物的八個例子，第一個是大家最熟悉的「二寶聯姻」，也就是由金鎖片與通靈寶玉所共構的「金玉良姻」。

在談這個案例之前，可以先補充一點：歷來讀者往往一面倒地反對薛寶釵，推崇並喜愛林黛玉，許多人參與這個陣營，做林黛玉的啦啦隊員來搖旗吶喊，我年少時雖然對薛寶釵完全沒有惡感，不過也覺得和自己不是很投合，所以敬而遠之。但是這幾年開始在思考，並赫然發現，有時候我們的好惡不完全是由我們個人所決定，也不是在理性的引導之下所做的客觀判斷，而常常是在不自覺的情況下，被某些人性本能或者時代思潮所牽引，於是在主流意見之下對薛寶釵產生反感。這種反感已經造成一種「哈哈鏡」的效果，使得讀者看到相關情節時自動給予扭曲的解釋，或者視而不見，其現象可以用一句成語來形容，即「亡鈇意鄰」。

這個故事出自《呂氏春秋．去尤》：有一個人的斧頭不見了，心裡懷疑是他的鄰居偷走的，在這樣的成見之下，看待鄰居真是一副小偷的樣子，一舉一動、一言一行就是做賊心虛。後來他找到斧頭了，這下子他當然知道是自己冤枉了別人，之後他再觀察鄰居，卻怎麼看怎麼覺得對方的一舉一動都是光明磊落。其實對方完全沒有變化，始終都是同一個模樣，然而在成見引導之下的眼光就會讓人看到截然不同的形貌。「意」字就是臆測的「臆」，在臆測之下，所產生的感覺也真的很真實，可是真實的感覺不一定等於真實的事實，很多人總以為只要自己的感覺是真實的、真誠的，是發自內心的，它就可以變成一個真理，但這是非常嚴重的範疇混淆。就在「亡鈇意鄰」的情況下，很多對於薛寶釵的理解都是過分的穿鑿附會，用成見來加以扭曲。

在第八回，我們看到在形而上的超越力量之下，金鎖片與通靈玉形成一種「對偶」狀況。這個「對偶」不只是「金」和「玉」在世俗價值上的相提並論，而是連上面所鐫刻的文字都產生非常精確的呼應。首先，這一對語詞蘊含的意義看起來都是頌聖祝禱的吉祥話，通靈玉正面鐫刻的是「莫失莫忘，仙壽恆昌」，意指不要遺失了它，就可以長命百歲，這當然是一般很常見的希望超越死亡的心理；金鎖片上寫的是「不離不棄，芳齡永繼」，表達同樣的意思。「不離不棄」和「莫失莫忘」剛好相應成一組，「仙壽恆昌」與「芳齡永繼」更是同義詞，差別只在於一個是男性特質，一個是女性範疇，都是在追求生命的永恆。連寶玉看了，在念了兩遍，又將自己的念了兩遍之後，也對寶釵笑道：「姊姊這八個字倒真與我的是一對。」大家要注意，這樣有感而發的人是寶玉，並不是寶釵。這時旁邊的丫鬟鶯兒約略提供金鎖的來歷：「是個癩頭和尚送的，他說必須鏨在金器上——」話沒說完，便被寶釵打斷了。

針對這段情節，必須提醒兩件事。第一，這種對偶情況根本不是人為的，更精確地說，它完全來自於神諭，由一種超越形而上的力量所主導，並合乎自然之道，相當於天作之合！一般總以為「自然」即是天生如此，不能有人為的干預，否則就是違反自然，就是偽（虛偽），然而這種理解非常單一而狹隘。熟悉中國文學史的人會知道，六朝時期的文人對於「自然」二字發展出不同的內涵，中國最偉大的文學批評家劉勰，便在《文心雕龍》裡非常清楚地寫道：「造化賦形，支體必雙；神理為用，事不孤立。」人有雙手雙足，才能夠維持平衡，而這是造化亦即宇宙自然所給予的，這種成雙成對的現象就反映出「神理」。所以至少在六朝，他們把「自然」的概念用在詩歌的寫作上，並不覺得對偶是人為的造作，相反地，他們是在模擬自然，把造化的某一種均衡力量移用到人為的活動裡，讓藝術的表現合乎自然。如果在這個背景中來理解金、玉於文字上的對偶，則那說不定正是要表現出「自然之道」，是在追求超越個人的某一種真正的自然，這是一個很有意思的課題。從這一點再次證明，要理解《紅樓夢》並沒有那麼簡單，它的背後有源遠流長、非常豐富而複雜的文化寶庫與藝術涵養，以今天望文生義的方式去理解，恐怕是會誤入歧途。

第二點，就在「亡鈇意鄰」的心態之下，很多人批評寶釵對通靈玉那麼好奇，是因為有「金玉良姻」的預告，所以一心一意想要做寶二奶奶，把心思都放在他那塊通靈玉上。這樣的解釋可以說是厚誣古人，對人家實在太過冤枉！試問對於賈寶玉的通靈玉有誰不感好奇？畢竟它是寶玉落草時銜在口中的，簡直是一則傳奇，連第十九回襲人回娘家後，寶玉偷偷溜出賈府去花家探望她，襲人因為知道大家都對寶玉的通靈玉非常有興趣，還特別小心翼翼地把玉拿去讓大家看了一遍。這完全是人情之常，而《紅樓夢》寫的就是人情之常，同樣地林黛玉也很好奇，她到賈府的當天晚上即問起玉了，襲人原本要拿出來給她看，只不過黛玉初到賈府時是非常體貼入微的，和後來我們所見的那一種「目無下塵、孤高自許」非常不同，她當下體貼襲人說現在太晚了，明天再看，那麼很自然地，第二天黛玉應該就見識了通靈寶玉。而黛玉來賈府的第一天便對玉表示好奇，讀者覺得她會有什麼意圖嗎？寶釵到了第八回才想到觀覽一下，已經很不追隨俗情了，顯示她是不太會為社會流俗所干擾的一個人，要不是剛好寶玉來望候她，彼此之間有一番對話才順便提到這一塊玉，否則我們沒有機會知悉上面所鐫刻的字句。

潛在的「二寶聯姻」

因為要和「二寶聯姻」直接呼應，所以我把寶玉和寶琴提前放在聯姻物讖的第二組。簡單地說，寶玉和寶琴這一組在小說中是作為「二寶聯姻」的投影和鞏固而設計的，屬於潛在的「二寶聯姻」，換句話說，是真正的「金玉良姻」的支援。

首先，寶玉和寶琴這兩人之間有一個非常微妙的關係，雖然是透過小丫頭開玩笑的時候沒有避忌而隨口說的，不過其中確實隱含著某一種聯想思維，即第七十七回記載小丫頭四兒所言，同日生的就是夫妻。四兒自己也和寶玉同月同日生，所以她以此開個玩笑，當然這個玩笑已經逾越分際，一名小丫頭憑什麼和少爺是夫妻？所以，後來王夫人在抄檢大觀園前所得到的情報資料，其中一條罪狀就是這句話。而《紅樓夢》裡，和寶玉同日生日的另外一人正是寶琴，據此他們本來就有成為夫妻的潛在可能性。

除此之外，寶琴是賈母最寵愛的一位少女。書中非常明確地告訴我們，第三回林黛玉來到賈府之後，賈母無比地疼愛她，把她帶在身邊，迎春、探春、惜春三個嫡系的孫女反倒靠後，交給王夫人照顧。從種種跡象來看，黛玉和寶玉完全是平分秋色，都是賈母的心頭肉，但寶琴一來，黛玉連同寶玉都倒退變成第二名。作者很有戲劇技巧，在第四十九回中，他先不安排寶玉直接見到寶琴，而是透過其他的人來進行烘托，由許多第三者的眼光突顯出，寶琴真是美到無人所及，如襲人笑道：「他們說薛大姑娘的妹妹更好，三姑娘看著怎麼樣？」探春道：「果然的話。據我看，連他姐姐並這些人總不及他。」三姑娘就是探春，而探春眼光是很精準的，品味是很高的，所謂「連他姐姐並這些人總不及他」，意指連她的堂姊薛寶釵以及大觀園中其他包括林黛玉在內的少女們都比不上她，所以襲人聽了很詫異，笑說：「這也奇了，還從那裏再好的去呢？我倒要瞧瞧去。」對大家來說，在大觀園裡看到的已經是天下一流人物，鍾靈毓秀，怎麼可能還有更好的呢？沒有親眼看到，很難想像人外有人的道理。

但世間的道理確實就是人外有人、天外有天，探春說：「老太太一見了，喜歡的無可不可，已經逼著太太認了乾女兒了。老太太要養活，才剛已經定了。」小說家也補充道：「果然王夫人已認了寶琴作乾女兒，賈母歡喜非常，連園中也不命住，晚上跟著賈母一處安寢。」這簡直就是黛玉最初的待遇，而寶琴的地位又更有過之，因為此時已經有一個現成的大觀園可以住，二玉都已經遷進去了，而賈母卻還是要把寶琴緊緊地留在身邊，這樣的愛寵確實是非常強烈入骨的。至於「寶琴和賈母一處住」到底是怎麼個住法，第五十二回裡寫道：「賈母猶未起來，知道寶玉出門，便開了房門，命寶玉進去。寶玉見賈母身後寶琴面向裏也睡未醒。」透過寶玉的一雙眼睛，我們看到寶琴和賈母是一床睡的，可見賈母對寶琴真是愛到心坎兒裡了。

另外在第四十九回，眾金釵正說著話，只見寶琴來了，湘雲看著寶琴披著斗篷，欣賞了半天，其中有驚豔也有微微的羨慕，然後坦然又客觀地笑說：「這一件衣裳也只配他穿，別人穿了，實在不配。」很多時候，是人在穿衣服，不是衣服在穿人，穿衣服的人若是襯托不起這件衣服，整個人包在華麗高貴的衣服裡，反而會萎縮到變成一團影子。換句話說，這件衣裳如果是一般的姑娘穿上的話就會被壓垮，一旦劉姥姥去穿的話則會糟蹋了這件衣服，別人一定會覺得那是菜市場買的！

寶琴到底穿了什麼，讓湘雲如此之驚豔？書中如此描述：寶琴披著一領斗篷，金翠輝煌，寶釵忙問：「這是哪裏的？」寶琴笑道：「因下雪珠兒，老太太找了這一件給我的。」香菱上來瞧道：「怪道這麼好看，原來是孔雀毛織的。」接著和賈母同一家庭出身的湘雲，便告訴我們真正的答案：「那裏是孔雀毛，就是野鴨子頭上的毛作的。可見老太太疼你了，這樣疼寶玉，也沒給他穿。」那麼，哪一種野鴨子頭上的羽毛會金翠輝煌呢？那應該是臺灣也有的候鳥，叫作「綠頭鴨」，因為是候鳥，所以會飛到宜蘭等各個河流的出海口，現在已經有一些被人類馴養成家禽了。

透過《紅樓夢》的描寫，可見貴族世家的炫耀性消費有兩種類型。一種是採用「物以稀為貴」的材料，例如熊掌、魚翅，本身就是非常昂貴的東西，可是貴族世家不可能每一頓都用這樣的食材，所以上層階級的炫耀性消費還有另外一種形態，即以大量消耗人力、物力的方式製作出來的物品。《紅樓夢》裡最有名的兩道食物，一道是「茄鯗」，其實就是普通的茄子，卻用了十來隻雞來配它；另外還有一道「蓮葉羹」，做工非常繁複，而材料也只是常見的荷葉。這便是此等富貴人家的手筆，他們不一定選用很昂貴的食材，但是會用各種方法，比如耗費大量的人工、大量的物資才能做出一件產品。用野鴨子頭上的毛做的斗篷真的會比較保暖嗎？未必，不過野鴨子頭上的毛色，是非常漂亮、像翠玉一般的綠色，綠得發光，顯得金翠輝煌，非常炫目。由於野鴨子的頭臉很小，斗篷又是所有衣服裡面積最大的，可想而知，要做成這領斗篷得用掉多少隻野鴨子，這是它非常昂貴的另一個原因。

這領斗篷無疑反映出賈母對寶琴的寵愛，寶釵便感嘆說：「真俗語說『各人有緣法』。他也再想不到他這會子來，既來了，又有老太太這麼疼他。」正說著，賈母的丫頭琥珀就走來了，她來宣達「聖旨」：「老太太說了，叫寶姑娘別管緊了琴姑娘。他還小呢，讓他愛怎麼樣就怎麼樣。要什麼東西只管要去，別多心。」寶釵接下來的反應很值得注意：

> 寶釵忙起身答應了，又推寶琴笑道：「你也不知是那裏來的福氣！你倒去罷，仔細我們委曲著你。我就不信我那些兒不如你。」

這話實在很像黛玉的口吻，豈不是嗎？有點微微的嫉妒，隱隱不是滋味的那種感覺，這種多心酸話本來是我們最熟悉的林黛玉風格，寶釵很少有類似的反應，這大概是絕無僅有的一次，而針對的人物就是薛寶琴。可見寶琴一來，簡直立刻衝上排行榜第一名，連平常不是很在意的寶釵都微微地感受到一種威脅。

再看第五十二回，賈母命鴛鴦又拿一件氅衣給寶玉，寶玉看時，「金翠輝煌，碧彩閃灼，又不似寶琴所披之鳧靨裘」，「鳧」是鴨子，一種短腳的水鳥，「靨」即是頭臉，原來寶琴的那一領斗篷就稱為鳧靨裘。接著只聽賈母笑道：「這叫作『雀金呢』，這是哦囉斯國拿孔雀毛拈了線織的。前兒把那一件野鴨子的給了你小妹妹，這件給你罷。」這件雀金呢才是真正用孔雀毛織的，雖然比不上鳧靨裘，但它的織工也非常精細，後來寶玉不小心讓手爐迸出的火星燒破一個小洞，沒想到拿出去外面卻沒有人能補，連京城裡御用的工匠都不敢接，因為從來沒有見過這樣的華服，更沒有那般的技術，怕弄壞了賠不起，最後還是靠手藝最精巧的晴雯勉強補得看不出來。

寶玉和寶琴這一組，先是透過同日生日就是夫妻的這樣一個暗示，再加上他們都受到賈母同等的至高寵愛，給予這兩件不世出的、非常罕見的昂貴斗篷來互相映照，同樣的金翠輝煌，有如成雙成對，所以「雀金呢」與「鳧靨裘」共構的是一樁潛在的「金玉良姻」，而它在《紅樓夢》全書布局中最大的功能，就是作為「金玉良姻」這個俗界因緣的補充、鞏固與加強。

果不其然，寶琴是賈母在前八十回裡唯一真正開口，顯露出為寶玉說親求配之意的對象，故事發生在第五十回。不過在此之前，很多的跡象都顯示，賈母在日常生活中自然流露出來的心意，並且為賈府上下人所共知的寶二奶奶的人選，其實是林黛玉。可那只是賈母的一個心意，也許一以貫之，但卻也沒有明確說定，忽然之間來到賈府的寶琴條件實在太好，賈母心中完全被她占據，就先把黛玉放到一邊了。「賈母因又說及寶琴雪下折梅比畫兒上還好，因又細問他的年庚八字並家內景況」，一位長輩問起孩子們的這些背景資料，其實都是父母之命、媒妁之言的前置作業。在他們這種上層社會，婚娶之前當然要先看看這兩個孩子在命格上是不是可以配合，所以才會問起年庚八字的問題。

只要是在這種環境中長大的，當下便會知道賈母的用意是什麼，因此「薛姨媽度其意思，大約是要與寶玉求配」，她沒有猜錯，果然如此！問題是寶琴已經許了親，而賈母並沒有明說，根據上層社會的禮節，當對方並沒有明說時，就不可以明白地加以拒絕，否則即會失禮。所以薛姨媽便隱隱約約、半吐半露地婉轉推卻，說可惜這孩子沒福，一方面是她已許了梅翰林的兒子，二則重點是她的父親過世了，母親又是痰症，所謂的「痰症」在《紅樓夢》裡意指重病到已經意識不清。換句話說，父親去世後，唯一作主的是母親，可是母親意識不清，不能夠再表達意見，所以那一樁婚姻就是無法再更換了。

這時，鳳姐也不等薛姨媽說完，便跺腳說：「偏不巧，我正要作個媒呢，又已經許了人家。」賈母笑道：「你要給誰說媒？」鳳姐兒說道：「老祖宗別管，我心裏看准了他們兩個是一對。如今已許了人，說也無益，不如不說罷了。」賈母實際上也知道鳳姐的意思，大家等於都在演戲。怎麼說呢？原來，薛姨媽無論說得再怎樣不明不白，實際的意思就是在推辭，而被拒絕總是不好受的，鳳姐跳出來便是要幫賈母解除尷尬，故意說是她自己要作媒，這麼一來，被拒絕的就不是賈母，而是王熙鳳自己，也即可以把難堪移到自己身上，幫賈母擋掉這一場尷尬。這是王熙鳳很精細、很體貼、很懂得人情幽微的一個表現，她會那麼得賈母的寵愛，能夠把家管理得這麼好，真的是觀察入微、也體貼入微才有辦法做到，這件小事正證明了這一點。

聯姻小物：巧兒的佛手

接下來的一組物讖，是板兒與巧姐的婚姻暗示。在第五回關於巧姐兒的人物判詞裡，已經提供一些線索：「一座荒村野店，有一美人在那裏紡績。其判云：勢敗休云貴，家亡莫論親。偶因濟劉氏，巧得遇恩人。」這便是巧姐的未來寫照。判詞的意思是說，世態炎涼，一敗塗地之後就不要再提過去是多麼炙手可熱，因為現實是非常殘酷的；當家破人亡之後就不要再說什麼血濃於水，親人可能比路上遇到的陌生人更為可怕，因為他們會在你最致命的地方給予一記痛擊。此處所說的「親」即王仁，巧姐兒的舅舅，據說他趁著混亂把巧姐拐賣了，這是最為罪惡的殘酷人性。《紅樓夢》裡把親人之間的算計甚至陷害寫得是入骨三分，也讓我們感到非常驚悚，反而一個放高利貸的、只不過是街坊鄰居的倪二，卻是那般地熱血助人，兩相對比，難怪令人感慨萬千。

可憐的巧姐被拐賣以後變成什麼樣子，因為現在續書不完全照曹雪芹的安排，再加上原來的稿子也已經遺失了，所以產生多種推論，我比較認可以下這個推論的版本。

首先，根據「偶因濟劉氏，巧得遇恩人」的判詞，可以推知巧姐兒遇到人生災難的一個救贖點，是在很巧合的情況下發生的，她遇到劉氏（劉姥姥），因為她的母親過去不經意間救助過劉姥姥，姥姥感恩在心，一輩子沒有忘記，所以反過來回報給恩人的女兒，自己也變成了恩人。這位劉姥姥只因為人家給過她一飯之恩，於是在偶然的機會下遇到淪落的巧姐，便盡力把她拯救出來，「巧得遇恩人」的「巧」字除了有巧合之意，還暗合了巧姐的名諱，而這個名字又剛好是劉姥姥取的，簡直天衣無縫。

若按照高鶚的寫法，故事就不一樣了，前後也不一致。續書第一百一十八回說，因為賈政不在家，家裡無人主持，那些不肖子孫即胡作非為，連對自己的親外甥女都敢下這種毒手，平兒非常緊張，但她只是一個丫頭，沒有辦法阻止，剛好劉姥姥來弔喪，平兒便對她訴說這個煩惱，兩個人共同想出一條計策，由劉姥姥把巧姐私藏到鄉間，躲開災難，因此保全這個家族裡最小的一個女孩，等到第一百一十九回賈政回來之後，劉姥姥才將巧姐完璧歸趙。在這個時候，劉姥姥順便向賈政提親，說鄉下有一戶大財主，當然和賈府的規模不能比，但是在他們鄉間也屬於一等一的人家，衣食無虞，生活非常穩定，如果巧姐嫁給這個大戶人家也挺不錯的，賈政也同意了，最後巧姐就是這樣的一個結局。然而，續書完全不符合前八十回的安排，第五回中的圖讖已經很明確地告訴我們，巧姐過的並不是少奶奶的生活，她得在荒村野店中親自紡織，那是庶民乃至窮人家的家庭主婦才會做的事，可見她後來是生活在貧困的環境中。

那麼巧姐的下場到底如何？請留意第一回道士唱了道情〈好了歌〉以後，甄士隱所做的進一步注解。「道情」是道士所唱的勸世歌，是從唐末五代開始流行的一種宣教方式，可以說將宗教和民間的娛樂相結合，後來又變成一種說唱文學的題材。那些遊方道士周遊天下，雖然落拓潦倒，可他們其實是有智慧的人，透過他們所唱的歌詞來點化世人，此之謂唱「道情」。一聽便大徹大悟的甄士隱當下立刻作了〈好了歌注〉，曲文裡所涉及的，很可能都是《紅樓夢》中個別人物的具體遭遇，而不只是一般性的無常之感。例如其中的「擇膏粱，誰承望流落在烟花巷」，意思是說，富貴之家為自家千金所選擇的婚配對象，都是彼此門當戶對的膏粱子弟，誰知道世事如此難料，千金小姐到最後卻是流落到花街柳巷。這兩句應該就是影射巧姐的命運，可憐的巧姐被拐賣之後非常淒慘，變成雛妓，遭遇到簡直是非人的待遇，幸好有劉姥姥來拯救她。在殘酷的現實中，終究還是可以看到一點點光明，這便是巧姐兒的母親王熙鳳過去種下來的善因所結出的一個善果，讓她唯一的女兒不至於在人間終身受苦。

至於這整個的因緣究竟如何連接，以及巧姐和劉姥姥到底有什麼關係，答案就隱藏在第四十回裡。當時劉姥姥第二次來到榮國府，有機會去逛大觀園，一行人來到探春的房中，作者藉此介紹屋中的陳設：「左邊紫檀架上放著一個大觀窰的大盤，盤內盛著數十個嬌黃玲瓏大佛手。」因為板兒在這裡已經有點熟了，他就要摘白玉比目磬旁邊掛著的小錘玩，丫鬟們忙攔住他，然後他又要佛手吃，探春便揀了一個與他說：「頑罷，吃不得的。」佛手其實是一種南方的水果，大小和造型有點像握拳，只是弧度比較圓潤，呈現溫潤的鵝黃色，所以叫「佛手」，也稱「佛手柑」，它帶有香氣，可以提煉出香精油，但由於水分很少，難以入口，這也是探春會說「吃不得」的原因。探春的房間擺了數十個鵝黃色的佛手，目的之一是自然熏香，第二個功能則是做裝飾品，尤其佛手作為南方的產物，到了北方變得昂貴，恰好可以顯示這種大戶人家的氣派。探春竟然把佛手這種昂貴的裝飾品給板兒拿去玩，這也是貴族大家的手筆。

而讀者並沒有發現，此處已經先埋下一個伏筆，到了第四十一回，佛手再度出現了，「忽見奶子抱了大姐兒來」，奶子就是奶媽，而我們要注意，到目前為止，巧姐還沒有名字，一直只叫「大姐」。「大姐兒因抱著一個大柚子玩的，忽見板兒抱著一個佛手，便也要佛手。丫鬟哄他取去，大姐兒等不得，便哭了。」小小千金哭了，那可不得了，所以「眾人忙把柚子與了板兒，將板兒的佛手哄過來與他才罷。那板兒因頑了半日佛手，此刻又兩手抓著些果子吃，又忽見這柚子又香又圓，更覺好頑，且當球踢著玩去，也就不要佛手了。」脂硯齋說這是「小兒常情，遂成千里伏線」，所謂的小兒常情乃至一般人性，都是覺得別人的東西比自己的好，別人分到的那一塊蛋糕一定比我們的大，但在這裡，作者當然不只是細膩入微地描述各種人性，他其實是要藉以埋下「千里伏線」：一個線頭現在已經埋下來了，千里之外就會看到它的另外一個線頭，說明原來一路會這樣的發展。

另外，關於板兒「又見柚子又香又圓」，然後就不要佛手的這一段，脂硯齋批云：「抽（柚）子即今香團之屬也，應與緣通。佛手者，正指迷津者也。以小兒之戲，暗透前後通部脈絡，隱隱約約，毫無一絲漏洩，豈獨為劉姥姥之俚言博笑而有此一大回文字哉。」脂硯齋提醒我們，柚子又香又圓的「圓」字與「緣」諧音，用以告訴讀者這裡有著因緣的設計。至於為什麼要用佛手，脂硯齋說，因為佛手可以指點迷津，以後遇到人生的重大災難沒有辦法解決時，佛手就會引領巧姐走出迷津，也迎向光明。

在眾多可以表現富貴的擺設品中，曹雪芹特別選用佛手，其實最重要的原因是取義於字面的名稱：「佛」代表慈悲，「手」代表一種引渡的指引，一雙手可以牽引你離開悲哀的深淵，引領你走向人生的正道，因此就佛手直接作字面上的解釋，那麼它便有「慈悲引渡」的含義。如同美國神話學家坎貝爾所說：「菩薩代表慈悲，有了祂的幫助，生命才有可能。生命是痛苦的，但是慈悲是生命可能繼續的原因。」這麼一來，更接近將來巧姐淪落到烟花巷之後，會有一雙慈悲的手把她救度出來的情節走向，我認為這個解釋也許更加契合。總而言之，原來這一大段小孩子之間的瑣碎小事其實是要埋伏這兩個人的未來。

再者，為什麼可以推斷巧姐會淪落到烟花巷，除了〈好了歌注〉的線索之外，第六回的一段描寫也很重要，而這一段如果沒有脂硯齋的提醒，我們還真的看不出來。當劉姥姥第一次來到榮國府的時候，她是要來「打抽豐」（或曰「打秋風」），即伸手要錢，而心智正常的人，一般來說都會覺得很不好意思開口，那真的很令人羞愧。貧窮本身不是重點，重點在於周圍的人所投射的眼光。乞食是對人性很嚴酷的考驗，會產生很大的心理壓力，因此劉姥姥經過一番招待，還是一直沒有開口，周瑞家的便提醒她要趕快把握機會，否則就錯過良機了：「沒甚說的便罷；若有話，只管回二奶奶，是和太太一樣的。」一面說，一面遞眼色與劉姥姥。劉姥姥會意，未語先飛紅了臉，只得忍恥半吞半吐地提到家道如何艱難。雖然沒有直接明說，王熙鳳當然一聽就意會出來，在王夫人的交代之下，便把要給丫頭做衣裳的二十兩銀子送給她。

請注意「忍恥」這兩個字，在敘事的脈絡下清楚表示劉姥姥當下必須向人家開口要錢的羞愧，但羞愧是成不了事的，所以一定要壓抑那份感覺，才能夠在現實逼迫之下完成這一趟求生的任務。很特別的是，脂硯齋在「忍恥」旁邊留下一段批語：「老嫗有忍恥之心，故後有招大姐之事，作者並非泛寫。且為求親靠友下一棒喝。」意思便是說，劉姥姥是一位大母神，她有高度的勇氣和意志力，足以超越強烈的羞恥本能，而能夠周全四方去做最應該做的事情。我們大多數人都知道什麼事該做、什麼事不該做，可是常常意志力不夠，而劉姥姥則是有大勇氣、大意志力的人，所以能夠「忍恥」，能夠按捺住個人強烈的心理不適反應，而就客觀事實去掌握最應該做的事，並好好地努力去做。也正因為她有這樣的性格，將來才會有「招大姐」的可能性。

「招大姐」就是把巧姐聘娶回家，而那是必須忍恥去做的，顯然此事並不尋常，把巧姐娶進他們家之所以得要克服心理障礙，應該是對象的問題。換言之，這時候的巧姐已經不是清白的完璧之身，以一般的社會眼光來說，她恐怕已經有汙染的印記，由此正可以與〈好了歌注〉的「流落在烟花巷」聯繫起來。無論如何，這個時候的巧姐應該已經慘遭毒手，她既非清白又蒙受抄家罪名的身世，只要是良民都會對她敬而遠之，哪裡還會有安身之處？而劉姥姥了不起的地方便在這裡，她償還的恩惠遠超過賈家給她的，先是為巧姐贖身，那是要付出一大筆金錢的，還不止如此，仔細揣摩劉姥姥的心態，她應該會考慮到這樣一個女孩子將來的終身問題，現在雖然救得了巧姐一時，卻救不了她一世，而得以終身可靠的長久之計，唯一的方式就是讓板兒娶她，這麼一來，巧姐便有了歸宿，可以名正言順地受到這一家的照顧。

劉姥姥的考慮和決策應該就是如此，她在賈府見過巧姐，雖然過了幾年，但是巧姐的形貌大致還能夠辨認，如同甄英蓮五歲被拐了以後，過了七八年仍然可以被以前的鄰居認出來。也許劉姥姥是在一個機會下出門，很偶然地路過妓院，巧姐剛好出來倒水或者打雜，被劉姥姥一眼認出，當然劉姥姥也知道賈家已經被抄，所以才想盡辦法把巧姐救出烟花巷，這正呼應了所謂的「巧」字。

巧姐的命名

這個「巧」字確實是作者胸有成竹的事先安排，絕非毫無邏輯的巧合，算是作者的故意弄巧。

第四十二回劉姥姥逛完大觀園，在賈家受到很優厚的招待也滿載而歸，終於到了臨別的時候，王熙鳳提到大姐兒又生病了，而這個女兒從小就很難照顧。富貴人家的子女往往都很嬌嫩，這叫作「貴格難熬，貴命難養」，可見老天爺很公平，每一個人的配額是一樣的，一旦人生太富貴了，壽命就短一點，這樣才會公平，王熙鳳當然也知道這個道理，因為這是古人的一個基本邏輯。女兒從小這樣生病，做母親的也很擔心，於是她除了直接請劉姥姥想想看，如何可以幫大姐兒養好這場病之外，進一步的期望是請劉姥姥幫忙起個名字。而這又代表什麼意思呢？代表劉姥姥是巧姐的再生父母，所以堪稱意義重大。

從神話時代開始，到各式各樣的原始部落時期，再一直到我們現代的文明裡，命名都是一件非常重大的、帶有很深層意義的人文活動，命名常常代表宣示所有權，同時也給被命名者以人格意志，對他／她的獨立性的存在加以認定。王熙鳳把女兒的命名權付予劉姥姥，就是對劉姥姥很大的尊敬，因為這種大戶人家的命名權通常都屬於全家最有權力、最德高望重的人，比如祖父母，或至少是家中的長輩，可王熙鳳卻竟然交給劉姥姥，這便顯示出她對劉姥姥的信賴及託付。而命名本身還有一個功能或意義，即宣示所有權，在這樣的意義之下，劉姥姥對於巧姐兒的命名，也暗示將來劉姥姥會照顧巧姐兒，巧姐兒歸屬到劉姥姥的家庭裡。

在這個命名的過程中，王熙鳳說明自己的想法是「一則借借你的壽；二則你們是莊家人，不怕你惱，到底貧苦些，你貧苦人起個名字，只怕壓的住他」，既然貴命難養，就用一個貧苦人家來為她命名，這麼一來，便可以騙過天上的神，不找她的麻煩。劉姥姥隨即詢問大姐兒的生日，鳳姐回答說：「正是生日的日子不好呢，可巧是七月初七日。」這是從先秦時代以來的一種迷信，只要日月數字是重疊的，大家便覺得這個日子不好，例如戰國時期有一位很有名的公子孟嘗君，因為是五月初五出生，被認為剋父，便是根據這樣的一個邏輯。鳳姐他們也很煩惱，出生日子很不好，表示這個孩子天命欠佳，恐怕一生坎坷，可是還沒有想到可以用什麼方法幫她後天轉運，所以拖到現在還沒有取名，顯然是大有苦衷的。然而，把如此重大的任務交給素昧平生的劉姥姥，可想而知，其間的用心真是良苦。劉姥姥一聽便連忙笑道：「這個正好，就叫他是巧哥兒。這叫作『以毒攻毒，以火攻火』的法子。」果然劉姥姥是一個大智若愚的人，她擁有很明晰的智慧，很懂得判斷，勇於選擇，也有很強的韌性、高度的執行力。

試看她建議「巧哥兒」的原因是「以毒攻毒，以火攻火」，這個邏輯背後所蘊含的意義，即是要勇於面對厄運，不要害怕，你越是害怕厄運，就越會使得它的勢力坐大，恐懼也會削弱你的勇氣與力量；害怕和逃避只會讓自己陷入更不利、更不幸的局面，但是如果勇於面對它、挑戰它、不畏懼它，便有機會去克服它。劉姥姥真是心智健全的智慧老人，她的心胸開闊，眼界是望向整個世界的，所以她不會總是把眼光放在個人的得失、主觀的感覺上，而是綜觀全局，坦然面對厄運。好比王家已經沒飯吃了，其他的人只是白白地坐困愁城、擔憂恐慌，可是於事無補，只有劉姥姥想出辦法，也願意到賈家來打抽豐，解決全家這一年的危機。可以說，劉姥姥是從大地裡生根長出來的一棵巨樹，她是來庇蔭別人的，所以不怕風吹雨打，她勇於直面上天所給予的所有考驗，所以也才能夠長得那麼堅強。劉姥姥為巧姐命名的邏輯背後所蘊含的心態，足以讓劉姥姥填補賈母逝世之後所留下來的母神空缺，成為另外一位救世的大母神。

此外，劉姥姥又有一番金口預告，而這個預告當然一語成讖，她說：「姑奶奶定要依我這名字，他必長命百歲，日後大了，各人成家立業，或一時有不遂心的事，必然是遇難成祥，逢凶化吉，卻從這『巧』字上來。」脂硯齋給這段話一句批語：「作籤（讖）語以射後文。」另外又有一段評論流露出批書人深深被觸動的一份感同身受的傷心，他說將來巧姐「應了這話固好，批書人焉能不心傷。獄廟相逢之日，始知『遇難成祥』，『逢凶化吉』實伏線于千里。哀哉傷哉。此後文字，不忍卒讀」。因為他知道巧姐的命運很悲慘，此後的文字令人不忍卒讀，所以哀傷一觸即發。

在曹雪芹精緻的設計裡，這些有關巧姐命運的點點滴滴「伏線于千里」，全部都串聯在一起之後，可以很清楚地勾勒出巧姐到了第一百二十回的結局的整體線索。從第四十回一路到後面，最後會有一個我們看不到的尾巴去收場，就是獄神廟相逢之日，而第四十二回幾乎是一個中間點，從前面寶、黛的浪漫愛情——有點像孩子在鬥氣一樣的愛情主軸，到了第四十二回左右便進入到賈府內部的各種人際糾葛，與此同時很多的災難都逐漸浮現出來，所以讓人不忍卒讀。

湘雲的金麒麟

接著來看第四則物讖，即史湘雲和衛若蘭的聯姻小物。衛若蘭在正文中其實只出現過一次，於第十四回秦可卿出殯時，各方的王公貴族在路邊設棚祭拜，送葬隊伍真的是綿延不斷，鋪天蓋地，其中就包括「錦鄉伯公子韓奇，神武將軍公子馮紫英，陳也俊、衛若蘭等諸王孫公子，不可枚數」。衛若蘭第一次、也是唯一一次的現身就在這裡，可是他將來會在史湘雲的終身大事上成為最重要的人物。

史湘雲有一只隨身帶著的金麒麟，讓寶玉存了一份心，當第二十九回張道士收集各個道士送的法器來給他時，他只挑了一個赤金點翠的麒麟，因為寶玉覺得湘雲有，他自己也想要有一只。不過寶玉雖然刻意挑了和湘雲可以成對的佩戴之物，卻竟然不小心在大觀園裡遺失了。不久到了第三十一回，湘雲和她的貼身丫頭翠縷一路說話，路上就碰巧撿到了，首飾金晃晃地在那裡，翠縷把它撿起來，「湘雲舉目一驗，卻是文彩輝煌的一個金麒麟，比自己佩的又大又有文彩。湘雲伸手擎在掌上，只是默默不語，正自出神」。

這只金麒麟目前是屬於寶玉的，它比湘雲的又大又有文彩，如果要分性別的話，寶玉遺失的這一個是屬於公的。而這一段情節剛好接著湘雲和翠縷論陰陽的那一大段話，麒麟的出現事實上是在這個脈絡下的印證，將「陰」和「陽」落實在具體的動物身上，即是「公」和「母」的區分。原來翠縷一直很想知道陰陽的道理，就問了很多，猛低頭又看到湘雲宮絛上繫的金麒麟，便問道：「姑娘，這個難道也有陰陽？」史湘雲回答說：「走獸飛禽，雄為陽，雌為陰；牝為陰，牡為陽。怎麼沒有呢！」翠縷又問湘雲的金麒麟是公的還是母的，湘雲說她也不知道，等到過一會兒，那個「文彩輝煌」的金麒麟出現時，她們就明白了，湘雲自己的是母麒麟，撿到的那只是公麒麟。

在這個過程中還有一個很富趣味的反應，可以在此做個補充。當翠縷問道：「這也罷了，怎麼東西都有陰陽，咱們人倒沒有陰陽呢？」這時湘雲照臉啐了一口，說：「下流東西，好生走罷！越問越問出好的來了！」湘雲居然這麼生氣，又是為什麼呢？其實，這和麒麟分出公、母之後，她默默不語而出神的反應是出於一樣的原因。人有沒有陰陽的問題涉及性別之分，而性別往往會牽連情色，那可是閨閣女性的禁忌，所以湘雲生氣翠縷怎麼問出這種不應該碰的問題。但翠縷是一名完全不識字、沒有任何受過教育的小丫頭，根本沒想到這一點，於是莫名其妙覺得何必那麼生氣，只不過是順著剛剛一路下來的問題而已啊，所以不疑有他，還自作聰明地笑道：「這有什麼不告訴我的呢？我也知道了，不用難我。……姑娘是陽，我就是陰。」翠縷真的是「思無邪」的一個小姑娘，只因湘雲自己想太多，所以才會那麼生氣，可憐的翠縷白白地被吐了一口口水。

聽到這裡，湘雲拿手帕子握著嘴呵呵地笑起來！她這樣子笑，是因為和她原先設想的不一樣，翠縷把人的陰陽理解成主僕關係，而不是男女關係，看來是她誤會翠縷了，所以自己才會不好意思地笑起來，同時對翠縷的天真可愛感到很有趣。其實依照其出身與教養，湘雲絕對沒有想太多，她會那樣想是非常合理的，因為這就是他們世家大族培養出來的女性應該有的性別禁忌。沒想到突然地上出現一個公麒麟，和她的母麒麟正配成一對，也便涉及女性的婚配問題，這下子豈不是剛好落入她先前的禁忌思維嗎？但湘雲不知道其中有什麼玄妙的上天意志，再加上又涉及陰陽此一敏感話題，也就默默不語地出神。

這段情節正是第三十一回的重點，也反映在回目上：「因麒麟伏白首雙星」，「白首」意指白頭偕老，而「雙星」到底是什麼意思？有一個說法也許可以參考，即「雙星」指牛郎星和織女星，表示他們將來會結為夫妻，但是會長久地分離，而果然第五回《紅樓夢曲》關於史湘雲的〈樂中悲〉也說到這一點。只是牛郎星又是指誰呢？根據庚辰本的回末總評，脂硯齋說：「後數十回若蘭在射圃所佩之麒麟，正此麒麟也。提綱伏於此回中，所謂草蛇灰線在千里之外。」他們這種旗人家族都會有騎射上的訓練，平常要進行一些行軍作戰的基本演習，所以連最幼小的賈蘭都曾在大觀園裡拿箭追獵一頭小鹿，同樣地，衛若蘭身為王孫公子，平常也有這樣的訓練機會，就在射圃這個地方，他佩戴著一個麒麟，而根據脂批，這麒麟就是被史湘雲撿到的那一只，所以說「草蛇灰線，在千里之外」，意謂前面的情節通常要遠到結局的時候，這條線索才會再冒出來！

由此可想而知，整個過程期間應該還有一點曲折，有紅學家這樣推想：被史湘雲撿到的麒麟是寶玉的，當然要還給寶玉，於是寶玉佩戴在身上，但可能因為和其他的公子哥兒們有一些交際應酬，結果一不小心掉在射圃的地方，然後被衛若蘭撿到了，他要物歸原主，寶玉卻覺得這只麒麟既然被他撿到，就是一種命中注定，所以便把它送給衛若蘭，從最後的歸屬來說，金麒麟是在衛若蘭手中。這麼一來，湘雲「因麒麟伏白首雙星」的對象並不是寶玉，而是衛若蘭，衛若蘭才是湘雲最後所嫁的如意郎君。雖然有一些《紅樓夢》連續劇或者其他續書，採用的是湘雲和寶玉後來再度結縭，即湘雲確實嫁給衛若蘭，可是後來她早寡，千辛萬苦地回來以後，和寶玉、寶釵夫妻重逢，所以就被收留相伴。但這些編劇都已經無可驗證，因為衛若蘭射圃的文字根本迷失無稿。換句話說，原來是有底稿的，但是後來都不見了，這也成為無數紅迷們的椎心之痛。

蔣玉菡的茜香羅

接著再來看第五個聯姻小物，即蔣玉菡和襲人的茜香羅與松花汗巾。第二十八回中，寶玉和蔣玉菡在初見之下一見如故，就互相交換貼身的東西，以表示十分親近，不過他忘了身上繫的松花汗巾是襲人的，不該給人。而蔣玉菡送給寶玉的茜香羅原來是北靜郡王所賜，這是很珍貴的寶物，夏天繫上身之後會覺得渾身清涼芳香。寶玉回家以後覺得很愧疚，便把蔣玉菡送給他的茜香羅硬塞給襲人，作為補償，寶玉又是勸解又是哀求，襲人才勉強繫在身上，但是等寶玉一走又把它解下來，從此茜香羅就變成壓箱底的東西。

蔣玉菡和襲人交換茜香羅與松花汗巾的這一事實，是當事人在無意中進行的，它們將實現的是未來的婚姻聯繫。後情的大約發展如下：賈家抄家之後，襲人也遭到拍賣，最後被蔣玉菡買去。蔣玉菡只知道他買的丫頭是寶玉很看重的，單純只是希望可以代替寶玉盡心，在洞房花燭夜收拾東西時，才發現襲人帶過來的陪嫁品裡竟然有一條茜香羅，而他當然認得出來，因為那是他當初送給寶玉的，這麼一來，襲人才領悟到姻緣天注定，早在多年前便已經有了這樣的一個神諭，所以兩人也就接受結親的命運安排。

在反對將襲人汙名化的人物論觀點中，清朝評點家二知道人（蔡家琬之號）的意見是很客觀公允的，其《紅樓夢說夢》中說：

> 襲人為寶玉妾，妾身未分明也。寶玉潛逃，襲人無節可守，嫁與琪官，夫優婦婢，非鳳隨鴉也，又何足怪。

缺乏名分的襲人根本連守節都做不到，就算她堅持要守節，只會讓大家覺得很奇怪。而她嫁給琪官，並沒有貶低身分，算不上彩鳳隨烏鴉，因為做丈夫的是優伶，是身分很低賤的戲子，做妻子的也是身分很低賤的婢女，二人根本就是同一個階層的聯姻，算是門當戶對。二知道人還說「一束茜香羅不儼然納采在昔乎」，可見他也看出來了，茜香羅屬於一個很明確的物讖，功能有點像納采，也即是聘禮。換言之，這段姻緣已經聘定在先，將來只不過是執行這樣一個上天的神諭。

並且在賈家淪落之後，蔣玉菡、襲人夫婦和小紅、賈芸夫婦，以及茜雪、劉姥姥等都是熱心腸的人，很難得地在獄神廟雪中送炭，可惜原稿不見了，具體情節不得而知，幸好脂批留下一個很重要的線索，指出本來作者給那一回編擬的回目是「花襲人有始有終」，見諸畸笏叟於第二十回所說：

> 茜雪至「獄神廟」方呈正文。襲人正文標昌（目曰）：「花襲人有始有終。」余只見有一次謄清時，與獄神廟慰寶玉等五六稿被借閱者迷失，嘆嘆！

襲人實屬難得，她在被迫離開的時候，哀求寶玉夫婦一定要留下麝月，以代替自己照顧好寶玉，離開之後看到寶玉夫妻落難，則又和蔣玉菡一起回來照顧她過去的主子。

在第二十八回「茜香羅皭若納采在昔」的這一段，脂硯齋也有一段回前總批：「『茜香羅』、『紅麝串』寫於一回，蓋琪官雖係優人，後回與襲人供奉玉兄寶卿得同終始者，非泛泛之文也。」由此可見，不但作者本來的蓋棺定論就是襲人有始有終，連脂硯齋都說蔣玉菡夫婦在後文中會供奉寶玉和寶釵，他們是有始有終的人，內心的真情不會因為外在的榮枯得失而變異；加上「供奉」兩個字，可見他們誠心誠意、非常尊敬過去的主子，即便寶玉夫婦現在落難到比自己還不如，他們也沒有白眼相看，實在是了不起。

總而言之，我們不應該流於形式主義，不要用有沒有改嫁、是不是自殺這些外在行為，作為襲人是否有情、至情的人格判斷；也不要太早就對一個人下斷言，因為有考驗才能顯出一個人真正的本質，所以唐太宗的詩裡說「疾風知勁草，板蕩識忠臣」，疾風和板蕩、造次與顛沛都很容易讓一個人改變，所以一個人真正的自我是要在很艱難的千錘百鍊之下才能打造出來的。而所謂的「花襲人有始有終」，正是認證襲人的貞節！原來真正的貞節在於內心，在於「造次必於是，顛沛必於是」的心意，這就是襲人被讚美為「有始有終」的關鍵。

接下來簡略談一談邢岫烟和薛蝌的聯姻，其婚讖之小物是第五十七回邢岫烟的冬衣。邢夫人算是邢岫烟的姑姑，但是這位姑姑實在太吝嗇、太苛刻，把邢岫烟的二兩月錢給剋扣掉一兩，再加上身邊還有其他很多的吸血鬼，邢岫烟沒有辦法應付，只好把禦寒的冬衣典當了。後來被細心的寶釵發現，好心要幫她贖回來，沒想到一看到當票就忍不住笑起來，說是「鬧到一家去了。伙計們倘或知道了，好說『人沒過來，衣裳先過來』了」。邢岫烟這才知道，原來她去當衣服的那一家當鋪是薛家的產業，而那時候的邢岫烟已經和薛蝌談好親事，是由賈母出面來幫忙牽線的。而邢岫烟的冬衣到了薛家，她則從薛家拿回了一張當票，其中呈現出一種交換的關係，這也是和婚姻有關的一種有意味的交換情節。

探春的風箏

還有一組「聯姻」類的物識，是關於探春的部分。探春的婚姻預告在第五回的人物判詞裡已經出現過：「畫著兩人放風箏，一片大海，一只大船，船中有一女子掩面泣涕之狀。也有四句寫云：才自精明志自高，生於末世運偏消。清明涕送江邊望，千里東風一夢遙。」之所以畫著「兩人放風箏」，因為這是和婚姻有關的預言，兩個人才結得成婚。這是第一次出現風箏的意象，而且這個風箏的意象同時還結合著其他的環境因素，比如船和大海，可想而知，探春的婚姻是「天涯海角」式的遠嫁。

有學者做過女兒出嫁之後歸寧的相關探討，研究成果指出，女兒出嫁之後，當然有回到原生家庭裡稍獲慰藉的機會，但不會是新年，因為新年必須在夫家團聚，一般只有在端午等幾個很少數的節日。然而，表面上雖然有合法歸寧的機會，但實際上很多的現實因素使得女兒在出嫁的第一年之後，幾乎即很少回娘家了。首先，是因為路途遙遠，如果嫁得很遠，單單來回的時間就不夠用，很多人便索性放棄回家；其次，在正常的情況下，出嫁一年通常就會生下小孩，而嬰兒絕對不適合讓人帶著一路跋涉回娘家，這對幼小的孩子來說太危險，婆家也不會允許；加上家務繁忙，柴米油鹽醬醋茶纏身，小小嬰兒的各種啼哭、索求需要照顧，根本無法脫身，更何況是千里迢迢嫁到天涯海角的。

探春這個事例讓我們很極端地看到，一名女兒出嫁之後是如何像斷線的風箏般渺不可尋，從此和她的原生家庭一刀兩斷。這並不是她的情感選擇，也不是她的意志選擇，而是迫於現實不得不然的結果。

從判詞中的第三句「清明涕送江邊望」來看，探春的出嫁應該就是在清明節，她先走水路，再到海邊，真的是一趟迢迢無盡的旅程，然後便一去不復返，所以下面說「千里東風一夢遙」，只有在夢中才能夠魂返故鄉。試想：一個十幾歲的少女，突然之間被連根拔起，被移植到天涯海角，要應付一套陌生的、複雜的人際關係，再加上完全不同的生活環境，女性在這樣的「過渡儀式」中，其實是遭受到很嚴峻的考驗。那是人生非常重大的一個挑戰，成功的人也許可以像王熙鳳，失敗的人也許就成了賈迎春。

在人物判詞後面的《紅樓夢曲》裡，其中有一支是專門針對探春而歌詠的，曲名就稱為〈分骨肉〉。在探春身上，作者反反覆覆地強調出嫁對女性所帶來的心理創傷，這個「分骨肉」簡直是活生生的人倫悲劇！我們總覺得父子親情應該要加以尊重、呵護，然而婚姻這個制度卻讓占有人口一半的女性承受如此不人道的對待，而始終未曾被反省，這就是傳統社會的性別結構下很不可思議的盲點。〈分骨肉〉中哽咽道：「一帆風雨路三千，把骨肉家園齊來拋閃。恐哭損殘年，告爹娘，休把兒懸念。」前面兩句是從女兒的角度寫到告別家鄉親人，下面又以女兒的口吻，想到父母親失去女兒的心境，一個如同掌上明珠的女兒就這樣一去不復返，那真的是撕裂般的苦痛，因此安慰父母親放寬心，不要掛念，「自古窮通皆有定，離合豈無緣？從今分兩地，各自保平安。奴去也，莫牽連」，彼此再也照看不到對方，再也無法互相扶持，就如同無根的蓬草，天涯海角，各自尋求出路。

對於探春的出嫁，全書中不斷提及，反覆加以強調，我們先看其他相關的部分，再來做一個統合性的說明。首先，第二十二回的燈謎詩其實也是每位金釵的命運預告，可謂「讖謠式」的燈謎，而探春所做的燈謎是：「階下兒童仰面時，清明妝點最堪宜。游絲一斷渾無力，莫向東風怨別離。」於此，「清明」再度出現，所以這個節日確實是她出嫁的時間點，我們還可以發現，斷線的意象在這裡很清楚地浮現。《紅樓夢》第七十回裡提過，在清代，放風箏的最終目的都是要把它剪斷，所以只要出現風箏，就隱含著必然要斷線的宿命，這一點詳見下文。

第六十三回中，探春所抽到的花籤詞是一句唐詩「日邊紅杏倚雲栽」，暗示探春這一只斷線的風箏雖然從此飄零到天涯海角，但她的所在位置是眾人之上，所以是「倚雲栽」，配合下面的注說「得此籤者，必得貴婿」，眾人也開玩笑說「難道你也是王妃不成」，可見探春的歸宿是王爺等級的貴婿。這當然是作者在胸有成竹的情況下，透過種種細節所洩露出來的天機，讀者會發現這只風箏不是落在平凡人家，而對象是大略可以被考察出來的。

在第七十回中，作者簡直費盡筆力來描述風箏，雖然表面上是閨中女兒的瑣碎遊戲，但當然不是閒閒筆墨而已，放風箏這一段把探春的婚姻預告給予最集中的描繪與呈現。一開始，風箏的出場銜接得非常天衣無縫，因為眾人正在填詞，突然窗外有一陣聲響把大家嚇了一跳，出去一看，原來是一只斷線的風箏飛落到他們窗外，掛在竹梢上，大家的注意力便順勢被引到風箏上。紫鵑看上這只很齊整的大蝴蝶風箏，想要留下來，探春就嘲笑她說：

「紫鵑也學小氣了。你們一般的也有，這會子拾人走了的，也不怕忌諱。」黛玉笑道：「可是呢，知道是誰放晦氣的，快掉出去罷。把咱們的拿出來，咱們也放晦氣。」

可見在清朝，放風箏的目的不只是為了取樂而已，其中還有一種儀式性的作用，即祈福禳災。放風箏原來是要「放晦氣」，風箏放得越高越遠，當用剪刀一剪，讓它遠遠飛走的時候，便會把病根、災難還有不幸也一併帶走。於是大家接著各自搬出自家裡的風箏，而閨中很悠閒、很美麗的那一面就像圖畫般地展現出來。在這裡，風箏的造型皆有各自不同的意義，且看探春的鳳凰風箏：

探春正要剪自己的鳳凰，見天上也有一個鳳凰，因道：「這也不知是誰家的。」眾人皆笑說：「且別剪你的，看他倒像要來絞的樣兒。」說著，只見那鳳凰漸逼近來，遂與這鳳凰絞在一處。眾人方要往下收線，那一家也要收線，正不開交，又見一個門扇大的玲瓏喜字帶響鞭，在半天如鐘鳴一般，也逼近來。眾人笑道：「這一個也來絞了。且別收，讓他三個絞在一處倒有趣呢。」說著，那喜字果然與這兩個鳳凰絞在一處。三下齊收亂頓，誰知線都斷了，那三個風箏飄飄颻颻都去了。眾人拍手哄然一笑，說：「倒有趣，可不知那喜字是誰家的，忒促狹了些。」

根據學者的研究，在清代，放風箏這種民間遊藝活動簡直到了巔峰狀態，他們在風箏造型上所下的功夫已經到了玩物喪志的地步，風箏造型之精緻、繁複，比剪紙有過之無不及。大概數十年前，中國大陸突然出現一本號稱是在故紙堆裡找到署名曹雪芹的書籍，那本《南鷂北鳶考工志》中繪製各式各樣的風箏，有江北系統、江南系統，令人大開眼界。這個新發現轟動一時，可惜經過更專業的學者考證，那本書很可能是偽造的，並非曹雪芹的手筆，不過從這個現象，我們多少可以知道曹雪芹在這一方面的造詣很深，天文地理無所不通，是一位博學多聞的創作者。至於所謂的「玲瓏喜字帶響鞭」，正反映出清人對風箏藝術還發展出一種新的審美方式，讓風箏不只是視覺的欣賞，更具備聽覺上的享受，於是這只造型為「玲瓏喜字」的風箏，上面還繫上一串中間鏤空的、長長的鞭子，當風箏飛得很高，強風吹過那些孔隙時就會發出聲音，在半空中如鐘鳴一般，聲音很驚人，氣勢很盛大，擁有這樣帶響鞭的風箏者恐怕也不是一般人家。

對於這段情節，讀者必須領略作者的匠心獨運，兩只風箏與另一個「喜」字風箏絞纏在一起，其中的象徵意義再明白不過，顯示這兩只鳳凰風箏會聯姻成親。在中國的政治文化系統裡，鳳凰的象徵意義就是和皇室有關的身分，再把「日邊紅杏倚雲栽」考慮進來，可以確定探春是嫁作王妃，但又不同於元春的皇妃。清代王公貴族之多超過我們的想像，好比康熙帝，單單活下來的兒子即有二十四個，但不是每位王爺都炙手可熱，絕對有榮枯之別，而探春所嫁的對象應該非中央所在，是比較疏離、不被寵愛的王子。她出嫁的時候得要搭船，三千里風雨到海疆，因此學界一般認為探春所嫁的是海疆的藩王。不過也有人堅持探春是嫁給南洋如越南、馬來西亞那一帶的番王，所以要搭船過海，稱之為「杏元和番」。我覺得這實在太悲慘了，而且探春的身分也不具備和番的條件，當時更不會稱蠻夷之主為貴婿，所以應該還是取前者為佳。雖然以清朝的制度而言，王爺並不能離京，似乎沒有戍守海疆的藩王，但曹雪芹是在寫小說，具有一定程度的虛構權力，所以他還是可以故意這樣寫。那麼多皇子分布在全國各地以護衛中央，藩王應該就是受封或派駐在海邊的王子，他比較沒有權力，但還是皇室的成員，擁有尊貴的身分地位。

我想探春遠嫁是作者刻意的安排，要讓探春凸顯婚姻制度對女性所造成的強大衝擊。女子遠嫁的那種心情，在《詩經》時代早已有所反映，例如「女子有行，遠兄弟父母」，這兩句在《詩經》出現過兩三次以上，有時是寫作「女子有行，遠父母兄弟」，字詞顛倒，但意思完全一樣。「行」即女子于歸出嫁，對古人來說，那才是女性終身的歸宿，女性在娘家只是早期的過客，父母短暫地把她撫育長大，最後還是得拱手讓人，而「遠兄弟父母」或「遠父母兄弟」都是在說明女子出嫁之後內心所遭受到的強烈撕裂感。

除了《詩經》外，唐代元稹為死去的大姐所寫的〈夏陽縣令陸翰妻河南元氏墓誌銘〉，是流傳下來為數很少的、顯現女子出嫁心情的文獻之一，靠著家族成員很私密的紀錄，女性的生平、內在情感等各種點滴，才雪泥鴻爪般留下一些資料。文中寫道：

將訣之際，子號女泣，問其遺訓，則曰：「吾幼也辭家，報親日短，今則已矣，不見吾親。親乎，親乎！」西望而絕。

這一段遺言，我第一次看到時便感到非常心酸。在傳統社會裡，女子剛剛進入青春期沒有多久便會被嫁出去，英國是這樣，美國是這樣，中國也是這樣。這一位十三、四歲即出嫁的女性，臨終前揪心惦記的是自己來不及奉養父母的遺憾，而以後再也沒有機會見父母一面了，「不見吾親。親乎，親乎！」——對雙親的殷殷呼喚，就是她餘音嫋嫋、椎心泣血的最後遺言，那望向西方家鄉的最後一眼又是多麼淒涼！透過這段話，我們看到女性在婚姻中所遭受到如割裂般的疼痛，這是終其一生的空缺，一直到死為止都深深感到遺憾。

尤其探春對這個家族的興亡抱有高度的關切和使命感，她分明有能力讓賈家起死回生，可是偏偏必須遠嫁，眼睜睜看著遠方的家族山崩瓦解、灰飛煙滅，心中該是何等地沉痛！漢學家曼素恩（Susan Mann, 1943-）的研究指出：「在中國的家族體系中，女兒生命週期的這個關鍵性特徵引起了一些心理上的創傷，它們直接抵觸西歐和北美的精神科醫師和心理學家所指認的性別模式。在大多數的西歐與北美社會中，必須經歷與母親分離之創傷的是兒子；這種創傷成為影響其性別認同的基礎經驗。……在盛清家族中，女兒，而非兒子，承受著分離所造成的創傷。女兒在成長的過程中，便知道她們終究必須『出嫁』而進入另一個家族；相對地，兒子則可以指望與母親維持長久而親密的關係，直到死亡將他們分離為止。」作者在書中至少三四次凸顯探春的風箏意象，主要的用意也正在這裡。

唯一失敗的聯姻物識：柳湘蓮的鴛鴦劍

第六十六回柳湘蓮與尤三姐的鴛鴦劍，也是一種聯姻小物。鴛鴦劍是一雄一雌、成雙成對的兩把劍，有如夫妻。當尤三姐表明非柳湘蓮不嫁的時候，賈璉在路上偶然遇到了柳湘蓮，就立刻和他談成這門親事，又向他索討一份聘禮。柳湘蓮因為一個人瀟灑在外，身無長物，便把隨身攜帶的傳家之寶——一對鴛鴦劍給了賈璉，尤三姐看到後非常高興，覺得從此之後終身有靠，整個人也發生一百八十度的轉變。之前尤三姐很有些浪蕩的舉止，但是當她認定一個人，並斷然做了這樣一個抉擇之後，隨即真的非禮勿動、非禮勿言，等於脫胎換骨，但沒想到最後竟是一場悲劇。

說明至此，倘若我們以結婚與否作為成功的標準來看，在所有聯姻物識的這些情節中，唯一失敗的就是柳湘蓮和尤三姐。現在一則一則地驗證一下：寶玉和寶釵是成功結婚的；而第二組寶玉和寶琴之所以沒有談成，那是出於特殊的原因，即作者很明確地只是要把它作為金玉良姻的一個投影乃至鞏固和加強，所以這一組暫且不表。至於其他包括板兒和巧姐、史湘雲和衛若蘭都是成功結合的。再者，雖然今天看不到後面的四十回，不過蔣玉菡和襲人、探春和海疆藩王（見下文），還有邢岫烟和薛蝌，他們的婚姻都實現了，因此唯一失敗的便只有柳湘蓮和尤三姐這一對。

這個現象實在太有趣了，在八組中，除了寶玉與寶琴這一對不算外，其他的聯姻都屬於父母之命、媒妁之言的結果，或者是超越個人意志的某一種上天的安排。只有柳湘蓮和尤三姐是出自個人意志的抉擇，是當事人自己選擇的對象，這和我們今天所謂的婚姻自主豈不是最吻合的一種情況嗎？但他們在《紅樓夢》的世界裡卻是失敗的，而且結果非常慘烈，必須付出生命作為代價。試看柳湘蓮給了鴛鴦劍之後，一路上慢慢地激情冷卻下來，思前想後越來越覺得不妥，怎麼還在奔波的道途上便急著說定親事，而且由女方主動提親，然後忙忙的不給時間考慮，也沒有什麼納采、問名一整套正式的過程，直接就索討聘禮。他總覺得這樣太匆忙，匆忙之下的抉擇很難說是理性的，他便想要瞭解一下狀況，於是找到寶玉來問個仔細。

照理來說，寶玉應該是很妥當的一個人，因為在我們的心目中，寶玉是對女孩子很細心、很體貼、很維護的一個人，可是在這裡卻出現了出人意料之外的狀況，尤三姐最終落得拔劍自刎，有一半以上的原因竟在於寶玉所說的一番話。柳湘蓮找到寶玉，問他尤三姐的底細究竟如何，她到底是一個什麼樣的人？可見對於結婚對象，男性最在乎的重點還是她的人品，娶妻要娶賢，娶妾要娶美，所以叫「賢妻美妾」。柳湘蓮才剛提到賈璉在路上幫尤三姐求親的事情，寶玉便笑說：「大喜，大喜！難得這個標緻人，果然是個古今絕色，堪配你之為人。」寶玉特別強調尤三姐的優點是「絕色」。柳湘蓮聽了卻感到很疑惑，連寶玉這樣見多識廣的人都說尤三姐是古今絕色，照理來說，拜倒石榴裙下的人應該不計其數，她為什麼偏偏選上我？還有：

> 況且我又素日不甚和他厚，也關切不至此。路上工夫忙忙的就那樣再三要來定，難道女家反趕著男家不成。我自己疑惑起來，後悔不該留下這劍作定。所以後來想起你來，可以細細問個底裏才好。

請特別注意，寶玉下面的回答十分關鍵，他說道：「你原是個精細人，如何既許了定禮又疑惑起來？你原說只要一個絕色的，如今既得了個絕色便罷了，何必再疑？」寶玉再三強調尤三姐的絕色，而且說你原來就是要絕色的，如今已經完全滿足這個要求了，何必還要再多想！這些話都有餘韻無窮的空間，讓人家生出揣測，反倒更添疑慮。所以柳湘蓮立刻追問說，你既然連賈璉偷娶尤二姐都不知道，又怎麼知道尤三姐是個絕色？寶玉解釋說：

> 他是珍大嫂子的繼母帶來的兩位小姨。我在那裏和他們混了一個月，怎麼不知？真真一對尤物，他又姓尤。

其中有幾個字眼都非常刺眼，首先，寶玉說「混了一個月」，試想：和自己心中所崇敬、珍惜的對象一起相處，會使用「混」這個動詞嗎？他敢說「我和林黛玉從小混到大」嗎？不會！採取「混」這個字眼，便顯露出寶玉對尤氏姊妹的態度其實並不是那麼尊重，更何況男女有別，寶玉已經是一個可以議婚的少年，怎麼可以和一對沒有出嫁的姊妹混一個月，這就更啟人疑竇。

再看寶玉又用了「尤物」二字，這絕對是一個負面的語詞，因為「尤物」即所謂紅顏禍水的那一種美人，這更暴露出寶玉對尤氏姊妹的真正評價，雖然之前是非常溫柔體貼，但在內心裡其實是瞧不起她們的。果然湘蓮聽了，跌足道：「這事不好，斷乎做不得了。你們東府裏除了那兩個石頭獅子乾淨，只怕連猫兒狗兒都不乾淨。我不做這剩忘八。」在此脂硯齋給了批語：「極奇之文，極趣之文。《金瓶梅》中有云『把忘八的臉打綠了』，已奇之至，此云『剩忘八』，豈不更奇。」所謂的「乾淨」意指貞潔，「忘八」是烏龜的別稱，在風月場合中便代指嫖客，則可想而知，「剩忘八」是何等的難聽，所以寶玉一聽就紅了臉，因為寧國府的賈珍父子畢竟是他的親人，自家的親人被說得那等骯髒汙穢，當然連帶到自己，多少會覺得不好意思。於是柳湘蓮「自慚失言，連忙作揖說：『我該死胡說。你好歹告訴我，他品行如何？』」請看，他最終要問個究竟的，還是到底尤三姐是一個什麼樣的人，他真正在乎的並不是絕色的容貌，而是品德。

再特別注意，此刻柳湘蓮都挑明了問，這也是寶玉可以幫忙澄清的最後一個機會，然而他不但沒有澄清，還給了最終一簣，更把尤三姐給逼到死路，他竟然說：「你既深知，又來問我作甚麼？連我也未必乾淨了。」這等於是間接承認尤三姐不乾淨、品行不端，所以柳湘蓮是就此才決意要退婚，並導致尤三姐絕望自刎，殉情而死。

整體來看，在《紅樓夢》的物識系統中，八個聯姻的案例裡只有尤三姐的情況是失敗的，追求愛情自主、婚姻自主的有心人反而不能夠如願。由此可見，《紅樓夢》所肯定或者是呈現的價值觀，和我們現代人所以為的其實大不相同。

婚戀天定觀

最後，我們將所有的「聯姻」類物識與「關情」、「涉淫」類進行對比，可以看出《紅樓夢》裡隱含著的價值觀。聯姻類的八個例子中，除了寶琴和寶玉這一組是作為對金玉良姻的鞏固與加強，剩下的七個裡只有柳湘蓮和尤三姐那一組未能結縭，其他都是成功聯姻，反映出「姻緣天注定」的觀念。除此之外，關於同樣的婚戀價值觀，從全書的其他部分還可以得到很清楚的說明，比如第二十五回，王熙鳳和賈寶玉因馬道婆作祟而中邪，命在旦夕，賈赦到處想辦法救治，卻毫不見效，於是賈政勸賈赦道：「兒女之數，皆由天命，非人力可強者。」雖然這裡針對的是性命，但所謂的命數當然也涵蓋婚姻，天命不是人可以去勉強、去改造的，這是天命觀在書中的第一次體現。

到了第七十九回，迎春被他的父親許嫁給孫紹祖，賈母心裡並不樂意，不過「想來攔阻亦恐不聽，兒女之事自有天意前因，況且他是親父主張，何必出頭多事」，賈政也反對，他「深惡孫家，雖是世交，當年不過是彼祖希慕榮寧之勢，……並非詩禮名族之裔，因此倒勸諫過兩次，無奈賈赦不聽，也只得罷了」。就在這樣的狀況下，迎春活生生走入宿命的地獄而慘遭滅頂。第一次出現的「兒女之數」比較寬泛，包含未來的各種命運，這次賈母所想的「兒女之事」則是狹義的，限定在婚姻上。可見「父母之命、媒妁之言」之上還有一個超越的、形而上的天命在主宰，父母之所以做出這樣的選擇，背後都有所謂的「天意」。

於是在第五十七回中，薛姨媽說：

自古道：「千里姻緣一線牽」。管姻緣的有一位月下老人，預先注定，暗裏只用一根紅絲把這兩個人的腳絆住，憑你兩家隔著海，隔著國，有世仇的，也終久有機會作了夫婦。這一件事都是出人意料之外，憑父母本人都願意了，或是年年在一處的，以為是定了的親事，若月下老人不用紅線拴的，再不能到一處。

「月下老人」來自於唐傳奇〈定婚店〉，有學者認為它是唐人小說裡唯一最具有鮮明的命定觀的一篇，當然這個說法也有其他的學者不表贊同，無論如何，此處的「月下老人」就是指人為力量所不能超越、不能改變、不能抗拒的一個天命。薛姨媽對黛玉所說的這段話，常常被讀者誤會，其實薛姨媽完全沒有針對性的諷刺或示威，她只是在體現那個時代，尤其是貴族上層社會一般性的價值觀，同時這也是普遍的事實或現象。

把書中這三段文本綜合起來，可以很清楚地看到，其實《紅樓夢》對婚姻是抱著這般不能靠人為爭取的天命觀念。

不止原書的文本如此說明，第一回還有脂硯齋的一段話也可以作為補充。這段脂批解釋嬌杏為什麼可以嫁得成賈雨村，並且從此以後命運兩濟，被扶正為正室夫人，原因就在於她「是無兒女之情，故有夫人之分」，嬌杏能夠有如此的好歸宿，竟然必須歸功於她沒有任何私情。換句話說，如果她存有私情、起心動念，甚至著手去做各種鑽營的行為，恐怕便得不到正室夫人的身分，不能夠嫁得如意郎君。脂硯齋的意思是說，婚姻的基礎不能夠已有「兒女私情」在先，這和我們今天的價值觀真的截然有別。

同樣地，評點家話石主人《紅樓夢精義》也發現到：「犯淫與情，都無結果。」而「淫」與「情」的一個共通點，即其中都有人為的主觀意志，都有自主性的追求，可是它們的結果都是落空的。果不其然，「鬭情」類和「涉淫」類裡面的雙方關係都是無疾而終，如妙玉傳情給寶玉，但她後來得屈從枯骨；司棋和潘又安也是被拆散的結局，司棋在後四十回甚至撞牆自殺；寶玉和黛玉的愛情當然也幻滅了，黛玉未嫁而逝，林林總總，其他不一一舉例。只有「鬭情」類的小紅和賈芸那一組最後是終成眷屬的，因為作者要讓他們夫婦二人在賈府抄家之後有一番作為，否則他們便沒有發揮的餘地，那是一個很特殊的例外。再看「聯姻」類的關係建立，都是命定天成，其中沒有個人的主觀意願，結果也大部分是成功的，唯一失敗的那一組，即柳湘蓮和尤三姐，明明都已經下聘說定，卻終究很慘烈地失敗，原因就在於已經涉及私情。

綜觀《紅樓夢》中「聯姻」類的物讖，可歸納為以下幾項：

一、寶玉、寶釵——由金鎖片、通靈寶玉所共構的金玉良姻（第八回）

二、寶玉、寶琴——由鳧靨裘、雀金呢所共構的潛在的金玉良姻（第四十九、五十二回）

三、板兒、巧姐——佛手、柚子（第四十、四十一回）

四、史湘雲、衛若蘭——金麒麟（第三十一回）

五、蔣玉菡、襲人——茜香羅、松花汗巾（第二十八回）

六、探春、海疆藩王——鳳凰造型之風箏（第五、二十二、六十三、七十回）

（一）風箏——1.婚姻，2.性格的清朗高潔

（二）鳳凰——1.身分地位，2.高度理想的堅持

七、邢岫烟、薛蝌——衣服、當票（第五十七回）
八、柳湘蓮、尤三姐——鴛鴦劍（第六十六回）

在「聯姻」類中，促成雙方婚姻暗示的小物件，基本上是「二物相對」，我稱之為「映照組合模式」，比如鳧靨裘和雀金呢、一對金麒麟，堪稱天作之合。另外一種是「二物互換」，這也是一種對等交流模式，例如巧姐和板兒，你給我你的佛手，我把我的柚子給你；還有襲人和蔣玉菡的茜香羅與松花汗巾，亦屬此類。下方的表格歸納三類關係之小物的聯結方式，可以清楚地看出《紅樓夢》對才子佳人小說婚戀模式的悖逆。

相比之下，「關情」類和「涉淫」類不但都有個人的主觀意識在裡面，而且主要的形式是「一物二手」，我身上有東西轉移到你身上，你的東西轉移給我。在這種轉移互換的關聯模式裡，它的身體接觸性的暗示成分會比較高，甚至進一步到體液交換，這已經是象徵性地讓兩人結合。當然，因為這類情感乃雙方的自主意識發動的，情欲交合更是雙方共同形成的，自然而然就會選擇讓雙方彼此共享的品物。例如在「關情」類裡，手帕重複出現了兩次：一次是黛玉與寶玉、一次是小紅與賈芸。有學者發現，手帕在很多愛情故事中具有「示情」及「傳情」

關係類型	促成力量	主觀意願	品物的主要關聯方式	結果
聯姻	命定天成	無	「二物相對」的映照組合模式 「二物互換」的對等交流模式	成功
關情	人為作用	有	「一物二手」的轉移聯繫模式	失敗
涉淫	人為作用	有	「一物二手」的轉移聯繫模式	失敗

的作用，可想而知，這便是「關情」類的特點。頭髮指甲更是身體的一部分，但是又可以脫離身體而獨立，可用之作為憑藉，和別的身體和周圍的環境產生交際行為，如此一來，當然更宜於情色的演繹。

這裡要補充的一點，是第十九回寶玉小廝茗烟和卍兒的偷情，我沒有把它納入「涉淫」類，首先是基於這一組與小物並沒有關係，但是就涉淫而言，這一組的情況確實值得考慮，為什麼他們逾越了道德界限，卻沒有受到懲罰？不比小說中其他人只要「涉淫」即須付出很大的代價，甚至得喪失生命。我們讀《紅樓夢》，時時刻刻不要忘記的是，書中的世家大族對於禮法、道德的講究和一般平民是很不一樣的。先秦時代早已經「禮不下庶人」，沒有受過教育的平民基本上不被禮教所要求，更何況是奴僕。奴僕對主家而言根本是物品，打個不太恰當的比喻，如果說家中的茶壺和茶杯發生關係，你一點都不會想要追究的。

我借用的是民國初年一位奇才辜鴻銘所舉的例子，他受過西方洗禮，但回到中國之後反而無比復古，認為三妻四妾完全合理，所採用的邏輯是：一個男人三妻四妾，就有如一個茶壺要配好幾只茶杯。這個推論明顯是犯了「錯誤類比」的邏輯謬誤，因為茶壺和茶杯是沒有生命的，愛怎麼組合搭配都可以，而人是有情感、有意志的，也因此會受傷害，當然不能類比。從儒家禮教觀念來說，奴僕也好，平民也罷，由於沒有受過教育，不懂文化，所以在文化位階上和動物是差不多的，對他們也不會有禮教上的要求，茗烟和卍兒之所以沒有受到任何的懲罰，原因就在這裡。

同樣地，賈璉和多姑娘乃主僕關係，故可以無疾而終，至於司棋的事件本質上也和茗烟一樣，只因涉及大觀園才發生問題，道理仍然一致。

「門當戶對」的合理之處

整體來看，《紅樓夢》在婚戀上是對之前流行一百多年的才子佳人小說所進行的悖逆和反撥，才子佳人故事很符合一般人、尤其是青少年的想像，即自由戀愛、婚姻自主，所選擇的都是自己真心喜歡的人，才子佳人小說就是因這種心理補償作用產生出來的一種文類。《紅樓夢》與之基本上是背道而馳，反而非常傳統地回到「父母之命、媒妁之言」的系統中，這一點當然發人省思。

我們先不要急著比較誰更有先進思想、誰更具有革命意識，用來證明哪一部書比較符合我們現在所認可的標準，因為那已經附加自己主觀的好惡。我比較想做的事情，是先客觀瞭解《紅樓夢》為什麼會呈現出這樣一種主流的主張？

其實，《紅樓夢》所反映的，正是我們現代人急於擺脫的傳統價值觀，關於其中的描述所呈現出來的種種現象，我接下來試圖提出一些解釋。首先要說明，我個人是喜歡現代的婚姻選擇的，在我們這個時代，可以選自己喜歡的人，雖然自由戀愛並不保證婚姻一定會美滿幸福。畢竟戀愛剛開始時，不必管柴米油鹽醬醋茶，幾乎完全脫離日常的例行脈絡，可以花前、月下、湖邊，把最美好、最精華的那部分和對方最美好、最精華的方面互相激盪，因此火花四射，而戀愛最有魅力之處就在於這裡。可婚姻是生活，充滿無止盡的瑣碎日常，並非只有愛就能夠支撐，還需要很多別的東西，而我們這個時代的好處在於：就因為這個對象是自己選的，因此讓每一個人學會自己負責，並且學習怎麼樣認識對方，同時也認識自己，畢竟人一定要能夠自己做判斷，自己對人生作出選擇，並為選擇的後果負責，這樣一來，自我人格便會越來越成熟。

根據學者的研究，以所謂的自由戀愛作為前提的婚姻範式，是從十七世紀才始於英格蘭，而在別的地方發生得更晚，中國是經歷了一兩百年痛苦的社會改革和思潮推動才慢慢形成的，在沒有相應的社會條件去執行婚姻自主的狀況下，婚姻就只能靠「父母之命、媒妁之言」。即便到了現代，我們以為可以超越「愛」本身之外的外在條件，以純心靈、純精神的互相共鳴和吸引作為擇偶的標準，不過有兩位西方學者，一個是米契爾（Mitchel），一個是赫特（Heit），做了很多的調查和研究後卻發現，以今天來說，我們的擇偶還是在不自覺、甚至自覺的情況下，依照「同質理論」（compatibility）進行的，人們往往會選家世背景、社會地位和經濟能力比較類似的人為婚戀對象，當然也兼具彼此生理的吸引力。

不可否認地，愛情中當然有很多神祕的，也不是理性所能夠解釋的因素在起作用，可是「同質理論」提醒我們，說不定很多的時候已經有某一種操作機制在預先進行篩選，我們雖然表面上身處多元開放的環境，可以自由選擇，其實還是在一個被篩選過的環境中與他人進行互動。換句話說，當我們以為是在自由戀愛的時候，「自由」二字可能要打上引號，因為「同質理論」早就在我們的內心中發揮作用。

「同質理論」看起來抵消或者羞辱愛情的崇高，不過英國倫敦大學金史密斯學院取樣一千三百對夫妻進行分析，結果也發現，俊男的另一半通常是美女，有錢人的另一半通常也是有錢人，多數夫妻也大都是在同一個年齡層，但他們仍然可以彼此相愛，婚姻幸福。為什麼要在同一個年齡層？因為人生階段一致，夫婦所感興趣的生命課題也比較接近。英國認知心理的治療師費德曼認為，就這一點來說，人類和動物並沒有太大的差別。而孟子早已指出「人之所以異於禽獸者幾希」，所以人們在擇偶的時候，其實不會隨便選，一定會挑各種條件和自己比較類似的人做另一半，這是一般普遍的現象，當然不絕對都是如此，因為人的可貴便在於有很多其他個別性的、超越性的追求，但我們是在研究那些建立在一個比較大的共識之上，而且有施行效力的社會制度，它能提供足夠的幸福保障，使得自身能夠持之以恆。

按照這個標準來說，中國傳統裡的「門當戶對」實有其合理性，並不能粗糙地用「買辦婚姻」加以否定；而且根據相關統計，門當戶對的婚姻的幸福比例，並不比自由戀愛的婚姻來得低，可見門當戶對確實是有它的合理性，因為夫婦之間比較容易有共同的價值觀，生活習慣也會比較接近，很多人都沒有想到後面這一點，其實那對於維繫婚姻而言是一樣重要的。畢竟夫妻生活在一起難免磕磕碰碰，到處都有可能發生衝突，日常的瑣碎雖然很小，但是多如牛毛，所謂的滴水穿石，愛情禁不起這樣的耗損。心理學家埃利希·佛洛姆（Erich Fromm, 1900-1980）在《愛的藝術》這本書裡已經很清楚地告訴我們：愛情不是一個強烈的感覺，愛是一種意志，是一種許諾，必須懂得瞭解和尊重，要單靠感覺去維繫愛情，注定會失敗。婚姻是生活，一天二十四小時分分秒秒的相處，如果沒有共同的生活習慣和人生價值觀，真的維持不了多久。

以貴族世家上層社會來說，要求門當戶對還有一個很重要的理由，因為他們的禮節比一般人更多、更講究，如果之前沒有在這樣的家族成長、生活過，一下子面臨那麼多微妙的人情世故，時時刻刻都是壓力，一般人肯定承受不了。新進來的成員若不能適應，勢必會導致這個家族出現很多問題；而如果就在同一個階層進行選擇，新人進來之後很快便可以融入家族運作，林黛玉剛到賈家立刻即能配合，正是這個原因。另外，現代的婚姻往往是迎來一個陌生人，不知道此人個性怎麼樣、脾氣怎麼樣，而門當戶對意味著彼此認識，甚至是世代聯姻的家族之間進行婚配，這家的兒子和那家的女兒可能從小就有一些接觸、有一些瞭解，大人是看著他們長大的，將來娶進來或者嫁出去，會比較容易降低彼此適應上的困擾。

門當戶對是一個很大的問題，也是一個還可以再思考的問題，因為背後牽扯太多的社會因素、文化因素，還有人性因素，所以古人的看法也不見得沒有道理，對他們來說，幸福的門當戶對就是結了婚之後才開始談戀愛，其實古代的成功例子也很多。據此而言，《紅樓夢》中由「物識」來加以主導的聯姻，透過天命施展於「父母之命、媒妁之言」來加以運作，其背後會不會有社會的原因或者是生物的原因，都需要我們再多做研究。

第五章

賈寶玉的啟悟

這一章開頭，先來談談《紅樓夢》所吸收的另一個傳統文化或傳統文學的資源，即所謂的「度脫模式」。為什麼要先談「度脫模式」？原因在於《紅樓夢》本來就被視為一部「悟書」，其中開展了賈寶玉這位男主角內在成長的過程。這個成長當然不是一般意義上的成長，如果從「度脫」或所謂「悟」的切入點來看，整部小說很明顯是要超脫紅塵世間的種種煩惱，從迷妄中解悟而成仙成佛，屬於一種非常標準的「悟道主題」，例如唐傳奇〈枕中記〉、〈南柯太守傳〉都是有名的悟道作品。

我在研究「度脫」時，赫然發現《紅樓夢》裡絕無僅有地使用過一次這個專有名詞，它出現在第一回，當時一僧一道穿梭於神界、俗界，作為兩個世界的中介者，他們負責的就是點化世人。書中提到「情痴色鬼，賢愚不肖者」一干人等都要入世的時候，道人順便說：「趁此何不你我也去下世度脫幾個，豈不是一場功德？」在這裡，「度脫」一詞開宗明義即出現了。

「度脫」的來龍去脈

我們必須追本溯源，先瞭解一下「度脫」在訓詁上的意義，再進一步說明「度脫」背後有什麼樣的佛教意涵，又如何成為道教的用法，並分析元雜劇中度脫劇的鋪排方式，最後再看《紅樓夢》怎樣加以超越，具體在賈寶玉身上開展度脫的過程。《紅樓夢》不但集大成，並加以融會貫通成為一個非常龐大的有機整體，同時又對每一項傳統因素都加以超越，給予更深、更豐富的內涵，青出於藍、後出轉精，這才是《紅樓夢》的創新之處，而不在於它和我們以為的傳統相異，或者其價值觀更接近於現代人。換句話說，曹雪芹是繼承了傳統再加以創新，並不是破壞式的反對傳統。

望文生義，「度脫」就是度化世人，使之得到解脫，早在六朝便有這個詞彙，這個詞彙後來進入文學裡，又經過長久的演化，形成一種特定的題材，我們可以用度脫劇作為參照。自日本漢學家青木正兒針對元雜劇的「神仙道化」題材，而提出「度脫劇」這個類型後，學界陸續進行了各種層次的相關研究。所謂「度脫」者，為「得度解脫」之略稱，該詞彙已習見於六朝之佛、道文獻，諸如〈禮佛唱導發願文〉的「故欲洗拔萬有，度脫生」、賀琛〈條奏時務封事〉的「至於翾飛蠕動，猶且度脫，況在兆庶」，連在天上飛的、在泥土裡蠕動的，那些表面上沒有什麼靈性的飛鳥、昆蟲都可以得到解脫，何況是萬萬千千的民眾；又陶弘景《真誥．運題象》也說「度脫凶年，賴阿而全者」，例子很多。總而言之，「度脫」的基本定義即是度一切苦厄、解脫一切執著煩惱。

「度」是佛教最重要的概念之一，其梵語是即使不信佛教的人都聽過的「波羅蜜多」，本義是「到彼岸」、「度無極」，亦即脫離正在沉淪受苦的此岸，到另外一個永恆美好的涅槃彼岸。所以這個「度」字同時具有三點水的「渡」的含義，苦海慈航，包含普渡眾生、濟世助人的雙重作用。此外道教也有類似的用法，不過道教有很多的概念實際上是從佛教中借過來的，以這個「度」字而言，《隋書．經籍志》即云：「道經者，……授以祕道，謂之開劫度人，然其開劫，非一度矣。」可見多次度脫是道教的特色。毫無疑問，「度脫」的「度」是佛教的基本教義，也融合道教的闡釋，基本上都是要拯救人生的苦難，以超離塵世而脫然無累於心作為終極目的。如果能做到這一點，讓人從根本上獲得解脫，便有如道人所說的「度脫幾個，豈不是一場功德」。

以上是「度脫」概念的基本背景，至於它被用來作為一個戲劇要素，究竟如何組織，又有哪些相關的、系統性的有機結構，這就是下一步所要介紹的。「度脫劇」，作為一種故事的陳述，其中關於行動的描寫、情節開展的敘事過程都包含一些構成要素，這些相關的幾項基本要素也在《紅樓夢》裡得到很鮮明的印證，但是《紅樓夢》又進一步加以超越。

以元雜劇的「度脫」題材而言，首先，必定有一個能夠去度化別人的人，當然這個人一定要很有智慧，愚者不可能度化別人；其次，還必須有被度者，並透過他來刺激、警示還在沉淪中的人們，讓我們看到人具有覺醒的可能性。另外，這兩者之間會形成戲劇關聯，即得要有度人的行動，「度人者」和「被度者」之間會有一些互動關係，這些互動關係也有不同的類型。上述種種基本要素彼此連接，而且依序組合，形成具有一個過程性的既定模式：被度者透過度人者的幫助，經過度脫行動，最後成功悟道，成仙成佛，獲得永恆的生命。這大概是所有度脫劇最終的結局。

度人者與被度者

對「度脫」有了基本的、整體的掌握之後，還有更精細的內涵需要進一步說明。首先，被度者通常具有什麼樣的特色？以《紅樓夢》而言，曹雪芹關心的是「正邪兩賦」的人，第二回對此有一大段的說明：正氣構成大仁者，邪氣構成大惡者，而正、邪兩種氣偶然摶合在一起，此不能消彼，彼也不能長此，二氣就這樣頑抗搏鬥，以矛盾統一的方式形成一種特殊的生命形態，書中稱之為「正邪兩賦」。《紅樓夢》裡的主要角色基本上都是正邪兩賦的，曹雪芹最重視這一類特殊的稟賦者，對於面目模糊的芸芸眾生，那些彼此可以不斷地互相代換，不會給人留下深刻印象，也不會在歷史上留下痕跡的人，基本上不會特別關心。度脫劇也有一點類似，因此，被度者通常要有一些很特殊的來歷，不能是平凡人。

根據相關學者的研究，被度者往往「本為仙者」，因為過錯而被貶謫到人間來走一趟，面對死亡的恐懼，負荷失去的痛苦，在得失榮枯之間起伏輾轉，對仙家而言，承受這樣的折磨可以說是莫大的酷刑。另一種情況是被度者「有神仙之分」，這種人有特殊稟賦，從而特別聰慧靈敏、特別能夠穎悟，換言之，得先有神仙成分等待著被召喚出來，神仙才會要來加以度化，使之真正脫胎換骨、成仙成佛。第三種被度者很特別，是「鬼妖物而為仙者」，木精草妖歷經數百年、數千年的修煉，只差一步就可以由魔鬼變成天使，因此也可能是度化的對象。

這與《紅樓夢》的「正邪兩賦」之人也有所呼應，「正邪兩賦」者就是很特別的人，例如賈寶玉，其前身是一塊通靈玉石，還會開口說話，也有半神半仙的意味；而林黛玉的前身是絳珠仙草，連一位不是那麼重要的角色尤三姐，在用劍自刎而死之後，給柳湘蓮托夢時，也提到「今奉警幻之命，前往太虛幻境修注案中所有一干情鬼」，看來她的來歷也是太虛幻境。所以，《紅樓夢》中被度脫的人物多少都有仙界的、非凡的出身，回應了傳統度脫劇的脈絡。

接著，再來看度人者。元代度脫劇裡的度人者多半都是仙佛人物，例如鍾離權、呂洞賓、藍采和、月明尊者、布袋和尚等，他們才有資格以居高臨下的姿態，引導沉淪世俗中的被度者步入正途。如果用西方的神話學來理解，他們都是所謂的「智慧老人」（the wise old man），而這個名詞是分析心理學家榮格所歸納出來的。智慧老人出現在各式各樣的傳奇小說甚至歷史故事中，往往在男主角遭遇到難題、困惑，甚或生死交關、命懸一線的時刻，智慧老人就會出面，為他們指點迷津，甚至讓他們起死回生。

關於被度者和度人者之間的互動，當然一定是度人者去引導被度者，一次又一次，讓他從迷障中獲得不同程度的甦醒，因為人畢竟在世間沉淪太久，所以常常不是一次就能夠被點化成功。如前文所述，《隋書．經籍志》在提到「度脫」時說：「然其開劫，非一度矣。」可見多次度脫是道教度人的特色，表現在元代度脫劇上，度化行動則規格化成為三次，這是由元雜劇的結構所決定的。元雜劇基本上都是四折，第一折一定要給予開宗明義的基本交代，有哪些人物、有什麼背景，接下來的三折裡，每一折都有一次度化，到了第四折，在最後一次的度化中得到徹底的成功，故事也就結束。《紅樓夢》吸收了這樣的敘事要素，不過由於《紅樓夢》實在比度脫劇要宏大且傑出太多，沒有這種結構上的限制，以賈寶玉為主的度化當然可以不限於三次，也因此更豐富、更深刻。

元代的度脫劇還呈現出一個普遍特色，即度人者和被度者之間的關係其實是不平衡的，比較凸顯度人者超越凡俗的神奇偉力，所以是以度人者為中心；相對地，度脫劇對於被度者的內心琢磨得不多，以致被度者比較暗淡、比較被動，他們的內在變化也因此相對容易被忽略。

這些要素或種種特點到了《紅樓夢》裡，一方面被加以吸收，另一方面則被超越。毫無疑問，一僧一道就是《紅樓夢》中的度人者角色，但是書中又不止把度人者限定在一僧一道上，並且粗略讀過《紅樓夢》的讀者都知道，一僧一道作為度人者雖然非常重要，是結構上不可或缺的，而且也常常發揮關鍵性作用，然而畢竟不是全書的主軸，真正的主軸還是各色被度者，其中最為重要的當然是賈寶玉，因為整部書就是環繞著他而展開的。從這點來說，曹雪芹彌補了度脫劇的一個缺陷，他讓被度者內心的細微變化，以及他成長啟悟的深刻過程，如同《創世記》一般地展現出來，這便是《紅樓夢》最引人入勝的地方。我們從中可以看到一個人的內在是如此豐富，又如此幽微，他會經歷什麼樣的微妙變化，而這樣的變化又牽動到多少關於人的價值和社會互動關係，乃至於文化認同的問題，這些都是被度者才能夠展現的。曹雪芹充分把敘寫重點放在被度者身上，這是《紅樓夢》非常高明的地方。

脂硯齋也清楚認識到《紅樓夢》和度脫模式的關聯，第二十五回寶玉遭遇到人生中出家之前唯一的一次瀕死經驗，已經有人說要準備棺材了。作為局外人，我們知道他一定會化險為夷，可是對身歷其境的當事人來說，卻是空前的災難，寶玉的生命遇到最大、最沉重且很可能不可逆的一種破壞。那一場救度過程，讓我們看到只有一僧一道才能夠解救他的生命，當一僧一道趕來救治寶玉的時候，那僧手擎美玉持頌消災，而感慨「沉酣一夢終須醒，冤孽償清好散場」之處，脂硯齋留下一條重要批語：「三次煆煉，焉得不成佛成祖。」我們可以看到脂硯齋清楚地提到三次度脫行動，而且度化的終極目標就是「成佛成祖」。

度人者：一僧一道

在第二十五回中，明顯是一僧一道擔綱度脫任務，而脂硯齋在第三回的眉批說：「通部中假借癩僧跛道二人點明迷情幻海中有數之人也。非襲《西遊》中一味無稽，至不能處便用觀世音可比。」也就是說，一僧一道點化工作的開展，絕對不是模仿套用《西遊記》，因為《西遊記》裡，每當到了完全一籌莫展的絕境時，便把觀世音找出來，然後什麼問題都解決了，當然以《西遊記》本身的系統來說是自成脈絡，但是從《紅樓夢》的角度而言，這種做法則太無稽、太簡便了。就《紅樓夢》而言，必須有人性和敘事的邏輯，要彼此能夠互相照應而自圓其說，不可突然天外飛來一筆，所有的難題全都解開，否則實在是太方便也太取巧的一種方法。第五回中脂硯齋又告訴我們：「菩薩天尊皆因僧道而有，以點俗人。」意思是，就算在《紅樓夢》裡有「菩薩天尊」，也是因為僧道而產生，並非憑空出現。所以，一僧一道發揮這樣一個神奇的功能，其目的是點化寶玉等人。

然而，一僧一道作為度人者其實並不是那麼簡單，在全書中的不同階段，他們出現時也有不同的形象造型。在第一回，一僧一道是穿梭於神、俗二界的使者，可以溝通這兩個不同的世界，又不會不合邏輯地干預世界的運作。請特別注意一個現象，當石頭還在神界，還沒有到人間涉足泥濘的懸崖邊時，一僧一道首次現身，他們是這樣的形象：「俄見一僧一道遠遠而來，生得骨格不凡，丰神迥異。」石頭見了他們之後，也以「二師仙形道體，定非凡品」加以讚美。

接下來筆鋒一轉，甄士隱做了一場夢之後又醒過來了。甄士隱是《紅樓夢》裡第一個出家的，而且書中描述甄士隱「稟性恬淡，不以功名為念，每日只以觀花修竹、酌酒吟詩為樂，倒是神仙一流人品」，可見他屬於所謂的「有神仙之分者」，才可能在夢中目睹一僧一道把那塊石頭攜往紅塵的一段神奇過程，一般凡人根本不可能做這樣的見證者。一僧一道在甄士隱的夢境中交代種種來歷之後，「甄士隱俱聽得明白，但不知所云『蠢物』係何東西。遂不禁上前施禮，笑問道：『二仙師請了。』」很明顯，這時候的一僧一道還在仙界中，所以依然保留「骨格不凡，丰神迥異」的神界形象，被甄士隱稱為「仙師」！故事接著說：

那僧道：「若問此物，倒有一面之緣。」說著，取出遞與士隱。士隱接了看時，原來是塊鮮明美玉，上面字跡分明，鐫著「通靈寶玉」四字，後面還有幾行小字。正欲細看時，那僧便說已到幻境，便強從手中奪了去，與道人竟過一大石牌坊，上書四個大字，乃是「太虛幻境」。

甄士隱這時候身處介乎神與俗之間曖昧的過渡階段，還沒有資格到仙界，正因為如此，他只能夠看到玉石正面的「通靈寶玉」四個字，但是他看不清或者說沒資格看到背面的小字。等到他大徹大悟出家之後，才會有所謂的天眼神通，可以裡外洞徹分明，上下左右、遠近前後都看得清清楚楚。

等他夢醒過來，所夢之事就已經忘了大半，這時他看到來至俗界的一僧一道，「那僧則癩頭跣腳，那道則跛足蓬頭，瘋瘋癲癲，揮霍談笑而至」，所謂的「揮霍」不是今天表示浪費的意思，而是指他們旁若無人、肆無忌憚的氣勢。原來當他們來到俗界時，整個形象便為之丕變，以俗人的眼光來說，就是轉化成既骯髒又醜陋的形象。

參照第二十五回一僧一道趕來救治垂死的寶玉時，作者用了兩首詩，更加詳細地描述一僧一道畸陋的俗界形象：

那和尚是怎的模樣：鼻如懸膽兩眉長，目似明星蓄寶光，破衲芒鞋無住跡，腌臢更有滿頭瘡。

那道人又是怎生模樣：一足高來一足低，渾身帶水又拖泥。相逢若問家何處，却在蓬萊弱水西。

智慧老人到了人世間，竟然換上一種醜陋不堪、被排斥的邊緣人的形象，其中當然有來自於中國傳統的道家思想，尤其是莊子筆下的「畸人」概念。前面在神話專題中談過這塊石頭的畸零處境，並引述莊子的「畸於人而侔於天」來說明，它是殘缺於人世的標準，但是卻合乎天道的完美。《莊子》一書中往往讓畸人，即畸陋形殘之人作為傳遞智慧的媒介，其中有一個人名曰「嚙缺」，顧名思義就是缺了門牙。而缺了門牙，說起話來會不清不楚，可是莊子告訴你，有些話不能說得太清楚，在這樣的縫隙中洩露出來的恐怕才是天機之所在。另外，還有一個人叫作「支離疏」，他的長相更奇特，是肩高於頂，五官朝天，可是他因此得到一種比較充分的主體性，甚至擁有我們所沒有的自由與智慧，在逍遙之地建構他的自我，這稱為「形殘而神全」。相對而言，我們大多數的俗人是「神殘而形全」，看起來都很正常，但是內在的殘缺恐怕不足為外人道也，我們有痛苦、有迷茫，自己都無法面對自己。一僧一道到了世間的時候也繼承莊子的畸人系統，以畸陋的形象出現，啟示人們只要打破肉眼的限制，就能夠看到隱藏在表面之下的東西，而那才是真理之所在。

一僧的度化對象

一僧一道以度人者的姿態在小說中出現，然而度人者與被度者雙方之間到底有什麼樣的對應關係，更值得推究。

一僧一道表面上都是同時出現，但是如果更精細來看，他們在展開度脫行動的時候，其實有著所謂的性別分工，也有方式上的不同，並直接影響到成效。以性別的差異而言，一僧度化的對象全部都是女性。第一回中，一僧一道看見甄士隱抱著英蓮，那僧竟然大哭起來，向士隱說道：「施主，你把這有命無運、累及爹娘之物，抱在懷內作甚？」那僧又念了四句言辭，當然就是對香菱未來命運的預告：「慣養嬌生笑你痴，菱花空對雪澌澌。好防佳節元宵後，便是烟消火滅時。」意指父母對兒女的這份痴情讓人陷溺、讓人無明，也讓人受苦。可是這個時候的甄士隱還不能看破人世執著的虛妄，做父親的看著粉妝玉琢的小女兒，心中多麼快樂，豈會莫名其妙就送給一個渾身髒兮兮的，不知道從哪裡來，也不知道要去哪裡的和尚！甄士隱當然不願意給，所以這次由僧出面的度脫行動，它的成效是失敗的。

接著是黛玉，第三回黛玉有一段自述：

我自來是如此，從會吃飲食時便吃藥，到今日未斷，請了多少名醫修方配藥，皆不見效。那一年我三歲時，聽得說來了一個癩頭和尚，說要化我去出家，我父母固是不從。他又說：「既捨不得他，只怕他的病一生也不能好的了。若要好時，除非從此以後總不許見哭聲；除父母之外，凡有外姓親友之人，一概不見，方可平安了此一世。」瘋瘋癲癲，說了這些不經之談，也沒人理他。如今還是吃人參養榮丸。

可見也是由癩頭和尚出面度化她出家，黛玉必須出家才能根治那與生俱來的疾病，退而求其次，癩頭和尚讓黛玉「除父母之外，凡有外姓親友之人，一概不見」，這麼一來，她才不會牽動內在固結的情根，而保持身心的安然無恙，從這點來說，就和出家修行是沒有差異的。另外，黛玉吃的是人參養榮丸，顯示她的精氣神不足，人參養榮丸是外來滋補的，其實並不能根治她的疾病。由此可見，和尚這次的出動也以失敗告終。

另外在第七回中，藉由周瑞家的和寶釵的一段對話，讀者得以知曉寶釵的病源來歷。寶釵說：

再不要提吃藥。為這病請大夫吃藥，也不知白花了多少銀子錢呢。憑你什麼名醫仙藥，從不見一點兒效。後來還虧了一個禿頭和尚，說專治無名之症，因請他看了。他說我這是從胎裏帶來的一股熱毒，幸而先天壯，還不相干；若吃尋常藥，是不中用的。他就說了一個海上方，又給了一包藥末子作引子，異香異氣的，不知是那裏弄了來的。他說發了時吃一丸就好。倒也奇怪，吃他的藥倒效驗些。

寶釵和黛玉其實如出一轍，都是從胎裡便自帶病根，只是黛玉的病根特別深重，所以保命方法也比較極端，需要出家或「外姓親友之人，一概不見」；而寶釵的病根比較淺，所以還可以用藥物來壓制，這位和尚便提供給她一個藥方，製成我們都很熟悉的「冷香丸」。必須注意，寶釵「幸而先天壯」這句話就指出她和黛玉不一樣的地方，黛玉先天即有不足之症，所以怯弱不堪，而寶釵的「先天壯」不只是說她的身體比較健壯，從另一角度來說，也是指她的資質稟賦比較健全，不會有太多的情感動盪導致身體不能承受，從而產生比較嚴重的病症。換句話說，寶釵的這個病並沒有致命性。

冷香丸的藥料本身並不奇貴，但是都要非常湊巧，而且要十次、二十次的湊巧，簡直需要奇蹟。可是奇蹟竟然發生了，一二年間就配製成功了。這副丸藥如此費勁，花費這麼長的時間，還要等待這麼多的機緣才能夠釀造出來，顯然應該要發揮很大的功效才值得努力，也讓讀者隱微地期待、想當然耳有一種推理，即這樣的海上方對治的疾病應該很嚴重。果然周瑞家的聽完這番話之後，便代替讀者發問：「這病發了時到底覺怎麼著？」寶釵道：「也不覺甚怎麼著，只不過喘嗽些，吃一丸下去也就好些了。」誰能想到，發病時只不過是「喘嗽些」呢？這是什麼了不起的病嗎？費了那麼大的功夫，所療治的居然只是家常便飯的小症狀，豈非割雞用牛刀、小題大作嗎？何況冷香丸只能治標、無法治本，只是暫時壓下來而已，因此雖然和尚所提供的海上方被接受了，但實際上寶釵的病還是會不斷地發作，就這個結果來說，和尚的度化行動也不算成功。

綜上所述，以這一僧的範疇來說，他負責的對象全部都是女性，而且幾乎全以失敗告終。

一道的度化對象

接著再看他的夥伴的工作情況如何。這位道人的度脫行為也是在第一回就出現了，而且這場行動堪稱大成功。甄士隱受到很多非常人所能夠想像的打擊，首先是失落了唯一的女兒，作者雖然只用「晝夜啼哭，幾乎不曾尋死」簡單帶過，可那都是椎心瀝血之痛，沒有經歷過的人無法體會，對為人父母者是多麼慘烈的傷害，是終身不能痊癒的創傷。禍不單行，第二個打擊接踵而至，隔壁葫蘆廟炸供失火，導致他家被燒成一片瓦礫場，一生所努力經營的家園就那樣化為灰燼，整個人簡直是被連根拔起，無依無靠；接下來只好投奔到岳父那裡，謀取一個暫時的安棲，但是岳父竟然從中詐騙，把他僅存的一點積蓄完全掏空。

甄士隱受了連番沉重的打擊，他整個精神、心靈的狀態其實已經到了一個臨界點，這個臨界點就是他會被點化的關鍵點。此時跛足道人出現了，口裡唱著〈好了歌〉，甄士隱聽了便迎上前來，問道：「你滿口說些什麼？只聽見些『好』『了』『好』『了』。」那道人笑道：「你若果聽見『好』『了』二字，還算你明白。可知世上萬般，好便是了，了便是好。若不了，便不好；若要好，須是了。」甄士隱正處在他頓悟的臨界點上，被這些話一點撥，果然瞬間心中徹悟，並以〈好了歌注〉作為回應，之後說了一聲「走罷」，然後「將道人肩上搭褳搶了過來背著，竟不回家，同了瘋道人飄飄而去」。

到了第十二回，道士又出現了，這時候他的度脫對象是賈瑞。賈瑞因為起淫心，整個人陷溺在色情想像中不可自拔，最後快要死了，這位道士大發慈悲，不忍心他就這樣的骯髒難看而死，所以現身出來化齋，口稱專治冤業之症。賈瑞偏生在內就聽見了，直著聲音叫喊說：「快請進那位菩薩來救我！」如果是那一類盲目無明之人，對這種智慧的空谷足音大概也是聽而不聞，而賈瑞偏偏又聽見了，其實是有機會活命的。道士告訴他說，這一面「風月寶鑑」只能夠看背面，絕不可以看正面，因為正面是假，背面才是真，「要緊，要緊！三日後吾來收取，管叫你好了」。

沒想到賈瑞執迷不悟，他一定要看正面，因為正面是美麗的鳳姐，背面卻是恐怖的骷髏，賈瑞看到鳳姐在招他進去，便一再地雲雨無度，最後就很難看地脫精而死，這簡直是《金瓶梅》中西門慶死法的再現。《紅樓夢》事實上一直在超越《金瓶梅》的很多內容，極少保留者之一便用在賈瑞身上，讓我們看到原來縱欲陷溺是極為恐怖的力量，可不慎哉！從表面上看，救度賈瑞這個行動是失敗的，然而這並不是道士的問題，不同於給寶釵的海上方不夠強而有力，以致不能治本，其實這面鏡子是可以治本的，只因賈瑞自己執迷不悟，那就怪不了別人了，因此這次的行動本身不見得算是失敗。

再來看第六十六回，道士又出手了，這時度脫的是柳湘蓮。在此之前，賈璉代尤三姐提親，說定親事之後，柳湘蓮越想越不對，求證於寶玉時，一聽三姐是來自於寧國府，便想當然耳地做出退婚決裂的選擇，結果導致尤三姐自刎而死，誰能想到行為浪蕩的女性心靈卻非常貞潔？此時三姐的死亡便讓他深受震撼。人在極度的震驚之下反而會有一種冷靜，反而看得很清楚，他哭著說：「我並不知是這等剛烈賢妻，可敬，可敬。」這時候他認可尤三姐是他的妻子了，這是他用意志與情感來給尤三姐的一個追贈，也可以說是對這位女性最後的蓋棺定論。柳湘蓮「伏屍大哭一場」，又買了棺木，把喪事料理完畢。辦完這一切事情之後，人生才真正重新開始，痛苦也才要開始，「出門無所之，昏昏默默，自想方才之事」。

在這樣劇烈的震盪衝擊之下，突然之間原本熟悉的世界瓦解了，一切所認知的價值觀顛倒了，這個世界已經完全退回到一種混沌狀態，你不知道人生該怎樣再繼續走下去，該如何自我定位，就是在如此的茫昧處境中，道士在這個關鍵時刻出現了。且看文本敘述：

> 湘蓮警覺，似夢非夢，睜眼看時，那裏有薛家小童，也非新室，竟是一座破廟，旁邊坐著一個跏腿道士捕虱。柳湘蓮便起身稽首相問：「此係何方？仙師仙名法號？」道士笑道：「連我也不知道此係何方，我係何人，不過暫來歇足而已。」

道士的這三句話其實大有玄機，他說的不是他自己，而是人的存在本質；也就是說，我們真的不知道自己為什麼會被拋擲到這個地方，不知道自己究竟是誰，來到人間又不過是暫時的逆旅，終究要離開寄居的旅社，把這個世界讓給新來的其他人，所以人生的根基真的是一片虛空。「柳湘蓮聽了，不覺冷然如寒冰侵骨，掣出那股雄劍，將萬根煩惱絲一揮而盡，便隨那道士，不知往那裏去了。」柳湘蓮步上甄士隱的道路，往彼岸而去。

「內在超越」與「外在超越」

對於一僧一道在度脫行為中的性別分工，其實清末的評點家和學者梅新林都有注意到，但是我想要進一步釐清其中更細微的差異。以一僧來說，他的被度者從甄英蓮、林黛玉，再到薛寶釵，都是女性，他在度化這些女性時採用的方式，以性質而言都是符咒和法術，總是突如其來地念個咒語、施個法術，然後說一些警醒的話語，就要度脫的對象立刻出家，按常理是很難如願的，而且他現身的時機也不對。那位和尚每次出面時，我總覺得他注定會失敗，因為他都是出現在日常生活中，人家還過得好好的，好比甄士隱抱著粉妝玉琢的女兒，內心感到非常幸福，在這種順遂的日常軌道中就要把人家的女兒搶走，根本是不可能成功的。

既然僧人比較偏向於符咒法術的度脫方式，其度脫性質便屬於「外在超越」，即不是讓當事人從內在領悟。所謂的「外在超越」，是我借用余英時在中國思想史中的一個概念，余先生認為：和西方以上帝為外在超越的對象不同，儒家屬於內在超越，也即用內在的力量來提升自己。這裡我使用「外在超越」，意思是指用來超越自己的命運，或者提升自己的人格等的力量是來自於外在，而不是由被度脫者的內在產生的。僧人每次出現，都是想用外力強行把當事人帶走，這份力量就不是內發的，當然充滿隔膜，無法深入。只有被度者自己想透了、認清楚了，度人者再出現，這時才會有順勢的成效。

相比之下，道士度脫的對象都是男性，採取的方式也不是那種預言或符咒，他用帶有高度智慧的言語機鋒加以暗示，讓被度者自己體會，所以其度脫性質屬於「內在超越」。更重要的是，道士現身的時機都是當事人遭受了很多的打擊，整個人即將蛻變而出的非常處境，內外一旦浹洽契合，就很容易度脫成功。

總前述所言，這裡以表格示之，會更清楚明白：

一僧——甄英蓮（第一回）、林黛玉（第三回）、薛寶釵（第七回）

一道——甄士隱（第一回）、賈瑞（第十二回）、柳湘蓮（第六十六回）

度人者	被度者	主要方式	現身時機	度脫性質	基本成效
一僧	女性	符咒法術	日常生活	外在超越	失敗
一道	男性	言語機鋒	非常處境	內在超越	成功

最後，必須再作一番提醒。被道士度脫成功的對象中並無一個女性，隱含在這樣的差異之下的，是一般讀者沒有注意到的性別意識，《紅樓夢》其實仍然持男尊女卑的性別觀，女性是沒有解脫的資質的，因此書中出家的基本上都是男生，惜春是一個例外。但是惜春的出家根本上也不是自我解脫，而是由於她很偏執的個性，她不是認識到這個世界的虛妄，而是嫌惡這個世界的骯髒，所以惜

春的出家是一種很特別的類型，以後留待人物論的時候再說。至於妙玉、芳官等的出家，也不屬於甄士隱、柳湘蓮之類，本質上都不是由智慧所致。這麼說來，佛教的「女身觀」又隱然可見。

啟悟過程

被度者和度人者都已經在列，接下來最重要的過程，就是度人者與被度者之間所展開的「啟悟過程」。

根據西方的宗教神話學者米爾恰．艾里亞德（Mircea Eliade, 1907-1986）所提出的啟悟理論，人生中凡是一些跳躍性的成長經驗，在相關儀式的開展過程中往往都會有死亡與再生的象徵符號出現，原因在於：死亡是再生之前的必要經歷，唯有透過死亡階段才可以獲得新的生命，進入生存的另一個境界。換句話說，即使得被啟導者在一個更高的生命模式裡重生。據此而言，人就在啟悟中不斷地成長，同時領略更高的智慧，並進入更完善、更超越的生存模式。當然，所謂的死亡與再生，往往是以一種象徵的形態出現，死亡意指舊有的我死去，而嶄新的我誕生，這樣的過程當然不是只有一次，而且帶領被啟悟者重生的這些度人者或者啟導者，也並不是單一的角色便能夠全盤擔任。

即使在傳統的度脫劇裡也有這樣的例子，如馬致遠的雜劇《邯鄲道省悟黃粱夢》，從該劇的標題，便清楚反映出它就是所謂的度脫劇，意謂人生不過是黃粱一夢，要人從中醒悟，要捨離人世的汙穢、短暫、迷幻，而進入一個澄淨空明充滿智慧的世界。這部劇中的啟悟導師就是鍾離權，他一共有四次化身，分別化身為高太尉、樵夫、院公、邦老等不同的身分，針對男主角呂洞賓進行度脫。

《紅樓夢》也是如此，一僧一道固然始終如一，但是擔任啟悟導師的角色絕不僅限於他們。還有更重要的一點，即傳統度脫劇的寫作重心往往是片面地強化度人者的巨大主導力，所以比較忽略被度者的內在心理，而《紅樓夢》對於傳統度脫劇的超越，在於把敘事的重點放在被啟悟者極為細緻複雜，而且充滿了靈光乍現的心理反應上，而不是在啟悟者改造人們時那一種巨大的、超凡脫俗的能力。在我看來，作者把啟悟的重心都放在賈寶玉的意識變化上，這是《紅樓夢》最有意義的地方之一，也是《紅樓夢》非常重要的一個突破與超越。

中國文學中的度脫模式從元雜劇一路下來，到《紅樓夢》中結晶出最複雜、也最深刻的啟悟主題，如果用西方深造有得的相關理論來對啟悟主題加以闡發，我們便能夠對其中蘊涵的具有普遍性與本質性的、有關於每一個人的成長課題，有更深入的瞭解。這裡藉由莫德凱．馬爾卡斯（Mordecai Marcus）的一篇文章〈什麼是啟悟故事？〉的理論，認識一下《紅樓夢》中所掌握到的超越文化、超越國度的人性普遍意義，該文中寫道：

> 啟悟故事所要表現的，可以說就是故事中年輕主角經歷過的，無論是他對於自我世界認識的重大轉變，還是性格上改變，還是兩者兼有。而且這些轉變，必會指示或引領他邁向成人世界。故事中不一定有某種儀式，但至少有某些證據，顯示這些轉變似乎是有永久的影響的。

邁向成人世界是非常重要的成長方向，我們的成長不是頑固地擴張自我，相反地，是要突破幼年非常單一的心靈，而擴大到瞭解這個世界的全面性與豐富性。賈寶玉的成長歷程幾乎完全符合這些對於啟悟故事的描述，所以接下來我們按照賈寶玉的啟悟經歷，依序看他如何重新認識這個世界，同時也改變自己的某些價值觀，以及他整個的人生最後是通往怎樣的一個成人世界。

第一次啟蒙：寶玉的性啟蒙

關於寶玉的啟悟歷程，我搜尋整部小說的敘事內容，發現總共有四次啟蒙，每一次的啟蒙都有各自不同的重點，包括身體的，也包括思想的，當然涉及愛情和婚姻的觀念。

首先，寶玉所面臨的第一個成長經驗是身體方面的。一般來說，人類的心智成熟相對於身體的生理成熟，是比較晚發生的，在人類的成長過程中，身體的成熟最快出現，而寶玉的啟悟經歷的第一步就是所謂的「性啟蒙」。「性啟蒙」雖然標誌著生理的成熟，但在小說裡並不只有這樣的含義，意義也更嚴肅得多，從賈寶玉這一個案以觀之，他生而為公侯富貴之家的繼承人，性成熟更是需要得到首先認證。第五回中，寶玉的這一趟太虛幻境之旅是來自於寧、榮二公的囑託，希望藉由警幻仙姑的超越能力將他規引入正。這一次的度化顯然在精神層次上是失敗的，整個夢境由兼美所引導的雲雨情來收結，回到現實人間後又透過襲人加以具體實踐，簡直是對溫柔鄉更深的陷溺。

書中為什麼會有這麼奇怪的設計？我們必須注意到，這一次啟悟是寧、榮二公所安排的，它和整個家業的存續密切相關，所以有著非常嚴肅的宗旨在裡面。寧、榮二公的那番話說明這些子孫裡只有寶玉略可望成，滿心希望使之醒悟過來，以便他可以承擔這個家族的命運。對一般讀者而言，他們的囑託是如此曲折離奇，話中的某一處最讓人百思不得其解，寧、榮二公之魂說道：

無奈吾家運數合終，恐無人規引入正。幸仙姑偶來，萬望先以情欲聲色等事警其痴頑，或能使彼跳出迷人圈子，然後入於正路，亦吾兄弟之幸矣。

又警幻仙姑也說：「故引彼再至此處，令其再歷飲饌聲色之幻，或冀將來一悟，亦未可知也。」用「情欲聲色」、「飲饌聲色」等感官刺激來引導一個人解脫，這實在是有一點火上加油的味道，若不是真的很有慧根或有足夠的契機，當事人可能會越陷越深，反倒迷途更遠。而讀者可以發現無論是寧、榮二公或者警幻仙姑，都沒有認定這樣的方法可以百分之百有效，只是有一些成功的或然率。事實上，這種做法在漢賦的寫作上早已展現，即所謂的「勸百諷一」，他們寄望的是最後的「諷一」能夠發揮作用，讓一個人在無限的欲望擴張、絕對的感官沉溺中領略到不過如此，以達到徹底解脫，其成功率當然很低，所以加個「或」字可以看出來寧、榮二公心中也有無限忐忑。用這麼奇怪的方式，迷途更遠的機率恐怕會更高，但此外也確實沒有別的辦法。

進一步來看，其中還有一些我們原來沒有想到的意義。首先，除了回應傳統漢賦「勸百諷一」的結構之外，根據相關學者的研究成果，可知這樣的啟悟模式也是明清的悟道小說常常採用的，稱為「空結情色」，亦即在情色的經歷之後，最終以「空」作為總結，讓人領略到無限的虛幻。而其中所隱含的邏輯在於「導欲增悲」，先讓人的欲望無限擴張，將其引導到一般人容易陷溺的方向，但是走到極致，赫然會發現此中是無限荒涼，在這樣的情況下領悟到了人世的空幻本質。換句話說，如果連這般可以迷途更遠的欲望都不能讓人更往前一步，那就可以真正豁然開悟，不再被欲望所影響。

此種手法真的是風險很高，但是一旦能夠落實，其效果便會非常徹底，因為這個人已經變成金剛不壞之身，領悟到一切不過如此而已，從此之後就可以解脫所有的魔咒，而終於能夠完全做自己心靈的主人。《金瓶梅》也是採用這樣的做法，原來欲望的擴張到最後的荒涼是如此之可怕，讓讀者在這個導欲的過程中由衷增添一種終極幻滅的悲哀，因而從中解脫。當然，這一點說來簡單，但是其過程也很複雜，完全是出自創建家業的祖宗的一番苦心。換句話說，「歷飲饌聲色之幻」的度脫過程其實有很嚴肅的意涵，絕對不是為了刺激銷路，讓讀者被其中聲色展演所吸引，而因此故作姿態寫進來的廉價內容。

其次，再參考西方理論對於這種啟悟故事所進行的一些剖析，可知主人公領略到所謂的「雲雨」過程，歷經了「性」的啟蒙儀式，就等於確立寶玉具有傳宗接代的能力，因此也讓他的繼承人資格得到承認。對於這一點，我自己也是在經過很多年的疑惑之後才意識到。學生時代的我們都愛看「羅曼史」，既然是「羅曼史」便有傳奇性質，往往是麻雀變鳳凰的模式，比如普通女孩被某個公爵看上了，從此過著幸福快樂的日子，以滿足讀者的缺憾心理。就在這種千篇一律的情節模式裡，依然可以發現其中那些貴族在挑選妻子時自覺或不自覺地流露的微妙心理，當時覺得很奇怪，為什麼對上層階層的人而言，挑選妻子的首要考慮都在於這位女性能否生出繼承人。那時候的我只感到這些人都很封建傳統，然後用如此簡單一句的抨擊把這個問題一筆帶過。

然而，透過研讀《紅樓夢》時的反覆思考，我才真正瞭解到，對於貴族來說，家業傳承是超越所有家庭成員之上的優先考慮，因為那是常人所無法想像的龐大家產，包括文化資本、經濟資本，乃至於家族的集體記憶，這些東西能不能傳承下去是他們最念茲在茲的。猶如格奧爾基·普列漢諾夫（Georgi Plekhanov, 1856-1918）所指出：「氏族的全部力量、全部生活能力決定於它的成員的數目。」因此，身為一個合格的繼承人，他不只是要有能力和志氣，還必須能夠再生出下一代的繼承人，否則在他身上這個家族仍然會斷絕，林如海不正是一個前車之鑑嗎？這一點至關緊要。何況在貴族世家，他們生出來的小孩並不見得都是健康的，相關研究指出，連清朝皇族的嬰幼兒夭折率都很高，年輕早死的也不少，難怪古人都希望多子多孫，以確保子孫的延續、家族的興旺。據此而言，寶玉的性啟蒙經歷，一方面就是要凸顯他可以擔任家族繼承人的功能。

透過性啟蒙之後，寶玉也進一步變成「父親」，因為他有資格去生育下一代。學者指出，寶玉的父親身分也在小說中獲得印證，第二十四回寫道，賈芸雖然年紀比他還大個四、五歲，但是主動認他作父親，由此展演出寶玉的父親權力。而父親的權力範圍有很多層次，從學界的相關研究可以看到：在現實意義上來說，成為父親就是可以擁有財富、權力、名譽和女人，從這個定義而言，成為父親對寶玉來說太重要了。當然在寶玉身上，所謂的「擁有女人」絕對不是皮膚濫淫式的，但卻可以看到他以另一種形式體現出父親的權力。首先，寶玉雖然還是個少年，在啟蒙儀式之後，他仍然被一群少女圍繞著，不久更住進大觀園，成為溫柔鄉之主。寶玉從小給自己取了一個外號，叫作「絳洞花主」，「絳洞」明顯是女兒國的意思，尤其用個「花」字更明顯，寶玉要做這些女兒們的主人，當然這個主人不是為了要宰制她們、剝削她們，而是要護衛她們、憐惜她們。無論如何，這個「主」字還是很清楚地展現出寶玉所擁有的父親權力，而被視為大觀園主人的寶玉，在擔任主人之前，要先經過性的啟蒙儀式，這讓我們更加體會到為何這一場性啟蒙儀式是如此重要。

另外，我們還應對性啟蒙有更加本質性、普世性的認識。對西方世界而言，人類由懵懂無知進而具有倫理道德觀等知識，過程中有一個關鍵性的步驟，亦即在能夠認識這個世界之前會經過一個類似的遭遇，而這個遭遇可以推溯到人類的祖先亞當和夏娃的故事。這個故事非常複雜，其中隱含很多重大的主題，如米利特所指出的「原始樸真的消逝、死亡的降臨，以及對知識的首次有意識的體驗，所有這一切都與性緊密相關」。這讓我們開始認識到，原來其中並不純粹只是欲望的滿足而已，還包含很多對於人類某些成長議題的深刻認識。

必須說，神話是對於人類某些處境與遭遇的一種本質性的解釋，而且往往是用象徵的手法來展開，我們一旦破解表面的荒誕，就可以掌握到它內在猶如真理般的智慧，所以匈牙利心理分析人類學家吉扎・羅海姆（Géza Róheim, 1891-1953）說：「在神話中，性成熟被視作一種剝奪了人類幸福的不幸，被用於解釋塵世中為何會有死亡。」亞當和夏娃住在伊甸園內，那裡充滿原始的樸真，洋溢著幸福，但等到有了知識以後，一切都不一樣了，他們被驅逐出樂園，進入到短暫的、無常的、有戰爭、有勞苦、充滿折磨的世界裡，最終還要面對死亡。這就把性成熟界定為人類從幸到不幸的關鍵，使人從原始樸真的童年樂園中被逐出，進入充滿壓力、痛苦乃至災難的成人世界。

確實，在整部《紅樓夢》裡，情欲和死亡都是結合為一的，最極端的例子是秦可卿，她的人物判詞說「情天情海幻情身，情既相逢必主淫」，「情」與「淫」發生在不對的身分關係上，造成一種讓家族崩潰的重大危機，所以「漫言不肖皆榮出，造釁開端實在寧」，家族崩潰的破口其實是在寧國府，而從《紅樓夢》其他的一些例證裡，也可以看到餘音不斷的各種間奏和回應。

讓大觀園毀滅的導火線便是「繡春囊」。繡春囊入侵大觀園，所揭露的當然就是性意識的啟動，而只要一有性意識出現，作為樂園的大觀園即會面臨毀滅，一如亞當與夏娃吃下知識的禁果而涉及性成熟的範疇時，這個樂園本質上就必然要崩潰。繡春囊也因此被漢學家夏志清比喻為侵入伊甸園的那一條蛇，從某個意義來說，那條蛇對夏娃的誘惑啟動了樂園一系列的崩潰，而繡春囊也確實帶有這樣的含義。尤其還應注意一件事，寶玉一天到晚最擔心、最惶惶不可終日的，就是女兒們得要出嫁，而這樣的心理背後也在回應以下的主題：性成熟會帶來死亡，造成幸福的終結。女兒在洞房花燭夜之後，從此踏入婚姻中的重重磨難，甚至導致她們從光彩輝煌的寶珠變成沒有色澤的死珠，再變成乾癟的魚眼睛，由此可以發現，女兒變成女人、由幸到不幸的轉捩點也是和「性」有關。

假設把這些相關情節都聯繫在一起的話，性啟蒙之所以會在寶玉身上被特別凸顯出來，成為他成長的第一步，便有了一個更深層的意涵，亦即成長也就是幻滅的開始，開始認識到人世間很多的虛妄、很多的痛苦。這一場性啟蒙展現出寶玉的性成熟，雖然這使寶玉的繼承人資格獲得保證，也讓他成為一位象徵意義上的父親而擁有享受溫柔鄉的權力，然而另一方面也負面地讓寶玉脫離無邪的童年樂園，進入成人的準備期，要開始承擔成人的艱巨，面臨幻滅的痛苦。我們可以看到其中所隱含的認知邏輯在於：原來對寧、榮二公來說，「情欲聲色」可以提供「警其痴頑」的作用，讓寶玉領略到世間的真相，「痴頑」就是兒童式的無知無識，這和亞當與夏娃的故事所衍生出來的道理互相契合。

寶玉性啟蒙的啟悟導師是警幻仙姑的妹妹兼美。於第五回的末尾，寶玉已經看了很多洩露天機的判詞，但是他都還不能領悟，所以警幻只好退而求其次，採取「飲饌聲色」的辦法，「送寶玉至一香閨繡閣之中，其間鋪陳之盛，乃素所未見之物。更可駭者，早有一位女子在內，其鮮艷嫵媚，有似乎寶釵，風流裊娜，則又如黛玉」，並且對寶玉說：

再將吾妹一人，乳名兼美字可卿者，許配於汝。今夕良時，即可成姻。不過令汝領略此仙閨幻境之風光尚如此，何況塵境之情景哉？而今後萬萬解釋，改悟前情，留意於孔孟之間，委身於經濟之道。

這位兼美很特別，從書中對她的形象描繪來看，很明顯是集寶釵與黛玉兩者之美融於一身，她幾乎就是女性最完美的典範。

然而寶釵和黛玉二人各擅其長，各有鮮明的特色，如何將兩者融於一身？只能說，在人世間充滿分殊差別的認知結構下，人們所不能夠理解的矛盾統一，只有在神仙世界此一不可思議的形上超越界才能完成，才能體現「兼美」這樣一個獨特的矛盾結合。另外，這位兼美的存在也是一種象徵性的價值觀，《紅樓夢》裡有很多的地方，包括怡紅院的若干設計，還有林黛玉的某些性格改變等，都在趨近或再現「兼美」的理想，甚至寶玉心中理想女性的最完美的極致，也是「兼美」的體現。

麻煩的是，兼美字「可卿」，這就導致很多的誤會，因為她和秦可卿同名。其實兼美雖然字可卿，然而她和現實世界的秦可卿絕不可以等同為一，二人還是不同的存在個體。這一點小說家說得很清楚，寶玉在夢境中盡享旖旎風光，而終究還是要在噩夢中醒來，從仙界過渡到現實世界時，他大喊：「可卿救我！」當此之際，「却說秦氏正在房外囑咐小丫頭們好生看著猫兒狗兒打架，忽聽寶玉在夢中喚他的小名，因納悶道：『我的小名這裏從沒人知道的，他如何知道，在夢裏叫出來？』」這裡呼應了寶玉最初進入可卿房中入夢前的那一小段情節，當時寶玉進了秦可卿的房間，便有四個丫鬟作伴，在床邊陪伴他入睡。「秦氏便吩咐小丫鬟們，好生在廊檐下看著猫兒狗兒打架。」

必須注意，在寶玉入睡前和夢醒後，秦可卿竟都在做同樣一件事情，這如何可能？然而中國傳統的悟道小說，從六朝開始到唐傳奇，如〈枕中記〉、〈南柯太守傳〉、〈櫻桃青衣〉，都是用「夢」作為啟悟的媒介，主要的好處就是它可以在很短的時間發生，卻濃縮很多東西進去，佛洛伊德在《夢的解析》裡，也提到夢的「濃縮機制」，因此形成「黃粱一夢」、「南柯一夢」之類的成語。夢可以很短暫，因此寶玉在太虛幻境經歷了那麼多，結果夢醒後，秦可卿還在囑咐小丫頭們看著貓狗，不要讓牠們打架。另外，從這段情節描述還可以看到，秦可卿一直都在戶外，她和寶玉兩不相涉，只是恰好和寶玉夢中的性啟蒙導師同名。當然，同名的安排便表示這兩個人之間還是有若干的關聯，那個關聯就在於這兩個可卿都是愛欲女神，在仙界、人間互相呼應。

第二次啟蒙：「幻滅美學」

接下來，寶玉要繼續接受幾個啟蒙歷程，分別由不同的人來擔任他的啟悟導師，在心靈層次上發生飛躍性的進展。前面已經出現寶玉的第一次人生啟蒙，也就是性啟蒙，其中隱含的道理都是帶有象徵意義的，但並未明確被他自己、甚至讀者所意識到，而此後的三次啟蒙經驗，寶玉都是在自覺的層次下產生嶄新的認識，並為他的性格和價值觀帶來本質性的變化，讀者可以看到寶玉一步一步地走向成人的境界。

第二十二回是寶釵過生日的情節，在清代王府的生活中，過生日是非常重要的節慶活動，通常在這些日子會安排演戲，這裡的敘事完全符合當時上層社會的習俗。到了上酒席的時候，賈母又命寶釵點戲，她點的是《魯智深醉鬧五臺山》，此時寶玉從劇目的名稱上望文生義，打趣她「只好點這些戲」，這個語氣隱含對寶釵的品味的不以為然，寶釵就說：「你白聽了這幾年的戲，那裏知道這齣戲的好處，排場又好，詞藻更妙。」寶玉還是很執拗地說「我從來怕這些熱鬧」，於是寶釵在他的再度質疑中進一步做了說明：「要說這一齣熱鬧，你還算不知戲呢。你過來，我告訴你，這一齣戲熱鬧不熱鬧。——是一套北《點絳唇》，鏗鏘頓挫，韻律不用說是好的了；只那詞藻中有一支〈寄生草〉，填的極妙，你何曾知道。」說到這裡，寶玉便心動了，湊近來央告說：

「好姐姐，念與我聽聽。」寶釵便念道：「漫搵英雄淚，相離處士家。謝慈悲剃度在蓮臺下。沒緣法轉眼分離乍。赤條條來去無牽掛。那裏討烟蓑雨笠捲單行？一任俺芒鞋破缽隨緣化！」

熟讀《紅樓夢》之後，這段情節了給我一個全新的衝擊，寶釵這個人的人格層次真是豐厚而深刻。寶釵從一開始點戲，一直到後來念那段〈寄生草〉給寶玉聽之前，她事實上都在大家的誤會中，老人家聽戲就是愛熱鬧，寶釵為了體貼賈母，所以才投其所好，然而卻被寶玉誤會。但是，寶釵在人家的誤會中依然自得其樂，她知道這齣戲不只是熱鬧而已，那只是表面，其內在有很深層的「幻滅美學」，可若非寶玉一再央告，她也不會去宣揚這闋詞有多奧妙。當因為別人的無知甚至誤會而飽受一種負面的觀感時，這個人還能夠如《論語》所說的「人不知而不慍」，那當然是「不亦君子乎」，寶釵是真正的君子！

當別人誤會自己、不理解自己的時候，依然可以淡定怡然，不因此而有得失起伏之心甚至改弦更張，這是因為她真正知道自己的價值，以及自己所看到的價值是什麼，所以不需要去求告和辯解、不需要去改變別人的成見，因為她自己的內在無比充實而強大。《紅樓夢》在非常多的地方都反覆強調寶釵的這一特質，何況寶釵自己是一個道道地地的儒家信徒，卻可以欣賞和儒家判然有別的佛道的幻滅意趣，能夠領略和她現在所遵行的價值觀南轅北轍的意義，那是多麼寬廣的胸襟！更難得的是，她又能在熱鬧中看到虛無，堪稱具有悟道者的稟賦，所以寶釵絕對有資格擔任思想啟蒙者的角色。

回到〈寄生草〉這一支曲子，從審美上來看，它的詞藻如「赤條條來去無牽掛」之類，其實有點俚俗，很類似元曲的那種白話，因此它的妙處是在思想上的，寶釵所極力稱讚的「填的極妙」，這主要是指這一支〈寄生草〉裡所體現出來的「幻滅美學」。讀了以後便領略到一種深刻的無常，這種無常讓人從繁雜中脫離出來，進入空靈闊朗的境界，茫茫的曠野會帶來無限的悲涼感，不過也可以給予我們心靈的潔淨。果然，寶釵將這一闋詞念完之後，寶玉「喜的拍膝畫圈，稱賞不已」，這就表示那一種震撼力是直透內心，並由內而外形成肢體語言，除了讚美寶釵無所不知之外，絕對還讓他的心靈受到啟悟亮光的普照，而感應到一種光明的欣喜。

林黛玉卻看不下去了，她很不客氣地說：「安靜看戲罷，還沒唱〈山門〉，你倒〈妝瘋〉了。」湘雲聽得都笑了。林黛玉的這個反應，乍看之下一般會以為她本來就很愛吃醋，只要是寶玉對她的假想敵薛寶釵有任何讚美，她一定會拈酸潑醋，但是我總覺得這一段的深意不止如此，黛玉之所以打斷寶玉「拍膝畫圈」的稱賞，恐怕是因為她內心中隱隱然感覺到一種更深的威脅。寶玉和寶釵本來是人生意趣有著重大分歧的兩個人，所以寶玉一開始對於寶釵點戲的審美品味，根本是抱持著否定甚至是譏諷的態度，但是當寶釵念完〈寄生草〉之後，寶玉居然是如此強烈地共鳴，兩個人在生命歸趨及審美意趣的層面上，竟然發生絕無僅有的一次全然的契合。兩條遙遙對望的平行線瞬間在此一突如其來的契機裡產生交會，而且還擦撞出燦爛的火花，照亮了寶玉從來沒有意識到的思想角落，那麼敏感的黛玉對此會沒有感受嗎？她作為寶玉青梅竹馬的知己，從來沒有涉足到寶玉的心靈一角，卻被寶釵開啟門扉，這樣的思想交匯再繼續下去，那兩個人可能就會在黛玉看不到的地方出現重疊，所以黛玉在這裡的反應有點類似吃醋，但又不止如此而已，她更可能也感受到一種驚慌。

接著又因為演戲的十一歲小旦長得像林黛玉，史湘雲率直地說了出來，以致引發了一場兒女紛爭。整體來看這一回的情節發展，其間有一個理路井然的脈絡，首先是寶釵說戲，引出〈寄生草〉，接下來發生瑣碎的兒女紛爭，再來是寶玉從這些兒女紛爭中生出參禪的心靈回應，然後寫下一些近似悟道的言論：「你證我證，心證意證。是無有證，斯可云證。無可云證，是立足境。」寶釵看完後，就說：「這個人悟了。都是我的不是，都是我昨兒一支曲子惹出來的。這些道書禪機最能移性。明兒認真說起這些瘋話來，存了這個意思，都是從我這一支曲子上來，我成了個罪魁了。」寶釵看罷便把它撕了個粉碎，並叫丫頭們把它給燒了。

這段話很清楚地表明，寶玉這次的思想啟蒙確實是由寶釵來擔任，當然主要是藉由〈寄生草〉，寶釵在莫名之中擔任了寶玉的思想啟蒙的導師，可是事後卻又深深自責，回歸到她原來的儒家性格，即肯定這個世界的真實性，要把自我的價值安頓在現實俗世上。而最值得注意的是，此時黛玉與寶釵的反應居然非常一致，黛玉也認為這些所謂的禪機話頭是「痴心邪話」，呼應寶釵所說的「瘋話」，兩人以同一陣營的姿態，對幻滅美學做了一種貶抑化的處理，所以黛玉和寶釵實際上是同道！並且她們在對寶玉的詰難中引述惠能及神秀非常有名的話頭，但那基本上只是聰明人對於語言文字的運用，並不是智慧的反映，因此雖然可以用道書禪機辯駁得寶玉無言以對，可是她們自己並沒有真正悟道。所以寶玉最後的一段想法很重要：「原來他們比我的知覺在先，尚未解悟，我如今何必自尋苦惱。」換言之，讀得懂禪宗語錄不代表真的大徹大悟，那完全是不同的層次。讀者看完全書，便會發現寶釵與黛玉兩個人直到最後始終都沒有解悟，這與和尚對女性的度化全數失敗，也可以互相呼應。

這一次的「聽曲文寶玉悟禪機」不過是兒女之間的小小紛爭，猶如大海上的一朵浪花，這朵浪花雖然被激發出來了，但很快地又歸於平靜，寶玉受到釵、黛的質疑後便笑道：「誰又參禪，不過一時頑話罷了。」於是眾人回歸到日常軌道上，和好如初，也不再觸及日常世俗之外的超越界。然而，這次的啟蒙畢竟已在寶玉的內心中埋下一顆種子，這顆種子等到日後的因緣際會便會萌芽，甚至開花結果，那就是寶玉最終的「懸崖撒手」。

這一段情節也讓人赫然發現，寶釵的性格層次之豐富乃至深不可測。有學者認為，整部《紅樓夢》有三個人生視點在交錯進行，甚至同時存在，那就是「空」、「情」、「色」。「空」是立足於宗教哲學的一個形而上角度，展現出對這個世界清醒認識的一種「滅情觀」，才會「赤條條來去無牽掛」，這當然主要是由一僧一道作為代表，後來度脫的對象包括甄士隱、柳湘蓮，也都進入以「空」為主要認識角度的人物行列。但最有趣的是，一般被認為很務實的、著重於世俗取向的薛寶釵，她也有這樣的一種精神素質，當大家都覺得這齣戲不過是熱鬧戲的時候，只有她能夠在熱鬧中看見虛無，在繁華中看到空幻，洞徹到人生真的很短暫，而且是很空幻的本相。換句話說，這是悟道者所特有的稟賦，所以寶釵也才能夠擔當得起寶玉初次思想啟蒙的導師，雖然她很快又回到主流的價值觀，然而確確實實，這位人物有一些尋常讀者所看不到的深刻面向。

當然，這樣一種「赤條條來去無牽掛」的領悟，終究會成為寶玉最終的人生價值觀，也讓這個故事走向了所謂「空結情色」的「空」之結局——「落了片白茫茫大地真乾淨」。放眼全書之格局，可以看到第二十二回所種下的種子，最後開枝展葉，成為這個世界的主要畫面。

第三次啟蒙：情緣分定觀

寶玉的第三次啟蒙是發生於第三十六回的「情緣分定觀」，由在書中很重要但出現次數不多的齡官擔任啟蒙者的角色，她也是無意間帶給寶玉一個重大觀念的改變。當時寶玉自己看了兩遍《牡丹亭》，猶不愜懷，就想要去梨香院找水平最高的齡官唱給自己聽。寶玉從小到大一直是人中龍鳳，是眾人細心呵護、甚至巴結討好的對象，沒想到齡官的反應和他以前所習慣的完全不同，「只見齡官獨自倒在枕上，見他進來，文風不動」。如果換作別的女孩子，一定會立刻起身招呼他，甚至好好伺候他，結果齡官卻連理都不理，而此時寶玉還在以自我為中心的狀態，身處水乳交融、人我不分的世界，所以他依然想當然耳地坐在齡官的身邊，又陪笑央求她起來唱〈裊晴絲〉。「不想齡官見他坐下，忙抬身起來躲避，正色說道：『嗓子啞了。前兒娘娘傳進我們去，我還沒有唱呢。』」直接給了寶玉一個硬釘子，而且避之唯恐不及的肢體語言更表現出對寶玉的嫌惡。寶玉現在認出她就是那天在薔薇花下畫「薔」的那一名少女，但他從來未曾有過這般被人棄厭的待遇，清末的評點家姚燮《讀紅樓夢綱領》已經注意到：「寶玉過梨香院，遭齡官白眼之看，黛玉過櫳翠庵，受妙玉俗人之誚，皆其平生所僅有者。」對他來說，整個過程中的點點滴滴都是前所未有的經驗，所以便訕訕地紅了臉，只得出來。

我們幾曾看過寶玉如喪家之犬，如此地落魄？隨後寶玉終於發現齡官之所以對他如此之厭棄，是由於她別有獨鍾之人，即她在薔薇花下畫薔的「薔」所指涉的賈薔。一直以來，寶玉都是所有女孩子圍繞的中心，所有人都愛他、疼他，沒想到齡官對他的世界觀鑿下了一條裂縫，讓寶玉清楚地知道，他既有的世界會面臨崩潰的一個缺口出現了。這件事對他打擊很大，「那寶玉一心裁奪盤算，痴痴的回至怡紅院中」，他的心活躍起來了，開始認識到他以前沒有經歷過的經驗中所隱含的意義，所以一進門便對襲人長嘆，說道：「我昨晚上的話竟錯了，怪道老爺說我是『管窺蠡測』。昨夜說你們的眼淚單葬我，這就錯了。我竟不能全得了。從此後只是各人各得眼淚罷了。」

回想在昨天晚上，寶玉還對襲人許下心願：「我此時若果有造化，該死於此時的，趁你們在，我就死了，再能夠你們哭我的眼淚流成大河，把我的尸首漂起來，送到那鴉雀不到的幽僻之處，隨風化了，自此再不要托生為人，就是我死的得時了。」必須注意，這是寶玉第二次說出類似的願望，第一次是在第十九回，後來在第五十七回、第七十一回也有類似的說法，並在續書的第一百回再度出現。如此頻繁地講到「死」，而且是徹底的「化灰化烟」，這並不是他厭棄這個世界，也不是他對這個世界失望的一種逃避方式，剛好相反，對他來說「化灰化烟」正是人生最完美的一種結束的方式，條件即這些女孩子都在身邊，大家的眼淚只用來埋葬他，她們的情、她們的生命都以寶玉為中心。換句話說，寶玉要得到她們全部的愛，在這樣的情況下死去，他的人生便是在最完美的狀態中落幕，那就最為圓滿。

上述幾回所體現的，是特屬於寶玉的一種最理想的人生終結方式，稱為「化灰化烟」的死法，余英時說得非常對，他發現寶玉「化灰化烟」的死法其實是一種「樂園的永恆化」的表示。對此，第一百回竟然也有一段回應，當時寶釵和襲人談到探春要遠嫁，寶玉在裡面聽到了，便哭倒在床上，兩人嚇了一跳，趕忙進來看他，寶玉兩隻手拉住寶釵、襲人道：「為什麼散的這麼早呢？等我化了灰的時候再散也不遲。」所以說，續書值得我們再去研究，我不認為續書是在沒有曹雪芹的影響下的妄自撰述，其實還是有延續到前八十回的若干線索，可惜違錯的地方還是太多。

很顯然，寶玉的貪心是他要在廣度上極力追求「情」的全備皆有，卻突然發現齡官不屬於他的樂園的一員，以致他的世界開始有了缺憾，所以他對襲人說「我竟不能全得了」。寶玉終於認識到，每個人都只有自己一個人孤獨的道路可以走，不可能永遠廝守相伴，「自此深悟人生情緣，各有分定，只是每每暗傷『不知將來葬我洒淚者為誰？』」寶玉從「幼兒的自我中心」層次進入成人式的孤獨感受中，這是他另外一個意義的成長。

令人感慨的是，對於一個有靈性的人而言，這樣的一次經歷就可以把他推進到對人生更本質性的認識，原來一直以來集萬千寵愛在一身的生存狀態，並不是可以持續到永遠的人生常態，寶玉從齡官對賈薔的情有獨鍾而領悟到每一個人的情緣都有分定，也意識到自己以前的無知，因此承認過去父親賈政對他的批評。第十七回中，賈政領著一群人遊歷大觀園，到各處題撰，在這個過程裡，賈政批評寶玉是「管窺蠡測」，顯然這個批評是被寶玉放在心裡的，所以當齡官的這件事發生後，便落實成為他非常真實而痛切的體悟：原來作為一個個人是如此有限！我們看世界永遠是以管窺天，只能用自己的角度看到這個世界很小的一部分，所以才會誤以為世界只圍繞著自己旋轉。

這個體悟形同在寶玉幾近於幼兒「以世界一切皆是為我」的世界觀中鑿下裂痕，使他從自我與世界沒有區隔的混沌整體中，開始意識到分離和界限，是對前一次啟蒙中「赤條條來去無牽掛」之孤獨意識的進一步落實，也以「成人式」體證人類存在的孤寂本質。果然不止齡官，環繞著寶玉的許多女性也各有各的出路而都背離了寶玉的中心，例如賈赦誤會鴛鴦的意中人是寶玉，結果鴛鴦非常清楚地表明她根本就不想嫁人；至於尤三姐，她情有獨鍾的是柳湘蓮；另外還有一個我們百思不得其解的彩霞（或稱彩雲），作為王夫人身邊的得力丫頭，但她的心上人竟然是猥瑣卑鄙的賈環，可見情感這種東西真的是非理性的，不是簡單地用各種條件就可以推算的。這些點點滴滴都讓寶玉逐漸認識到，原來每一個個體再優秀、再美好、再豐富也還是非常有限，所以不能全得整個世界，那些接踵偏離寶玉的女子都一步一步地重創寶玉的價值觀，讓他陷入不能全得的缺憾。

但是，一個人若能認識到一種「自我不足感」，就有機會可以產生「超越自我的豐富感」，一如浦安迪所指出，「進入」大觀園的同時還要能夠「出來」，而「可以從園裡的圓滿性延伸到園外龐大宇宙的周全性」，否則寶、黛二人以「自我」求全的角度來看，終難自安於宇宙之大。因此，其實《紅樓夢》的作者再三表明，若將「自我」的世界誤以為宇宙整體，那便是管窺蠡測了，而評點家王希廉也曾經用「管窺蠡測」這個成語來表示過此一思想。

就在這樣的一個遭遇下，寶玉終於認識到，他應該要重塑一種超越自我的宇宙觀，該宇宙觀也是作者透過這個情節所要表達的：先有自我的不足感，才能夠進入超越自我的豐富感。這看起來很微妙而有一點弔詭，其實不然，一個人只有認識到自己的有限，才能夠超越自我，也才能夠逐漸往宇宙逼近，而得到那一種更高的豐富和廣大。

總之，當寶玉開始感受到人類的存在是以孤獨為本質，而有「不知將來葬我洒淚者為誰」的荒寂之悲，這時他就已經把之前「赤條條來去無牽掛」的孤獨意識進一步地落實。所以，寶玉啟蒙的過程是一層又一層地深化，也一層又一層地逐步達到他的內心，心靈上從此進入異鄉，也就一步一步要變成情感世界的畸零者，在「情」的全幅版圖逐漸地缺塊並裂解之後，他最後會走上一條出家的道路，徹底投入「情」的虛空之中而結束塵世的旅程。這便是齡官的「情緣分定觀」帶給寶玉的另一個影響。

整體來看，寶玉在最後徹底投入「情」的終極虛空之前，先是在廣度上對「情」的全盤皆有的極力追求發生崩潰，接著寶玉最後也是最重要的一個啟蒙經驗，則導致他從另外一個角度，在深度上全心執著於「情」的唯一不二的層次上發生了質變，他會更進一步地從兒童自我中心的狀態中走出來，以一個成熟的姿態進行「去中心化」，而達到與周遭世界的觀點相協調。

第四次啟蒙：真情揆痴理

寶玉的第四次啟蒙是發生在第五十八回，故事中「藕官燒紙」的啟蒙意義重大，它解釋了寶玉和寶釵之間的關係並非續書所描寫的那般戲劇化，其實寶玉在失去黛玉的情況下是心平氣和地迎娶寶釵，但要能夠做到這一點，寶玉必須先有一個思想的準備期。在第五十八回，藕官甘冒大不韙在大觀園內燒紙錢，這個行為是觸犯禁忌的，後果可能會非常嚴重，寶玉出面解救了藕官，藕官也衷心感謝他，所以才願意把相關的內情以芳官轉述的方式來說明。當寶玉詢問芳官時，芳官笑道：

「你說他祭的是誰？祭的是死了的葯官。」寶玉道：「這是友誼，也應當的。」芳官笑道：「那裏是友誼？他竟是瘋傻的想頭，說他自己是小生，葯官是小旦，常做夫妻，雖說是假的，每日那些曲文排場，皆是真正溫存體貼之事，故此二人就瘋了，雖不做戲，尋常飲食起坐，兩個人竟是你恩我愛。葯官一死，他哭的死去活來，至今不忘，所以每節燒紙。後來補了蕊官，我們見他一般的溫柔體貼，也曾問他得新棄舊的。他說：『這又有個大道理。比如男子喪了妻，或有必當續弦者，也必要續弦為是。便只是不把死的丟過不提便是情深意重了。若一味因死的不續，孤守一世，妨了大節，也不是理，死者反不安了。』你說可是又瘋又呆？說來可是可笑？」

這裡芳官告訴我們，藕官和葯官這一對同性演員假戲真做，此即這一回回目所說的「杏子陰假鳳泣虛凰」，意指兩假相逢竟也創造出真情，故謂「茜紗窗真情揆痴理」。這讓我想到，一般人還是很初級的《紅樓夢》讀者時，對於太虛幻境的門聯「假作真時真亦假，無為有處有還無」，總以為「真」是最重要的絕對價值，而把這兩句理解為現實世界都是「以假為真」，感慨人人都把「真」隱藏起來，「假」就攻占了這個世界。但藕官燒紙的這段情節給了我一個完全不同的體會，原來「真」並不是唯一的價值，不僅「假」確實可以變成「真」，而且「真」也不一定只來自「真」，它還可以來自

「假」，所以真、假之間根本上是模糊不清的辯證關係。必須說，《紅樓夢》的作者並沒有反對「假」，也不一定只遵從「真」，曹雪芹絕不會以為世間就這麼簡單，而以粗略的二分法看待世界。

從情感上而言，藕官和菂官就是實質的夫妻，菂官一死，她哭得死去活來，至今不忘，所以每節燒紙，後來因為戲場上的角色不能沒有人扮演，所以補了蕊官，卻也「一般的溫柔體貼」。對藕官來說，這個世界有一些超越個人之上的更高價值要遵守，只要我們守住內心的那個關鍵點，便不至於被其他的外在處境所窒息或排擠，此即「不把死的丟過不提便是情深意重了」。藕官的一番話十分振聾發聵，她覺得不應該從外在是否續弦再婚，是否為失去的愛人殉情而死來判斷真情的程度；相反地，只要心裡並沒有把舊人淡忘，而能夠一直抱著同樣的真情與痛切的悲悼之心，那就是情深意重。這樣的思考角度，讓人們的心真正獲得判斷真情的定義權，也才真正把握到情的本質，而不至於受外在的形式所干擾。

千萬要注意的是，切莫以為「不把死的丟過不提」這很簡單，或者以為續弦再娶比較容易。藕官所謂「若一味因死的不續，孤守一世，妨了大節，也不是理，死者反不安了」，表面上好像是在反對孤守一世，走一條比較容易的道路，但事實上，「孤守一世」其實比續弦以後又「不把死的丟過不提」要容易得多。試想：選擇孤守一世的話，沒有外在的干擾，沒有其他分心的對象，可以在一世的虛空中盡情地耽溺於對已逝者的執著與追憶，在追憶中，那個人的幻象會越來越美麗、越來越強烈，所以孤守一世並不困難；但如果已經續弦或再娶，有了不同的生活要面對，必須分心在繁雜的人事上，內心中的那個影子會因此容易淡去，這其實是一個更大的挑戰。因此，在經過很多人世的觀察和思索之後，我有這樣的一個體悟：當面對各式各樣的生活變化，內心還能夠守住一個已經不存在的幻象，不丟過、不忘掉他／她，事實上要比孤守一世更加艱難。

其中的道理還包括時間的考驗。智利詩人巴勃羅．聶魯達（Pablo Neruda, 1904-1973）曾經寫一首詩〈今夜我可以寫出〉，詩中說：「如今我確已不再愛她。但也許我仍愛著她。／愛是這麼短，遺忘是這麼長。」人本身就是一種很健忘的動物，時間是一位非常可怕而獨裁的霸主，很容易讓我們淡忘許多東西，因此再深刻的悲哀、再堅貞的執著，也會在時間中慢慢消退。這種消退本身不一定不好，因為它也讓人擁有很多的可能性，我們之所以能在絕望中死裡逃生，很多時候便是靠著遺忘的能力來幫助自己重新站起來的。然而，對於愛的堅持來說，時間是我們要面對的一個沒有多大勝算的敵人，所以說藕官的「便只是不把死的丟過不提便是情深意重了」這句話真是至理名言，它代表一種比「孤守一世」還要更強韌、更不被磨損的真情。因為「情」已經真正融入生命裡，變成自身的一部分，你不會刻意去提到他／她，可是永遠記得他／她，這是對於「情」最大的、真正的深刻體現。

《紅樓夢》透過寶玉對藕官燒紙錢的這一段體悟，告訴我們：內心的執著和外在的要求事實上可以並行不悖，「情」的定義權應該要回歸到我們的內心，不應該從外在的形式來判斷它是不是至情，尤其不應該用「生」和「死」，或者和誰結婚這個問題，來決定內在有沒有至情。

從很單純的心靈看來，情感一定要純粹，而且要非常強烈，因此它必須百分之百而具有高度的排他性，這樣才叫作「至情」，以致它和父母之命、媒妁之言的婚姻造成衝突對立，而為了堅持自己情感的純粹，往往就會以死亡作為收結，因此很多文學作品會歌頌為情而死的激烈表現。但是這一路的邏輯推論，背後隱含很多我們不自覺的大問題，導致我們對愛情的某些想像不知不覺步入歧途，甚至走進險路。《紅樓夢》提出了一些警示，它從一個更高層次的視野看到情與理的調和，而創造出一個從來沒有在別的作品中出現的獨特名詞，叫作「痴理」。「痴」這個字通常用在對情感的陷溺和執著上，所以有「痴情」、「痴心」之類的說法，都是指情感的某一種非理性的耽迷或堅持，然而曹雪芹竟然把「痴」這個極端感性的形容詞，和一個表面上客觀、冷酷到排除人情的「理」字相結合，這真的是非常高度的矛盾統一。

在此之前，著名的劇作家湯顯祖標舉「情在而理亡」，他認為二者不容並存，「情」應該要一往而深，深到生者可以死、死也可以生，這樣才叫作「至情」。但是，曹雪芹用藕官的例證告訴我們，湯顯祖這般的情感認識失之偏頗，甚至荒誕，同時也不免於一種定義上的獨裁。如果這個定義真的存在的話，那麼全世界到現在為止沒有一個人有「至情」，因為並沒有人死後復活，能做到的人都是宗教上的神蹟，或小說中虛構出來的。

我們必須認識到，人不是獨自一個活在世界上，總是要面對和他者的種種複雜的交涉關係，在這個過程中，要達到人我之間的圓滿協調，並不是靠個人的自我堅持就可以做到的。對於這個「痴理」，藕官除了「大道理」之外，還提到所謂的「大節」，然後又有一個「理」字，這三個詞反覆出現，正是要告訴讀者，個人對群體負有相對的義務和責任。在這裡，藕官除了從婚戀的角度給予寶玉一個新的概念，也幫助寶玉從兒童式的自我中心解脫出來，從而明白一個成熟的人不會只看到自己，他會同時看到自我和別人之間那一種微妙又平等的關係，彼此都必須付出，彼此都具有相對的義務。所以，寶玉聽了以後的反應，誠然是一種啟蒙之後的醍醐灌頂：「寶玉聽說了這篇呆話，獨合了他的呆性，不覺又是歡喜，又是悲嘆，又稱奇道絕。」顯示出心中有莫大的強烈共鳴！

寶玉如此強烈的反應，和他聽了寶釵念〈寄生草〉之後的反應幾乎是如出一轍。俞平伯早已發現這一點，他指出：藕官的這番表白以及她和另外兩位戲子之間的關係用的是「交互錯綜法」，也就是告訴讀者，藕官的意思即代表寶玉的意思，藕官和菂官的關係便是寶玉與黛玉的關係，藕官和蕊官的關係則相當於黛玉死後寶玉和寶釵的關係。讓我們認真地想一想，寶玉娶寶釵就叫作得新忘舊嗎？就代表對黛玉的背叛嗎？絕對不是。作者明白地告訴我們，嗣續之事乃家族大事，是為「大道理」，是為「大節」，所以一定還是得另娶，只要不忘記死者，就算是情深意重。

藕官的專情和續弦可以兼容並蓄、新人和舊愛可以共存無礙的新婚姻觀，正表現自我和外在的倫理世界是可以兼美、兼具的，這也讓寶玉在愛情和婚姻萬一發生脫節的現實處境中，可以有新的對待之道，對於「真情」與「至情」，便不是在「全有」和「全無」的兩個極端中進行排他性的選擇，也對原先「化灰化烟」的死法有了一個新的認識。

寶玉在經過這樣一個啟蒙之後，他又用同樣的邏輯讓芳官反饋給藕官，告訴她真正的「痴理」可以有更高的境界，因又忙拉芳官囑咐道：

「既如此說，我也有一句話囑咐他，我若親對面與他講未免不便，須得你告訴他。」芳管問何事。寶玉道：「以後斷不可燒紙錢。這紙錢原是後人異端，不是孔子的遺訓。以後逢時按節，只備一個爐，到日隨便焚香，一心誠虔，可感格了。愚人原不知，無論神佛死人，必要分出等例，各式各例的。殊不知只一『誠心』二字為主。即值倉皇流離之日，雖連香亦無，隨便有土有草，只以潔淨，便可為祭，不獨死者享祭，便是神鬼也來享的。你瞧瞧我那案上，只設一爐，不論日期，時常焚香。他們皆不知原故，我心裏卻各有所因。隨便有清茶便供一鍾茶，有新水就供一盞水，或有鮮花，或有鮮果，甚至葷羹腥菜，只要心誠意潔，便是佛也都可來享，所以說，只在敬不在虛名。以後快命他不可再燒紙。」

如果連有沒有續弦再娶都是無足輕重的外在形式，為什麼還要堅持用燒紙錢的方式來紀念死者呢？那豈不是又落入自己所反對的那種形式主義嗎？寶玉建議藕官的方式則更徹底，更完全以「心」作為真情的判斷，「只在敬不在虛名」，所以連紙錢都不用燒了。此後，寶玉把他所瞭解到的個體最真實、也最本質的部分擴充到原來未曾涉及的範圍，那就是婚姻、戀愛之間的衝突。

於是我們可以合理地推測，將來寶玉在面對黛玉死亡，卻因為家族的生存需要而必須迎娶寶釵時，這一份啟蒙就發揮了作用。續書透過一悲一喜的極端對照，將寶玉迎娶寶釵寫得十分有戲劇張力，但實際上不大符合前八十回中，作者為寶玉的整個思想成長所做的鋪陳，既然寶玉已經有了這份認知，便可以把它實踐在自己的生命中，將來在人生裡遇到倉皇流離、遭逢無可奈何之際，這時依然堅守住那份心，但是和外在的環境卻可以用「痴理」來取得協調。

所謂的「痴理」，簡單來說就是「情理兼備」，即「情」和「理」同時兼顧，而且窮盡其無限的內涵，「情」在「理」的要求之下還是可以達到「至情」，不一定會被「理」所壓制磨滅。藕官所體現出來的「痴理」觀，其實推翻了湯顯祖對「至情」的定義，所謂「情在而理亡」、「一往而深，生者可以死，死可以生。生而不可與死，死而不可復生者，皆非情之至也」，曹雪芹根本不認同才子佳人小說所展現的那一套所謂「真情」，以其極端而淺薄之故，因此他創造出「痴理」這一個從來沒有出現過的語彙，告訴我們這個世間複雜辯證又可以協調統一的微妙的圓滿。這是對於痴情的反撥，讓我們認識到「情」與「理」之間可以並存的那一種兼美的世界。

這也使寶玉最終的出家不是逃避而是超離，不是抗議而是了結，故成為邁向度脫的最終一步。

從「兩盡其道」到「各盡其道」

對於藕官所展示的「情理兼備」的「痴理」觀，《紅樓夢》還提供另外一個同義的專有名詞，即「兩盡其道」。

第四十三回中，由賈母領頭，大家湊分子來幫鳳姐兒慶生，有一個人離席不見了，讓全家上上下下都很緊張，那個人就是寶玉，他偷偷換上素服，出去私祭金釧兒。金釧兒投井自盡，寶玉有一半的責任，他心裡一直還記得她的生日。這一回生與死的並列與滲透，是《紅樓夢》的敘事裡常常可以看到的一種手法，讓我們在歡樂中看到蕭索，在生的歡愉中看到死的悲哀，然後互相交織、辯證發展，這是遍及《紅樓夢》全書的一種常見的筆法。

當時寶玉因為內心掛念著這件私事，便囑咐茗烟，兩個人私下跑出去，來到一處叫作「水仙庵」的地方。雖然茗烟不知道寶玉悼祭的是誰，但是他非常瞭解寶玉，所以他還代替寶玉說了一番祝禱：「我茗烟跟二爺這幾年，二爺的心事，我沒有不知道的，只有今兒這一祭祀沒有告訴我，我也不敢問。只是這受祭的陰魂雖不知名姓，想來自然是那人間有一，天上無雙，極聰明極俊雅的一位姐姐妹妹了。二爺心事不能出口，讓我代祝：若芳魂有感，香魄多情，雖然陰陽間隔，既是知己之間，時常來望候二爺，未嘗不可。你在陰間保佑二爺來生也變個女孩兒，和你們一處相伴，再不可又托生這鬚眉濁物了。」說畢，又磕幾個頭才爬起來，這番話簡直是寶玉的知己與代言人，寶玉沒聽他說完就撐不住笑了，還踢他一腳，這一對主僕真的很可愛。

茗烟當然還要兼顧現實，也必須為自己的安全設想，以免被家長怪罪，所以他開始勸寶玉：

咱們來了，還有人不放心。若沒有人不放心，便晚了進城何妨？若有人不放心，二爺須得進城回家去才是。第一老太太、太太也放了心，第二禮也盡了，不過如此。就是家去了看戲吃酒，也並不是二爺有意，原不過陪著父母盡孝道。二爺若單為了這個不顧老太太、太太懸心，就是方才那受祭的陰魂也不安生。

其中，茗烟勸寶玉盡心以後就得回家，以免家人不放心，而對長輩的盡孝道和對死者的盡禮是可以兼容並存的，這豈不正是藕官所謂的「或有必當續弦者，也必要續弦為是」嗎？如果一味放任自己的心情而讓長輩擔心，那便是偏廢了倫常責任，會導致「方才那受祭的陰魂也不安生」，這又和藕官所說的「若一味因死的不續，孤守一世，妨了大節，也不是理，死者反不安了」根本如出一轍，可見這段話簡直就是藕官燒紙錢的前導。

寶玉當然知道茗烟是擔心回家之後受到責罰，所以笑道：

你的意思我猜著了，你想著只你一個跟了我出來，回來你怕擔不是，所以拿這大題目來勸我。

我才來了，不過為盡個禮，再去吃酒看戲，並沒說一日不進城。這已完了心願，趕著進城，大家放心，豈不兩盡其道。

寶玉也知道在私情之上還有人倫的道理，所以說「拿這個大題目來勸我」，所謂的「大題目」又等於是藕官所說的「大道理」，顯示他並沒有為了執著於私情，便罔顧家族倫理。

由此可見，這段話和藕官燒紙錢，以及她和葯官、蕊官之間的三角關係裡所呈現出來的道理完全一致。寶玉所說的「兩盡其道」告訴我們：對內在的情可以用虔誠來堅持，但是它並不妨礙在現實世界人倫體系中的安頓，這也就是「痴理」的真正內涵，「情」和「理」是可以兼備的，兩方都可以同時好好地實踐而不偏廢一方，這麼一來，人生其實更為圓滿。

不只如此，「兩盡其道」更可以運用在重重牽絆、充滿許多為難的生活網絡裡，而擴大為「各盡其道」。書中第四十七回，萍蹤不定的柳湘蓮又出現了，寶玉便拉了柳湘蓮到廳側小書房中坐下，問他這幾日可到秦鐘的墳上去了，湘蓮道：

「怎麼不去？前日我們幾個人放鷹去，離他坟上還有二里。我想今年夏天的雨水勤，恐怕他的坟站不住。我背著眾人，走去瞧了一瞧，果然又動了一點子。回家來就便弄了幾百錢，第三日一早出去，雇了兩個人收拾好了。」寶玉道：「怪道呢，上月我們大觀園的池子裏頭結了蓮蓬，我摘了十個，叫茗烟出去到坟上供他去，回來我也問他可被雨沖壞了沒有。他說不但不沖，且比上回又新了些。我想著，不過是這幾個朋友新築了。我只恨我天天圈在家裏，一點兒做不得主，行動就有人知道，不是這個攔就是那個勸的，能說不能行。雖然有錢，又不由我使。」

可見大戶人家的主子輩事實上很可憐，他們幾乎沒有行動自由，雖然男性在傳統世界裡相對已經擁有比較多的自由，而寶玉是個男孩子，還可以往外面跑一下，但是在這種貴族世家裡，寶玉也是不由自主的，出門一定要先稟告，得到長輩的同意才可以，此等規範之嚴格不是我們今天所能想像的。讀者一定要注意寶玉是在一個怎樣的環境中生存的，否則對他的很多舉止都會做出錯誤的判斷。這時柳湘蓮就安慰寶玉了，他說：「這個事也用不著你操心，外頭有我，你只心裏有了就是。……這個事不過各盡其道」，所以寶玉雖沒有行動自由，無法把心意付諸實踐，也不必懊惱，而柳湘蓮雖沒有錢，卻可以用實際的行動去付出，「各盡其道」，大家都一樣可貴，重要的是「只心裏有了就是」。

很明顯地，《紅樓夢》中處處實踐了「痴理觀」，其中最具代表性的一個情節，即襲人後來嫁給蔣玉菡，這件事其實正是「痴理觀」的絕佳體現。

第十二回脂硯齋已經告訴我們，襲人出嫁之後，留下麝月繼續照顧寶玉和寶釵，所以麝月是襲人的分身，以至於「襲人雖去實未去也」，襲人的心意透過麝月永遠留在寶玉身邊，雖然她在現實的限制下必須另嫁，然而這並不違背她純潔的心靈，以及她對寶玉的至情。假如讀者不瞭解整部《紅樓夢》裡這種「情理兼備」、「兩盡其道」的觀念，就很容易在「情」、「理」對立的簡化架構裡去批評襲人不夠專情，不夠忠貞，而事實上脂硯齋對襲人的評論完全都是正面的，都是感慨讚歎她的為人。許多讀者很不自覺地用現代人的感覺去看，對於襲人這位人物便只能抓到一個錯誤的幻影。

「女人不在年齡中生活」

綜觀寶玉的四次啟蒙經驗，給他以心靈成長的啟蒙老師，其性別上都有同一歸屬，即她們都是女性——兼美、寶釵、齡官、藕官。這或許是因為女性在真實世界裡受到環境更大的刺激和壓力，她們必須更懂得生存之道，因此比寶玉這樣的一個天之驕子認識得更深，在對人情事理的體驗上，她們走在更前面，也走得更早。但是，她們終究沒有到達悟道的境界，小說中最後悟道的都是男性，由這一個現象來看，《紅樓夢》還是有很明顯的性別不平等意識。

整體而言，寶玉的四次啟蒙中除了第一次之外，都清楚蘊含一種跳躍式的「精神頓悟」，而「精神頓悟」正是成長小說的典型特徵，主人公在探索的過程中突然獲得對人、社會等一種真理性的認識，產生人生觀和世界觀的根本轉變。

所謂頓悟（epiphany），原來是基督教神學的術語，用來表示上帝在人間顯靈，愛爾蘭大作家詹姆斯·喬伊斯（James Joyce, 1882-1941）借之表示世俗世界的啟示，並定義為「精神的突然顯露」（sudden spiritual manifestation），其間，事物的本質或姿態向觀察者散發出光芒。喬伊斯把頓悟本身看作一種體裁，即啟示是突然發生的，是一道閃光，是精神超越平庸麻煩的生活而不斷顯現的過程，精神從自然中顯現，突然的啟示向人傳遞出一種超驗的信息，照亮了他對人之存在的理解，或他自己要走的路。衡諸寶玉的各次啟悟過程，整體上更表現出浦安迪所言：「就啟蒙的次序而言，無論是頓悟還是漸悟，動態的情狀仍宛然在目：從無知到獲得真理。」

以一個人的成長作為主軸的敘事作品，稱為「成長小說」，這個概念來自於德文，後來延伸到英美文學。西方的成長小說有其發展史，涉及各式各樣的成長內涵，著名文學評論家巴赫金對「成長小說」如此定義：

另一種鮮為人知的小說類型，它塑造的是成長中的人物形象。這裡主人公的形象，不是靜態的統一體，而是動態的統一體。主人公本身、他的性格，在這一小說公式中成了變數。主人公本身的變化具有了情節意義；與此相關，小說的情節也從根本上得到了再認識、再構建。時間進入人的內部，進入人物形象本身，極大地改變了人物命運及生活中一切因素所具有的意義。這一小說類型從最普遍涵義上說，可稱為人的成長小說。

《紅樓夢》和歐美的成長小說有一個共通的特色，即主角都是男性，基本上沒有屬於女性的成長小說，很少有人會寫女孩成長的過程。漢學家桂時雨（Richard Guisso）便說過：「五經在談及女人時，很少視之為人，而幾乎完全是以『女兒』、『妻子』和『母親』等理想化之生命循環中的各種角色處理之。」桂時雨以儒家的「五經」作為研究對象，發現在「五經」裡，女人通常都是以附屬性的身分被提到，她被視為妻子、母親和女兒。換句話說，女性不是一個獨立的個體，她們是依附性的角色，這使得女性只被視為某一種完美的生命循環中的各個身分和階段而已，她們自己本身並不成為單獨的個體，無法擁有獨立發展的軌跡，也就談不上有什麼成長。

根據法國的讓—皮埃爾・內羅杜（Jean-Pierre Néraudau, 1940-1998）所寫的《古羅馬的兒童》，可見古羅馬在性別意識上與中國古代有驚人的高度巧合，即涉及成長或者教育問題的時候，所針對的都是男孩子，對他們來說，女性的生命中也沒有成長階段，不比男孩有所謂的成年禮，有各式各樣身分的變化，標誌著他們不同的人生進階。由於女性的生命只與妻子、媳婦、母親這幾種角色有關，其一生中最重要的時間便是成人和結婚的日子，因此對女性來說，從童年向青少年的過渡並沒有任何社會意義。女性人生中最大的一個變化就是結婚，結婚之前是女兒，結婚之後變成媳婦、妻子和母親，對女人來說只有這麼簡單的一個過渡儀式，正如內羅杜所說「女人不在年齡中生活」，也因此沒有所謂的成長敘事可言。

一如漢學家華如璧（Rubie Watson, 1945-）對中國社會的性別研究所指出的，相較於男性透過取得新名號、新角色、新關係與新特權來加以標劃的生命週期，婦女的生命則維持著模糊曖昧的情形。換句話說，年齡的變化對女人來說差異不大，因為沒有什麼成長可言，她一生中就是分成婚前、婚後這兩個階段而已，不像男人，年齡帶來很大的差別，比如二十弱冠、三十而立、四十不惑等等，因此我們會發現這類啟悟故事或者是啟蒙的對象，常常都是男性。

總而言之，《紅樓夢》的性別意識絕不單一，它絕對不是現代人所認為的一首女性主義的頌歌；相反地，它內在糾結很多既傳統又封建的價值觀，呈現出互相交鋒、甚至互相牽扯的狀況，要靠我們的努力把它爬梳出來，而不能想當然耳地以單一的概念去認知。這是我們藉由寶玉的啟蒙而牽引出來的幾個面向，供大家思考。

一見鍾情的「下場」

在之前有關「物識」的單元中提到，《紅樓夢》事實上非常傳統，認定婚姻必須經由「父母之命、媒妁之言」，只要犯「情」與「淫」，只要有私情、違背禮教，便不會有好下場。在這樣的情況下，愛情要怎樣產生？又能如何安頓？換句話說，在接受禮教的情況下，當然就不可以承認有私情，然而如果私情還是在個人的世界裡產生了，這時候該怎樣去看待它？怎樣讓它和禮教共存？這實在是很難解決的兩難問題。由於禮教根本不接受在婚姻之前有任何私情，只要禮教一加進來，愛情是沒有地位的，所以在本節中，我們只能夠先撇開禮教的問題，單純來看《紅樓夢》中的幾種愛情形態，以及作者所認可較為理想的愛情是哪一種。

我簡單把愛情分成三個類型，前兩個類型都是《紅樓夢》中呈現出來的，第三種類型在《紅樓夢》裡也有，但比較淡薄，這部分是偷渡了我個人的看法，供讀者參考。

第一種愛情形態，是讓現代人心嚮往之、充滿魅惑的一種，即「一見鍾情」。現代人相信直覺，相信超越任何衡量與計算、完全訴諸內心的某一種強大的感性所選擇的對象，它看起來才是最純粹、最沒有任何雜質的一種愛情。不過在前幾講中提到過，即便在今天，人們的擇偶常常也在潛意識裡用所謂的「同質性」去進行，那是一種變相的門當戶對，只是當事人自己並不自覺，而把它包裝在自由戀愛之下。

其實，「一見鍾情」是建立在空泛的、模糊的、不確定的、強烈的感性之上，這樣的「一見鍾情」會有什麼樣的結果當然因人而異，既然我們是在研究《紅樓夢》，就來看看《紅樓夢》如何呈現「一見鍾情」的結局。全書中第一個「一見鍾情」的案例，即賈雨村和嬌杏，兩人的故事以喜劇收尾。賈雨村對嬌杏有片面的一見鍾情，可是嬌杏本人則完全無意圖、無謀慮，她只是被動接受上天的安排，就此而言，它和今天所謂的雙方情投意合並不一樣。另外，對於以喜劇收尾的這一組人物，作者透過很多手法來暗示他的不同意，例如他給了兩句的評論，是為「偶因一著錯，便為人上人」。嬌杏飛上枝頭做鳳凰，當了縣太爺的夫人，這對一個丫頭來說當然是意外的驚喜，「偶」字說明一切都是出於偶然，其中完全是運氣的因素，「得之我幸，不得我命」，顯而易見，得不到的情況更多。而且作者認為這個偶然是建立在「一著錯」上，不但賈雨村把嬌杏的回頭誤會為對他有意是錯，連嬌杏回頭看兩眼陌生男人，脂硯齋都說那是錯。換句話說，這樁喜劇是一個美麗的錯誤，再美麗都是錯的。

這讓我聯想到現代人的自由戀愛，雖然它尊重每一個人的主體性，也設計一套婚姻制度，讓每個人都可以盡量選擇最適合自己的伴侶共度終生，可是有太多是因為誤會而結合，因為瞭解而分開。很多的戀愛失敗，甚至很多的婚姻失敗，最終的原因就是發現彼此不適合，顯然許多的美好緣分一開始很可能都是建立在美麗的錯誤上，所以說「一見鍾情」風險很高。現在有離婚制度，對夫妻雙方的傷害與打擊不至於那麼大，但是在古代，問題便會非常嚴重。所以，嬌杏其實是諧音「僥倖」，她真的是運氣太好，賈雨村不但因為誤會而愛上她，而且婚後她更是順利地被扶正，不是人人都可以這麼僥倖的，其他的一見鍾情就沒有這麼好運，錯誤和不幸的機率更高。

書中的第二組一見鍾情發生在第四回，馮淵一眼看上了甄英蓮，結果為了她而徹底改變自己的性向，他本來是同性戀，後來變成異性戀，這在現實世界裡也非常罕見。在今天的價值觀下，我們會被愛情的極端強度發出的光芒所眩惑，這種強烈的愛情會被歌頌，如果能夠像杜麗娘那樣為愛情而死，甚至復活，更是偉大的至情。不過從馮淵的下場，作者似乎在告訴讀者：不應該改變你自己，每個人在成長過程中所形塑出來的某一種習慣、某一種價值觀，這就是現在的自己。如果因為一場突如其來的迷眩，而讓強大的愛情完全改變自我，恐怕就是災難的開始，因為你已經變得不是你，失去正常的軌道，接下來勢必就會有不正常的遭遇，所以馮淵之死，其中說不定是有一些弦外之音的。顯然一見鍾情背後隱含著很大的偶然因素與不確定的成分，它的風險之高甚至可能會讓當事人為之喪命，換句話說，一見鍾情在看不清楚的情況下，有可能遇到的並不是甜美的頌歌，而是可怕的災難。

例如尤三姐動心於柳湘蓮，是發生在五年前，而且是匆匆一面的情況下。固然她並沒有看錯人，可是這兩個人之間從未真正相識，對方也根本不瞭解她，所以柳湘蓮當然很容易聽信傳聞，認定出自寧國府的都不乾淨，以至於堅持要退婚，在各種誤會下導致尤三姐的香消玉殞。一見鍾情的背後真的有太多不穩定、甚至很不可靠的因素，在這麼多不確定的情況下，因為一見鍾情而要進入一輩子的婚姻，那是非常令人感到懼怕的冒險行為。所以說一見鍾情的速度與強度，在大多數的情況下不會把當事人引領到光明照耀的天堂，尤三姐和柳湘蓮便是一個很好的例證。

尤其是一見鍾情之後，雙方的關係進展也會在加速度的推進下，滑入「情」與「淫」混淆不清的誤區之中，以致發生更嚴重的問題。感情升溫太快，還沒有真正的認識就很快進入所謂的情欲交合，在講求女性貞節觀的傳統社會中，女性往往必須付出慘烈的代價，變成一個被社會唾棄的敗德女性，那麼這個人將來要如何在社會中立足？

下面這個例子很有趣，第十九回寶玉在撞破茗烟和卍兒的幽會之後，叫卍兒趕快跑，不要讓人家發現，然後問留在現場的茗烟說：「那丫頭十幾歲了？」茗烟的回答竟然是：「大不過十六七歲了。」我們也許覺得這句話沒什麼，可是寶玉比我們更精細、更嚴格，他對茗烟說這樣是不對的：

連他的歲屬也不問問，別的自然越發不知了。可見他白認得你了。可憐，可憐！

顯然茗烟這個男人並沒有真正愛卍兒，沒有替她設想，沒有深入她的內心，對她根本都不瞭解，那麼他其實只是把對方當作一個洩欲的對象，她卻這樣輕易地獻身，還以為這就叫愛情，真是傻女孩！所以寶玉連說兩個「可憐」，餘音嫋嫋，感慨不已，他覺得卍兒太可憐了，是在糟蹋自己。脂硯齋對此也做了一個呼應，他在第五回批注：「作書者視女兒珍貴之至，不知今時女兒可知？余為作者癡心一哭，又為近之自棄自敗之女兒一恨。」這個卍兒正是不明白自己的珍貴，她不應該把自己物化，用所謂的愛情來包裝，結果把自己變成性對象，所以脂硯齋替「自棄自敗的女兒」惋惜，怎麼不好好尊重自己，令人感到可悲。

日久生情

必須說，《紅樓夢》超越包括《牡丹亭》、《西廂記》在內的男女浪漫愛情故事的敘事模式，那麼曹雪芹改用哪一種方式來提醒我們，愛情可以在什麼樣的情況下發展成為人生中自我完成、自我提升，而且讓當事人獲得更高幸福的一種方式？這便是下面要討論的內容。曹雪芹所提出的另外一種愛情形式，即「日久生情」，他側重的是情感的深度、長度和厚度，而不再是讓人炫目的強度，當然更不包括愛情的加速度。愛情的加速度使得人們跳越過漫長的心靈探索，而很快地落入形而下的肉欲交合層次，還誤以為那就是愛情，《紅樓夢》正是透過卍兒和茗烟的偷情來呈現出這個道理。

關於這個道理，德國學者華特·布魯格（Walter Brugger）清楚指出：愛（Love）乃是心靈的整體狀態，「尤其不應該把愛與純本能的衝動（即使是昇華的衝動）視為一事，……衝動本身原以滿足其嗜欲為能事，而把對方視為滿足嗜欲的方法，愛則是以肯定價值及創造價值的態度把自己轉向對方」。這段話雖然說得非常簡單，但卻十分徹底而中肯，做了本質上的區分。真正的愛是一種心靈的整體狀態，是要用肯定價值和創造價值的態度把自己轉向對方。愛對方，就一定會把對方放在第一位考慮，不會只考慮自己的欲望，一定會去設想對方是否因此過得更好，還是因此受到傷害。

但令人惋惜的是，有很多人總把「愛」和「欲」混為一談，覺得「欲」就是「愛」的一種延伸、一種方式，其實是在模糊中偷渡很多的雜質而不自知。在不瞭解的狀況下，往往使欲望趁隙而入並變成一種障眼法，其實最終只是要讓自己的本能欲望得到滿足，這是對「愛」很大的褻瀆。當然，這並不表示說在「愛」中不允許欲望的存在，也不是把「愛」和「欲」視為對立互斥的二分，只是必須在本質上很清楚地掌握到二者的差別，要先分清楚本質，知道關鍵在哪裡、重點在哪裡，否則混淆這個差別之後會導致很多人間悲劇的發生，不僅失去追求真正愛情的機會，尤其女性最容易受到傷害。

《紅樓夢》的世界更是如此，例如賈珍和秦可卿的爬灰事件是一場嚴重的亂倫，雙方一起參與這樣的情色冒險，果然秦可卿必須死，而賈珍卻毫髮無傷，他連一丁點社會輿論的抨擊都毋須面對。還有，第十五回秦鐘在尼姑庵裡勉強智能兒就範，說什麼「好人，我已急死了。你今兒再不依，我就死在這裏」。他沒有考慮到智能兒的身分和她的處境，當他做這樣的勉強之事時，完全沒有去想智能兒將付出多大的代價，不曾把對方的幸福、安全列為優先考慮。

而秦鐘「急死了」的一段話其實前有所承，一千年前有一個很知名的愛情文本，便是以這樣的方式寫成的，那就是〈鶯鶯傳〉。張生很急切地要對鶯鶯一親芳澤，鶯鶯一開始是用大家閨秀的方式加以拒絕。而在兩人之間穿梭、傳詩遞箋的紅娘首先是發出疑惑，她對張生說，你和鶯鶯家是有親戚關係的，論起親來，鶯鶯是你的表妹，這已經是一層的方便；第二，你又救了崔氏母子全家，在亂軍中這一對孤女寡母還有一個小兒子，差一點要慘遭劫掠，幸虧張生和賊軍的領袖認識，由你出面才使這一家倖免，因此如果你開口求婚的話一定可以得到應允，為什麼不直接提親呢？張生回答說，我如果求親的話當然沒有問題，但是婚姻大事，繁文縟節太多，又要納采，又要問名，等到洞房花燭夜那一天，我早就渴死了，你們只好到枯魚之肆（賣死魚的店）找我了！每次看到這裡，我立刻都會想：那你就死吧！可偏偏這種人一定不會死，他還想繼續染指更多的女孩子呢！

我有時覺得，中國的文化傳統有其自身局限，對於愛情的理解常常是混淆不清；而西方的愛情小說，例如《簡愛》，則比較著重在男女的彼此認識，然後經歷一些考驗，遇到生命中各式各樣的困頓和難關，這個過程讓彼此的感情更深刻，完全不急於亂來，重點是心靈互相接近的那個過程。但中國的愛情故事一般並不是這樣，從《西廂記》到《牡丹亭》，都是一見鍾情，即使男性缺席都沒有關係，女性可以做一場春夢，然後就生死以之，還可以復活，還被當作偉大的愛情。這是中國文化及其社會結構所產生的一種很奇怪的不良影響，所以我們並不苛責。但是以今天的角度來說，它絕對不是我們所定義的愛情，這一定要分清楚，「愛」與「欲」不一定對立，也不一定不能相容，但二者的本質真的是截然不同，絕對不可相混。

寶、黛的愛情本質

當我們超越一見鍾情的強度和速度的追求之後，回歸生命的本質，就會認知到日久生情在深度、長度與厚度上的珍貴。試看《紅樓夢》中提供的日久生情典範，前面提過的藕官和菂官便屬於這一類，芳官說她們是「尋常飲食起坐，兩個人竟是你恩我愛」，兩人所體現出來的，是在日常生活中建立起來的深厚感情，而寶、黛之間的情感發展其實更是如此。因此，寶、黛的愛情發展過程中有一個關鍵詞，那是一般最初讀《紅樓夢》時實在不能接受的，都故意把它跳過，假裝沒看見，因為它和我們年輕心靈想像中的愛情很不一樣。

就在第五回，其實曹雪芹非常清楚地告訴讀者，即便寶、黛有木石前盟這等的前世因緣，然而在幻形入世之後，落腳在現實人間的愛情，其發生與發展也是在某一種真實的狀況之下，而合乎人性邏輯。書中說：「黛玉自在榮府以來，賈母萬般憐愛，寢食起居，一如寶玉，迎春、探春、惜春三個親孫女倒且靠後；便是寶玉和黛玉二人之親密友愛處，亦自較別個不同，日則同行同坐，夜則同息同止，真是言和意順，略無參商。」這裡的關鍵詞就是「友愛」，對於這個詞，讀者似乎很容易地以本能給予抗拒，因為偉大的愛情難道不應該是不知所起、突如其來、不講任何條件，而且沒有任何愛情之外的成分嗎？但曹雪芹卻說他們是「友愛」，也就是彼此志同道合、氣味相投，有很多的觀念、思想、價值觀都可以契合，這是構成朋友的基礎，其實也才是發展出愛情的基礎。

另外必須注意，寶、黛的「親密友愛」是在「日則同行同坐，夜則同息同止，真是言和意順，略無參商」的狀態中每天實踐而累積形成的，所以有日常生活的深厚基礎，這個提法此後至少還有兩次反覆出現。文本一再告訴我們，二玉的愛情就是從小到大的青梅竹馬之情，在日常的點滴累積中才會如此深厚。換句話說，寶、黛的愛情是在日常生活中發展出來的倫理式的情感。倫理即人和人之間的關係，這兩位作為表兄妹，又有每天同行同止的生活基礎，所以才形成不可取代的感情。

這一點是寶玉自己都認定的，在第二十回中，他對林黛玉說：

你這麼個明白人，難道連「親不間疏，先不僭後」也不知道？我雖糊塗，却明白這兩句話。頭一件，咱們是姑舅姊妹，寶姐姐是兩姨姊妹，論親戚，他比你疏。第二件，你先來，咱們兩個一桌吃，一床睡，長的這麼大了，他是才來的，豈有個為他疏你的？

寶玉的意思是，黛玉你是先來的，先來先贏，而且你和我在血緣上更親近，所以在我的心中，無論如何寶釵都不可能越過你的次序。這番話中根本沒有提到所謂的愛情，可黛玉卻因此吃了定心丸，由此亦可見兩人之間的情感是以倫理為基礎的。

到了第二十八回，寶玉和黛玉之間又有了一番的對話，他說：

憑我心愛的，姑娘要，就拿去；我愛吃的，聽見姑娘也愛吃，連忙乾乾淨淨收著等姑娘吃。一桌子吃飯，一床上睡覺。丫頭們想不到的，我怕姑娘生氣，我替丫頭們想到了。

黛玉剛來榮國府的時候，是和寶玉一起住在賈母房中的，但並非在賈母寢臥的套間暖閣內，而是在暖閣外的碧紗櫥，黛玉在碧紗櫥的內床，寶玉睡在外床，中間只有一層槅扇做很單薄的區隔，確實就是一床的延伸。寶玉真的是體貼入微，關心黛玉缺少什麼、哪裡不足，別人想不到的都先替她想到了，這才是他們所認為的愛情，所以寶玉又對黛玉說：

我心裏的事也難對你說，日後自然明白。除了老太太、老爺、太太這三個人，第四個就是妹妹了。要有第五個人，我也說個誓。

就此必須特別注意到，林妹妹在他的心裡排在第四位，而前面三個人都是家庭倫理關係中的尊長，分別是祖母、父親和母親，可見對於他們來說，愛情必須排在親情之後，尤其是對尊長。今天對愛情有很多現代式的、孤立的堅持，認為愛情至高無上、獨一無二，導致我們無法從《紅樓夢》所屬的社會背景去認識它，以至於往往斷章取義，符合我們價值觀的才加以推崇，對傳統的部分視而不見，於是落入以偏概全，這真的是對《紅樓夢》的莫大扭曲。

寶、黛幼年所開展的初始階段的感情本質，其實是「友愛」，兩人自幼氣味相投，從小就十分契合，而這樣的契合年增日長，那份倫理式的感情透過日常生活的基礎逐漸累積，量變導致質變，他們的情感才發生了變化，從親密友愛變成是男女之間的情愛。

這個變化，一方面是年齡所致，二方面是見聞的增長，當然就愛情來說，他們的啟蒙老師算是旁門左道了。變化的契機發生在第二十九回，作者敘述道，寶玉「及如今稍明時事，又看了那些邪書僻傳，凡遠親近友之家所見的那些閨英闈秀，皆未有稍及林黛玉者，所以早存了一段心事，只不好說出來」。年齡增加後，接觸到各種人事物，然後才能夠獲得不一樣的成長變化，如佛洛姆在《愛的藝術》所說：愛是一門藝術，並非天賦而更需要學習。以寶玉和黛玉的情況來看，主要是他們一住進大觀園之後，茗烟幫他偷運了《西廂記》、武則天、楊貴妃等外傳野史，就是那些講述男女愛情的小說故事讓寶玉知道，原來異性之間可以有這樣的感情，和一般的友愛是不一樣的。同時寶玉開始做比較，「凡遠親近友之家所見的那些閨英闈秀，皆未有稍及林黛玉者」，這又和現在所迷眩的那一種愛情觀，即不知所起、不顧一切，眼前就只有那一個不能比較、也無法取捨的獨一無二的對象完全不同，寶玉對黛玉的愛情是經過比較的，雖然這種比較不一定是外在條件上誰更有身分地位，寶玉看重的應該還是對方的聰明靈智所能夠觸及的深度，以及是否能夠和他心靈相通，但話說回來，以他對容貌的重視，也應該包括誰更漂亮這一點。

《紅樓夢》的「至情」

當寶玉的情感本質從友愛發生變化，而成為愛情之後，「只不好說出來」，可見寶、黛之間的愛情固然很深，不過他們不但始終沒有落入本能衝動的滿足，甚至連形之於口，即在口頭上做一番言語的表達，都未曾有過。他們根本說不出口，即便有一次寶玉真的忍不住，話說了半截，又勉強把它吞下去，可是已經惹惱了黛玉。事情發生在第六十四回，當時寶玉來探望黛玉，看到她臉上帶有淚痕，於是笑道：

> 「我想妹妹素日本來多病，凡事當各自寬解，不可過作無益之悲。若作踐壞了身子，使我……」說到這裏，覺得以下的話有些難說，連忙咽住。只因他雖說和黛玉一處長大，情投意合，又願同生死，卻只是心中領會，從來未曾當面說出。況兼黛玉心多，每每說話造次，得罪了他。今日原為的是來勸解，不想把話又說造次了，接不下去，心中一急，又怕黛玉惱他。

果然黛玉一聽也惱寶玉說話不論輕重，這是因為當時有非常嚴格的禮教禁忌，如果表露私情，那是甘冒大不韙，他們從小在這樣的環境中長大，不會逾越雷池半步。這一點要回歸到寶玉的階級歸屬及其身分教養，他們所被要求的和我們現代人是完全不一樣的。

就此而言，還可以再補充一點，即第五十七回「慧紫鵑情辭試忙玉」，當時紫鵑為黛玉的未來而擔憂，她一直盤算黛玉以後該怎麼辦，結果她就去測試寶玉的心意，說林妹妹要回蘇州去，導致寶玉像失了玉一樣，發了失心瘋。這件事情過後，紫鵑的心裡反而比較篤定，她知道寶玉對黛玉確實是很真心的，於是自言自語地說道：「一動不如一靜，我們這裏就算好人家，別的都容易，最難得的是從小兒一處長大，脾氣性情都彼此知道的了。」這段文字反覆都在強調，漫長的時間累積所造成的情感厚度，在於它讓雙方「脾氣性情都彼此知道的了」。作者根本覺得愛情絕對不是一種強度的爆發，它要的是細水長流，彼此才能在人生將來的日常生活裡互相扶持、互相體貼，所以紫鵑引了一句俗語：「萬兩黃金容易得，知心一個也難求」，此一俗語也適合紫鵑不識字的丫頭身分，不比才子佳人小說裡的丫鬟，一開口都是之乎者也。

下面再舉幾個例子，大家對寶、黛平常的互動便能有一個更清晰完整的輪廓。第六十三回眾人聚集在怡紅院抽花籤，寶玉說「林妹妹怕冷，過這邊靠板壁坐」，又拿個靠背給她墊著，十分細膩體貼。第四十五回寶玉冒著雨，打著傘，拿著琉璃瓦的提燈，專程來到瀟湘館，一見到黛玉就先問：「今兒好些？吃了藥沒有？今兒一日吃了多少飯？」對很多人而言，會覺得很不耐煩的這些問話，在《紅樓夢》的世界裡，卻讓寶、黛的愛情得到最美的體現，可見寶玉多有耐性，連這麼瑣碎、這麼微不足道的小事，他都放在心上。顯然曹雪芹認為，真正的愛情就是體現在如此瑣碎的日常生活中，所以能夠和人生一樣長久。

再看第五十二回，寶玉去看望了黛玉之後，正要邁步離開，突然剎住腳步又回頭問黛玉：「如今的夜越發長了，你一夜咳嗽幾遍？醒幾次？」對此，脂硯齋也有一段批語，說道：

> 此皆好笑之極，無味扯淡之極，回思則皆瀝血滴髓之至情至神也。豈別部偷寒送暖，私奔暗約，一味淫情浪態之小說可比哉。

脂硯齋用「扯淡」這個詞來描述他們之間的互動，他覺得在書中很多描寫寶、黛互動的情節都是淡淡寫來，有點像白開水，可是事後再去回想，卻很有一番甜美的滋味，真真叫作「換我心，為你心，始知相憶深」（顧敻〈訴衷情〉），設身處地用對方的心去設想，才知道其間有多麼深厚的愛，是從最內在的精髓裡煥發出來的溫情，這才叫作「至情至神」，達到「瀝血滴髓」的境界。因此，「偷寒送暖，私奔暗約，一味淫情浪態之小說」怎麼可以與寶、黛的愛情相比！此處又在貶低《西廂記》、《牡丹亭》那些才子佳人小說了，脂硯齋覺得根本不必涉及什麼「待月西廂」、「春夢幽媾」之類的，這就是至情。

於此出現一個非常重要的關鍵字，即「至情」。尤其在《牡丹亭》，特別是舞臺上的崑曲演出這般風靡的今天，脂硯齋和《紅樓夢》卻告訴我們，「至情」並不是湯顯祖那樣的定義。脂硯齋透過《紅樓夢》的敘事，從裡面萃取出「至情」這個詞彙，就是在和《牡丹亭》進行對話，而這番對話其實是為了批判《牡丹亭》的「至情觀」。

我們來回顧湯顯祖的表現，他不但創作了《牡丹亭》，另外還特別寫了一段文字，說明他所塑造的杜麗娘具有什麼樣的意義，那是〈牡丹亭題記〉裡非常著名的一段話：「情不知所起，一往而深，生者可以死，死可以生。生而不可與死，死而不可復生者，皆非情之至也。」此即非常著名的「至情觀」。

然而，比較一下寶、黛愛情的發展及其實踐狀態，會發現非常明顯的不同。對《紅樓夢》的作者而言，《牡丹亭》是在追求愛情的強度，甚至是情欲混淆，「情」只是一件浪漫的外衣，其實裡面包裹的都是欲望，再加上包裝了「生」和「死」，於是就打動許多素樸的讀者。其實，「為情而生，為情而死」在虛構小說裡是非常廉價而方便的方式，讀者在閱讀中需要一些迷眩的奇趣，很容易被這樣的情節描述所吸引，以致模糊了虛構與現實。而《紅樓夢》遵守的是現實法則，告訴讀者，「至情」乃是在日常生活中慢慢累積而產生，體現於瑣碎平凡的各種生活面向裡，而且回思之時還可以讓人感到瀝血滴髓的那一種動人力量。

由此可見，我們要盡量拋開自己不知不覺被這個時代所影響的一些觀念，重新思考我們到底要的是什麼？那看似強大壯麗的愛情，其實包裝的是很淺層、很生物性的欲望部分，缺乏真正的人格力量。最發人深省的是，湯顯祖要人以死來證明至情，和要人以死來守住貞節，又有何不同？難怪有學者提醒大家，這種主張其實可以稱為「情教吃人」，本質上和他所批評的「禮教吃人」並沒有不同；而湯顯祖的主張甚至比「禮教吃人」更殘酷，因為他不僅要人以死證明至情，還要人以復活來證明至情，所謂的「死而不可復生者，皆非情之至也」，即隱含了這個意思。但稍有理性的人都知道，要人復活是根本不可能的事，連湯顯祖自己也沒有做到，憑什麼可以做這種超現實的定義呢？

喜歡《牡丹亭》的人可能一下子不能接受以上的解讀，我完全理解。但是學習成長就是要像毛毛蟲的化蛹和破繭而出一樣，那是很辛苦的過程，你要反對淺俗的自己，你要超越既有的自己，那真的是拆肌裂骨般的痛苦，可是沒有這種痛苦，人就不會有真正的成長。

絳珠仙草的「報恩」

就寶、黛前世的因緣而言，很多人常常把它解釋為「情不知所起」，其中有一個所謂前世的、神祕的，也因此是命定到連生死都不能夠動搖的執著。但請注意作者描述木石前盟的故事時，絳珠仙草和神瑛侍者的互動事實上與愛情毫無關係，與杜麗娘的「不知所起」完全不一樣。首先，第一回提到：「西方靈河岸上三生石畔，有絳珠草一株。」一般人看到「三生石」，心裡難免展開浪漫的幻想，即前生、今世、未來都執著不悔的那一種真情。可其實，「三生石上舊精魂」的典故來自唐代，它所涉及的三生之情，是圓觀和尚與儒生李源之間數十年的知己之情，根本與愛情無關。三生之情延續下來，體現在寶、黛的關係上，果然前世完全是恩惠的關係，而到了幻形入世之後，他們一開始也是在一個合乎倫理的恰當背景上累積出親密友愛，這種感情本質是一以貫之的，顯然也都不是愛情。

對於絳珠仙草和神瑛侍者的這段神話，我們暫且撇開性別不平等不談，可以仔細注意一下二者之間的關係。試看神瑛侍者之所以灌溉絳珠仙草，完全是出於對弱勢者的博愛和仁心，根本不是愛情；同樣地，絳珠仙草受到神瑛侍者的灌溉之後，「只因尚未酬報灌溉之德，故其五內便鬱結著一段纏綿不盡之意」，絳珠仙草認為，在她酬報完灌溉之德以前，不應該脫離人間的輪迴，所以要隨著凡心偶熾的神瑛侍者入世。絳珠仙草還說：「他是甘露之惠，我並無此水可還。他既下世為人，我也去下世為人，但把我一生所有的眼淚還他，也償還得過他了。」這裡的「惠」就是恩惠，很明顯地，「德」與「惠」都是在恩義的範圍內。所謂點滴之恩、湧泉以報，這是一種儒家非常美好的君子人格，儒家是把人格裡最美好的那一面開展到極致，我們雖然不一定做得到，但卻可以好好去體會，心嚮往之。

絳珠仙草所說的相關動詞，包括「酬報」、「償還」，都屬於回報的概念。而「報」在中國傳統中是一個非常重要的觀念，根據美籍華裔歷史學家楊聯陞的研究，加上學者文崇一探討中國文化中一些重要的觀念之後，發現「報」不是普通以為的一種互相的回報關係，從先秦以來「報」即是一直支配各種人際關係的重要法則，而它的根本性精神是「禮尚往來」。當別人對自己有恩惠時便要回報，否則通常會受到社會的批判，甚至排擠與驅除，所以不報者幾乎沒有立足之地。而恩惠有幾種：第一種是救命之恩；第二種是一個人在事業、生活中遇到很大困境的時候，有人伸出援手；另外，還有一些小恩小惠，因此回報也會有不同類型，比如金錢的回報、身分地位的幫助，當然也有用生命來回報的。

回到寶、黛的前世來看，兩者之間的關係是建立在救命之恩的基礎上，絳珠仙子要用她唯一擁有的眼淚來回報，眼淚還完了，自己的報恩義務便完成了，就可以脫離生命的循環，所以曹雪芹為寶、黛的感情在前世的設定，完全是在儒家的倫理框架中。入世後，寶、黛在現實中從親密友愛的友情，最後轉化成為心靈相屬的知己伴侶，也完全是一種恩義的深化。簡單地說，曹雪芹融會一些佛教的觀念，以及道教的貶謫觀，如評點家話石主人《紅樓夢精義》所言：「化灰不是癡語，是道家玄機；還淚不是奇文，是佛門因果。」不過，作者在根本上還是為寶、黛的愛情建立一個屬於儒家系統的恩義與德惠的報償基礎。就此而言，曹雪芹事實上是一位儒家的信徒，在愛情的範疇也沒有例外。

曹雪芹煞費苦心的設計

《紅樓夢》是中國文學史上，唯一一部以寫實方式敘寫貴族家庭的小說，在充滿森嚴禮教的上層社會，所謂的「禮教大防」便是「男女授受不親」，然而寶、黛竟然可以有這樣得天獨厚的環境去培養他們的感情，作者的一番設計可謂煞費苦心。《紅樓夢》的進步性正是在這裡，它在一個根本不可能有這種愛情發生的情況下，創造一個非常合理的環境，讓寶、黛締造出符合我們今天所認識的愛情，足證作者偉大的創作才能，讓他用非常合乎現實原則的策略開展合情合理的虛構。

首先是賈母的寵愛，因為在中國傳統中母權是最高的。這也顯示出任何一個文化裡，都不可能只有單一性別的絕對被壓抑或絕對被犧牲。這幾十年來，有一群學者重新思考明清社會的性別不平等背後，有沒有一些複雜的互補方式是我們所不知道的，他們發現作為第二性的女性，在中國文化裡有另外一種方式得到補償，即「多年媳婦熬成婆」。喪偶的女性作為一個母親，會因為儒家所崇尚的孝道而獲得至高無上的權力，她對於自己的兒子便擁有超乎我們一般想像的影響力與決策力。母權的微妙之處在於，它使女性被壓抑、被損害的同時，獲得了另外一種補償，尤其在賈府的世界，賈母是最高權威，第三十三回描寫賈母一生氣，連身為人祖又是工部員外郎的賈政都還得跪在地上，苦苦叩求認罪，當時母權之高張不是我們今天所能想像的。所以賈母一聲令下，黛玉便可以和寶玉「日則同行同坐，夜則同息同止」。

可是這樣還不夠，作者又開發了另外一條出路，也就是讓元春封妃。當然元春封妃並不是為了這個目的而已，但其中確實有一個目的，即讓她回來省親，以便擘建一個省親的園地，而為寶、黛的日常相處創造更自由的環境。從道理上來說，省親之後的大觀園會怎麼被處置？第二十三回說得非常清楚：

> 如今且說賈元春，因在宮中自編大觀園題咏之後，忽想起那大觀園中景致，自己幸過之後，賈政必定敬謹封鎖，不敢使人進去騷擾，豈不寥落。況家中現有幾個能詩會賦的姊妹，何不

命他們進去居住，也不使佳人落魄，花柳無顏。却又想到寶玉自幼在姊妹叢中長大，不比別的兄弟，若不命他進去，只怕他冷清了，一時不大暢快，未免賈母王夫人愁慮，須得也命他進園居住方妙。

作者將元春設定為一個心胸非常開放、多元包容的女性，所以讓元春利用她的皇權下了一道解除令，讓大觀園有限度地開放：只有家中能詩會賦的姊妹才能住進去，又特別交代寶玉也可以進去一起讀書。這麼一道「皇令」下來，自然也排除了那些沒有資格進去的人及其嫉妒。寶、黛住進大觀園之後，他們的互動愈加密切，而且不違反禁忌！

從母權再到皇權，至高無上的權力一壓下來，寶、黛之間的密切相處就得到合法的機會。曹雪芹動用了他在那個時代和階級合乎禮教原則的操作策略，讓寶、黛的知己式愛情能夠合理又合法地展開，這些策略都是非常符合現實原則的。小說中的這些故事雖然在現實中不會發生，但是在敘事邏輯裡卻完全合情合理，這就是曹雪芹非常厲害的地方，他在現實中創造一個超現實的世界，可是這個超現實世界又合乎現實邏輯。

只不過即便在作者的妙筆安排下，寶、黛的愛情達到日久生情的深度、厚度與長度，可是當這樣的愛情在發生、滋長的同時，事實上是不被他們的禮教社會所允許的。試看寶玉始終沒有把愛形之於口，他從來不敢就此和黛玉之間做任何言語上的交流，正因為那是違反禁忌的。關於這一點，我們可以注意一段情節，當第五十七回「慧紫鵑情辭試忙玉」的時候，寶玉開始發瘋，全家又鬧得雞犬不寧，後來發現寶玉這麼重大的精神崩潰，其肇因竟然是林妹妹要回家！如果眾人發現他們之間產生違背男女之防的私情，將會引發非常嚴重的後果，難怪事發之後，「黛玉不時遣雪雁來探消息，這邊事務盡知，自己心中暗嘆」。

黛玉「心中暗嘆」的這個「嘆」字，不只是感嘆寶玉一片真情的正面意思而已，還包括一種驚險過關的驚嘆，所謂「幸喜眾人都知寶玉原有些呆氣，自幼是他二人親密。如今紫鵑之戲語亦是常情，寶玉之病亦非罕事，因不疑到別事去。」其中幸好沒有被懷疑到的「別事」，正是指男女私情，原本那是很容易被猜測到的方向。可是他們竟然化險為夷，關鍵就在於薛姨媽的引導。當時薛姨媽立刻說寶玉的反應很正常，因為他們從小一起長大，當然會那麼傷心，以至於大家對這件事情的認知還是著眼在他們的「親密友愛」，而「親密友愛」便是他們從小到大的一個障眼法，保障他們接下來平安無事。

黛玉竟然要慶幸沒有被人家發現真相，顯示私情確實是干犯禁忌的，黛玉也從來沒有想要做一名違規自主的革命烈士。正是因為寶、黛那種從小到大超越常理的「日則同行同坐，夜則同息同止」的生活背景，才使得二人已經「變質」為愛情的關係沒有被發現，也使得他們沒有遭遇到任何責難。在這裡，《紅樓夢》一如既往地既超越時代的現實限制，又符合那個時代的現實原則。

告別「兩人份的自私」

在當時的時代限制下，寶、黛不得不愛得如此辛苦，然而作者已經給他們很多超越那個時代所能夠認識到的愛情的深度，既然我們已經脫離那個時代的限制，現在的我們其實可以有更高的追求。

接下來我會進一步分享一些自己關於愛情的想法，我們也許可以從一個更寬廣的眼界和對生命的認識，來發現愛情究竟可以在生命中發揮什麼樣的影響、扮演什麼樣的角色。

愛情正面的那個部分，被人們所歌頌的那個部分，確實是呈現出人類很可貴的一種堅貞之情，它體現為一種永恆的痴心。情人們總是很貪心，在很多歌頌愛情的篇章裡都祈禱要愛一輩子，甚至還要生生世世長相廝守，猶如唐玄宗和楊貴妃「在天願作比翼鳥，在地願為連理枝」，漢樂府〈上邪〉詩也提到「我欲與君相知，長命無絕衰」。然而，從另外一個角度來認識的話，也許可以再思考：假如沒有足夠的人格高度，以及生命視野的廣度，那麼永恆的痴心所落實下來、所成就的婚姻家庭，可能只不過僅僅是兩人份的自私。

對於這個問題，我真的是困惑了很多年，雖然不斷地觀察身邊遇到的人，困惑卻越來越深。心中的疑惑在於，有的人在他們的家庭裡都是好太太、好丈夫，也是好媽媽、好爸爸，至少從一個外人的眼光來看，他們都承擔得起愛情的檢驗。可是這麼多堪稱好太太、好丈夫的人，他們對鄰居、對同事卻是那麼殘酷，會聯手仗勢欺人、會寫黑函、會背地中傷別人，這真的很讓人困惑，為什麼既是一個好太太、好丈夫，可也是一個小人，會嫉妒別人，用卑劣的手段陷害人家？而這種現象非常普遍。

後來《愛的藝術》這本書提供給我一個很深刻的解答，原來這些人的愛，其實只是「兩人份的自私」！佛洛姆說：「通常，人們都把它誤認是占有性的依戀，我們常常可以發現兩個『相愛』的人對於任何別的人都不再感到愛。事實上，他們的愛只是兩人份的自私。」換句話說，情愛即便是心靈的整體狀態，它還是非常狹隘的，因為是排他性的、非普遍性的，只限於兩個人之間的情感，以致他們的愛只不過是一種非常狹隘的愛、一種自私自利的愛。他們之所以是好爸爸和好媽媽，只因為那些孩子是他們的延續，所以仍然屬於自己的一部分，他們還是只愛著自己。同樣地，當他在愛他的妻子或她在愛她的丈夫時也一樣，因為雙方是生命共同體，或者說是利益共同體，所以愛對方也等於是愛自己，擴而充之，兩人份的自私就可以成為四人份的自私、八人份的自私，或者像賈府是千人份的自私。總而言之，我終於體會到愛常常是非常狹隘的，所以佛洛姆才會說它是一種自私。

對現代人來說，我們更要呼籲愛情對人格的提升，要讓我們的愛情超越自私性，進而達到一個更寬廣的境界。把這個道理說得很透徹的，是法國作家安東尼．聖修伯里（Antoine de Saint-Exupéry, 1900-1944），他所著的《小王子》聞名遐邇，但實際上《風沙星辰》這本書寫得更好，它原來的法文書名是《人類的大地》。這本書從高空鳥瞰整個世界，以無邊無際之胸襟來看待人的存在，既有哲學家的深度，又有詩歌般的優美，還有宗教家的悲憫，所以是值得極力推薦的一本書。以下所引述的只不過是其中俯拾可見的箴言佳句中的一段：

> 生命教給我們，愛並非存於相互的凝視，而是兩個人一起望向外在的同一個方向。

人不要只彼此守著父子、兄弟、夫妻這種小小的世界，內心一定要開放出來，否則同時就是一個小人，有的時候人為了護衛自己人，會變得非常可怕，這不是我們所樂見的。若要在愛之中超越兩人份的自私或者四人份的自私，務必學會一起望向外在的同一個方向，看到這個世界更寬廣、更優美、更真理的一面。

類似的理念在杜甫的一首詩〈自京赴奉先縣詠懷五百字〉裡也有提到，當然杜甫的自我期許和一般人是非常不同的，所以他能夠成為中國最偉大的詩人。詩中提到一個對比：「顧惟螻蟻輩，但自求其穴。胡為慕大鯨，輒擬偃溟渤。」回頭看看那些人都只像螻蟻，螻蟻的心願很小，汲汲營營於建造或保存自己的小小巢穴，全部的人生理想只限定在把這個小世界經營好，但為什麼不學習大鯨魚，常常想要縱浪在大海中？杜甫的期許，是一個人的人格要往上提升，要往無限去延伸，不應只守在一個小小的巢穴裡，雖然那裡很溫暖，有很珍貴的家人，可是不應該讓自己的心靈與眼界只限定在那裡。哪怕是功成名就的醫生、律師或企業執行長，如果其心中完全只是限定於自我的成就、自己家族的延續或錦衣玉食的追求，即使在這個現實世界裡再怎麼成功，在杜甫的定義裡都只是螻蟻輩而已。

對於人與人之間的關係，我很喜歡用兩棵樹並存一起向上生長的比喻，這兩棵樹站在一起，肩並著肩，枝葉交握，但它們都一直往高空生長，並沒有互相傾斜，彼此糾纏成一團低矮的灌木叢。也就是說，兩個相愛的人要望向外在的同一個方向，不要陷溺在互相的凝視中，否則彼此都只會窒息。兩個人的分量只是全人類的七十多億分之二，而如果望向外在的同一個方向，卻可以擁有整個世界，甚至整個宇宙。這樣一來，我們可以是一個好爸爸、好媽媽、好丈夫、好妻子，同時也可以是一位君子，即便面對自己的敵人，都可以有非常優雅寬厚的風範，這才是我們所應該追求的。

最後，我要引述《聖經．哥林多前書》所言：「愛是恆久忍耐，又有恩慈，愛是不嫉妒，愛是不自誇，不張狂，不做害羞的事，不求自己的益處，不輕易發怒，不計算人的惡，不喜歡不義，只喜歡真理，凡事包容，凡事相信，凡事盼望，凡事忍耐。愛是永不止息。」這段文字許多人都很熟悉。想想看，寶玉對黛玉確實有著恆久的忍耐，不過寶玉作為一個男性，畢竟整個文化還是給予他更多的視野，所以他比原先走在他前面的女性又走得更遠，到達了終極的彼岸而獲得最高的智慧。整部小說鋪陳的，是寶玉如何在那麼深的愛情中超越出來，迎向一個更寬闊而無限的世界。

或許我們由這樣的一個理解就會知道，寶玉的出家並不是逃避，更不是受到打擊之後，沒有辦法面對這個世界的一種鴕鳥式的出路，他其實是走向整個豁然開朗的解脫之道。原來愛不僅止於此而已，它是一種宗教的昇華，同時也是自己整個人格向世界的開放。

第六章

大觀園的園址與闢建

大觀園實在太重要了，所以必須先說明一些背景，然後再進一步解釋大觀園特殊的細部安排。

就整體而言，《紅樓夢》是一闋回首前塵的詠嘆調，它所哀惋的對象，第一即個體生命的青春之美。普遍的看法都認為，青春是人生中最美好的一個階段，不過對於所謂的「最美好」，我要打上引號，因為青春固然很美，然而由成年後的人生階段進行回顧，真的覺得青春的同時要付出一個代價，那就是「無知」。人生便是這麼微妙，當擁有青壯華茂的時候，內在心靈其實是不成熟的，且所知極其有限；而一旦越來越成熟，則要面對生命正在逐漸消退的恐懼和無奈。不過對一般人來說，青春真的是人生中充滿探索的好奇與發現的驚喜階段，所以整部《紅樓夢》也極力渲染青春的各式各樣的美好。

當然，這些青春的個體絕對不是孤立存在的，從畸零石先天的入世意願，一直到後天的成長、性格的形塑，基本上都歸屬於一個非常特定的階級，那就是貴族。安頓該等青春之美的環境，是一個如此精美華麗的貴族家庭，而這個貴族家庭也不能孤立存在，它畢竟落腳在現實人間，並且其中所含括的一切存在，所有的人、事、物終究都會歸於空幻與寂滅，這使得青春的美也染上更複雜的意味。所以整部《紅樓夢》的訊息含量是如此龐大，它所觸及的人類心靈的深度，是過去小說中難以找到的。

紙上園林

整部《紅樓夢》所聚焦的青春之美，以及貴族家庭各式各樣的優雅精緻之美，具體化的對象主要即是「大觀園」。貴族家庭裡禮教森嚴，自我和個性是被削弱的，要展現青春的那種自由甚至放縱，便必須另闢一個特殊的空間，這就是《紅樓夢》要有一座大觀園的原因。在整部小說的空間規畫中，大觀園的設計正是讓少男、少女以今天所肯定的一種相對自由狀態，去展現出他們多樣的個性，充分探索他們各自的獨特性。

大觀園的象徵意義實在非常豐富，歷來的論述也有非常精彩的抉發，以下三段引文都來自清末著名的評點家二知道人。二知道人對《紅樓夢》的評點，常常帶來令人耳目一新的深刻啟發，他在《紅樓夢說夢》裡提到：

> 大觀園之結構，即雪芹胸中邱壑也：壯年吞之於胸，老去吐之於筆耳。

大觀園事實上就是「雪芹胸中邱壑也」，它是偉大作家心靈的產物，來自作家整體的人格、他對這個世界整體的認識，乃至於是他整個世界觀與人生觀的投射，必須說，大觀園雖然採取很多現實的材料，但總體上是一個虛構之所在。確實，一個作家如果沒有現實世界中各種人、事、物的基本材料，是不可能創作的，即便是在寫所謂的架空小說，還是要取材於現實世界的種種具體知識，不過偉大的作家當然不會受限於既有的基礎材料，他要重新加以融會貫通並加以改造，基本上才是賦予這部作品真正的生命力，使之成為偉大作品的原因所在。

大觀園是不可能還原的，之所以不可能，有好幾個層次的因素，第一，它本來就是虛構的，其材料來自於許多不同的現實環境，是曹雪芹依照敘事上的需要，才把它們援用進來。所以在整部小說中，如果把大觀園當作有一個確切的地圖來加以追蹤覓跡，會發現曹雪芹這裡寫的和那邊寫的竟然並不一致，不乏互相衝突的地方。其實，大觀園根本不是建立在一個完整的具體模型上，在很多的細節甚至方位上，作者是根據當時敘事的需要加以運用，所以有時候不見得會配合整體的一致性。

第二，脂硯齋是曹雪芹現實材料來源的親眼見證人，對於大觀園的規畫多所指點，但其實略過之處更多，它事實上就是一個「胸中邱壑」的體現，因此任何還原大觀園的企圖都注定會失敗。我們很清楚地看到，從清末到現在的一百多年來，試圖繪出大觀園圖的那些努力，彼此之間常常是差別很大的，A的大觀園圖和B所畫的，是南轅北轍到簡直完全不一樣的園子，原因便在於這是「胸中邱壑」的一個虛構產物。曹雪芹當然不是一朝一夕去構設這樣的大觀園，他是「壯年吞之於胸」，整個人生都在觀察、思考，進行各種審美的、知識的、文化的、社會的及人心的探索，然後把它們吞納於胸中，等到整個內在發生會通之後，老去才「吐之於筆」，形諸小說，這是一個非常漫長的過程，其中融合了他對現實世界、對人生百態的各種認識。因此，大觀園絕對不是有一幅完整客觀的圖樣，並一絲不苟地按照那張圖樣去一磚一瓦建構出來的，而主要是所謂的「紙上園林」。換句話說，是虛構的特殊空間。

所以，我們不需要尋找客觀的大觀園圖，因為這將是一個注定失敗的努力，倒不如就事論事，很實際地在每段情節裡看作者如何根據他的需要，或者為了人物性格的呈現，或者為了某些情節的塑造、某些情境的體現，以安排大觀園的山水景物與亭臺樓閣。歷經「壯年吞之於胸，老去吐之於筆」的漫長時間，作者終於創造出心目中可以讓他所愛的這些少男、少女盡力綻現自我生命風華的一個美好樂園，所以二知道人又說：

大觀園與呂仙之枕竅等耳。寶玉入乎其中，縱意所如，窮歡極娛者，十有九年，卒之石破天驚，推枕而起，既從來處來，仍從去處去，何其暇也。

對中國傳統傳奇小說有一點接觸的人都知道，「呂仙之枕竅」出自唐傳奇〈枕中記〉。〈枕中記〉中有一位智慧老人叫作呂翁，他給男主角盧生一只枕頭，讓他好好休息，那只枕頭有一個很特殊的設計，「竅其兩端」，也就是它的兩端有小洞。盧生倚枕而臥，那枕竅竟然越來越大，大到可以容納他的身軀，他穿越進去之後發現別有洞天，枕頭裡面完全是不一樣的世界，所有的現實願望全部實現。顯然這枕竅就像一道門檻，經過這樣的通路之後，人可以從現實進入一個神聖的樂園，因此這個枕竅的功能非常重要，西方學界對類似的環節有非常多的精彩闡述，我們在此不暇多說。而門檻意義的設計，當然不一定要用枕竅來體現，凡是這種很狹小，但可以溝通兩個完全不同世界的通道的設計，都可以具有類似的功能，引領人們超凡入聖，從現實的、困厄的、有限的、悲傷的世界，進入一個美好的、永恆的、體現生命最完滿狀態的世界。它在我們耳熟能詳的另一個樂園文本中也出現過，即陶淵明的〈桃花源記〉。〈桃花源記〉裡有類似的設計，那位漁人從一個變動的、殺戮的、興亡的現實世界，通過一個小山口，「林盡水源，便得一山。山有小口，髣髴若有光。初極狹，才通人」，越往前走，眼前赫然別有洞天，來到一個永恆靜止的世界。

甚至於宮崎駿的動畫片《神隱少女》中也有類似的設計，千尋和父母從人類的世界通過小隧道進入一個魔法世界，最後也是通過那個出口，才又回到現實世界。其實這樣的設計是超越時間與文化的，而且俯拾可見，因為它體現了人類內心中的一種追尋（quest），人類的存在就是處於不斷的追尋中，而在追尋的過程裡，會遇到很多的困厄及試煉，必須經過很多的轉換，因而此類設計形成一種幾乎是非常普遍的共通模式。

中國傳統的樂園書寫源遠流長，曹雪芹繼承如此的文化傳統，又超越這個文化的個別性而帶有普世的永恆性，大觀園就形同那些悟道類小說中，追尋生命的洗禮乃至於欲望滿足的所在，所以寶玉「入乎其中，縱意所如，窮歡極娛」，盡情品嘗這個溫柔鄉帶給他的最唯美的極致生活。「卒之石破天驚，推枕而起，既從來處來，仍從去處去」，最後夢醒覺悟，完成自己的悟道過程。二知道人還說：

> 雪芹所記大觀園，恍然一五柳先生所記之桃花源也。其中林壑田池，於榮府中別一天地，自寶玉率羣釵來此，怡然自樂，直欲與外人間隔矣。此中人囈語云，除却怡紅公子，雅不願有人來問津也。

所以大觀園堪稱是專門為賈寶玉所打造，完全是配合他的需要所產生的樂園。既然它是一座枕中園林，作者當然可以不必遷就現實世界的限制，但是又要根據現實的邏輯原則，從他的需要出發，給予園中各種存在物以高度的象徵性。

大觀園的象徵意義

根據學者柯慶明的研究，大觀園在《紅樓夢》裡有六個基本的象徵意義，包括：一、人間至極的富貴；二、骨肉完聚的天倫之地；三、處子的純潔與喜悅；四、詩情的優美；五、宗教化的聖殿；六、「春」的淨土，這個說法甚為簡潔扼要，可以參考。

首先，大觀園確實象徵人間至極的富貴，對此，我在經過長久的觀察和思考之後，認為需要做一點加強說明與補充。前面講述過，整部《紅樓夢》是建立在對富貴場和溫柔鄉的受享意識上，然而現代讀者在閱讀《紅樓夢》的過程中，總是不自覺地用自己的意識框架給出一些不符合作者本意的詮釋，認為賈寶玉在十九年「縱意所如」的生活中，否定富貴場而傾向溫柔鄉。誠然，賈寶玉確實常常提出一些反體制、反正統的言論，例如替那些讀書人取了一個外號叫「祿蠹」，再加上寶玉常常覺得鳳姐、探春何必操那麼多心，不比他只管安富尊榮，能夠每日好好過這般自由自在的生活，那便是他的造化。寶玉這種種荒誕不經的言語與行為，令讀者很本能地跳入一個坑，認為寶玉反對既有的那套科舉制度與讀書人升遷的現實基礎，也就等同於反對富貴場。

但經過多年的思考和仔細的檢驗辯證之後，我發現這個說法是不對的。寶玉表面上反對讀書，可他並非沒有道理地把所有的讀書行為都推翻，最明顯的證據，是黛玉的瀟湘館布置得像個書房，當劉姥姥進來的時候，還誤以為是哪位公子哥兒的書房，這麼一來，不就自相矛盾了嗎？他最愛的黛玉和他性靈相通，然而黛玉學識豐富，豈不和他的主張形成衝突？當然這裡並沒有衝突，其中的道理，簡單來說，寶玉其實從不反對讀書，他反對的是把讀書當作功名利祿的敲門磚，例如他在第三十六回說的「學的釣名沽譽，入了國賊祿鬼之流」，他覺得這樣是褻瀆了讀書。

必須說，讀書才能開發我們的性靈，讓我們的眼界更開闊，使我們的心智得以提升，因此雖然不讀書確實還是可以做一個好人，可是就會和形上的超越界完全絕緣了。薛寶釵有一句至理名言，她說任何事情如果「不拿學問提著，便都流入市俗去了」，而學問當然是從讀書中來，並且寶玉即便揚言要燒書，然而仍然留下了四書，第三十六回說道：「除四書外，竟將別的書焚了。」足見他對儒家經典的態度還是誠心誠意的。

所以準確地說，寶玉反對的不是富貴場，他反對的是維持富貴場的責任和義務。在富貴場中的人事實上非常繁忙，公私應酬非常多，紅白大事、各式各樣的禮尚往來，有很多不得不遵從的繁文縟節，寶玉真正所抗拒的是這個範疇。更應該注意的是，他的溫柔鄉是被包括在富貴場之中的，這樣的溫柔鄉需要非常龐大的經濟資本來維持，因此沒有富貴場就不可能有溫柔鄉，這也是寶玉不可能反對富貴場的原因之一。

寶玉對於富貴的態度絕不可能自我矛盾，他既全心陷溺於溫柔鄉，也深切享受著富貴場所提供的種種精緻且充滿高度審美品味的物品，喝的是楓露茶、葡萄酒，吃的是蓮葉羹、茄鯗、螃蟹宴等，這些可不是他所反對的，他甚至從來沒有想過會失去。當賈府被抄家之後，根據第十九回脂硯齋留下十個字的批語：「寒冬噎酸虀，雪夜圍破氈。」則將來事敗之後，寶玉要過如此艱難的生活，這樣的對比實在是讓人不勝感慨。我們也可以在明末清初一位小品大家的作品中看到類似的心情，他們的感受是相通的，那個人就是張岱，他所寫的《西湖夢尋》、《陶庵夢憶》，和《紅樓夢》幾乎是如出一轍。

在既有的富貴場錦上添花的，就是大觀園，因為榮府出了一個皇妃，出於省親的需要，所以要蓋造一座大觀園，至少在表面上把榮國府的榮華富貴帶到頂峰，所以說大觀園確實象徵人間至極的富貴。第十三回秦可卿在死前托夢給王熙鳳，她說：「如今我們家赫赫揚揚，已將百載，……眼見不日又有一件非常喜事，真是烈火烹油、鮮花著錦之盛。」意指賈家既有的榮華富貴已如天上的雲層，民間難以想像，但是又有「烈火烹油、鮮花著錦」的更上一層樓，所以越發火力四射，愈加富麗繁華，這「非常喜事」便是指元春的封妃。

元妃提升賈家的榮華富貴，除了「烈火烹油、鮮花著錦」之外，小說在另外一個地方還透過很特殊的品物意象來加以體現，那是在第三十一回，史湘雲來到賈府，和大家應酬問候之後，她與貼身丫頭翠縷兩個人走在大觀園裡，主僕對著眼前的景象有一番對話。翠縷道：「這荷花怎麼還不開？」湘雲道：「時候沒到。」翠縷問道：「這也和咱們家池子裏的一樣，也是樓子花？」湘雲回答道：「他們這個還不如咱們的。」翠縷又發現那邊有棵石榴，「接連四五枝，真是樓子上起樓子，這也難為他長」。湘雲便說了一番道理，指出：「花草也是同人一樣，氣脈充足，長的就好。」從原文中可以看出，史家的池子裡是荷花開出了樓子花，以荷花這個品種的開花盛況來說，似乎賈家不如史家，然而賈府開出樓子花的是石榴花，它正好是元春的代表花，而且「接連四五枝，真是樓子上起樓子」，這就顯示賈家的氣脈充足勝過於史家，因此誕生了一位皇妃。

第五回賈寶玉神遊太虛幻境的時候，他看到的元春判詞中正是出現石榴，所謂「榴花開處照宮闈」，不過此處「樓子上起樓子」的描寫根本是非寫實的虛構，自然界不可能有這種情況。所謂的「樓子花」並不是並蒂，也不是在旁邊再開出花來，更不是沿著枝條一路開花，那都太普通了，它的特別之處是因為花梗發生基因突變，以致從花心裡再開出一朵花。早在唐詩裡便已經開始歌詠樓子花了，而且以荷花居多，稱之為「重臺荷花」，因為他們覺得這好像起樓臺似的，一層一層往上建築，所以把它取名為「重臺」，而荷花的樓子花雖然也算罕見，但在自然界還是比較常見一點。到了清代的《紅樓夢》，則把它喚作「樓子花」，比較口語化一些。

在自然界裡，樓子花只要開一層，就已經是非常罕見的奇觀，然而曹雪芹為了他的創作需要，居然虛構出一個現實世界絕無可能的「樓子上起樓子」，還接連四五枝，這般開起花來真不得了，其花團錦簇實在是難以形容，但另一方面，母株當然不可能承受得起如此的重量，這其實隱喻了元春封妃實質上對賈家所帶來沉重的經濟負擔，蓋造一座大觀園便已經耗費無數，所以第五十三回賈蓉說再省一回親，那就精窮了。

原來在賈府中，石榴花和「樓子上起樓子」的奇蹟完全都是為了對應元春的封妃。賈、史、王、薛四大家族共存共榮，都已經是人間榮華富貴的極致，可是極致中還更有極致，比起史家的重臺荷花，賈府的石榴花還要更上數層樓，那就是作者要給賈府塑造出來的一種非凡形象，這個非凡的形象便展現於元春封妃的榮耀上，而元春的封妃又體現在石榴花接連四五枝「樓子上起樓子」的特殊設計。因此，石榴花正開放在大觀園裡，證成了元春和大觀園是共同體，彼此具有直接的因果關係，所以說大觀園象徵著人間至極的富貴。

就大觀園的第二個象徵意義而言，它又是骨肉完聚、樂享天倫之地。元春進入宮中以後即很難出宮，由此在賈家的生活世界裡，元妃幾乎是永遠缺席。於第五回太虛幻境《紅樓夢曲》中，探春的那一支題為〈分骨肉〉，而骨肉分離的情況早早已經在元春身上呈現出來，若要讓家族成員重新團聚，使這個家族的人倫再度完整，只能讓元春回府省親。而大觀園的建造，也確實是出於皇帝體恤父母愛子女的舐犢之心，以及子女思念父母的孺慕天性。因此，大觀園本身的意義就是要讓元春與家人能夠彌補失去的天倫之樂。

除了元春之外，我特別還要另外補充一個少女，那便是迎春，她的悲劇出現在第八十回。可憐的迎春，非常不幸地許給了孫紹祖，突然之間嫁入凶神惡煞般的家庭，被當作丫頭一樣地折磨。這麼一位柔弱的侯門千金，她真的沒有辦法承受，好不容易等到歸寧可以回門，「那時迎春已來家好半日，孫家的婆娘媳婦等人已待過晚飯，打發回家去了。迎春方哭哭泣泣的在王夫人房中訴委曲」，沒有孫家人的監視，迎春才敢說衷心話，那真是形同囚犯的處境啊！最必須注意的是迎春傾訴心中痛苦煩難的對象，並不是她那一房的嫡母邢夫人，而是王夫人，足見王夫人事實上是這些少女們的第二個母親，她如同一個大母神般護衛著她們。

迎春也只有到她身邊才能得到一些溫暖，所以哭哭啼啼地在王夫人房中訴說委屈，指孫紹祖好色、嗜賭、酗酒，將家中所有的媳婦丫頭個個淫遍，簡直像西門慶。她哭訴道：

略勸過兩三次，便罵我是「醋汁子老婆擰出來的」。又說老爺曾收著他五千銀子，不該使了他的。如今他來要了兩三次不得，他便指著我的臉說道：「你別和我充夫人娘子，你老子使了我五千銀子，把你準折賣給我的。好不好，打一頓攆在下房裏睡去。當日有你爺爺在時，希圖上我們的富貴，趕著相與的。論理我和你父親是一輩，如今強壓我的頭，賣了一輩。又不該作了這門親，倒沒的叫人看著趕勢利似的。」

現場聽了迎春的哭訴後，王夫人和眾姊妹無不落淚，相比之下，邢夫人根本不關心她的死活，可是毫無辦法，對迎春的處境，王夫人只得用言語勸解，給她一點安慰。想來真是令人感慨萬千，古代女人的命是很苦的，即便迎春的娘家有那等的聲勢地位，卻依然無法改變嫁出去的女兒的命運。於是迎春就哭了，她說：「我不信我的命就這麼不好！從小兒沒了娘，幸而過嬸子這邊過了幾年心淨日子，如今偏又是這麼個結果！」由此可見，王夫人提供給她幾年幸福快樂的生活，如果不是到了王夫人身邊，可憐的迎春甚至不知道什麼叫作幸福的滋味。

王夫人一面解勸，一面問她想在哪裡安歇。迎春說：「乍乍的離了姊妹們，只是眠思夢想。二則還記掛著我的屋子，還得在園裏舊房子裏住得三五天，死也甘心了。不知下次還可能得住不得住了呢！」迎春的心願好卑微啊！只要能夠在她的屋子裡再住個三五天，她就死也甘願了，再看她又說「不知下次還可能得住不得住」，恐怕她敏感地意識到自己活不久了，因為那樣的日子是過不下去的，她根本沒有任何的武裝、沒有任何的防備力量，遇到那樣的凶神惡煞，她只有「一載赴黃粱」（第五回人物判詞）的命。王夫人聽了迎春的心願，便特別安排她住回紫菱洲，一連住了三日，迎春才往邢夫人那邊去，而「邢夫人本不在意，也不問其夫妻和睦，家務煩難，只面情塞責而已」。據此便確確實實可以證明，王夫人才是迎春內心中及情感趨向上真正的母親，而大觀園的紫菱洲就是迎春的家園，是她的心靈歸宿。

大觀園的第三個象徵意義，是大家很容易可以揣測出來的，即「處子的純潔與喜悅」。元春作為一個解鈴人，有限度地開放大觀園的居住權，而居住者都是未婚的少女以及充滿女兒氣的賈寶玉，她們都是洋溢著青春之美的佳人，其中只有一個例外，即李紈，但是李紈也並沒有違背這個原則，因為她已經喪夫。換句話說，以現實的處境而言，她也是單身女性，而且是才二十出頭的年輕女子。傳統社會裡，那些早婚又早寡的女性真是非常可憐，她們的心靈處境是非常孤絕而沒有安全感的，也因此賈母特別照顧她，給她很多優待，目的也是希望彌補她心靈上、生活上這個永遠的無底洞。總而言之，大觀園象徵處子的純潔與喜悅，所以裡面很少魚眼睛所帶來的紛擾，而充滿了珍珠般的光芒。

大觀園所具備的第四個意義，便是充滿「詩情的優美」，園子裡最主要的群體活動甚至個人活動，就是作詩。結詩社可以說是大觀園最空前、也最鼎盛的活動，它讓所有成員都以藝術的形式聯結在一起，形成純粹審美的互動，而這份詩情的優美，作為藝術上美感的體現，更讓大觀園顯得精雕細琢。不止如此，詩歌是非常特別的文字產物，嚴格說來，它是性靈的昇華，因為它讓人們在凡俗世界裡的種種思慮，透過非常嚴格的格律和規範，以及一個積澱深厚悠久的抒情傳統，而進入超越現實的、全然是性靈活動的世界。

據此，我要補充一個非常值得注意的情節安排，曹雪芹塑造香菱這麼一個角色，便是要血淋淋、赤裸裸地，讓讀者無從迴避地看到一個如此美好的女孩子，她的一生竟然完全是白白被摧毀的悲劇，莫名其妙地受苦，然後莫名其妙地死去，即使擁有再美好的資質、天性與外貌，依然就這樣被可怕的現實完全抹滅，沒有留下任何的價值與啟示，沒有推進這個世界的一分一毫。而這樣的生命價值又在哪裡呢？香菱從沒有受過教育，拐子不可能會花錢培養一個要賣掉的女孩子，後來她被薛蟠買回家以後，又當奴婢又當侍妾，整天忙著侍候別人，在這樣的情況下，她真正流露出她人生的唯一心願，便是要住進大觀園。而住進大觀園之後，她最想做的就是學寫字、學作詩，於是立刻拜林黛玉為師，可見讀書寫字這件事有多麼重大。

如同前面一再提到的，倘若一個人沒有學問，就會流入「市俗」，同樣地，香菱即使有再好的天性與資質，如果沒有學會寫字、不會寫詩，那麼她還是一個市俗的人。因此，第四十八回香菱學了詩之後，寶玉非常高興，他甚至用了一個常人覺得陳腔濫調、卻非常有道理的成語，說：「這正是『地靈人傑』，老天生人再不虛賦情性的。」很顯然，香菱只有來到大觀園才能夠把她的性靈開發出來，寫出非常優雅的詩。可是優雅的絕對不只是形式，優雅就是人的靈魂造型，那樣的詩歌意境，是詩人的靈魂要在那優美的、玄奧的、有如天啟的靈妙瞬間，才能夠產生的。所以香菱是在「地靈」的環境中學了詩之後，才成為「人傑」，才真正進入一個有靈魂的層次，正如聖─修伯里在《風沙星辰》一書中，最後總結所說的：「只有靈魂，只有它在黏土上吹一口氣，才能創造出人類。」

香菱的故事告訴我們，一個人可以透過很多的努力，讓自己看到與這個現實世界不一樣的景深，而不只是停留在眼前所見的、粗淺有限的世界而已。詩歌是中國文化裡最優美、最深邃的一部分，只要我們受過一點教育，便可以用文字穿透現實，進入一個不被現實所左右的無限美好的世界。香菱就是看到詩作為靈魂出口的可能性，透過寫詩，她可以解脫現實的那些煩難、沉重的雜務，以及蒙蔽雙眼的俗事。她這麼熱愛寫詩，有些讀者認為她是想要模仿上層社會的生活，我覺得這個看法謬以千里，實在把人的心看得太小了。我們在這裡感受到的是，香菱迫不及待、專心致志地學詩，因為詩歌是對粗糙現實的昇華和進化，在裡面可以看到內在靈魂的活動和藝術美感的提煉，所以它是一個人深陷在現實迷茫中的時候，可以開啟的精神出口。香菱終於可以在寫詩中感到她靈魂的躍動，她可以呼吸一口形而上的優美世界的新鮮空氣，所以讀者會覺得她在詩歌中復活，不再是深陷於現實泥濘中的一個可憐女孩子而已。

大觀園的第五個象徵意義是「宗教化的聖殿」，源自於皇權神聖不可侵犯的禮教，這是大觀園絕對不可能豁免的。如果不從這個方面去談大觀園，只一廂情願地把它當作一個所謂的桃花源，與世隔絕，自由自在，甚至如同一般小說的後花園般可以大膽地談戀愛，必然誤入歧途，大觀園絕非如此，作為皇權的體現，它神聖而不可侵犯，充滿許多禁忌。

首先，外面的男子是不能進去的，當然有一些少數的例外，比如醫生，另外還有賈芸，他去過怡紅院，而且負責在大觀園各處種樹。種樹正是外在世界對大觀園不可或缺的一種現實介入，當種樹工人進入的時候，各地要圍起布幕，因為男女有別，不能讓這些男子與少女們有任何接觸，甚至是視覺上的接觸。

另外一個禁忌是大家非常熟悉的，即第五十八回藕官燒紙錢，那真的是莫大的犯忌違禁，所以她被婆子逮到的時候，那婆子就以此為把柄來找她的麻煩，幸虧被寶玉阻攔下來了。但是嚴格說來，以現實世界的禮教而言，藕官的所做所為確屬對大觀園的汙染，等於衝撞這裡的神聖性。藕官和這個老婆子之間的衝突其實是建立在這個基礎上，可見連大觀園內部也都充滿很多的矛盾，所以它絕對不是一個完全自由平等的地方。

大觀園的第六個象徵意義非常重要，它象徵了「春的淨土」，充滿春天的美好與興旺、創造與希望。這一點其實透露在很多地方，例如賈家第四代的嫡系女性名字中都有一個「春」字，那叫作「祧名」，從元春、迎春、探春到惜春，說明她們是同一輩分的堂姊妹。這個「春」字事實上挺世俗的，連第二回賈雨村聽說四春的名字後，都忍不住質疑道：「更妙在甄家的風俗，女兒之名，亦皆從男子之名命字，不似別家另外用這些『春』『紅』『香』『玉』等艷字的。何得賈府亦樂此俗套？」但因為《紅樓夢》本身有它自己的體系，必須採取特別的設計，所以對這個「春」字，我們要還原到它最本質的那種美好和創造來體會。

大觀園相對而言確實比較自由，裡面有很多可愛的動物、美麗的植物，還有如青春之泉般的沁芳溪。在我看來，有一個西方理論對此可以非常貼切地加以闡述，即加拿大文學批評家諾思洛普．弗萊（Northrop Frye, 1912-1991）的「原型（archetype）論」。西方文學理論家或批評家一般都非常博學，當他們提出一個理論的時候，必定是建立在很龐大的文獻基礎上，所以歸納出來的理論就有高度的適用性，當然不表示百分之百地適用，因為畢竟還有個別文化的差異，然而在很多地方確實可以幫助我們更理解《紅樓夢》這部作品。

人們所生活的這個世界，有一年四季的循環，每一天有晨昏日夜的變化，每個個體都有生老病死不同的人生階段，弗萊發現，在時間之流中，各種存在樣態可以彼此發生對應與類比，而這些對應與類比往往以非常系統性的方式一致地出現。例如凡是寫到黎明的，常常相關的內容便會以春天為背景，而裡面所敘寫的活動及內涵，也常常和誕生有關，誕生當然是從無到有的偉大創造。同樣地，如果寫的是日午這樣的時辰，背景常常即會對應到夏天，這時候人類的活動與心境往往會和勝利相關，這就叫作類比一致的系統性呈現。而黎明和日午對應到春夏原型，往往會通往正面的喜劇境界。

除了人類之外，大地上還有其他的動物、植物與礦物，以及流體，這才是整個世界的全貌，可惜人類總是忘記這一點。在各個境界中，這些不同的存在物會同步類比地出現連帶的表徵，例如春夏原型所對應的喜劇境界裡，人的世界就會是座談、圍敘，大家圍坐在一起很開心、很安全，充滿和諧的秩序，沒有衝突和混亂，人和人之間擁有非常穩定的、溫暖的、正面的友誼及愛情。同樣地，人類周遭的動物會是溫馴的羊群、飛鳥或貓咪，它對應的寫作內容也會是田園牧歌意象，恬靜優美，心境非常安詳，這些都是相關的表現。至於植物世界就會是花園，常常出現玫瑰或者蓮花，蓮花在西方，尤其在佛教裡也是極樂淨土的象徵。再看不定型的流體，大約便是河流和小湖泊，想想小河流水的景象，既美麗又可以帶來源源不斷的生機，例如杜甫在四川成都草堂時所寫的〈客至〉：「舍南舍北皆春水，但見群鷗日日來。花徑不曾緣客掃，蓬門今始為君開。盤飧市遠無兼味，樽酒家貧只舊醅。肯與鄰翁相對飲，隔籬呼取盡餘杯。」這條河流當然是平靜而豐饒的，帶給河邊所有的生命存在以豐沛的滋養，而這首詩寫到春水、群鷗、花徑與友誼，非常一致地呈現春夏原型的世界。

至於礦物的世界，意指城市、建築物、廟宇或石頭，而石頭常常就是閃閃發光的寶石。城市、建築物可以遮風避雨，讓人類覺得很安全，是一種人群秩序的體現，同樣地，大觀園中的建築物猶如母體般好好護衛著金釵們，是她們修復傷口的所在，迎春便是一個好例子。閃閃生輝的寶石則是無人不愛，所以點綴著寶石的地方，也是人類樂園的所在。不只如此，同時還可以發現在喜劇境界裡的東西，幾乎都可以看成是發光或火熱的，連樹木都是這般。在大觀園裡，樹真的是到處生輝，上面還可以張燈結綵，尤其是她們有一個很特別的風俗，第二十七回說當進入芒種節的那一天，就要餞祭花神，於是少女們在花園中每棵樹上繫上各式各樣的彩帶，五彩繽紛，非常繁華，大約都是體現出這樣的意象。仔細審視，大觀園歷歷符合所謂的春夏原型。

負面來說，秋冬原型即會對應到悲劇境界：秋天的原型對應於黃昏和死亡，冬天的原型對應的是黑夜，相關的人類狀況或存在狀況則是死亡之後的解體，回歸到空無。其悲劇境界所體現出來人的世界往往是革命、反叛、無秩序、無政府狀態，那是非常恐怖的，還有被遺棄的、孤獨的領導者。至於動物的世界，很明顯就會變成對人具有致命的傷害、讓人覺得恐懼的猛獸，包括蛇或者是西方的惡龍，甚至是水中的怪獸等。植物世界更會出現吃人的樹等，在《哈利波特》裡也有這種邪惡的樹，整輛汽車被那棵渾拼柳甩成一堆廢鐵，真的是很驚悚。可見這些相關意象，確實是具有非常高度的普遍性。

同樣地，在悲劇境界裡，不定形的流體世界不會是河流，不是小橋流水，而是詭譎多變的海洋，尤其是海嘯，能殘暴地吞噬很多生命。再者，悲劇境界中的礦物世界會是沙漠、廢墟這種沒有生命力，而且充滿荒廢感的所在，同樣也可以用杜甫詩來印證秋天原型。杜甫晚年在夔州避難，年老體衰，心中充滿國家殘破和生命無所歸趨之感，其〈登高〉云：「風急天高猿嘯哀，渚清沙白鳥飛回。無邊落木蕭蕭下，不盡長江滾滾來。萬里悲秋常作客，百年多病獨登臺。艱難苦恨繁霜鬢，潦倒新停濁酒杯。」鳥兒本來是溫馴優雅的，可是在那樣的狂風席捲中，牠已經在掙扎、在抗拒，恐怕很快會被吞噬，而「無邊落木」感覺上就是一棵棵的死亡樹，「不盡長江滾滾來」其實更像洶湧的海洋。再看「客」字所呈現的，正是一個人流離失所的處境，「百年多病」則充滿老年、疾病、死亡的意象。

雖然大觀園是一片「春」的淨土，體現的是春夏原型，可是大觀園終究會崩潰，所以到了後期，我們發現到它所出現的相關意象，已經逐步轉向秋冬原型的悲劇境界。例如早期在瀟湘館出現的動物是燕子，第二十七回黛玉吩咐紫鵑說：「看那大燕子回來，把簾子放下來，拿獅子倚住。」怡紅院養的則是仙鶴。到了大觀園後期，第七十六回湘雲和黛玉在園中做中秋詩時，卻出現一個非常悚動的意象，當湘雲要繼續聯句的時候，黛玉指著池中的黑影對她說：「你看那河裏怎麼像個人在黑影裏去了，敢是個鬼罷？」湘雲就說：「可是又見鬼了。我是不怕鬼的，等我打他一下。」然後她彎身撿了一塊小石片，向池中打去，「只聽打得水響，一個大圓圈將月影蕩散復聚者幾次。只聽那黑影裏嘎然一聲，卻飛起一個白鶴來，直往藕香榭去了」。白鶴事實上是非常優美的動物，可是在這裡卻被渲染出一種非常陰森的鬼魅般的形象。

在此之前，第七十五回賈珍和妻妾等在中秋前夕，喝酒狂歡到三更半夜，忽然聽到牆下有人長嘆一聲，讓大家毛骨悚然，因而草草結束活動，那確實也是他們祖宗的鬼魂。由此可見，《紅樓夢》的敘事到了後半階段，諸如鬼怪、野獸之類陰森的事物已經開始逐步出現，種種與前面看到的春夏原型不同的意象凸顯出來，走向弗萊的原型理論的悲劇境界，在在預告大觀園即將步向毀滅。這就印證了，世間所有的存在都是在生滅變化中，尤其大觀園是人力刻意營造出來的，所以它終究不能免除世俗力量的收編，而要回歸到現實世界。

元妃省親：闢建大觀園的契機

闢建大觀園的契機是否充分合理，大大考驗了作家曹雪芹敘事的能力。第十六回安排元春要回家省親，這便在現實邏輯上給了創建大觀園一個非常合理的原因，因為皇權是至高無上的，它可以凌駕父權乃至世間社會一切的存在之上，所以無論賈家的經濟狀況再怎樣艱難，都得努力去營造一座美輪美奐的大觀園。脂硯齋在此有一段批語說：「大觀園用省親事出題，是大關鍵事，方見大手筆行文之立意。」他認為曹雪芹這樣的安排非常合理，並且強而有力。

不過需要注意的是，既然大觀園正是因為皇權的派令而產生，此園在本質上就不可能脫離世俗的權威。以往備受讀者推崇的所謂的情愛自由、顯發個性，其實都得要臣服於禮法及世俗權威之下，這是大觀園在先天上不可避免的前提。如果不先接受這一點，談大觀園便會是架空之論，是一廂情願的渲染，不見得符合真相，尤其大觀園的基址也在告訴我們，大觀園根本上就是建築在現實的土壤之上。無論從哪一個切入點來看，曹雪芹都在暗示我們：大觀園絕對不可能脫離現實，它可以是一個暫時的休生養息之地，但始終受到現實原則的支配，只是這個現實原則稍微有些放鬆，讓園中人可以多一些自我的空間，但那只不過是法外開恩。猶如第五十六回賈母曾經說過：

> 你我這樣人家的孩子們，憑他們有什麼刁鑽古怪的毛病兒，見了外人，必是要還出正經禮數來的。若他不還正經禮數，也斷不容他刁鑽去了。就是大人溺愛的，是他一則生的得人意，二則見人禮數竟比大人行出來的不錯，使人見了可愛可憐，背地裏所以才縱他一點子。若一味他只管沒裏沒外，不與大人爭光，憑他生的怎樣，也是該打死的。

在賈府這種人家，他們的自由是以這樣一種「背地裏所以才縱他一點子」的方式才可能擁有的。

就大觀園的基址來說，有一些紅學家透過文本虛構和現實世界的對應關係做過一些推演，告訴我們，大觀園如果從現實的考慮來看，大概會是什麼樣子。第十六回說：「從東邊一帶，借著東府裏花園起，轉至北邊，一共丈量準了，三里半大，可以蓋造省親別院了。」脂硯齋批云：「園基乃一部之主，必當如此寫清。」根據戴志昂〈紅樓夢大觀園的園林藝術〉一文所做的考察，他指出：「我國舊日量地，叫『步畝圈丈』，上面所說的三里半，可能是指園地四周邊長，三里半市里正等於一千七百五十公尺。」「姑且再具體地假定大觀園園地東西長四百七十五米，南北長四百米，由此得出原地面積是十九萬平方米，比北京北海靜心齋面積大二十四．六倍，相當於北京中山公園面積的百分之八十九，作為私園看，是很大了。」

不過，重點不在於大觀園現實上到底如何，因為大觀園是一座「紙上園林」，只要能夠從藝術的原則和哲理的深度把握到它就夠了，所以更重要的是，作者到底是怎樣規畫這個大觀園的基地？首先必須說明，根據脂硯齋的說法，大觀園的形狀不是正方形，也不是長方形，它的西北凸出一塊，這是故事的主要舞臺，且看脂批的原文：

諸釵所居之處只在西北一帶。最近賈母臥室之後，皆從此「北」字而來。

凸出的這塊非常重要，因為第一，賈府分東邊的寧府和西邊的榮府，凸出的這一塊其實緊鄰西邊的榮國府，接近賈家的權力中心——賈母的居處。第二，西北這一區聚集大觀園中最重要的建築群，包括怡紅院、瀟湘館都在這裡。不過，脂硯齋的說法如果對應到《紅樓夢》的實際描述，也還是會出問題。所以我們切莫「死於句下」，不要把那些話都當成是具體的呈現，它其實只是在告訴我們：在象徵意義上，賈母和這些少女們的關係是非常親密的。讀者會有點疑惑的原因就在於，為什麼西邊比較靠近榮國府呢？因為大觀園橫跨寧、榮二府，所以東邊靠著寧國府，西邊緊臨榮國府，這是它很有象徵意義、也很奧妙的地方。

針對大觀園的興衰、生滅，還有它所散發出來的輓歌般的深沉悲哀，還必須再做一點補充。大觀園是太虛幻境的人間投影，這已經是一個基本常識，第五回賈寶玉神遊太虛幻境時，在「仙花馥郁，異草芬芳，真好個所在」等幾句話旁邊，脂硯齋批了一句：「已為省親別墅畫下圖式矣。」省親別墅當然就是大觀園。這句話實在太重要了，它使得我們對大觀園象徵意義的研究，有極為精確的依據。換句話說，所謂的「仙花馥郁、異草芬芳」不只是仙境的展現而已，而是將來大觀園的基本圖樣，所以大觀園本質上便是人間仙境，它和天上的太虛幻境是天上人間互相對照，而且有從天上移轉到人間一以貫之的過程。

就此而言，這樣的大觀園作為一個仙境，那當然是樂園了，尤其是為賈寶玉而量身訂做的樂園。然而，在大觀園那麼多的象徵意義裡，其實都具備了一個根本的核心，即大觀園在起造的開端，便已經注定是要幻滅的，這種幻滅感從一開始就籠罩在大觀園中，所以我們說它是青春之美的輓歌、貴族家庭的輓歌及塵世人生的輓歌，都必須在這一點上才能夠善加體會。

第十八回大觀園已然落成，元春回來省親。賈府在這一回抵達聲勢的巔峰，眾女兒的命運也在這裡走入轉折點，脂硯齋留下了一段話，說大觀園的工程公案裡有另外一個很深沉的含義：「至此方完大觀園工程公案，觀者則為大觀園廢盡精神，余則為若許筆墨，却只因一個葬花塚。」為破解大觀園各式各樣的奧祕，下面將有多個單元要談，誠如脂硯齋所說的「若許筆墨」，然而他卻認為耗費這麼大的筆墨，調動這麼多的資源、考量，甚至遷就這麼深的現實邏輯，創造出如此的大觀園，結果竟是「只因一個葬花塚」！而凡是對《紅樓夢》有一定瞭解者，都必然熟悉「葬花塚」。

「葬花塚」第一次出現在第二十三回，當時元妃下了諭令，讓眾女兒們和寶玉一起進去居住，作者先用一種泛泛的筆墨，說寶玉心滿意足，再也沒有別項的可求之心，於是寫了一組〈四時即事詩〉，歌詠春、夏、秋、冬四季在園中過著猜枚、鬥草、簪花之類快樂無憂的生活。不過大觀園才一開幕，它最重要的一個具體活動，亦即比較有意義的、不是泛泛的樂園心態描寫的活動，竟然就是黛玉葬花，她手內拿著花帚、肩上擔著花鋤，鋤上掛著花囊，對寶玉說：「你看這裏的水乾淨，只一流出去，有人家的地方髒的臭的混倒，仍舊把花遭塌了。那畸角上我有一個花冢，如今把他掃了，裝在這絹袋裏，拿土埋上，日久不過隨土化了，豈不乾淨。」可見大觀園一落成便宣告它將來的死亡，所以大觀園根本上是為了幻滅而建造的。

說得更本質一點，大觀園讓人看到它如此美好，濃縮了生命最精華的存在狀態，讓人眷戀不已，但是它其實在一開始就已經注定要毀滅，所以它是為了毀滅而建造。可想而知，這個過程中事實上有無比的辛酸、無比的恐懼，當然也有無比的無奈。葬花的意象，也即是毀滅的意象，這個意象在整座大觀園裡徘徊不去，並且滲透到它的每一個角落。

我們已經知道闢建大觀園的契機是元春要回來省親，從這個本質上來說，它也注定不可能長久，因為元春也不是不死的火鳥，人總是會死的。而且在處處危機的皇宮中，后妃的壓力非常大，日日充滿驚疑懸念，生命是很脆弱的，尤其古代醫療衛生各方面的條件不比今天，所以她們的平均壽命都很短。往前的六朝、唐、宋時期就不用說了，即便到了明、清，除開一些例外不談，后妃、公主的平均壽命大概也只有三四十歲。參考第五回中元春的人物判詞有「虎兕相逢大夢歸」一句，「虎兕」這個詞彙從先秦時代便出現了，在中國傳統文獻裡代表的就是權力鬥爭，一種政治惡鬥，所以恐怕元春遭遇到的是意外的猝死。再看人物判詞的第一句說「二十年來辨是非」，可見她入宮一共二十年，以清代的選秀女制度而言，元春所屬的內三旗系統是「年滿十三歲亦選秀女」，則元春當初入宮的年齡約在十三歲，再加上二十年，可以推算出來，元春一共只活了三十三歲而已，比楊貴妃還早死，楊貴妃死時三十八歲。在這種狀況下，為了她回家省親而建造的大觀園，又能夠存在多久？以上所列舉的情況，處處都讓我們看到大觀園天生注定短暫而脆弱，而且必然要面臨幻滅。

苑囿式園林

補充這一點之後，我們回到大觀園的基地選擇問題，關於這個基地的選擇，更是充滿負面的暗示。脂硯齋說「園基乃一部之主」，也就是說，整部《紅樓夢》最重要的已經不是大觀園了，而是大觀園的基地，他認為大觀園的坐落之處實為整部小說的根本主旨，這就太攸關重大了。我們要去考證的問題，當然不是大觀園在現實世界中究竟位於何處，而是在《紅樓夢》的文本世界裡，作者怎樣給它一個坐落的地方？而那個坐落之處在《紅樓夢》的內部系統裡，作者又給了它什麼樣的象徵意義？

談大觀園的基地安排之前，我先補充一個基本概念，而這個概念是很多紅學家談大觀園的問題時，常常不小心忽略的。大觀園之所以為非現實建構的紙上園林，有一個很根本的原因，就是它實際上不可能出現在私家府邸中，例如大觀園裡有很多帶圍牆的獨立院落，包括怡紅院、蘅蕪苑、稻香村、瀟湘館、紫菱洲、暖香塢和櫳翠庵等，但這樣的設計是很奇怪的。

藏雲（這很明顯是筆名）是第一個以大觀園作為文章篇名的《紅樓夢》研究者，他的〈大觀園源流辨〉一文寫於一九三五年，距今已經將近九十年，他早就看出來大觀園非常特別，從基本的園林知識可知，園林在中國歷史中有兩個發展系統，一種是私家園林，當然也是富有的世家或權貴才有能力營造的園林。但私家園林的基本形態是單棟的固定建築物，包括堂、館，尤其是樓、亭等，這些再加上山、水、石頭、植物互相搭配。也就是說，私家園林中的建築物都是一棟一棟獨立的，而且通常這種建築物四面透空，會有很多的門窗，甚至僅僅只有柱子，故而裡外相通。換句話說，私家園林的功能是讓人短暫地在其內遊憩，並無法在裡面居住。在堂、館、樓、亭中，可以欣賞一覽無遺的景色，當公餘之暇或者是有朋友來造訪，就到園林裡休生養息或休閒娛樂，但是不可能在那邊過夜，因為它完全沒有生活設施。

可是大觀園並非如此，它包括好些個獨立的生活空間，少爺、小姐們一年四季都住在裡面。就此而言，《紅樓夢》事實上是將私家園林與另外一套園林系統相結合，那套園林系統非常獨特，來自於皇家園林的設計，稱為「苑囿式園林」，「苑」字一定是指宮廷的花園，所以叫作「宮苑」。這種苑囿式的園林都是在大自然中興建不同的建築群，因此擁有龐大的基地，其中有山、有水、有花草樹木，也會坐落著一些由院牆圍出來的獨立院落，各個建築群的生活設施非常完善，有起居室和各式各樣的配備，所以人可以長期居住在那裡。

清代的皇家園林正是這種設計，包括大家非常熟悉的頤和園與承德避暑山莊，以及已被焚毀的圓明園，另外還有暢春園，康熙皇帝晚年便是在暢春園起居、聽政，他每年有一半的時間在此居住，最後也於該園內的清溪書屋去世。此外，雍正、乾隆兩位皇帝都住在圓明園，雍正帝就是在雍正十三年農曆八月二十二日，暴卒於圓明園九洲清晏殿，那是歷史上非常重要的事件。可見圓明園、暢春園與皇帝生活的關聯度，甚至比紫禁城的乾清宮更緊密。

相較於私家園林，怡紅院、蘅蕪苑、稻香村、瀟湘館這種由院牆圍成的獨立院落呈現出顯著的差異，而與皇室宮廷的苑囿類型相仿，這麼一來，大觀園根本不是蘇州的拙政園、網師園之類的江南園林，反而比較接近皇家苑囿的那一種等級。換句話說，大觀園的建築是融合庭園式、苑囿式這兩種系統而成的，對私家來說，這種設計非常奇怪，現實世界不可能允許這樣一種皇家園林出現府中，那就可想而知，大觀園絕對是紙上園林。

當然，根據藝術上的需要，作者完全有權力透過虛構手段，傳達他所認識到的人生和宇宙的道理，所以他刻意使大觀園兼具皇室宮苑與私家園林的複合性質。可是如此一來，園中人勢必受制於君權和父權的支配，因為它本是皇權直接影響的產物，而且大觀園又是附屬於寧、榮二府，所以絕無可能是一般讀者以為的自由烏托邦。小說人物生活在大觀園裡，常常還是不斷地受到自我和倫理世界之間的深刻糾結，一旦要認識大觀園，便不能不認識它的雙重性、甚至是多重性，它是如此之複雜，絕不是簡單的二元對立。

世界不是黑白二分的，曹雪芹作為一位偉大的小說家，更不可能幼稚到以為有一個地方純粹是真，有一個地方純粹是假，大觀園裡是永遠的自由快樂，外面的世界就是骯髒、汙濁，就是權威、封建、壓制。如果用一種非常簡單的邏輯來看《紅樓夢》，它勢必會被簡化，讀者也當然看不出其間的複雜和奧妙，而人生與這個世界都是非常複雜的，層次非常豐富，並且奧妙到難以言筌，這就是我們要努力認識它的原因。

大觀園的園址

瞭解到這點之後，再來看作為「一部之主」的園基的安排，實在是發人深省。且再強調一次，任何的歸納基本上都要來自文本，任何推論一定都要有充分的證據，不能自己想當然耳。第十六回元春封妃以後，很快便準備省親，而省親就必須要有一個獨立空間，因為皇妃是皇家成員，是神聖不可侵犯的，不容和一般的非皇室產生混雜。那麼，到底要選哪個地方來蓋造省親別墅呢？賈蓉便回話了，他說「我父親打發我來回叔叔」，他的父親即賈珍，這裡的叔叔是高他一輩的賈璉，因為賈政也把家務事交給他和王熙鳳來管，所以賈璉現是榮國府當家的。要注意，他們一層一層都必須以如此高度的倫理尊卑，來建構彼此之間的權力義務關係，而「老爺們」就屬於更高的倫理等級，指的是賈赦和賈政，當然文字輩的還有寧國府的賈敬，不過他不問世事，根本不住在家裡，所以不用提他。老爺們已經議定了，「從東邊一帶，借著東府裏花園起，轉至北邊，一共丈量準了，三里半大，可以蓋造省親別院了」。

這是一個基本空間的大約說明，必須注意東、西的坐落方位，所謂「借著東府裏花園起」，東府寧國府本來就有一個花園，叫作會芳園，它對於園基如此之重要，也帶有非常本質的意涵。這座花園的名字及重要特色，可以參看第十一回，當時寧府（該府被柳湘蓮批評為只有門口兩個石獅子乾淨，連貓兒狗兒都不乾淨）在慶壽辰、排家宴，王熙鳳、王夫人等便到會芳園接受尤夫人等的招待，小說家以一段非常漂亮的駢文來描述這個花園的景致：「黃花滿地，白柳橫坡。……疏林如畫。西風乍緊，初罷鶯啼；暖日當暄，又添蛩語。」充滿抒情的意境。因此「鳳姐兒正自看園中的景致，一步步行來讚賞」，試想，王熙鳳是何等人家出身的小姐，竟然對於眼前的這座花園還一步步欣賞，可想而知，它真是如同人間仙境了。此時賈瑞突然冒出來做出情色的試探，也就是所謂的「起淫心」，地點正是在會芳園，王熙鳳虛與委蛇一番，終於把這個色胚給敷衍之後，繼續往前走，有幾個婆子急急忙忙過來找她，因為尤氏急著要等她來點戲，「說話之間，已來到了天香樓的後門，見寶玉和一羣丫頭子們在那裏玩呢」，由這句話可知，他們看戲的地點在天香樓。

讀者由此知曉，原來天香樓就在會芳園裡，而且整個賈府由盛而衰命運的預告正是在這個地方洩漏出來的。賈瑞在會芳園對王熙鳳起淫心，天香樓則是秦可卿公媳亂倫以及後來自縊的所在，第十三回脂硯齋對此給了一段批語：「『秦可卿淫喪天香樓』，作者用史筆也。老朽因有魂托鳳姐賈家後事二件，豈是安富尊榮坐享人能想得到者，其言其意，令人悲切感服，姑赦之，因命芹溪刪去『遺簪』、『更衣』諸文。是以此回只十頁，刪去天香樓一節，少去四、五頁也。」可見這會芳園實在不是一個好地方。

而亂倫事件一直是籠罩在賈府的傾滅過程中一種糾纏不休的力量，倘若倫理上不以亂倫為恥，連心都敗壞到這種程度，這個家族絕對是沒有救的，這一點很值得我們思考。當然會芳園很大，大觀園的基本用地只是納入會芳園的一部分，並沒有包括天香樓。此外，第七十五回還提到，賈珍為其父賈敬居喪卻完全不悲淒守禮，竟然還私下偷偷地玩樂，與妻妾們笙歌達旦，後來引發祖宗的嘆息，那段情節就發生在會芳園叢綠堂中。

可見會芳園天生便是充滿負面象徵的地方，再看第十三回秦可卿死了之後，喪禮辦得極盡鋪張，當然也不能說賈府特別豪奢，因為這是他們這個階級非如此不可的規範。前面先說了一大篇非常浩大的人力布置之後，接著提到「停靈於會芳園中」，不過會芳園那麼大，到底停放在哪裡？文中說：「因忽又聽得秦氏之丫鬟名喚瑞珠者，見秦氏死了，他也觸柱而亡。此事可罕，合族人也都稱嘆。」此事當然可罕，沒有哪一對主僕的關係是好到「你死後我也活不了」的地步，連紫鵑對林黛玉這般忠心耿耿，彼此深情如姊妹，也沒有達到這種程度。所以瑞珠的死讓人頗感懷疑，這和賈珍對秦可卿的死表現得過分悲哀一樣，都完全超乎人性的情理。她與另一個丫鬟寶珠，恐怕都是掩護秦可卿與賈珍之亂倫事件的不可或缺的助手，當這件事情東窗事發之後，秦可卿得死，旁邊的這些人大概一個都逃不掉，也是在這樣的情況下，她不得不以死避禍。

然而無論如何，至少表面上要掩蓋一番，所以賈珍就以孫女之禮來殮殯瑞珠，「一併停靈於會芳園中之登仙閣」。換句話說，會芳園裡除了天香樓之外，還有一個叫作「登仙閣」的地方。「登仙」本來是吉祥的意思，畢竟人最嚮往的便是可以長生不死、羽化登仙，但是這裡的「登仙」很明顯有雙關的意味，用來喻指死亡，所以登仙閣成了停靈的地方，設計得十分巧妙。這一整段反覆強調的是兩個核心，即色情與死亡，亂倫與淫心即是色情，「淫喪」的「喪」和「停靈」則都是死亡，所以色情和死亡是糾纏在一起的孿生體，告訴我們，一個不正當的情色關係必然會導致毀滅。

簡單地說，會芳園所提供的基地有兩種非常可怕的力量作為大觀園的先天性質，也是大觀園終究不能擺脫的、已經變成它的血肉一部分的因素，就是情色和死亡，而有了這兩樣原力，大觀園這塊美麗的淨土又怎麼能夠長久呢？小說一開始的眾多設計，都注定大觀園永遠擺脫不掉現實醜陋的干擾，這些現實的醜陋不是所謂的封建專制，而是人性本身的敗壞。

對大觀園基址大致做了這般的圈定之後，賈璉說：「多謝大爺費心體諒」、「正經是這個主意才省事」，他認為這個基地選得很好。賈璉他們當然不會關心省親別墅的象徵意義，務實最重要，或者說合乎那個世界的現實原則是最重要的，第一個原則是省事，蓋造容易，因為就在自家的土地上，如果選一個比較遠的郊外，單單是那些土木材料、各種人員的運輸，便須增加很多的花費。第二個原則是情理，選另外的地方「且倒不成體統」，他強調說：「你回去說這樣很好，若老爺們再要改時，全仗大爺諫阻，萬不可另尋地方。」可見他不只是貪圖省錢省事，而是還要照顧一個所謂的「體統」。元春是回府省親，看望自己的親人，所以一定要在自己的家才有意義，否則的話就會不成道理。

出於這兩個理由，使得賈家必須在寧、榮二府既有的府宅裡找一個比較適合的地方，所以東府把會芳園闢出一部分。會芳園在東府的靠西邊，臨近榮國府，可以和西府這邊所提供的區域連成一體。除此之外，寧、榮二府有一個非常重要的家族精神中心，即宗祠，它一定是位於兩府之間。且看書中的描述，他們開始要具體付諸行動：

> 先令匠人拆寧府會芳園牆垣樓閣，直接入榮府東大院中。榮府東邊所有下人一帶羣房盡已拆去。當日寧榮二宅，雖有一小巷界斷不通，然這小巷亦係私地，並非官道，故可以連屬。

很明顯，寧府的會芳園與西府之間事實上是有圍牆隔開，所以現在把圍牆打掉，便可以撥出一塊區域，和西府這邊連在一起。

其次，原來西府的東大院臨近賈赦舊居，由於居長的一定是住東邊，所以榮國府東大院即長房賈赦的住所，第三回寫賈赦「其房屋院宇，必是榮府中花園隔斷過來的。進入三層儀門，果見正房廂廡遊廊，悉皆小巧別致，不似方才那邊軒峻壯麗；且院中隨處之樹木山石皆在」。於此，脂硯齋批云：「為大觀園伏脈。」可見賈赦舊居也構成大觀園基址的一部分。

其三，東大院外面本來有一道圍牆，沿著這道牆有一片「下人羣房」，下人們住的地方絕對不可能是在深宅大院裡，故而賈府的圍牆外側蓋造下人們的居住空間。關於榮國府的人丁，在第六回有過描述：「按榮府中一宅人合算起來，人口雖不多，從上至下也有三四百丁。」這還不算女眷和小孩，整體統計起來，正是第五十二回麝月所說的「家裏上千的人」。除了日常貼身服侍各個主子的人員之外，大部分的僕人是住在圍牆外側的下人群房裡，圍牆外沿邊建造起來的空間裡要住這麼多人，當然不免擁擠、簡陋。

其四，兩府之間還有一個小小的空間，也要考慮進來：當日寧、榮二宅已經分房，所以各自獨立，兩府的宅邸之間以一條小巷界斷不通，這樣可以多少保留兩家的獨立性。既然小巷子是私有的，並非官道，所以打通小巷重新規畫，是沒有問題的。

由此可見，營造工程的第一步是打通基地，拆除的部分包括會芳園西邊的圍牆、榮府東邊所有下人一帶群房，和界斷兩府的小巷，會芳園便直接通到榮國府東大院。小說繼續描述大觀園的基址：

> 會芳園本是從北拐角牆下引來一股活水，今亦無煩再引。其山石樹木雖不敷用，賈赦住的乃是榮府舊園，其中竹樹山石以及亭榭欄杆等物，皆可挪就前來。如此兩處又甚近，湊來一處，省得許多財力，縱亦不敷，所添亦有限。

這些描寫很清楚地告訴我們，此一東大院確實即是賈赦的舊園，連這個基地上既有的山石樹木都可以就地使用，不用再添加，諸如此類的設計當然都有象徵意義。

無可奈何的先天性質

從整個大觀園的基地選擇來說，寧國府的會芳園提供的是情色與死亡，而榮國府這邊所提供的，一是下人群房，一是賈赦的舊園，當然也有現實意義的取向。通常來說，下人群房基本上近乎擁擠吵鬧的違章建築，提供的是生活最淺層的人性內涵。一般服侍人的奴僕是不可能接受過教育的，連晴雯、襲人都不認識字，這麼一來，就算有幾個比較脫俗的靈魂，但是整個空間主要停留在生活淺層，因此它所表現出來的便都是生活的本能或者原欲。那些吵吵鬧鬧、紛紛擾擾，唯一的意義只不過是把生活過下去而已，這就是庸俗的現實世界。當然，很多人也可以把榮華富貴無限升級，不過再怎麼升級，倘若缺乏精神的提升，依然也只是在生物本能和生命原欲上停留而已，這是下人群房這個基地所提供的一個先天規定。

其次，東大院的部分接近賈赦舊居，或者甚至就是賈赦舊居的一部分，這裡便有輻射汙染的意味。清末的二知道人，他的很多紅學批評相當有真知灼見，其《紅樓夢說夢》中把賈府裡的一干男性做了有趣的比喻，說賈家到處可以看到的各種好色之徒，賈赦是「色中之厲鬼」，亦即說他太好色了。因此甚至連說話很公道、很懂得分寸的平兒，都忍不住針對賈赦要強娶鴛鴦的這件事發表批評，她說「真真這話論理不該我們說」，確實一個下人不可以批評主子，可是「這個大老爺太好色了，略平頭正臉的，他就不放手了」（第四十六回）。結果賈赦強娶鴛鴦不成，「終久費了八百兩銀子買了一個十七歲的女孩子來，名喚嫣紅，收在屋內」（第四十七回），這種做法連賈母都實在看不下去。

如此一來，依照接觸律的思維邏輯，被賈赦摸過的東西當然都被汙染了，隱藏在東大院土壤裡的，就少不了「色中之厲鬼」所留下來的「罌粟花」的種子，將來可能在什麼特殊機緣的灌溉之下，惡之花便會再度綻放，反過來摧毀這個女兒的淨土。大觀園的基地選擇真有這樣的含義，而且是人性裡最庸俗、最膚淺的內容。

在此可以補充說明的是，賈赦所住的東邊院落，雖然在倫理上是長兄的方位，但實際上它並不具備很尊顯的意義。第三回林黛玉剛剛進賈府拜見母舅的過程中，透過黛玉的眼睛，我們所看到的賈赦居處是「度其房屋院宇，必是榮府中花園隔斷過來的」，由此看來，榮國府本身也有一個花園，賈赦所住的地方是一個獨立的院落，是藉了榮府花園特殊的走向，再用隔斷的方式形成的獨立院落，「不似方才那邊軒峻壯麗，且院中隨處之樹木山石皆在」，所謂「軒峻壯麗」，指的就是賈母那邊，那叫作大房、正房，位於整個榮國府的正中間，賈政與她相鄰而居。

奇怪的是，賈赦身為賈母的長子，他竟然不是和賈母住在「軒峻壯麗」的榮國府正房、大房，反而是另外獨自住在東邊，於是有學者做了一些推測，其中一個看法認為賈赦是庶子，非嫡母所生，所以才不被重視，但這是不可能的。第二回「冷子興演說榮國府」中說得很清楚，榮國公的爵位一路承襲下來，在文字輩這一代就是由賈赦襲爵的，而在世襲制度上，絕無可能由庶子來繼承，因此這個推測不但不符合清代的襲爵規範，甚至違反中國傳統上公侯伯爵身分傳承的原則，所以賈赦絕對不可能是庶子。

我認為有一個解釋是最合理的，即賈赦嫡長子的身分固然沒錯，可賈母是全府的最高權威，她比較喜歡賈政，而且賈政也確實比賈赦更值得疼愛和信賴，假如這個家交給賈赦來管，恐怕不用三天就倒了。再加上他的妻子邢夫人整天都在剋扣吝嗇，連她的姪女邢岫烟住進大觀園，王熙鳳特別憐惜她，所以比照其他小姐們的月例，每個月也給她二兩，結果邢夫人居然還剋扣了其中的一兩，逼得岫烟得典當度日。至於邢夫人幫著賈赦要強娶鴛鴦，目的也在於鴛鴦乃是賈母的鑰匙，如果拿到這把鑰匙，後面有多少寶物就可以通到他們家了。夫妻二人整天都在打這種算盤，真的是非常貪婪自私的一家人，用當時流行的話叫作「不是一家人，不進一家門」。賈母的眼光是很銳利的，她並不因為母親的身分而被蒙蔽雙眼。

傳統中國文化中雖然是以嫡長為尊，但是因為在重視孝道之下母權至上，寡母其實是有選擇權的，金寄水在《王府生活實錄》裡，至少反覆提到兩次，說他們家地位最高的就是祖母。當然她必須是喪夫的，可是無論如何，這種年長的正福晉在家族中的權力是最高的，慈禧太后的掌權也是基於這個原因。因此賈赦雖然襲了爵，但實際上他在這個家族裡的地位不高，因為賈母比較冷落賈赦，連帶地反映到賈赦的住所上，其建築便比較小巧別緻。榮府東大院的大觀園部分應該就是利用賈赦所住的舊園，而不只是臨近，其中的山石、樹木更是直接就地取材。大觀園作為全部小說之主的園基，竟然鬼影幢幢，無處不滲透著骯髒醜陋的人心和人性，如此一來，它的毀滅也是遲早的事。

我總是忍不住有一個比喻式的想法：大觀園的土壤裡固然綻放出很美麗的花朵，可是其中夾雜著一些罌粟花，隨著毒性慢慢成熟，最終發揮強大的威力，以至於大觀園最後也會因為情色的關係而導致它本身的死亡。不要忘記大觀園毀滅的一個最重要的徵兆，甚至是它由盛而衰的里程碑就是抄檢大觀園，而抄檢大觀園的直接原因，便是繡春囊的出現，美國漢學家夏志清就索性把繡春囊比喻為侵入伊甸園的那一條蛇。大觀園即先天注定其自身不可能長久，因為時間會讓人成長，而成長必然帶來性成熟，我們可以很清楚地看到情色與死亡是如何地由前身到現實，如此之糾纏、如此之複合在一起。

上述大觀園的先天性質，有一位後來棄學從商的旅美學者裔錦聲也注意到了，她說：「曹雪芹用詩詞、用畫面、用造園家的專業知識，清楚地告訴讀者，大觀園是建立在秦氏的會芳園和賈赦在榮國府一個舊花園的廢墟上。」而且她認為「自我縱容」是這兩個園子的共性，他們都自我縱容，不守這個世界的禮教或者一些基本規矩，過分縱欲，甚至導致個人的敗壞和死亡。她說：「根據小說的前幾章，精美的會芳園是寶玉被誘惑的起始，也是賈瑞對王熙鳳產生欲火的場所。」之所以說會芳園是寶玉誘惑的起始，乃因第五回寶玉睡在秦可卿的房裡，做白日夢神遊太虛幻境，結果就遇到警幻仙姑之妹祕授雲雨之術。

當然在此必須更正的是，所謂「精美的會芳園是寶玉被誘惑的起始」這句話其實不夠精確，因為秦可卿的臥室並不在會芳園，不過整個說法大致還是可以說得通的。依脂硯齋的指示，會芳園的天香樓確實是秦可卿淫喪的地方。

從秦可卿的房間擺設來看，秦可卿的縱欲個性是更被明確化的，她會和賈珍有那般的不倫關係，與她高度的性需求恐怕也脫離不了關係，所以她的人物判詞有「情既相逢必主淫」一句。第五回提到，秦可卿房中「案上設著武則天當日鏡室中設的寶鏡」，這看起來好像無關痛癢，其實不只是在房間裡裝上鏡子，全屋都是和情色有關的刻意設計：「一邊擺著趙飛燕立著舞的金盤」，趙飛燕在歷史上聲名狼藉的原因當然不在於她身輕如燕，而是在於她的好色和縱欲。從東漢到魏晉時期，有一些相關的傳聞，都指向趙飛燕是一個非常淫濫的女性，她的入幕之賓可以上從公卿大臣，下到御廚裡送菜蔬的拉車小子。

只不過我也要特別提醒，文學家在利用趙飛燕的歷史形象時，並非都在說她的好色，否則第二十七回的回目「埋香塚飛燕泣殘紅」就會發生很嚴重的問題，該回目是藉趙飛燕來比喻林黛玉，不可能帶有淫穢的意涵，絕不可以與第五回的運用混同，否則會導致很多無謂的紛擾。

回到秦可卿的房中，趙飛燕立著舞過的金盤裡「盛著安祿山擲過傷了太真乳的木瓜」，乳房這種部位已經讓人產生不當的非非聯想，何況又與安祿山、楊貴妃有關。事實上，和安祿山有染的是楊貴妃之姊虢國夫人，但很多人繪聲繪影添加很多沒有事實根據的傳聞，其中就包括安祿山和楊貴妃有染，甚至添油加醋，說他們的性愛關係過於激烈，安祿山的手抓傷了楊貴妃的胸口，留下抓痕。而唐代的宮中女性，她們穿的衣著都是袒露胸口的，因此楊貴妃非常煩擾，最後想出一個遮掩的辦法，把原來貼在額頭上的花黃改貼在胸口，以便遮住抓痕，避免醜事曝光，沒想到出乎意料之外，竟然因此在宮廷中引發新一波的時尚流行。

總之，這是很有趣的傳聞，而曹雪芹便用了這樣的傳聞，為的是要烘托、塑造秦可卿的淫蕩，但我必須為楊貴妃說句公道話，她並沒有做那樣的事，我們絕對不能夠用禍水來汙染醜化她。也因為這樣一個沒有事實根據的荒誕傳聞，還留下一個常用的成語，叫作「祿山之爪」，這個詞比現在新聞報導裡用的「鹹豬手」要文雅太多了。在曹雪芹的設計下，秦可卿應該就是一個好色的女性，下面所謂「設著壽昌公主於含章殿下臥的榻，懸的是同昌公主製的聯珠帳」，也容易產生情色的聯想，寶玉入房看到這些，便含笑說「這裏好」，脂硯齋也批道：「擺設就合著他的意。」當然寶玉是屬於「意淫」，和可卿的皮膚濫淫不同。

總而言之，從一開始會芳園這座花園即被情淫所汙染，與亂倫、死亡聯繫在一起，有了如此不清不白的基礎，大觀園怎麼可能是清白純淨的呢？或者說它確實是清白純淨的，然而卻維持不了多久。並且大觀園裡的建材和用品有一部分是來自於賈赦舊園裡的山石、樹木，都是賈赦的舊物，已經被他汙染了，這個「色中之厲鬼」竟然對大觀園也產生如此深遠的影響，也實在是令人始料未及，所以大觀園的基地設計真的是用心良苦，寄託曹雪芹的一種玄妙的感嘆。

外來的「汙染」

大觀園不只是在建造之前便已經埋設了許多可怕的汙染源，甚至在開始營建之後、元妃還沒有正式省親之前，作者還透過一些蛛絲馬跡告訴我們，這座大觀園永遠擺脫不了外界現實千絲萬縷的滲透，包括那些「先入園者」。原來在元春省親之前，即有一些人先進來住在裡面了。換句話說，大觀園不純粹是這些可愛純淨的少女們的淨土，在她們之前早已有閒雜人等先一步來到這個地方「據地為王」。

大觀園的封閉性不是絕對的，外在汙染還是有很多的管道可以入侵。與張愛玲關係密切的宋淇，是一位持論比較中肯的《紅樓夢》研究者，曾有一段話值得參考，他認為：前八十回中只有賈芸和胡太醫等少數例外，其餘如賈政、賈璉等都沒有進過大觀園。此一說法指的是第二十三回之後，實際上賈政在元春回來省親之前便帶領一批清客進去到處題撰，所以這個說法要稍微修正一下。不過宋淇接著說，「然而花園在建造落成之前，其實已經免不了男性的進入甚至支配」，這是非常正確的觀察。

大觀園從起造算起，總共耗時多久才告竣？根據《紅樓夢》的文本內證，大觀園總共蓋了一年，證據在第四十回，當時劉姥姥逛了大觀園之後羨慕不已，說如果有人也照著這個園子畫一張圖，讓她帶回家去，不僅可以向鄉親們炫耀，讓他們知道她到過像皇宮一樣的地方，而且給他們見識一下，「死了也得好處」。賈母便很高興地說，惜春這個小孫女很會畫畫，明兒便叫她畫一張。其實惜春只會畫寫意，第四十二回寶釵說道：「我有一句公道話，你們聽聽。藕丫頭雖會畫，不過是幾筆寫意。」這麼一來，難怪惜春覺得壓力沉重，所以就向詩社告假，不當副社長了。於是詩社社長李紈找大家來一起商議，應該要給惜春多少日子的假，她說：「我給了他一個月他嫌少，你們怎麼說？」結果黛玉又發揮她刻薄的本能了，說：「論理一年也不多。這園子蓋才蓋了一年，如今要畫自然得二年工夫呢。又要研墨，又要蘸筆，又要鋪紙，又要著顏色，又要……」這裡很清楚地告訴我們，大觀園總共蓋了一年。

而整個營建的過程全部都是由男性所主導，所以當第十六回寫到基地的規畫時，順便還提到，因為「賈政不慣於俗務，只憑賈赦、賈珍、賈璉、賴大、來升、林之孝、吳新登、詹光、程日興等幾人安插擺布」。這段話非常重要，讓我們看到大觀園整體的規畫與布局，乃至所有的一切，其實已經免不了男性的介入甚至支配，包括男性家長、男性資深管家、男性清客，他們指揮統籌一切。

其中，在大觀園落成之後、元妃正式省親之前，首先進入大觀園的人是賈赦。且看第十七回的描述：「又不知歷幾何時，這日賈珍等來回賈政：『園內工程俱已告竣，大老爺已瞧過了，只等老爺瞧了，或有不妥之處，再行改造，好題匾額對聯的。』」可見在賈政入內參觀之前，大老爺賈赦已經先進去、先看過了，當然他是長兄，在現實世界中是有這個權力的。然而以大觀園的設計來說，賈赦已經瞧過大觀園，意謂著他已經先行入侵，何況大觀園裡的一些物品本來就是他汙染過的，這完全都是一致的設計，讓我們再度看到一個無可奈何的先天本質。

此外，第二個人物便是賈珍。賈政不慣於俗務，都由其他人來安插擺布，而賈赦也只在家高臥，懶得多管，所以真正作為整個園子起造的負責人和工程的掌控者，乃至於圖樣的保管者，事實上都是賈珍。

工程真的是一門很專業的大學問，建造一座大地方更是很麻煩的，瑣瑣碎碎的事務多得不得了，第十六回中有一段說明，提到凡是有什麼「芥豆之事，賈珍等或自去回明，或寫略節；或有話說，便傳呼賈璉、賴大等領命」，可見整個工程的指揮、安插、擺布者都是賈珍，他統籌調度，以至於對園子的裡裡外外是瞭若指掌，尤其在工程告竣之後，最為顯現出來。當時，賈政領著一行人在遊園歷程中，最後一站來到將來的怡紅院，它簡直如同迷宮一樣：「只見這幾間房內收拾的與別處不同，竟分不出間隔來的。」無論是在神話學、原型理論的分析，或者是在中國傳統文化裡，於主角由迷而悟的必經過程中，往往會具體地表現在迷宮的設計上，所以怡紅院裡裡外外都設計得猶如迷宮。

其中「四面皆是雕空玲瓏木板」，鑿鏤出各種花樣，整個怡紅院的設計堪稱隔而不絕、通而不透，「賈政等走了進來，未進兩層，便都迷了舊路，左瞧也有門可通，右瞧又有窗暫隔，及到了跟前，又被一架書擋住。回頭再走，又有窗紗明透，門徑可行」，結果到了門前，卻遇到一面大鏡子，轉過鏡子去，門子越發多了。就此脂硯齋批云：「所謂投投是道是也。」

最後帶領大家走出迷宮的人正是賈珍，他笑說：「老爺隨我來。從這門出去，便是後院，從後院出去，倒比先近了。」說著，賈珍帶領大家「又轉了兩層紗櫥錦槅，果得一門出去，院中滿架薔薇、寶相。轉過花障，則見青溪前阻」，整座大觀園的水最後都是流到此處，這當然有象徵意義，容後再說；此時大家已經到了後院，剛剛脫離室內的迷宮，現在卻又遇到第二層的迷宮，不但青溪前阻，又「忽見大山阻路」，眾人都說「迷了路了」，不知道該怎麼出去。這時帶領大家走出迷宮的又是賈珍，他在前面引導，眾人隨他，「直由山腳邊忽一轉，便是平坦寬闊大路，豁然大門前見」，這個「大門」正是大觀園的入口。

由此可見大觀園的設計，基本上也不脫離寧、榮二府的「中軸」原則，整座大觀園坐北朝南，建築基地的主要軸心一定在正中間，即省親別墅之所在，元春回來省親時就是在這個地方落腳，那是皇權的中心。而怡紅院的設計非常奇怪，從怡紅院的後院出來，再繞過一座山腳便看到這條寬闊的大路及大門，可見後門卻比前門距離園子的大門更近。但這如何可能呢？對此，下一個單元會補充說明。

總而言之，帶領大家裡裡外外走出迷宮的人都是賈珍，顯示整座大觀園的一丘一壑、一山一水全部在賈珍的掌握之中。更有甚者，連圖樣都是由他所保管，在第四十二回為了惜春應命畫大觀園，寶釵建議道：「原先蓋這園子，就有一張細緻圖樣，雖是匠人描的，那地步方向是不錯的。你和太太要了出來。」照著圖樣去畫，當然容易許多。然而，當第四十五回大家向王熙鳳要這張圖樣時，王熙鳳卻說：「那圖樣沒有在太太跟前，還在那邊珍大爺那裏呢。」可知圖樣始終都放在賈珍處。

由此可見，賈珍才是大觀園真正的規畫者，甚至大觀園整個擘畫的藍圖都放在他那裡，大觀園所有的祕密，他掌握得比別人更透徹，一山一石、一花一木都在他的手掌心。賈珍是膽敢逾越最森嚴的倫理禁忌，和兒媳婦發生亂倫關係的人，然而他竟然比任何人都要更瞭解大觀園，這真的是太令人意外了。由此看來，裡外之間的糾葛，所謂的潔淨與汙染、園裡與園外，根本上是一個沒辦法釐清的問題，所以絕對不能用非常簡單的二分法來看待大觀園的存在。

先入園者當然不是只有賈珍和賈赦這兩位男子，只要是人工建築物，若久而久之無人打理，很快就會蒙上厚厚的灰塵，門窗也將坍塌腐朽，尤其大觀園是皇妃省親的地方，將來元春或許還會再度歸省，所以必須積極維修保持，就此而言，大觀園從落成之後，即必須進行非常完善的維護工作，也當然要安插許多的人力進來。就在第十七回中，其實已經隱約帶到了，當賈政要領著一群人進去巡視和題撰的時候，賈珍得要先去園中知會眾人，這句話清楚表示：在元春回來省親之前，其實園中已經住著眾人，即各種婆子、丫鬟，她們負責灑掃，修剪花木，這是大觀園要長保如新所不可或缺的人力安排。當後來大觀園成為千金小姐們生活起居的地方，這些金釵的日常活動更需要非常多的人力來協助，所以大觀園始終都有來自現實土壤的一群人在支撐，它絕對不是一個懸空的空中樓閣，不是天上的仙境，它牢牢地植根於現實人間之中，連本身的維持都不能例外。

那些提前進入大觀園的「眾人」，當然大多數是名不見經傳的，因為她們只不過是小說舞臺的背景而已，但是其中有一個人物，由於將來在賈府事敗之後會有一番作為，所以作者特別花了一番筆墨，讓她在第二十四回隆重出場，「原來這小紅本姓林，小名紅玉，只因『玉』字犯了林黛玉、寶玉，便都把這個字隱起來，便都叫他『小紅』」。黛玉和寶玉的名字如此尊貴，身分比較低的人不能與之重名以免觸犯，可是賈府中也有一位得力的丫頭，她的名字卻一直都有一個「玉」字，始終沒有因為避諱的關係而隱起來，那就是「玉釧」，足見避諱這個理由並不充分，在《紅樓夢》裡其實存在著衝突的地方。所以很明顯，紅玉的避諱有一些特殊的含義：紅玉的性格太善於謀略、太懂得刁鑽，眼觀四面、耳聽八方，盡力把握各種可以讓自己向上流動的機會，這樣的人太世俗，她不配擁有「玉」的名號。

重點在於，紅玉是所謂的「家生子」，是榮國府中世代的舊僕，祖先好幾代都是在榮府為奴，她的父母現在收管各處房田事務，賈家的經濟來源之一主要即這樣的營收。「這紅玉年方十六歲，因分人在大觀園的時節，把他便分在怡紅院中，倒也清幽雅靜」，偏生這一處所後來又被寶玉占了，所以她獲得近水樓臺的機會。對紅玉來說，這個機會從天上掉下來，她當然會用十二分的努力去把握，所謂：「這紅玉雖然是個不諳事的丫頭，却因他原有三分容貌，心內著實妄想痴心的往上攀高，每每的要在寶玉面前現弄現弄。」紅玉千方百計地想讓寶玉注意到她，也許就有機會破格拔擢，進入怡紅院的權力圈，當然最好可以當上姨娘，這是她們最完美的出路。只不過「寶玉身邊一干人，都是伶牙俐爪的，那裏插的下手去」，那些形成統一陣線的主要有晴雯、秋紋、碧痕這些人，或者也可能包括麝月、襲人在內。

如此一來，第十七回寫賈珍先派人入園子去知會眾人，而到了第二十四回便突出「眾人」中一個極其鮮活的人物，那就是小紅，紅玉的例子讓我們看到，大觀園落成之後，立刻便需要眾多的人力進行保持和維護，紅玉即是其中之一。這些人隱身在幕後，但卻是大觀園有秩序的、合理合情的運作所不可或缺的基本條件，這實在發人深省。特別是千金小姐們表面上非常尊貴，處處受到別人的服侍，但其實同時也受到那些下人們的牽制，因為一旦沒有下人們，她們就沒有行動能力，甚至沒有生活的能力，諸多婢僕之輩構成了大觀園的生活基礎，如此一來，這些人物所帶來現實生活淺層的那一面，也就無可避免。

大觀園中的生活固然有詩社那種優雅的活動，但到了第五十回以後，我們開始看到各房丫鬟、婆子們的明爭暗鬥，她們為了利益的關係，而彼此心懷嫉妒、憤怒，甚至採用各種手段，所以大觀園不可能免於現實的糾葛，誠所謂只要有人的地方就有江湖。

先入園者賈寶玉

不過，大觀園畢竟是為寶玉以及一干水做的女兒們所量身打造的，所以還有一個先入園的人是絕對不可或缺，如果沒有這個人物，那麼大觀園和現實人間便沒有差別了，這個先入園者即賈寶玉。我們由此可以看到有一股力量對現實世界展開非常努力的抗拒，抗拒的過程極其悲壯，也構成一種史詩般的美麗，這是《紅樓夢》最吸引人的魅力所在。在第十七回，「可巧近日寶玉因思念秦鐘，憂戚不盡，賈母常命人帶他到園中來戲耍」，原來寶玉早已經常跑到園內去玩耍散心，大觀園是可以讓他解除現實煩憂的一塊樂土。如果從整個大觀園的構設來看，寶玉確實也是一個先入園者，是對大觀園進行理想力量之淨化的重要人物，假如沒有這股力量來抗衡由賈赦、賈珍或者園中各式各樣婢僕所構成的現實力量，就會讓大觀園更脆弱，存在的時間更短暫。也確實，寶玉始終如一地努力著，盡量延續大觀園這塊樂土的生命。

從寶玉出生之後，他的心願便與眾不同，抓周的時候都只取脂粉釵環，而他的畢生願望也是做眾女性們的護花使者，小說中有許多相關證據，例如第三十七回園中在舉行詩社的時候，眾人各自取外號，透過薛寶釵的調侃，讀者得知寶玉舊日自稱為「絳洞花主」，「絳」是紅色的意思，而紅色在性別結構裡，通常都和女性相對應，「絳洞」便等同於仙窟、仙境、女兒國的縮影。「絳洞」中遍開著無數美麗的花朵，而寶玉是百花的主人，所以他不只是護花使者，更是一個為眾多女兒所圍繞的溫柔鄉之主。據此而言，他當然有特權先進到園中，因為這本來就是為他所量身訂做的一個樂園。

換句話說，大觀園其實便是寶玉的「絳洞」，園內住著各式各樣美好的女性，有如「絳洞」中所開的各色春花，這些花都圍繞著寶玉而存在。不只如此，脂硯齋也提供一些很重要的線索，同樣在第十七回，脂硯齋有一句回前的總批：「寶玉係諸豔之貫，故大觀園對額必得玉兒題跋，且暫題燈匾聯上，再請賜題，此千妥萬當之章法。」這個「貫」字和「絳洞花主」的「主」其實是同義詞，「諸豔」當然是指眾多的少女。以整部小說的敘事而言，賈寶玉的確是一個重要的主軸，不過從現實世界的倫理規範來說，脂硯齋也提醒我們，寶玉並不是握有大觀園真正權力的終極主人，所以他只是「暫題」，後續還必須「再請賜題」，亦即要再請元春做最後的定奪，其中的權力關係是層級式的。大觀園作為榮國府的派生物，榮國府和皇權的關係又如此密切，所以必須「千妥萬當」，讀者千萬不要忽略它們的文化脈絡和階級特性。

不止如此，我們在脂批裡看到小說中原本有一個非常重要的安排，可惜今天的《紅樓夢》文本中已經完全不存在，那就是「情榜」。根據學者的考證，情榜應該是模仿《水滸傳》中一百零八條好漢的英雄榜之類，是對全書中重要人物的總匯與終評。雖然情榜如今已經看不到了，但透過脂批，我們知道寶玉是「情榜之首」，與脂硯齋對寶玉的「諸艷之貫」的定位非常一致。寶玉之所以能夠位居情榜之首，當然不只是因為他是男主角，還因為在對「情」的認知和體現上，寶玉更寬廣、更沒有界限，用脂硯齋的概括之言即「情不情」，前面第一個「情」字是動詞，後面的「不情」是名詞，意指對花草、動物之類的不情之物都以深情相待。

小說在第三十五回和第七十七回，都很清楚地反映寶玉這種泛施濟眾的博愛精神，莫忘他的前身是神瑛侍者，看到有一棵草快要枯死，便用甘露灌溉，那時候他未必對這棵草情有獨鍾。從前生到今世，寶玉的天性一直是憐惜弱小，他願意為這些受難的生命扛起他們的重擔，這就是寶玉的基本性格；他的「情不情」使得他不但跨越性別，而且跨越物種，他的愛貫穿於天地之間，絕對不只是狹義的愛情而已。

曾經有一位學者，用一個很有意思的宗教比喻來說明寶玉的這種博愛，他說「寶玉猶如耶穌基督，要為世人扛起十字架」，這個類比當然不是那麼精確，不過確實道出寶玉的愛無比寬廣，可以超越性別、超越物種。他看到天上的星星，就對星星說話，看到河裡的魚，就和魚說話，這是一個很值得努力的目標。從本質來說，個人都很渺小，所以要超脫出來，要望向外在的無邊無際的方向，這樣才會活得更優美一點。

此外，情榜的第二位為林黛玉，她是範圍較窄、有特定對象的「情情」；情榜之三為薛寶釵，讀者常以「無情」來將寶釵定案，其實是錯誤的望文生義。何況就算以「無情」一詞來闡述寶釵的個性，也不是現代一般意義上的「無情」，自莊子、六朝玄學到宋儒理學中，「無情」都是聖人的境界，因為「有情」往往便會落入狹隘、偏私的格局中，而「無情」則是超越一般私情的無我境界，如南朝宋劉義慶《世說新語．傷逝》所說：「聖人忘情，最下不及情，情之所鍾，正在我輩。」其中的「忘情」即是「無情」，也就是聖人的境界，非平凡人所能達到。

除了「絳洞花主」、「諸艷之貫」、「情榜之首」之外，寶玉還有一個類似的頭銜，即「總花神」。花一直都是美麗女性的代表，尤其《紅樓夢》裡有兩個同義的詞彙「花魂」和「花神」，更是象徵少女美好純淨的靈魂。這兩個詞彙倒也不是曹雪芹的獨創，「花魂」這個詞在清代之前就偶爾有一些詩文用過，例如宋朝時，胡寅〈和信仲酴〉有「花魂入詩韻」之詩句，又據稱吳妓盈盈所作〈傷春曲（寄王山）〉說道：「一旦碎花魂、葬花骨，蜂兮蝶兮何不來？」再有元朝鄭元祐〈花蝶謠題舜舉畫〉詩云：「花魂迷春招不歸，夢隨蝴蝶江南飛。」可見並不少見，只不過不比《紅樓夢》中用得這麼集中，而且被賦予如此豐富鮮明的象徵意涵。

「花魂」最著名的出場當屬第二十七回的〈葬花吟〉，不過在此之前，第二十六回作者以一個全知的視角描述林黛玉時，便已經先出現這個用詞：「原來這林黛玉秉絕代姿容，具希世俊美，不期這一哭，那附近柳枝花朵上的宿鳥栖鴉一聞此聲，俱忒楞楞飛起遠避，不忍再聽。真是：花魂默默無情緒，鳥夢痴痴何處驚。」這是「花魂」第一次在小說中出現。當「花魂」在〈葬花吟〉中再度出現時，更是非常濃墨重彩的反覆強調，令讀者印象鮮明：「昨宵庭外悲歌發，知是花魂與鳥魂？花魂鳥魂總難留，鳥自無言花自羞。」其中重複出現兩次「花魂」，由此可知，它寄託非常美好的一種理想，一種靈魂的狀態。我想到張愛玲所說的「每一個蝴蝶都是從前的一朵花的鬼魂，回來尋找它自己」，這是一種非常美的比喻，很可能是受《紅樓夢》的影響，它背後隱含的意義在於所謂「花魂」就是花精靈，它可以超越形體而擁有這朵花的精華，所以形成一種美好的另類存在。

至此已經看到兩回的「花魂」，還有另外一次，那是在第七十六回，只是由於《紅樓夢》版本的問題，一般市面上所看到的程高本用詞常常是被篡改過的，以致被某些人忽略。在庚辰本中，林黛玉和史湘雲一起做大觀園的中秋夜聯句，其中所創作的警拔之句形成了詩讖，暗示她們的將來會面臨悲劇的命運，主要是湘雲那句又天然、又現成的絕佳出句「寒塘渡鶴影」，令黛玉絞盡腦汁，終於寫出足以相抗衡的對句「冷月葬花魂」。必須注意，其中不是「詩魂」，而是「花魂」。

從中國文學傳統中形成對句運用的操作原則來說，能夠和「鶴影」相對的是「花魂」，而不是「詩魂」，因為聯句活動必須工對，「工對」的意思就是要非常精工，完全合乎最嚴謹的對偶法則。但「鶴」與「詩」，一個是大自然具體的動物，一個是人為抽象的文字形態，這兩者是不能形成工對的，因此用「詩魂」去對「鶴影」便違背這個原則。很明顯地，這裡的「冷月葬花魂」和「葬花塚」前後呼應，因而我們難免或隱或顯地感受到有一闋哀悼的悲歌，始終徘徊在大觀園的各處之中。

小說中還有「花神」這個詞，而「花神」和「花魂」基本上是同義詞，但層次上有一點點不同：「花魂」是抽象的概念，「花神」則比較具體化，可以對應到不同花品的姿態、芳香、形體，因此相對具有個性化的特徵。「花神」這個詞最早出現在第四十二回劉姥姥逛大觀園的相關情節中，劉姥姥帶來的是顛覆大觀園或榮國府既有森嚴秩序的一種歡快、一種脫序的自由，然而任何脫序都要付出代價，享受自由相對地也會有另外的損失，因為違背她們基本的生活節奏，所以給身體與精神都帶來額外的負擔和損害。劉姥姥逛完大觀園之後，有一些人連續生病，先是賈母受了風寒，後面隔了幾回才又連帶提到，正是因為賈母高興了，多在園中遊玩幾次，而本來就很容易生病的黛玉便病得更重了。

生病的還有巧姐，身為母親的王熙鳳很擔心巧姐的身體，她感到劉姥姥來自於鄉土，具有泥土的韌性和生命力，尤其又是一位積古的老人家，人情世態歷練多了，培養出很多生存的智慧，所以就向劉姥姥請教。劉姥姥給了她很多的建議，首先是認為，也許小孩子的眼睛很乾淨，到花園裡便「撞客」了，看到什麼不乾淨的東西，所以才會生病。一語驚醒夢中人，王熙鳳立刻叫平兒拿來《玉匣記》，讓小廝彩明來念，他翻了一回念道：「八月二十五日，病者在東南方得遇花神。」鳳姐一聽，覺得正是如此，所以笑說：「果然不錯，園子裏頭可不是花神！」這裡便有了雙關的意涵：大觀園各處百花盛開，有各式各樣美麗的精靈在活動，而那些少女們事實上也是另類的花神。

「花神」的概念，絕非斷章取義，進行自由聯想所產生的，《紅樓夢》中文本給予非常一致的呼應，例如第七十八回提到晴雯過世的一段。這一段也是一個很好的例子，體現出《紅樓夢》內有很多作者一兩句話帶到的描述，其實背後飽蘸了血淚、辛酸與痛苦，沒有經歷過的人，只看到那一兩句話真的不痛不癢。以人生而言，那是值得慶幸的，但「無知」也會讓人不瞭解如此複雜痛苦的心靈，它正熾熱燃燒著的到底有哪些真切蝕骨的苦痛。

第七十八回中，作者對晴雯的臨終狀態就有這樣一番描述，當時寶玉非常心疼著急，想知道晴雯在生死關鍵時刻的情況，他便帶了兩個小丫頭到石頭後面問話。一個小丫頭說：「晴雯姐姐直著脖子叫了一夜，今日早起就閉了眼，住了口，世事不知，也出不得一聲兒，只有倒氣的分兒了。」接下來讓人非常意外的是，寶玉聽到以後，關心的並不是有沒有人在幫助晴雯，有沒有人至少握著她的手給她一點力氣，他問的居然是晴雯「一夜叫的是誰」？小丫頭很老實地說：「一夜叫的是娘。」晴雯臨死前叫娘，這表示晴雯真的很痛，痛到難以忍受，於是本能地呼喊那個從來沒有見過的娘親，正如《史記・屈原賈生列傳》所說：「夫天者，人之始也；父母者，人之本也。人窮則反本，故勞苦倦極，未嘗不呼天也；疾痛慘怛，未嘗不呼父母也。」但沒想到寶玉並不滿足這樣的答案，他根本不瞭解晴雯的痛苦，一心希望晴雯死前是叫他的名字，顯然寶玉真的還太小，還只是一名在溫柔鄉中長大的小少爺，他對人生的痛苦體驗事實上是遠遠不夠的。所以說，很多人把寶玉塑造成一位偉大的革命英雄，那都是言之過甚。

從寶玉希望晴雯死前叫他的名字，可見他真的是情感的自我中心主義者，希望所有人的愛都匯集到他身上，因此寶玉拭淚繼續追問道：「還叫誰？」當小丫頭非常誠實地回答說：「沒有聽見叫別人了。」寶玉就很不滿，罵小丫頭糊塗，沒有聽清楚。旁邊另外一個小丫頭「最伶俐」，請注意「伶俐」這個詞在《紅樓夢》裡經常出現，它不見得是好的意思，因為「伶俐」的人懂得察言觀色、投其所好，臨場編出很多讓對方滿意的答案，如果是粗粗笨笨的丫頭，則只會實話實說。

這個伶俐的小丫頭聽寶玉如此說，便上來說「真個他糊塗」，接下來虛構了一段淒美動人的情節，也投合賈寶玉這位痴公子的心，這個小丫頭胡謅道：晴雯「拉我的手問：『寶玉那去了？』我告訴他實情。他嘆了一口氣說：『不能見了。』我就說：『姐姐何不等一等他回來見一面，豈不兩完心願？』他就笑道：『你們還不知道。我不是死，如今天上少了一位花神，玉皇敕命我去司主。』」這位痴公子聽了，不但信以為真，還繼續追根究柢，說：「這原是有的，不但花有一個神，一樣花有一位神之外還有總花神。但他不知是作總花神去了，還是單管一樣花的神？」這下子把那個丫頭給問住了，因為她本來就是胡謅的，「恰好這是八月時節，園中池上芙蓉正開。這丫頭便見景生情」，回答說是芙蓉花。

在《紅樓夢》的系統裡，花可以對應到具體的人物，各種花品都有司主的特定對象，而寶玉因為聽信這番胡謅，後來便到芙蓉花前弔祭晴雯，寫了一篇非常感人的〈芙蓉女兒誄〉，可見芙蓉花神就是晴雯，與此同時，還有一位超越各路花神的總花神，很明顯地，總花神當然只能是「絳洞花主」寶玉。不過，《紅樓夢》裡有一個更重要的角色——林黛玉，她的代表花也是芙蓉花。晴雯和黛玉共用同一種花，因此她們彼此之間具有「重像」的關係，用西方的術語來說，也就是 the double，即「分身」或「替身」的意思，意指在小說中作為主要人物的分化而不斷強化她的那些次要角色。

就在這段情節中，有一處地方需要特別說明。自古以來，芙蓉花有兩種：一種是陸生的木芙蓉，秋天開花；一種是水生的，即荷花、蓮花之類的水生植物。而此處的「池上芙蓉」究竟是哪一種呢？從字面來看，似乎屬於水生芙蓉，也就是荷花，但農曆八月已經到仲秋了，氣溫降低，萬物衰颯，是「無邊落木蕭蕭下」的季節，那時候整個池塘水面已經是一片殘破了，不可能有荷花盛開。

再看寶玉一心淒楚回到園中，猛然見池上芙蓉，想起小丫頭說晴雯做了芙蓉之神，所以他又嗟嘆了一番，又想起晴雯死後，他並沒有到靈前祭拜，如今為什麼不到芙蓉前一祭呢？這又盡了禮，又比俗人到靈前祭弔更別致。請特別注意，他還是要盡禮的，因為「禮」根本就是人和人之間一種很真誠的表達方式。寶玉便做了一番準備，他用晴雯素日所喜之冰鮫一幅，以楷字寫成誄文，「於是夜月下，命那小丫頭捧至芙蓉花前。先行禮畢，將那誄文即掛於芙蓉枝上」，然而它明明是池上芙蓉，怎麼會有芙蓉枝呢？

更何況當他念完〈芙蓉女兒誄〉之後，仍然依依不捨，小丫頭催至再四，他才回身，忽然聽到山石之後有一人笑道：「且請留步。」二人聽了，不免一驚，那小丫鬟回頭一看，卻是個人影從芙蓉花中走出來，她便大叫：「不好，有鬼。晴雯真來顯魂了！」嚇得寶玉也連忙去看，原來這個人是林黛玉，她從芙蓉花影中走出來，當然即是芙蓉花神，足證黛玉與晴雯根本是共用同一種代表花。可是假設黛玉所走出的芙蓉花影是池上荷花的話，這下子林黛玉就會變成洛神了，才能夠凌波微步，這當然是不可能的。

很明顯地，這裡的芙蓉一定是陸生的木芙蓉，而「池上芙蓉」在傳統詩詞中，確實曾經被用來形容水邊的木芙蓉，宋朝楊公遠有一首題為〈池上芙蓉〉的詩：「小池擎雨已無荷，池上芙蓉映碧波。」其中說，水池上已經沒有荷花了，卻還有「池上芙蓉」和綠波相映，這正是水邊木芙蓉花的倒影，也恰恰是秋天的景色。

只不過雖然這一點應該是沒有問題了，但我還是要特別補充一下，其實仲秋八月還是有荷花盛開的，當然不是在尋常百姓家，而是在北京玉泉山下的皇家聖地，即今天的頤和園昆明湖裡，明朝吏部尚書王直〈西湖詩〉歌詠道：「玉泉東匯浸平沙，八月芙蓉尚有花。」這就足以證明，賈家的水池中秋天還可以開出荷花，那並不是不可能的，天下之大，無奇不有，此處提供一則資料作為參考。

除了第七十八回之外，提到「花神」的地方還有第二十七回，其中描寫閨中興著一個「祭餞花神」的風俗，因為過了芒種節，夏天就來了，花神得要退位，且看原文道：「原來這日未時交芒種節。

尚古風俗：凡交芒種節的這日，都要設擺各色禮物，祭餞花神，言芒種一過，便是夏日了，眾花皆卸，花神退位，須要餞行。」換句話說，春天再好、花神再美，都有消失結束的一天，這也暗示著園內的女兒們勢必離開大觀園。

就寶玉這個人物而言，他之所以具備先入園的資格乃至於特權，因為他本來便是這裡的主人，其名號包括「絳洞花主」、「諸豔之貫」、「情榜之首」，還有所謂的「總花神」，一再指向同一個象徵意義，亦即寶玉身為理想世界、也就是純情的代表，他是要進入園中進行淨化工作，抗拒世俗的入侵和汙染，致力於維護這個女兒淨土。可惜這個抗衡的過程注定了此消彼長，最後導致大觀園的毀滅，也讓讀者再三感慨那悲劇的宿命。

寶玉作為一位「悲劇英雄」，他在努力抗衡「眾花皆卸，花神退位」的宿命，其間所散發出來的光芒與熱烈，便是構成《紅樓夢》最大的魅力之一。

第七章

大觀園空間巡禮

沁芳溪

大觀園是一個正反辯證、矛盾統一的存在，它既有世俗的現實基礎，又有純情的、理想的追求，這也體現在大觀園的水流設計上。

水流的設計背後不僅有一個來自中國傳統園林藝術的總原則，更重要的是，曹雪芹為大觀園設計的這道水流還有更高的用意，已經超越園林本身的需要。在此先回顧一下第十六回，其中提到，會芳園除了提供部分園地作為大觀園的基址之外，還「從北拐角牆下引來一股活水，今亦無煩再引」。也就是說，會芳園有一股外來之水，以園林的設計來看，它承襲了「山」與「水」自然元素的再現，兩者互相搭配，使園區靈動變化，這些固然是園林不可或缺的安排，不過大觀園的水還有更深層的意義，這種布局也是特別針對《紅樓夢》本身一個更高的象徵需要，脂硯齋便提點了它的重要性。

脂硯齋於第十六回說：「園中諸景最要緊是水，亦必寫明方妙。」到了第十七回又說：「此園大概一描，處處未嘗離水，蓋又未寫明水之從來，今終補出，精細之至。」總而言之，脂硯齋指出水源是非常重要的。就方位而言，會芳園所提供的園地處在東邊，而其北拐角牆乃引泉而入的地方，則從整體來看，它是位於大觀園的東北方，這股從東北方引入的泉水流經整個園區。脂批在第十七回「沁芳閘」處又提到：「究竟只一脈，賴人力引導之功。園不易造，景非泛寫。」會芳園從源頭引泉而入之後，流經大觀園的始終就是一條溪流，由於它曲折蜿蜒，所以可以配合各處安插的屋舍，與屋舍的主人互相烘托，產生彼此映帶的形態。目前所看到的這幾段脂批都在告訴我們：第一，水源很重要；第二，園中只有一脈之水，但因流經各處，所以園中處處未嘗離水。就此來說，大觀園中水流的意義實在非常深長。

關於由外引泉而入的現象，作者也不是一般性的泛寫，因為對於這種貴族階級，連建築園林都有很特殊的規定。據金寄水所說，王府的花園有一些是建在郊區，雖然也有建在北京城裡的，不過如果要從外面引水進園，便需要經過皇上的特賞才行。他舉了一個例子，即醇親王府花園中有一座恩波亭，這正是皇帝特許之後才建造的。由此看來，會芳園能夠從北拐角牆引水進來，也是一種享受特權的體現，所以大觀園連水怎麼來的，背後都有皇權在操作。

由於水在大觀園裡是如此重要，它根本就是那些女兒的化身，所以在這裡做一個補充：這一脈流經大觀園各處的水流是有名字的，寶玉給它取名為「沁芳溪」或稱「沁芳泉」，又由於其水源是引水入園之處，調節水流的閘口也因此連帶被命名為「沁芳閘」。在第十七回中，賈政「引客行來，至一大橋前，見水如晶簾一般奔入。原來這橋便是通外河之閘，引泉而入者。賈政因問：『此閘何名？』寶玉道：『此乃沁芳泉之正源，就名「沁芳閘」。』賈政道：『胡說，偏不用「沁芳」二字。』」對於這一段描寫，一般人都認為是賈政對寶玉過度嚴苛的表現，相對而言，我們現代人非常放任小孩子，把孩子當作天使寶貝，又覺得孩子有人權，應該要平等，所以才產生今天的教養模式。可一旦回到傳統的文化脈絡下來認識的話，就會瞭解到賈政必須這樣對待寶玉，這並不是我們今天所以為的壓抑鉗制孩子、挫傷孩子自尊的父教，那只是我們現代人的投射和想像而已。這樣的教育其實有合情合理的地方，請切勿忘記賈家是公侯富貴之家，賈家的繼承人是含著金湯匙誕生的，他們連從小呼吸的空氣都是最尊貴的，而這種孩子如果不嚴厲教養，便很容易失控，變成紈袴子弟，所以在人品上會受到非常嚴格的要求，父親那等嚴厲地教養小孩，就是要讓繼承人不要失控乃至崩壞。

有人說賈政對寶玉充滿語言暴力，特別傷害他的自尊云云，其實這根本談不上語言暴力，那只是一種說話方式而已，重點不在於詞彙本身，而在於態度。何況賈政並沒有真正反對寶玉所主張的，後來對寶玉的題聯也全部加以採用，可見他只是不願意當場給這個孩子過分的自信，以免讓他妄自尊大。由此可以看出，寶玉實質上是受到肯定的，寶玉自己當然也知道。所以其中有一個很微妙的平衡，如果不是生活在那種家庭背景下的人，很難察覺到那些微妙之處：首先是讓你知道必須謙虛，你並不是最好的，雖然別人可能也覺得你還不錯，可千萬不要誤以為你就變成真理，這樣人才會懂得謙和有禮。

那麼，為什麼這條活水叫作「沁芳」，並且連帶地引泉而入的總源頭，也跟著稱為「沁芳閘」呢？「沁」是水的一種很緩慢的滲透過程，是浸潤其中、緩慢加以滲透的水分子作用，它和淹沒、沖激的形態是不一樣的。而「芳」很明顯是來自花朵的香氣，甚至連它本身也變成花朵的代稱。對此，宗教學和神話學中都有非常清楚的闡發：水的根本象徵意義就是「淨化」，因為透過水的作用，可以洗掉舊有的汙穢，甚至洗脫去除舊有的生命，使之從中再生，因此水具有除垢禳災，讓人重新再生的淨化意義，所以基督教裡有「洗禮」，人進入水中代表重生和復活。至於花，同樣具有文人墨客所歌詠的最重要特性，它大概也是世間萬物中最美麗的一種形態，因為它的開放時間很短暫，所以引發人們對美好卻勢必短暫的感慨。因此，文人墨客筆下對於花的歌詠簡直是多得不可勝數，而《紅樓夢》裡最感人的應該也就是〈葬花吟〉了。由此可見，水的淨化是內在性的作用，而花的美麗是一種外顯性的視覺感受，這兩者的綜合體其實也正是「少女」，兩者的關係可以列表如下：

在此可以回顧一下寶玉的名言，「女兒是水作的骨肉」，女兒能帶給他的靈魂以清新的吹拂，

沁——水——淨化（內在）
芳——花——美麗（外在）
→ **女兒**

並能夠使他解脫現實世界的汙穢和讓人窒息的粗淺。再加上少女特別有一種青春之美，其外在的美麗讓人覺得賞心悅目，她們就是人間最美麗的風景之一。總而言之，「沁芳」即是女兒的代名詞，也因此這道流經園中各處的水脈，一定會遍及各個女兒所住的重要處所。

溪水之流經大觀園各處，見於第十七回，在賈政引領一行人到處巡遊和題名的過程中，他們停駐的地方包括稻香村、蘅蕪苑、怡紅院，而第一站則是瀟湘館，且看作者對它的描述：

> 忽抬頭看見前面一帶粉垣，裏面數楹修舍，有千百竿翠竹遮映。眾人都道：「好個所在！」於是大家進入，只見入門便是曲折遊廊，階下石子漫成甬路。上面小小兩三間房舍，一明兩暗，裏面都是合著地步打就的床几椅案。從裏間房內又得一小門，出去則是後院，有大株梨花兼著芭蕉。又有兩間小小退步。後院牆下忽開一隙，得泉一派，開溝僅尺許，灌入牆內，繞階緣屋至前院，盤旋竹下而出。

這說明了瀟湘館也有泉水流經後院，盤桓竹下，水與竹子這兩種天然的元素匯集在瀟湘館之中，和未來的屋主林黛玉的某些性格其實也是互相映帶、互相定義的。寶玉說瀟湘館是元春回來省親時第一站駐蹕的所在，由此可見它的地位非常重要，如此重要的地方將來給黛玉住，足證黛玉在賈家的寵兒地位。

瀟湘館因「這是第一處行幸之處，必須頌聖方可」，而需要題撰的四字匾額，古人已經有現成的，寶玉便說不必另外擬，莫若「有鳳來儀」四字。這句話也帶有雙關，在省親這個具體事件中，「有鳳來儀」的「鳳」指的是元春，以頌揚她皇妃的身分地位，但皇妃只是短暫在此盤桓，享受親情的天倫之樂，當她離開之後，長久住在這裡的則是林黛玉，所以黛玉也是鳳凰。

在《紅樓夢》裡，有「鳳凰」稱呼的人還有三位，其中之一是王熙鳳，根據第五回她的圖讖「後面便是一片冰山，上面有一隻雌鳳」可證，且她在賈府裡號令上下，大權在握，也是賈母所倚賴、喜愛的人物。此外，賈寶玉也被視為「鳳凰」，第四十三回中，他私自去祭奠金釧，全家因此已經天翻地覆，最後玉釧看到他回來了，便說：「鳳凰來了，快進去罷。再一會子不來，都反了。」當寶玉一進去，「眾人真如得了鳳凰一般」。再者，還有一隻「鳳凰」，那就是賈探春，不僅因為探春的風箏正是鳳凰造型，而且她同樣被比喻為鳳凰，將來也是嫁作王妃的傑出少女。

全書總共有屈指可數的五隻鳳凰，包括元春、鳳姐、寶玉、黛玉、探春，都是尊貴無比、才華洋溢、超凡脫俗的，其中黛玉不但內在靈魂與才華超越凡人好幾等，連她在賈府中的地位也是一等一的，所以才能成為鳳凰之一。

至於鳳凰之所以能夠在這個地方落腳，乃是因為瀟湘館種植的是一大片翠竹。關於鳳凰和竹子的聯結，來自兩千多年前一個非常重要的典故，即《莊子．秋水》裡鵷的故事。鵷便是鳳凰，鳳凰高高飛在天上，「非梧桐不止，非練實不食，非醴泉不飲」，所謂「練實」是竹子的果實，但竹子一生只開一次花，開完以後整株植物就枯死，其果實之稀有可想而知。而鵷非練實不食，顯然是寧缺毋濫、擇善固執，也因此竹子的特性便和鳳凰的高潔聯結在一起，同時也隱喻這些和竹子有關的鳳凰們，其內在心性上的高潔脫俗。美麗清新的沁芳溪則是在此「盤旋竹下而出」，可見瀟湘館的風景何等地清幽雅潔。

現在要對這條水流做一個完整的說明，而水流的整體設計具有很深刻的悲劇意涵在裡面。這條本身具有淨化意義的水流，很不幸地來自於外在的現實世界，它是引外來之水，這就給外在現實力量提供入侵的管道，讓世俗的汙染隨著水流滲透進來。原來大觀園落成之後，並不是完全封閉、自給自足的孤立世界，而依然不斷受到外在力量的滲透。「沁芳閘」作為裡外之間水流的調節中心，可以給它一個象徵性的說明：這個沁芳閘有如世俗與樂園的交界，也可以說是外在現實與大觀園之間的一道門檻。這道門檻雖然很小，但它畢竟使得裡外兩個世界有了相互滲透的機會，所以裡外之間並不是截然劃分的。「沁芳閘」的設計意味著，現實始終有一個入侵的通道，使得內在的理想世界不能夠完全免於外在力量的干擾，如同終究會有繡春囊出現在園中，正因為大觀園還是有很多不那麼密不透風的出入口。

這條水流只有一脈，最後會匯集到怡紅院，接下去就是流出園外。文本描述道，當賈政一行人離開怡紅院的時候，前面有青溪斜阻，眾人詫異這股水又是從何而來？賈珍遙指說：「原從那閘起流至那洞口，從東北山坳裏引到那村莊。又開一道岔口，引到西南上，共總流到這裏，仍舊合在一處，從那牆下出去。」那個「閘」即沁芳閘，這條水流從東北一路流到怡紅院，中途經過稻香村，所謂「從東北山坳裏引到那村莊裏」，「村莊」就是指稻香村。

大觀園的水是由外引入的，在經由東北方的「沁芳閘」調節之後，流經大觀園各處的重要場所，所以可稱之為「青春之泉」，但園內有一個地方與眾不同，便是稻香村。稻香村設計得一洗富貴氣象皆盡，非常樸實，簡直是最為鄉間的偏遠景觀。書中說：「轉過山懷中，隱隱露出一帶黃泥築就矮牆，牆頭皆用稻莖掩護。……裏面數楹茅屋。外面却是桑、榆、槿、柘，各色樹稚新條，隨其曲折，編就兩溜青籬。籬外山坡之下，有一土井，旁有桔槔轆轤之屬。下面分畦列畝，佳蔬菜花，漫然無際。」這裡完全是要刻意違背賈府的階級特性，孤立地創造出一個富貴場中寡婦的孤島，非常一致地全部是中性色調。在這片田園風光裡，賈珍說：「此處竟還不可養別的雀鳥，只是買些鵝鴨雞類，才都相稱了。」接著大家進入茆堂，「裏面紙窗木榻，富貴氣象一洗皆盡」，可是寶玉就不以為然了，他說這個地方「不及『有鳳來儀』多矣」。

寶玉覺得瀟湘館雖然也是人工建造出來的，不過它盡量合乎自然之道，而稻香村卻是人力穿鑿到了極點，完全和周遭格格不入，實在太突兀了。在此，寶玉違反父子相處的常態，居然大膽地發揮一長段的見解，他說：

> 此處置一田莊，分明見得人力穿鑿扭捏而成。遠無鄰村，近不負郭，背山山無脈，臨水水無源，高無隱寺之塔，下無通市之橋，峭然孤出，似非大觀。爭似先處有自然之理，得自然之氣，雖種竹引泉，亦不傷於穿鑿。古人云「天然圖畫」四字，正畏非其地而強為地，非其山而強

為山，雖百般精而終不相宜……

推敲起來，這一段要不是讓寶玉出於一種強烈的義憤，以致他忘了嚴父在前而大發厥詞，就是曹雪芹很刻意地要借助寶玉來抒發對於禮教吃人的不滿。其實禮教並不一定吃人，禮教之所以會吃人是因為它僵化了，被不合情理地加以極端化操作，例如「沁芳泉」是流經稻香村的，可是這裡卻又說「臨水水無源」，因此它的象徵意義是非常清楚的：無源之水也即一灘死水，此處的水並不流動，它的生命是停頓的。一如李紈青春喪偶，才二十出頭，只因為丈夫死了，就要一概無見無聞，活得槁木死灰，這簡直是違反人性，是沒有道理的事情。

寶玉是在抗辯這樣一個被過分實施的、不合理執行的教條，所以他說「峭然孤出，似非大觀」。稻香村這個孤立的現象，完全是被人力塑造出來而違反自然之道的所在，所以「似非大觀」豈不是一個很大的反諷嗎？稻香村坐落在大觀園內，然而大觀園裡唯一被寶玉批評為「似非大觀」的就是稻香村。因為他覺得禮教對於寡婦過分苛求到不合情理的地步，剝奪她追求生命成長的機會和追求人生幸福的可能。

寶玉通常在父親面前，其實都是不太敢說話的，一副老鼠見到貓的樣子，這是小說中絕無僅有的一次，寶玉竟然會在父親面前如此滔滔不絕，這真的是非常奇特的安排，由此可知這段話絕對是曹雪芹的用心良苦，他真的是有一種壓抑不住的義憤，所以忍不住宣洩出來。簡單來說，稻香村這個地方是沁芳溪的流動狀態中最奇特的一處，這是要用以呼應李紈因青春喪偶而被迫槁木死灰地生活的過度壓制。而大觀園的「青春之泉」只有在稻香村這個地方才枯竭，成為「臨水水無源」的一灘死水，這和李紈身為寡婦而必須槁木死灰的禮教壓抑是互相映襯的。

另外，根據賈珍所說的：「又開一道岔口，引到西南上，共總流到這裏，仍舊合在一處，從那牆下出去」，很明顯，怡紅院應該是在大觀園的西南方，靠近大觀園的大門，沁芳溪從東北流往西南，所以才能夠流遍大觀園。但很不幸的是，沁芳溪終究要流入外面的現實世界，這股水從外面的現實世界而來，本來就不能免於現實力量的入侵，最後又要流到外面的世界去，這也象徵女兒們無法永遠受到大觀園的庇護，終究要流落於外，從而受到現實世界各式各樣的性別壓迫。

至於這條水流從大觀園東北方引進來，最後由西南方流出去的推論，相關證據在第二十三回。寶玉也是一名惜花的使者，當他看到桃花落了滿地，恐怕被人踐踏，於是就把花瓣兜起來，「寶玉要抖將下來，恐怕腳步踐踏了，只得兜了那花瓣，來至池邊，抖在池內。那花瓣浮在水面，飄飄蕩蕩，竟流出沁芳閘去了」。回來見地上還有好多，寶玉又要再處理，剛好黛玉來了，她正「肩上擔著花鋤，鋤上掛著花囊，手內拿著花帚」，這真是一個非常詩情畫意的形象。寶玉便很高興地說：「好，好，來把這個花掃起來，撂在那水裏。我才撂了好些在那裏呢。」在這裡，落花就是女兒命運的投射，落花流到園外的世界，即如同女兒被逐出樂園，終究要在現實災難的泥濘裡飽受痛苦，這也是寶玉一生都放在心上的一種男性原罪，所以他不斷在用自己的力量進行救贖，卻又因為總是顧此失彼，因此也非常苦惱。

而對於黛玉來說，流出園外也實在是她終極的命運，為了阻擋這個宿命，於是便退而求其次，黛玉道：「撂在水裏不好。你看這裏的水乾淨，只一流出去，有人家的地方髒的臭的混倒，仍舊把花遭塌了。那畸角上我有一個花冢，如今把他掃了，裝在這絹袋裏，拿土埋上，日久不過隨土化了，豈不乾淨。」從邏輯上來看，唯一避免流落到園外現實世界的方法，即永遠不要踏出園外，而要做到這一點，實際上也只有一個辦法，就是死亡，所以黛玉注定是要青春夭逝，未嫁而亡。

事實上，人必然會成長，會有現實世界的各種牽絆和責任，以及千絲萬縷的糾葛，如何能夠完全不和這個現實世界發生關聯呢？如果一直抗拒社會，最終就只能以很可悲的方式結束人生，亦即青春夭亡，讓人生凍結在一個永不長大的階段，從而不必進入婚姻，不必跨入現實的門檻去遭受現實的壓力。在此，我們很清楚地看到，這些水流設計都是女性集體悲劇命運交響曲的另外一種具體體現。

但就在這裡，我們遇到了一個小問題需要說明。之前提過，沁芳閘是由東北引入的流水的總源，但是水流出去的地方也說是沁芳閘，所謂：「那花瓣浮在水面，飄飄蕩蕩，竟流出沁芳閘去了。」但為什麼同一個水源，它可以既引入水，又可以把水排出去？假如說從水利工程上可以實現引水與排水的雙軌並行，那麼總匯到怡紅院又是一個奇怪的設計，因為怡紅院位於大觀園的西南方，與東北方的水源有方位上的懸隔。就此，學者的研究指出，原來大觀園有兩個沁芳閘，分別控制進水與出水，如此一來書中的描寫也就合理了。

至於為什麼大觀園的水流總匯到怡紅院，然後再流出園外？理由便在於賈寶玉是大觀園最重要的人物，大觀園可以說是為他量身打造的，透過《紅樓夢》的文本和脂硯齋所提供的一些資訊，可以很清楚地再做完整的統合，顯示這樣安排的意義。我們不要忘記寶玉是「總花神」，各種花最後都萬流歸宗，他又是「絳洞花主」、「情榜之首」、「諸艷之貫」，「主」、「首」、「貫」這些用字都告訴我們，他是統合眾女性的一個中心力量，所以大觀園的水流都要總匯到怡紅院。

不只如此，在水流總匯到怡紅院的這一節中，有兩段很重要的脂批，其中一段說「於怡紅總一園之看」，其中的「看」字是什麼意思？由於脂硯齋有時候字跡很潦草，甚至常見別字，於是學術界對於這個草體的「看」字有不同的揣測，有人認為這個字可能不是「看」，而是「首」，因為二者字形很類似；另外有學者說也許這是「水」字，因為「水」字的草書和「看」很接近。如果是「於怡紅總一園之首」，對應的就是「情榜之首」、「絳洞花主」、「諸豔之貫」；如果是「於怡紅總一園之水」，則和水流匯總到此剛好可以互相呼應。總而言之，無論是「看」、「首」還是「水」，意思大致一樣，脂硯齋不斷提醒我們賈寶玉的關鍵地位，他既是整部小說敘述的主軸，也是大觀園活動的中心，所以說這是「書中的大立意」，水一定要總匯到這裡。

關於水流總匯到怡紅院的意義，在第四十六回還有一段脂批：「通部情案，皆必從石兄挂號，然各有各稿，穿插神妙。」這是「於怡紅總一園之水」的另外一種說法，「挂號」就是指大觀園中的每個人物都與寶玉有著若遠若近或直接或間接的關係。換句話說，這些人都和寶玉或多或少存在若干的關聯，但是她們又有自己非常鮮明的個性，有她們獨特的生命風姿，也有她們與眾不同的個人悲喜，需要我們以個案的方式逐一加以研究和分析。

簡單說來，大觀園中的水流設計，基本上有如此的一脈可循：外來之水↓沁芳閘↓沁芳溪（流經園中各處）↓怡紅院（匯總）↓流出，而水流經過的各處又都有其價值和象徵意義。水流以它的先天特質，來回應大觀園的本質和園內各個重要居住者的獨特性，但是這當然不夠，曹雪芹還用非常精密的多樣手法加以皴染和強調，讓我們對於各個屋主的特殊性更加印象深刻。

山石：以蘅蕪苑為例

有關山石設計，我覺得最豐富、最值得闡述的一處是蘅蕪苑。且看文本對蘅蕪苑的敘述：「度過橋去，諸路可通，便見一所清涼瓦舍，一色水磨磚牆，清瓦花堵。那大主山所分之脈，皆穿牆而過。」蘅蕪苑被大門口的大主山所分之支脈所構成的大玲瓏山石阻隔，而且「四面羣繞各式石塊，竟把裏面所有房屋悉皆遮住」。這個設計真的是大堪玩味，有很多象徵意義可談，實際上會延伸到蘅蕪苑的其他設計，以及薛寶釵的整個人格特質上，這裡先聚焦在山石設計做進一步的解釋。

蘅蕪苑的山石設計是寶釵性格的一種外顯的具體化，而關於寶釵的個性，在第八回就已經透過賈寶玉的眼光，而有了非常重要的十六字箴言：「罕言寡語，人謂藏愚；安分隨時，自云守拙。」此處有兩個重要的關鍵詞，一個是「藏」，一個是「守」。「藏」字表示寶釵大智若愚，她的聰明是不外露的，而且是她自我控制到不把自己的聰明才智顯露於外，所謂「人謂藏愚」，意即人家都知道其實她很聰明，但是她並不表現出來，所以人家會覺得她是一個韜光養晦、內斂深沉的人。至於「自云守拙」的「自云」，更顯示她是在自主意志之下對自己所進行的人格要求，其人格境界即為「守拙」，堅守一種樸實無華的格調。這是我們非常熟悉的薛寶釵形象。

正如同蘅蕪苑的「蘅蕪」兩個字，稍有中國文學史常識的人都知道，這是來自屈原對其高潔芬芳的人格所做的香草比喻；同樣地，「守拙」與「藏愚」也有著屬於中國文化脈絡的淵源，在傳統最優秀、最精英的讀書人的志業傳承中，它一直被加以延續，成為人格的最高理想。

「守拙」一詞最早出現在陶淵明的詩文之中，而陶淵明是古今隱逸詩人之宗，備受推崇。日本漢學家岡村繁發現，陶淵明之前的潘岳在其〈閑居賦〉裡對守拙的態度渲染得更為強烈，極力正面呈現這樣一種人格形態，雖然潘岳諂事賈謐是歷史上非常醜陋的一幕，但是我們先不談潘岳這個人是不是偽君子，因為人本來就很複雜，不能那麼簡單地論斷，而「守拙」此一人格追求與生活態度，確確實實在陶淵明的詩篇及其生活中得到很徹底的落實，他在和世俗鄭重告別的重要詩篇〈歸園田居〉第一首中宣稱：「開荒南野際，守拙歸園田。」陶淵明不是故意和世俗唱反調，他並非自以為是地認定「舉世皆濁我獨清」，也非常清楚這樣的選擇究竟要付出何等的真實代價，卻很願意一肩扛起，所以「守拙歸園田」就很令人感動。這裡的「守拙」當然多少有一點反諷的意味：世俗充滿奸巧詐偽，而他自己確實比較「笨拙」，不能適應這個社會那麼複雜的機心鬥巧，這種人實在是不適合於這個世界立足，但沒關係，他要守護自己的一片真淳，回到天性所適合的那一處單純的、生生不息的園田之中。可見陶淵明複雜的人生辯證都投射在「守拙」這兩個字裡。

歷史上，不只陶淵明在進行「守拙」的堅持，在繼陶淵明之後三百年，「守拙」此一心志有了一位強壯有力的繼承人，便是中國最偉大的詩人杜甫。杜甫有一千四百五十多首詩，而且集中創作於四十歲之後的人生階段，就在四十歲之後，五十九歲過世前這十幾年的時間，「拙」字被反覆運用，總共出現達二十八次之多，這是一個非常驚人的數字和比例，其中的二十七次全部涉及個人的人生態度和自我評價，還進一步創造出「養拙」、「用拙」等相關詞彙。由此可見，「拙」代表一種不容消磨的人格內質，不但要守住它，以避免被扭曲、被根除，杜甫甚至還要培養它、加強它，用它來為自己的人生安身立命，可想而知，杜甫對這個「拙」字可以說領略甚深，並且把它發揚光大。

杜甫在宋代之後幾乎被神聖化，所以被稱為「詩聖」，他的這種人格堅持對於後來一千多年的傳統知識分子不可能沒有影響。曹雪芹正是在這樣的中國文化傳統之下長大的，他讀過的書比現今的專業學者還要多上許多，當他用陶淵明所創造、後來由杜甫發揚光大的「守拙」這個詞，放在他筆下的薛寶釵身上，難道不是繼承這等的傳統？如果我們在不瞭解傳統文化的背景下，就把「藏愚」與「守拙」當作偽君子來理解，這對於曹雪芹塑造薛寶釵這個人物的學問和苦心其實是莫大的冤屈。

當然也必須說，曹雪芹在塑造薛寶釵的時候，所採用的切入角度確實和描述林黛玉不大一樣，當寫到林黛玉之際，基本上都會描述她內心的活動，甚至是很隱祕的、不足為外人所道的心思，作者都不吝於給予充分淋漓的呈現；但是到了薛寶釵這裡，我們比較常看到的是她外在的表現，她說了什麼話、做了什麼事，而很少觸及她內在心理或主觀情緒的那一面。前八十回中，薛寶釵唯一哭泣的那一次，是第三十四回薛蟠冤枉她對寶玉有私情，寶釵哭了整整一夜，第二天眼睛還是腫的；另外，寶釵帶有赤子之心、非常純真可愛的反應也只有一次，亦即第二十七回撲蝶的那一次。而唯一一次酸溜溜地覺得自己的優勢地位好像被威脅了，雖然不見得那麼在意，可是當下真的稍稍感覺到不平衡，則是在第四十九回寶琴剛來賈府的那一次，讓讀者覺得寶釵這個人果然也是有血有肉的，多多少少難免有一點點拈酸吃醋的地方。

林林總總這樣算起來，一般普通人非常人性化的反應在薛寶釵身上確實比較少看到，以敘事學的術語來說，曹雪芹在塑造筆下的薛寶釵時，採用的是「外聚焦」的角度，也就是從外部來描寫，讀者所看到的便是這個人物呈現在眾人眼前的形態。有人認為，曹雪芹採用這樣的描述方式，就表示他討厭薛寶釵，但這種推論實在是非常的跳躍而粗疏，並且很明顯已經有一個成見在主導著結論。

薛寶釵這個角色是《紅樓夢》四百多名可考的形形色色的人物之一，而這四百多名可考的人物各有生命的風姿，在這麼多角色中，要瞭解作者是如何看待薛寶釵所呈現的獨特生命形態及其人格意義，便必須從整體來考慮，不能把單一的特定人物孤立地凸顯出來，因為這樣做的話就會失去參照系，會導致難以進行客觀的評價。

薛寶釵多處都是以「外聚焦」的敘事角度來呈現的，這其實解釋了為什麼歷來讀者對於薛寶釵很容易產生一種防備的心理，總覺得她虛假，與林黛玉的那種坦率似乎形成鮮明對比。就人類的交往本身來觀察，在現實生活中，人和人之間的交往看起來總好像蒙著一層迷霧，人與人不能互相瞭解，最多只能做粗淺或泛泛之交，即使我們願意，也無法對別人推心置腹，何況我們從小到大都多多少少受到一些欺騙與背叛，深刻發現日久不一定能見人心，但利害衝突的當下就必見人心，以致產生所謂「逢人且說三分話，未可全拋一片心」的警語。根據英國作家福斯特在《小說面面觀》裡的說法，我們之所以會喜歡讀小說，正是因為人與人的相處不可能完全透明，然而小說中的人物卻是完全對讀者開放的，讀小說的時候，讀者便可以放下現實生活中不自覺樹立起來的心防，獲得一種輕鬆的補償。所以說，讀者之所以比較喜歡林黛玉，乃因為作者描寫了她的大量心理活動，對讀者而言她似乎是透明的，因此可以放心親近。

可曹雪芹對薛寶釵的描寫是一種外聚焦，她再現了現實中人和人之間相處的狀況，讀者只看到她的行動，而不知道她心裡在想什麼，因此把現實世界中困惑或恐懼的鬼影轉移到她身上，用我創造的一個詞來說，這是對於「面具」的恐懼心理。尤其薛寶釵又是以藏愚守拙為其人格追求，讀者望文生義，更容易認定這個人就是表裡不一、富含城府心機，很自然地把在現實生活中人和人之間的不信任投射到她身上。

但是，寶釵把她的好惡情緒及某些評斷放在心裡而不直接表露出來，這樣一種深沉內斂的性格究竟是好還是壞，並不能用非常簡單的小孩子式的判斷就加以蓋棺定論。當我們在思考到底一個人該不該表裡如一的時候，事實上涉及好幾個複雜的層次，必須說「表裡如一」不一定是好的，「表裡不一」也不一定是不好的，人有非常複雜的各種狀況，不能一概而論，我們不妨一步一步地抽絲剝繭，仔細思考問題在哪裡。

人們通常有一個共識：所謂的表裡如一即表示所言所行是忠於自我的，因此是真誠而可貴的。然而這就產生很嚴重的問題，什麼叫「自我」？幼兒園時期的自我和現在的自我當然不一樣，同樣地，心情平靜、領略到存在的幸福感時的自我，和遭受威脅、感到恐懼焦慮時的自我也不一樣。那麼，請問「忠於自我」的自我到底是哪一個自我？如果只是跟隨自我感覺的變化，而做出不一樣的反應行為就叫作忠於自我，就表示是人格的境界很高，這真的是一種小孩子式的、幼稚的理解。

一九〇〇年，佛洛伊德發表世紀之作《夢的解析》，這部著作影響深遠，當然他的理論不是不能挑戰的，也不是完全正確的，可是他富有啟發性地告訴我們，暫且不管隨著時間發生變化與時俱進的那個動態範疇，只看靜態的人格結構便已經有好幾個層次。簡單地說，一個人的人格結構基本有三個層次，第一個層次是所謂的「本我」（id），它處於潛意識的狀態，活躍在我們沒有意識到的底層，但我們可能有很多反應是受到它的影響。「本我」受到快樂原則的支配，追求的是各種原始欲望的滿足，也可以說就是非常生物性的部分，最有意思的是，「本我」並不只限於「食、色，性也」這種很本能的層次，還包括情緒。

柏拉圖的《對話錄》裡有一段話特別精彩，但從來沒有老師教過我們，我們的教育裡完全欠缺這個層次，導致我們對自我、對人的認識常常停留在表面，有幸讀到那一段的時候簡直是令人醍醐灌頂。柏拉圖說：你以為是你在發脾氣，是你在生氣，在抒發這個情緒，但你錯了，其實是情緒攫住了你。這個「攫」字實在是非常形象化，就好像老鷹的爪子鉗住一隻獵物，獵物完全無所遁逃。類似地，當人在情緒的控制之下時，即有如小鴿子被握在鷹爪裡無法動彈，完全被它支配，甚至被它操縱生死。原來不是你在生氣，而是生氣的情緒控制了你，所以我們常常說控制不住自己，在情緒的影響下，不理性地做出一些衝動的舉止，事後情緒恢復，不免後悔莫及，我們都經歷過這種感覺。佛教裡也把憤怒時爆發的火叫作「無名火」，「無名」就是人不自覺的、不能控制的意思，它來自一個很深、很黑暗的地方，但是它卻凌駕了理性，這和希臘哲學家所說的完全是異曲同工。情緒潛藏在一個人所意識不到的底層，和「食、色」一樣都是人的本性，人往往會不自覺地受到它的控制，因此當人生氣的時候，是不是必須情緒爆發才叫作表裡如一，這就是可以思考的問題。

如果人只有「本我」的話，也實在太可憐了，幸好人還有其他層次，即「自我」（ego）和「超我」（super-ego）。「自我」屬於人格結構中的心理組成部分，即現在意識到的自我，會有一些情緒，有一些紛亂的思維，可能會感覺到某些好惡、覺得冷或者熱、決定要去吃什麼等等。「超我」則是最高的人格層次，屬於人格中道德的部分，「超我」遵循的是完美原則，自覺地努力不逾越禁忌，不觸犯界限，將最好的自己表現出來。「超我」使得人能夠獨立於潛意識的「本我」之外，不被本能所控制，也不停留在當下的感覺上，當人要發脾氣的時候，可以停下來想一想，該不該發這個脾氣，以及發這個脾氣可能會有什麼後果。

人都有「本我」、「自我」和「超我」這三個層面，很難說哪一個層面是我們唯一該看重的，事實上人生追求也不可能只限定於一個層面，只是一旦將對自我結構的這一認識運用到《紅樓夢》裡，我們會非常吃驚地發現，《紅樓夢》裡至少有三個代表人物分別對應著三種不同的人格層次。從某一意義上看，這三個人都是忠於自我的人，可是他們彼此卻非常不同。我以前說過，《紅樓夢》裡表裡如一的人物包括薛蟠，他確實是忠於自我，完全不假修飾，可是他忠於的是受到快樂原則所支配的「本我」，不但放任好色的本性，而且完全直接暴露也不以為恥。我閱讀美國學者萊昂內爾·特里林（Lionel Trilling, 1905-1975）所寫的《誠與真》（*Sincerity and Authenticity*）一書之後，赫然發現薛蟠的這種率真其實屬於法國文學中的真誠，也就是如同尚—雅克·盧梭（Jean-Jacques Rousseau, 1712-1778）在《懺悔錄》中所做的那樣，承認自己的那些傷風敗俗並慣常要加以掩飾的特性和行為。薛蟠確實很真誠，也有他很可愛的地方，但這種可愛不代表可以作為人性的價值，否則這個世界會變成野獸樂園。

再者，林黛玉和晴雯的率真，也往往被視為表裡如一，甚至被現在很多崇尚自我的人標舉為所謂的「個人覺醒」的代表人物。精細地看，這兩個人的忠於自我，都是在所謂「ego」的層面，黛玉一直耽溺在個人的主觀感受裡，所以不斷地鑽牛角尖，釀造出許多的淚水，尤其當她產生嫉妒或沒有安全感時，便會歪派別人，寶玉往往首當其衝。晴雯更是一個隨時會爆發的情緒火藥庫，連脾氣最好的寶玉都曾經被她激怒。可以說自我的感覺是她們最在乎的，也很可能是絕大多數的讀者最看重的，因此她們會比較容易受到讀者的喜愛，也就理所當然了。

而第三種忠於自我，即真誠於「超我」，其代表人物則是薛寶釵。事實上，寶釵便屬於英國式的真誠，特里林指出，英國式的真誠要求人在交流時不要欺騙或誤導，此外，就是要求對於手頭所承擔的不管什麼工作，都要專心致志。所以英國式的真誠不是按照法國文學的方式來認識自己，不是公開自己的卑劣羞恥之處，而是要在行為舉止上，依照自己的身分、職業及各種的倫理角色，即馬修·阿諾德（Matthew Arnold, 1822-1888）所謂的「差事」方面，和自身保持一致。據這個定義來看，寶釵確實是真誠的，有著英國式的真誠，當她是個女兒的時候，就很可愛地撒嬌，為母親分憂解勞；當她是人家的晚輩的時候，便謹守分寸，乖順體貼；當她是朋友的時候，即給予朋友們各式各樣的幫助，如同《論語·公冶長》中孔子所說的：「老者安之，朋友信之，少者懷之。」純粹是儒家最高境界的一種體現。

但寶釵不只是把她的角色扮演好而已，她的真誠更是出自忠於道德良知的自我，她是由衷實踐的，並沒有前後不一，更沒有表裡不一，她是從內而外地實踐自己所認為的人應該要有的道德高度。我們當然都知道後四十回不是曹雪芹的手筆，然而其中有兩句話確確實實簡潔扼要地表達出寶釵的道德境界，那是第一百零八回裡，賈母在評論寶釵時所提到的，她覺得寶釵這孩子很不錯，「受得富貴，耐得貧賤」，這八個字非常精彩地觸及寶釵的性格核心。寶釵這個人的性格無比均衡，不被外在的是非或得失所動盪，而有一種非常穩定的心性，此種「不以物喜，不以己悲」的境界，也直接體現於她所填的柳絮詞裡，所謂「萬縷千絲終不改，任他隨聚隨分」，這樣的詩句只有具備高度的自我認知與心靈穩定性的人才能寫得出來。可嘆很多讀者卻偏偏只看到最後那兩句「好風頻借力，送我上青雲」，並且斷章取義、望文生義，說寶釵一心想要做寶二奶奶，攀附富貴。可是這兩句話怎麼能夠做那樣的解釋呢？其中的「青雲」並不是指富貴，會以為青雲只代表富貴，那是現代人的無知，何況寶釵本身就在富貴之中，身為賈、史、王、薛四大家族的成員，嫁給寶玉只算是門當戶對，哪裡稱得上是「上青雲」？讀者可不要把自己小家碧玉的心思套在大家閨秀身上。從整闋詞的前後脈絡來看，一來是詩學上的需要，二來是感到不應被悲涼的情調所浸潤籠罩，她覺得應該鼓舞起來，學會正面思考，所以才故意作翻案文章，把柳絮說得明朗飛揚。

回到「受得富貴，耐得貧賤」這八個字的評論，我越來越領略到它是對寶釵的一個最高讚美，事實上兩句話是化自儒家經典《孟子．滕文公》所說的：「富貴不能淫，貧賤不能移，威武不能屈，此之謂大丈夫。」當我還在讀中學的時候，對人性真的是一無所知，內心只有一種朦朦朧朧對於超越的嚮往，對於「大丈夫」的這三個條件，我的第一個反應是「威武不能屈」最難做到，因為我們從小看很多可怕的電視劇，裡面有忠臣被誣陷下獄，遭到嚴刑拷打，這些情節對小孩子來說簡直是慘絕人寰，實在是個人無法承擔的一種恐懼。然而隨著年齡增長，對人性有越來越深的認識，我現在的想法是，這三個條件裡最難的是「富貴不能淫」。

試想：如果一把大刀就直接架在脖子上，那是一種立即發生的威脅，但人只要內在有一股氣，其實還是可以抵擋得住，不願屈服；同樣地，身處貧賤中，生活會隨時隨地提醒你現在是這樣的狀況，所以相對容易產生自覺，也就有機會鍛鍊心志，抵擋環境的壓力而不改變自己的節操。但人在富貴時，是完全沒有壓力的，因此也沒有任何跡象，更沒有人會給予提醒，而它對於人的影響是潛移默化的，一切都是那麼順心如意、那麼舒適自在，有誰能察覺它的滲透呢？既然很難察覺，也就難以抗拒，久而久之，當發現鏡子裡的面孔已經和原來的自己不一樣，那時候一切都來不及了，回不去了。當一個人沒有內在強大的心靈武器時，便很容易被滲透，尤其那些種子已經是深植在腦海裡，人怎麼可能扼殺慢慢成形的那一種思想？所以說，「受得富貴，耐得貧賤」真是大丈夫的境界，也是對寶釵的最高讚美。

而要達到這種英國式的真誠，比起黛玉、晴雯、薛蟠之類的率性，不知要困難多少倍，也因此更是莊嚴厚重。美國哲學家特里林在他的論證裡提出一個發人深省的認識，他說：「如果真誠是透過忠實於一個人的自我來避免對人狡詐，我們就會發現，不經過最艱苦的努力，人是無法到達這種存在狀態的。」中國傳統文化裡其實也有類似的看法，金朝元好問在評論陶淵明時同樣提到相近的見解，他在〈論詩絕句三十首〉其四中說：「一語天然萬古新，豪華落盡見真淳。」一般文學史會認為「豪華落盡見真淳」是指陶淵明在對抗西晉以來的唯美文學，而把文字的精雕細琢等等外在形式的追求視為「豪華」，但讀了特里林的文章之後，我終於更明白元好問的意思。「豪華落盡見真淳」剛好與近一千年後的美國哲學家特里林的認識，古今中外互相呼應，他是指一個人，包括一個詩人，如果要實現「真淳」便必須經過最艱苦的努力，也就是「豪華落盡」的這個過程，把太多的裝飾虛矯、太多自以為是的情緒、太多誤認為的自我全部拿掉，這也近乎我常常分享的一個道理：越是偉大的人，越會勇於縮小自己！

總而言之，如果說林黛玉的那種真誠是小孩子式的真誠，薛蟠的真誠是所謂法國文學式的真誠，則薛寶釵的這種真誠就堪稱為英國式的真誠。其實這三種真誠，我們每個人身上多少都有，因此「如得其情，則哀矜而勿喜」（《論語・子張》），我們對此應盡量給予同情的理解，可是如果抽離來看，薛寶釵的真誠實在最可作為每一個人追求的良好目標。愛爾蘭著名詩人威廉・葉慈（William Yeats, 1865-1939）說：「文明就是力求控制自己。」就此一標準來說，只有薛寶釵能做到這一點，所以她是真正最文明的人。

這樣的薛寶釵也經過「豪華落盡」的艱苦努力過程，她不是一出生便達到「大丈夫」境界的。第十七回提到，蘅蕪苑是「一所清涼瓦舍，一色水磨磚牆，清瓦花堵」，當然事實上怡紅院、秋爽齋或瀟湘館，其屋舍的建築材料也應該都有磚瓦，不過此處的重點是，作者在敘事過程中刻意為這一座獨特的建築物所設計的視覺效果，比如瀟湘館外有千百竿翠竹，流水灌園而入，盤桓竹下而出，所以呈現的是水竹氤氳，它的視覺效果就是天然、自然。

蘅蕪苑則不然，第四十回賈母帶領劉姥姥逛大觀園的時候，路過一站又一站，來到蘅蕪苑，「賈母因見岸上的清廈曠朗」，「曠」指的是空曠開敞，「朗」則是明朗之意。蘅蕪苑是大觀園內各個建築群裡占地最大者之一，可是如果塞了很多東西，便不一定會給人以開朗的感覺，所以「曠朗」的第二層含義，是表現出薛寶釵真的是一個非常簡樸的人，並沒有過多的外表裝飾。賈母問是不是薛姑娘的屋子，眾人回答是，「賈母忙命攏岸，順著雲步石梯上去，一同進了蘅蕪苑」，顯然蘅蕪苑從外面看是所謂的清涼瓦舍，有水磨磚牆，「四面羣繞各式石塊」，以及作為路徑的石梯，完全都是人工創造出來的產物。當作者凸顯蘅蕪苑的建材質地時，當然就有其特殊用意，磚、瓦、石事實上是同類產品，都具有規格化的實用性質，並且是為了實用而製作出來的，所以也可以說是充滿人為的性質，這已經是很具象徵意義的，更重要的一點是，既然是人為產品，產生的過程即發人省思。

對蘅蕪苑這樣的一種視覺設計，其實也隱含著寶釵的成長過程。要創造瓦和磚，過程中要經過陶冶、鑄模、烈火焚燒，需要有上千度的高溫，才能夠徹底改變天然的本質，類似地，「超我」的養成當然要經過一段人文化成的過程，也就是文明的過程。寶釵並非一出生便是如此的一位大家閨秀、完美淑女，小說中有兩段相關文字為證，在第四十二回「蘅蕪君蘭言解疑癖」一段中，寶釵看到黛玉已經誠心認錯，也就不想窮追猛打，反而用所謂的「蘭言」來勸慰黛玉，她說：

你當我是誰，我也是個淘氣的。從小七八歲上也夠個人纏的。我們家也算是個讀書人家，祖父手裏也愛藏書。先時人口多，姊妹弟兄都在一處，都怕看正經書。弟兄們也有愛詩的，也有愛詞的，諸如這些《西廂》、《琵琶》以及《元人百種》，無所不有。他們是偷背著我們看，我們卻也偷背著他們看。後來大人知道了，打的打，罵的罵，燒的燒，才丟開了。

透過這段話可以知道，寶釵是受到嚴格的教育過程才發生轉變，其結果是她認可了禮教的觀念。有不少人用冷嘲熱諷的口吻說，寶釵居然好意思去指責黛玉，她自己還不是偷看雜書。不過，這種嘲諷是很沒道理的，算得上是欲加之罪，一個人小時候做的事情，等長大之後認為是錯的，而且也真的改變了，並以同樣的標準來勸戒別人，這個人事實上是裡外一致的，並沒有採取雙重標準，所以用這樣的方式來批評薛寶釵的人，他們的邏輯是很不精確的。其次，寶釵在此一點都沒有收伏黛玉的意味，如果寶釵視黛玉為情敵，就不應該把黛玉變得更符合女教觀念，免得黛玉得到長輩的歡心，而變成更大的勁敵，所以會這樣批評寶釵的人，也是連真正的權謀都不懂。

總而言之，在上述一段話裡可以看到，寶釵的性格確實早先和黛玉是一樣的，也即所謂的「天然之性」，但是在她七、八歲時由於外力的塑造而出現質變，產生內在的徹底改變。對照一下，李納則是一出生就受到那樣的教育，所以根本沒有選擇的餘地。再看黛玉聽了寶釵的蘭言以後是心服口服，否則不會一再求告：「好姐姐，原是我不知道隨口說的。你教給我，再不說了。」這證明黛玉根本是傳統婦德女教觀的信奉者，只是由於某些原因使得她能夠放任自我（ego）的一面，也只不過是偶爾犯錯，但是一旦寶釵祭出那個價值觀之後，黛玉立刻就誠心地認錯。

林黛玉的真正轉變發生在第四十五回「金蘭契互剖金蘭語」，這一段基本上是第四十二回的延續，發生在幾天之後，黛玉對寶釵大發感嘆：

> 你素日待人，固然是極好的，然我最是個多心的人，只當你心裏藏奸。從前日你說看雜書不好，又勸我那些好話，竟大感激你。往日竟是我錯了，實在誤到如今。細細算來，我母親去世的早，又無姊妹兄弟，我長了今年十五歲，竟沒一個人像你前日的話教導我。

由此看來，如果說寶釵的成長過渡儀式是發生在七、八歲的時候，那麼黛玉的則是發生在十五歲。黛玉很清楚地知道為什麼自己的個性會如此放任，原因在於「母親去世的早，又無姊妹兄弟」，沒有母教的引導，又缺乏姊妹兄弟的互動，從中學會如何分享、如何忍讓、如何互助的經驗，所以她才會這麼孤僻，不能和人家相處。

薛寶釵的個性成長變化，和蘅蕪苑的山石景觀可以產生一種非常巧妙的呼應，不妨把兩者當作一種平行的對照來看。當然作家不見得是刻意做這樣的設計，但如果能夠因為這樣的解釋，而讓我們對於小說，無論是人物或其他情節安排有更深的認識，就是一個很好的參考。

大觀園各處初擬名

一直以來，讀者對於大觀園各處的命名往往有所誤會，大多以為是由賈寶玉所主宰，並視之為大觀園的主人。但寶玉絕非主人，大觀園並非為他而創造的；在小說所奠基的現實邏輯中，大觀園是為元春而造的。同樣地，也只有元春才有權力有條件地開放大觀園。

其實，對大觀園各處的命名，還有居處的空間配置關係，甚至其他一些微小的設計都在在顯示：生活於大觀園中的少男少女們，他們只不過是在禮教稍微鬆動而給予餘地的情況下，感受到化外的快樂和自由，但在他們背後仍有一個終極的主導者，這是在賈府這樣的階級背景下絕對不可能豁免的。對此，我們一定要回到他們的生命史和生活狀態中來理解。

一般而言，命名的意義其實攸關重大，籠統地說主要分為兩個層次。首先是具有命名權力的人，他通常地位最高，而且擁有最大的主權。新生命誕生之時，秉持命名權力的通常就是家族裡地位最高的人，例如父親或者祖父母，這是一種很常見的現象。

第二，被命名的對象會因此被賦予獨一無二的生命，甚至被賦予一個真正能夠讓它存在的靈魂。在《聖經》還有中西方古老的神話中，命名都是非常莊嚴且重要的活動，因為一個抽象的原理或者不存在的概念，會透過命名而化為真實。有一個最顯明的例子即是《聖經》，《聖經》裡上帝說要有光，於是就有了光，這意味著語言、文字本身事實上有一種具體賦形、轉化創造的力量，命名更是如此。我想起以前讀大學的時候，臺大有一位西班牙籍的神父教授拉丁文，他告訴學生《聖經》的比喻：草原上的牧羊人，對於他所養的每一隻羊，都能夠辨別牠們各自的特色，因此每一隻羊也都有自己的名字。西方文化裡，認為一個生命體只要有了名字，就是獨立的個體，就是有靈魂的，對於有靈魂的對象，當然要用獨一無二的方式去對待。

命名活動從神話時代到現在，其實都是具有非常複雜、深刻之意涵的文化行為，學者納日碧力戈在《姓名論》裡談得最為言簡意賅，他說：「對於那些姓名體系具有重要社會功能的族群來說，命名是一種動員，是一種維繫，也是一種教育。在命名過程中，族群成員以自己的社會活動和心理活動，表現社會的結構和傳統的權威；強調群體和個人的義務，聯絡感情，交流訊息。同時，命名活動也是對社會行為方式、分類知識、文化觀念等方面的再現和調適，是新舊勢力矛盾、對抗的過程。」這段描述比較抽象，我們要仔細去體會、印證，才會瞭解到命名的確是人類的各種社會動員中，雖然看不見，但是攸關重大的一項活動。

因此，如果觀察這幾十年來關於命名潮流的不同變化，便會發現它也反映了時代的價值觀。例如我們那個時代女生的名字，很明顯通常是來自兩大範疇：一個是美麗，所以常見「美、麗、秀、娟」等字眼；另一個則是來自於婦德，所以名字裡有「淑、貞、媛、慧」等，這些用字彼此再產生各種的組合。到後來，大家覺得這實在俗氣，所以又開始有了新的變化，到現在甚至走向中性化，從名字上看不出性別。由此可見，當大家都使用同一類的名字時，再好聽的名字都會顯得俗氣。

杜甫算是一個很好的例子。和陶淵明一樣，當他們變成父親的時候都很平凡，杜甫為他的頭胎兒子取名為「宗文」，以文為宗，這反映出唐代注重科舉，也包含詩歌創作的主流價值觀；第二個兒子就叫作「宗武」。在初盛唐時期，對讀書人來說，一生中最高的成就便是文武全才、出將入相，可以帶兵打仗，又可以治理國家。綜上所述，命名具有非常深刻的象徵，而且在不同的文化和社會群體中，可以透過命名，考察出很多隱蔽在表象之下內心的幽微祕密。

命名行為體現了文化觀念的再現與調適，甚至有新舊勢力的矛盾和對抗的過程，而這些也都表現在大觀園的命名上。以下簡單舉幾個例子。表面上，大觀園中幾個重要處所的命名，似乎都是由寶玉展示命名權，試看在第十七回，賈政作為一位嚴父，他處處壓制寶玉的氣燄，然而最後還是採納寶玉所題的那些聯額。但是隨著對《紅樓夢》越來越熟悉、越來越不滿足於表象的時候，就發現事情並沒有那麼簡單。粗略看起來是寶玉命名的，但其實他並沒有決定權，而這才是真正的關鍵。

第十八回先透過元春回來省親的眼光，看到各處所題的聯額「皆係上回賈政偶然一試寶玉之課藝才情耳，何今日認真用此匾聯？」書中時常提點讀者，賈府是世代簪纓之族，具備深厚的文化教養，所以他們會盡量避免那些不登大雅、暴發新榮的舉止，而賈政之所以會做出讓人家以為是暴發戶的行為，不是沒有原因的。也顯然曹雪芹和賈政都深怕被誤會，所以在小說中立刻加以說明。

下面緊接著一段說明原委的文字非常重要：「賈妃未入宮時，自幼亦係賈母教養。後來添了寶玉，賈妃乃長姊，寶玉為弱弟，賈妃之心上念母年將邁，始得此弟，是以憐愛寶玉，與諸弟待之不同。且同隨祖母，刻未暫離。」更實質地說，元妃和寶玉的關係與其說是姊弟，不如說是母子，元妃等於是一個「替代母親」，甚至是「替代父親」，負責對寶玉的啟蒙教育，這也是明清讀書人家庭中常見的現象。由此可想而知，元春的文化修為必定很高，她真的是出身世家名門，絕對不是泛泛之輩，並非只因賢德才被選為貴妃。

因此，「那寶玉未入學堂之先，三四歲時，已得賈妃手引口傳，教授了幾本書、數千字在腹內了。其名分雖係姊弟，其情狀有如母子。自入宮後，時時帶信出來與父母說：『千萬好生扶養，不嚴不能成器，過嚴恐生不虞，且致父母之憂。』眷念切愛之心，刻未能忘。」元春這時候已經是凌駕於父權之上的皇權代表，傳達這樣的聖諭，其實會帶給賈家父母另外一種壓力，推動著他們對這個孩子進行更嚴格的教育。由此可知，並不是因為賈政和他兒子有仇，所以才擺出一副嚴厲的樣子。

再看同一回的另一段文字敘述：

> 賈政聞塾師背後贊寶玉偏才盡有。賈政未信，適巧遇園已落成，令其題撰，聊一試其情思之清濁。其所擬之匾聯雖非妙句，在幼童為之，亦或可取。即另使名公大筆為之，固不費難，然想來倒不如這本家風味有趣。

所謂「偏才」就是正統教育之外的那些文藝才華，對讀書人來說，最重要的是四書五經，要走的是學問經濟之路，在這等正統教育之外，可以寫一些詩詞怡情養性，但那只是「偏才」。雖然這個「偏」字有一點貶抑的味道，可是也切莫忽略，塾師是在稱讚寶玉，所以我們如果以為正統讀書人全部都是又頑固、又迂腐，致力於打壓性靈，那就落入現代人建構出來的黑白二元的對立觀。塾師是背地讚美的，當然這是因為他不希望寶玉在學習過程中本末倒置，畢竟讀書還是要有輕重緩急，可他還是肯定了這種才華。賈政聽了如果不高興，應該會要求讓寶玉這匹野馬收心回來，不要再浪費力氣在那些「偏才」上，但賈政的反應卻是要藉這個機會來測試一下。

而寶玉這個時候是虛歲十二、三歲，相當於小學五、六年級的小朋友，必須注意年齡是很重要的評價基準，因此賈政認為寶玉所擬的匾聯「雖非妙句」，但「在幼童為之，亦或可取」。賈家是何等人家，要大手筆聘請名家題匾聯，也是很容易的，但賈政「想來倒不如這本家風味有趣」，意指這些文字是我們自家裡的孩子，和元春流著同樣血脈的子孫所寫出來的，當然更加親切，可以相得益彰。

其次，賈政的考慮是：「更使賈妃見之，知係其愛弟所為，亦或不負其素日切望之意。因有這段原委，故此竟用了寶玉所題之聯額。那日雖未曾題完，後來亦曾補擬。」元春是回娘家省親，當然題撰要用自家的風味，再加上元妃切望這個幼弟能夠有所長進，現在這些手筆就是要讓元妃看了之後心裡得到安慰，所以賈政做出讓寶玉為大觀園初步命名的決定，乃是出於面面俱到的考慮。很明顯，寶玉雖然題了名，但是否採用這些名字的決定權握在賈政手中。假如說命名真的是一種主權宣示的話，那麼寶玉根本不是大觀園的主人，因為他上面還有父權。由此可見，大觀園之所以採用寶玉的命名，原因之一是本家風味，其二是投合元妃的心理。

值得注意的是，這裡留下一個「補擬」的小小尾巴，到了遙遠的第七十六回才給予交代，讓我們知道當時進行初擬工作的還有各位姊妹。湘雲和黛玉在中秋夜聯句，逛到凹晶溪館和凸碧山莊，在二人的對談過程中提到，原來「凸碧」和「凹晶」這兩個名字其實都是黛玉擬的。湘雲說這山之高處就叫「凸碧」，青綠色的山，加個「凸」字便非常形象化，而「碧」字變成名詞來使用，都有「化俗為雅」的功效。從宋代的詩評以來，一直到《紅樓夢》的創作中，「化俗為雅」都是作者力求在文字上有所超越、有所翻新的一種追求目標，這不只是用一般性的審美趣味來鍊字造句，如果可以把一些聽起來就很討厭的俗字用得非常高雅，讓人家耳目一新，更是才華很高的一種表現，所以整部《紅樓夢》裡「化俗為雅」的情況非常多。

就此，可以再舉一個例子，黛玉寫的〈白海棠詩〉裡「偷來梨蕊三分白，借得梅花一縷魂」已經變成名句，正是因為用「化俗為雅」的手法創作出詩眼。梨蕊的白、梅花的魂居然灌注到白海棠身上，這當然非常新鮮，因為打通了花和花之間的界限，彼此可以精神交流、互相映襯，更產生非常感人的力量。不過這兩句詩的靈感，事實上是來自宋代「梅須遜雪三分白，雪卻輸梅一段香」（盧梅坡〈雪梅〉），從數字的用法到概念都從中脫化而來，黛玉這兩句詩化俗為雅的具體用字則在「偷」和「借」，尤其是「偷」這個字，如果單獨使用，我們的第一直覺一定是反感，但是黛玉把它用在打通植物之間的隔閡，讓它們的精神彼此煥發、交流映照，整體呈現非常美好的精神激盪，它也就成為精彩的詩眼。由此可知，《紅樓夢》所繼承的是非常龐大而深厚的文學與文化的大傳統。

「凹晶溪館」的取名也是一樣，黛玉把那些建築物所在的地勢特徵加以形象化，同為才媛的湘雲完全領會其中的用意，解說道：

> 這山之高處，就叫凸碧；山之低窪近水處，就叫作凹晶。這「凸」「凹」二字，歷來用的人最少。如今直用作軒館之名，更覺新鮮，不落窠臼。可知這兩處一上一下，一明一暗，一高一矮，一山一水，竟是特因玩月而設此處。有愛那山高月小的，便往這裏來；有愛那皓月清波的，便往那裏去。只是這兩個字俗念作「窪」「拱」二音，便說俗了，不大見用，只陸放翁用了一個「凹」字，說「古硯微凹聚墨多」，還有人批他俗，豈不可笑。

《紅樓夢》所追求最高的審美原則，就是要新鮮、不落窠臼，也即不落俗套，所以「新」這個字，便是《紅樓夢》裡最常用的一個審美用語。黛玉立刻接了話，她說：

> 也不只放翁才用，古人中用者太多。如江淹〈青苔賦〉，東方朔《神異經》，以至《畫記》上云張僧繇畫一乘寺的故事，不可勝舉。只是今人不知，誤作俗字用了。實和你說罷，這兩個字還是我擬的呢。因那年試寶玉，因他擬了幾處，也有存的，也有刪改的，也有尚未擬的。這是後來我們大家把這沒有名色的也都擬出來了，注了出處，寫了這房屋的坐落，一併帶進去與大姐姐瞧了。他又帶出來，命給舅舅瞧過。誰知舅舅倒喜歡起來，又說：「早知這樣，那日該就叫他姊妹一併擬了，豈不有趣。」所以凡我擬的，一字不改都用了。

原來大觀園中的景點太多，大大小小不可勝數，只能擇其要者而命名，次要的或者是根本不重要的就來不及擬。因此，在省親那一天的重大儀式結束之後，便有較多的時間讓其他人參與全部的命名工作。

必須留意「注了出處」這四個字，因為具有決定權的人不一定比這些題撰者更有學問，要看典故來源恰不恰當，再看用這個典故之後所創造出來的名字是不是適合，所以不僅要注明出處，還要標示這個房屋的坐落，由此才能通盤考慮所擬的名字契不契合。黛玉的性靈是《紅樓夢》中最凸顯的，也是讀者最能夠領略的，只要她的作品出現，寶玉一定說是第一名，而現在連賈政都很欣賞黛玉那種清新脫俗的性靈風采。只不過包括黛玉的擬名都得先「一併帶進去與大姐姐瞧了」，因為元春是皇妃，代表至高無上的皇權，因此一定要由她來做終極的決定，只因元春是回到家裡省親，所以她把皇權暫時讓出位置，希望作為一個女兒，能夠尊重父親，於是才又帶出來給賈政看，等於表示委由賈政來決定。黛玉說「凡我擬的，一字不改都用了」，由此我們可以合理推測她的言外之意：不是她擬的那些名字，賈政就多少有一些修改了。由此看來，具有刪改權的人除了元春，還有賈政，所以大觀園第一優位的主人是元妃，第二優位的則是賈政。

大觀園的真正主人

林黛玉、賈寶玉等人是實質的初步命名者，也因為他們是大觀園的真正活動者和居住者，所以在元妃的疼愛之下，由他們初擬的大部分名字最後還是成為大觀園各個處所的標誌，這些命名都有他們個人的痕跡。如前所言，名字會為一個對象賦予靈魂，而大觀園的存在當然和這些姊妹包括賈寶玉，是互相呼應的，基本上就是他們自我的延伸，但必須說，他們並不是大觀園真正的所有人。

在命名的決定者方面，元春代表的是君權，賈政代表的是父權，此二者是整個傳統社會賴以建立、不可或缺的基本倫理架構，基本倫理架構是那個時代不可能摧毀的，恐怕連我們今天也不可能完全摧毀，而且也沒有必要摧毀。何況假如摧毀這樣的倫理架構，一定會導致自我的毀滅，這是非常弔詭的狀況，而造成大觀園毀滅的原因之一，正是它再也無法維繫內部的倫理秩序。

在第十八回中，元春於省親之日對大觀園的命名進行刪改，這種行為從另一意義來說，代表了元春是以一個大觀園之外的權威，對大觀園內部的某些主觀意志造成一種干擾，甚至是鉗制；但從另一個角度來說，這卻是對大觀園的支持和加強，否則她怎麼會讓這些姊妹們住進去，她修改後的名字又怎麼會和未來的屋主更加地契合？書中說：「元妃乃命傳筆硯伺候，親搦湘管，擇其幾處最喜者賜名。」她親自去題名的，都是她最喜歡、當然也是大觀園中最重要的地方，果然比寶玉的初擬更好。另外，整座園子的名稱也不是寶玉自己取的，原初寶玉起的名字是「省親別墅」，而元妃賜名改作「大觀園」。

一般以為，「大觀」表示宇宙之豐富全部都被包容在一座園子中，因此它是最完美圓滿之所在的概念；但更根本地說，「大觀」其實是「王道」的意思，元春用以歌頌皇恩，這一點非常重要。而賈寶玉雖然是整部書的男主角，但他只是這麼多的交互關係裡的一員而已。這個命名修正的過程，確實也就是權力展現的動態過程，其間新舊勢力的對抗和彼此之間價值觀的頡頏與調節，都在命名的過程中體現出來，這才是它重要的象徵意義所在。

試看林黛玉所住的屋舍，在寶玉的初擬之下，原來叫「有鳳來儀」，但是它變成大家所熟悉的「瀟湘館」，這也是經過元春的修改。「瀟湘館」這個名字比「有鳳來儀」更精美，所以關於好壞或者是得失之間，有的時候不能只根據書中主角的觀點來做判斷。而寶釵的住所，寶玉原初題為「蘅芷清芬」，同樣也是在元妃的筆下，改頭換面成了「蘅蕪苑」，在我看來，元春改得確實比較好，因為寶玉的用法有點稚氣與傻氣。後來成為李紈住所的「杏帘在望」被元春改作「浣葛山莊」，其後因為元春看到寶玉應制所寫的「頌聖詩」（實為黛玉捉刀），她覺得那寫得更好，所以從善如流，根據其中的一句「十里稻花香」，而把「浣葛山莊」改成「稻香村」。

此外，初擬名稱時，寶玉把將來的怡紅院取作「紅香綠玉」，當時在第十七回中，眾清客提出建議，從古代的典故裡取了很多的成語給賈政做參考。寶玉聽了道：「妙極。」又嘆：「只是可惜了。」眾人問：「如何可惜？」寶玉道：「此處蕉棠兩植，其意暗蓄『紅』『綠』二字在內。若只說蕉，則棠無著落；若只說棠，蕉亦無著落。固有蕉無棠不可，有棠無蕉更不可。」原來「紅香綠玉」所對應的，一個是芭蕉，一個是海棠。

書中寫到「院中點襯幾塊山石，一邊種數本芭蕉」，「本」就是株、棵、支的意思，本來是中國使用的一種數量詞，後來流傳到日本，這種用法保留在日文裡，一支鉛筆就叫「一本鉛筆」，所以這裡「數本芭蕉」是數棵或數株芭蕉的意思，而因為芭蕉只有大片的綠葉，泛出光澤，便比喻為「綠玉」。「那一邊乃是一棵西府海棠，其勢若傘」，它的樹冠層枝葉很茂密，看來這絕對不是小幼苗，因而「絲垂翠縷，葩吐丹砂」，開出紅豔的花朵，所以才叫「紅香」。當時眾人讚道：「好花，好花！從來也見過許多海棠，那裏有這樣妙的。」賈政解釋說：「這叫作『女兒棠』，乃是外國之種。俗傳係出『女兒國』中，云彼國此種最盛，亦荒唐不經之說罷了。」由此可見，賈政對這些「荒誕不經」的所謂「偏才」知識竟也瞭如指掌，顯然我們真的給賈政太多的偏見，而把他負面地扁平化，這是極其不公道的。至於西府海棠本身並不是荒誕不經的杜撰，在王公貴族的府宅裡就有現實的藍本，甚至還種在北京的皇家園林和存餘無多的王府裡，據說恭王府內的已經生長了二百年，那是非常珍貴的品種。

請特別注意「蕉棠兩植」一詞，暗中保留了「紅」、「綠」兩個字在內，可見寶玉覺得這是一個各有千秋、分庭抗禮而缺一不可的安排，如果只說芭蕉，則海棠就沒有著落；如果只說海棠，那麼芭蕉也沒有著落，有蕉無棠不可，有棠無蕉更不可。於是賈政問：「依你如何？」寶玉道：「依我，題『紅香綠玉』四字，方兩全其妙。」賈政搖頭說：「不好，不好！」不過後來他還是採用了，理由如前所述。這裡有兩個詞事實上是同義互文，一是「蕉棠兩植」，一是「兩全其妙」，意指它們要共同存在，才能建構出真正的完美。回顧先前在太虛幻境裡，體現出真正完美的仙界女子不正是「兼美」嗎？她又風流裊娜，又鮮豔嫵媚，可謂「釵黛合一」。所以此處的「蕉棠兩植」可以「兩全其妙」，其實也正是「兼美」，亦即「釵黛合一」。

大多數人在各有所愛的情況下，很容易對不愛的那一方有過多的貶抑，也保持過分的距離，而因此不能夠欣賞它的美，但是曹雪芹作為一個超越的作家，他並不偏袒筆下的任何一個角色，才營造出真正的複調小說的深厚和複雜。我們不斷在小說中看到，作者在很多地方意欲彰顯的就是「兼美」的價值，若要兩全其妙，其實必須是釵、黛要合一。

恰似第五回對「兼美」的描述是：「其鮮艷嫵媚，有似乎寶釵，風流裊娜，則又如黛玉。」很明顯地，「紅香」偏向於鮮豔嫵媚，是對應於「釵黛合一」中的寶釵，而「綠玉」所對應的當然就是黛玉，彼此不只共享一個「玉」字，「綠玉」這個詞本身也等於黛玉，因為「黛」是青黑色，即很深的青綠色。就此而言，《紅樓夢》裡不但有類似的文本證據，而且給我們更多的內在訊息，提示二者的一致性，即第三回中，林黛玉第一次進榮國府的時候，寶玉問黛玉有沒有表字，黛玉說無字，寶玉笑道：

「我送妹妹一妙字，莫若『顰顰』二字極妙。」探春便問何出。寶玉道：「《古今人物通考》上說：『西方有石名黛，可代畫眉之墨。』況這林妹妹眉尖若蹙，用取這兩個字，豈不兩妙！」

探春笑道：「只恐又是你的杜撰。」

事實上，這真是他的杜撰，於是寶玉便笑說：「除《四書》外，杜撰的太多，偏只我是杜撰不成？」由此可見，對於儒家的經典四書，他不但不認為是杜撰，還根本認定是聖人的精神所在，要去仔細研讀，所以真的不能說《紅樓夢》或賈寶玉是反儒家的，其中有很多的層次一定要分清楚。

在寶玉所杜撰的《古今人物通考》裡，「西方有石名黛，可代畫眉之墨」這句話是此處的重點，「黛」是很深的青黑色，所以它和綠玉的「綠」字相通，它不是純黑色，卻可以代替畫眉之墨，因為即使以今天的化妝術來說，用純黑色畫眉都覺得太重。住在大觀園裡的金釵們，只有一個人是不用畫眉毛的，因為她本身就是濃眉大眼，五官鮮明，此即薛寶釵，她「唇不點而紅，眉不畫而翠」（第八回）。至於「西方有石名黛」這一句，「黛」連質地也都和寶玉產生很緊密的關聯，寶玉的前身不就是一塊玉石嗎？而玉本身也是石頭材質，只因為是美石，所以才叫作「玉」。因此，「綠玉」等同於「黛玉」，簡直是毫無問題。

原來對寶玉而言，一名女性或者一個人的完美，其實必須以「蕉棠兩植」來體現，不能偏廢任何一方，所以他才擬成「紅香綠玉」。但這樣的心願只有在仙境裡才有可能實現，因為它是矛盾的，在現實世界幾乎是不可能的，其中的道理類似於住在巴黎就大概不能落腳京都。

「紅香綠玉」本來是要兩全其妙，但是元春以皇權介入之後，使得兩全其妙的均衡發生傾斜。她先將「紅香綠玉」改作「怡紅快綠」，把一個非常重要的關鍵字「玉」給隱沒了，其後又名曰「怡紅院」，這麼一來，連「綠」這個屬性也都完全消失不見，而變成「紅香」獨大，這個過程的含義，讀者自然都可以想像得到。當元春省親完畢，回到皇宮之後，敘事時間很緊湊地來到了端午節，第二十八回端午節皇妃傳來賜禮，全家上上下下重要的人物都有一份禮物，可是禮物會依照層級而有不同品項的差異：老太太是最高等級，其次則是太太和老爺一個等級，再次就是寶玉和寶釵，黛玉反而降一級，和眾姊妹同等。寶玉回到怡紅院發現禮物是這樣安排的時候，他便覺得很奇怪，第一個反應是：「這是怎麼個原故？怎麼林姑娘的倒不同我的一樣，倒是寶姐姐的同我一樣！別是傳錯了罷？」襲人回答說這怎麼可能弄錯呢？因為每一份禮物都是寫好了簽子，名條都在上面，一份一份清清楚楚，是不可能弄錯的。

元妃的心意很明顯，她屬意於寶釵。回過頭來看她對怡紅院命名的調節情況，已經隱隱然顯露出她的取捨，也就是說，她比較肯定「紅香」型，所以只讓寶玉所住的屋舍以「怡紅」為名，後來順理成章，在禮物上便區隔出這個差異。不過必須提醒的一點是：元妃雖然屬意寶釵將來做怡紅院的女主人，但是並不代表元妃更喜歡寶釵，這是兩個層次的問題，然而一般人卻很容易混淆。

其實，刪掉「玉」這個字的人不只是元妃而已，當初在元妃省親時，大家各自應制作詩，寶玉剛作完瀟湘館和蘅蕪苑二首，正在作怡紅院的部分，起草內就有一句是「綠玉春猶捲」，而在此之前元春已經把「綠玉」刪掉了，只命名「怡紅院」，結果寶玉還是堅持用「綠玉」，這裡面就有一點主觀的對抗：你喜歡那樣，可是我堅持我原先的想法。然後寶釵轉眼瞥見，便趁眾人不理論，急忙回身悄推他說：「他因不喜『紅香綠玉』四字，改了『怡紅快綠』；你這會子偏用『綠玉』二字，豈不是有意和他爭馳了？況且蕉葉之說也頗多，再想一個字改了罷。」在寶玉的頑抗之中，寶釵介入了，警示他說皇權是不可以違逆的。

寶玉見寶釵如此說，就擦著汗，說道：「我這會子總想不起什麼典故出處來。」寶釵提議把「綠玉」的「玉」字改作「蠟」字。寶玉又問「綠蠟」可有出處？寶釵便說：「虧你今夜不過如此，將來金殿對策，你大約連『趙錢孫李』都忘了呢！」於是她提醒寶玉，晚唐詩人錢珝〈詠芭蕉〉詩有一句「冷燭無烟綠蠟乾」，而這首詩真的是名篇，只要選唐詩三百首、五百首大概都會選上它。該句形容剛冒出來的芭蕉綠葉還捲著的，就像綠蠟一樣，泛著蠟質的光彩，但是並沒有燃燒冒煙，所以這是非常巧妙的比喻。寶玉一聽，即洞開心臆，醍醐灌頂，稱讚寶釵是他的「一字師」，隨之把「綠玉」改成了「綠蠟」。

當然，這整個命名過程的隱喻是作者的安排，當事人不一定都有自覺，寶玉不可能存心和他的姊姊對抗，我們現在說的都是從整體結構和情節發展所做的詮釋。皇權的介入，確實讓我們看到林黛玉恐怕並不是賈府未來當家女主人最適合的人選。

然而，寶釵和黛玉相比，真的就比較受到元妃喜愛嗎？我一定要特別來談這個問題。元妃「二十年來辨是非」，她在皇宮中待了二十年，二十年間，她每天的生活即是時時刻刻面對爾虞我詐，因為那個環境便是如此，身在其中，即使不害人也要自保，必須很懂得察言觀色，「辨是非」的「辨」就是對人和人之間很複雜的恩怨糾葛有精密的認識力、良好的判斷力。所以這個人絕對不會用感性直覺做判斷，當她要考慮賈家這個百年世家大族的未來時，不能只依照個人的好惡做出取捨，而是要照顧到一干人的未來。黛玉的個性適合來執掌這樣的大家族嗎？她不適合，從裡到外都不適合。首先，林黛玉體弱多病，她根本不可能操心家常事務，而賈家的事務又是非常龐雜的，不但王夫人應付不來，連王熙鳳也累病了。在第五十五回中，王熙鳳針對誰適合幫她理家的名單中列舉出一干人，並一一評估：

> 雖有個寶玉，他又不是這裏頭的貨，縱收伏了他也不中用。大奶奶是個佛爺，也不中用。二姑娘更不中用，亦且不是這屋裏的人。四姑娘小呢。蘭小子更小。環兒更是個燎毛的小凍□子，只等有熱灶火炕讓他鑽去罷。真真一個娘肚子裏跑出這個天懸地隔的兩個人來，我想到這裏就不伏。再者林丫頭和寶姑娘他兩個倒好，偏又都是親戚，又不好管咱家務事。況且一個是美人燈兒，風吹吹就壞了；一個是拿定了主意，「不干己事不張口，一問搖頭三不知」，也難十分去問他。

幸好家族裡有一個根正苗順的人，並且非常能幹，那個人就是探春。從王熙鳳的這番話可見，她顧及黛玉的病體，所以家務事不好去問黛玉，而單單只是問問家務事都會造成她的壓力和負擔，如果她真正要當家，那更不得了，豈不等於是催命符嗎？黛玉的柔弱是一望可知的，元妃的眼光十分犀利，當然一目瞭然。這是黛玉不適合當寶二奶奶的一個原因。

就此來說，元春並不是從個人喜好上選擇薛寶釵的，我反而有一個證據證明元春應該是更喜歡林黛玉。同樣在元妃回來省親的這一段裡，齡官第一次露臉，大大展露她的才華。當戲演完了，一個太監執一金盤糕點之屬進來，問：「誰是齡官？」賈薔便知是賜齡官之物，想必是皇妃非常欣賞她，所以給她額外的賞賜，於是歡喜得忙接了，還命齡官叩頭。太監又道：「貴妃有諭，說『齡官極好，再作兩齣戲，不拘那兩齣就是了。』」賈薔忙答應了，命齡官做〈遊園〉、〈驚夢〉二齣，但齡官自認為這兩齣原非本角之戲，定要改成〈相約〉、〈相罵〉。賈薔扭她不過，只得依她作了。賈妃甚喜，命「不可難為了這女孩子，好生教習」，又額外賞了兩匹宮緞之類。

從這段描寫來推敲，元妃顯然知道齡官抗命，可她不但不以為忤，反而很高興，認為這女孩子有個性，並且居然叫人家不要為難她，那豈不等於給了齡官一個護身符，以後誰還敢指正她？而在《紅樓夢》裡，林黛玉的重像有好幾個人物，在性格、家世背景或者人格特質等方面，都和她有很高度的近似，齡官便是其中之一。所以齡官堅持自我、不惜抗命的性情，以及她非凡的才華，這些都和林黛玉很類似，而且她和黛玉也長得很相像。在第三十回齡官畫薔的時候，寶玉第一次看到齡官，並沒有認出來，還覺得她「眉蹙春山，眼顰秋水，面薄腰纖，裊裊婷婷，大有林黛玉之態」。從這段情節來看，我們可以體會到的是，元春就其個人主觀而言，其實她比較偏好這類很有個性的人，願意鼓勵她們繼續發展這種和世俗比較脫節的個性，甚至助長她們的叛逆性。

換句話說，齡官既然是黛玉的翻版，同理相推，元春也應該比較欣賞黛玉，然而她卻把「紅香綠玉」的「玉」字刪掉，後來又在端午節賜禮上如此明確表達出她的取捨意志，只能說元春為家族命運做考慮的時候，很明顯地是把個人的好惡放在一邊。這便顯示出一個理性內斂、懂得分寸的人，絕對不會讓自己膨脹成為超級主體，完全以自己的好惡為真理，尤其是面對攸關家族存亡的大問題，更不能只靠自己的主觀好惡，只看自己對個體的評價標準，而必須從整體來著眼。這就是元春選擇薛寶釵的原因，寶釵穩重和平，也確實最適合擔當這樣的重責大任。

總而言之，凌駕於大觀園之上的，不僅有整個榮國府，也就是父權，而在父權之上還有來自皇宮的君權，因此所謂的個人主義和自我覺醒，都必須限定在一個有限的範圍之內。這並不是說完全壓制個性是好事，但是一旦讓個性任意發展，其結果也必然會非常混亂，因此必須在群體與個人之間盡量取得均衡，對《紅樓夢》的所有情節，我們更應該要面面俱到，才能夠對諸般情節做出合理的詮釋。

省親正殿在園內正中

關於居處空間配置的意義，必須從整座大觀園來著眼，而每所屋舍坐落的情形，以及彼此之間的相對關係，也非常重要，脂硯齋曾說第十七回賈政帶著大家遊園題名的情節，使得這一回成為「一部之綱緒」。這一回與大觀園息息相關，而大觀園又是此後最重要的敘事舞臺，所以「不得不細寫，尤不可不細批註」，因為「後文十二釵書，出入來往之境，方不能錯落，觀者亦如身臨足到矣」，只有把這一回掌握清楚，才不會錯亂，也才能夠有身臨其境的感覺。

根據原文的描述可以推測，元春回來省親的正殿一定是在大觀園的正中央，而正殿與大門之間則有一條寬闊筆直的大道。作者透過這種設計提醒讀者，賈政一行人雖然從正門進來，但走的不是這條大道，而是旁邊的小路，他們的計畫是先從小路往裡走，逛完一圈之後再從另外一側小路出正門，這樣才能把整座大觀園充分遊歷。對此，脂硯齋的批語說：「今賈政雖進的是正門，却行的是僻路。按此一大園，羊腸鳥道不止幾百十條，穿東度西，臨山過水，萬勿以今日賈政所行之逕，考其方向基址。故正殿反於末後寫之，足見未由大道而往，乃逶迤轉折而經也。」由此可見，大道只有一條，也就是從怡紅院出來後，他們所看到的那一條寬闊大路。既然賈政一行人的路徑不足為憑，若要把握各個重要屋舍在大觀園整體中的坐落情況，我們能做的就是仔細整理，不放過任何一個細節，再從細節裡重新推敲，然後整合出一幅大觀園的屋舍坐落圖。

大觀園中的重要處所各有各的個性，因而和園外的寧、榮二府體現倫理秩序的正統建築有所不同，但這種不同並不是絕對的，而是會有一些重疊及互相牽制。著名的挪威學者克里斯坦．諾伯—舒茲（Christian Norberg-Schulz, 1926-2000）在《場所精神——邁向建築現象學》一書中曾提出「場所精神」的概念，也就是空間的人文學意義，參考他的說法，可以讓我們對大觀園的特質有更清楚的把握。他認為「人為場所」是一系列的環境層次，從村莊、市鎮到住宅，乃至於住宅的內部，它們不僅構成這些空間環境的建築形式和活動內容，還會呈現特定文化的豐富意涵。同時，很多學者都注意到，屋舍內部的空間區域和個體會透過隱喻的方式而互相作用，比如家屋空間是整個社會具體而微的表徵，不但是個體的居處，也是避風港，可以隔絕外面的風吹雨打、紛紛擾擾，是象徵投射的最佳對象。事實上，大觀園中的屋舍都具有這樣的意義，它們不但是生活居處，也都是個體可以自我投射的延伸。

諾伯—舒茲把建築分為四種，即浪漫型、宇宙型、古典型、複合型，在此只挑其中的兩種來對照。大觀園外面的寧、榮二府，主要是以「中軸對稱」和「深進平遠」作為建築的原則，屬於諾伯—舒茲所歸類的「宇宙式」建築。這類建築形式所反映的人為場所的精神，很明顯主要是一致性和絕對的秩序，它的造型是靜態的，而不是動態的，因為靜態才能穩定並維繫一致性和固有的秩序。這種宇宙式建築吐露了隱藏的秩序，主要的目的是滿足需要，而不是為了用來表現自我，所以它們基本上看起來都差不多，功能也都一樣。

大觀園則不同，它凸顯的是個別家戶的獨立自主性，所以會有各式各樣的風姿，從諾伯—舒茲所分類的建築形態來說，即偏向於「浪漫式」建築。所謂「浪漫式」建築，意味著建築具有多樣性，而且其中有一種很強烈的氣氛，這種氣氛有可能是幻想的、神祕的，也有可能是親密的、田園的。它通常以活潑動態的特性著稱，和宇宙式建築的靜態不一樣，這種浪漫式建築志在表現，因此會把自我的獨特性和個性傳達出來，所以大觀園中的重要建築物，彼此之間都有很大的差異，原因就在於此。這種浪漫式建築，其造型幾乎是一種成長的結果，既不是出於組織，也不是由外來力量的幫助塑造而成，而是個體的內在成長導致它的成形。因此，這種建築物本質上比較類似於生命的本質，因為生命本身一直在成長，而浪漫式建築便反映成長過程中的各種變化和特點。果然，大觀園中幾處重要建築物的設計，從屋舍的坐落環境和朝向，到內部空間的安排，以及屋舍和屋舍之間的相對位置等，都凸顯了個別家戶的獨立自主性，好比瀟湘館就是瀟湘館，絕對和蘅蕪苑不一樣，正如個人的成長會展現出與眾不同的獨特性。

西北一帶通賈母臥室

脂硯齋指出，第十七回所說的事物是非常細微的，他還提醒我們注意幾個地方，而那是即使把《紅樓夢》讀得非常熟的讀者都不一定會發現的，他說：「後文所以云進賈母臥房後之角門，是諸釵日相來往之境也。後文又云，諸釵所居之處只在西北一帶。最近賈母臥室之後，皆從此『北』字而來。」原來我們所看到的這些重要處所，從全局來考量的話，是集中於大觀園偏西北的這一帶，主要緊靠在賈母臥室房後的角門，如此則便於彼此之間的來往，以免奔波之苦，也顯出賈母和少女們之間的親密。還有一段脂批很重要，脂硯齋說：「想來此殿在園之正中。按園不是殿方之基，西北一帶通賈母臥室後，可知西北一帶是多寬出一帶來的，諸釵始便於行也。」所謂「此殿」就是正殿，是元妃回來省親時升座行禮的倫理中心所在。

若把這幾段資料綜合來看，大觀園便不是一個非常僵化呆板的正方形或者長方形，而這更符合園林的本質，原因在於園林本身其實是偏於隱逸休閒、調節身心的場所，如果還規規矩矩，無形中會對心靈造成一些壓迫和束縛，所以園林基本上是不採取正方形或長方形的幾何造型。脂硯齋特別告訴讀者，大觀園西北多寬出來的一帶，就是大觀園中的主要建築群之所在，其中最主要的考慮是它們和賈母距離相近。而這種相近的距離，是由身體感所引申出來的範疇，此等範疇不只是外在的客觀丈量，也是心靈情感的延伸。距離越近往往表示情感越親近，他們的關係也越密切。因此脂硯齋的這幾段批語裡有一個很重要的訊息：賈母是眾金釵的大母神，眾金釵在賈母的保護之下，享受著她們在原生家庭所沒有的溫暖、安全，以及心靈的歸宿。

說明至此，很希望大家不要被後四十回所干擾，由於後四十回非常明白地表露出賈母對黛玉由疼愛而轉為不喜的態度，讀者就很容易被這個改變所影響。現在，我們再透過文本的其他訊息來略作解釋。在第四十九回中，薛寶琴初來乍到，便深受賈母寵愛，湘雲提供給寶琴一個中性的建議：「你除了在老太太跟前，就在園裏來，這兩處只管頑笑吃喝。到了太太屋裏，若太太在屋裏，只管和太太說笑，多坐一回無妨；若太太不在屋裏，你別進去，那屋裏人多心壞，都是要害咱們的。」湘雲是很有高度的認識力而性情又足夠坦率的一個人，所以她說的這番話基本上是客觀事實的展現，她告訴我們，王夫人事實上也很疼愛這些姑娘，這和一般紅學人物論的主流認識大異其趣。其實，文本明明白白告訴讀者，王夫人是一個很慈善的人，她願意包容、尊重那些女孩子，甚至對她們的驕傲也都不以為意，連妙玉那種個性都已經到了權貴不容的地步，王夫人還用「他既是官宦小姐，自然驕傲些」（第十八回）來加以合理化。而當湘雲說完這番話以後，寶釵、寶琴、香菱、鶯兒都笑了，請看寶釵的一段評論：「說你沒心，卻又有心；雖然有心，到底嘴太直了。我們這琴兒就有些像你。」顯然寶釵對於湘雲的這一段表述是認可的，而湘雲能說出這番話，也顯示她絕對不是一個橫衝直撞的魯莽人，因為橫衝直撞的魯莽人不可能看得深、看得透。

從上述湘雲的話，我們可以清楚看到，賈母確實是保護眾金釵的大母神，所以在空間距離上，書中也以便於往來、彼此非常親近的安排來加以體現。類似的距離安排，不只反映在眾金釵和賈母之間，住在園中之人，雖彼此是姊妹或兄妹，但也有一些親疏遠近的細微差異，這些都透過屋舍的坐落關係來加以呈現。

怡紅院挨著瀟湘館

先從距離開始談起。在距離上有一個最鮮明的現象，即「木石最近」，寶玉和黛玉所居的屋舍相距最近，因為他們的感情最為深厚，所以二人在大觀園內的居所也以距離最近的方式來呈現。證據在第二十三回，眾人要搬進大觀園的前夕，比較受寵的人自然有優先選擇權，寶玉來到賈母跟前，在那裡遇到黛玉，便問她：「你住那一處好？」黛玉正在心裡盤算這件事，忽見寶玉問她，便笑道：

「我心裏想著瀟湘館好，愛那幾竿竹子隱著一道曲欄，比別處更覺幽靜。」黛玉的性格那時還很孤僻，所以她選的就是和大家比較隔離的、有千百竿翠竹間接隔絕的瀟湘館，如此更讓她能夠安頓在自我的個人空間裡。寶玉聽了，便拍手笑說「正和我的主意一樣」，可見這兩個人的審美情趣確實是高度一致的，他又說：「我也要叫你住這裏呢。我就住怡紅院，咱們兩個又近，又都清幽。」可想而知，這兩個地方雖然是園中最重要的處所，但它們的設計基本上是遠離人來人往的干擾，而且相距又近，這樣的安排不言可喻。除了此處的抽象陳述之外，在後面的情節裡，我們還可以不斷看到他們在具體生活中如實地演繹彼此的近距離。

第七十四回抄檢大觀園的一段情節，把每一個人的個性以及所牽涉到各種複雜的人事關係一一展現出來。當時王熙鳳帶領一群人進入園內，為了不讓園中人有足夠的時間進行各種掩蓋滅跡，她們一定是抄近路，如此才能以最快速度到達查贓地點，根據文本描述，第一個查抄的重點正是賈寶玉的怡紅院，因為怡紅院是最靠近出口的地方，而出口同時就是入口。查完了怡紅院之後，下一站便是黛玉的瀟湘館，接下來則是探春的秋爽齋，然後再一路下去。根據文本中查抄的順序，各處所距大門遠近如下所示：

園門入口→怡紅院→瀟湘館→秋爽齋→稻香村→暖香塢（藕香榭）→紫菱洲

我想，此一查抄的順序應該能反映出這些屋舍之間的距離，而且也讓我們看出這些屋主們在作者的敘事需要上，甚至在賈母心目中的輕重之分：最重要的當然是寶玉，他是全書的敘事主軸，其次便是黛玉，探春排第三名，李紈更往後，接下來是住暖香塢（小說中有時候會用另一個名字「藕香榭」）的惜春，最後是住紫菱洲的迎春。需要說明的是，我們漏掉了蘅蕪苑，因為它的屋主寶釵是親戚，和黛玉的身分不一樣。其實黛玉是被當作賈府自己人的，在很多情節中，包括看戲、查抄等，她都是作為自己人被一體對待，賈家並不是要羞辱黛玉才去抄檢她，如果是的話，那麼所有賈家重要的嫡孫女兒們統統都受到羞辱，可見黛玉之所以被抄檢，恰恰是因為她被當作自己人。

上文中已經分析過，最靠近大觀園入口的就是怡紅院，而安排寶玉住得最靠近大門，這是為了回應他作為絳洞花主的心願和位置。寶玉頗有一夫當關的氣魄，拚命地努力想要保護那些女孩子，他唯一的心願就是：你們都不要到園外，你們都不要結婚，我們大家守在一起。而寶玉能夠做到的便是護衛這座大門，不使它成為流散的出口，所以「絳洞花主」、「總花神」、「情榜之首」、「諸艷之貫」等地位，又都可以在怡紅院的地理位置上得到印證。

蘅蕪苑距正殿最近

由於蘅蕪苑坐落的位置並沒有透過查抄的過程反映出來，我們只好靠其他的訊息來判斷，例如在第十七回中就有一個非常有趣的描述，如果我們只急著看故事，便很容易忽略背後所隱含的空間架構。且看情節敘述道：當賈政一行人離開蘅蕪苑時，「行不多遠，則見崇閣巍峨，層樓高起，面面琳宮合抱，迢迢複道縈紆，青松拂檐，玉欄繞砌，金輝獸面，彩煥螭頭。賈政道：『這是正殿了，只是太富麗了些。』眾人都道：『要如此方是。雖然貴妃崇節尚儉，天性惡繁悅樸，然今日之尊，禮儀如此，不為過也。』」由此看來，從蘅蕪苑出來，很快即直接到了正殿。接著大家再往前走，「只見正面現出一座玉石牌坊來，上面龍蟠螭護，玲瓏鑿就。賈政道：『此處書以何文？』眾人道：『必是「蓬萊仙境」方妙。』」這裡便是正殿前面的入口，此時「寶玉見了這個所在，心中忽有所動，尋思起來，倒像那裏曾見過的一般，却一時想不起是那年月日的事了。」脂硯齋於此批云：「仍歸於葫蘆一夢之太虛玄境。」原來這座玉石牌坊正是他在第五回夢中神遊太虛幻境時所經過的那座牌坊，在這裡，作者非常明顯地讓我們看到，大觀園確實是太虛幻境的人間投影，雖然這是來自於余英時的說法，不過清末的評點家，甚至包括脂硯齋，早就已經指出這一點。

作者把代表王權的正殿放在正中，這是古代「尚中」思想的體現，「尚中」注重中位，連中華民族的名稱裡都有一個「中」字，古人創造這麼輝煌深厚的文明，因此也自命為天下之中，所以叫中國、中華。對古人而言，我們這個優秀的民族就是全天下的中心，而四方落後的部族分別叫作南蠻、北狄、東夷、西戎，歷史上這樣的「尚中」思想很早就有了，象徵執中統領四方的樞紐意義，所以脂硯齋提醒我們「想來此殿在園之正中」，說明正殿也是整個大觀園各方據以辨識方位的中位所在。早在《荀子．大略》中已說道：「王者必居天下之中，禮也。」按禮制要求，王者一定要居中，因為他本來就是全天下的主宰，可以統領四方。身為皇妃的元春，當她要回來省親的時候，所在的場所相應地也要體現王權，因此在方位上便必須居中，這是幾千年來「尚中」思想的具體化。因此，元妃省親先入大觀園，居主位受禮，再出園以賈家的女兒身分至賈母處行家禮。

因此值得注意的是，最接近正殿的是寶釵居住的蘅蕪苑，從距離代表著情感關係的原則來看，這無形中是在提醒我們，寶釵確實最符合主流的價值，她也最貼近權力中心，雖然這未必是她自己爭取來的，也未必是她所稀罕的，但實際上她內外各方面都很完美的大家閨秀的素質和表現，確實使她成為上位者為賈家選擇兒媳婦時的最佳人選，所以當第二十八回元春發送端午節賜禮的時候，寶釵的地位就凸顯出來了。在這裡，作者對屋舍的空間規畫也非常精密地呼應了這層意義。

大觀園屋舍的坐向與大小

說完距離之後，接著要談一下坐向的問題。大觀園真的是矛盾的統一體，既有自由和浪漫，但又有秩序和倫理，所以常常也受到禮制的束縛，同時卻又具有跳脫而出的隱逸面向。這麼一來，當我們側重在倫理性質的時候，就會看到上面所說的那些內容，可是當我們比較偏重在它作為半隱逸空間的時候，又可以注意到它的坐向體現出一般性的園林性質，因為在中國文化傳統裡，凡是體現倫理秩序的宇宙式建築一定是坐北朝南。從現實來看，我們位處在北半球，坐北朝南不僅在採光上是最好的，而且冬暖夏涼，適合居住，可是如果和人文價值結合在一起，坐北朝南就成了權力的方位體現。正因為如此，當想要逃離外在秩序、避開社會的倫理束縛時，園林內的屋舍通常便不採取南北坐向，因為坐北朝南是一種僵化和刻板化的形態，對心靈來說，又是在重複日常生活裡社會的各種禮教束縛，所以園中屋舍的建造，通常不採用南北坐向，而會比較隨意。

明代有一部非常經典的園林專書，即計成的《園冶》，這本書是研究園林美學一定要參考的作品。此處摘錄其中和坐向有關的幾句話，如：「園林屋宇，雖無方向」、「方向隨宜，鳩工合見」，也就是說，可以因地制宜地設計坐向，假如這邊剛好有山有水，即順著這個地勢去建造，那邊又有道路逶迤，就根據它旁邊的地理空間加以規畫，所以並沒有那麼嚴格地一定要南北坐向。

我查閱《紅樓夢》全書很多次，書中唯一明確透露出坐北朝南的大觀園住所只有一處，即惜春所住的暖香塢。在第五十回中，賈母一行人要去看惜春畫的圖到底進度如何，在整個乘轎行進的過程中便提到暖香塢是朝南設計的，文中寫道：「來至當中，進了向南的正門，賈母下了轎，惜春已接了出來。」由此可見暖香塢的正門朝南，坐落在北。至於為什麼惜春的住所是如此規規矩矩地符合禮制安排，等到人物論的部分再來詳談。

前面之所以提到坐北朝南，也是為了談怡紅院的坐向問題。在第十七回中，賈政帶領一行人到處遊園題撰，最後一站就是怡紅院，但是文中有一個很奇怪的描述，當大家在裡面迷失了，走不出來，有賴於賈珍引導大家時，賈珍說：「從這門出去，便是後院，從後院出去，倒比先近了。」換句話說，後院比起前門來，距離大觀園的入口還要更近一些，如此一來，怡紅院就絕不可能是坐北朝南，而是符合計成的《園冶》所說的「方向隨宜」，完全合乎園林建築的設計法則。

大觀園外賈府的那些宇宙性建築是用來表徵倫理秩序的，所以它們一定是坐北朝南，並採取「中軸對稱」和「深進平遠」的格局來設計。在寧、榮府宅中，當作者要呈現出尊卑高下的時候，連帶會使用某些方位語詞，這和在大觀園中的用法有所不同。中國文化以東為尊，因此寧國府在東邊，而賈赦雖不受賈母的寵愛，可他畢竟是襲爵的長子，所以他的院落在榮國府中的位置也相對位於東邊，稱為「東大院」。

除了方位之外，以東為尊還體現在座位上，包括炕上，而東／西方向與上／下方位彼此之間也形成一種連帶的二元補充關係：「東」往往被稱為「上」，當然就代表尊；如果是「西」，常常會和「下」連在一起，所以東邊的位置通常是男主人坐的，而王夫人坐在西邊下首，反映的就是地位上相對的卑下。

大觀園中表面上比較自由平等，不過在園外現實法則的滲透下，這些屋舍之間確實存在著若干不平等，不同的是，它們並不是以所處的方位來呈現尊卑，除了上文所提到的遠近距離之外，大觀園中的房舍主要是以大小來映射屋主在現實中的地位。換句話說，住得小或住得大，其中就有一點等級的意味。

這裡首先要說明的是：大觀園的屋舍大小是以「開間數」來呈現的，「開間」是中國建築的特有用詞，「間」的概念來自於「間架」，指柱和梁所形成的空間：柱子和柱子之間加上梁所構成的一個單位，就叫作「間」，即便它和旁邊的空間可能是相通的。包括前幾章裡提到王府的門有三間、五間，事實上在室內也是如此。一般而言，屋舍所占的開間數越多，空間就越大，以這個原則來推論，作者所設計的大觀園屋舍的確有大小之分，而且決定這個大小之分的規則和園子外面社會的、倫理的、禮制的價值觀是完全一致的。可見園外和園內確實有著相通而不可能判然二分之處，而我們對大觀園真的要非常仔細地推敲，不能用想當然耳的簡單二分法來看待。

首先，稻香村便比較大。第三十七回提到，探春號召大家來成立詩社，這是非常風雅的活動，李紈也很受鼓舞，她說：「雅的緊！要起詩社，我自薦我掌壇。」她想來當詩社之主，由她做各式各樣的調度安排。為什麼李紈可以有掌壇的資格呢？理由之一是「序齒我大」，李紈乃是長嫂，年齡、輩分都比較高，另一方面，「我那裏地方大，竟在我那裏作社」。可見李紈身為長嫂的倫理優勢，使她擁有最大的居住空間，這當然也是園子外面的禮制體現，且李紈又是大觀園裡最財力雄厚的一位，她領的月錢是所有的女孩子裡最多的，經我測算，是黛玉等姊妹的二十倍。由此可知，稻香村是大觀園中占地面積比較大的屋舍，至少可以同時容納十幾個人的活動，但是它到底有多大，因為缺乏文本的證據，則只能存而不論。

此外，大觀園中屋舍比較大的地方還有蘅蕪苑和怡紅院。第五十六回提到，探春為了整頓大觀園，所以想了很多開源節流的方法，把所有地方都做了規畫，讓它們具有經濟產值。於是，瀟湘館本來是鳳尾森森、龍吟細細，充滿詩人審美氛圍的所在，被探春一整頓後，竟變成竹筍產區。其實，侯門千金對於外面世界可以用金錢交換的東西是幾乎沒有概念的，因為她們生活中的所有一切都是別人服侍的，但為什麼探春會知道可以利用瀟湘館的竹子？曹雪芹給出一個非常合理的現實邏輯，那是因為賈府的大管家賴大分潤了主子家的威勢和恩寵，也另外整頓得家成業就，營造一個小花園，雖和大觀園不能相比，不過也有模有樣。關於那個園子的大小，平兒接話道：「還沒有咱們這一半大，樹木花草也少多了。」探春順勢道出原委：「我因和他家女兒說閑話兒，誰知那麼個園子，除他們帶的花、吃的筍菜魚蝦之外，一年還有人包了去，年終足有二百兩銀子剩。從那日我才知道，一個破荷葉，一根枯草根子，都是值錢的。」現在賈家有了經濟上的問題，所以便就如法炮製。

但探春畢竟是世家千金，只能學到人家教她的部分，其他沒有涉及的，她就沒概念了，因此她惋惜道：「蘅蕪苑和怡紅院這兩處大地方竟沒有出利息之物。」這個「利息」不是今天把錢放在銀行裡會生出的利息，而是指可以有孳息，具有經濟效益的意思。蘅蕪苑和怡紅院的物資是賴大家的那種小花園不可能有的，所以賴大的女兒所說的並不包括這一項，探春因此也就不知道。但是平時「一概無見無聞」的李紈對此居然一清二楚，忙笑道：「蘅蕪苑更利害。如今香料鋪並大市大廟賣的各處香料香草兒，都不是這些東西？算起來比別的利息更大。怡紅院別說別的，單只說春夏天一季玫瑰花，共下多少花？還有一帶籬笆上薔薇、月季、寶相、金銀藤，單這沒要緊的草花乾了，賣到茶葉舖藥舖去，也值幾個錢。」什麼東西值多少錢，她竟然瞭如指掌，李紈在這裡的表現令我們大開眼界，可見她具有不為人所知的某一個面向，這一點等到李紈的專題再說。

回到空間的議題，探春的「蘅蕪苑和怡紅院這兩處大地方」這句話證明了在大觀園的各處屋舍中，除了稻香村之外，還有這兩個地方規模很大。大觀園裡其他的屋所都是三開間，最明顯的即瀟湘館，在第十七回中，賈政一行人到了這個所在，看到「上面小小兩三間房舍，一明兩暗」，可見總共是三開間。另外第四十回，透過劉姥姥到各處的經歷，讓我們可以深入大觀園的隱祕內部，目睹女孩子們獨特的靈魂造型，其中也提到秋爽齋，文內說，當大家來到探春房裡，「探春素喜闊朗，這三間屋子並不曾隔斷」，所謂的「三間屋子」不是指有三棟房子，而是三開間的意思。換句話說，大觀園住所的開間數，大部分是三間，但是怡紅院和蘅蕪苑比較大，應是五開間。

關於怡紅院，書中沒有特別說明它是幾開間的，只泛泛提到這幾間房內收拾得與別處不同，不過在第二十六回中，賈芸來拜望寶玉，透過他的眼睛看到怡紅院有小小五間抱廈。「抱廈」指的是主建築外面的附屬建築物，可以用作起居，也可以做一些別的用途，既然有五間的抱廈，那麼主建築物也至少是五間。有一位學者注意到，整部《紅樓夢》中，凡是重要的建築物，作者常常會提到它有「抱廈」，例如寧、榮二府中，提到抱廈的就有王夫人的住所。關於怡紅院的間數，還有另外的證據，第四十一回中劉姥姥醉臥怡紅院，因為她上完廁所以後頭昏眼花，又加上半喝醉了，所以要回來的時候就迷路了，一路闖到怡紅院。有學者根據劉姥姥轉過三道門，又經過一座集錦槅子的描述，推測怡紅院一共有四個間隔，所以主屋應該是五開間的格局。

至於蘅蕪苑的五開間，在第十七回中交代得很清楚，「賈政因見兩邊俱是超手遊廊，便順著遊廊步入。只見上面五間清廈連著捲棚，四面出廊」。這裡可以注意一下，中國傳統的屋頂有很多種造型，根據不同的需要或不同的所在，便會有不同的設計，捲棚式屋頂又稱「元寶頂」，最重要的特色是沒有明確的屋脊，缺乏清楚的稜線，呈現緩坡式的曲線。捲棚這種屋頂形式的適用對象是比較明確的，具有權力象徵的重要處所並不會採用，因為緩坡式的捲棚沒有那種雄偉的氣勢，所以通常用在比較次要的、附屬的建築上，從而也比較容易被使用在園林的建築上。我們合理地推測，大觀園中的屋舍除了作為君權之體現的正殿不可能是捲棚之外，其餘大多數應該都是捲棚，但書中只特別提到蘅蕪苑是捲棚，其他都沒有涉及。

大觀園的倫理結構

大觀園的屋舍無論是三開間還是五開間，都不具有「深進平遠」的特色，它不是縱深式的延續，而是相對橫向的延展，因此所體現的是一種平淺的格局。這些主體建築的中間一般是半公開的活動場所，稱為「明間」，臥室通常會在兩側。整體說來，大觀園中各處屋舍之間具有平等的獨立性，也正因為如此，沒有比照寧、榮二府往往採用「上、下」等方位語詞來展現出尊卑。試看《紅樓夢》到處提到「上房」這個詞，賈母、王夫人、邢夫人、秦可卿，還包括尤氏，這些人所住的都叫作「上房」，而大觀園裡則完全沒有用到「上房」一詞的例子，所以「上、下」等尊卑方位語詞確實只存在於大觀園之外的那些宇宙式建築中。

然而，大觀園中同樣也有尊卑，也有它自己的倫理體系，但不是用「上」和「下」來表現。大觀園中各屋舍內部的空間結構上，存在著明顯的中心與邊陲之分，但所謂中心與邊陲不是從整體來說的，而是就某一個局部空間來看，因此事實上其中也存在著很穩固的不平等的階序關係，當它投射於尊卑差距的空間隱喻時，便不是寧、榮府宅的東／西和上／下，而是採取各房中裡外有別的區劃。如此一來，私密性和尊貴性就會和空間位置的裡外層次成正比，越靠近裡面，越能夠進到這個空間的人，他的地位就越尊貴，其私密性也越高，以怡紅院的五開間來說，在最側邊、最隱祕的臥室也因此最尊貴。

以每所屋舍來考察的話，最尊貴的人，其活動的範圍最廣，也最能夠深入到裡層。主子輩是整個場所的主人，因此深居內室，其活動區當然涵蓋整個屋舍的所有區域，等而下之的即所謂的大丫頭，賈府下人給她們不同的外號，一個稱為「二層主子」，一個叫作「副小姐」，這說明她們的身分幾乎等同於主子小姐，因為她們是貼身伺候的，所以也分享主子小姐的庇護寵愛和榮耀特權，其活動領域和主子小姐是相同的。寶玉當然有很華貴精緻的臥床，但是同一個空間裡會設一個外床，半夜的時候，外床上的大丫頭可以起來隨時服侍寶玉，尤其寶玉更特別的是，由於他很膽小，一個人不敢睡，所以一定要有人陪他，於是日夜共處在一起。

大丫頭下面的是可憐的小丫頭，她們幾乎是名不見經傳，不僅跑腿最辛苦，還要經常承受大丫頭的打罵。而小丫頭在一般情況下是不能進入內房的，她們所在的地方常常是檐廊或者門邊、廳前，都屬於室內和室外的中介過渡地帶，以方便她們隨時聽候調度，擔任許多煩瑣的工作。除了小丫頭之外，最下層的便是媳婦和婆子，也就是賈寶玉口裡所謂的「魚眼睛」，她們在空間上位於更偏遠的室外，一般只能止步於屋外的階梯，當然有事她們還是可以進來，但基本上是要守在戶外，她們做的是比小丫頭更多的粗活，包括往來跑腿，還有漿洗、提水、守夜、掃雪、拉冰床等。

大觀園中的等級結構主要反映在空間的裡外差別上，在大觀園內，尊卑也得到嚴格遵守，弔詭的是，當這個尊卑的空間區隔沒有被嚴格遵守時，也就是大觀園要崩潰的一個徵兆。這裡舉一個例子來看，在第五十八回中提到一番爭吵，因為何婆子跑進屋裡奪碗吹湯，導致小丫頭們被晴雯責罵，小丫頭們當然也很冤枉，便說：「我們攆他，他不出去；說他，他又不信。如今帶累我們受氣，你可信了？我們到的地方兒，有你到的一半，還有你一半到不去的呢。何況又跑到我們到不去的地方還不算，又去伸手動嘴的了。」可見小丫頭能到的地方，只有一半是婆子們可以到的，然而小丫頭能到的地方，又是整個空間裡很小的一部分，由此看來，婆子的室內活動空間是被嚴重壓縮的，因為她們的地位最低。然而這位何婆子卻逾越這個空間界限，所以導致屋舍的倫理秩序的鬆動，相對來說，也即動搖了權威，動搖了怡紅院的穩定，接下來大觀園陸陸續續出現很多崩潰的徵兆，這就是原因之一。

一般說來，只要有其他人，尤其是群體的存在，便一定要有一些可以共同遵守、彼此協調的倫理秩序，讓群體可以和諧穩定地運作，各種倫理秩序本來就會依照不同的社會文化而產生，所以並沒有所謂「絕對的自由」這件事。法國很有名的存在主義女性作家西蒙·波娃有一句名言，實在非常有道理，她說：「我渴望自由，也希望別人能夠擁有自由。」這顯示出自由是相對的，不可能為了保障某一個人的自由，要周圍所有的人都給予配合，如同你也不願意單方面地一直配合別人的自由，因此在任何一個群體中，其成員勢必共同遵守可以讓大家都獲得照顧、尊重乃至自由的一種制度。當然，兩百多年前的《紅樓夢》並沒有我們今天的這種自由的概念，可是一個特定的群體，當人們要共同生活在一起的時候，一定要劃定一些界限，只有守住這個界限，才能讓每一個人都可以在相應的軌道上好好地生活。

大觀園的潰敗

只要人們生活在一起就必定有一套制度在運行，反映在大觀園的空間秩序上，便是以「裡、外」作為身分、階級以及行為規範的一套標準。下面這幾段重要的情節，其實正告訴讀者大觀園崩潰的弔詭之處，即在於「裡、外」的空間秩序無法維繫，這是大觀園潰散的非常重要的內在原因。讀者不要總是歸咎於王夫人抄檢大觀園，其實根本地說，之所以要抄檢大觀園，正是因為裡面的倫理秩序出了大問題，以致繡春囊才會出現！

我們接下來一個一個地檢證，大觀園內部的混亂到底是從哪些微小但事關重大的情節展現出來。我以前提過，從第四十五回以後，《紅樓夢》的故事陳述基本上已經轉移到大家族內部很複雜混亂的人際關係，而大觀園也同樣在這般的運作下開始出現一些狀況。

先從空間秩序以及人與人之間倫理關係的破壞開始談起。在第五十二回的例子中，晴雯自作主張要把墜兒攆出去，墜兒的母親就很不高興，因為在大觀園中當差，尤其在怡紅院，真的是一個肥缺，即便只是小丫頭，都會享受到非常多的優待和好處，因而把墜兒攆出去便等於剝奪她們家的利益。試看小說中有一個柳五兒，讀者都把她當作所謂「水作的骨肉」來加以讚揚，事實上她也是透過人脈，一心一意想要加入怡紅院的丫鬟陣營，一點也沒有放棄現實勢利的想法，而怡紅院裡那些當紅的寵兒也很努力地把自己人拉進來。《紅樓夢》所寫的人是活生生的，每一個人其實都有很多面向，不應用簡單化的二分法來看待。柳五兒說了幾個想進怡紅院的原因，即不但可以增加月錢的收入，又可以省了家裡的開銷，而且也替母親爭了光，因為這表示她們家的孩子這般優秀，才可以到這麼好的地方；就算生了病，如果是在怡紅院當差的話，這筆請醫生的費用也是賈府幫付的，可見盤算的都是現實的好處。因此，當墜兒被攆以後，她的母親想要爭取討回公道的機會，所以就跑來怡紅院吵鬧，等於質問那些越權做這個決定的大丫鬟，當然因此遭到大丫頭們很不客氣的反擊。讀者從中可以很清楚地看到，實際上晴雯與麝月、襲人作為既得利益者，根本就是同一陣線。

現在讓我們仔細研究這段情節。當時晴雯義憤填膺，一定要把偷金的墜兒攆出去，所以她自作主張，也就是假傳聖旨，便命人叫宋嬤嬤進來，說道：「寶二爺才告訴了我，叫我告訴你們，墜兒很懶，寶二爺當面使他，他撥嘴兒不動，連襲人使他，他背後罵他。今兒務必打發他出去，明兒寶二爺親自回太太就是了。」其中只是換了一個藉口而已，宋嬤嬤聽了便知道是東窗事發，這件竊盜案已經紙包不住火了，可是她認為就算要懲戒犯錯的小丫頭，還是要有一套正式程序，而不能夠因人設事，所以回說：「雖如此說，也等花姑娘回來知道了，再打發他。」原來怡紅院裡的人事調度權屬於襲人，因為襲人是賈府中的超級大丫頭，最初是賈母撥過來給寶玉使用的，還沒進怡紅院之前，她就已經跟在寶玉身邊。襲人的超級地位還反映在月錢上，和賈母身邊的大丫鬟鴛鴦一樣，是一個月一兩銀子，屬於所有的下人中最高的。襲人後來在私底下受到王夫人的倚重，暗地裡被升格為姨娘，但並沒有公告，在賈府的人口帳冊上，襲人還是大丫頭，所以後來賈家被抄的時候，她是「妾身未分明」的。而襲人被王夫人提升至姨娘等級之後，月錢是二兩一吊錢，和趙姨娘、周姨娘這些人一樣。換句話說，怡紅院裡如果要排列丫鬟之間的尊卑秩序，本來襲人便是高晴雯一等，所以宋嬤嬤按照家裡的運作常態，認為應該要先知會襲人才對。結果晴雯就很任性了，她說：「寶二爺今兒千叮嚀萬囑咐的，什麼『花姑娘』『草姑娘』，我們自然有道理。你只依我的話，快叫他家的人來領他出去。」

就這個情況來說，喜歡晴雯的人當然可以讚美她的正直所激發出來的義憤填膺，可是一件事情不能只看一面，從另外一面而言，寶玉根本沒有吩咐她這麼做，她卻捏造一個上級的命令，不但不誠實，而且越俎代庖，也是一種權責的僭越。很特別的是，這樣的做法實際上竟然得到姊妹們的掩護和支持，與晴雯同一個等級的麝月道：「這也罷了，早也去，晚也去，帶了去早清淨一日。」麝月都這麼說了，宋嬤嬤當然只有照做，叫人去把墜兒的母親帶來打點自家的東西，然後又帶來見晴雯等。

但墜兒的媽媽十分不高興，說：「姑娘們怎麼了，你侄女兒不好，你們教導他，怎麼攆出去？也到底給我們留個臉兒。」晴雯道：「你這話只等寶玉來問他，與我們無干。」請注意一下，當狀況發生後，人家前來質問時，晴雯卻推給上級寶玉，把自己撇得一乾二淨。可見晴雯真的只是一般女子，濫用權力、雙重標準還有脫卸責任等這些人性的弱點，她統統都有，所以實在不宜過分誇大她性格中所謂的正直光明的那一面。記得法國諾貝爾文學獎得主安德烈・紀德（André Gide, 1869-1951）曾說過：「我們慎勿以他人一生的一瞬間來判斷他們。」這一瞬間不管是好、是壞，都不足以用來偏概這個人的全貌。

尤其晴雯這句話其實還暴露出另外一個很嚴重的語病，這個語病也是怡紅院特有的一種現象，即沒有尊卑秩序，這在其他地方是不可能出現的，只有一個例外，下文會提到。原來晴雯在這一段話裡，竟然直呼「寶玉」，一般讀者乍看之下，往往覺得沒什麼，尤其對現代讀者而言，提及小說人物時當然是直呼其名，這有什麼問題？但是，如果回到活生生地正在運作的歷史現場，他們之間的人際關係和現代是不一樣的。作為下位者，不能直呼上位者的名諱，晴雯直接叫「寶玉」，實在是破壞規矩、沒有教養的表現，而且更是逾越下人分際的一種做法。按規矩，不僅直呼其名是被絕對禁止的，而且奴僕不管是在背後或在當面，都不能夠以代名詞來稱呼自己的主子，比如當著寶玉就不能直接稱「你」；在背後，也不能稱寶玉為「他」，無論在當面還是背後，對主子輩一定要稱「太太」、「奶奶」或「爺」等身分地位的尊稱才合禮。「你」、「他」這樣的代名詞代表一種很輕慢的態度，把主子貶低成為一般的對象，因此對於寶玉，下人們即便在私底下都只應該稱「寶二爺」，當面更是如此。對這一條禁忌，很多讀者可能沒有注意到，而從第四、五十回之後，這種破壞規矩的情況出現很多次。

晴雯在背後直呼寶玉之名，其實表現出她非常輕慢的心態，與寶玉有一點平起平坐的味道，寶玉對此當然不以為意，可是如果到了外面或者是外來者看到這種情況，多少就會覺得晴雯太不知道分寸，濫用主子的寵愛。果然墜兒的母親抓到晴雯的語病，冷笑說：「我有膽子問他去！他那一件事不是聽姑娘們的調停？他縱依了，姑娘們不依，也未必中用。比如方才說話，雖是背地裏，姑娘就直叫他的名字。在姑娘們就使得，在我們就成了野人了。」晴雯聽說，越發急紅了臉，說道：「我叫了他的名字了，你在老太太跟前告我去，說我撒野，也攆出我去。」晴雯的意思是她承認犯錯，可是又用很過激的方式把情況說得太過嚴重，可見晴雯說話確實是不知分寸，像如此極端過激的話事實上不應隨便出口，因為這等於是在暗示、甚至是促進事情往那種極端的狀況發展，而晴雯最後果然也被攆出去了。

話都說到這等程度，再下去就要撕破臉，這時候麝月介入了，她講了一番道理來幫晴雯轉圜，道：「嫂子，你只管帶了人出去，有話再說。這個地方豈有你叫喊講禮的？你見誰和我們講過禮？別說嫂子你，就是賴奶奶林大娘，也得擔待我們三分。」其實麝月平常絕不會這麼托大，用所謂的二層主子、副小姐的優勢來威嚇人。從語言風格來看，這話不太像麝月說的，也不是襲人會說的，因為麝月是襲人的重像，是由襲人調教出來的，她們都不會仗勢欺人。所以讀者會發現，麝月在這個時候真的是在幫晴雯，因此說起話來也比較像晴雯，看似擋住晴雯的語病所導致的危機，但實際上卻有一點強詞奪理。她把對方反過來數落一頓之後，便拿出裡外的空間秩序來驅趕對方，說：「嫂子原也不得在老太太、太太跟前當些體統差事，成年家只在三門外頭混，怪不得不知我們裏頭的規矩。這裏不是嫂子久站的，再一會，不用我們說話，就有人來問你了。」這句話的意思是，你再不走的話，就會有人質問你怎麼出現在這裡？這不是你該來的地方！說著，她還叫小丫頭子：「拿了擦地的布來擦地！」這其實是非常羞辱人家的一種做法。

麝月在這一段情節裡的做法非常有趣，平常很溫和、很顧全大局的一個人，竟然把人和人之間「以和為貴」的原則拋到一邊，用如此激烈的方式鎮壓比自己地位低下的人，而麝月這麼做的原因正是為了要維護晴雯。因此，我們從林林總總、點點滴滴的許多瞬間，其實可以看到，襲人、麝月與晴雯彼此雖然有一些小小的拌嘴，可是完全談不上敵對，更談不上互相陷害爭奪，毋寧說在很多地方她們都是同一陣線的姊妹。透過這個例子，我也希望讀者注意：有很多的情節，其中隱含的訊息和我們平常想當然耳的那種二元對立是矛盾衝突的。

再者，麝月的話裡反映出一個重點，就是從第四、五十回開始，大觀園中本來很穩定的生活規範，即保持各方協調而運作的空間秩序，已經開始面臨崩潰，所以麝月說：「家裏上千的人，你也跑來，我也跑來，我們認人問姓，還認不清呢！」

雖然這時候，大觀園的潰敗還沒有到那麼嚴重的地步，但這種空間秩序的破壞，越到後期就發生得越多。例如第六十回趙姨娘被挑撥，忿然闖入怡紅院去羞辱芳官，還打了人家兩個耳刮子，芳官何曾受過這種侮辱，她「那裏肯依，便拾頭打滾，潑哭潑鬧起來」，兩個人打成一團，旁邊又有人來助陣，簡直是非常不堪的一個場面。襲人在其中調停，很是為難，拉了一個又急著拉另外一個，結果旁邊的晴雯根本不幫忙，還悄悄拉襲人說：「別管他們，讓他們鬧去，看怎麼開交！如今亂為王了，什麼你也來打，我也來打，都這樣起來還了得呢！」連晴雯都感覺到「如今亂為王了」，「亂為王」意指一大堆人逾越上下的規矩，每個人都自以為王。晴雯下面舉的例子即「你也來打，我也來打」，原來小丫頭本是歸主子所管，也歸大丫頭所管，即便小丫頭的生母，也不可以逾越分際來怡紅院管教女兒，結果統統都拿著血緣關係闖入怡紅院去伸張她們的家庭教育，忽視賈府所運作的那一套尊卑制度。

倫理秩序的鬆動而導致的這種「亂為王」的現象，在怡紅院已經出現過好幾次，然而最嚴重的地方是在紫菱洲，也就是迎春所住的地方。單單從空間秩序及尊卑倫理的破壞而言，第七十三回便提到，因為迎春很懦弱，所以那些下人們，包括她的乳母、嬤嬤們、小丫頭們都不把她放在心上，這個時候當然就「亂為王」了。大觀園的秩序出現混亂，而這個混亂並不是所謂的平等，畢竟平等還是要有一個秩序的，而主子迎春即首當其衝、反遭其害，因為她沒有能力轄治屋中的那一批下人們，尊卑的地位秩序也就無法維繫。結果，下人們連迎春的累絲金鳳都敢私下拿去典當，什麼東西都據為己有，更過分的是還揑造假帳來威逼迎春，簡直是為所欲為。但迎春對此卻完全無能為力，她竟然只是很逃避地消極躺在床上看書，任憑強悍過分的奴僕和兩個站在她這邊、捍衛主子權益的丫頭雙方吵嚷，自己根本無力解決。

可巧寶釵、黛玉、寶琴、探春等來到紫菱洲探望迎春，發現這裡正吵吵鬧鬧，探春知道如何最快、最根本地解決這個問題，她立刻暗中派人把平兒找來，因為平兒就代表王熙鳳，而沒人敢在王熙鳳面前「亂為王」。當平兒來了以後，王住兒媳婦還想先發制人，搶奪發言權，這叫作惡人先告狀，因為她已經習慣犯上作亂，簡直視探春、迎春姊妹如無物一般。但平兒是很知道規矩的，便立刻斥責她說：「姑娘這裏說話，也有你我混插口的禮！你但凡知禮，只該在外頭伺候。不叫你進不來的地方，幾曾有外頭的媳婦子們無故到姑娘們房裏來的例。」「姑娘」即主子小姐，裡外的尊卑秩序是維持大觀園的和平與穩定非常重要的一個關鍵原則，可是該秩序在紫菱洲被破壞得非常嚴重，因此當平兒斥責王住兒媳婦的時候，也不只是說她「亂為王」，直接訴諸的便是逾越空間的秩序。

既然紫菱洲已經秩序崩潰，裡外的界限完全模糊，而大觀園內最早受到毀滅性傷害的姑娘正是迎春，由此傳達一個訊息：當你沒有辦法維持尊卑秩序的時候，也會在「亂為王」的情況下慘遭吞噬。其中的弔詭發人深省，原來所謂的浪漫、自由其實需要一個基礎，那就是秩序。沒有秩序，便不可能有浪漫與自由，好比每個人如果都不自我節制的時候，也不可能有真正的自由，田中芳樹的《銀河英雄傳說》裡有一句話說：「絕對的自由只會使自由墮落。」這真是智慧的洞見！幾百年來，人類一直在追尋自由、平等、博愛，不過在真正的自由和個人主義中，同時還要求非常高度的自我節制，包括尊重別人，讓別人也享有同樣的隱私與自由，也只有在這樣的交互主觀之下，個人的自由才會真正發展出來。所以，自由絕對不是周邊所有人都無條件地配合自己，當人群之間沒有一定的規範法則時，大家都會在混亂中全部喪失自由。

迎春的丫頭繡桔是忠心護主的，在平兒斥責王住兒媳婦以後，她立刻表達委屈和共鳴，接話道：「你不知我們這屋裏是沒禮的，誰愛來就來。」於是平兒話中有話地對繡桔說：「都是你們的不是。姑娘好性兒，你們就該打出去，然後再回太太去才是。」平兒也是在提醒繡桔：你們雖然是丫頭，但不是只有順著主子迎春的這一種做法而已，為了要保護主子，還有一種更積極的，甚至具有「侵略性」的做法。可見這種大家族具有人情的彈性，可是又有一些不能夠逾越的森嚴界限，而且它們彼此其實也在互相滲透，並行而不悖，到底什麼時候該用哪一種，就是處在這樣環境中的人必須動腦筋思考的問題。

其實，導致大觀園崩潰的第二個重要的入侵物——繡春囊，便是在迎春這一房秩序的鬆動之下才有隙可趁，繡春囊正是迎春的大丫頭司棋帶進來的，由此讓人感嘆，很多事情真的不是只用唯一的標準便可以當作真理來丈量。在封建制度的背景下，維持尊卑不容逾越，反而能夠保障所有人的平安與正常的生活，一旦尊卑被破壞，就會使所有人全部「罹難」。所以，不應該用今天的自由、平等來批評《紅樓夢》裡所謂的封建概念，一定要回到當時的時空背景，在人物的立場中看到他／

她是在什麼樣的條件下生活的。現代人都太自認為我們走在時代的前端，結果把自己當作唯一的真理，任意解讀過去的文本，這是一種很無知又很傲慢的心態。

第八章

大觀園屋舍小講

房子通常是人類內在心靈的外部延伸，象徵人格及其意識的層面，加上大觀園的各個屋舍都有數十個人在服侍，所以空間的擺設、各方面的清潔和秩序等都可以得到很好的維持。除此之外，一個空間要怎麼安排，居家如何布置，屋主都有自己的權力，因此更能保有其自主性，而這就完全體現出他的性格。

試看第十七回賈政在遊園的過程中，特別問了調度、建設整個大觀園的主事者賈珍道：「這些院落房宇並几案桌椅都算有了，還有那些帳幔簾子並陳設玩器古董，可也都是一處一處合式配就的？」從「可也都是」這個連接短語，可見大觀園的院落房宇和几案桌椅，乃至那些帳幔簾子、陳設的玩器古董都是量身訂製的。賈珍回答說：「那陳設的東西早已添了許多，自然臨期合式陳設。」「式」這個字我們今天當作一般的語詞，使用得比較寬泛，而《紅樓夢》裡的「式」字其實就是樣式，照著某個樣式去做，這叫「合式」。所謂的「合式陳設」便是指依照各種不同的屋宇設計，專門提供可以配合得很協調的陳設器玩。在這樣的狀況下，大觀園中的每一個重要處所，它的各種內部設計就必然和屋主的性格、精神、特質和心靈狀態是一致的，彼此互相定義、互相映襯。

怡紅院

首先要說怡紅院，它和蘅蕪苑是大觀園的兩處大地方，它們的「大」體現在五開間的建築規模上，這也算是金玉良姻的另外一種隱喻方式，尤其蘅蕪苑又最接近園區正中央的正殿，在在表徵了園外現實世界的門當戶對。那麼，五開間與黛玉、探春等其他姊妹們的屋舍的三開間，到底有什麼差別呢？除了大小本身就可以體現出價值高下的判斷之外，「五」和「三」事實上也有數字上的象徵意涵，這要從中國傳統所投射的文化意涵來揣摩。

「一」這個數字當然是一切的開端和起源，「三」代表多樣，可是此種多樣只是一個基礎，因此「三」這個數字被視為「數之小終」，它只是萬事萬物生成發展的基數。「五」則被古人定義為「中數」，是中間的數，東、南、西、北四方再加上中間，總共構成「五」，所以「五」這個數字是在四方的古老觀念基礎上，和居中的觀念同時發生的，而我之前也說過「居中」這個概念，有王者統馭四方的象徵意義。「中」永遠是萬物向心力的所在，也是天和地相溝通的聖地，因此「五」這個數字被視為在此建立人類社會的小宇宙秩序，並躍升為宇宙論模式中最具有權威性代表的一個神聖數字。蘅蕪苑和怡紅院都是五開間，可想而知，它們也帶有這種權威的意義。

不只如此，怡紅院的裡裡外外都被設計成如迷宮一樣，大家走在裡面遇到左一架牆、右一架書，然後就迷路了，要讓賈珍來帶領大家突破重圍。好不容易走到後院，都已經離開主建築物，然而又迷路了。為什麼只有怡紅院被設計成一座微型的迷宮，它到底有什麼意義？原來這是啟悟過程中的必經階段，西方學界有幾個比較重要的關於迷宮的詮釋，可以幫助我們理解寶玉的啟悟歷程。

簡單來說，寶玉在紅塵中的十九年，可以說就是由迷而悟的過程，此一啟悟歷程曲折離奇，而且有很多細膩的環節。根據西方神話學的原型概念，整個啟悟過程包括出發、變形（啟悟）、回歸三個基本階段，而這三個階段裡，每一個階段都還有更細緻的步驟。西方神話學者坎貝爾等開發出所謂的「英雄神話」，這類神話故事的主角不一定是英雄，我們可以看到有一些人在人生中經歷種種不斷成熟、不斷變化的過程，其實也都反映出類似的共通模式，而就這個共通模式來看，我認為

《紅樓夢》體現得最為完整，也有趣得多。

大觀園的生活歲月，基本上便是這個啟悟歷程三階段的中間階段，在這個階段裡，需要有一個花園，因為它代表完美的世界，這時寶玉必須深入下意識的底層，經過類似「死與再生」的模式，最後才會回歸，而回歸即等於已經完成了悟道的過程。寶玉總是希望「化灰化烟」地死去，他常常和姊姊妹妹們說，你們都不要離開，你們都守著我，等到我哪一天死了，化成灰、化成煙，風一吹就散了，那時候我顧不得你們，你們也顧不得我了，便憑你們去了。

《紅樓夢》裡，「化灰化烟」的這種說法至少出現三、四次，而且連續書者都注意到，於是在第一百回中，寶玉又發出同樣的死亡意願。但明明寶玉在大觀園活得很開心，他卻經常提到死亡，而這種死亡的形態又這麼特別，到底是為什麼？我後來採取另外一套啟蒙的概念，即所謂「成年禮儀式」來理解，才恍然大悟這個「化灰化烟」的死法，應該就是處在啟悟的中間階段，也是所有主角在啟蒙過程中最迷人的階段，因為他們在這個階段會邂逅女神，會和很多美麗的女子產生浪漫的相關遭遇，果然寶玉正是在這個階段裡住進大觀園這個完美的天堂，裡面有許多的姊姊妹妹圍繞。這麼一來，只要在姊姊妹妹的圍繞之下死去，不就等於一生都是生活在天堂裡了嗎？而這樣的女性元素，也相應於「迷宮」的設計。

從世界各地的神話傳說及各種原住民文化，我們都可以考察出一個非常有趣的典型象徵——迷宮，迷宮往往會出現在一個人追求成長，超越過去幼稚的、有限的、無知的自我的階段。法國學者賈克·阿達利（Jacques Attali, 1943-），是法國前總統法蘭索瓦·密特朗（François Mitterrand, 1916-1996）的哲學老師，他有一部著作《智慧之路：論迷宮》，書名即顯示出迷宮是要讓人通向智慧的，主角能夠通過迷宮就會超越人生的混沌和停滯期，變成人生之路的主宰者。既然這是一個啟悟過程，當然要經過由無知到有知、從幼稚到成熟的蛻變，所以其間會出現透過類似迷宮這般象徵性的經歷。

很奧妙的是，當主角要追尋個人之路，要超越自我並展開一段漫長旅程的時候，作為象徵的迷宮便會以各種形式出現，寶玉的方式比較特別，因為他就住在迷宮裡，所以怡紅院是一個微型的迷宮。阿達利說，迷宮象徵漫遊，因為在迷宮裡行動，其速度絕對不可能快，這是很重要的基本原理，意謂著你的人生要停頓，你甚至要放任自己處於一個混沌的、甚至是迷亂的狀態，在那裡，你是在自我拆解重組，是在超越最不可控制的內部的潛意識，然後才能掙脫出來而獲得成熟。

阿達利又說：「象徵漫遊的迷宮代表的是誕生和子宮，而直線代表的是男性的陽剛之氣。……蜿蜒曲折、洞穴、岩洞，這些同義詞都是母親的象徵，都是女性和生殖力的象徵。」這些迷宮曲折蜿蜒，象徵著漫遊，在母親懷裡當然非常自在，不需要奮鬥；它又是子宮、母親的象徵，同時也是女性和生殖力的象徵。在這個啟悟（變形）的階段裡，男主角邂逅女神，有眾多美麗的女性環繞著，事實上和迷宮本來就有的女性意象是完全吻合的。對西方人來說，所謂的父親即代表理性、秩序、社會，母親便代表混沌、安全，是充滿沒有秩序感的、像羊水般的所在，所以一個男人要成長的話，一定要脫離母親的世界，通過迷宮進入父親的世界，才能夠重生。

那麼迷宮到底和啟悟有什麼關聯？在西方神話學者看來，一名男主角在啟悟過程中，有一個必經的步驟，就是墮入迷宮，象徵著這個被啟悟的人，他要重回子宮，然後得以再生。不要忘記女性是不需要被啟蒙的，中外都一樣，因為女性的人生始於孩童，到了青春期，嫁為人妻，再成為人母，這就是一輩子主要扮演的角色，所以她沒有什麼啟蒙的需要可言。但男人要成熟，尤其男主角要超越自我，要成人，就要經過這樣的迷宮階段，迷宮本身便有子宮的象徵，進入迷宮相當於回到重生的狀態，預備好將來可以再一次出生，脫胎換骨成為一個全新的人。

這也是在很多神話或傳說裡可看到的「死與再生」的基本母題，人一定要經過死亡才能夠重生，但這個死亡當然不是肉體的死亡，而是象徵性地重回母體，並以進入迷宮的方式來體現，在迷宮中就可以恢復到出生之前的狀態。換句話說，這時又重新歸零，回到類似於蛹、繭的那種處境，你的DNA拆解重組，以蛻變出另外一個截然不同的、嶄新而美麗的、可以抵抗地心引力的飛翔的生命，從人類心靈意識的成長來說，這是非常艱苦的過程。這個迷宮的設計其實是普世的，是自古到今所有要超越的人，都會在漫長的啟悟追求中遇到的關卡，雖然這個關卡因為所謂的「飲饌聲色」而特別迷人，但它的功能絕非只是欲望的陷溺如此簡單。

就啟悟主題的角度來看，寶玉住進怡紅院便相當於舉行「入門禮」，入門禮是成年儀式裡很基本的形態之一。關於成年禮儀式，雖然各個部族會有些許不同，可是基本的模式是差不多的，其中一個環節就是把你從家裡帶出來，使你不能再棲息在原先熟悉的那個孩童的世界，把你關到比較偏僻的、獨立的小茅屋，裡面又陰暗又孤獨，讓你經過被孤立化的過程。人類學提到，「入門禮」會使用的小茅屋，同樣也被用來象徵母親的子宮，而我覺得對寶玉成長過程來說，小茅屋和怡紅院也有異曲同工之妙，寶玉終究要從小孩子變成一個最後離開大觀園的成年人，他必須承擔這個家族的未來與傳承的重責大任，因此怡紅院是用迷宮的形態去設計，與象徵母親的子宮達到本質上的相通。

在此，我必須指出，雖然很多人都把寶玉理解成如同彼得．潘一樣抗拒長大，這並非沒有道理，但就另外一個層面而言，《紅樓夢》堪稱是一部成長小說，終究是在講述一個小男孩要成長為男人的過程。

只有那些準備好要透過一道特殊的啟蒙儀式，並且進入神祕的集體潛意識的人，才有能力去超越這種母性子宮混亂糾結的狀態，也才有資格進入迷宮，最後加以超越；假如是一個沒有準備好的人進入迷宮，最後的結果就是出不來，以致終身沉淪。所以，寶玉所要遭受的試煉真的是非常嚴酷的，有些讀者以為《紅樓夢》說的是一個快樂地、率性地追求浪漫自由的反禮教故事，那是把它讀得太簡單了，寶玉要透過這樣的成年禮儀式，必得經過很多打擊，在他的啟悟過程中，有非常多可再進一步考察的心靈變化成長的幽微狀態。

簡單地說，為什麼怡紅院的裡裡外外要被設計得像迷宮一樣？就是因為寶玉進入大觀園，根本上正是啟悟階段的一個體現，所以他必須處在迷宮裡。我們之前也提到過，怡紅院又是園中水流的總滙所在，而《紅樓夢》說得非常清楚，女兒是「水作的骨肉」，所以女性和水又連帶發生本質相通的關聯，怡紅院確是「邂逅女神」的所在。

另外，怡紅院有一個獨特的擺設，就是大鏡子。從賈政的遊園到劉姥姥逛大觀園，作者由外而內地讓我們看到各自獨立的屋舍的獨特性，而在其種種的描述中，我們發現只有一個地方設有大面鏡子，可以把人整個映照出來，就是怡紅院，其他地方統統沒有提到。在第十七回中，賈政他們在怡紅院中到處尋找出路，結果走到一道門前，「忽見迎面也進來了一群人，都與自己形相一樣，卻是一架玻璃大鏡相照」。這是鏡子第一次出現，那種穿衣大鏡和我們現在常用的西式鏡子不一樣，是很大一面，有底座還有框架，底座兩邊有所謂的「出腿」，亦即像人把腿伸展出來一樣，由此可以讓它的底盤比較穩固。

怡紅院之所以會設這樣一座和人一樣高、甚至可能更高的立地玻璃大鏡，首先當然是要顯現出賈家的富貴豪奢，沒有極高的社會等級及經濟資本，不可能有此等的擺設；第二，鏡子本身一直都有非常豐富的象徵意義，無論是佛教，還是中國傳統的道家思想，實際上都很清楚地告訴我們，其中是蘊含著智慧的。

簡單來說，鏡子本身具有虛與實並存相生的特質，根本上也就是真假對立的矛盾統一體，鏡子外面是真，鏡子裡面是假，可是兩方又完全不能夠區分，人必須陷入這種矛盾辯證之中，才能發展出智慧。這面鏡子被安排在怡紅院裡，也是因為整個故事中要受到啟悟的主角是寶玉，所以他的住所一定要有一面鏡子。當然，鏡子常常體現出鏡花水月的虛幻性，人藉以得知這個世間其實是幻象的投影，透過一面鏡子，讓人體認到虛幻的影像竟然是這麼逼真，就會開始思考真與假之間並不是那樣清楚可以判別的。你真的以為這個世界是唯一真實的嗎？其實，這個世界只不過是別人在你心中所做的描繪，當你說世界是怎樣的時候，只不過是你接受到關於這個世界的一種描述而已，它並不是世界的真相。但是大多數人從不體會這個層次，一直活在現實生活的淺灘中終其一生，所以會有一面鏡子，便是要提醒我們不要陷入真假不分的狀態。

鏡子除了告訴你什麼叫虛幻，同時又告訴你什麼是本相。我們的眼睛無法反觀自己，得要借助鏡子之類的東西來幫助我們認識自己的形象，所以鏡子是讓人從完全的主觀自我中跳脫出來，用另外一個旁觀的眼光來自我反照、自我覺知的重要憑藉。鏡子讓人從主觀的自我中超越出來，懂得在交互主體的過程中認識自己的客觀狀態，不以自我為世界的中心。換句話說，鏡子是外在的照見，可是鏡子的象徵也同時告訴我們，可以從心靈上透過第三者，透過外界的眼光，而對自我有了客觀的認識，人通常也因此才會獨立而成熟。

西方漢學家艾力克．魏門（Alex Wayman）認為，在中國文化裡，鏡鑑印象涉及多條的思想脈絡，如原始佛教裡把鏡子當作心靈的體現，即「心之相」，而在其他各個宗派裡，鏡子的重要性也非常高。例如在禪宗史上，惠能和神秀互相較勁的偈句，一方要「心如明鏡臺，時時勤拂拭」，一方是更高一籌，說「本來無一物，何處惹塵埃」。所以在佛教裡，鏡子本身的意義是非常豐富的，而且它是智慧的象徵；同時鏡子不僅是心之相，也是寓言所在。下面引述一個大家比較看得懂的說法，在佛教的各種經典和論述中，對鏡子有很多精緻而複雜的譬喻，都是為了呈現複雜的哲理，其中最重要的便是「以鏡喻空」，告訴你這是幻象，這世間所有的一切都是以空為本質，鏡子正是如假包換的最佳體現。你明明看到它是那麼真實的存在，可它的本質又是空無的，背後什麼都沒有。

這些思路可以用簡單的話來說：鏡中本來就沒有實相，就和空氣一樣，而這便是佛教很重要的一個理論核心，鏡中的那個形象是隨因緣而成的，鏡中相是哄騙人的假象。如果沉湎於鏡中的假象，就如同陷入虛假的世界，甚至還為這個虛假的世界而發狂沉溺，《紅樓夢》以賈瑞作為此種道理的體現，用的正是佛教的點化方式，即「白骨觀」。要看風月寶鑑背面的白骨，那才是真相，不要著迷於正面的那個風流裊娜的女體，那是會引人誘入歧途的假象，可「白骨觀」顯然對賈瑞這種執迷不悟的人是沒有用的，所以他最後就送了命。總而言之，鏡子可以告訴你眼前所看到的世界其實是一片虛假，以此闡述「空」的意涵。

《莊子》裡也提過鏡子的意象，〈應帝王〉篇有「至人之用心若鏡，不將不迎，應而不藏，故能勝物而不傷」之說，可見在道家系統中，鏡子也是很重要的智慧象徵。除此之外，鏡子還有一個非常重要的功能，即所謂的「鏡像」，可以讓人從自我的主觀意識超離出來，學習到一種用外在的眼光來客觀認識自己，這是一個人的成長中很重要且必要的階段。假使運用得當，鏡子可以協助人們進行與自身互動的道德思考，而這個時候鏡子就是希臘箴言所說的「認識你自己」（to know yourself）的工具。

總而言之，鏡子是認識自己的工具，它要求人們別把自己當成上帝，要瞭解自己的極限，不要傲慢，要讓自己變得更好，因此這樣的鏡子並不是模仿的被動之鏡，而是轉化的主動之鏡。寶玉的鏡子在這裡也有同樣的意涵，鏡子讓寶玉瞭解到：你終究要離開大觀園，不能以為這個世界都是以你為中心，是為你所運轉的子宮般的美好世界，你只是這個世界中的一員，所以你要遭受到孤獨及很多的創傷，這才是人活著的真相。寶玉終究要離開大觀園，而離開之後，他的啟悟歷程就會進入另外一個超越的階段。

怡紅院中特設一面大鏡子，而別的地方都沒有，對於這一現象，余英時有一句話說得很好，他說：「怡紅院中特設大鏡子，別處皆無，是章法之一，即所謂『風月寶鑑』也。」這面怡紅院的鏡子，就如同整部《紅樓夢》最初所發軔的原始創作，即點化賈瑞的「風月寶鑑」，是寶玉的成長過程中不可或缺的工具。

怡紅院裡的鏡子意象是刻意為寶玉量身訂做的，專為他啟悟的終極目標而設計，所以《紅樓夢》是一部啟蒙小說，也就是透過男主角由無知到有知、由幼稚到成熟、由自我到社會，最後實現完整的自我的成長過程，這個過程事實上是非常細膩的，而且每一個細膩的環節都有很豐富深刻的象徵。由此也反映出《紅樓夢》基本上是以賈寶玉為中心的小說，所以寶玉的部分永遠有最豐富、最全面的相關細節可供挖掘。

瀟湘館

在怡紅院之後，關於大觀園中重要的屋舍，接著要介紹的是瀟湘館，它距離怡紅院最近，這樣的「木石最近」便相對於「金玉齊大」。瀟湘館的內部空間構設也體現了林黛玉獨特的性格。首先，瀟湘館比較狹窄，不但是一般的三開間設計，並且整體空間並不寬闊，故而每一開間都顯得狹隘。

確實，瀟湘館的主要特點就是狹窄，不僅第十七回說它是「小小兩三間房舍」，第四十回劉姥姥逛大觀園時也提供印證。當時一行人在瀟湘館裡停留一會兒，賈母便起身笑道：「這屋裏窄，再往別處逛去。」可想而知，「屋裏窄」的這個評語和第十七回說瀟湘館「小小兩三間房舍，一明兩暗」是完全一致的，都是要呈現黛玉的心靈格局，也就是說，她並不是一個開闊坦然的豁達之人，她心中其實有很多的曲折幽暗，而且整體格局太小，基本上是以自我為中心。當然，我們都不要急著判斷人物的好壞，我們的目的是先客觀認識，然後再深刻地瞭解何以致此的原因。

早在第三回黛玉初次來到榮國府，作者便以全知的角度描述黛玉的長相與風度氣韻，提到黛玉是「心較比干多一竅，病如西子勝三分」，正與瀟湘館的格局相呼應。此外，總體說來，脂硯齋對眾金釵們大多是讚美有加，尤其是對寶釵、襲人讚美最多，對於黛玉，他也非常體諒，極力提點黛玉的優點，但是在這個地方，脂硯齋仍然客觀地指出：「多一竅固是好事，然未免偏僻了，所謂過猶不及也。」黛玉在這一方面確實是太過，尤其是心地狹窄，如果再透過一些心理學精神分析來討論的話，她其實有非常嚴重的自我中心主義傾向。

黛玉的性情過於偏僻，以至於心中有太多的糾結曲折，這是一個客觀的事實，透過「屋裏窄」而裡外完全一致地體現出來。劉姥姥藉這個機會提出一個比較，她念佛道：「人人都說大家子住大房。昨兒見了老太太正房，配上大箱大櫃大桌子大床，果然威武。那櫃子比我們那一間房子還大還高。怪道後院子裏有個梯子。我想並不上房晒東西，預備個梯子作什麼？後來我想起來，定是為開頂櫃收放東西，非離了那梯子，怎麼得上去呢。如今又見了這小屋子，更比大的越發齊整了。滿屋裏的東西都只好看，都不知叫什麼，我越看越捨不得離了這裏。」劉姥姥這個人飽經人情歷練，絕對不是不長眼睛、橫衝直撞的莽婦，她既感嘆老太太的正房大，又稱讚瀟湘館精緻華麗，「滿屋裏的東西都只好看」，可見這是一個寵兒的居處，也因為黛玉是寵兒，她才有那麼多的時間用來自戀、自憐甚至自虐，當一朵自我耽溺的水仙花，這是黛玉的一大特色。

不止如此，第十七回還提到瀟湘館的後院有「小小兩間退步」，「退步」大概是一個堆放雜物或者日常些不重要物品的小場所，連這兩間退步都是用「小小」來形容，整個瀟湘館又有如書房一般充滿著詩書清華之氣，所以可稱瀟湘館是「小而美」，和賈母居處完全以體積的龐大和宏偉的視覺效果達到一種威武的震撼感，當然是非常不同的。

其實，早在第十七回賈政帶領一行人遊園的時候，對瀟湘館猶如書房一般的構設已經有了直覺上的類似感受，他說：「這一處還罷了。若能月夜坐此窗下讀書，不枉虛生一世。」可想而知，這個環境是多麼的清幽雅致。後來劉姥姥來到這裡，看到窗下案上設著筆硯，又見書架上磊著滿滿的書，便推測說：「這必定是那位哥兒的書房了。」賈母笑指黛玉道：「這是我這外孫女兒的屋子。」

劉姥姥笑道：「這那像個小姐的繡房，竟比那上等的書房還好。」由此可見，瀟湘館確是黛玉整體精神的一個形象化體現。

黛玉雖然飽讀詩書，但如果把黛玉所讀的書做一個整理，便會發現大多是比較偏向個人心靈抒發這一類的抒情和性靈之作，例如《古今樂府雜稿》。黛玉的閱讀範圍不比寶釵那般廣博與全面，所以黛玉基本上就是把瀟湘館這個空間營造成完全滿足個人心理需要的家園，在這裡，她和這些書籍進行雙向的交流——她的心靈讓她選擇這一類書籍，而這一類書籍環繞在她的周圍，形成一種空間性的瀰漫，又反過來浸潤於她追求個人性靈的傾向，這是互相加強的一個循環式結果。黛玉的可貴在於她真的讀了很多書，這讓她不會流入「市俗」，但黛玉並沒有擺脫傳統文人的若干缺點，再加上她作為父母雙亡的孤女，又是一個在當時尊卑不平等社會中的女性，以致心中事實上有非常多的糾結，她在人際互動中呈現出來的一些言語或行動的特徵，是在完善的王府環境中成長起來的閨秀身上所沒有的。

但必須補充說明的是，黛玉的心地狹窄之特質，主要見於第四十五回之前，適用於所謂的前半期，黛玉的後半期其實已經不是這等模樣了，她的很多反應都和前半期的那一個刻板形象完全不符，這一點等到黛玉的人物專題時再說。

前期林黛玉典型的性格內涵有兩個層面，即「太偏僻」和「心地狹窄」，這些都是自我中心者很容易出現的問題。從動作上來看，黛玉會摔簾子；還有在第三十七回中，當詩社成員在作詩的時候，黛玉一副悠哉的樣子，還讓寶玉別管她，等到大家都寫完了，她才「提筆一揮而就，擲與眾人」，文中用的是「擲」這個動作；此外，她也曾「蹬著門檻子」（第二十八回），除了黛玉，賈府中沒有哪位閨秀小姐有過這樣的舉止，只有王熙鳳腳蹬門檻、用耳挖子剔牙，但是切莫忘記王熙鳳是沒有受過教育的，她是一個很市俗的人。

而且當黛玉不開心的時候，還常常「啐了一口」，也就是吐口水。我經過全面的統計，小說裡最常以「啐了一口」來表示厭惡感的女孩子正是林黛玉，與之不相上下的則是王熙鳳，在二層主子或副小姐中，把襲人、麝月、鴛鴦和晴雯等全部算進來，也只有黛玉的重像——晴雯一人曾用「啐了一口」來表達她的情緒。在書中，王熙鳳常說「放你娘的屁」，而在二層主子或副小姐中，又是晴雯會用這種話來罵人，這實在是很有趣的一個平行現象。「啐了一口」還有口出粗鄙之言、有違大家閨秀身分的行為都集中在這幾個人身上，而這幾個人確實有一些共同的特點，這是很值得我們思考的問題。

林黛玉比起晴雯、王熙鳳當然還是更勝一籌，不要忽略她是讀過書的，讀過書的人如果運用所學到的修辭技巧來攻擊別人，其實會比直接罵髒話要高明得多，也會讓對方更窘迫，更無所遁形，自然就會更羞愧，那種傷人的力道其實是更有過之。例如，黛玉曾經嘲諷劉姥姥為「母蝗蟲」，「母蝗蟲」不只是說劉姥姥像蝗蟲過境一樣地大吃大喝，實際上還隱含很深刻的一種鄙夷，便是把對方貶低為動物，而且還是動物中的昆蟲，再加上用個「母」字，效果就可想而知，黛玉罵人是真的可以不帶髒字的。讀者看了大概會覺得很好笑、很有趣，不過很少有人細想過，黛玉對別人的嘲弄，背後有著什麼樣的心理需要。

佛洛伊德告訴我們一個非常重要的觀察：成熟的人會嘲笑自己，不成熟的人才喜歡嘲笑別人。一個懂得嘲笑自己的人，即具有高度的自我認識，知道自己有什麼不足，所以不會一直盲目地想要為自己辯護，而且他坦然接受自己的缺點，不用等別人笑他，自己就先開起自己的玩笑，這表示這個人的心理處在一種平衡狀態，能夠把自我抽離出來，用一個旁觀者的眼光來認識自己，這才是真正成熟的人的做法。黛玉便是抽離不出來，她的心中有很多陰暗面，又始終在自戀、自憐，而一個自戀、自憐的人其實也就是把自己看得「太過該死」的重要，以致對於個人生命中的缺陷牢牢盯著不放，永遠只看到缺陷，而不肯看到外面宏大的世界，所以才會自戀和自憐，有的時候還包括自虐，這其實是一體的兩面、甚至三面的關係。

佛洛伊德分析說，嘲弄自己叫作「幽默」（humor），嘲笑別人叫作「玩笑」（joke），二者最重大的區別就在於背後的心理機制是非常不同的，並不只是成熟與不成熟的差別。「幽默」一定是在自覺的情況之下產生，因為你充分認識自己，也接受自己，然後用一個旁觀者的眼光來看待自己、嘲笑自己。比如，劉姥姥雖然目不識丁，出自非常貧窮的土地，但她是很有大智慧的人，她知道別人都在笑，她也迎合別人的笑，甚至跟著別人來笑自己，最後大家都很開心，沒有傷害到任何人，反而讓整個環境變成一團歡樂，而黛玉在這一點上是遠遠比不上劉姥姥的。黛玉實在太嬌弱，原因之一就是她被保護得太好，作為一名寵兒，沒有人敢教她。因此，這樣的自我中心到底算不算是一種價值，這是我多年來讀《紅樓夢》時一直在思考的問題。

相對地，「玩笑」基本上是在無意識的狀態下產生的，正因為是無意識的，所以它逃脫了超我（super-ego）的檢查，自我便檢查不到其中的惡意，而使之衝口而出。我們常常說什麼「有口無心」，還說其實沒有惡意。這麼一來，就有一個問題出現了，如果說「有口無心」，為什麼「無心」卻可以「有口」？為什麼口可以具有這樣一個獨立的地位，脫離心的控制？何況，連沒有惡意都可以說出那樣的話來傷人了，如果帶有惡意，那還得了！佛洛伊德就是不甘心於一般人的 common sense（常識），於是往更深處挖掘，告訴我們：能說出傷人的話，就是有惡意，只是掩藏在無意識之中，不但自己檢查不到，別人也可以用「無心之過」之類的托詞來粉飾過去。由於「玩笑」是說完就算了的，大家都不覺得應該當真，因此可以逃脫或越過道德倫理意識的審查，也就會比較容易被放縱，尤其黛玉的玩笑都是使用非常巧妙的修辭技巧進行包裝，因而變得更精簡傳神，但也更有殺傷力。一句「母蝗蟲」，當場讓其他小姐、公子們都笑翻了，使大家從中欣賞到語言的巧妙，可是如果從心理機制的需求來看，它當然不只是要取得語言上的快感而已，事實上，它還有一個更重要的目的，即獲取一種宰制別人的快感，這就是對黛玉的心理機制的絕佳闡述。

黛玉很喜歡開人家玩笑，例如當惜春要告假去畫大觀園的時候，黛玉便說這個園子才蓋了一年，惜春要畫就還得要兩年的工夫，當然這也是事實，因為後來惜春畫得很慢，第五十回賈母說要去看看「趕年可有了」，眾人笑道：「那裏能年下就有了？只怕明年端陽有了。」賈母吃了一驚，說：「這還了得！他竟比蓋這園子還費工夫了。」由此看來，惜春的無心或者無力於繪畫確是事實。然而，所有的事實都要說出來嗎？這是第一點。第二，即便事實存在了，也要說出來，但為什麼要用這種方式去說？黛玉先是嘲笑劉姥姥為「母蝗蟲」，然後嘲笑惜春畫才的遲鈍，背後都絕對不只是好玩的目的，讓大家看她的比喻多麼生動，見識多麼一針見血，然後博大家一笑。佛洛伊德很深刻地發現，開這一種玩笑的，常常都是在指責別人的缺點或者是醜陋的地方，其背後的心理機制是為了侵犯別人，說者其實不是無心，而是在一個無意識狀態下，把對別人的惡意透過語言的掩飾來逃過道德的審查，然後即可以公然地抒發出來，事實上是一種非常巧妙的心理運用；而之所以要侵犯別人，並非開玩笑者要與他人為敵，而是有一種特殊的心理需求，即謀取宰制性的快感。

黛玉非常自我中心，而且她真的是一個「超級主體」，無形中她往往要透過這些玩笑來獲得一種凌駕於別人之上的快感，這當然很有可能是為了彌補她心中的不安全感。佛洛伊德的大弟子之一阿德勒，由於不能接受佛洛伊德那一套「力比多」的理論，於是獨立門戶另外去成立一個心理學派，稱為「個體心理學」，而他的理論便可以用來闡述林黛玉和薛寶釵為什麼會有那麼大的差異。在阿德勒看來，每一個人都有自卑感，只是輕重的程度及對本人的影響有所不同，自卑感有可能變成對人的一種負面傷害，可是如果懂得面對和處理，自卑感反而可以幫助人成長。為了要抵消自己的自卑，填補自己的不足感，人就會發展出建立優越感的其他行為，以彌補本來所欠缺之處。一旦自卑感沒有經過適當的處理，爭取優越感的動作也沒有得到合理的調節，便會使自己陷入一個惡性循環中，個體所爭取的優越感也會建立在一種虛幻的自我滿足上。換句話說，個體用來證明自己優越的那些東西，事實上是不被社會所認可的價值。最極端的一個例子即魯迅筆下的阿Q，他明明處於劣勢，心裡也很自卑，可是他沒有能力處理這個問題，所以當人家罵他，他便曲解為「兒子罵老子」，這豈不正是自己想像出來的虛幻的優越感麼？

當然，黛玉不至於如此荒謬，不過她也是在爭取所謂的虛假的優越感。試看她非常重視作詩，並且一定要贏過眾人，然而在《紅樓夢》的時代裡，作詩根本不被視為女性的價值，即使在作詩方面爭得再多的第一名，整個社會還是不會承認你很優秀。黛玉雖然有性別方面的局限，阿德勒的這套理論還是可以幫助我們理解黛玉為什麼那麼在乎第一名。除了作詩要爭第一名之外，她確實也很喜歡嘲諷別人，而且有些嘲諷已經過分尖銳，尤其她開別人玩笑的時候，找的都是對方的缺點，而這個現象是史湘雲先發現的。第二十回湘雲來到榮國府，黛玉感覺到安全感被威脅，因為寶玉有的時候被寶姐姐迷惑，有的時候又去吃哪個丫頭嘴上的胭脂，她已經應付不來了，這會兒又來了一個湘雲，所以黛玉就加以嘲諷。這時湘雲直率地批評道：「他再不放人一點兒，專挑人的不好。你自己便比世人好，也不犯著見一個打趣一個。」用現在的白話文來說，即黛玉專門在人家的傷口上撒鹽，所以湘雲才這麼深感不平。

值得我們注意的是，雖然湘雲也是嘴很直的一個人，可是湘雲所說的話基本上都是反映客觀事實，不是用來攻擊人的。足見同樣都是「直」，可是直的內容、直的方式卻有巨大的差別，如果不把這些地方很精細地分清楚，只是籠統地一概而論，就是讀者的粗糙。其實湘雲已經注意到黛玉的說話方式有問題，不過她沒有接觸過心理學，更不用說相關訓練，而我們今天則可以運用現代學術對人性的認識，更深刻地理解這些人物。

在第十九回中，脂硯齋的批語也很清楚地告訴我們：「有許多妙談妙語，機鋒詼諧，各得其時，各盡其理。前梨香院黛玉之諷則偏兒越，此則正而趣。二人真是對手，兩不相犯。」意指黛玉的玩笑是「偏兒越」（即「偏而趣」），雖然很有趣，可是嚴格說來並不是大雅君子所會採取的做法，例如叫人家「母蝗蟲」，事不關己的我們可以笑一笑，但設身處地來看，那還是太偏。寶釵開玩笑則是「正而趣」，始終會維持著均衡，嚴守著不侵犯別人的界限。簡單說，寶釵的嘲戲總是把握著「謔而不虐」的適度分寸，因此脂硯齋常常讚美寶釵，除了「正而趣」之外，還說寶釵的戲謔是「雅謔」（第二十五回夾批），「雅」不只是語言本身的優美而已，還包括內心的平和中正，這時候開起玩笑來才會是「雅謔」，如第四十五回所批的「又懇切，又真情，又平和，又雅致，又不穿鑿，又不牽強」，這是脂硯齋對於寶釵的玩笑所給予的注腳。

黛玉不成熟的地方便在於，她只顧自己要被人家尊重而過分敏感，但是卻常常忽略別人的感受。因此在第二十回中，黛玉就被寶玉質疑道：「我也為的是我的心。難道你就知你的心，不知我的心不成？」黛玉確實常常處在只知自己的心的狀態。

現在，讓我們回到瀟湘館。黛玉的居所「一明兩暗」，這個「暗」字並不是一個絕對正面範疇的形象化體現，黛玉有她人格上的缺點，當然每一個人都有缺點，而往前或往後追究，我們可以發現這些缺陷並不是沒有原因的，所以才會有兩句俗語：「可憐之人必有可恨之處。」反之亦然，「可恨之人也必有可憐之處」。人真的是很可憐的一種生命體，要超越自己需要付出很多的努力，甚至還要一點運氣，所以當我們還很健全的時候，應該要能好好地體諒別人。關於瀟湘館的部分就先說到這裡，對於林黛玉的人物個性，我們在專題部分會有更系統的全面分析。

蘅蕪苑

蘅蕪苑最鮮明的特點是「有如雪洞一般」，第四十回賈母一行人來到蘅蕪苑，「及進了房屋，雪洞一般，一色玩器全無，案上只有一個土定瓶中供著數枝菊花，並兩部書，茶奩茶杯而已。床上只吊著青紗帳幔，衾褥也十分樸素」。請注意「土定瓶中供著數枝菊花」這一句，從文化意義來看，唐型文化和宋型文化有著本質上的重大區隔，連對於花的審美觀都有不同的投射，唐人喜歡的是牡丹，而濃豔的牡丹代表富貴，代表對世俗的積極進取；宋人的精神則更為內斂，追求的是心靈上的成仁、成聖，所以宋人喜歡的是淡雅的蓮花和菊花等，而蓮與菊通常也被賦予脫俗的道德象徵。菊花和蘅蕪苑院內遍植的香花香草裡外呼應，都有高度的道德象徵，因此作者不說「插」了幾枝菊花，而是用「供」這個字，表現出一種虔誠鄭重的心態，並且用以供菊花的是「土定瓶」。

土定瓶當然也是非常昂貴的器皿，屬定窰的一種，在這等的人家不可能有廉價品，但作者偏偏在那麼多的故宮博物院典藏級的花瓶中選了一個名字最土的，便可知他要創造出什麼樣的語感。雖然莎士比亞（William Shakespeare, 1564-1616）說：「玫瑰即使不叫玫瑰，亦無損其芳香。」但是在完全透過文字來表達的文學作品上，玫瑰如果不叫玫瑰，就必然有損於它的芬芳，倘若我把一朵玫瑰花放在你們面前，說這個叫「魚腥草」，大家恐怕便不會覺得它很美，反而會彷彿聞到一股魚腥味。所以在文學裡，怎麼使用文字就有很大的決定性影響，作者故意找一個語感上特別平凡的「土定瓶」，其實也是為了烘托寶釵的樸素個性。

回到上一段的描寫，寶釵的屋子「雪洞一般，一色玩器全無」，看不到任何夢幻少女會喜歡收集的那些東西。按年齡來算，薛寶釵在第二十二回便過了十五歲生日，到了現在大概又過了一兩年，可是這位十六七歲的女孩子的房間是如此素樸，甚至是到了「家徒四壁」的程度，這當然不是自然的現象，而「自然」不一定好，「人為」也不一定不好，這是我一再強調的。寶釵連衾褥都十分樸素，床上的這些青紗帳幔其實也是半舊的。先前在第八回中，透過寶玉的眼睛，讀者已經看到寶釵整體的外形與氣韻。那時寶玉聽說寶釵生病了，「忙下了炕來至裏間門前，只見吊著半舊的紅紬軟簾。寶玉掀簾一邁步進去，先就看見薛寶釵坐在炕上作針線，頭上挽著漆黑油光的䯼兒，蜜合色棉襖，玫瑰紫二色金銀鼠比肩褂，葱黃綾棉裙，一色半新不舊，看去不覺奢華」。請注意「一色半新不舊」

的字樣，從第八回她住梨香院的衣著到第四十回蘅蕪苑的衾褥，可以看出寶釵一路走來，始終如一。

當然寶釵不是打自出生就如此，而是在七八歲受到外力的教育，才整個改變，而從七八歲以來一直到如今，大概已經快十年了，她始終前後如一，並且裡外如一，這怎麼會是偽君子？寶釵也不會知道賈母、劉姥姥一行人要到自己的房間裡，趕快先假裝布置成這麼樣的雪洞一般，讓人家看她的道德多麼崇高，既然沒有人可以未卜先知，所以這就是她真實的生活樣貌，也正是她個人心性的一種直接且客觀的體現。她就是這樣的人，是一個百分之百的君子，因為她言行如一，內外如一，從過去到現在，都在一個非常鮮明的原則下安頓她的身心。

寶釵不止裝束樸素，第七回中薛姨媽還提到寶釵從來不愛那些花兒粉兒的，他們家的上等宮花要拿去送給別的女孩子，便是因為寶釵根本不戴，薛姨媽覺得白收著，放壞了可惜。寶釵在第五十七回中，還勸誡即將過門的弟媳婦邢岫烟，說道：「這些妝飾原出於大官富貴之家的小姐，你看我從頭至腳可有這些富麗閑妝？然七八年之先，我也是這樣來的，如今一時比不得一時了，所以我都自己該省的就省了。將來你這一到了我們家，這些沒有用的東西，只怕還有一箱子。」可見薛寶釵這個人是非常一致的，是道德上嚴格自我要求的一位君子。

即便如此，寶釵這位如此不慕容飾的女性，身上還是會戴著一些首飾，其中一個長期戴的即是頸上的金項圈，而就因為她頸上戴著項圈，在很多偏愛黛玉的人看來，便覺得寶釵心裡存著金玉良姻的欲望，卻故作姿態，假惺惺地說她其實對寶玉無心，並遠著寶玉。但這樣的成見實在太素樸了，為什麼寶釵不喜歡這些所謂的「富麗閑妝」，卻還戴著金項圈，我們可以看看有沒有其他可能的原因。其實在第八回中，寶釵就已經說得很清楚了：「也是個人給了兩句吉利話兒，所以鏨上了，叫天天帶著；不然，沉甸甸的有什麼趣兒。」給項圈的是個半神仙式的和尚，冷香丸的配方也是他給的，這樣一位半神仙式的和尚，如同神諭一般吩咐你該這麼做，一般人當然會照著做，寶釵的作為一點也不反常，事實上真的是背後有一個高於人類的神祕天意在命令她要天天帶，所以她才帶著。

脂硯齋也在此抒發他的不平之氣：「一句罵死天下濃粧艷飾富貴中之脂妖粉怪。」脂硯齋的批語所反映的是這一種貴族家庭的審美觀，言外之意是告訴我們，他們欣賞、鼓勵的是樸素淡雅。事實上，末代睿親王之子金寄水曾描述他母親房中的布置，和寶釵的風格恰恰是很接近的，他說母親房中布置淡雅，「淡雅」確實是他們的最高審美標準，因此案頭的陳設大部分都是文玩，而做孩子的在耳濡目染之下，從小對於紙硯筆墨便有了一些鑑別能力，足見他們的品味是在日積月累長期的涵養中孕育出來的。賈府也正是如此，第三回描寫王夫人的住處，說：「正房炕上橫設一張炕桌，桌上磊著書籍茶具，靠東壁面西設著半舊的青緞靠背引枕。王夫人卻坐在西邊下首，亦是半舊的青緞靠背坐褥。」這些貴族階層使用的物品絕非一般人所想像的暴發戶一般，色色要新、要耀眼，那是炫富，而不是文化。

一般貴族世家的房間都是磊著書籍茶具，金寄水的母親房裡也有一些文玩古籍、筆墨硯臺之類的擺設，而我們都知道，寶釵在大觀園裡最為飽學多聞，她讀過的書絕對不止兩部，脂批再三再四地都在提醒寶釵是一個博學宏覽的人，以此維繫著她心靈的博大與平衡。但奇怪的是，薛寶釵的房裡只有兩部書，很明顯寶釵這個人真的是活讀書，而不是讀死書。換句話說，讀過的東西已經內化成為她自己的一部分。我很喜歡的一個比喻，足以道出寶釵的這個很獨特的優點，即「有如一個流動的海洋」。她不是很死板地停留在房裡不斷地蓄積，在自己周圍堆很多的東西，以此獲得一種置身於安全堡壘的感覺，恰恰相反，寶釵內心中自足充盈，不需要外在那些布置好的各式各樣的物質來支撐自己，讓自己有一種安定感，因為所有的力量都在她的心裡，像海洋一樣豐饒，既保有一切的存在，也有無數的各種可能性，從表面上看卻是風平浪靜。

其實，包括書籍在內的各種物質會帶給人束縛，造成心理的負擔，但一般人喜歡積聚，積聚多了才會有一種安全感，寶釵則不是這種個性。蘅蕪苑的「雪洞」絕對不是一無所有，而是在流動的狀態中不斷地豐饒、滋養自己，因此從不為這些物質而停留，也不讓這些物質來壅塞自己的生存空間。由於所有的資源都來自寶釵充盈而強大有力的內心，所以她不依靠那些外在的東西。總而言之，對於蘅蕪苑的「雪洞」，第一必須從王府階層的生活習慣和審美標準，第二則必須從寶釵的個性給予雙重理解，方才穩妥。

秋爽齋

秋爽齋事實上是我個人最喜歡的一個地方，雖然實際上達不到那樣的境界，此即司馬遷所說的「雖不能至，心嚮往之」，要有一個嚮往之情，人才會永遠向上看、向高處看，雖然做不到，但也不至於沉淪，流入市俗。

關於秋爽齋，首先必須注意它取秋高氣爽的「秋爽」二字為名，連帶地所有相關意象便是無限的高空，還有清新的微風，所以探春常常和風箏聯繫在一起。連秋爽齋內部的空間都是以大氣作為特徵，第四十回提到：「鳳姐兒等來至探春房中，只見他娘兒們正說笑。探春素喜闊朗，這三間屋子並不曾隔斷。」這一段前面已經提及，現在則從另外一個角度來看，探春的性格特徵也都體現在她屋內的擺設裡。

探春的心胸是非常開闊的，嚴格說來，這種人也容不得人性的陰暗醜陋，她真的是受不了人心底層的汙穢鄙吝、勢利貪婪，尤其是她的親生母親趙姨娘的「陰微鄙賤」。在大部分的《紅樓夢》人物論裡，只要是說到探春的部分，通常都會強調探春是庶出，所以她的自尊心很強，又很勢利，不惜否定自己和親生母親的關係，一味巴住有權力的王夫人，以上種種都是在沒有檢證的情況下想當然耳的推論。趙姨娘和探春之間母女的糾葛對抗，根本不是什麼嫡庶問題，何況從《紅樓夢》裡所反映出來的，以及有關清代文化的一些研究都指出，在這種階層的人家裡，嫡生的子女和庶出的子女事實上待遇沒有太大的差別，因為這些子女們都姓賈，都屬於正派血脈，我們會在之後的探春專題中再詳細舉證說明，具體分析。

回到秋爽齋屋內的擺設，「當地放著一張花梨大理石大案，案上磊著各種名人法帖，並數十方寶硯，各色筆筒，筆海內插的筆如樹林一般。那一邊設著斗大的一個汝窰花囊，插著滿滿的一囊水晶球兒的白菊。西墻上當中掛著一大幅米襄陽《烟雨圖》，左右掛著一副對聯，乃是顏魯公墨迹，其詞云：『烟霞閑骨格，泉石野生涯。』案上設著大鼎。左邊紫檀架上放著一個大觀窰的大盤，盤內盛著數十個嬌黃玲瓏大佛手。右邊洋漆架上懸著一個白玉比目磬，旁邊掛著小錘」，可見秋爽齋和蘅蕪苑一樣，一進門便一目瞭然，所有東西都在眼簾之中，也因此可以看到「東邊便設著臥榻，拔步床上懸著葱綠雙綉花卉草蟲的紗帳」。

「拔步床」是一種很特別而昂貴的床具，雖然沒有「大」這個字，但實際上它是非常高大的一種木床。《金瓶梅》第七回中有一段提到拔步床，男主角西門慶娶了很多房的妻妾，其中有一個即孟玉樓，她「手裏有一份好錢」，嫁妝單子裡便包括南京拔步床兩張，可想而知，這種家具一定是非常有錢的人家才購置得起，所以才有資格列在這裡。賈府當然有實力給秋爽齋添置一張拔步床，可是讀者也必須知道，探春屋裡的所有東西都有這般宏偉的氣勢，並且它絕對不是度量衡上的龐大，而都是一種風格氣度上的大器展現。比如製作器物的官窰有那麼多，秋爽齋偏偏用的是大觀窰的大盤；天下的石材有那麼多，用來做桌子的偏偏是大理石，這些專有名稱中都有個「大」字。由此可知，秋爽齋之「大」不是尺寸上給人壓力的那一種巨大，那是在賈母的房子裡才有的。賈母屋子裡的一個櫃子就比劉姥姥的家還大，上頂櫃拿東西還得爬梯子，所以賈母屋子的「大」便是現實權力的展現，是可以丈量的；但探春的秋爽齋並不是，它所體現的是一種宏大的胸襟。

我們看到秋爽齋裡有白菊、白玉比目磬，用來裝飾房間的花卉和蘅蕪苑一樣，也是菊花，這些都有高度的道德象徵。「磬」是用白玉做的，在中國文化裡，玉具有君子之德，而「白」這個字更說明君子的潔淨無瑕。可見探春的秋爽齋，從命名到各式各樣的擺設以及器物的功能，都在呈現屋主是一位百分之百不打折扣的君子。此外，「案上磊著各種名人法帖」的「法」字，抽離出來單獨看，也代表一種不可逾越的原則、非常嚴正的界限，這也呼應了「磬」的象徵意義。

在中國的文化傳統中，「磬」其實有兩種，一種是樂器，可以和其他的樂器配合，演奏出一曲和諧動聽的音樂；一種是法器，寺廟裡的和尚要做功課，生活上也得遵照一定的時間規律，便用擊磬作為時間的標識。磬無論是作為樂器還是法器，共同的特質是都代表著一種客觀的乃至絕對的規範或準則。探春是非常注重法理的，她不大講私情，只要私情侵犯到客觀公正的原則，她就會起而反擊，因此才不能容忍趙姨娘的徇私舞弊。

可有趣的是，在秋爽齋裡讓磬發出聲音的竟然是一個小錘，這暗示即便在擁有權力、可以協調眾人的情況下，探春也不濫用權力，「小錘」的「小」表示探春並不是「逸才踰蹈」之人。「逸才踰蹈」是脂硯齋用來批評王熙鳳的說詞，指王熙鳳的才能很高，可她有時候不耐煩或不在乎現實法理的束縛，於是多多少少會有所逾越，出現犯規不守法的作為。如果有一個形象化的器物放在王熙鳳的房中，恐怕便不是白玉比目磬，而是黃金磬，並且旁邊必然有大錘，鳳姐愛怎麼敲就怎麼敲，因為這個人是會濫權的，但是探春並不一樣。

當探春還在這樣一個非常沉寂的階段中，她的性格就已經非常明確地被奠定塑造成形，等到第五十五回，在真正握有理家大權的情況下，探春也不會托大、不會弄權，更不會濫權，面對生母趙姨娘的血緣勒索，反而是謹守法理的分寸，所以她真的是一位君子。在第五十五回之前，探春的戲份並不多，但從理家這一回開始，她突然給人一種女主角的感覺，我認為作者是要以此來告訴我們，探春這個人的性格正是孔子所謂的「用行舍藏」。

對真正的君子來說，當自己被委任而握有權力的時候，就要好好加以實踐，要為這個世界付出，很努力地鞠躬盡瘁；但是當這個世界不給自己機會，當世界不認識你或者壓抑你、否定你的時候，也要能夠心平氣和，坦然接受這個處境，「窮則獨善其身，達則兼濟天下」，在出處進退之間，人要有一種豁達，跌倒的時候不要怨天尤人，不要憤怒到扭曲了面孔，而是要很優雅地再站起來，退到自己的世界裡，好好品嚐作為一個人本來就可以領略到的存在的喜悅，不需要用外在的標準作為自己的束縛。探春這個人進退皆宜，也動靜自如，可以積極入世，也可以退隱山林，秋爽齋裡掛著的那一幅對聯：「烟霞閑骨格，泉石野生涯。」便很清楚地顯示出她是可以獨善其身的人。在第五十五回之前，探春沒有什麼戲份，原因便在於探春正在體現她性格中最難得可貴的面向，這是她作為傑出女性與重要角色必要的一環。

在第五回的人物判詞中，已說明探春和王熙鳳的相同和差異：相同處是她們都在末世，並且都具有才幹，所以治世的才幹凸顯出她們生命最為輝煌的一面。只不過王熙鳳是「有才而無志」，她的「才」因為沒有「志」的規範與昇華，即難免「逸才踰蹈」，但探春則是「才自精明志自高」，是具有宏大志向和崇高理想的人，她非常清楚地知道，一個人該如何自我定位才能真正體現個人的尊嚴。足見白玉比目磬的器物設計其實非常耐人尋味，很可惜紅學論述裡很少注意到這一點，所以我特別提請讀者留意。

探春是一位光風霽月的人物，連脂硯齋都給予高度的讚美，於第二十二回稱譽道：「湘雲探春二卿，正『事無不可對人言』芳性。」全書中這麼多的金釵，只有探春和湘雲具有「事無不可對人言」的芳性，即一種光明坦蕩的美好品性，因而沒有人格殘缺的陰影，也沒有心靈扭曲的黑暗。

不僅如此，要洞察一個人真正的品質，最好的方法之一即是看此人擁有權力的時候是什麼樣子，如果擁有一點權力便作威作福、拿腔作勢，就叫小人得志，顯示這個人其實胸量境界非常低淺，以至於稍有一點權力即得意忘形。孟子所說的「富貴不能淫，貧賤不能移」，這的確是大君子才能夠達到的，例如賈環只不過是坐在王夫人的炕上，便拿腔作勢起來，對丫鬟們呼來喝去，誠為很標準的一個小人。

除了透過擁有權力時的表現，考驗一個人的品質，還可以看這個人如何對待身分和地位比他低下的人，而非看他怎麼對待朋友，當然更不是看他怎麼對待他的孩子，因為對自己的孩子很好，根本就是天經地義，同理，對自己的朋友很好，這也不一定能作為其人格的判準，因為朋友之間可以是黨同伐異、沆瀣一氣。

換句話說，是否會節制自己的力量而不忍侵犯沒有權力的人，乃是測試一個人人格的絕佳良劑，莎士比亞就曾經說：「有才者虛懷若谷，有力者恥於傷人。」有力量的人必須以傷人為恥，這是社會一般很少教導人們的一個道理，但這其實非常重要，因為有力者只要稍微狂妄一點、稍微放縱一點，便非常容易傷人，如果有力者對於傷人這類情況深深感到道德上的羞愧，才是真正的君子。在此引用莎士比亞的兩句話作為開宗明義的標語，主要是用來驗證探春真的是女中豪傑，因為她確實都做到了，完全展現出高度的君子風範。

在第五十五回中，當探春掌握權力的時候，她首先改革積弊，而且拿她最親近並且是賈府中最受寵、最有權力的人開刀，可見她不欺負弱小，而這一點非常重要，因為真正要做大事的人不是只敢打蒼蠅而不敢打老虎。探春絕對不是一般所謂的「新官上任三把火」，事實上，她已經觀察很久，注意到這個家有很多問題，但她受困於女兒身而沒有施展抱負的權力。她曾經悲憤地說：「我但凡是個男人，可以出得去，我必早走了，立一番事業，那時自有我一番道理。偏我是女孩兒家，一句多話也沒有我亂說的。」她受困於閨閣世界而無所用武之地，心中累積的悲憤和看在眼裡的種種擔憂都無所宣洩。現在王夫人給她這樣一個機會，而當她有了理家的權力時，她的所作所為都是以法理為優先，顯示出大雅君子的政治家風範。

尤其這時探春首先遭遇所謂的「窩裡反」，趙姨娘這個人來勢洶洶，拿著血緣的先天恩惠來進行不合理的，甚至非法的要挾，我們就來看看探春怎樣處理一般人很難面對的大難題。必須說，很多讀者對於探春有一些誤解，主要是因為沒有回到探春的生命史，也沒有掌握到她所在的社會階層的文化背景，更不瞭解她的人格高度，所以不知道她的所行所為到底合理在哪裡，以至於只用今天這種小家庭的親子關係給予理解，這其實是非常嚴重的範疇誤置的詮釋暴力。

在第五十五回一開始的時候，探春便遇到理家的一個大難題，書中描述大家剛吃茶時，只見吳新登的媳婦進來回說：

> 「趙姨娘的兄弟趙國基昨日死了。昨日回過太太，太太說知道了，叫回姑娘奶奶來。」說畢，便垂手旁侍，再不言語。彼時來回話者不少，都打聽他二人辦事如何：若辦得妥當，大家則安個畏懼之心；若少有嫌隙不當之處，不但不畏伏，出二門還要編出許多笑話來取笑。

如果不深入賈府內部，沒有浸潤其中，便不大能立即掌握到這些行為其實隱含什麼樣的心機。假如瞭解王熙鳳當家時的具體常態，便會知道吳新登的媳婦根本是有意測試現在的當家者是否有足夠的魄力和識見。要是探春表現得不好，接下來就很難做了，因為沒有人會信服，也沒有人會聽從調度，那時候將落得孤掌難鳴、一籌莫展，哪裡還有威信可言？其實，不要以為擁有了權力，一個人即可以任意揮灑，想怎麼做就怎麼做，法國哲學家米歇爾．傅柯（Michel Foucault, 1926-1984）便清楚指出，「權力」並不是一個固定的東西，只要拿到手就可以任意使用；它其實是一種流動的相對關係，需要看雙方或多方彼此的協調和配合，有權力的人雖然表面上握有權力，可其實必須靠其他人的支持與承認，否則這份權力便形同虛設。

從這個角度來看，當皇帝其實很辛苦，因為他下面對應著非常多而複雜的利益團體，處理其中任何一個，都可能牽連甚廣，造成很多的困擾，最後還可能會被推翻寶座，這是沒有權力的人所不能想像的。同理，假如以為探春已經擁有理家的權力，她可以愛怎樣就怎樣，那真是大錯特錯！我們在引文中已經看得很清楚，如果探春一開始便做得不好，接下來的每一天都會左支右絀，不但沒有人服她，而且大家還會在背後加以嘲笑，甚至很多時候陽奉陰違，結果事情一定會全部搞砸，搞砸之後，她這個位置當然就坐不穩，從此之後也聲名狼藉，這便是探春後面所說的：「倘或太太知道了，怕我為難不叫我管，那才正經沒臉，連姨娘也真沒臉！」

換句話說，探春剛剛上任，首先面臨的問題即是一定要樹立威信。而所謂的威信，不是說話聲音大，人家就會聽從，威信是要讓人心服口服，因此絕對不能偏私，一定要公平正道，如此一來，才能夠收服眾人之心。這時：「吳新登的媳婦心中已有主意，若是鳳姐前，他便早已獻勤說出許多主意，又查出許多舊例來任鳳姐兒揀擇施行。如今他藐視李紈老實，探春是青年的姑娘，所以只說出這一句話來，試他二人有何主見。」吳新登的媳婦非常清楚，她作為一個幕僚，對於決策者的幫助是在哪裡，之前她和王熙鳳便搭配得天衣無縫，而王熙鳳雖然看起來威風凜凜、八面玲瓏，但要不是靠這些人，她一個人也做不來。問題是現在換了主子，下人就存心看看她值不值得效忠、值不值得為她傾全力做後盾，於是如何核定趙國基的賞銀數額，便是探春所面臨到的第一個重大考驗。而最嚴酷的是這個考驗牽涉到她自己的親生母親，因此大家就在等著看笑話，看探春會不會因為涉及親生母親的娘家事，以致做事出現偏私，假如她偏袒自己人，那麼其他人也有理由可以不守法，而公正的天平一旦傾斜，這個世界就會陷入混亂。

吳新登的媳婦藐視李紈老實，而探春是個年輕的姑娘，一般說來，十幾歲的女孩子缺乏經驗，沒有處理事務的歷練，現在又遇到這麼多複雜的問題，大家心中的輕視事實上是有一定合理性的。而對於這件事，李紈果然想得比較簡單，她說：「前兒襲人的媽死了，聽見說賞銀四十兩。這也賞他四十兩罷了。」但是她們看錯了探春，探春絕不是她們想像中那樣一般的普通女孩子。這時探春馬上把吳新登的媳婦叫了回來，說道：

你且別支銀子。我且問你：那幾年老太太屋裏的幾位老姨奶奶，也有家裏的也有外頭的這兩個分別。家裏的若死了人是賞多少，外頭的死了人是賞多少，你且說兩個我們聽聽。

從這一段話可以看出，探春這個人眼光非常犀利，且因讀書有了學問而不流入市俗，所以事事精細。吳新登的媳婦因為抱著輕率的心，所以也沒有先查證，對於過去的往例，她竟然都忘了，還陪笑說：「這也不是什麼大事，賞多少誰還敢爭不成？」這話其實是在欺負人，因為一旦現在天平沒拿準，確實人家不一定會在明面上爭，不過以後便很難做事，什麼陽奉陰違的情況都會冒出來，因此探春就說：「這話胡鬧。依我說，賞一百倒好。若不按例，別說你們笑話，明兒也難見你二奶奶。」事實上，這種歷經三、四代的百年大家族，處理過的生老病死的金銀打賞已經無數，什麼樣的身分、什麼樣的情況該給多少錢，按照家族的理法和人情，早已形成不成文的定例，而「例」這個詞已經隱隱然觸及所謂的法理，只是這個法理背後還有各種人情的調節，經過多次的運作而形成幾種常態。

因此當探春說完，吳新登的媳婦即趕快回去查舊帳，發現按例應該給二十兩。

這個時候，趙姨娘便立刻一把眼淚、一把鼻涕地跑過來了。值得注意的是，《紅樓夢》裡幾次嚴重的，甚至到了打群架地步的人際紛擾，幾乎都有趙姨娘的影子，而且她通常都發揮負面的關鍵性作用。常言道：謠言止於智者，很多事情不去傳播，便會大事化小、小事化無，而趙姨娘偏偏就要去擴大暴風圈，加重它的殺傷力，最後導致災難性的後果。趙姨娘是包打聽的性格，消息非常靈通，但這並不讓她因此更有判斷力；相反地，常常都是讓事情的負面影響變本加厲，然後往毀滅的方向發展。這次趙國基的賞銀攸關趙姨娘的利益，因為打賞的錢自然都進了死者遺族的口袋，所以趙姨娘爭的絕不僅是所謂的尊嚴，其實更是口袋裡可以多增加一些收入的好處。

這位趙姨娘在人格上，還真讓人看不到任何優點，當然她唯一的優點也許在於長得漂亮，而這是可以合理地推測出來的，因為古代這種大戶人家要娶妻納妾，基本的原則就是「賢妻美妾」。但在人格上，美麗也應該無法算作一種優點。我也曾努力地為她設想到底她有什麼委屈，可是最終的結論都是她的問題全是自己招致的，正如孟子所謂的：「人必自侮，然後人侮之。」（《孟子·離婁上》）事實上，她身為姨娘的這種半主身分是受到基本尊重的，所以她一進門，大家都立刻讓座，然而她一開口就對探春抱怨說：「這屋裏的人都踩下我的頭去還罷了。姑娘你也想一想，該替我出氣才是。」趙姨娘看準現在當家的是她的親生女兒，覺得探春是她的血脈所出，便應該和她站在同一陣線，但是她嚴重忽略一個事實：她的女兒姓賈，並不姓趙，而且當家者面對的不是一房一人之私，而是整個家族的公務，徇私護短最是大忌。

但趙姨娘完全不考慮探春現在的處境，執意要爭取趙家的利益，於是她「一面說，一面眼淚鼻涕哭起來」。請大家注意，整部《紅樓夢》中描寫人物的哭泣，沒有一個人是像趙姨娘如此之不堪，眼淚鼻涕的畫面真是難以卒睹，恐怕作者對趙姨娘也實在很不以為然，所以塑造的這個形象竟十分難看。接著探春就忙道：「姨娘這話說誰，我竟不解。誰踩姨娘的頭？說出來我替姨娘出氣。」趙姨娘道：「姑娘現踩我，我告訴誰！」

趙姨娘是探春的親生母親，又是一個半主半奴的姨娘，當她指控探春的時候，按照禮儀要求，作為晚輩的探春要站起來並且賠罪，所以探春非常地謙遜地忙站起來，說道：「我並不敢。」而李紈這時也起身來勸。從所有人都站起來的反應來看，讀者應該知道，趙姨娘只要不做得那麼過分，事實上她是受到大家尊敬的，可惜她往往是自取其辱。然後趙姨娘說了一大堆，意思是只給她的兄弟二十兩，她就沒有臉，然後連帶探春也沒臉。探春聽了便笑說：「原來為這個。我說我並不敢犯法違理。」在此，「理」這個關鍵語詞出現了，顯示對於探春來說，一切都以法理為最優先、最高的標準，然後她一面坐了，拿帳本翻給趙姨娘看，並說道：

> 這是祖宗手裏舊規矩，人人都依著，偏我改了不成？也不但襲人，將來環兒收了外頭的，自然也是同襲人一樣。這原不是什麼爭大爭小的事，講不到有臉沒臉的話上。他是太太的奴才，我是按著舊規矩辦。說辦的好，領祖宗的恩典、太太的恩典；若說辦的不均，那是他糊塗不知福，也只好憑他抱怨去。太太連房子賞了人，我有什麼有臉之處；一文不賞，我也沒什麼沒臉之處。依我說，太太不在家，姨娘安靜些養神罷了，何苦只要操心。太太滿心疼我，因姨娘每每生事，幾次寒心。我但凡是個男人，可以出得去，我必早走了，立一番事業，那時

自有我一番道理。偏我是女孩兒家，一句多話也沒有我亂說的。太太滿心裏都知道。如今因看重我，才叫我照管家務，還沒有做一件好事，姨娘倒先來作踐我。倘或太太知道了，怕我為難不叫我管，那才正經沒臉，連姨娘也真沒臉！

這番道理十分入情入理，趙姨娘沒了別話答對，於是開始歪纏爛打，說：「太太疼你，你越發拉扯拉扯我們。你只顧討太太的疼，就把我們忘了。」趙姨娘認為現在探春既然受到上位者的疼愛，就應該也分給自己人一些好處，探春便說：「我怎麼忘了？叫我怎麼拉扯？這也問你們各人，那一個主子不疼出力得用的人？那一個好人用人拉扯的？」意思是說，如果奴才自己才能高、品行好，不需要主子刻意拉扯，自然就會浮出檯面，受到重用。

探春這段話說得非常有道理，但是李紈實在不瞭解探春，也沒有體諒到探春現在的處境，一味想要當和事佬以安撫趙姨娘，但說出來的話卻剛好踩到探春的痛處，李紈在旁只管勸說：「姨娘別生氣。也怨不得姑娘，他滿心裏要拉扯，口裏怎麼說的出來。」

這話讓探春實在不能忍耐，那等於說探春是存有私心的，但只有小人才會有這種偏私的心態，而對探春來說，她作為一位君子，始終心地坦蕩光明，李紈怎麼可以說她有這種私心？所以探春立刻說：「這大嫂子也糊塗了。我拉扯誰？誰家姑娘們拉扯奴才了？他們的好歹，你們該知道，與我什麼相干。」這就把她和趙姨娘、趙國基的親屬關係撇清了，回歸或者轉移到主僕關係上。因此趙姨娘氣得問道：「誰叫你拉扯別人去了？你不當家我也不來問你。你如今現說一是一，說二是二。如今你舅舅死了，你多給了二三十兩銀子，難道太太就不依你？分明太太是好太太，都是你們尖酸刻薄，可惜太太有恩無處使。姑娘放心，這也使不著你的銀子。明兒等出了閣，我還想你額外照看趙家呢。如今沒有長羽毛，就忘了根本，只揀高枝兒飛去了！」由此可見，趙姨娘全部都是以循私舞弊的方式在進行思考——你給的錢又不是從你口袋拿出來的，探春你何必那麼吝嗇？可是她永遠不去想這種做法適不適當、應不應該，這當然就和探春的立場完全背道而馳。

趙姨娘的這一番渾話，探春沒聽完，已氣得臉白氣噎，抽抽噎噎地一面哭，一面問道：

> 誰是我舅舅？我舅舅年下才升了九省檢點，那裏又跑出一個舅舅來？我倒素習按理尊敬，越發敬出這些親戚來了。既這麼說，環兒出去為什麼趙國基又站起來，又跟他上學？為什麼不拿出舅舅的款來？何苦來，誰不知道我是姨娘養的，必要過兩三個月尋出由頭來，徹底來翻騰一陣，生怕人不知道，故意的表白表白。也不知誰給誰沒臉？幸虧我還明白，但凡糊塗不知理的，早急了。

其中所提到的升了九省檢點的舅舅，指的是探春嫡母王夫人的兄弟王子騰，由此否定了趙國基的舅舅身分，並且把他打回僕人的原形，所謂「環兒出去為什麼趙國基又站起來，又跟他上學」，意指如果趙國基是長輩，那麼在晚輩前面應該是有威嚴的、受尊敬的，然而情況恰恰相反，做外甥的賈環要出門，趙國基就得跟隨，賈環去上學，他便在後面服侍，所以趙國基根本是一個奴僕，哪裡可以混淆視聽、顛倒倫理？因此探春說「幸虧我還明白，但凡糊塗不知理的，早急了」，在此「理」字第三次出現。我們把整段話統合起來，可以發現探春的訴求就是一個公共的標準，也即是「理」。

至於探春說趙國基是賈府的奴僕，不承認他是舅舅，這同樣是完全正大光明，無可非議。在那個時代環境裡，納妾之後並不改變主僕關係的本質，所以事實上趙姨娘還是一個奴僕，因此第六十回中，她和芳官吵架，芳官便用了一個歇後語「梅香拜把子——都是奴幾」來嘲諷她。顯然趙姨娘本來是家中的丫鬟，然後被納為妾的，否則她的兄弟不會也在賈府裡當差。而根據歷史學家的研究，被收房的妾的家人與主子之間並不存在親屬關係。換句話說，主僕兩家彼此不算親戚，趙國基確實不是探春的舅舅，原因在於妾並不是三媒六聘坐花轎進來的，所以在家族中沒有正式的身分，妾死了以後也沒資格進入家族的祠堂，可以說是完全沒有法律地位，她的娘家人當然更無從與主家論親。由此看來，探春說「誰是我舅舅」，在那個時代和她的家族裡，這種說法完全是沒有錯的，讀者絕對不能因此批評她。

這裡還有一個非常根本的微妙之處，值得我們特別注意，亦即當探春在宣稱「誰是我舅舅」的時候，雖然把主僕關係的階級差異抬出來，以撇清她和趙家的親屬關係，卻並不是要拿階級意識來壓人，恰恰相反，她是要用宗法制度來遏制，甚至頓挫、阻擋所謂的血緣勒索，而這在當時是一個非常合法且光明正大的方式。因為按照宗法制度，嫡母為所有子女唯一正式的母親，其他的都不算，更不用說家屬的問題。人世間的事情很弔詭，一般而言，血緣是最神聖偉大的，因為它給你生命，這本是一個大如天的恩情，結果卻成為背負在身上的一種十字架，然而血緣真的有那麼神聖、那麼偉大嗎？就這一對母女關係來看，趙姨娘是給了探春生命，可是愛不愛她？有沒有照顧她？有沒有替她設想？這些問題的答案都是：沒有。可見血緣無法提供任何保證，那只不過是一種生物本能所導致的偶然。

藉由探春的痛苦案例，我們應該在血緣之外思考人和人之間的問題，不要把血緣無限上綱，使之成為長輩對子女的一種權力來源。子女受人生命之恩，當然是要感恩，可是這不代表給予生命的人就擁有無限的權力。而弔詭的是，宗法制度一直被現代人所抨擊，視之為違反人情、把人區分尊貴高下的落後價值觀，尤其男人可以一妻多妾，構成這麼複雜的家庭關係，以至於親子之間不能正常相處，非常不人道，這樣的批評並沒有錯，所以歷史走向如今尊重每一個人的階段，這算是一種進步，然而這不代表我們可以把現在這種觀念百分之百用作衡量所有人事物的唯一標準。回到每個人的生命個案來看，探春恰好正是運用宗法制度，使之成為抵擋趙姨娘卑微鄙吝的血緣勒索，以維繫自我人格，不至於被迫徇私舞弊的最佳理由。

事實證明探春守住一個君子的底線，同時也不至於像王熙鳳那樣濫權。就在第六十二回，黛玉對探春的理家有一個很好的評論，她對寶玉說：「你家三丫頭倒是個乖人。雖然叫他管些事，倒也一步兒不肯多走。差不多的人就早作起威福來了。」可見旁人都看在眼裡，知道探春這個人有為有守，往往訴求的是超越個人的公共法理，不讓自己的情感或者是個人私利滲透進來。

我們可以明顯看到，當趙姨娘的血緣勒索越是激烈、越是緊逼，也就越是把她的親生女兒推向宗法制度的懷裡去，這便是這對母女角力的真正關鍵所在。在趙姨娘的想法中，探春是她親生的，所以要把所有的好處都歸到趙家，否則就叫作肥水流入外人田，而之所以要這樣區分內外，把賈家和趙家當作爭奪利益的雙方，其實完全是趙姨娘自己樹立出來的一種敵對關係，大家不要忘記她不惜謀財害命，利用魔法作祟的後果差一點非常嚴重。探春當然非常清楚這個生母的心性本質，但是她並沒有隨口批評，也始終謹守基本的分寸，要不是趙姨娘每次都太過得寸進尺，逾越人和人之間應有的分際，強迫她一起徇私舞弊，探春其實不會發出那般刻薄的言論。

我們必須把探春放在她所在的社會背景以及她所處的階級來看待，不應該用現代人的觀念斷章取義。更何況即便對現代人來說，趙姨娘的要求也並不合理，假如一對父母生了孩子，但是既未照顧也沒養育，然而二、三十年之後卻去向法院申告控訴他們被孩子遺棄，要求法院強制執行這個小孩要奉養他們的晚年，這是否合情合理？這一類的訴訟案現在不乏其例，而最後的結果是法官判子女沒有奉養的責任，我認為是比較合理的判決。類似地，在賈府這種貴族家庭，嬰兒出生後其實是給乳母帶的，再加上整個禮法制度是以嫡母為正式的母親，因此在法律上，王夫人就是探春的真正母親。所以在這種人家裡，真正能讓有血緣關係的偏房和她所生的兒女產生親密的關係，大概只有一種方式，便是母親很愛這個孩子，並且他們在一些非正式的場合中彼此之間還有非常親密溫暖的互動，如此一來，孩子才會在私底下有認同生母的傾向，但是在公開的、正式的各種儀節或者場合上，還是以嫡母為優先。一旦嫡母也很照顧庶出的子女，這些孩子完全認同嫡母更是理所當然的，探春就屬於這一類。

這一二十年來，明清研究是一個學術的熱點，學界對明清文化層面的多方探索，也讓我們看到一些原先不知道的真相。學者考察很多明清的大知識分子，包括顧炎武等人的傳記文獻，發現和母親有關的文字描述，比如墓誌銘，以及他們中老年之後還在懷念母親的紀念文章，其中所表現的情感之深沉、感念之強烈，都令人十分動容，然而他們這樣全方位表達崇拜與孺慕之情的對象往往都是嫡母，而不是他們的親生母親，這也證明母子關係，甚至是所謂的母性，其實都是處於一種開放狀態，並非與生俱來。真正良好而深刻的母子關係，必須透過母親這一方的努力才能建構，而做母親的並非一定會有深情，更不是天然就知道怎樣做一名好的母親，趙姨娘即是一個很好的例子。

在賈府這樣的家族裡，孩子一出生有乳母可以哺育，又有一位嫡母必須遵從，因此親子認同是一個很複雜的問題，不是用血緣一句話便可以解決的。現代人對這個問題如果不多從幾個角度來認識，就會想當然耳地認定探春生性涼薄，背棄血緣，不懂得孝順母親，但那實在是太過天真素樸的簡化推論。

我很喜歡探春的原因之一，便在於她有權力的時候絕不濫權，不肯多走一步。她不是不能多走，而是不肯，這就表示是她自己的意志抉擇。試想：用血緣當理由是多麼天經地義！大家都能體諒甚至接受，但探春咬緊牙根，寧可承受這麼大的人情壓力都不願屈服，拒絕做出違背理法的越權之舉，這真的是要具有高度的君子德操才能達到，顯示她具有高尚的人格和堅強的意志力。而當手裡沒有權力的時候，探春素日便是平和恬淡，第五十五回提及，下人們平常對於探春的印象即是「素日最平和恬淡」、「言語安靜，性情和順」。換句話說，探春這個人物可以坦然接受現在既有的真實處境，不怨天尤人，也不過分逾矩，真正達到孔子所謂「用之則行，舍之則藏」的境界。

稻香村等處

從屋舍的室內擺設來看屋主的性格，下一個地方是稻香村。在第三十七回中，李紈曾經說她那裡地方大，所以建議詩社就在稻香村舉辦活動。當然李紈也提到她「序齒最大」，在年資上她比別人多活幾歲，再加上她是長嫂，具有倫理身分的優勢，這些都可以呈現出李紈最主要的定位。也由於她的寡婦身分，使得稻香村處處充滿樸素、農村化的鄉野景觀，至於屋子裡面的擺設，書中很少描述，所以也無從多說，不過我們可以知道的是，稻香村裡並沒有口紅、胭脂這一類的化妝品，從道理來推測，也應該是沒有，因為李紈是個寡婦，不宜有太多外顯的女性魅力，否則就會啟人疑竇。而書中第七十五回便提到，她的丫頭素雲說「我們奶奶就少這個」，缺少可以化妝的胭粉，所以李紈的稻香村應該也是很平淡乏味的。

另外還有幾處小地方，其中一個即惜春的暖香塢。我之所以把惜春放在前面，她的姊姊迎春反而放在後面，原因之一是按照抄檢大觀園的順序，可是不止如此，我發現作者對於暖香塢的描寫也比較多。首先，整個大觀園裡唯一可以確認坐北朝南的屋舍就是暖香塢，當然這是有原因的，我們下文再說。另外，它還有兩個特色，其一是這個地方很溫暖，第五十回賈母便提到：「你四妹妹那裏暖和。」四妹妹就是惜春，當時眾人「來至當中，進了向南的正門，賈母下了轎，惜春已接了出來。從裏邊遊廊過去，便是惜春臥房，門斗上有『暖香塢』三個字」，連臥房名稱都帶有「暖」字，接著又說「早有幾個人打起猩紅毡簾，已覺溫香拂臉」，可見一貫。

第五十八回又提到惜春房屋比較狹小，這是暖香塢的另一個重要特色。那麼，藕香榭（即暖香塢）朝南坐向、溫暖而狹小的這些特性，到底和惜春的人格特質有哪些關聯？簡單來說，就是惜春的年齡很小，第三回中提到她「身量未足，形容尚小」，一直到第七十四回抄檢大觀園的時候，還被稱為年紀小，可見她還是一個小孩子，胸襟是不可能開闊的，因為胸襟和一個人的年齡閱歷、人格成熟度及心理素質是息息相關的。至於暖香塢裡有什麼可以展現屋主性格的器物擺設，卻完全沒有看到任何描述，所以迎春和惜春比較算是陪襯性的人物。

最後一所屋舍是迎春所住的紫菱洲，則只能用空泛無物來一筆帶過，因為作者對紫菱洲的描寫比藕香榭還要少得多，筆墨完全沒有觸及。只有在第七十九回中稍有提到，那時迎春婚期將近，邢夫人已將迎春接出大觀園，寶玉很難過，覺得大觀園要開始離散了，他忍不住去紫菱洲附近徘徊感傷，只有這個時候作者才用了八個字來描寫紫菱洲：「軒窗寂寞，屏帳翛然」，這種描寫非常虛泛，等於沒有描寫，也正是在暗示迎春沒有個性，呼應第三回所提到的「溫柔沉默，觀之可親」，所以看不出任何可以明確作為她個人標誌的物品擺設。

總而言之，借西方學者的理論所言，一個屋舍不只是建築的規模、所在的位置，還包括內部的格局、物品的擺設等所有的安排，其總和便決定該場所具有的特性或者氣氛。之所以關於探春屋舍的擺設說得最多，就是因為作者在其中傳達最多的信息，而我也覺得大觀園內的七大院落似乎也只有探春的住居寫得最詳盡，物象最多也最鮮明，從這個意義而言，比起蘅蕪苑甚至瀟湘館，探春的秋爽齋事實上更重要得多。

而且我在考察大觀園這些屋舍的構設時，還發現到只有秋爽齋擁有一幢獨立的建築物，可以用來專門作為人與人之間交際互動的公共用途，稱為「曉翠堂」。第四十回劉姥姥逛大觀園的過程中，就提到在曉翠堂布置桌案，眾人便在那裡用餐飲食，互相談話取笑，但這種功能的建築物在怡紅院沒看過，瀟湘館也沒有，甚至也不見於蘅蕪苑，作者只在秋爽齋提到這麼一個曉翠堂可以進行公共活動。對此，我的解釋是：探春這個人真的是公私平衡，她既不比黛玉那麼孤僻，只活在個人的世界裡，也不至於像寶釵那樣，把自我都定位在倫理中的身分角色，完全奉獻給大我。透過瞭解這些屋舍的林林總總，以及它們彼此的差異，我赫然發現，探春是最均衡，因此或許是最吸引人的一個角色，這種立場當然和一般《紅樓夢》的讀者褒釵尤其揚黛是非常不一樣的。

大觀園中的動物

這個小單元要談談大觀園中的動物是如何存在的。

在以人為本位的人類中心意識之下，一般人往往很難把自己的關心擴及其他的物種，但是第一位以動物行為學獲得諾貝爾生理學獎的學者康勒德・勞倫茲（Konrad Lorenz, 1903-1989），他曾經表達一種非常發人深省的思考：由於文明的發展，人類脫離自然越來越遠，以致我們其實是處在一種非常孤獨的心靈狀態，因此人如果想真正獲得幸福，就要重新恢復與野生動物之間的聯結。現在有很多人喜歡養小貓、小狗等，便是一種對樂園的依戀，因為那些動物跟在我們身邊，讓我們感受到在人類社會裡所得不到的物我交融的溫暖情感。而這些我們養在家裡、陪伴在身邊的小動物們，事實上正是引導我們重回樂園的使者，讓我們與那已經斷了線的樂園重新恢復聯結。

其實，在中外所有對於樂園的構設或描述裡，有非常多的特徵是相通的，其中之一就是男女自由平等主義，這在大觀園中也有所呈現，尤其在怡紅院內最為明顯。此外，還有一個重要的特徵，即人與動物之間平等和善、彼此交融，以至於天機盎然的和諧狀態，這在所有樂園裡都是必要的條件。因此，第二十三回當寶玉剛搬進大觀園的時候，覺得心滿意足，人生再無他求，此刻所寫的第一組詩〈四時即事詩〉便體現出這一點，他把春夏秋冬的四季循環一一以詩相對應，如實而全面地反映了樂園的特徵，所以我稱之為「樂園的開幕頌歌」。在此一樂園書寫裡，當然有男女之間的平等和自由主義，可是也有美好的物我交融狀態，同樣頻繁出現動物的善良與美好。

既然所有的樂園都一定有人與動物之間平等和諧的相處，而沒有屠殺或者榨取，尤其沒有人類因濫用自身優勢而產生的壓迫關係，則我們便來看一下古代有哪些相關描述觸及這個核心。以中國古典學說來看，儒家思想是最主流的思想，並且儒家最以人本主義而構成它的鮮明特色，因此以人為優先、以人文的安頓作為其學說的整體核心。但即便如此，儒家也並不停頓在這裡，例如宋朝理學家張載說：「民吾同胞，物吾與也。」清楚表達出儒家的終極境界絕對不僅止於人類社會的和諧，所謂「君君臣臣，父父子子」而已。《中庸》裡也有一句話非常重要：「萬物並育而不相害。」這和大觀園的樂園性質完全一致，但因為人類是一個優勢物種，所以通常對於這些話，一般會忽略無視。

確實，萬物應該是共存共榮，互相幫助，彼此相輔相成的，而不是以一種優勢的姿態去凌駕、甚至壓迫對方。人類的文明如今面臨很大的問題，原因之一就是只要人類一出現，對其他的物種來說便代表死亡與毀滅，這是不對的。在儒家經典裡也提到，君子應該要「參天地，贊化育」，去助成大化生機的滋養，讓萬物都能夠蓬勃生長。所以，我們對於儒家的理解恐怕太過片面，而這是現代人的無知所造成的。

至於道家，它根本上追求的就是人與自然的融合，甚至還有「莊周夢蝶」的渾然一體，對莊子來說，人和其他的生物事實上是沒有界限的、是平等的，所以才會有物與物之間的彼此流轉、互相變化。很明顯，莊子絕對是一個萬物平等主義者，因此在《莊子》內篇中即有一篇〈齊物論〉，其中詳細闡述萬物與我一體的道理，聲稱：「天地與我並生，而萬物與我為一。」

儒、道是中國最重要的兩大思想流派，當他們的自我修養以及對人類的精神理想提升到最高境界時，必然都是認同萬物平等和諧的，絕不會為了人類的利益而片面去榨取自然。回歸到那些很原始、淳樸的樂園描述，其實也都體現了這一點，只不過儒、道兩家以高度的智識與思辨力，一個由內，一個由外，分別做出更精細的認識和要求，然而二者同樣都告訴我們，人類的最高境界就是到達這樣的樂園境界。

更早的《山海經》是一部中國古老神話的紀錄，裡面保存很多遠古時代的生活理想，只要說到某一地有鳳凰在飛舞，或者有鳳凰出現，便表示那一定是樂園。鳳凰代表吉祥，乃太平盛世的徵兆，這是我們都非常熟悉的，而我要特別進一步提醒的是，在鳳凰歌舞的所在地，往往還有另外一個特徵，即「百獸相與羣居」，或者是「爰有百獸，相羣是處」。換句話說，百獸其實和人類是平等的，是共享這個世界的夥伴，人類並不優於其他動物，更不可役使牠們、驅迫牠們、獵殺牠們。所有物種在大自然的規律裡，構成一個生生不息的生物網絡，此即所謂的樂園。

同樣地，《莊子》外篇、雜篇裡對原始樂園的圖貌也有類似的描寫，比起〈齊物論〉非常抽象的哲理，其描述更為直接素樸。如〈馬蹄〉裡說：

> 山無蹊隧，澤無舟梁；萬物羣生，連屬其鄉；禽獸成羣，草木遂長。是故禽獸可繫羈而遊，鳥鵲之巢可攀援而窺。夫至德之世，同與禽獸居，族與萬物並。

「至德之世」即一個最美好完善的世界，其中人和物之間彼此毫無嫌猜，萬物也不會因為看到人類這種死神的來臨而充滿恐懼，所以「萬物羣生」，人們生活在這個和諧的世界裡，「同與禽獸居，族與萬物並」。

由此可知，凡是一個樂園的存在，多少一定會有如此萬物和諧共存的表現。以下整理《紅樓夢》全書中相關的一些片段，從中可以感受到大觀園內的公子小姐們，在日常生活裡是怎樣點點滴滴觸及人和動物之間的毫無嫌猜、彼此交流，從而共享那隨著四季流轉而生生不息的世界。

第二十六回提及，黛玉要到怡紅院，一路上經過沁芳橋，剛好看到各色水禽都在池中浴水，所以她就站在那兒欣賞了一下，讀者由這段文字可以想見，黛玉在面對動物那活潑美麗的生機和身影時感覺到一種美好。不只是黛玉，寶釵也曾經撲蝶為戲，而寶釵的撲蝶基本上是出於趣味，完全沒有要對蝴蝶造成傷害，並且寶釵之後又與探春在池邊看魚，觀賞鶴在拍翅舞蹈，她們都以審美的眼光欣賞萬物展現出來各式各樣的美好姿態。另外，寶釵也曾經在藕香榭掐了桂花的花蕊，把它丟到水裡，引得魚兒以為是食物而浮上來唼喋，顯示人和物之間溫馨有趣的近距離接觸。當然，不只是黛玉、寶釵，在第三十八回裡，探春也曾經和李紈、惜春站在垂柳影中一起看水鷗和白鷺鷥。由此可見，天上飛的、水裡游的，甚至在地上跑的，其實都在大觀園內獲得安息之所，和所有公子小姐們一樣，也都在這裡得到牠們的樂園歲月。

這種人與動物和諧相處的描述到第六十二回就更多了，寶釵等來到沁芳亭邊，當時襲人、香菱、侍書、素雲、晴雯、麝月、芳官、蕊官、藕官等十多人，都在那邊看魚作耍。她們絕對不會拿魚叉來，進行充滿血腥的殺戮；相反地，她們欣賞這些生命的存在，只要牠們好好活著，那便是一種美好，而這正是我們應該要有的心態，切勿把牠們關在籠子裡，也不一定要據為己有。另外，還發生過這樣的狀況，第三十回裡，怡紅院內的襲人、晴雯等在大雨時，把水溝堵住，讓水淹沒整個院子，又抓了一些綠頭鴨、彩鴛鴦，看牠們在院子裡的水面上玩耍。再看第二十六回寶玉在百無聊賴、無精打采的午後，信步出了房門，先在迴廊上調弄一下他養的雀兒們，又順著沁芳溪看了一會兒金魚，可見這就是他們生活的一部分。

尤其寶玉這位呆公子，簡直和動物成了知心朋友，在第三十五回中，透過兩位婆子的對話可以得到證明，她們說：寶玉「看見燕子，就和燕子說話；河裏看見了魚，就和魚說話；見了星星月亮，不是長吁短嘆，就是咕咕噥噥的。」他簡直打破了人和動物的界限，正顯示出一種廣大無私的博愛，因此在第七十七回還宣稱：「不但草木，凡天下之物，皆是有情有理的，也和人一樣，得了知己，便極有靈驗的。」難怪寶玉的前身神瑛侍者會用珍貴的甘露灌溉陌生的小草，其實這樣的言行舉止不但不痴傻，還無比溫馨動人。

我建議讀者，也許可以在沒有旁人的時候，認真地抱住一棵樹，對它說一會兒話，我偶爾會這麼做，而且覺得非常有用，因為那一瞬間真的可以感覺到一種寧靜忘我、神祕混同的境界，彷彿成了大化的一部分。我們已經被放逐到人文世界裡，飽受時間流逝這種直線型的時間觀，以及與自然的分裂所帶來的痛苦，有一位研究道家的美國漢學家諾曼・吉瑞德（Norman J. Girardot, 1943-）便認為：道家在做的努力，包括小國寡民、齊物逍遙，就是要恢復與整個宇宙神祕混同（the mythic chaos）的境界。事實上，老莊真的是苦口婆心，可惜聽得懂的人太少。

大觀園裡人與魚、鳥真是相親為歡，具體地落實在各個屋舍，可以很清楚地看到每位人物如何以不同的個性，體現出人和動物的樂園式關係，我們先從元春回來省親時，也是劉姥姥遊逛大觀園的第一站瀟湘館談起。

瀟湘館養的動物主要是兩種。一種是純野生的燕子，雖也已經半馴養化了，所以比較像家禽，可是卻又有相對的自由。在第二十七回中，寶玉來找黛玉，然而他並不知道自己已經得罪對方，當時黛玉完全不理他，回頭就吩咐紫鵑說：「把屋子收拾了，撂下一扇紗屜；看那大燕子回來，把簾子放下來，拿獅子倚住；燒了香就把爐罩上。」這段描寫非常有趣，透露出黛玉關心到燕子不得其門而入的問題。顯然如果先把那掛簾子放下來，燕子便無家可歸了，牠半夜得在外面流浪，那未免太可憐，因此黛玉特別吩咐紫鵑，等燕子回來之後，再把簾子放下來。

據此而言，我不認為燕子就住在屋子裡，因為這些公子小姐是很愛乾淨的，所以比較可能的是，瀟湘館在室內空間和外面的露天空間之間還有一道迴廊，燕子應該是住在廊道的屋檐下，而走廊有一些柱子、欄杆、門窗的設計，所以也會有簾子。無論如何，燕子和人還是生活在一起的，最重要的是，黛玉表現出對燕子如此細心入微的體貼，這也展現出她很可愛的地方，讀者會這麼喜歡她，不是沒有道理的。

瀟湘館的另外一種動物更有名，那就是鸚鵡。黛玉教鸚鵡背她所作的詩，甚至在還沒有教導之前，這隻鸚鵡便已經耳濡目染，以牠的聰慧背了不少黛玉隨口吟成的《葬花吟》，這也已經成為《紅樓夢》的經典畫面之一。在此，我想先做一個學術上的補充，在閨房這樣一個女性空間裡，少女或者少婦調弄鸚鵡，形成一種親密互動的關係，是中國抒情傳統尤其是詩詞裡很常見的畫面，並不是曹雪芹所獨創。最早在詩詞中描述這個畫面的，可以追溯到中唐張碧、劉禹錫、元稹、白居易；晚唐時，包括羅隱、李商隱也都透過鸚鵡來傳達很多的訊息。當然，在《花間詞》和五代之後的宋詞裡，因為偏重於女性色彩，閨中女性和鸚鵡之間的微妙互動更是頻頻出現，所以瀟湘館內鸚鵡學詩的這幕畫面雖然很美，但是它事實上源遠流長，反映小說家宏大深厚的文學底蘊。

進入《紅樓夢》本身，鸚鵡和黛玉的關係其實非常密切，除了有一隻活生生的鸚鵡在她的房裡之外，黛玉情同姊妹的貼身大丫頭紫鵑，本名也和鸚鵡有關，紫鵑原來在賈母那邊的時候就叫鸚哥。那麼，為什麼只有黛玉的瀟湘館養著一隻這麼聰明可愛而貼心的鸚鵡呢？這得要分別從三個角度來說明。

首先，《禮記．曲禮》裡提到「鸚鵡能言」，兩千多年前的中國人早已發現鸚鵡的這一特性。「鸚鵡能言」最主要的即展現牠的聰慧，所以牠能夠學習目前為止只有人類才會使用的語言符號，當然對鸚鵡來說，牠並非在使用語言符號，只是牠的發聲器官非常巧妙，故而可以如實模仿。不過對於人類來說，自然就覺得鸚鵡很聰慧，更重要的是，這種聰慧表現在牠的口才上，而口才便是鸚鵡與黛玉的共通之處。

黛玉很聰明，她罵起人來十分巧妙，可以貶損別人卻不見血跡。學者薩孟武幾十年前便已經注意到，賈母會疼愛的人通常具有兩個條件：第一要漂亮，第二要伶俐，而伶俐主要是從言語上來表現的。在孫女輩裡，賈母最疼愛黛玉；在丫鬟輩裡，則最喜歡晴雯，賈母心裡的盤算是要把晴雯給寶玉做妾的，剛好這兩名少女都有這兩種共通點。

而除了瀟湘館，全書中只有一個地方提到養著鸚鵡，正是在榮國府的賈母正房，兩處之間的聯結事實上是一致的。這貴寵的身分地位，就是黛玉養著一隻鸚鵡所代表的第二個意義。鸚鵡是一種珍禽，一定都是尊貴的人家才養得起，我們可以看一首具有代表性的唐詩，即胡皓的〈同蔡孚起居詠鸚鵡〉，詩云：「鸚鵡殊姿致，鸞皇得比肩。常尋金殿裏，每話玉階前。賈誼才方達，揚雄老未遷。能言既有地，何惜為聞天。」詩中非常清楚地提醒我們，鸚鵡是「殊姿致」，牠華麗的風姿韻致與眾不同，因此具有尊貴的身分地位，這也是鸚鵡的一個重要特點，牠絕對不是長得像烏鴉，也不會長得像鴿子，因為那樣就太平凡了。重點在於牠的聰慧、口才和華貴外表，使得牠地位非凡，所以「鸞皇得比肩」，意指牠和神鳥鳳凰是同一個等級的，是以「常尋金殿裏，每話玉階前」，其中的「金殿」、「玉階」指的是皇宮貴家，詩人在此很直接地提醒我們，鸚鵡來到人類的世界裡，牠的地位是非常崇高的。

另外，鄭嵎〈津陽門〉詩的序中提到唐代流行的一個傳聞，即「太真養白鸚鵡，西國所貢，辨惠多辭，上尤愛之，字為雪衣女。」太真就是楊貴妃，她等於實質的大唐皇后，受到唐玄宗十多年的寵愛，真是「一人之下，萬人之上」的尊貴人物。她所養的白鸚鵡比較特別，即我們今天的巴丹鸚鵡。鄭嵎說這隻白鸚鵡是「西國所供」，所以是很珍貴的舶來品，牠「辨惠多辭」，懂得分辨語言，甚至分辨情境，還能夠有很好的口才表現。「上由愛之」，玄宗也因此非常喜歡這隻白鸚鵡，便給牠一個名字叫作「雪衣女」，養在皇宮中，無比尊貴。

顯然黛玉養鸚鵡，主要也是要用以襯托她尊貴的身分地位，我一再強調黛玉在賈家是炙手可熱的寵兒，而把這一點分辨清楚是非常重要的，否則對很多情節就會在判斷上出現錯誤，對很多人物的行為也會有錯誤的理解。以上兩段例子清楚告訴讀者，瀟湘館之所以養鸚鵡，是因為黛玉在賈家地位崇高，和鸚鵡在中國文化裡所累積形成的地位是完全一致的。

很不幸的是，從鸚鵡身上，我們還可以看到一種「幽閉自憐」的生涯，這與黛玉的特殊性格又適成對應，這便是鸚鵡所代表的第三個意義。白居易的〈紅鸚鵡〉描述道：「安南遠進紅鸚鵡，色似桃花語似人。文章辯慧皆如此，籠檻何年出得身。」正所謂「愛之適足以害之」，鸚鵡受到人類的寵愛，可也因此使得牠淪入囚禁的命運，就這個物種本身來說，當然是一種大不幸。

再來看李商隱的〈日射〉詩云：「日射紗窗風撼扉，香羅拭手春事違。迴廊四合掩寂寞，碧鸚鵡對紅薔薇。」這首詩如同靜物般的小品畫，捕捉到無比安靜也因此無限寂寞的閨中世界的一個小角落，歲月在此停頓下來，一個美麗的少婦只能夠在百無聊賴的狀態中，對鸚鵡傾訴心聲。很明顯，這是一首閨怨詩，女子無法突破閨閣的界限，也只能像窗口的金線菊一樣被動地等待，她的青春就在如此的空洞中白白虛耗。「碧鸚鵡對紅薔薇」是雖然色彩繽紛卻又多麼寧靜的畫面，並且能夠見到庭院中寂靜的角落裡這般碧紅相間、鸚鵡薔薇互相輝映之景的人，她又是該何等地寂寞。我從古龍的武俠小說裡學到一個道理，他說只有寂寞的人才會去數花朵：當時李尋歡終於好不容易找到墮落的、已經半死的阿飛，和他聊起近況，阿飛說他知道昨天的梅花開了幾朵。一聽到這些話，李尋歡心中就一沉，因為他非常瞭解會去數花朵的人，心裡必然真的是寂寞到極點。其實中唐的詩人劉禹錫早已洞察這一點，他在〈和樂天春詞〉中說道：「新妝粉面下朱樓，深鎖春光一院愁。行到中庭數花朵，蜻蜓飛上玉搔頭。」所述寫的正是閨中無限寂寞的心情。

接下來我們再補充一些有關鸚鵡命運的詩句。來鵠的〈鸚鵡〉詩說：「色白還應及雪衣，嘴紅毛綠語仍奇。年年鎖在金籠裡，何似隴山閒處飛。」我們現在還可以看到這種「嘴紅毛綠」的鸚鵡，這是另外一種非常華貴的品種。牠們從關隴地區千里迢迢、離鄉背井流落到紅塵人間，人類雖然疼愛牠們，但是給牠們的卻是囚禁的生活，至死方休，這真的是很殘酷的待遇。杜甫的〈鸚鵡〉詩也提到：「鸚鵡含愁思，聰明憶別離。翠衿渾短盡，紅嘴漫多知。未有開籠日，空殘舊宿枝。世人憐復損，何用羽毛奇。」這麼一種優美出色的珍禽，面臨的卻是「未有開籠日」，牠從此之後注定要被囚禁，終生受苦，這種帶著巨大傷害的愛未免太過殘忍。可見杜甫確實是一個非常博愛的詩人，他常把其他生命的苦難當作自己的苦難一樣地體認、感慨，甚至傷心，這便是杜甫最偉大的地方。

回到《紅樓夢》，黛玉作為女性，本來就注定要受限在閨閣之中，否則志高才精的探春也不至於那麼悲憤，所以黛玉的鸚鵡也體現出她幽閉的生活形態，只是因為一則身為女性，二則基於獨特的個性，以至於這似乎對黛玉並不構成困擾。相較之下，探春便覺得秋爽齋的三開間實在太窄，因此要把它整個打通，至少視覺上能舒朗一些，並且秋爽齋另外還有一個曉翠堂作為公共空間，整體更是開闊許多。而黛玉則在一明兩暗的小小兩三間房舍裡，整天用書把自己包圍，從另一個角度來說，這也讓自己陷溺其中，她因此不願意、也不能自拔，太多的自憐情緒便由此而滋生，結果反過來把自己淹沒，以致無法很開朗地面對生命。以上就是為什麼鸚鵡會養在瀟湘館的幾種可能的解釋。

大觀園另一重要的處所是怡紅院。首先可以發現怡紅院養了很多雀鳥，而且在第三十六回中還提到一種特別的鳥類，當時「寶釵獨自行來，順路進了怡紅院，意欲尋寶玉談講以解午倦，不想一入院來，鴉雀無聞，一併連兩隻仙鶴在芭蕉下都睡著了」。原來怡紅院養了仙鶴，那當然是有寓意的，在中國傳統文化裡，鶴是一種在仙境中出現的鳥類，尤其牠又代表長壽，所以在道教興起之後，鶴簡直就是和鳳凰一樣的類屬。既然大觀園是為寶玉量身打造的一座樂園，當然他的所在地便養著仙境才能出現的仙鶴，反正寶玉享盡榮華富貴，又是處在富貴場和溫柔鄉，所以他擁有的東西大都是人間罕見。

而稻香村養的則是雞、鴨、鵝一類家禽，早在第十七回便描述過，為的是要和富貴氣象一洗皆盡的農村純樸景觀相映襯。

比較特別的是，考察全書可以發現，蘅蕪苑、秋爽齋、紫菱洲、暖香塢這四個地方，完全不曾出現任何動物的身影。以蘅蕪苑和秋爽齋而言，沒有動物其實有非常合理的原因，即蘅蕪苑和秋爽齋的屋主有一個共通的特性——她們都是儒家式的世俗人文主義者。這裡的「世俗」沒有不好的意思，用英語來對應就是「secular」，它是和宗教相對的概念，世俗人文主義不以宗教信仰的超越世界為目標，而是把重心放在人類所生活的這個世界中。探春和寶釵毫無疑問都具有儒家性格，雖然她們的個性在表現形態上還有一些差異，但依照儒家世俗人文主義的標準來看，她們和動物之間自然沒有那麼親密的關係。

美國漢學家安樂哲（Roger T. Ames）曾經做過一個淺顯易懂但又極為精要的說明，他指出，在傳統儒家觀念看來，野獸、人和神之間的區別，其實純粹是來自於文化，也因此一個人的文化到什麼層次，就決定他是哪一種人。我們總以為神之為神是因為擁有超越的能力，但重點不在這裡，關鍵在於文化上達到多高的成就。如周公制禮作樂，而更往前推溯的一些神話內容也都顯示，那些文化英雄之所以能夠成王成聖，正是因為他們掌握最高度的文化，一般人只有普通生活中的庶民文化而已，野獸則完全沒有文化，是純粹自然的產物。

因此在儒家觀念裡，那些享有重要文化資源的人，就有資格受人崇拜；而游離於主流文化之外的人，便會被視為無異於動物禽獸。這和我們先前提到的一個狀況是互相呼應的，亦即在賈家這種禮教森嚴的貴族世宦家族裡，屬於賤民等級的奴僕、丫鬟們基本上比較不受禮教的束縛，原因正在於禮教無非就是一種文化，而且是高等文化，奴僕輩沒有受到文化教育，在定位上便和動物是差不多的，所以禮教也不會對他們有過多要求。

寶釵是完全徹底的儒家信徒，她作為一個典型的世俗人文主義者，對動物自然不會有特別的關心，因為動物不在人文的世界裡。再從屋舍的布置來看，寶釵的蘅蕪苑內部布置得像雪洞一般，顯示連人文的東西對她來說也都在於智性的吸收、心靈的轉化，而沒有文化資源的動物當然不會在她的視野中。

至於秋爽齋的屋主賈探春，她的所作所為也都達到儒家所認可的君子的最高典範。但是探春和藏愚守拙的寶釵不一樣，她特別積極入世地站在第一線，給惡勢力以迎頭痛擊，她是和市儈庸俗的、甚至醜陋的人性進行肉搏戰的一位女英雄，所以她會當場動手給王善保家的媳婦一巴掌。探春有她不足為外人道的痛苦，但那痛苦並不是一般所以為的嫡庶之爭，因為她對這種事根本不看在眼裡，這種女英雄眼光看到的是無限的高空，誰理那些小螻蟻之間的紛爭？我們東方人比較缺乏的便是探春這種人物，好一點的會像寶釵那一種，順勢遷化、藏愚守拙、息事寧人，維持既有世界的運轉，而絕大多數的人連這種意識也沒有，只是以趨吉避凶、好逸惡勞的本能在生活。

至於迎春和惜春之所以沒有養動物，我推測有另外的理由，但說來話長，留待人物專論部分再詳細解釋。簡單地說，迎春和惜春事實上都屬於病態人格，當然她們分別屬於不同的病態類型。這裡所謂「病態人格」的提法不具批評的意思，而只是說她們的人格結構裡有一些和正常人不一樣的地方，並且這是非戰之罪，因為她們也有自己的地獄要面對，以她們的天賦、個性在不同成長環境中成長，就塑造出如此偏執、不健全的人格形態。

總而言之，迎春與惜春這兩位人物的特殊狀況，使得她們的生活和心靈其實都處在一種很不健全的形態。紫菱洲的屋主迎春是一個非常懦弱怕事的人，連自己都保護不了，第七十三回中，她的丫頭繡桔便非常氣憤地說：「姑娘怎麼這樣軟弱。都要省起事來，將來連姑娘還騙了去呢。」最後果然迎春被「賣」給了孫紹祖。之前邢岫烟和迎春住在一起，也一樣被虐待、被壓榨，最後只好去典當衣服，沒有辦法應付那些刁奴。可見迎春這樣的人不僅保護不了周圍的姐妹，甚至連自己都照顧不了，如何能夠進一步澤及周遭的其他生命？所以她不會有動物在旁邊，也是很自然的結果。

至於惜春，她一心一意嚮往解脫、了悟，努力想要捨離塵世、斷絕人間，連血脈之親、故舊之情都不惜拋棄，哪裡還會顧及動物？在第七十四回抄檢大觀園之後，她和尤氏說了一番話，宣稱：「我只知道保得住我就夠了，不管你們。」由這句話就可以想見，她把所有力量全部拿來自保，都唯恐不夠，這個人怎麼可能還有心思顧及身邊的小生命呢？何況對於佛教徒而言，動物是處在輪迴中的最低層，動物是因為前世造孽，所以今生要來受苦贖罪的，因此牠們也不會進入惜春的關懷視野裡，讀者自然無法從她的生活中看到這些動物的蹤跡。

以上把四個地方沒有動物的原因做了補充，讀者也可對這些人物的性格有更清楚的瞭解。

大觀園中的植物

「定居」蘊含著人與自然的互動關係，人必須用移情（empathy）的方式去接近自然，以親密的感覺與自然生活在一起。根據諾伯—舒茲的場所精神理論，與建築有機共構的園林世界，其中所展現的自然場所的精神，也偏向於浪漫式的地景，這和浪漫式建築是一貫的。所謂浪漫式的地景，乃是以充滿多樣性的不同現象，例如岩石、小樹林、林間空地、樹叢、草叢、深澗等來創造豐富的微結構。而這些微結構在大觀園各處又有各自不同的樣態，包括各式各樣的花草、樹木，甚至岩石，所以才會多彩多姿，形成「柳暗花明又一村」的情景。

植物的存在，事實上也是樂園不可或缺的，大觀園的植物更是為各處的屋主而量身訂做，從中可以看到很多的象徵意義。首先看怡紅院，在第十七回中，我們看到院子裡的芭蕉和西府海棠，這叫作「蕉棠兩植」，為的是要「兩全其妙」，同時呼應了太虛幻境的「兼美」，這位女神融合釵、玉二人的特色，「其鮮豔嫵媚，有似乎寶釵，風流裊娜，則又如黛玉」，其中葩吐丹砂的西府海棠明顯對應於寶釵，而綠玉般的芭蕉則是黛玉的投射。

在此要略做補充的是：第五回寶玉神遊太虛幻境時，他所看的圖讖是釵、黛合一的，寶釵與黛玉其實是放在同一幅畫裡，所以她們根本就是一體的。接著，演奏給寶玉欣賞的《紅樓夢曲．引子》也說道：「因此上，演出這懷金悼玉的《紅樓夢》。」所懷悼的「金」、「玉」正是以寶釵、黛玉為代表。再者，參照第十八回脂硯齋批云：「妙卿出現。至此細數十二釵，以賈家四艷再加薛林二冠有六，添秦可卿有七，熙鳳有八，李紈有九，今又加妙玉，僅得十人矣。後有史湘雲與熙鳳之女巧姐兒者，共十二人。雪芹題曰『金陵十二釵』，蓋本宗紅樓夢十二曲之義。」很明顯，作者將寶釵、黛玉二人視為金釵之冠，完全沒有貶抑寶釵的意思，讀者實在不應該以自己好惡加諸作者身上。

怡紅院裡所植的西府海棠，雖然書中給它一個神話背景的解說，傳聞是女兒國所產之類，有一點不盡不實的味道，不過西府海棠是真實存在的，而且只有在賈府這種富貴場才可能出現，無形中是要用以襯托寶玉的尊貴非凡，在現實世界中，除了頤和園之外，北京恭王府的西邊院內也種有兩株珍貴的西府海棠。恭王府原是乾隆後期權臣和珅的府第，於一七七六年到一七八五年之間所建。乾隆死後，和珅失寵，嘉慶帝就把這座宅第賞賜給自己的親弟弟，而此後又有一路的變遷，最後封給了恭親王奕訢。在金寄水提到這件事情的時候，他說府內的那兩株西府海棠已經活了兩百九十多年，而金寄水已經過世三十多年了，這兩株西府海棠現在還活在北京恭王府裡，按時間推算，它們已經有三百多年的歷史。所以賈府真的是非比尋常的貴族世家，我們絕對不要忘記這一點，它和我們一般人家是很不一樣的。

除了芭蕉和西府海棠這兩種重要的植物之外，在第五十六回探春理家的情節中，讀者得知怡紅院還有一些具有市場經濟價值的花卉，包括玫瑰、薔薇、寶相、月季、金銀藤，這些當然可以純粹作為天地間的美麗景物來觀賞，然而它們到了人類的世界，同樣可以展現出高度的經濟價值，這是並行而不相妨礙的。就好比寶玉的「玉」，它既可以是美好的玉石，在深山大澤間讓草木更加溫潤嫵媚，所謂「玉在山而草木潤」，但是它一旦來到人間，依然可以享有很昂貴的地位。

至於瀟湘館裡，則種有竹子、芭蕉和梨花，雖然小說中對此的描述並不多，但它們的象徵寓意仍然是很豐富的，其中單單是竹子的象徵便有好幾種，本書在開頭說到神話的時候，即引述和黛玉相關的娥皇、女英灑淚成斑的故事。黛玉形象的打造、淚盡而逝的命運，以及她對情的執著，種種特質都和娥皇、女英有很直接的傳承。既然娥皇、女英是灑淚成斑，同樣地，竹子的斑痕也見證了黛玉的生命，包括她的愛、她的執著，以及她淚盡而逝的命運。前文還談過《莊子．秋水》的一則寓言：「鵷雛發於南海而飛於北海，非梧桐不止，非練實不食，非醴泉不飲。」「鵷雛」就是鳳凰，寶玉原本將瀟湘館命名為「有鳳來儀」，便是取用這個典故。「練實」即竹子的果實，由於竹子一生只開一次花，也只結一次的果，開花結果之後便整株枯死，因此果實就無比稀有而珍貴，鳳凰竟然「非練實不食」，寧缺毋濫，因此形成無比高潔的象徵。這個典故是所有中國傳統知識分子都耳熟能詳的，於此便用以襯托黛玉「孤高自許，目無下塵」的性格。

竹子的另外一層象徵意義則不容易察覺，要多一點傳統詩詞的浸潤才能夠聯想得到，即竹子以它很獨特的纖細柔美的外形，而和美麗柔弱的女性關聯在一起。最佳的體現是在杜甫的詩中，他的〈佳人〉是一首長篇的古詩，最後兩句說「天寒翠袖薄，日暮倚修竹」，以竹子和美人的融合造型來收結，將佳人的苦難以及她「貞正」的美好精神，都收攏在這樣的畫面中，讓讀者玩味不盡。竹子非常修長，非常纖細柔弱，但是卻又非常堅韌，這些都無形中轉移到輕輕倚靠著它的佳人身上。如此纖美的風姿，其實也很符合黛玉「行動處似弱柳扶風」（第三回）的造型。

瀟湘館的後院裡還種有梨花，這與「離」的諧音有關。關於《紅樓夢》的解讀，有很多諧音是穿鑿附會，不過梨花的「梨」字諧音為離別的「離」是比較沒有疑義的，事實上，黛玉真的是悲劇性格，也就是說，她總把自己定義在悲劇之中。第三十一回提到，黛玉「天性喜散不喜聚」，她說：「人有聚就有散，聚時歡喜，到散時豈不清冷？既清冷則生傷感，所以不如倒是不聚的好。比如那花開時令人愛慕，謝時則增惆悵，所以倒是不開的好。」足見黛玉這個人本身便是一個不斷感受到離散所帶來衝擊的人。

有的人天性就是如此，離別對他們來說比死亡更可怕，因為是活生生地在遭受分別所帶來的凌遲，對這樣的人來說，所有的喜劇最後都一定要面臨破滅，那是高度反差之下更大的心靈衝擊。所以這個「離」字，我認為和黛玉的天性是符合的，而且黛玉的詩作也都和離別的哀音有關，例如在第四十五回中，因為夜幕落下後秋雨淋漓，寶釵也不能來了，黛玉一個人感到很孤獨，即隨手從書架上拿出一本《樂府雜稿》，擬了初唐張若虛的〈春江花月夜〉。人家寫的是春江花月，多麼美好的意象，但黛玉卻把春江花月的美都取消，成了一首〈代別離．秋窗風雨夕〉，滿目蕭瑟淒涼的秋窗風雨。

後來在第七十回中，寶玉讀到一首充滿離喪哀音的〈桃花行〉，寶琴誆騙寶玉說這是她寫的，寶玉立刻斷定不可能，因為那不像她的手筆。寶釵在旁調侃道：「所以你不通。難道杜工部首首只作『叢菊兩開他日淚』之句不成！一般的也有『紅綻雨肥梅』『水荇牽風翠帶長』之媚語。」寶玉笑道：「固然如此說。但我知道姊姊斷不許妹妹有此傷悼語句，妹妹雖有此才，是斷不肯作的。比不得林妹妹曾經離喪，作此哀音。」黛玉是確實有這樣的身世遭遇的，而成長過程相對美滿的寶琴則不大有足夠的情感動力去越界寫如此的傷悼之音。

總而言之，梨花的「梨」所諧音的「離」字，概括黛玉的整個人生與心境，尤其是她最後的生死離散，更為她蓋棺定論。再參考白居易〈長恨歌〉的一句名詩，形容美人的眼淚是「梨花一枝春帶雨」，這也很符合黛玉愛哭的個性，第二十六回寫她有一次哭時，旁邊的宿鳥棲鴉都忒楞楞地飛走遠避，不忍再聽，可見悲泣的黛玉是多麼楚楚可憐。藉由梨花的這些文化意涵，我們可以合理地展開聯想，而豐富對這個人物的認識。

在稻香村則可以看到「佳蔬菜花，漫然無際」，這是為了配合李紈槁木死灰的寡婦生活而量身規畫的，但是另外卻又有一個非常搶眼的設計，即噴火蒸霞一般的紅杏花。紅杏在中國文化傳統中本來就具有一定的象徵意義，它其實代表青春，尤其是可能會逾越界限的泛濫的青春，以至於在宋詩裡可以看到「紅杏枝頭春意鬧」，以及「滿園春色關不住，一枝紅杏出牆來」之類的句子。所以，讓稻香村裡綻放著噴火蒸霞般的幾百株杏花，曹雪芹絕對是有寓意的——在那泥黃色的、單調呆板的背景上，反襯著噴火蒸霞的紅杏，它象徵被壓抑的人性是不可能完全消失的。因為人性本來就是與生俱來的一種生存本能，這種包括貪嗔痴在內的生存本能一旦消失，人便無異於死亡，因此在真正死亡之前，這樣的人性其實還是會藏在心裡，構成人類存活下去的一種動力。

因此，我將紅杏比喻為整座稻香村死灰中的一叢紅豔，是空白裡的一片繁華，形成視覺上的高度反差，我想曹雪芹是要用它來象徵居住在稻香村中的李紈，她其實內心深處還存在著一段在餘燼中依然躍動不已的不安定靈魂，所謂的「不安定」並不是說她道德有問題，而是人本身就有這樣一種基本的人性狀態。這一點說來話長，到了人物專論中會有更詳盡的分析。

大家都知道，秋爽齋種有芭蕉（見第三十七回）還有梧桐（見第四十回），在《紅樓夢》一書中，芭蕉和梧桐既有兩千多年來所累積的人文意涵，也有它本身的象徵系統。大觀園裡瀟湘館和怡紅院這兩處都種有芭蕉，而且怡紅院的蕉棠兩植給讀者留下非常深刻的印象，由此可以推知，作者認為探春是有資格與寶玉、黛玉這些所謂「玉」字輩相提並論的。因此，芭蕉代表脫俗的精神，是一種與世不偕的人格堅持；至於梧桐，在《莊子．秋水》的寓言中也是鳳凰寧缺毋濫的唯一選擇。我提過《紅樓夢》中有五大鳳凰，探春便是其中之一，一則這是預言她將來會遠嫁，成為一位非常尊貴的王妃；二來與探春的君子風範也是相得益彰，有著「揀盡寒枝不肯棲，寂寞沙洲冷」的象徵意義。

蘅蕪苑種了很多的香草，這是第十七回中讓人印象非常深刻的地方。不過一直讓我深感疑惑的是，歷來《紅樓夢》的人物論，在談到寶釵時往往刻意忽略這一段有關香草的描述，然而在古代，只要稍微有一點基本的傳統人文素養，一看到這些香花香草的名稱，自然都會聯想到《楚辭．離騷》，尤其是屈原的人格。不知道為什麼在現代的人文學界中，面對這個現象基本上卻是一致忽略，其中顯然有著某一種極其頑強的成見在作祟。

前面談過蘅蕪苑的山石設計，以及它由於沒有植被的覆蓋，而導致與其他地方不同的建築造型和院落景觀，可是千萬不要忽略，蘅蕪苑帶有完全與眾不同的植物設計。在第十七回中，作者採用極盡鋪陳的駢文手法，渲染展現蘅蕪苑的道德象徵，寶玉博學多聞，雜學旁收，所以他對眼前的植物能夠一一細數它們的來歷，指出：「這些之中也有藤蘿薜荔。那香的是杜若蘅蕪，那一種大約是茝蘭，這一種大約是清葛，那一種是金𧁍草，這一種是玉藤，紅的自然是紫芸，綠的定是青芷。」請注意其中的「杜若蘅蕪」，這就是此處之所以叫「蘅蕪苑」的原因。杜若也是一種香草，還有茝蘭，都在《楚辭．離騷》裡出現很多次，所以只要稍微有一點中國傳統的文化常識、文學訓練，一下子便可以聯想到此處傳達很多豐富的、正面的訊息。

寶玉接下來非常明確地告訴我們，可以在哪裡找到這些香草的蹤跡，他說「想來《離騷》、《文選》等書上所有的那些異草」，這就是它們的來歷。而早在屈原筆下，「香草美人」便已經建立了一個很重要的文學象徵傳統，尤其香草常常被視為賢臣與君子的象徵，蘅蕪苑中遍植的各種植物，很明顯是刻意襲用屈原所創造的「香草美人」的象徵意義，即人格的高潔及德性的高尚。這些香草的芬芳不是白玉蘭花、茉莉花那種直接刺激嗅覺的香氣，而是若有似無，有如空谷足音一般，人只有在很寧靜的時候，才能領略到這些香草散發出來的芬芳，所以這種香氣是一種德性的無形感應和濡染。如此的德性的芬芳，在全書的設計中有兩個互相呼應的地方，其中最重要的就是冷香丸，冷香丸的藥名中恰恰有個「香」字。至於「冷」和「香」到底要怎麼解釋，彼此之間有何種重疊和辯證的關係，這些問題都等到人物論專題再說。

香草的道德芬芳，與居處其中的寶釵是以賢德取勝的君子一流人物正形成緊密的呼應。而寶釵的道德絕對不是迂腐、守舊、刻板的那種教條，薛寶釵式的道德是非常靈活而豐富的智慧，因此有很深厚的層次，她的內在如同源頭活水，使得這種道德變成一種源源不斷的精神昇華。在蘅蕪苑所種植的這些香花香草，內部隱含著強韌的生命意志，都不是華而不實的妝點，也不是瞬間浮面的美麗，所以才可展現為崇高的品德節操。寶釵絕對不是李紈式的槁木死灰，絕對不是被禮教蠶食侵吞，最後變成一個只會行禮如儀的人偶，她的內在有非常豐沛的生命力加以支撐。

在第四十回中，劉姥姥逛大觀園來到蘅蕪苑這一站的時候，作者便引導我們更深一層地看這些香花香草。當他們一行人「一同進了蘅蕪苑，只覺異香撲鼻。那些奇草仙藤愈冷愈蒼翠，都結了實，似珊瑚豆子一般，累垂可愛。」想要瞭解作者的苦心設計，我們實在必須停下來，好好地深入考察一番。這「異香撲鼻」的香氣絕對不是花朵的香氣，而是整棵植物由根到葉、到莖、到果實，以全部生命所散發出來的香氣，而且「愈冷愈蒼翠」這五個字通常用於對松竹柏的形容，作者現在用之於蘅蕪苑的香花香草，比起屈原的運用還增加更多的層次。

換句話說，在如此萬物蕭索的情況下，這些香草不但依然散發芬芳，而且像松竹柏般翠綠如新，甚至在對抗這樣的惡劣環境之餘，還能夠結出果實，讓生命生生不息。對此，我想到蘇軾〈贈劉景文〉一詩曾經說：「荷盡已無擎雨蓋，菊殘猶有傲霜枝。一年好景君須記，最是橙黃橘綠時。」秋冬季節萬物凋殘，但天地間仍然可以看到一些值得讚美的、兀傲不屈的生命力，即「最是橙黃橘綠時」。對照之下，蘅蕪苑的香草都結了累垂的果實，事實上比起蘇軾所讚美的「橙黃橘綠」並不遑多讓。

我考察過一些群芳譜以及明清時期有關這些植物的相關文獻，得知若干香草在秋冬的時候是不可能結果實的，但曹雪芹為了要塑造筆下這位非常重要的女性角色，不惜調動創作者的權力進行虛構，從豐富的古典文學傳統中汲取眾多的資源，強化寶釵深厚的道德心性。簡單來說，曹雪芹為蘅蕪苑所設計的景致雖然只有香草，但一方面對於中國傳統文人來說，這是最直接、最明顯可以召喚出崇高之道德性的一種意象；另一方面在相關描寫上，還更進一步綜合松、柏、梅、蘭、竹、菊、橙的各種優點，可以說是對道德最全面、最高度的象徵性表現。

實際上，這也在呼應第五回《紅樓夢曲．終身誤》裡對寶釵的形容：「山中高士晶瑩雪。」這七個字常常被讀者斷章取義，實在有待於客觀持平地加以澄清。「山中高士晶瑩雪」百分之百只有正面的意涵，現代人因為不瞭解傳統的語境，所以任意把這個「雪」字摘出來，批評寶釵是冰冷無情等等之類，那是標準的斷章取義、穿鑿附會。作者只是在感慨人和人之間的感情就是這麼獨特，而且往往得靠一些莫名的、奇怪的緣分，例如雖然你那麼完美，但問題是我偏偏就沒有愛上你，我愛上的可能是一個渾身缺點活蹦亂跳的人，於是寶玉愛上的是黛玉。曹雪芹要告訴我們，你喜歡的不一定是全世界最好的人，你沒有愛上的人也不一定就不好，甚至還更好，愛情本身不是理性計算的結果，往往很難用一些邏輯道理來說明，所以小說家塑造一個「木石前盟」的神話，以反映其中非理性的成分。因此，讀者千萬不要以寶玉的情感取捨來斷定人物的品格優劣。

當然，人世間的道理永遠是辯證的，所以我們可以看到蘅蕪苑的諸多香花香草，當它們從屈原時代開始，一路下來被賦予這麼高度脫俗的道德象徵，可是卻在落入世俗的同時又具有高度的經濟價值，這在第五十六回李紈的說辭中可以很清楚地看到，原來香花香草曬乾之後，可以賣得高價。很顯然，有時候並不是這個東西本身發生變化，而是它所在的環境使得它有了不同的評價，這也是人世的無奈。所以我認為寶釵會受到那些誤解，根本不是她本身有問題，而是看待她的讀者採用的標準或角度不同，以致發生落差。因此，若要比較準確地掌握寶釵這個人物，還是必須回歸到作者怎樣整體塑造的方式與內涵來加以考察，才能不失於偏頗。

至於櫳翠庵，第四十九回提到：「妙玉門前櫳翠庵中有十數株紅梅如胭脂一般，映著雪色，分外顯得精神。」梅花的品種其實很多，諸如白梅花是「竹籬茅舍自甘心」的李紈的代表花；妙玉仍然處於青春風華時刻，是帶髮修行的美女，她的心其實也不甘寂寞，有那麼一點躍動的春心是由寶玉所觸發，而且她也不吝於表達，所以這一點春心果然表露在櫳翠庵中那如胭脂般的紅梅上。

自古以來，梅花會受到文人如此高度的激賞自有其道理，在冬天萬物生機都枯槁的情況下，那般徹骨的冰寒中竟然可以綻放出這麼精神抖擻的梅花，難怪古人會對梅花讚賞有加，他們在梅花身上看到一種不屈不撓的生命力，所以才會賦予它如此濃厚的道德象徵。正如莊子所言：「天地有大美而不言，四時有明法而不議，萬物有成理而不說。」（〈知北遊〉）原來真正的大美、明法、成理是沉默無聲的，真理本身從來就是不言、不議、不說，人只有靜下心來，好好領略，才能從中得到很多的啟發。

前面提過，櫳翠庵的白雪紅梅和稻香村的黃泥紅杏在設計上其實是如出一轍，但很奇妙的是，寶玉對這兩處的反應卻截然不同：對著櫳翠庵的紅梅花，寶玉是感到「好不有趣」，因此他「便立住，細細的賞玩一回方走」，完全以一種審美的心態來面對；但是對於稻香村，寶玉的觀感則是很不以為然，還批評說「似非大觀」，因為他覺得稻香村的鄉野風格在大觀園中簡直是莫名其妙且突兀穿鑿。所以延伸而言，透過這兩種不同的反應，可以看出寶玉所欣賞的人格取向比較偏向於妙玉這種有個性的類型，至於那些被壓抑個性的人，寶玉就覺得不太好。我想這種解釋應該是可以成立的，只不過寶玉的看法能不能當作曹雪芹的價值判斷，那又另當別論了，曹雪芹怎麼看待個人主義的問題，這並不是用一言而蔽之的黑白二分所可以清楚判斷的。

最後，從情理邏輯來說，惜春所住的藕香榭一定有植物環繞，可是作者並沒有明確具體的描述，這也表示作者在某種考慮下，放棄將植物與屋主互相定義、互相闡述的機會。迎春的紫菱洲也幾乎是同樣的命運，但是在整部《紅樓夢》前八十回快要結束的時候，卻赫然可見其實紫菱洲還是猶有可說的地方。紫菱洲的「菱」是一種水生植物，在詩歌裡，荷花、菱花常常被一體相通地運用，《紅樓夢》中也是。從紫菱洲的命名來看，「洲」字表示周圍一定有水環繞，所以這裡應該臨近池塘，另外加上「菱」字，即可想而知，池塘裡種著一些水生植物。

果然在第七十九回，當迎春被嫁出去之後，整個紫菱洲變得非常寂寞蕭條，寶玉看了十分感傷，於是口占了一首〈紫菱洲歌〉加以抒發，詩篇前半段的四句是：「池塘一夜秋風冷，吹散芰荷紅玉影。蓼花菱葉不勝愁，重露繁霜壓纖梗。」這完全是從李商隱詩脫化出來的意境，並且帶有不祥的「讖」的寓意，所謂的「吹散芰荷紅玉影」，等於在預告或雙關迎春出嫁之後會慘遭悲劇的厄運，而「蓼花菱葉不勝愁」也是暗示迎春出嫁之後所承受的痛苦，那麼纖細柔弱的侯門千金卻慘遭孫紹祖的惡意對待，果然迎春支撐不了一年便香消玉殞。

用水生植物的脆弱和它會遭遇到的必然不幸來雙關女性悲劇命運，在《紅樓夢》裡還有第五回中香菱的圖讖：「水涸泥乾，蓮枯藕敗。」香菱在第六十三回掣花籤的時候，抽到「連理枝頭花正開」的籤詩，乃出自宋代朱淑真〈惜春〉，下一句為「妒花風雨便相催」，其實都是如出一轍的描寫，而這兩處的比喻雙關都是將芰荷、蓼花、菱花等水生植物籠統互用，一體呈現凋零的厄運。對於女孩子的命運，曹雪芹真的是痛心疾首，可是他也無能為力，只能嘔心瀝血地創作這一部《紅樓夢》，哀吟女性集體的悲劇命運交響曲。

青春是一部太匆促的書

以上是在大觀園中還算豐富的一趟巡禮。大觀園是人工的產物，奠基在最骯髒的基礎上，也必須面對人世所不能逃避的時間流逝。萬事萬物都在時間中存在，因此必須接受時間所帶來的生滅變化，一切都終歸於無常。「生有時，死有時；栽種有時，拔出所栽種的也有時」，這是《聖經》的詩篇所言，只要有一點靈性的人都能夠很深刻地感覺到，我們所擁有的一切、所面對的一切，終究都要面臨毀滅。智慧其實是在真正認識到這一點之後才能夠產生，而真正的力量，也是必須深刻洞察到死亡隨時在我們身邊潛伏的時候，才能夠激發出來。

大觀園的必將毀滅，讓很多讀者不勝唏噓，因為對於讀者而言，樂園的存在是多麼美妙，它甚至是我們人生中透過幻想才能夠獲得的一點心靈安慰，因此對於樂園的失去總是萬般不捨，也很容易有一種遷怒的心理。而在紅學兩百多年的研究史上，那些被遷怒的倒霉鬼就是寶釵、襲人和王夫人，王夫人的抄檢大觀園往往慘遭痛罵，而且她被認為是導致大觀園毀滅的主因，遷怒的讀者們合力將她塑造成殘害無辜少女的劊子手。

但是我個人的研究指出，實際上對於大觀園，王夫人是非整頓不可的，逼得王夫人必須整頓大觀園的導因即是繡春囊的出現。大觀園本身在先後天各方面都是充滿致命危機的所在，而時間對它的摧殘更是明顯。大家常常忘了，青春是一本太匆促的書，短暫而脆弱，因此住在大觀園中的少女們又能在那裡安樂多久呢？只要進入青春期，成長就會導致性成熟，這讓她們必須進入婚姻，離開大觀園，同時性成熟也可能導致道德風紀的敗壞，這無形中是對大觀園本身更直接、更可怕的衝擊。

當初剛搬進大觀園的時候，女孩子們都還小，第二十三回寫道：「園中那些人多半是女孩兒，正在混沌世界，天真爛熳之時，坐臥不避，嬉笑無心。」園中人年紀還小，所以還沒有性別之分，完全沒有男女之別的概念，就與還在伊甸園中的亞當、夏娃一樣，是非常純真無邪的。但時間導致人的成長，一旦通曉男女之別，即會出現各種可能，這時候人便失掉了樂園，所以亞當、夏娃必然要被驅逐出伊甸園。更早在第七十二回中，當時繡春囊還沒有暴露出來，但管家林之孝已經警覺到了，他向賈璉提出建言：「裏頭的女孩子們一半都太大了，也該配人的配人。」人的成長是無法停止的，時間一到，你就得離開樂園。

到了第七十四回，當繡春囊被發現之後，王熙鳳更不免開始擔心，因為有一次就會有第二次，而且一定接二連三，這樣一來，如何還能夠鞏固大觀園的純淨和無邪呢？所以王熙鳳說：「園內丫頭太多，保的住個個都是正經的不成？也有年紀大些的知道了人事，或者一時半刻人查問不到偷著出去，或借著因由同二門上小么兒們打牙犯嘴，外頭得了來的，也未可知。」所謂的「正經」正是指第一要貞潔，第二要沒有男女概念，而這是不可能的。「人事」是含蓄的說法，指的就是男女之事，這時的情況已經到了「有年紀大些的知道了人事」，於是鳳姐合理地未雨綢繆：「再如今他們的丫頭也太多了，保不住人大心大，生事作耗，等鬧出事來，反悔之不及。」繡春囊的出現就像警鐘一樣，已經在警告說：時間到了，必須解決了，否則以後可能會不可收拾，到時候將後悔莫及。

賈家是何等人家，被傳出去說他們家的千金小姐住的地方出現繡春囊，絕對是身敗名裂，所以這是攸關性命的重大事件，而絕對不是禮教吃人的問題，也因此王夫人才會淚如雨下，顫聲說道：「外人知道，這性命臉面要也不要？」既然林之孝家的和王熙鳳這些管家的人都意識到這個問題，於是雙雙主張要裁革年齡大些的丫頭。其實第七十二回提到司棋因為近年大了，所以和她的表弟潘又安開始眉來眼去，有了海誓山盟，到了第七十四回也果然發生逾越風紀的行為，他們偷情之餘還遺落了繡春囊，這就是導致大觀園崩潰的最直接且最關鍵的原因。

之前的神話單元提過，在人類祖先亞當和夏娃的故事中蘊含著一些重大的主題，包括原始璞真的消逝、死亡的降臨，以及對知識的首次有意識的體驗，而這些都與「性」密切相關。匈牙利心理分析人類學家羅海姆便指出，性成熟在神話中被視為一種剝奪人類幸福的不幸，被用於解釋塵世中為什麼會有死亡。可以說，這是一個超越地域、超越國界文化的共同認識。因此，當繡春囊出現的時候，也就宣告了大觀園必然要面臨死亡，這不是個別人物的過錯，也不是哪個人有意導致的。大觀園的崩潰是一個必然的結果，沒有誰能夠抗拒，因為任何存在物都在時間之中，注定要面臨終結，所以無須再去指責王夫人或任何個別的人，以免落入素樸簡單的思考。

很多讀者太愛大觀園了，因此對於大觀園的失落便更加難捨，但如果我們平心靜氣，對大觀園本身的運作客觀地加以檢驗，便會發現大觀園的崩潰還有另一個內在的重要原因，即人和人的群體生活所不可或缺的倫理秩序，在大觀園裡過於鬆散，乃至於被逾越。我提過很多次，大觀園的內部倫理秩序是以「裡」和「外」的空間原則來呈現的，如果人們沒有依照其階級身分去遵守相應的空間法則，就會導致倫理秩序崩潰，也使得居住其中的屋主深受其害。

試看迎春是大觀園中被欺負得最慘的一個，紫菱洲的秩序混亂也最為嚴重，果然離開大觀園之後，她的結局簡直不忍卒讀。讀者往往以為沒有禮教，人就可以得到自由，但天下根本沒有那麼簡單的二分法。我認為大觀園之所以會崩潰，也在於無法維持它的階級秩序，因為那個時代即是以階級、以宗法制度作為建構他們存在秩序的一套原則，當這套秩序不能夠被維持的時候，也就會面臨混亂。好比我們現代人也一樣，現在雖然表面上大家人人自由，可事實上人與人還是要遵守一套法則，不能夠互相侵犯。

《紅樓夢》是在兩百多年前中華帝制成熟期的時代背景中所產生的小說，尤其描寫的又是上流階層的貴宦世家，絕對有一套和我們今天不同的運作法則，就現實面來說，它有可能會限制某些人的部分自由，然而假如沒有這套法則，那麼這些人恐怕連基本的自由都沒有。總歸一句話，真理的相反往往也同樣是真理，這是一個很複雜幽微，可是又發人深省的道理。

國家圖書館出版品預行編目資料

紅樓夢公開課（一）：全景大觀卷/歐麗娟著．
二版．新北市．聯經．2025.08．608面．17×23公分
ISBN 978-957-08-7760-1（平裝）
[2025年8月二版]

1.CST：紅學　2.CST：研究考訂

857.49　　114010309

紅樓夢公開課（一）：全景大觀卷

2024年1月初版
2025年8月二版

定價：新臺幣600元

著者 歐麗娟
叢書編輯 杜芳琪
校對 蘇淑君
林瑞能
整體設計 李偉涵

出版者 聯經出版事業股份有限公司
地址 新北市汐止區大同路一段369號1樓
叢書編輯電話 (02)86925588轉5305
台北聯經書房 台北市新生南路三段94號
電話 (02)23620308
郵政劃撥帳戶第0100559-3號
郵撥電話 (02)23620308
印刷者 文聯彩色製版印刷有限公司
總經銷 聯合發行股份有限公司
發行所 新北市新店區寶橋路235巷6弄6號2樓
電話 (02)29178022

編務總監 陳逸華
副總經理 王聰威
總經理 陳芝宇
社長 羅國俊
發行人 林載爵

行政院新聞局出版事業登記證局版臺業字第0130號

本書如有缺頁，破損，倒裝請寄回台北聯經書房更換。
ISBN 978-957-08-7760-1 (平裝)
聯經網址：www.linkingbooks.com.tw
電子信箱：linking@udngroup.com